CATHERINE

******

PIÈGE POUR CATHERINE

DU MÊME AUTEUR
CHEZ *POCKET*

Marianne

1. UNE ÉTOILE POUR NAPOLÉON
2. MARIANNE ET L'INCONNU DE TOSCANE
3. JASON DES QUATRE MERS
TOI, MARIANNE
LES LAURIERS DE FLAMME – 1re PARTIE
LES LAURIERS DE FLAMME – 2e PARTIE

Le jeu de l'amour et de la mort

1. UN HOMME POUR LE ROI
2. LE MESSE ROUGE

Secret d'État

1. LA CHAMBRE DE LA REINE
2. ROI DES HALLES
3. LE PRISONNIER MASQUÉ

Le boiteux de Varsovie

1. L'ÉTOILE BLEUE
2. LA ROSE D'YORK
3. L'OPALE DE SISSI
4. LE RUBIS DE JEANNE LA FOLLE

Les Treize Vents

1. LE VOYAGEUR
2. LE RÉFUGIÉ
3. L'INTRUS
4. L'EXILÉ

Les loups de Lauzargues

1. JEAN DE LA NUIT
2. HORTENSE AU POINT DU JOUR
3. FÉLICIA AU SOLEIL COUCHANT

(suite en fin de volume)

JULIETTE BENZONI

Juliette Benzoni est née à Paris. Fervente lectrice d'Alexandre Dumas, elle nourrit dès l'enfance une passion pour l'Histoire. Elle commence en 1964 une carrière de romancière avec la série des *Catherine*, traduite en 22 langues, qui la lance sur la voie d'un succès jamais démenti à ce jour. Depuis, elle a écrit une soixantaine de romans, recueillis notamment dans les séries *La Florentine* (1988-1989), *Les Treize Vents* (1992), *Le boiteux de Varsovie* (1994-1996) et *Secret d'État* (1997-1998). Outre la série des *Catherine* et *La Florentine, Le Gerfaut* et *Marianne* ont fait l'objet d'une adaptation télévisuelle.
Du Moyen Âge aux années trente, les reconstitutions historiques de Juliette Benzoni s'appuient sur une ample documentation. Vue à travers les yeux de ses héroïnes, l'Histoire, ressuscitée par leurs palpitantes aventures, bat au rythme de la passion. Figurant au palmarès des écrivains les plus lus des Français, Juliette Benzoni a su conquérir 50 millions de lecteurs dans 22 pays du monde.

JULIETTE BENZONI

CATHERINE

******

PIÈGE POUR CATHERINE

JEAN-CLAUDE LATTÈS

ISBN : ISBN 2-266-10853-0

PREMIÈRE PARTIE

LA VILLE ASSIÉGÉE

CHAPITRE PREMIER

UN FEU DANS LA VALLÉE...

Penchée sur la crinière de sa monture, la peur aux trousses, Catherine de Montsalvy fuyait vers sa cité, bénissant le ciel qui lui avait fait préférer à son élégante mais fragile haquenée de parade cet étalon à peine dégrossi, dont la vigueur semblait n'avoir point de limites et qui lui donnait une chance certaine d'échapper à ses poursuivants.

Malgré la pente du chemin mal tracé au flanc du plateau, Mansour volait littéralement, sa longue queue blanche étalée dans l'air comme celle d'une comète. Dans ce crépuscule sinistre qui se rayait vers l'occident de longues traînées sanglantes, la robe claire du cheval devait être visible d'une lieue, mais Catherine savait bien qu'elle avait été reconnue et qu'il était vain d'espérer disparaître dans le paysage.

Derrière elle, tout proche, elle pouvait entendre le galop plus lourd de Mâchefer, le cheval de son intendant, Josse Rallard, qui la suivait toujours dans ses tournées sur ses terres ; mais, plus loin, dans les profondeurs obscures de la vallée fourrée de châtaigniers, un autre galop résonnait, invisible et menaçant, celui de la bande de routiers lancés sur sa trace...

Sur le haut plateau de la Châtaigneraie, au sud d'Aurillac, ce mois de mars frileux de l'an 1436 n'en avait pas encore fini avec la neige. Elle apparaissait de loin en loin, tachant la terre brune de plaques blêmes que le vent du nord gelait et changeait en verglas. La cavalière les évitait de son mieux, craignant, chaque fois que c'était impossible, de voir Mansour glisser et s'abattre, car, alors, plus rien ne pourrait la sauver...

Tout en galopant, elle se retournait parfois pour guetter, dans la vallée, le moutonnement des casques, l'éclat sourd des armes. Elle devait alors rejeter, avec rage, le voile bleu qui drapait son visage et que le vent rabattait sur ses yeux. Et comme, une fois de plus, elle jetait derrière elle ce coup d'œil angoissé, elle entendit la voix de Josse qui criait, rassurante :

— Plus la peine de vous retourner, Dame Catherine ! On les gagne, on les gagne !... Tenez ! Voilà les murailles ! On sera à Montsalvy bien avant eux !

C'était vrai. Sur le rebord du plateau où ils posaient une barbare couronne, les murs du bourg se découpaient, noirs sur le rougeoiement du ciel, avec leurs tours mal équarries et peu élégantes, mais taillées dans le granit brut et dans la lave des volcans éteints, avec leurs créneaux méfiants, leurs portes étroites mais bien pourvues de herses de fer et de ponts-levis en cœur de chêne. Des murs rudes, en vérité, campagnards et grossiers sous le hérissement des douves de tonneaux taillées en pointe qui les barbelaient mais qui pouvaient soutenir un siège et protéger efficacement des hommes de chair et de sang. Encore fallait-il y parvenir avec assez d'avance sur les routiers pour faire clore ces bonnes portes et mettre la cité en défense ! Sinon la vague sauvage s'engouffrerait derrière la châtelaine et balayerait Montsalvy et son millier d'habitants comme un raz de marée...

À la seule idée de ce que cela pourrait être, le cœur de Catherine manqua un battement et se serra. Elle avait vu la guerre trop souvent et de trop près pour garder la moindre illusion sur ce que pouvaient devenir, dans une ville conquise, les femmes et les enfants quand une horde de soudards assoiffés d'or, de vin, de sang et de viol déferlait sur eux en lâchant la bonde à leurs pires instincts. Et c'était bien plus de crainte de ne pas arriver à temps pour protéger ses enfants et ses gens que de son propre péril que tremblait la dame de Montsalvy en pressant les flancs de son cheval.

De même que celui qui va mourir revoit en un instant tous les moments de sa vie, Catherine crut les voir soudain surgir devant elle dans la boue du chemin : son petit Michel de quatre ans avec ses joues rondes et sa tignasse dorée toujours en broussaille ; Isabelle, son bébé de dix mois qui, bien plus qu'elle-même, régnait, minuscule tyran, sur le château, le bourg et même l'abbaye. Elle vit aussi Sara la Noire, sa vieille Sara qui avait toujours veillé sur elle depuis que, fillette, dans Paris révolté, elle avait trouvé refuge à la Cour des Miracles, Sara qui maintenant, à cinquante-trois ans, gouvernait les enfants et la maisonnée. Il y avait encore Marie, l'épouse de Josse, qu'elle avait connue jadis au harem du calife de Grenade et qui l'avait accompagnée dans sa fuite, et Donatienne, et son époux Saturnin Garrouste, le vieux bailli de Montsalvy, et tous les gens du bourg, et Bernard de Calmont d'Olt, l'abbé du monastère, et ses moines paisibles, si sages et si habiles de leurs mains... tout un petit peuple dont, désormais, la vie et la sécurité dépendaient de sa sagesse et de son courage... Il ne fallait pas que les rapaces du Gévaudan puissent abattre leurs griffes sur eux...

Catherine et Josse couraient maintenant sur l'aplomb du plateau. Une déclivité légère menait droit à la porte nord de la bourgade, la porte d'Aurillac, que précédaient les quelques téméraires maisons d'un petit faubourg, le « barri » Saint-Antoine, et les chevaux, délivrés de la rude montée, allongèrent leur galop. Tout en courant, Josse prit à sa ceinture la corne de vache cerclée d'argent qui ne le quittait jamais et se mit à lancer dans le soir de longs mugissements destinés à avertir les guetteurs sur le rempart qu'un danger approchait.

Presque simultanément, les deux cavaliers s'engouffrèrent sous la voûte basse avec tant d'impétuosité qu'ils ne purent éviter le meunier et son âne. Le gros Félicien et son grison allèrent s'affaler, les quatre fers en l'air, dans le tas de bouses de vache séchées dont le corps de garde se servait comme combustible.

La porte franchie, Catherine retint à pleins poings sa monture qui se cabra.

— Les routiers ! hurla-t-elle quand son écuyer eut cessé de souffler dans sa trompe. Ils nous suivent ! Rappelez ceux des faubourgs ! Relevez le pont ! Baissez la herse ! Je vais au monastère et à la porte d'Entraygues.

Déjà Josse était à bas de son cheval pour prêter main-forte aux habitants qui couraient vers les murailles avec des pierres et des douves de tonneaux pour obstruer les créneaux. Les femmes, piaillant comme des poules affolées, criaient « Jésus ! » et entamaient, par précaution, une litanie à tous les saints locaux en se mettant à la recherche de leur progéniture. La herse descendit avec un horrible grincement.

— Ça fait des mois que je dis qu'il faudrait la graisser, ronchonna Josse qui s'attelait maintenant, aidé de Félicien sorti de son fumier, au gros treuil servant à manœuvrer le pont.

Cependant, sans plus s'occuper d'eux, Catherine lançant toujours ses cris d'alarme, avait repris le galop au long de la grand-rue pour gagner le monastère. Sous les sabots furieux de son cheval, la boue jaillissait de toute part et les gorets et la volaille fuyaient dans tous les sens.

À tout hasard, Pastouret, l'aubergiste du « Grand Saint-Géraud », se hâta de clore ses volets et de fermer boutique, renvoyant à leurs affaires les deux ou trois buveurs qu'elle contenait.

À peu près hors d'haleine, Catherine franchit le porche roman du monastère et tomba plus qu'elle ne mit pied à terre devant l'abbé qui, les manches retroussées, taillait ses rosiers et fumait ses plantes médicinales dans le petit jardin du monastère. Il leva vers elle un maigre et jeune visage d'ascète heureux où brillaient des yeux qui avaient toujours l'air de voir plus loin et plus haut que les autres.

— Vous arrivez comme la tempête, au milieu du bruit et de la fureur, ma fille ! Que vous arrive-t-il ?

Catherine jugea superflues les formules de politesse :

— Faites sonner le tocsin, mon père ! Les routiers nous arrivent ! Il faut mettre Montsalvy en défense...

Bernard de Calmont d'Olt leva sur la châtelaine un regard sincèrement surpris.

— Des routiers ? Mais... nous n'en avons pas ! Où prenez-vous ceux-là ?

— Dans le Gévaudan ! Ce sont les Apchier, Votre Révérence. J'ai reconnu leur bannière. Ils pillent et brûlent. Montez sur votre tour et vous verrez les flammes et la fumée du hameau de Pons.

Dom Bernard n'était pas un homme à qui il fallait de longues explications. Glissant sa serpette dans la corde qui ceinturait sa robe noire, il prit la course vers l'église en criant à Catherine :

— Rentrez au château et occupez-vous de la porte sud ! Je me charge du reste.

Un instant plus tard, la voix de bronze de la Géraude, la grosse cloche du monastère, fracassait le crépuscule, égrenant dans l'aigre vent soufflé par les vieux volcans glacés, les notes éperdues de l'antique alarme, toujours redoutée, jamais oubliée, qui présageait le malheur et les larmes. Et Catherine, tout en reprenant le chemin bien court qui allait du monastère au château et à la porte de la vallée, sentit son cœur se serrer en comptant les battements de la messagère. Comme Jehanne, la sainte pucelle, elle avait toujours aimé les cloches et prenait plaisir, de l'angélus frileux de l'aube à celui, apaisé, du soir, à laisser battre le cœur de sa maison et de sa propre vie au rythme inchangé des tintements monastiques. Mais ces cloches-là, ce cri d'angoisse séculaire que les hommes lançaient vers Dieu, elle les redoutait dans chaque fibre de son être pour tout ce poids de chair et d'âmes qui reposait sur ses minces épaules.

— Arnaud ! murmura-t-elle à lèvres closes, pourquoi faut-il que je sois seule ? Le démon de la guerre t'a repris et, maintenant, c'est à moi qu'il va faire payer tribut...

Dans un instant, du creux noir des vallées, dans l'ombre des rochers et des châtaigniers, des groupes de paysans apeurés monteraient, presque à tâtons, guidés par la seule Géraude vers les murailles protectrices, poussant leurs chèvres et leurs moutons, trimbalant leurs quelques biens dans des ballots, chargés de paniers d'osier où s'entasseraient la volaille et le grain, les femmes portant leurs nourrissons, traînant à leurs jupes les marmots assez grands pour marcher. Ils arriveraient tous par la porte d'Entraygues, ceux du nord contournant déjà la cité par des sentiers à peine tracés, pour échapper aux routiers que leur sûr instinct montagnard leur aurait fait flairer de loin. Il faudrait les loger, les réconforter, les rassurer. Déjà, ils étaient en chemin sans doute, pour profiter de la dernière lueur du jour et, pour les faire entrer, il fallait poster le plus gros des quelques soldats demeurés à Monsalvy...

Malgré ses forces militaires réduites, Catherine n'était pas vraiment inquiète pour sa ville. Les gens de Montsalvy savaient la défendre et, dans un combat, les saints moines de Bernard de Calmont valaient de vieux guerriers blanchis sous le harnois. Mais s'il fallait soutenir un siège, si les routiers s'installaient ? Le rude hiver montagnard s'achevait, et les provisions, elles aussi, s'épuisaient et il allait y avoir tant de bouches à nourrir !

Un instant, Catherine demeura près de la porte de la vallée demeurée ouverte pour accueillir les fugitifs. On la fermerait seulement quand ce serait indispensable. Les ombres y étaient noires, profondes, mais, au-delà de l'ogive de pierre où s'amorçait la herse, la campagne gardait un reste de faible lumière avant de plonger dans l'obscurité de la vallée du Lot.

Une torche s'alluma sous la voûte épaisse, s'accrocha au mur et sa flamme se refléta sur les chapeaux de fer des archers que Nicolas Barral, le sergent, y groupait pour l'aider à reconnaître et trier les réfugiés.

Apercevant la châtelaine, il porta la main à son casque et, sous la grande moustache noire qui lui donnait l'air d'un guerrier gaulois, Nicolas souriait.

— Quand j'ai entendu le tocsin, j'ai compris ! Il y a trois guetteurs sur le rempart au-dessus, qui surveillent la route d'Entraygues et les sentiers. Vous pouvez vous occuper du château, Dame Catherine...

— J'y vais, Nicolas. Mais essayez d'accueillir le plus de réfugiés possible avant de lever le pont. Ceux qui ne pourront entrer seront sacrifiés, j'en ai peur !

— Qui nous attaque ?

— Les Apchier. Ils ne font pas de quartier d'après ce que j'ai vu vers Pons.

Le sergent haussa ses épaules dont les plaques de fer s'entrechoquèrent et frotta son nez à sa manche de cuir.

— Ils n'en font jamais ! C'est la fin de l'hiver et les loups du Gévaudan sont à jeun depuis longtemps sans doute. J'avais entendu dire qu'ils avaient pris la campagne vers Nasbinals et même qu'ils avaient quelque peu molesté les moines de l'Aubrac. Mais je ne pensais pas qu'ils viendraient jusqu'ici ! Ils n'y sont jamais venus.

— Si, rectifia Catherine amèrement. Ils y sont venus à l'automne passé. Bérault d'Apchier était au baptême de ma fille Isabelle.

— Drôle de façon de reconnaître l'hospitalité reçue ! M'est avis, Dame Catherine, qu'ils ont dû apprendre que Messire Arnaud était reparti en guerre. Alors, l'occasion leur a paru belle : Montsalvy aux mains d'une femme !

— Ils l'ont appris, Nicolas, et je sais par qui. À Pons, j'ai vu un homme allumer un fagot sous les jambes d'une femme pendue à un arbre par les cheveux. C'était Gervais Malfrat !

Le sergent cracha presque sur ses pieds et s'essuya la bouche derechef.

— Ce failli fils de pute ! Vous auriez dû le pendre,

Dame Catherine. Messire Arnaud, lui, n'aurait pas hésité.

Catherine ne répondit pas et, sur un geste d'adieu, dirigea son cheval vers l'enceinte de son château. Il y avait bientôt deux mois qu'Arnaud était parti, au fort de l'hiver, alors que la neige enveloppait toutes choses et rendait les chemins difficiles, emmenant ses lances, la meilleure noblesse du comté et les plus jeunes de ses soldats, ceux qui brûlaient de se distinguer au combat. En vue de la campagne de printemps, le connétable de Richemont, que le Roi venait de nommer son Lieutenant en Ile-de-France, rameutait ses troupes afin d'attaquer Paris. Le temps était venu de reprendre enfin à l'Anglais la ville capitale où, à ce que l'on disait, la misère était grande. Et, bien sûr, en recevant son messager, le seigneur de Montsalvy n'avait même pas hésité une seconde. Il était parti, trop heureux, pensait amèrement Catherine, d'échanger le morne ennui de l'hiver auvergnat pour la vie grisante et intense des combats, la seule qu'il aimât.

Pourtant, au soir triomphal qui avait marqué la grande fête d'automne et le baptême d'Isabelle, Arnaud avait promis à sa femme qu'ils ne se quitteraient plus jamais, qu'elle pourrait le suivre quand il repartirait en guerre. Mais, deux mois plus tôt, Catherine avait pris froid. Elle était toute dolente, incapable en tout cas d'une longue chevauchée par un temps aussi rude. Et la dame de Montsalvy avait eu l'impression bizarre que son seigneur était assez satisfait d'une circonstance qui le dispensait de tenir une promesse, visiblement parvenue dans son esprit à l'état d'enfantillage.

— De toute façon, lui avait-il dit en manière de consolation tandis que, les yeux pleins de larmes, elle le regardait essayer son armure, il ne t'aurait pas été possible de me suivre. Les combats vont être rudes. L'Anglais s'accroche au sol de France comme un sanglier forcé à sa bauge. Et il y a les enfants, le fief, tous nos gens. Ils ont besoin de leur châtelaine, ma mie.

— N'ont-ils donc pas besoin aussi de leur seigneur ? Il leur a manqué si longtemps.

Le dur et beau visage d'Arnaud de Montsalvy s'était fermé. Un pli de contrariété avait rapproché ses noirs sourcils.

— Ils auraient besoin de moi si quelque danger sérieux les menaçait. Mais, grâce à Dieu, il n'y a plus d'ennemis capables de nous menacer dans nos montagnes. L'Auvergne n'a plus depuis longtemps de places fortes anglaises et ceux dont les sympathies auraient pu, par amitié pour Bourgogne, pencher de ce côté n'osent plus se manifester. Quant aux routiers, leur temps est révolu. Il n'y a plus d'Aymerigot Marchès menaçant nos terres et nos bourses. Mais le Roi doit achever de reprendre la terre que Dieu lui a donnée. Et il ne pourra se dire roi de France tant que Paris sera entre les mains de l'Anglais. Je dois y aller, mais, quand les combats cesseront et que nous fêterons les victoires, je t'appellerai. Jusque-là, je te le répète, tu ne cours aucun danger, mon cœur. D'ailleurs, je te laisse Josse et les plus aguerris de mes soldats...

Les plus aguerris, peut-être, mais surtout les plus vieux. Ceux qui préféraient certainement chauffer leurs articulations raidies par les rhumatismes au feu du corps de garde en buvant du vin chaud, plutôt que veiller aux créneaux interminablement pendant les nuits humides. Le plus jeune, c'était Nicolas Barral, leur chef, qui approchait la quarantaine, un âge très mûr à une époque où l'on ne faisait guère de vieux os. Il est vrai qu'il y avait l'autre seigneur du pays, Bernard de Calmont d'Olt et sa trentaine de moines et que, ceux-là, Arnaud savait au juste quelle sorte d'hommes ils étaient.

Il avait donc quitté Montsalvy par un matin de givre, fièrement campé sur son destrier moreau avec sa bannière qui flottait au vent acide du plateau. De sable et d'argent, sinistre, elle contrastait avec les pennons gaiement colorés qui voltigeaient au bout des lances de ses chevaliers.

Il y avait là les meilleurs représentants de la noblesse

environnante qui, tous, avaient tenu à l'honneur de suivre le comte de Montsalvy à la rescousse de la capitale : les Roquemaurel de Cassaniouze, les Fabrefort de Labesserette, les Sermur, le seigneur de La Salle et celui de Villemur, tous escortés de leurs gens, tout joyeux de s'en aller en guerre autant qu'écoliers en vacances...

Et Catherine, qui, du chemin de ronde, les avait regardés s'éloigner sous les nuages bas et les bourrasques de vent, n'avait pas vu Arnaud se retourner une seule fois pour lui adresser un dernier adieu. Elle sentait même que, s'il avait pu, il aurait mis son cheval au galop afin de rejoindre plus vite ses frères d'armes, les autres capitaines du Roi, La Hire, Xaintrailles, Chabannes, tous ces hommes pour qui la vie ne valait qu'en raison du danger couru, des coups et des victoires remportées et qui tissaient, entre Catherine et son belliqueux époux, cette tapisserie de haute lice, faite d'acier et de sang, dont les motifs se relevaient, hauts en couleur, sur l'or brûlant des matins de victoire et l'azur des bannières royales dressées en face des lignes noires de l'ennemi. Il y avait aussi les longues années de fraternité, les souvenirs communs, gais ou tragiques, les blessures reçues ensemble et dont le sang se mêle aux bassins des barbiers, après avoir rougi les mêmes mottes d'herbe foulée.

La vie des hommes entre eux ! Celle qui n'appartient qu'à eux et où toute femme, même la plus aimée, n'est qu'une intruse !

« Ses amis lui tiennent à cœur plus que moi », avait-elle pensé alors.

Pourtant, dans la nuit qui avait précédé son départ, il l'avait aimée avec une sorte de fureur. Il l'avait prise et reprise jusqu'à être obligé d'arracher du lit les draps trempés de sueur, labourant inlassablement la tendre chair offerte et emplissant la chambre close de ses clameurs de victoire. Jamais Catherine ne l'avait connu ainsi, jamais non plus elle n'avait connu plaisir aussi intense, ni aussi épuisant. Mais, au plus aigu de sa joie de femme comblée, une bizarre idée avait germé dans l'esprit de Catherine et, quand enfin, au moment où la cloche du monastère sonnait matines, il s'était laissé retomber auprès d'elle, haletant, prêt à couler comme un nageur épuisé au plus profond du sommeil, elle s'était pelotonnée contre lui et, les lèvres contre les muscles durs de sa poitrine, elle avait murmuré :

— Tu ne m'as encore jamais aimée ainsi... Pourquoi ?

La voix déjà embrumée, il avait répondu calmement.

— Parce que j'en avais envie... et pour que tu ne m'oublies pas quand je serai loin...

Puis il n'avait plus rien dit et s'était endormi, serrant dans son poing fermé la main moite de sa femme, comme s'il cherchait à l'empêcher de s'éloigner de lui, même un instant. Et Catherine avait compris qu'elle avait vu juste. D'ailleurs, ne sachant pas mentir, il l'avait admis simplement : la meilleure manière de ne pas oublier son mari, pour une jeune femme, n'est-elle pas d'occuper les longueurs de l'absence avec les malaises d'une future maternité ? Un raisonnement bien masculin, en somme, et surtout bien dans la note d'un mari jaloux ! Et, dans la chaude obscurité des courtines bien tirées, Catherine avait souri...

Mais cette folle et dernière nuit n'avait pas porté de fruit et le sourire, dès l'aube, avait fait place aux larmes difficilement retenues. À cette minute où le danger auquel Arnaud ne croyait pas (c'était un homme qui n'avait jamais su se défier de ses amis) fondait sur Montsalvy, Catherine était contente que l'égoïste et tendre machiavélisme de son époux eût échoué. Qu'eût-elle fait, Seigneur, des nausées d'une grossesse alors qu'il lui fallait jouer les héroïnes guerrières ?

D'un geste de la main, dérisoire et machinal, Catherine chassa les regrets comme des mouches importunes. Sans y penser, elle avait franchi la barbacane du château et l'agitation qui y régnait lui sauta au visage.

La cour bourdonnait comme une ruche au mois de mai. Les servantes couraient en tous sens, les unes ramenant du lavoir les corbillons pleins de linge mouillé, les autres charriant vers le chemin de ronde des bassines d'eau et des jarres d'huile qu'elles posaient près des grands feux que les valets allumaient sur le rempart sous la direction de Saturnin, le vieux bailli. Dans un coin, le forgeron et l'armurier étaient au travail, arrachant de l'enclume étincelles et vacarme. Mais à mi-chemin entre le logis et les cuisines, près du four d'où quelques femmes tiraient des miches fumantes et dorées à souhait, Catherine aperçut Sara qui, les mains croisées sur son ventre drapé d'un grand tablier blanc, dominait le tumulte, aussi tranquille que si ce jour-là eût été un jour comme tous les autres. Le geste du bras et le sourire qu'elle adressa de loin à la châtelaine étaient tout juste les mêmes que d'habitude, ni plus rapides, ni plus crispés. Et pourtant, avant même que Catherine eût donné le premier ordre, le château avait commencé à se préparer et à revêtir son armure de guerre.

C'était la première fois, depuis sa construction, qu'il allait essuyer le feu de l'ennemi. Il n'y avait pas un an qu'il était terminé. Les Montsalvy l'avaient fait bâtir en remplacement de la vieille forteresse du Puy de l'Arbre, jadis détruite par ordre du Roi, avec les sommes importantes que leur versait chaque année leur ami, le marchand Jacques Cœur, auquel, dans un moment difficile, Catherine avait spontanément offert le plus fastueux de ses joyaux, le fameux diamant noir, maintenant déposé au trésor de Notre-Dame du Puy-en-Velay.

Cette fois, on l'avait bâti près de la porte sud, adossé au rempart dont sa masse crénelée doublait et même triplait la muraille à cet endroit. Et, dans sa majestueuse rudesse, avec ses épaisses courtines de granit gris bien garnies de hourds en cœur de chêne, son haut donjon carré flanqué de minces tourelles dont la masse dominait les hautes fenêtres sculptées du logis neuf et la dentelle des girouettes dorées, avec les sept tours à bec renforçant sa muraille, il ressemblait assez à l'un de ces dragons de légende, tapis à l'entrée des profondes cavernes pour en défendre les trésors. Mais saurait-il bien, l'heure des assauts venue, soutenir le feu de l'ennemi, le choc des pierrières et des mangonneaux ou de toute autre machine de guerre amenée contre ses murailles ?

Tout à l'heure, quand, au détour d'un taillis, Catherine était presque tombée sur les loups du Gévaudan occupés à leur sinistre besogne de mort, elle n'avait guère pris le temps d'évaluer leur force. Elle avait tout juste trouvé celui de tourner la tête de son cheval et de prendre la fuite quand un cri l'avait signalée et Josse, qui l'avait suivie, n'en avait pas vu davantage. Qui pouvait savoir ce que les Apchier amenaient dans leurs bagages ? Et Catherine craignait pour son château, comme elle craignait pour ses gens. C'est qu'il était un peu son œuvre personnelle.

C'était elle qui en avait posé la première pierre, qui en avait discuté les plans avec l'abbé Bernard et le frère architecte de l'abbaye, au temps où chacun à Montsalvy, et elle, la toute première, croyait bien ne jamais revoir messire Arnaud en ce bas monde. Elle l'avait voulu imprenable, inaccessible, mais elle n'ignorait pas qu'il eût fallu, pour cela, bâtir sur quelque roc abrupt et lui donner pour premiers gardiens le vertige et la solitude. Elle avait tenu à ce qu'il fût, avant tout, la sauvegarde de la ville et de l'abbaye, quitte à sacrifier un peu de sa propre sécurité. Et, ainsi incorporé aux remparts de Montsalvy, le château avait ses faiblesses que la châtelaine connaissait et dont la pire, sans doute, était le danger de trahison toujours possible.

Certes, Catherine avait pleine confiance dans ses vingt-cinq hommes d'armes et dans Nicolas Barral, leur chef. Mais qui pouvait dire si, parmi les quelque onze cents âmes encloses dans la cité, il ne s'en trouverait pas une qui fût assez vile pour se laisser tenter par les trente deniers de Judas ? Il y avait déjà un précédent : cet homme, ce Gervais Malfrat, qu'elle avait fait chasser hors des remparts à coups de fouet parce qu'il lui répugnait d'ordonner une pendaison et qui avait rejoint Bérault d'Apchier... Une sotte clémence, en vérité, et qui mettrait Arnaud hors de lui-même s'il l'apprenait, car Gervais Malfrat méritait cent fois la corde ! C'était un voleur, agile comme un renard, et qui savait aussi aisément se glisser dans les poulaillers que dans le lit des filles. Il volait les pères et engrossait les filles mais, chose curieuse, si les premiers enrageaient et juraient d'avoir sa peau, aucune des filles ne se plaignait jamais. On aurait dit qu'elles étaient heureuses de leur malheur, malgré la honte encourue.

Et puis, il y avait eu la dernière, la jolie petite Bertille, la fille de Martin, le tisserand de toile. Celle-là n'avait pas supporté sa honte et, un matin, on l'avait repêchée dans la Truyère, aussi livide et froide que cette aube de malheur. Et, malgré le chagrin de sa mère, malgré les prières de Catherine, on n'avait pas pu l'enterrer en terre bénite mais au bord du chemin, comme une maudite. Le seul adoucissement que la châtelaine avait pu offrir aux parents avait été de faire creuser la mince tombe auprès de la chapelle du Reclus, le vieil ermitage en ruine, où jadis un moine condamné avait subi sa pénitence. Tout le village avait pleuré Bertille. On disait que c'était la douleur qui l'avait jetée dans les bras de la mort, la douleur d'amour que Gervais, le malfaisant, lui avait plantée au cœur, comme un carreau d'arbalète, en se lassant d'elle pour courir à un autre jupon. On disait même qu'il l'avait poussée au suicide parce qu'il était cruel et qu'il prenait plaisir à la souffrance des femmes. On disait... tant de choses encore ! Tant de choses qui n'étaient jamais des preuves.

Pourtant, quand les gens de Montsalvy avaient envahi la cour du château, brandissant leurs fourches et leurs faux et hurlant à la mort, Catherine avait ordonné à Nicolas Barral d'arrêter Gervais et de le garder à vue. Mais cela avait été plus fort qu'elle, il lui avait été impossible de prononcer une sentence de mort, de faire dresser une potence. Elle s'était contentée de condamner Gervais au fouet et de le faire jeter hors des remparts à la tombée du jour, un soir de neige, à la grâce de Dieu et à la merci des loups.

En agissant ainsi, elle savait qu'elle offensait Martin, le père de l'enfant, qui voulait la peau du séducteur.

Mais comment lui expliquer cette horreur qu'elle portait en elle pour les grandes fureurs populaires ? Comment lui dire qu'elle ne pouvait faire pendre un homme parce qu'un jour de colère le peuple de Paris avait pendu son propre père, Gaucher Legoix, à l'enseigne de sa boutique d'orfèvre ?

L'abbé Bernard l'avait approuvée :

— Tu ne tueras point ! lui avait-il dit en manière de consolation.

Et il avait ajouté, montrant la nuit noire et la terre blanche :

— Si Dieu veut qu'il meure, il mourra cette nuit, de froid, d'épuisement ou d'une bête sauvage. Vous avez été sage de le laisser juger. Je le dirai à Martin.

Et tout était rentré dans l'ordre. Mais Gervais n'était pas mort et maintenant Catherine se reprochait une clémence qu'elle traitait de sensiblerie, car si sa ville, sa demeure et les siens couraient péril de mort à cause de ce mauvais, c'était uniquement sa faute, à elle, Catherine de Montsalvy !... En fait, elle n'était pas loin de penser que le jugement de Dieu avait des faiblesses encore plus singulières que les siennes propres et elle voyait mal pour quelle obscure raison elle devrait en faire les frais.

Avec un soupir mal résigné, Catherine poussa son cheval à travers la grande cour du château.

Le bruit des armes, le choc des marteaux et le ronflement des feux l'emplissaient et, comme un animal bien dressé, le gros chien de garde de Montsalvy aiguisait ses crocs pour mordre. Le tocsin sonnait toujours et le ciel était noir.

Catherine rejoignit Sara qui houspillait les filles de cuisine déjà épouvantées dont quelques-unes pleuraient.

— Croirait-on pas, bougonna l'ancienne tzigane, qu'elles vont être violées dans une heure ? Le tocsin carillonnait depuis trois minutes qu'il y en avait déjà six cachées sous les lits ! Eh ! toi, là-bas, Gasparde, au lieu de regarder le ciel comme s'il allait te tomber sur la tête, va donc jusqu'aux granges dire qu'on prépare des paillées fraîches pour les réfugiés. Voilà déjà les premiers qui arrivent !

La fille, ainsi tancée, fila dans un envol de cotillon bleu et de cornette jaune, tandis qu'en effet une antique charrette à roues pleines, tirée par un bœuf, faisait son entrée, couronnée d'une pleine brassée de marmots piaillant autour d'une mère muette de terreur. Sara fit un geste pour aller vers eux, Catherine la retint :

— Les enfants ?

— Ils sont couchés. Donatienne est avec eux et tu ferais bien d'aller les rejoindre. Tu as la mine de quelqu'un qui a vu le Diable.

— C'est qu'aussi je l'ai vu. Il avait cent têtes casquées qui hurlaient, mille bras qui abattaient des haches indifféremment sur la chair vivante ou le bois des portes ou bien jetaient des torches dans les maisons dont ils avaient tiré les habitants pour les jeter à genoux dans la boue en attendant de les égorger comme des moutons.

Sous la haute coiffe de toile à deux cornes qui donnait vaguement à Sara un air démoniaque, ses yeux noirs enveloppèrent le visage pâle d'un regard attentif.

— Que vas-tu faire ?

Catherine haussa les épaules.

— Résister, bien sûr ! L'abbé s'apprête déjà pour nous aider et, ajouta-t-elle avec un naïf orgueil, plus fort que sa peur, c'est à moi de donner l'exemple car je suis la dame de Montsalvy ! Occupe-toi de ceux qui viennent. Moi, je retourne à la porte d'Aurillac voir où en sont les choses. Les routiers, à cause de la nuit, ne peuvent investir Montsalvy dès ce soir. Ils ne trouveraient pas les chemins. Mais ils doivent déjà s'installer sur le plateau.

Elle fit volter son cheval et reprit, en sens inverse, le chemin qu'elle avait parcouru quelques instants plus tôt, mais beaucoup plus lentement à cause des groupes de paysans qui accouraient.

La terreur était peinte sur les visages. Tous ou presque avaient déjà vécu, quatre ans plus tôt, l'invasion du routier Valette, lieutenant du Castillan Rodrigue de

Villa-Andrado. Certains avaient subi la torture, d'autres avaient vu les leurs expirer dans les tourments et, derrière la voix de bronze de la Géraude, c'étaient leurs cris de souffrance et leurs gémissements d'agonie qui emplissaient encore les oreilles des survivants.

Tout en marchant, ils priaient à haute voix, s'interrompant seulement pour saluer Catherine et demander sa protection. À tous elle disait un mot d'espoir, une parole d'accueil et, de l'avoir vue, si calme en apparence, leur peur se faisait moins lourde tandis qu'ils avançaient vers le château ou vers le monastère.

À mesure qu'ils entraient, la ville, qui, d'ordinaire, dès que la nuit était close et le couvre-feu corné, semblait se rouler en boule pour dormir comme un gros chat noir, s'emplissait de bruit et de lumières, tellement qu'on aurait dit une fête si les regards n'avaient reflété tant d'angoisse. Même le grincement des enseignes, dans le vent du soir, avait quelque chose de menaçant.

Sur le rempart, au-dessus de la porte d'Aurillac, dûment barricadée, il y avait foule. Hommes, femmes, enfants, vieillards, entassés pêle-mêle, braillaient si fort des chapelets d'insultes à l'adresse de l'assaillant invisible qu'on ne s'entendait plus.

Catherine aperçut, au milieu, Josse qui tentait de les faire taire, peut-être pour parlementer. Attachant vivement son cheval à l'anneau du bourrelier, Catherine releva sa robe sur son bras et se lança dans le raide escalier de moellons qui rampait vers le chemin de ronde. Quelqu'un la vit monter et cria :

— Voilà Dame Catherine ! Place ! Place à notre dame !

Le mot la fit sourire, mais lui serra le cœur tant il traduisait de naïve confiance et de dévotieuse tendresse. N'était-elle pas, pour ces braves gens, le seul recours terrestre, celle en qui reposaient tous leurs espoirs d'une vie acceptable ? Pour eux, la châtelaine était un peu l'émanation de cette autre dame, infiniment plus haute et plus puissante, la dame du Ciel qui était leur ultime espérance et leur dernier secours. Et si le cœur de Catherine s'était serré, c'est qu'elle avait eu pleine conscience, tout à coup, de sa faiblesse, alors qu'elle se trouvait dans l'obligation de se montrer à la hauteur de cette confiance.

Saisie par des dizaines de mains qui l'aidèrent à gravir les dernières marches, elle se retrouva, sans trop savoir comment, penchée à un créneau, auprès de l'abbé Bernard, dont le visage lui parut étrangement figé.

— J'allais vous faire chercher, Dame Catherine, murmura-t-il vivement. J'ai tenté de parlementer, mais c'est à vous seule que ces gens veulent parler !

— Je leur parlerai donc ! Bien que je n'aie guère d'espoir d'être entendue.

S'appuyant des deux mains au créneau, elle se pencha... La pente douce qui coulait du Puy de l'Arbre et venait buter contre les murs de Montsalvy grouillait de vie. La troupe, importante mais disparate, des seigneurs d'Apchier s'occupait déjà à établir un camp. À la lisière des arbres, à quelques toises, on dressait des tentes visiblement fabriquées avec tout ce qui avait pu tomber sous la griffe des pillards. Certaines, en peaux de chèvre mal tannées, montraient des poils raides, collés de crasse. D'autres faisaient alterner de larges bandes de riches tissus ternis et crottés avec de grands morceaux de toile à sacs. Les feux s'allumaient, reflétés en luisances rouges sur les trognes barbues des hommes d'armes. Certains préparaient déjà le souper. Des valets sales écorchaient deux sangliers fraîchement tués et trois moutons, d'autres mettaient à bouillir d'énormes chaudrons accrochés à des piques disposées en faisceaux, tandis qu'une troisième équipe sortait un tonneau d'une des maisons abandonnées. Chose étrange, aucune des habitations du petit faubourg ne brûlait encore.

Le regard glacé de Catherine revint se poser sur les quelques cavaliers qui se tenaient immobiles de l'autre côté du fossé, la tête levée vers la muraille. L'un d'eux, le plus vieux, le plus lourd aussi, avait devancé les autres de quelques pas. Il se mit à ricaner en reconnaissant la châtelaine.

— Eh bien, Dame Catherine, s'écria-t-il, est-ce là votre hospitalité ? D'où vient que nous trouvions ainsi porte close et tous vos manants au rempart quand nous venons, mes fils et moi, vous visiter de bonne amitié ?

— Une visite d'amitié ne se fait pas avec une troupe qui pille, brûle et assassine, Bérault d'Apchier. Les portes de Montsalvy se fussent ouvertes devant vous et vos fils, mais elles se ferment et resteront fermées devant vos soudards. Soyez franc, pour une fois : que venez-vous chercher ici ?

À nouveau, l'homme se mit à rire et Catherine pensa que le loup du Gévaudan n'avait pas volé son surnom. Elle pensa même que les loups pouvaient s'offenser de la comparaison. Malgré l'âge qui venait et les longues chevauchées, affalé sur la selle qui le voûtait déjà, il avait encore la force d'un ours. Massif sur son destrier habillé de cuir comme lui-même, Bérault avait beaucoup plus l'air d'un bandit que du seigneur de bon lignage qu'il était réellement. La ventaille relevée de son casque laissait voir un visage tout en plans aigus, le long menton broussailleux et gris qui donnait au patriarche d'Apchier l'aspect d'un vieux cervier, les yeux sans couleur définie, très enfoncés sous l'orbite profonde et qui ne cillaient jamais, le teint lie-de-vin, sous des moirures de crasse et la babine violacée qui, en se retroussant, montrait un étonnant assemblage de chicots noirâtres qui faisaient de leur mieux pour tenir l'office de dents.

L'homme était d'une laideur repoussante et d'une affreuse saleté, mais sous le tabard graisseux, effiloché, l'armure et les armes brillaient, entretenues.

Derrière lui trois autres cavaliers s'alignaient : ses fils et son bâtard. Jehan et François, les fils, semblaient les copies rajeunies du père : même force redoutable, même figure de loup sournois, mais les prunelles sombres luisaient comme braise et les bouches charnues avaient la couleur du sang frais. Quant à Gonnet, le bâtard, la race terrifiée de sa mère, une fragile nonne violée dans son couvent en flammes et emportée jusqu'à la tour baronniale pour y servir encore au plaisir du maître et y faire son fruit avant d'en mourir, atténuait chez lui la sauvagerie apparente de ses demi-frères. Il était plus mince, plus blond, plus délié, mais la ruse était collée comme un masque à ses traits affinés, tandis que ses yeux pâles avaient ce reflet glauque des marais aux vases mortelles. Tête nue, ses cheveux blonds voletaient doucement au vent du soir. Il ne portait pas l'épée, n'étant pas chevalier, mais à l'arçon de sa selle pendaient une cognée de bûcheron et... une tête fraîchement coupée qui témoignait de l'usage qu'il en savait faire, une tête que Catherine n'osa pas regarder attentivement tant elle craignait de la reconnaître.

Comme aucune réponse ne venait, elle répéta sa question plus durement :

— J'attends ! Que venez-vous chercher céans ?

Le vieux eut un rire, torcha son nez humide à son gantelet, se racla la gorge et cracha :

— Le passage, gracieuse dame, rien que le passage ! N'êtes-vous point maîtresse et gardienne de la route qui va vers Entraygues et vers Conques ? Tout le jour, les voyageurs passent par Montsalvy et acquittent le péage. Pourquoi nous le refusez-vous ?

— Les voyageurs passent, en effet, de jour, point la nuit et jamais une troupe armée ne reçoit permission de traverser notre cité. Si vous voulez gagner Entraygues, il vous faut passer par les vallées.

— Pour rompre les os de nos chevaux ? Grand merci ! Nous préférons traverser Montsalvy...

— Traverser seulement ? demanda l'abbé.

— Peut-être nous y arrêter un peu. Nous sommes las, affamés, la saison est rude encore. Ne pouvez-vous faire accueil à des chrétiens ?

— Les chrétiens n'ont pas de tels bagages, s'écria la châtelaine en désignant du doigt l'affreux trophée de Gonnet. Passez votre chemin, Bérault d'Apchier, ou plutôt retournez d'où vous venez. Mais j'imagine que là où vous êtes passé il n'y a plus rien à piller ni à brûler.

— Plus grand-chose, admit l'autre de sa voix traînante. Est-ce là tout votre accueil, Dame Catherine ? Votre époux nous en servit un meilleur voici peu.

— Votre venue, ce soir, montre qu'il a eu tort. Allez-vous-en : Montsalvy n'ouvre point ses portes quand son seigneur n'y est pas ! Vous le savez d'ailleurs parfaitement, sinon vous ne seriez pas ici, n'est-ce pas ?

Un éclair de joie maligne brilla sous les sourcils barbelés de Bérault.

— Bien sûr, nous le savons. Il n'y a plus, derrière vos murs, que des moines, des vieillards et des enfants. Il vous faut des hommes et je suis venu vous offrir ma protection.

Autour de Catherine, un grondement se leva. Le peuple de Montsalvy qui avait suivi jusque-là, attentif et silencieux, l'échange de paroles commençait à montrer les dents. La voix goguenarde d'une commère lança :

— Regarde-toi au miroir, Bérault ! Te prends-tu pour un jouvenceau ? Des hommes, on en a encore, des meilleurs et des plus vigoureux que toi ! Et ta protection...

La destination finale de ladite protection, dans l'esprit et dans la bouche de Gauberte, arracha un sourire à Catherine et un rugissement de joie à son entourage qui éclata en quolibets et en injures variées que l'abbé essaya vainement de faire taire. Les gens de Montsalvy détestaient encore plus le loup du Gévaudan qu'ils n'en avaient peur et la tête coupée, dont le sang coulait encore sur les jambes du cheval de Gonnet, exaspérait leur fureur. Les poings se tendaient tandis que déjà des pierres volaient vers les quatre cavaliers immobiles. L'une d'elles, lancée d'une main sûre, atteignit le heaume de Jehan qui cracha une insulte.

Le vieux Bérault se dressa sur ses étriers, soudain fou de colère, et lâcha les raisons véritables de son invasion.

— J'entrerai quand même, bande de cochons braillards, et je vous égorgerai comme les porcs que vous êtes. Je veux cette ville et je l'aurai comme je t'aurai aussi, toi, la putain bourguignonne ! Quand cet âne prétentieux d'Arnaud reviendra de ses galopades militaires, il trouvera sa porte close, sa ville sous mon fouet et sa femme dans mon lit ! À moins que je n'en aie plus envie quand tous mes hommes lui seront passés dessus ! Tu as demandé ce que je venais chercher, Catherine ? Je vais te le dire : c'est ton or d'abord et toi ensuite !

D'un geste, la dame de Montsalvy imposa silence à la foule qui se pressait autour d'elle et qui grondait. Les insultes du pillard ne l'atteignaient pas.

— Mon or, dis-tu ? Quel or ?

— Allons, la belle, ne fais pas l'innocente ! Ce n'était pas très prudent cette grande fête que vous avez donnée pour le baptême de ta fille Isabelle. Bien sûr, recevoir la vieille reine et le connétable, c'était superbe mais, en même temps, ça nous a permis, à nous autres, de constater la richesse de ton château et de ce qu'il y a dedans ! Ah ! C'est un beau spectacle ces grandes tapisseries, ces draps de soie, ces grands dressoirs bien pourvus de vaisselles d'or et d'argent ! Ma foi, j'en veux ma part.

— De quel droit ?

— Du droit du plus fort, pardi ! Si tu connaissais ma tour d'Apchier, tu verrais que j'ai grand besoin de renouveler mon mobilier. Mais c'est surtout un lit qu'il me faut, un grand lit de plume, bien douillet et bien pourvu de chaudes couvertures avec une belle fille blonde dedans pour me tenir chaud. Quant à mes hommes, ils se contenteront, en attendant leur tour, des moins racornies de ces volailles piaillantes qui t'entourent...

Les gens de Montsalvy en avaient assez entendu. Leur patience était à bout. Avant d'avoir pu ouvrir la bouche, Catherine se vit soudain encadrée de deux archers dont les doigts tendaient déjà les cordes. Les flèches allaient siffler pour laver dans le sang du bandit l'insulte et la menace, mais avant même qu'elles ne fussent libérées, l'abbé Bernard, rapide comme l'éclair, avait bondi sur le créneau les bras en croix. Il avait compris qu'il valait mieux éviter, autant qu'il serait possible, l'irréparable et que la mort du vieux Bérault ne résoudrait rien.

— Ne tirez pas ! cria-t-il. Ce n'est pas encore l'instant de frapper ! Gardez votre sang-froid car vous le faire perdre est tout ce que cherche cet homme ! Quant à toi, Bérault d'Apchier, cesse d'offenser Dieu et les hommes ! Même en Gévaudan on sait que cette terre est terre d'Église en même temps que fief comtal. C'est aussi une « sauveté »... un lieu d'asile. Quiconque l'attaque attaque Dieu lui-même qui en est vrai suzerain.

— J'ai encore tout le temps de m'arranger avec Dieu, moine. Quand je tiendrai cette terre, je lui ferai un beau présent avec l'or que je vais ramasser ici. J'ai un chapelain très accommodant : trois *Pater*, trois *Ave* et une demi-douzaine de messes et il me fera blanc comme un agneau, eussé-je trucidé tous ceux de ce nid à rats.

— On t'a déjà dit qu'il n'y a pas d'or. Messire Arnaud, quand il est parti avec ses lances, a emporté tout l'argent dont le château disposait...

— Je me contenterai du mobilier ! fit Apchier têtu. Et puis, voici le printemps. Bientôt, les troupes de marchands en route pour les foires du Sud, les bandes de pèlerins en chemin vers Conques et les hauts lieux d'Espagne vont affluer. Vous êtes peut-être une sauveté, mais vous êtes aussi un péage, hein, saint homme ? Et c'est très lucratif un péage ! Donc même si Arnaud le magnifique a tout emporté, il reste qu'une saison ici... et même plusieurs, peuvent être pleines d'intérêt. Tu as compris maintenant ?

Oui, l'abbé avait compris et Catherine autant que lui. Le forban ne venait pas, comme tous ses pareils, pour piller, brûler et s'enfuir : il venait tout simplement s'installer afin de pouvoir rançonner à son aise les grandes transhumances qui, de haute Auvergne vers la vallée du Lot et les riches terres du Sud, passaient obligatoirement par Montsalvy !

Une bouffée de colère la poussa à rejoindre l'abbé sur son créneau :

— Tu n'oublies qu'une chose, bandit : c'est le seigneur de ces lieux ! Même si tu parviens à nous vaincre, même si tu t'emparais de notre ville, ce qu'à Dieu ne plaise, sache qu'un jour ou l'autre Arnaud de Montsalvy reviendra. Il a la main encore plus lourde que toi et alors rien ne pourra te sauver de sa vengeance. Souviens-toi que le Roi l'aime et que le Connétable est notre ami.

— Peut-être ! S'il revient ! Mais quelque chose me dit à moi que, justement... il ne reviendra pas. Alors, autant nous arranger tout de suite...

— Il ne...

Catherine n'alla pas au bout de son cri suffoqué. La main de l'abbé serrait son bras, tandis qu'il chuchotait :

— Du calme ! N'ayez pas l'air de prêter attention à ses paroles ! Il ne cherche qu'à vous faire sortir de vous-même, afin que vous commettiez quelque sottise. D'ailleurs, écoutez ! Il n'est plus guère possible de discuter.

En effet, une véritable tempête de hurlements courait tout le long du rempart, assortie d'une grêle de pierres sous laquelle les quatre routiers durent battre en retraite. D'ailleurs une pluie fine, glaciale, commençait de tomber. Ils s'éloignèrent vers leur camp qui se dressait maintenant à mi-chemin de la ville et du Puy de l'Arbre dont leurs feux de cuisiné éclairaient les ruines.

Mais, tandis que ses fils se retiraient avec une indifférence absolue et sans paraître attacher la moindre importance à l'explosion de fureur populaire, le vieux Bérault se retourna plusieurs fois pour montrer le poing à la cité.

Catherine descendit du créneau et regarda le cercle de visages qui l'entouraient. Dans la lumière des torches, ils paraissaient rouges, encore flambants de la grande colère qui avait soulevé les gens de Montsalvy à entendre insulter si bassement leur dame et leur seigneur. Mais, de toutes ces figures, il ne sortait qu'une voix unanime pour assurer la châtelaine du dévouement des siens.

— On tiendra, dame Catherine ! N'ayez crainte : les remparts sont solides et nous avons bon courage.

— Le vieux forban regrettera bientôt d'être venu jusqu'ici. C'est pas demain qu'il s'installera chez nous et tiendra notre ville.

Spontanément, Catherine leur sourit, serra les mains les plus proches, mais Gauberte, la toilière, demanda brusquement :

— Qu'est-ce qu'il entendait par là quand il a dit que messire Arnaud ne reviendrait pas ?

Il y eut un silence. La grosse Gauberte venait de traduire tout haut le tourment secret de la châtelaine et aussi la question que chacun se posait tout bas. Mais l'abbé coupa court parce que l'angoisse de cette question sans réponse possible venait de reparaître dans les yeux de Catherine.

— Soyez sans crainte, assura-t-il, nous le saurons sous peu, en admettant que ce ne soit pas une simple bravade destinée à abattre notre courage. S'il a un plan, Bérault d'Apchier précisera sûrement sa menace, ne serait-ce que pour forcer Dame Catherine à effectuer des sorties dangereuses puisqu'en rase campagne nous n'aurions aucune chance.

Catherine passa une main encore tremblante sur son front humide.

— Si vous n'aviez été là, mon Père, je crois bien que j'aurais commis cette folie d'attaquer. Et, bien sûr, c'est la dernière chose à faire... Maintenant, je crois qu'il faut nous réunir en conseil pour décider des mesures que nous devons prendre. Nous allons avoir à soutenir un siège sans doute difficile, et j'ai besoin de toutes les bonnes volontés...

Le chemin de ronde se vida peu à peu. Hormis les guetteurs armés qui, jusqu'au retour de la lumière, veilleraient pour parer à une éventuelle surprise, chacun rentra chez soi pour compter ses provisions et prier Dieu de sauver la ville et ses habitants de la rapacité des loups du Gévaudan. Seuls les notables se dirigèrent vers le château où le conseil allait se réunir.

Comme cela se produisait régulièrement chaque mois, ils se retrouvèrent dans la grande salle dont les tapisseries d'Arras et d'Aubusson excitaient si fort la convoitise de Bérault d'Apchier, autour du banc seigneurial, où, naguère encore, Arnaud de Montsalvy, en pourpoint de daim noir, une chaîne d'or au cou, les accueillait d'une plaisanterie ou d'un énorme coup de gueule suivant l'humeur du moment ou les circonstances. Cela se passait en général vers la fin de la matinée, autour d'un feu clair, et messire Arnaud ne manquait jamais de faire circuler quelques pots de vin aux herbes pour qu'en sortant les gens de sa bonne cité eussent meilleur cœur à l'ouvrage.

Ce soir, il en allait autrement. Certes, le feu flambait comme de coutume dans l'immense cheminée, mais les ombres de la nuit emplissaient les voûtes de la grande salle, au-dessus de la rangée de bannières qui formaient à mi-hauteur une haie mouvante et colorée, là où la lumière des quelques torches plantées dans leurs crocs de fer n'atteignait point.

Au-dehors, ce n'était plus le tintamarre matinal du château avec ses rires de servantes et ses piaillements de volailles, c'était le silence d'une nuit lourde de menaces et si le banc seigneurial était toujours occupé, ce n'était plus par les six pieds de muscles et d'énergie du chevalier, mais par la silhouette bleue d'une jeune femme qui jamais ne leur avait paru si mince et si fragile.

Auprès d'elle, bien sûr, il y avait la robe noire de l'abbé Bernard, sa tête rase et son étroit visage méditatif. Il était mince comme une lame et l'on savait son âme trempée comme le meilleur acier. Mais c'était un homme d'Église, un homme de prière pour qui le renoncement et l'amour du prochain étaient les armes suprêmes, tandis que l'heure présente appartenait à la force brutale.

De son côté, la dame de Montsalvy les regardait entrer l'un après l'autre, s'étonnant de les trouver à la fois si semblables à leur personnage de chaque jour et si différents tout à coup. Ses yeux s'attachaient à chacune de ces figures recuites par tant de soleils, de neiges et de grands vents. C'étaient des figures larges et colorées, faites pour l'effort patient de chaque jour, avec des traits si accusés qu'ils semblaient retenir dans leurs sillons un peu de leur rude terre auvergnate. Ce soir, dans leurs blouses noires des jours de fête qu'ils passaient toujours pour « monter » au château, avec leurs longs cheveux et leurs épaisses moustaches où s'abritaient si bien le sourire du contentement et les dents du carnassier, ils ressemblaient étonnamment à leurs ancêtres, à ces Arvernes qui avaient fondé un empire, inventé le mot « indépendance » et, plus tard, choisi à jamais la fidélité.

Les hommes de Luern et de Bituit, les empereurs arvernes, qui s'en allaient au combat montés sur des chars d'argent et suivis d'une meute de chiens, devaient avoir ces visages et ces carrures taillées pour les laves et les schistes dont ils bâtissaient leurs oppidums.

Un à un, la châtelaine regarda ces visages, s'arrêtant un instant sur chacun d'entre eux. Il y avait là Félicien Puech, le meunier, rond comme une barrique avec sa bedaine qui faisait craquer les coutures de sa blouse et ses mains épaisses dont une seule levait aisément le sac de farine ; Auguste Malvezin, le cirier, qui faisait les meilleures chandelles et les plus beaux cierges de tout le Carladès et dont les joues vernies semblaient toujours conserver un peu de ses produits ; le gigantesque Antoine Couderc, sorte de cyclone hirsute, aux bras interminables, qui cumulait les fonctions de maréchal-ferrant et de charron et dont les yeux avaient l'air de deux bleuets miraculeusement poussés dans la suie. Il y avait encore les deux frères Cairou, les tisserands de toile ; Martin, l'aîné, le père de la pauvre petite Bertille, morte d'amour, et Noël, l'époux de Gauberte, la langue la plus agile de Montsalvy. Tous deux étaient de taille moyenne et se ressemblaient malgré une différence de six ans : mêmes figures maigres aux méplats accusés, mêmes moustaches tombantes qui donnaient à leurs bouches serrées un pli de tristesse dédaigneuse, mêmes dos arrondis à force de se courber sur le métier. Mais la placidité de Noël était devenue, chez son aîné, violence latente et sourde, âpre désir de vengeance pour le mauvais gars à cause duquel sa petite « s'était périe et damnée à la face du Ciel »...

Ensuite, venait Joseph Delmas, le chaudronnier, un bon vivant qui chantait tout le jour bourrées, « grandes » ou « regrets », en tapant sur ses chaudrons. Seulement, ce soir, le Joseph ne chantait pas :

Baisse-toi, montagne, hausse-toi, vallon
Tu m'empêches de voir la mienne Jeanneton...

Silencieusement, ils s'installèrent, comme ils avaient l'habitude, sur des escabeaux rangés en demi-cercle autour du banc seigneurial. Au milieu siégeait Saturnin Garrouste, le bailli, grave à son habitude, avec son menton en galoche et ses grandes rides verticales qui se relevaient si drôlement d'un côté, trahissant l'humour secret du vieillard.

Un geste de l'abbé releva tous ces hommes auxquels venaient de se joindre le sergent Nicolas Barral et le frère Anthime, le trésorier du monastère.

— Mes enfants, nous sommes réunis ici, ce soir, pour tenir conseil, mais ce n'est pas le genre de conseil auquel nous sommes habitués. Nous ne débattrons pas du prix de la toile, des incidents du péage ou d'une maladie du seigle, mais de notre cité en péril de mort. Aussi, avant de commencer, il nous faut demander à Dieu qui nous tient tous dans Sa main d'avoir pitié de nous et de combattre à nos côtés contre les hommes de sang qui sont à notre porte...

Notre Père, qui est dans les cieux...

Docilement, tous s'agenouillèrent dans la jonchée de paille, leurs grosses mains nouées dévotement sur leurs bonnets de laine, reprenant avec ferveur la vieille invocation, criant presque les dernières paroles qui traduisaient si bien leur angoisse secrète :

...et délivrez-nous du mal !

Pour sa part, Catherine avait prié en silence. Son esprit voyageait, au-delà de l'oraison, mêlant à cet appel à Dieu le désir passionné qu'un incident fortuit... un miracle en quelque sorte, ramenât son époux au pays, et sachant bien, au fond d'elle-même, que rien ni personne ne pourrait rappeler Arnaud tant que Paris n'aurait pas fait retour au vrai roi de France.

De nouveau assise dans la haute chaire d'ébène, les mains sagement croisées sur le bleu de sa robe, elle écouta avec attention le frère Anthime faire le compte des réserves du couvent, puis Saturnin qui donna celles de la ville et celles du château que lui avait remis, un peu avant, Josse Rallard, l'intendant. Le total n'était pas tellement rassurant : bourrée de réfugiés comme elle était, la ville ne pourrait guère tenir que deux mois avant que la faim ne fît son apparition. Sans parler des récoltes qui allaient souffrir.

Saturnin roula ses parchemins au milieu d'un silence de mort et regarda la châtelaine.

— Voilà où nous en sommes, Dame Catherine ! Cela nous donne quelques semaines de vivres... en admettant que nous résistions victorieusement aux assauts de ces furieux.

— Qui parle ici de ne pas résister ? gronda Nicolas dont la main serrait déjà la garde de son épée. Nous avons tous bon pied, bon œil et bon courage. Avec ou sans vivres, nous saurons défendre notre ville.

— Je n'ai jamais dit le contraire, protesta doucement le bailli. Je dis seulement que les Apchier sont forts, que nos murailles sont hautes, mais point inaccessibles... et que nous pouvons être débordés. Regarder la vérité en face n'a jamais signifié lâcheté.

— Je le sais bien. Mais je te dis, moi...

Catherine se leva, coupant court à la querelle commençante.

— Inutile de vous disputer, dit-elle. Vous avez raison tous les deux. Nous avons de la vaillance à revendre, mais, si nous voulons sortir sans trop de dommage de cette aventure, il nous faut du secours.

— Où le prendrions-nous, Seigneur ! soupira le gros Félicien. À Aurillac ? Je n'y crois guère !

— Moi non plus, approuva Saturnin. Le bailli des

Montagnes, pas plus que les consuls ou l'évêque d'Aurillac qui sont tous à Monseigneur Charles de Bourbon, devenu par mariage comte d'Auvergne, ne se soucient de nous. On dit, en effet, que l'ambition de Monseigneur Charles est grande... et irait jusqu'à viser le trône. Les gens d'Aurillac, qui sont prudents, n'iront pas se créer une mauvaise affaire avec le duc pour arranger celles du seigneur de Montsalvy, parti soutenir le Roi. Et puis, le bailli des Montagnes n'est pas au mieux avec l'évêque de Saint-Flour qu'il tient à l'œil et dont la forte position le tente.

Catherine regarda le vieillard avec un peu d'étonnement. Il était, de tout Montsalvy, le plus paisible, le plus calme et le plus modeste et, de ce fait, s'était acquis une grande réputation de sagesse. Mais elle découvrait, à cette heure, que le bailli de sa ville savait garder les oreilles ouvertes aux bruits du royaume. Il parlait peu, mais savait admirablement écouter et s'entendait comme personne à confesser les marchands qui, dès que revenait la belle saison, passaient le péage pour gagner les quelques foires du Midi que la guerre n'avait pas chassées. Il en savait, en fait, aussi long qu'Arnaud lui-même qui, avant son départ, s'était inquiété des appétits grandissants du duc de Bourbon et craignait de voir un nouveau La Trémoille, plus proche et plus puissant encore, se lever à l'horizon du royaume.

— De toute façon, dit-elle calmement, notre suzerain direct n'est pas le duc de Bourbon, mais Monseigneur Bernard d'Armagnac, comte de Pardiac, pour qui mon époux a tenu, voici trois ans, la forteresse de Carlat. C'est à Carlat, et nulle part ailleurs, qu'il faut chercher de l'aide...

Elle s'interrompit un instant. Il fallait que le danger fût pressant pour qu'elle consentît à évoquer Carlat. La redoutable citadelle, sur sa falaise de basalte, lui rappelait de cruels souvenirs, depuis celui de cette Marie de Comborn, la cousine d'Arnaud, qui, par jalousie, avait un jour tenté de tuer leur petit Michel et qu'Arnaud avait daguée comme bête puante, jusqu'à ce jour de colère et de douleur où, dans l'église du village, on avait dit la messe des trépassés pour le seigneur de Montsalvy qui s'en allait en léproserie, tandis que, sur le rocher, pleuraient les cornemuses d'Hugh Kennedy ! Mais Carlat, cela avait été aussi le refuge après le passage des routiers de Valette, quand les maîtres de Montsalvy étaient proscrits par le Roi et leur château réduit à l'état de ruine. Et, depuis ces jours-là, le passage d'une sainte avait à la fois sanctifié et glorifié l'imprenable citadelle : la comtesse douairière d'Armagnac, Bonne de Berry, était venue s'y installer, partageant son temps entre le fort château et sa maison d'hiver de Rodez, tandis que ses bienfaits s'étendaient sur toute la région. Elle y était revenue à la Noël passée et elle y était morte, le dernier jour de décembre, au milieu de la douleur de tout un peuple qui, par les mauvais chemins enneigés, avait tenu à l'accompagner jusqu'à la dalle funéraire du couvent des Cordeliers à Rodez.

Avant sa mort, la comtesse Bonne avait fait don de Carlat, qui lui appartenait en propre, à son plus jeune fils, le comte de Pardiac, ce Cadet Bernard dont l'amitié pour les Montsalvy ne s'était jamais démentie. Maintenant, c'était la femme de Bernard, Eléonore de Bourbon, qui tenait la forteresse et y avait établi son foyer durant les longues absences de son époux.

En admettant que Cadet Bernard ne fût pas au logis, la comtesse Eléonore n'hésiterait pas à envoyer du secours aux Montsalvy, si elle les savait en danger, et cela bien qu'elle fût la sœur de Charles de Bourbon. En épousant Bernard, elle avait choisi ses amitiés et ses haines.

— Il faut qu'elle l'apprenne au plus tôt, appuya l'abbé.

Catherine comprit qu'elle avait pensé tout haut, du moins depuis quelques instants...

— Les troupes d'Armagnac pourraient prendre les Apchier à revers et les balayer comme feuilles à l'automne. Le comte Bernard entretient à Carlat une puissante garnison, dont on peut, sans danger d'affaiblir la forteresse, distraire quelques compagnies d'archers.

— Bon ! approuva Antoine Couderc. Alors, il faut envoyer là-bas, et pas plus tard que cette nuit, un messager ! Tant que la ville n'est pas encore investie, on peut sortir par le sud. J'y vais !

Il se levait déjà, si grand et si noir qu'il avait l'air d'un puy soudainement poussé au milieu de la salle. La bonne volonté et le courage débordaient de lui comme le lait bouillant d'une marmite trop petite, mais Noël Cairou, le tisserand, s'interposa :

— Pas question que ce soit toi, le Toine ! On a besoin d'un forgeron dans une ville assiégée. Il faut des armes. Mais on peut se passer d'un toilier pendant un moment. J'irai !

Il y eut des protestations. Ils voulaient tous y aller, avides qu'ils étaient, dans leur générosité native, d'œuvrer pour le salut de leur petite ville. Ils parlaient tous à la fois, dans un beau tumulte que l'abbé Bernard apaisa d'un geste.

— Tenez-vous tranquilles ! Aucun de vous n'ira. Je vais envoyer un de nos frères. Tous connaissent bien le pays et peuvent franchir aisément les huit lieues qui nous séparent de Carlat. De plus, si par malheur notre messager était découvert par les Apchier, sa robe le sauverait, je pense, d'un sort trop tragique. Frère Anthime, allez jusqu'au monastère et priez le frère Amable de venir jusqu'ici. Dame Catherine lui remettra une courte lettre pour la comtesse et il partira sur l'heure. La nuit est noire. Nul ne le verra. Il pourra sortir par la poterne.

Cette solution mettant tout le monde d'accord, chacun se hâta d'approuver avec une sorte de joie. Du moment que l'on avait pris une décision, l'angoisse impalpable qui, malgré les courages, serrait les cœurs s'était envolée comme par enchantement.

L'entrée de Sara avec le traditionnel vin aux herbes, suivie d'une servante chargée de gobelets, acheva de ragaillardir l'assemblée. On se détendit, on but à la santé de Montsalvy, de sa châtelaine et des gens de Carlat.

À cette minute, le loup du Gévaudan se réduisait aux dimensions d'un de ces mauvais rêves que l'action dissipe. Quand tout le monde fut servi, Sara s'approcha de Catherine, qui, un peu à l'écart, écrivait sa lettre, debout devant un lutrin de bronze.

— Je n'aurais jamais cru les trouver si joyeux quand l'ennemi nous bat les flancs. Qu'est-ce qu'ils ont ?

— De l'espoir, simplement ! sourit la jeune femme. Nous avons décidé d'envoyer un moine à Carlat pour demander de l'aide. Et cette aide, tu sais bien qu'on ne nous la refusera pas.

— Le tout est d'y arriver. Il doit avoir des éclaireurs dans tous les coins, le Bérault. Tu n'as pas peur que ton moine lui tombe sous la patte ?

— Le frère Amable est habile et leste. Il saura se garder... et puis, ma pauvre Sara, c'est un risque à courir et nous n'avons pas le choix.

Un moment plus tard, le messager en robe noire s'agenouillait devant l'abbé pour recevoir à la fois la lettre de Catherine et la dernière bénédiction de son supérieur. Après quoi Nicolas Barral et l'abbé Bernard le conduisirent jusqu'à la poterne, tandis que les notables de Montsalvy rentraient chacun chez soi et que Catherine se décidait enfin à suivre Sara et à regagner ses appartements.

Elle franchit le seuil de sa chambre avec une profonde sensation de soulagement. La pièce était claire et gaie, tiède aussi grâce au tronc de châtaignier qui brûlait dans la cheminée. Les vitres de couleur, serties de plomb, qui habillaient la mince et haute fenêtre brillaient comme des pierres rares, éclairées qu'elles étaient par les grands feux allumés dans la cour du château, comme un peu partout sur les remparts, des feux qui brûleraient chaque nuit tant que durerait le siège pour prévenir toute surprise et tenir bouillantes la poix et l'huile. Leur odeur âcre emplissait déjà l'air nocturne, chassant celle de la terre en travail.

Catherine retrouva son logis avec une grande impression de soulagement. Sans trop savoir pourquoi, simplement, peut-être, parce qu'elle avait confiance dans ses murailles et dans ses gens, elle s'y sentait en sûreté.

Assise sur le lit trop large, elle ôta la coiffure qui la serrait, défit ses nattes et se mit à fourrager à pleines mains dans sa chevelure qui gonfla aussitôt. Elle avait la migraine. Ses pensées douloureuses lui semblaient comprimées sous un casque de fer et elle éprouvait le sentiment un peu puéril de les libérer ainsi.

— Tu veux que je te recoiffe ? proposa Sara qui s'était absentée un moment et qui revenait, un bol de lait chaud tenu à deux mains.

— Sûrement pas ! protesta la jeune femme. Je suis bien trop lasse pour descendre souper dans la grande salle. Je vais aller embrasser les enfants, puis je me coucherai et tu m'apporteras quelque chose à grignoter.

— Tu as encore mal à la tête ?

— Oui. Mais je pense que, cette fois, j'ai une bonne raison, tu ne crois pas ?

Sans répondre, Sara s'empara de la tête de Catherine et, plongeant ses grandes mains brunes dans l'épaisseur soyeuse de la chevelure, se mit à masser doucement les tempes et le crâne douloureux.

Un pli mécontent, qui trahissait une inquiétude, creusait son front : depuis le départ d'Arnaud, Catherine était sujette à de fréquentes migraines dont Sara, il est vrai, venait à bout assez facilement par ce simple moyen, mais qui ne lui plaisaient guère et lui rappelaient de mauvais souvenirs.

Adolescente, Catherine, à la suite d'un terrible choc nerveux, avait failli mourir d'une de ces fièvres cérébrales dont on ne savait pas grand-chose et que Sara redoutait toujours de voir réapparaître.

La jeune femme, cependant, les yeux clos, la tête abandonnée, se laissait faire comme une enfant, regrettant seulement que l'habileté de sa « nourrice » ne pût arracher comme une mauvaise herbe la pensée qui la hantait : pourquoi Bérault d'Apchier affirmait-il qu'Arnaud ne reviendrait pas ? Était-ce, comme le prétendait l'abbé, simple rodomontade... ou bien cette affolante menace avait-elle une base sérieuse ?

— Essaie, pendant un instant, de faire le vide dans ta tête ! marmotta Sara. Sinon je n'arriverai pas à diminuer ton mal...

Depuis qu'elle habitait Montsalvy, l'ancienne bohémienne avait encore augmenté ses connaissances dans l'art de soulager les misères humaines. Les « bonnes plantes » poussaient à foison sur le plateau, dans l'ombre des forêts qui regorgeaient toujours de toutes les variétés de champignons et dans les combes fourrées de taillis sauvages. Et Sara la Noire s'était taillé, peu à peu, à deux ou trois lieues à la ronde, une réputation sérieuse. Réputation qui, d'ailleurs, lui avait attiré l'inimitié de la sorcière locale, la Ratapennade (la Chauve-souris), une vieille femme taciturne, aux yeux de chat, dont la cabane se terrait au fond des bois du côté d'Aubespeyre.

La Ratapennade, dont personne ne savait plus ni le nom de baptême, ni l'âge, vivait là, selon les meilleures traditions de son état, entre un hibou, un corbeau et une assez jolie collection de vipères et de crapauds, dont les venins servaient souvent de base à ses sombres mixtures. Inutile de dire que les gens de Montsalvy avaient une peur bleue de cette vieille dont la méchanceté laissait planer sur eux, en permanence, tout un assortiment de catastrophes, allant de la maladie du bétail à l'impuissance des garçons. Mais ils se gardaient de la maltraiter.

Arnaud, lui-même, hésitait à s'attaquer à elle, malgré les « sorts » qu'elle jetait parfois sur ceux qui avaient encouru sa colère : il se contentait d'espérer que, un jour prochain, le grand âge de la vieille la conduirait dans un monde meilleur où elle ne pourrait plus nuire à personne. Et si les villageois évitaient autant que possible de croiser le chemin qui menait à son antre, il arrivait fréquemment tout de même que l'on déposât, à cette croisée, un panier d'œufs, un pain ou une volaille, destinés à amadouer une créature que l'on venait, par les nuits sans lune, consulter parfois de fort loin.

On disait qu'elle était riche et cachait un magot dans sa fosse à reptiles, mais la crainte qu'elle inspirait était telle qu'aucun mauvais garçon, même le pire des brigands, ne se fût risqué à essayer de l'en délester. Elle avait même quelques amis, tel ce Gervais que la châtelaine avait chassé et qui revenait maintenant apporter le malheur à Montsalvy.

Quant à l'abbé Bernard, il fronçait les sourcils quand le nom de la sorcière était prononcé devant lui, mais il se contentait de se signer avec un soupir. Toutes ses tentatives pour ramener la vieille vers Dieu avaient échoué et il savait qu'il ne pouvait pas grand-chose contre les pouvoirs étranges de cette créature du Diable, sinon recommander à ses ouailles les talents infiniment plus bénéfiques de Sara qui, petit à petit, prenait figure de mire locale.

Catherine avait enfin réussi à « faire le vide » et sa migraine s'estompait. Alors Sara dit doucement :

— Tu sais que le page n'est pas rentré ?

La châtelaine sursauta, ouvrit les yeux et son cœur manqua un battement : quelle catastrophe était-ce là encore ? Cette maudite journée tenait-elle encore en réserve beaucoup de mauvaises nouvelles ?

— Bérenger ? s'écria-t-elle. Il n'est pas rentré ? Mais pourquoi ne me l'as-tu pas dit plus tôt ?

— Je pensais que tu t'en étais aperçue... Et, de toute façon, à cette heure, je ne vois pas bien ce que tu y pourrais...

— Pas rentré ! Mon Dieu ! s'affola Catherine... Où est-ce que ce garçon peut être encore passé ? Je t'avoue que je l'avais complètement oublié...

Elle avait glissé des mains de Sara et arpentait nerveusement sa chambre, les bras croisés sur sa poitrine, serrant ses épaules comme si elle avait froid. Elle répéta encore une fois : « Il n'est pas rentré !... » comme si elle ne parvenait pas à se faire à cette idée, et ajouta :

— Mais où peut-il être ?

Elle n'alla pas plus loin, n'osant même pas formuler

la crainte qui lui venait d'apprendre que son page était aux mains des Apchier.

Depuis qu'il avait fait son entrée, six mois plus tôt, chez les Montsalvy, Bérenger de Roquemaurel, des Roquemaurel de Cassaniouze, dont le fort château, un peu délabré mais solide encore, érigeait sur la profonde tranchée du Lot sa silhouette de vieux burgrave sourcilleux, un vent nouveau s'était mis à souffler sur la maisonnée, apporté par le nouveau page.

Bérenger, avec ses quatorze printemps, appartenait à un type encore inconnu dans la noblesse d'Auvergne et du Rouergue : il considérait que la vie méritait d'être vécue pour autre chose que les grands coups d'épée, les battues au sanglier, les bagarres familiales ou les grandes frairies où l'on bâfre à éclater et où l'on boit à rouler sous la table. C'était un rêveur, un imaginatif et un pacifiste. Mais il était bien le seul de son espèce à une vingtaine de lieues à la ronde et l'on ne savait trop de qui il tenait.

Son père, Ausbert, grand buveur de cervoise, grand manieur de masse d'armes, toujours à la recherche d'un crâne à défoncer ou d'un cotillon à trousser, aurait pu, pour la force et la violence, servir de doublure au dieu gaulois Teutatès, détenteur de la foudre. Mais, devant La Charité-sur-Loire, il avait trouvé plus fort que lui en la personne du routier Perrinet Gressard. Une flèche bien ajustée avait étendu raide mort son grand corps insatisfait.

Ses deux fils aînés, Amaury et Renaud, deux géants aux cheveux de paille, ne connaissaient que les horions et les tonneaux. Leur état normal se situant dans une sorte de fureur joyeuse, on citait dans toute la vallée, avec une crainte vaguement respectueuse, leurs énormes beuveries, leurs faits d'armes dignes parfois de la légende et les tours pendables qu'ils jouaient à longueur d'année aux chanoines de Saint-Projet. Unis par une solidarité fraternelle, qui tenait de la complicité et valait l'amour, les deux Roquemaurel ne connaissaient guère que trois sentiments : leur dévotion à leur mère, Mathilde, virago haute en couleur qui rappelait beaucoup à Catherine son amie Ermengarde de Châteauvillain, leur attachement à leur donjon et la haine farouche qu'ils vouaient à leurs cousins de Vieillevie, des « foutroudasses qui écorcheraient un pou pour avoir sa peau » et qui, détenant la « corde » et les bachots permettant de franchir la rivière, en abusaient et truandaient les voyageurs. Pour l'heure, d'ailleurs, les deux frères, confiant Roquemaurel à dame Mathilde, avaient joint leurs lances à la bannière de Montsalvy et s'en étaient allés joyeusement montrer à « ces faillis chiens de Parisiens, plus anglais que les vrais, ce que c'était que la bonne noblesse d'Auvergne ! ».

Au milieu de ces personnages hors du commun, Bérenger faisait figure du vilain petit canard. Sa ressemblance avec les siens se bornait à la taille : il était grand et vigoureux pour son âge. À part cela, il était brun comme une châtaigne avec un visage rieur et tendre de gamin et ne cachait pas une aversion marquée pour les armes. Ses goûts, dont chacun à Roquemaurel se demandait où il avait pu les prendre, allaient à la musique, à la poésie, à la nature, et son grand homme, à lui, portant le même prénom, était le troubadour Bérenger de Palasol. Comme il était également réfractaire au cloître (on s'en était aperçu quand, pour recouvrer sa liberté, Bérenger avait froidement mis le feu au couvent où on l'avait conduit dans l'espoir d'en faire un évêque), le conseil familial l'avait mené chez Arnaud de Montsalvy, dont la réputation de guerrier n'était plus à faire, dans l'espoir ultime qu'il parviendrait à en tirer quelque chose.

Montsalvy avait accepté mais, partant pour Paris, il avait remis à son retour l'éducation militaire du jeune Roquemaurel. Il s'était borné à le confier à Donat de Galauba, son vieux maître d'armes, pour qu'il fît entrer dans ce crâne si étrangement organisé quelques rudiments de ce que devait être la vie d'un futur chevalier.

— Il y aura d'autres campagnes, avait dit Arnaud à

sa femme. La bataille pour Paris sera trop rude pour y emmener un garçon aussi totalement inexpérimenté.

Bérenger était donc resté à Montsalvy où il vivait agréablement, passant ses journées à courir la campagne, le luth au dos comme un ménestrel et composant des ballades, des cantilènes et des chansons qu'à la veillée il chantait à Catherine. Dès le jour de son arrivée, d'ailleurs, il avait attribué à la châtelaine le rôle de muse officielle pour lequel sa beauté et son charme la désignaient tout naturellement. Mais dans le fond de son cœur Bérenger rendait un culte secret à sa cousine Hauvette de Montarnal, une fillette de quinze ans, fragile comme un asphodèle. C'était même à cause d'elle qu'il avait si farouchement refusé le cloître, mais il eût préféré se faire arracher la langue plutôt qu'avouer son penchant. Montarnal et Vieillevie, en effet, c'était tout un, la fameuse corde doublant au rempart de l'un celle de la tour de l'autre, ce qui permettait un double trafic, et Bérenger pensait, avec sagesse, qu'il fallait attendre encore un peu de temps avant de faire connaître aux siens cette nouvelle excentricité. Dans l'état actuel des choses, ses épaules et son dos eussent eu à en souffrir, dame Mathilde, Renaud ou Amaury ayant la main aussi lourde les uns que les autres. Il se taisait donc, attendant philosophiquement des temps meilleurs, mais dirigeant assez souvent ses courses vagabondes vers le creux profond du Lot.

Tel qu'il était, Catherine de Montsalvy aimait bien son page. Il lui rappelait un peu son ami d'enfance, Landry Pigasse, avec qui, toute gamine, elle avait tant couru les ruelles de Paris. Et puis, les chansons naïves qu'il composait étaient fraîches comme un bouquet de primevères. Aussi ne parvenait-elle pas à comprendre comment elle avait pu, durant tout ce temps, oublier Bérenger. La terrible surprise du crépuscule était bien une excuse, mais insuffisante à ses yeux, et si le malheureux gamin tombait aux mains des soudards d'Apchier, Catherine n'osait même pas imaginer ce qui se passerait.

Debout, en face de Sara occupée à tirer d'un coffre une dalmatique de velours gris fourrée de vair ton sur ton, dans laquelle elle introduirait Catherine après l'avoir débarrassée de sa robe humide, la jeune femme répéta sa question inquiète :

— Où peut-il être ? Il court les bois tout le jour sans jamais dire où il va.

— Il prend presque toujours la même direction, fit Sara d'un ton neutre en faisant toute une affaire de secouer la robe. Il descend vers la vallée.

— C'est vrai. Il aime pêcher dans la rivière.

— Ça ! pour aimer la rivière, il aime la rivière ! Et il a une manière de pêcher bizarre, car il ne prend pas souvent du poisson. Par contre, il lui arrive souvent de rentrer trempé... comme s'il s'était jeté dedans. De toute façon, il devrait être rentré depuis longtemps. La Géraude a fait assez de vacarme avec son tocsin. Il est vrai qu'il y a un bout de chemin depuis la vallée.

Les yeux de Catherine se rétrécirent jusqu'à n'être plus que deux minces fentes violettes.

— Qu'essaies-tu de me dire, Sara ? L'heure n'est guère aux devinettes...

La bohémienne haussa les épaules.

— Que la petite Montarnal, dont les paupières se relèvent si rarement, cache dessous des yeux de braise et, sous son caraco, de quoi faire perdre la tête même à un coureur d'étoiles, que ton page est amoureux même s'il s'époumone à chanter les yeux de violette de Dame Catherine pour donner le change – ce qui d'ailleurs pourrait bien lui valoir un jour une solide raclée de la main de messire Arnaud –, et que tout cela finira mal. Que le sire de Montarnal s'aperçoive un jour de cette grande passion pour les eaux du Lot et le garçon pourrait bien faire dans la rivière un séjour plus long qu'il ne l'imagine !

— Bérenger amoureux ? Pourquoi ne me l'as-tu pas dit plus tôt ?

— Parce que cela n'aurait servi à rien. Quand il s'agit d'amour, tu fonds comme du beurre au soleil. Seulement aujourd'hui c'est plus grave. Le page n'aura pas eu le temps de remonter...

— Va me chercher Nicolas Barral ! Il faut essayer de le retrouver cette nuit même ! Demain, la ville sera investie complètement : Bérenger ne pourra plus rentrer.

Sans protester, Sara s'en alla chercher le sergent qu'elle découvrit sans veine près de l'un des feux du rempart. Mais, introduit chez la châtelaine, Nicolas se déclara impuissant à retrouver le page pour le moment.

— La nuit est trop noire, Dame Catherine. Le Diable lui-même ne s'y retrouverait pas ! Tout ce que je peux faire c'est laisser un guetteur à la poterne. Le page appellera pour qu'on lui ouvre. Et s'il n'est pas rentré au petit jour, je verrai à tenter une courte sortie pour faire quelques recherches aux environs de la porte. Mais êtes-vous sûre qu'il soit du côté de Vieillevie ?

— C'est ce que prétend Sara !

— Alors, ce doit être vrai. Elle ne se trompe jamais...

Ce fut dit avec une onction, une gravité qui firent ouvrir de grands yeux à la jeune femme. C'était, décidément, le soir des surprises. Allait-elle découvrir maintenant que le chef de ses archers était amoureux de Sara ? Après tout, cela n'aurait rien de bien étonnant. La maturité de sa « nourrice » avait une plénitude, une ampleur de formes drues tout à fait capables d'inspirer les rêveries de ce vigoureux fils de la montagne...

Nicolas renvoyé à ses occupations, Catherine laissa Sara la dépouiller de sa robe, de sa chemise et de la longue bande de toile fine qu'elle serrait autour de ses seins quand elle devait sortir à cheval. Puis, avec un frisson de plaisir, elle se glissa dans la longue robe doublée de fourrure dont la soyeuse douceur caressait sa peau nue de la nuque aux genoux. C'était la plus confortable de ses robes et elle aimait la porter, le soir, après une journée au grand air ou les fatigues d'une chasse. Elle s'y trouvait bien mais, ce soir, elle regretta de l'avoir mise aussitôt qu'elle l'eut passée. Cette robe, audacieusement fendue d'un côté et faite pour l'intimité d'un couple, lui rappelait trop de choses... trop de choses trop douces ! Le contact sensuel de la fourrure sur sa peau en évoquait un autre de façon presque insupportable et, dans les plis de velours de ce vêtement, une odeur se mêlait à son parfum de femme, une odeur mâle qui, ce soir, devenait cruelle. Le vieux sanglier n'avait-il pas osé prétendre qu'« Il » ne reviendrait plus... que sa voix, ses mains, son corps ne hanteraient plus jamais cette chambre ?

— Enlève-moi cette robe ! cria Catherine. Donne-moi celle que tu voudras... n'importe laquelle... mais pas celle-là !

Elle serrait les dents pour ne pas hurler, les paupières pour ne pas libérer les larmes qui s'y pressaient, tremblant de tout son corps soudain malade d'amour, d'angoisse et de peur. Elle avait envie de se jeter hors de cette pièce, de sauter à cheval et de galoper droit devant elle, au bout de la nuit, au bout de sa peur, de galoper sans trêve ni repos pour échapper à ce cauchemar qui la retenait prisonnière... galoper jusqu'à son époux, jusqu'à ce qu'elle puisse s'abattre sur sa poitrine, même si c'était pour y mourir...

Mais, déjà, Sara, épouvantée par le cri qu'elle avait poussé, se précipitait, arrachait presque la robe grise. Un instant, elle scruta le visage crispé de la jeune femme qui tremblait, nue devant elle. Aucune explication n'était nécessaire : elle la connaissait si bien.

Prenant dans ses deux mains les douces épaules agitées par une brusque déflagration nerveuse, elle les secoua doucement.

— Calme-toi ! dit-elle avec beaucoup de tendresse.

Puis, avec une force soudaine :

— ...Il reviendra !...

— Non... non ! Bérault d'Apchier me l'a jeté au visage. Je ne reverrai jamais Arnaud. C'est pourquoi il a osé attaquer.

— C'est un piège grossier. Et tu devrais avoir honte de t'y laisser prendre. Je te dis, moi, qu'il reviendra. T'ai-je jamais trompée ? Ne sais-tu pas que, parfois, le grand voile de l'avenir se soulève pour moi ? Ton époux reviendra, Catherine ! Tu n'as pas encore fini de souffrir par lui.

— Souffrir ?... S'il revient vivant, comment pourrait-il me faire souffrir ?

Sara préféra couper court à la discussion. Elle jetait déjà par-dessus la tête de Catherine une robe de moelleux blanchet, ce drap blanc épais et léger tissé par les femmes de Valenciennes et dont les comptoirs de Jacques Cœur ne laissaient jamais manquer la dame de Montsalvy. Avec décision, elle en coulissa les cordons de soie autour des poignets et du cou de Catherine dont la panique, peu à peu, se calmait.

— Voilà ! Tu as tout à fait l'air d'une nonne. C'est juste la tenue qu'il te faut ce soir, fit Sara en riant. Et maintenant, viens embrasser les petits et au lit ! Je t'apporterai des châtaignes cuites dans du lait et de la vanille avec beaucoup de sucre... si toutefois Michel n'a pas tout mangé.

Apaisée, Catherine se laissa conduire dans la pièce voisine qui était dévolue à Sara et aux enfants. Le feu y brûlait et aussi, au chevet du grand lit à rideaux rouges, une petite lampe à huile dont la flamme éclairait doucement la tête blonde d'un petit garçon endormi, tout perdu dans l'immensité des draps neigeux et de la courtepointe pourpre. Il avait d'épaisses boucles blondes qui brillaient comme les copeaux d'or et de longs cils foncés qui mettaient une ombre douce sur ses joues rondes. Sa bouche entrouverte avait laissé échapper le pouce qu'il avait sucé en s'endormant. Son autre main, posée sur le drap, avec ses petits doigts roses écartés, avait l'air d'une étoile de mer.

Le cœur fondu de tendresse, Catherine prit la menotte, y posa un baiser précautionneux, puis la rangea doucement dans la chaleur des couvertures. Ensuite, elle se tourna vers sa fille.

De l'autre côté de la veilleuse, dans le grand berceau de châtaignier, tourné à la main, où Arnaud avait poussé ses premiers hurlements, Isabelle de Montsalvy, dix mois, dormait avec une grande dignité. Elle ressemblait d'une façon étonnante à son père dont elle avait les yeux noirs. Son minuscule visage troué de fossettes offrait déjà les traits les plus impérieux du visage paternel et la grosse mèche soyeuse qui bouclait hors du béguin de batiste et retombait jusque sur le petit nez était du plus beau noir. Les poings bien serrés, Isabelle semblait s'appliquer à dormir sérieusement, mais ce n'était qu'une apparence car, éveillée, c'était un bébé d'une grande gaieté, dont toute la maison raffolait et qui en profitait d'ailleurs pour tyranniser son monde. Chacun savait déjà que c'était une fille qui saurait se défendre dans la vie et si, parfois, en regardant les yeux rêveurs de son fils, Catherine éprouvait une crainte passagère qu'il fût trop tendre et trop doux, elle était pleinement rassurée en ce qui concernait Isabelle. Son œil déjà frondeur parlait pour elle.

Entre le lit et le berceau, la jeune femme s'agenouilla et pria, avec une sorte de passion, pour que le danger s'éloigne de cette chambre, de ces lits, de ces têtes enfantines confiées à sa seule garde.

« Faites, mon Dieu... faites, je vous en supplie, qu'il ne leur arrive rien ! Ils sont si petits ! Et la guerre est une chose si affreuse, si cruelle... et tellement aveugle ! »

Sa prière, débordant les limites de la chambre, englobait maintenant tous ces enfants et toutes ces mères qui étaient venus, tout à l'heure, à l'appel de la cloche, abriter leurs faibles vies derrière les murailles de Montsalvy. Elle avait donné des ordres pour qu'on les installe au mieux, le plus confortablement possible, car elle se sentait sœur de ces autres mères. Châtelaine ou bergère, la vieille peur viscérale était la même devant les armes et le danger couru par les enfants. Une peur que les hommes éprouvaient peut-être, mais qui était moins forte que leur ancestrale passion pour le combat.

Comme une réponse à l'interrogation angoissée qu'elle adressait au ciel, le cri des guetteurs se répondant d'une tour à l'autre lui parvint. Sur les murs de la ville, les soldats de Nicolas faisaient bonne garde et, bientôt, peut-être, les hommes d'armes du comte d'Armagnac arriveraient pour chasser les fauves aux longues dents. La horde de Bérault d'Apchier ne saurait leur résister longtemps et les mères de Montsalvy pourraient à nouveau dormir en paix et, oubliant leurs alarmes, retourner aux affaires sans danger de leurs ménages...

Emportant cette pensée consolante, Catherine, sur un dernier signe de croix, se releva et quitta la chambre des enfants.

CHAPITRE II

AZALAÏS

— Le messager !... Il est mort !... On l'a tué !...

La voix angoissée de Sara déchira les dernières brumes de sommeil où Catherine s'attardait dans le creux chaud de son lit.

D'un seul coup la châtelaine se retrouva plongée au cœur même de l'univers menaçant dont elle avait eu tant de peine à se défaire la veille au soir. Ses paupières s'ouvrirent sur le visage penché de Sara. C'était un visage gris, pétrifié par l'horreur, couleur de granit. La voix de Catherine eut du mal à sortir :

— Qu'est-ce que tu dis ?

— Que le frère Amable a été assassiné. Les hommes de Bérault l'ont pris, massacré...

— Comment le sait-on ? A-t-on retrouvé son corps ?

Sara eut un rire amer.

— Le corps ? Toute la ville à l'heure qu'il est se presse sur le rempart pour le voir. Bérault d'Apchier l'a fait pendre à un croc de boucher, à l'angle de la première maison du barri Saint Antoine ! Pauvre ! Il est tellement percé de flèches qu'on dirait un hérisson... et l'une d'elles fixe ta lettre sur sa poitrine.

Les jambes fauchées par l'émotion, la pauvre femme

se laissa tomber sur un coffre, serrant l'une contre l'autre ses mains qui s'étaient mises à trembler. Elle gémit, d'une voix qui n'était pas la sienne, une voix changée que Catherine ne reconnaissait pas.

— Ce sont des démons... Des suppôts de Satan ! Ils nous dévoreront tous...

La jeune femme, qui avait déjà sauté à bas de son lit et fourrageait dans un coffre à la recherche d'une robe, s'arrêta un instant pour la regarder, incrédule :

— Toi, Sara, tu as peur ?

Ce n'était pas une interrogation, mais une constatation stupéfaite. Jamais de toute sa vie, même dans les moments les plus difficiles, Catherine ne se souvenait d'avoir vu à sa vieille amie ce visage de cendres, ce regard traqué, cette bouche tremblante. C'était tellement inattendu, tellement fou qu'à son tour elle se sentit vaciller : si son meilleur rempart s'écroulait, de quelles armes habillerait-elle son courage aux heures les plus noires ?

Désespérée, prête à pleurer, elle répéta, comme si elle ne parvenait pas à y croire :

— Tu as peur !

Sara cacha sa figure dans ses mains et se mit à pleurer, de honte autant que de panique.

— Pardonne-moi ! Je sais que je te déçois... mais si tu avais vu...

— Je vais voir...

Emportée par une subite colère, Catherine enfila une robe au hasard, glissa ses pieds dans des bottes souples et, sans même prendre la peine d'attacher ses cheveux, s'élança hors de sa chambre, dégringola le large escalier à vis et se jeta au-dehors.

Comme une tempête, la masse claire de sa chevelure dansant dans son dos, elle traversa la vaste cour sans rien en voir, faillit renverser Josse qui rentrait, n'entendit rien des paroles qu'il lui adressa. Elle était déjà dans la grand-rue, courant de toutes ses forces, ses jupes relevées jusqu'aux genoux pour aller plus vite. Jamais elle n'avait éprouvé fureur comparable à celle qui la soulevait ainsi. Elle ne savait pas ce qu'elle allait faire, ni pourquoi elle courait, mais elle était poussée par une force inconnue qui l'arrachait de son personnage habituel, en faisait une créature différente, pleine de violence et de fureur, que seul le sang pourrait apaiser.

Elle surgit sur le rempart, se jeta dans la foule silencieuse qui l'encombrait et qui, machinalement, s'écarta devant elle. Et cette foule-là non plus elle ne la reconnut pas : tous les visages avaient la même teinte grise que celui de Sara, tous les yeux étaient vides, toutes les bouches sans voix.

Quelqu'un balbutia d'un curieux timbre enroué :

— L'homme de Dieu... Il est mort.

Il était mort, en effet. Comme l'avait dit Sara, le pauvre moine, criblé de flèches, pendait à son croc de boucher dans sa bure noire raidie de sang séché, terrifiant et grotesque avec ses grands pieds aux orteils tordus par le dernier spasme. Les quelques mots balbutiés par la voix anonyme avaient fait toucher à la dame de Montsalvy la terreur qui pétrifiait ses gens : la victime était un homme de Dieu ! L'énormité du crime dépassait tous les entendements et laissait toutes ces créatures simples sans voix et sans réactions.

Là-bas, près du cadavre, face à cette ville frappée de stupeur, deux soudards ricanaient en se curant les dents.

Dans le vent aigre du plateau, Catherine, hors d'elle, cria :

— Oui, il est mort ! On nous l'a tué ! Et vous, allez-vous rester là à le regarder sans rien faire ?

Avant que personne eût prévu son geste, elle avait arraché un arc à l'un des soldats. Sa colère, décuplant ses forces, lui permit de tendre aisément le dur boyau. La flèche siffla comme une vipère furieuse et fila se planter dans la gorge de l'un des routiers qui s'écroula avec un hurlement que le sang étouffa. La jeune femme en cherchait une autre pour abattre le second garde, mais déjà il tombait auprès de son compagnon, frappé par Josse qui l'avait rejointe.

Alors, les gens de Montsalvy se réveillèrent. L'enchantement perfide de la peur disparut. Flèches et carreaux d'arbalète s'envolèrent, obligeant les hommes d'Apchier, qui accouraient à la rescousse, à refluer vers leur camp. Bientôt, sur l'espèce d'esplanade qui s'étendait entre la muraille et le camp des assiégeants, il n'y eut plus rien que les dépouilles misérables du pauvre moine supplicié et de ses gardiens.

— Cessez de tirer ! cria Josse. Il est inutile de gaspiller les munitions...

Une voix protesta avec indignation.

— On ne va tout de même pas laisser ce pauvre frère Amable, pendu là, comme renard pris au piège, pourrir sous notre nez et se défaire vilainement au vent et à la pluie ?

Fendant la foule comme un vaisseau de haut bord voguant par gros temps, sa cornette jouant assez bien les voiles, Gauberte, qui, décidément, semblait avoir pris à tâche de faire entendre la voix de la cité et de remplacer le chœur antique, rejoignit Catherine qu'elle domina de toute sa tête massive, encore élargie par les deux nattes noires, grosses comme des bras d'enfants, qui s'enroulaient sur ses oreilles. Plantée en face de la châtelaine dans son attitude favorite, les poings aux hanches, la toilière ajouta :

— C'était un saint homme, doux comme une brebis du Bon Dieu, et il est mort pour nous. Lui faut l'obscurité de la bonne terre chrétienne et non la vilaine impudeur des larrons. Et si personne ne veut aller le décrocher, je jure par la croix de ma mère d'y aller, moi ! Ouvrez-moi seulement la porte !

Catherine hésita. Sortir, même en force, c'était risquer la bataille à découvert où les assiégés n'auraient pas l'avantage. C'était surtout risquer d'être balayés par un ennemi qui s'engouffrerait facilement par la faille ainsi ouverte. D'autre part, Gauberte avait raison : laisser la dépouille du moine aux mains de ses bourreaux, c'était une honte.

Sentant qu'elle était sur le point d'emporter la décision, Gauberte insista, mi-suppliante, mi-impérieuse.

— Alors, not'Dame ? Qu'est-ce qu'on fait ? Est-ce que...

Le lent battement de la cloche du monastère sonnant en glas vint lui couper la parole et interrompre les réflexions de Catherine. Machinalement, chacun se retourna vers l'intérieur de la ville où, en même temps, éclatait un chant funèbre.

— Les moines ! dit quelqu'un. Les voilà ! Ils sont tous dehors !

En effet, marchant sur deux files, les Augustins de l'abbaye remontaient vers la porte Saint-Antoine. Les mains au fond de leurs larges manches, le capuchon rabattu sur les visages ne laissant voir que leur bouche, ils psalmodiaient à voix forte les prières des trépassés. En tête, flanqué de deux frères portant de grands cierges de cire jaune, venait l'abbé Bernard. Couvert d'une chasuble violette à croix d'argent tressé, mitre en tête, il élevait à deux mains l'ostensoir où, cernée des rayons d'or d'un soleil orfévré, brillait l'hostie. À son approche chacun s'agenouillait.

Parvenu devant la herse close, l'abbé, sans cesser de chanter, fit signe de la relever. Sur le rempart, tous les yeux se tournèrent vers Catherine, interrogateurs.

Cette fois, elle n'hésita pas. On ne barre pas le chemin à Dieu !

— Ouvrez ! cria-t-elle. Mais que les archers se postent aux créneaux et se tiennent prêts à tirer. Armez les arbalètes. Si quelqu'un fait mine de s'approcher du seigneur abbé, tirez sans attendre l'ordre !

Le grincement de la herse qui se relevait passa sur ses nerfs comme une râpe. Le risque était grand. Les hommes qui avaient si cruellement massacré le moine reculeraient-ils devant le Saint-Sacrement ? Dans un instant, peut-être, la horde les submergerait. Hurlante, elle s'abattrait sur Montsalvy ouverte. Chaque arme trouverait un fourreau de chair et de sang. Les cris d'agonie suivraient de bien peu le chant des funérailles et ce serait la fin... Le pont-levis tomba avec un bruit d'apocalypse.

Vivement, Catherine reprit l'arc dont elle s'était servie et qu'elle avait appuyé au merlon d'un créneau. Posément, elle y plaça une flèche.

— Si Bérault d'Apchier se montre, c'est moi qui l'abattrai, déclara-t-elle d'une voix tranquille.

Un pied sur l'échancrure de pierre, elle tendit lentement la corde, sans aller au bout de ses forces. Le mince arc de frêne se courba à demi. Dans cette position, elle attendit.

Le camp, là-bas, était étrangement silencieux. Personne ne se montrait. Rien ne bougeait. Mais, derrière le retranchement de branchages recouvert de peaux fraîchement écorchées que les routiers avaient construit pour protéger leurs tentes, on sentait les regards aiguisés, les souffles retenus. Près du cadavre du moine, les corps des deux soldats étoilaient la terre noire.

La procession franchit le pont. Les chants s'étouffèrent un instant sous le couvert de la muraille et de la barbacane, puis éclatèrent de nouveau, libérés, annonçant la Divine colère.

Dies irae, dies illa
Solve saeclum in favilla...

Mais ils n'avancèrent pas davantage. Et même ils refluèrent sous un ordre bref de leur supérieur.

— Reculez derrière les murs. Que l'on relève le pont !...

Étonnée, Catherine laissa mollir la corde, se pencha. Hors des murs, il n'y avait plus que l'abbé, si mince et si frêle, tendant vers le ciel gris ses mains qui portaient un soleil. Trois moines seulement apparurent derrière lui. Deux avec une civière, un avec une échelle. Et, comme il l'avait ordonné, le pont se relevait lentement.

— Il ne veut pas mettre la ville en danger, souffla Josse qui, le visage tendu, se tenait derrière Catherine. Mais il risque gros !

— Allez dire qu'on ne referme pas le pont. Nous devons prendre notre part de ce risque ! En outre, placez des hommes armés aux fenêtres des premières maisons de la rue !

L'ancien truand dégringola quatre à quatre et Catherine ramena son attention vers l'abbé.

Il s'avançait sans se presser, la civière sur les talons. Le vent s'engouffrait dans la chasuble couleur d'améthyste qui claquait autour de son corps maigre, comme un drapeau autour de sa hampe. Les nuages, chassés par le vent d'ouest, couraient vers les solitudes de l'Aubrac dont les brumes incessantes brouillaient l'horizon de l'autre côté du grand ravin où grondait la Truyère. Ils passaient si bas sur le plateau qu'ils semblaient vouloir cacher ce petit prêtre imprudent qui s'en allait chasser le fauve à face humaine avec un soleil d'or pur au bout des doigts.

Quand il parvint près du cadavre, quelque chose bougea dans le camp. À l'entrée du retranchement, une silhouette massive apparut et se tint immobile. Catherine reconnut Bérault d'Apchier et dirigea vers lui la pointe de sa flèche, car il était armé. Ses longs bras s'appuyaient sur une grande épée nue, mais il n'avança pas davantage.

— Va-t'en, l'abbé ! cria-t-il. Ceci est ma justice ! Tu n'as pas à t'en mêler !.

— Ceci est l'un de mes fils que tu as mis à mal, Bérault d'Apchier. Je viens le reprendre. Et ceci est ton Dieu, mis en croix par tes semblables. Frappe si tu l'oses et cherche ensuite une forêt assez profonde, un lieu assez secret pour y cacher ton crime et ta honte, car tu seras maudit sur la terre et dans le ciel jusqu'à la consommation des siècles ! Viens ! Approche ! Qu'attends-tu ?... Regarde mieux ! C'est de l'or que je porte, cet or que tu aimes tant et que tu es venu chercher de si loin. Il est à portée de ta main. Tu n'as qu'à lever cette grande épée qui te sert si bien.

Laissant les trois hommes dépendre le cadavre et l'étendre tant bien que mal sur la civière, ce qui n'était guère facile à cause des flèches qui le hérissaient, l'abbé, téméraire, s'avança vers le camp, élevant toujours l'ostensoir. Mais à mesure qu'il avançait, le vieux forban sembla se recroqueviller, tel le Diable de la légende qu'un seau d'eau bénite réduit à l'état de nain. Il tremblait comme feuille au vent d'automne et, un instant, on put croire qu'il allait céder aux vieilles forces obscures, réminiscences des temps éblouis de l'enfance, et plier ses genoux raidis par l'orgueil et les rhumatismes. Mais derrière lui se pressaient maintenant ses fils, son bâtard et la figure narquoise de Gervais Malfrat. L'amour-propre le maintint debout, malgré les craintes d'un au-delà dont son âge le faisait proche.

— Va-t'en, l'abbé ! répéta-t-il, mais sur un ton très différent où entrait de la lassitude. Emporte ton moine. La nuit tous les chats sont gris. Il était mort quand nous avons vu ce qu'il était. Mais ne crois pas que je regrette. Nous nous retrouverons et ce jour-là tu n'auras pas Dieu pour rempart.

— Je l'aurai toujours pour rempart, car mes mains, chaque jour, touchent son Corps et son Sang ! Même quand tu ne le vois pas, il est sur moi, comme il est sur cette cité paisible que tu veux abattre.

— L'abattre ? Non ! Que je veux faire mienne et que je ferai mienne !

Mais l'abbé Bernard déjà ne l'écoutait plus. Comme une mère qui cherche à protéger son enfant, il avait ramené le soleil d'or sur sa poitrine et l'y maintenait, de ses deux bras croisés par-dessus. Il revenait maintenant vers la ville muette qui, le cœur serré, avait suivi toute la scène sans trop oser respirer.

Lentement, les moines et leur civière franchirent la porte, l'abbé venant le dernier et priant, la tête penchée sur son fardeau sacré. Puis tout se referma.

À l'entrée du camp, personne n'avait bougé. Mais dans la ville, une immense clameur de joie, de soulagement et de victoire éclata dès que la herse fut retombée.

— Tirez, Dame Catherine ! chuchota Josse. Vous avez ce chien puant au bout de votre flèche ! Tirez et nous en libérez !

Mais avec un soupir, de regret et de lassitude tout à

la fois, la jeune femme reposa définitivement l'arme et hocha la tête.

— Non. L'abbé ne me le pardonnerait pas. Bérault n'a pas osé le toucher. S'il craint encore Dieu, peut-être renoncera-t-il à nous combattre. Laissons-le réfléchir...

— Réfléchir ? Ses hommes et lui ont faim de viande et d'or. Ils iront jusqu'au bout de leur envie. Si vous pensez qu'ils vont se retirer, vous vous trompez, Dame Catherine. Je vous dis, moi, qu'ils attaqueront.

— Eh bien, qu'ils attaquent ! Nous verrons à les repousser.

L'assaut, cependant, n'eut pas lieu ce jour-là. Bérault d'Apchier employa son temps à l'investissement de la cité. Toute la matinée, les gens de Montsalvy virent l'ennemi encercler lentement leur ville, s'infiltrer entre les rochers et les broussailles comme des serpents d'acier, se poster aux débouchés des chemins, y installer, dans les endroits abrités, d'autres tentes, d'autres feux de cuisine. La piétaille s'y établissait et, dans les bois qui tapissaient les versants, les goujats étaient au travail, ramassant des branchages pour en faire des fascines propres à combler les fossés, abattant des arbres pour en faire des échelles. Les beaux sapins, qui montaient autour de la ville menacée une garde si altière, perdaient leurs couronnes et s'abattaient avec des craquements douloureux, tandis que leur sève répandue mettait dans l'air empuanti d'huile chaude une odeur fraîche qui sentait le printemps.

Presque tout le jour, Catherine demeura sur le rempart. Nicolas Barral et Josse Rallard sur ses talons, elle parcourut le chemin de ronde, les tours de défense et de guet, inspectant les hourds, examinant les réserves de pierres, de flèches, de bois, les armes et les différents postes de combat.

Le coup d'audace de l'abbé Bernard, récupérant le corps du malheureux messager au péril de sa vie, avait raffermi tous les courages, retrempé toutes les volontés, en admettant qu'elles en eussent besoin. La grande peur, presque sacrée, d'un moment avait disparu. Chacun avait l'impression profonde que Dieu lui-même combattrait avec lui quand l'heure en serait venue et Catherine, la première, était désormais persuadée de venir à bout de l'ennemi sans trop de peine.

Une seule véritable angoisse lui restait : l'absence de son page qui n'était toujours pas rentré ; mais elle espérait vaguement qu'il avait pu avoir le temps, et le bon esprit, de se mettre à l'abri en rentrant chez sa mère.

Honteuse de sa défaillance, Sara s'activait doublement au château, veillant aussi bien au train habituel de la maison qu'à pourvoir les réfugiés de tout ce qui pouvait leur rendre moins pénible leur déracinement momentané. Elle avait même offert son aide à l'abbé pour la toilette funèbre du frère Amable, car elle était habile, avec une lame tranchante et de l'huile, à ôter les pointes de flèches. Maintenant, le corps déchiré, lavé avec du vin et emballé d'une belle pièce de toile, reposait dans la crypte de l'église abbatiale, attendant les funérailles qui auraient lieu de nuit, afin que les moines pussent participer, dans la journée, à la défense de la ville, comme tous les autres habitants.

Bientôt, il n'y eut plus rien d'autre à faire, pour les assiégés, qu'attendre et guetter les mouvements de l'ennemi. Peu à peu, la ville s'installait dans l'état de siège et chacun, quand sa présence sur la muraille n'était pas requise par son tour de garde, retournait à son ouvrage quotidien.

Tandis que Guillaume Bastide, le talmelier, s'en allait chauffer une fournée de pains supplémentaire pour les réfugiés, Gauberte, à la fontaine, ralliait les commères, citadines ou campagnardes, et leur faisait entendre son point de vue, car elle en avait remarqué deux ou trois qui se lamentaient sur leur devenir et sur la perte de l'espoir de secours qu'avait représenté frère Amable.

— Le moine a été pris, c'est entendu ! concéda l'épouse de Noël Cairou. Ça ne veut pas dire que nous serons abandonnés pour autant. D'abord, on essaiera sûrement d'envoyer un autre messager et, ensuite, ce serait bien le diable si les gens de Carlat n'apprenaient pas nos ennuis ; enfin, nous ne sommes pas si démunis ni si empotés et, Dieu merci, nous pouvons tenir des semaines contre ces mauvaises bêtes.

— Nous n'avons pas tant d'hommes, objecta la Marie Bru, l'une des réfugiées, qui ne se consolait pas d'avoir laissé au péril des pillards sa petite métairie de la Sainte-Font. Tandis que les mauvaises bêtes sont une grosse troupe, bien armée et bien entraînée...

Gauberte regarda la perturbatrice sous le nez, tandis que sa cornette s'agitait de façon menaçante.

— Nous n'avons pas tant d'hommes, mais nous avons de bonnes murailles que tu as été bien contente de trouver, hé, Marie ? Nous avons des armes... et, en plus, il y a nous autres, les femmes ! Je peux te dire une chose : c'est que quand je vois ce failli chien de Gervais Malfrat, qui a perdu ma nièce Bertille, se pavaner auprès du vieux bandit, il me prend des envies de meurtre. Alors, si on a besoin de moi, je ne me ferai pas prier pour aller au rempart et, foi de Gauberte, j'en découdrai quelques-uns !

— Va bien pour toi qui es solide comme un rocher, fit Marie qui n'entendait pas se laisser emporter par le vent de l'héroïsme, mais moi je ne pourrais même pas soulever une épée.

— Et qui te parle d'épée, mauviette ? Quand tu fauches ton seigle, à la Sainte-Font, tu soulèves bien ta faux, pas vrai ?

— Oui, mais...

— Une vouge ne pèse pas plus et c'est plus facile à manier. Tu piques et tu pousses !

Cette brillante démonstration remporta un franc succès. Ces dames, tout en tirant leurs cruches d'eau, se mirent à envisager le maniement d'armes le plus conforme à leurs habitudes et quand Catherine, descendant du chemin de ronde, les rejoignit, un grand souffle belliqueux gonflait les coiffes de lin et les cornettes de toile jaune. Une seule ne disait rien. Appuyée contre la haute borne fleuronnée de la fontaine, elle se contentait d'écouter, un demi-sourire aux lèvres.

C'était une belle fille brune, la plus belle peut-être de la ville, encore qu'elle ne fût pas tout à fait du pays. Sa peau avait la finesse et le doré des brugnons, ses yeux des noirceurs veloutées qui faisaient songer à l'Espagne.

Une dizaine d'années plus tôt, elle était arrivée à Montsalvy avec sa mère, une dentellière du Puy qui, veuve, avait épousé en secondes noces l'Augustin Fabre, le charpentier. La mère était de petite santé. Un hiver plus rude que les autres l'avait emportée, mais Augustin s'était attaché à la gamine et l'avait gardée auprès de lui comme sa fille. Où aurait-elle été, d'ailleurs, sans lui ? Peu à peu, Azalaïs avait pris la place de sa mère. Elle tenait la maison parfaitement et comme, de la défunte, elle avait appris le délicat maniement des fuseaux légers d'où naissent des merveilles, elle avait continué, tout naturellement, le travail maternel. Bientôt elle avait même surpassé son modèle et peu à peu elle avait acquis la clientèle de tous les châteaux et de toutes les épouses de notables des environs. Les dames venaient même d'Aurillac pour acheter ses dentelles avec l'agréable impression d'acheter de la contrebande, puisque c'était tout l'art des dentellières vellaves qu'elles trouvaient ainsi à leur porte, sans avoir à courir au Puy et sans passer par les « intermédiaires » qui centralisaient, là-bas, le travail des ouvrières.

La dame de Montsalvy, la première, commandait beaucoup de choses à Azalaïs dont elle admirait l'habileté et le sens artistique, mais la dentellière était peut-être la seule femme de la ville avec laquelle elle n'entretînt que des relations impersonnelles et plutôt froides. D'ailleurs aucune femme à Montsalvy ne l'aimait. Peut-être à cause de cette façon hardie qu'elle avait de dévisager les garçons et même les hommes mariés, de ce rire de gorge, bas et doux comme un roucoulement de tourterelle, qui lui prenait quand, dans les assemblées, les gars la priaient en foule pour la danse. Ou encore de cette manière qu'elle avait, par les jours chauds de l'été, de laisser bâiller sa gorgerette un peu plus que de raison quand, assise à sa fenêtre, elle se penchait sur le carreau habillé de soie rouge.

Belle, habile et ayant quelque bien, Azalaïs aurait pu se marier cent fois mais, malgré l'attrait indiscutable que les garçons exerçaient sur elle, aucun d'eux n'avait été accepté.

— Je ne me donnerai que par amour et je n'aimerai jamais qu'un homme digne de moi, c'est-à-dire capable de tout pour l'amour de moi... disait-elle en fermant à demi ses longues paupières bistrées auxquelles beaucoup rêvaient d'ajouter de galants cernes mauves.

Elle avait ainsi atteint vingt-cinq printemps sans avoir pris époux, encouragée d'ailleurs par Augustin qui craignait, en la mariant, de perdre sa ménagère.

— Aucun de ces culs-terreux n'est digne de toi, ma perle, lui disait le bonhomme en caressant sa joue veloutée. Tu vaux un seigneur !...

Avec ce genre de théorie, on pense bien que l'Augustin ne se faisait pas tellement d'amis chez les jeunes, mais les vieux haussaient les épaules avec philosophie et conseillaient la patience à leurs gars. Un jour viendrait bien où Azalaïs, lasse d'attendre un « seigneur », s'apercevrait que le temps passait et que la jeunesse ne dure pas éternellement. Elle se déciderait bien, alors, à prendre enfin un époux.

Les rêves matrimoniaux qu'Augustin caressait pour sa fille adoptive étaient venus jusqu'aux oreilles de Catherine, comme à celles de tout un chacun. Donatienne, la grave épouse du vieux Sébastien, en rapportant le propos s'en était montrée indignée, mais Marie Rallard, la femme de Josse, qui avait ramené de son séjour au harem de Grenade une étonnante connaissance de la nature féminine, avait tout de suite mis les choses au point :

— Augustin dit « un seigneur »... mais sa fille pense « Messire Arnaud ». Il faut voir comme elle le regarde quand sur son cheval il traverse la ville : une chatte devant une jatte de crème ! Et quand elle lui fait la révérence, c'est tout juste si elle ne se prosterne pas.

— Tu dis des bêtises, Marie ! avait alors répliqué Catherine. Elle n'oserait pas viser si haut.

— Ce genre de fille a le cœur bien accroché : ça n'a jamais le vertige et ça ne doute de rien !

Malgré elle, la châtelaine avait éprouvé une sensation désagréable. Elle était sûre de l'amour de son époux et elle ne craignait pas les pièges d'une villageoise. Pourtant, Azalaïs lui rappelait les deux femmes dont elle avait eu le plus peur dans sa vie : Marie de Comborn, la cousine qui avait aimé Arnaud jusqu'au crime, et Zobeïda, la sultane qui l'avait si longtemps retenu prisonnier. Elle avait l'âpre convoitise de l'une, la sensualité à fleur de peau de l'autre, les mêmes cheveux de jais et la même peau ambrée. Et parfois, quand la dentellière venait au château pour livrer quelque voile de hennin ou quelque tour de cou, Catherine se prenait à se demander si elle n'était pas la troisième incarnation de quelque démon femelle attaché à lui arracher son amour.

Certes, Marie et Zobeïda étaient mortes toutes deux de la même façon et de la main même d'Arnaud, frappées par la dague à l'épervier d'argent qui avait toujours tenu lieu à Catherine de sauvegarde et de talisman, mais qui pouvait préjuger de l'avenir et des réactions d'un homme ?

Née dans un logis seigneurial, Catherine n'eût même pas prêté attention à cette fille. Elle eût méprisé une éventuelle rivalité avec ce qui n'eût été pour elle qu'une vassale perdue parmi les autres. Mais la fille de Gaucher Legoix, l'honnête orfèvre du Pont-au-Change, n'avait pas de ces dédains. Elle savait, par expérience personnelle, ce que l'amour peut tirer d'une petite-bourgeoise en fait de prodiges et de folies. Elle n'avait jamais commis l'erreur de mépriser un adversaire quel qu'il soit et n'avait jamais eu à se repentir de cette attitude mentale.

Depuis le départ de son époux, la dame de Montsalvy avait un peu oublié les craintes vagues que lui faisaient éprouver les yeux ardents et les lèvres humides d'Azalaïs. L'épreuve que subissait la cité les avait même balayées complètement. Pourtant, en découvrant la dentellière parmi l'auditoire de Gauberte, elle n'avait pu maîtriser un froncement de sourcils. Peut-être parce qu'au milieu de ces femmes en effervescence, Azalaïs était, comme d'habitude, à l'écart et trop tranquille... peut-être aussi à cause de ce demi-sourire moqueur et légèrement dédaigneux dont elle enveloppait ses concitoyennes, comme si ce qu'il pouvait advenir de ces femmes et même de la ville ne la concernait pas.

L'arrivée de la châtelaine provoqua, dans le petit groupe, un redoublement d'enthousiasme. À cette heure de danger, elle était l'âme de Montsalvy et chacune de ces femmes était secrètement flattée que cette âme soit l'une des leurs.

Sous couleur d'obtenir d'elle les derniers renseignements sur les mouvements de l'ennemi, on l'entoura d'un cercle de chaude amitié. De même que leurs hommes, la veille au soir, ces dames s'attendrissaient de ce qu'elle fût si frêle pour une si lourde tâche, mais on la savait capable de tous les miracles. N'avait-elle pas été chercher son mari jusque dans le palais d'un sultan infidèle et ne l'avait-elle pas ramené, guéri, quand chacun savait bien qu'il s'était enfui d'une maladrerie ? Personne n'avait voulu croire, à Montsalvy, que messire Arnaud n'était pas vraiment lépreux. Pour tous, il était un miraculé et ce miracle il le devait sans doute à la grande charité de Monseigneur saint Jacques, mais aussi à l'amour indomptable de Dame Catherine.

On l'aimait pour sa beauté, pour sa gentillesse et pour son courage, mais aussi pour cet amour extraordinaire, digne du plus beau des romans de chevalerie, qu'elle avait su inspirer et rendre au centuple. Et il n'était aucune des femmes pressées autour d'elle qui n'entendît encore résonner au fond de sa mémoire la voix hargneuse de Bérault d'Apchier prophétisant la fin d'Arnaud de Montsalvy.

Toutes s'en inquiétaient secrètement, partageant l'angoisse qu'elles devinaient ancrée au cœur de la jeune femme, mais toutes aussi lui savaient gré d'avoir assez de vaillance pour la dissimuler et pour leur sourire, comme elle le faisait à cette minute en répondant à leurs questions.

Ce n'était pas facile. Elles parlaient toutes à la fois, voulant savoir si l'ennemi avait achevé l'investissement, s'il semblait préparer une attaque prochaine, si ses forces étaient aussi imposantes qu'on le supposait.

Cependant, Gauberte, grâce à sa voix vigoureuse, parvint à reprendre le dessus.

— C'est pas tout ça, fit-elle, mais la vilaine fin du pauvre frère Amable n'arrange pas nos affaires. Il faudrait peut-être penser à envoyer quelqu'un d'autre, un nouveau messager.

— Et comment tu l'enverras, ton messager, objecta Babet Malvezin, maintenant qu'on ne peut plus ouvrir une porte sans risquer une volée de flèches ? Par-dessus les murailles en priant le Bon Dieu qu'il retombe assez loin ?

Gauberte haussa les épaules et cria, superbement dédaigneuse :

— Il y a le souterrain du château, pauvre tête en l'air ! À quoi il servirait, si ce n'est dans une circonstance comme voilà ?...

En effet, lorsque Catherine et l'abbé Bernard avaient reconstruit, aux portes mêmes de Montsalvy, l'antique château du Puy de l'Arbre, ils n'avaient pas manqué de le faire doter par leurs maîtres d'œuvre de cette vieille assurance que constituait, en cas d'investissement, un souterrain de dégagement. Comme cela s'était pratiqué depuis des siècles, le passage secret partait du donjon et rejoignait la campagne où il débouchait à l'abri de rochers et de broussailles auxquels on avait pris soin de laisser tout leur naturel.

Dans son genre, le souterrain était une manière de chef-d'œuvre, car on l'avait nanti intérieurement de défenses vigoureuses au cas où l'ennemi, en ayant découvert l'issue cachée, tenterait par ce moyen de s'introduire jusqu'au cœur de la place. Mais il était bien évident que ce genre de renseignements n'était pas fait pour être claironné sur les toits.

D'un geste, Catherine fit signe à la toilière de parler plus bas, puis jeta, très vite :

— Nous y avons pensé mais, par grâce, Gauberte, ne criez pas si fort. On pourrait vous entendre.

— Et qui donc, not' Dame ? L'ennemi ne se cache tout de même pas dans nos maisons.

— Non, sourit Catherine, mais votre voix porte loin, ma chère amie. Vous pourriez, comme la Pucelle, conduire des armées et d'ailleurs je sais qu'elle est votre modèle très vénéré...

Un vacarme de coups de marteau lui coupa la parole. Il venait de l'une des maisons proches de la fontaine, celle qu'occupait Augustin, le père adoptif d'Azalaïs. Par la porte de son atelier, ouverte en grand malgré le froid humide, on pouvait voir voler les copeaux.

Catherine se tourna vers la dentellière :

— Votre père travaille avec ardeur, à ce que l'on dirait. Que fait-il donc ?

— Un cercueil. Le premier... celui du frère Amable !

— Le premier ? Espère-t-il qu'il y en aura d'autres ?

Azalaïs eut un lent sourire mais son regard aigu s'attarda sur la châtelaine avec une insolence à peine voilée.

— Il y en aura beaucoup d'autres et vous le savez bien, Dame Catherine ! Que le siège dure ou que la ville soit bientôt emportée, mon père ne manquera pas de travail. Vous savez bien qu'ils seront nombreux ceux qui vont mourir à cause de vous.

Un silence tomba comme un voile de brume. Catherine se demandait si elle avait bien entendu. Quant à Gauberte et ses amies, elles s'entre-regardaient, incapables d'en croire leurs oreilles. Mais la châtelaine se reprit vite et fronçant les sourcils :

— Qu'entendez-vous par là ?

— Rien d'autre que ce qu'a dit le seigneur d'Apchier... ou ai-je mal compris ? Ce qu'il veut, Dame Catherine, c'est de l'or... et c'est vous ! De l'or, vous pourriez lui en donner sans doute, mais vous ? C'est donc bien pour vous garder que les hommes d'ici vont mourir ? Vous seule... puisque messire Arnaud ne doit plus revenir.

Tout en parlant, elle enlevait sa cruche pleine de la margelle et, d'un souple mouvement de reins, la jetait sur son épaule. Elle souriait toujours, jouissant visiblement de l'effet produit par ses paroles perfides qui, elle le savait bien, avaient frappé Catherine au plus sensible. Mais elle n'eut pas le temps de quitter la fontaine. Une maîtresse paire de gifles, assenée par Gauberte, et appuyée par ses cent quatre-vingts livres, l'avait jetée à terre dans les débris de sa cruche. Gauberte elle-même suivit et comme Azalaïs, à moitié assommée, tentait machinalement de se relever, elle se retrouva sous la toilière qui l'empoigna par les cheveux pour la maintenir à terre.

— Gauberte ! cria Catherine épouvantée par la rage qui convulsait la figure de la grosse femme. Laissez-la...

Mais Gauberte n'entendait rien. Un genou sur l'estomac de la fille dont elle tirait les nattes d'une main, elle lui cracha à la figure, puis gronda :

— Si je ne savais pas que ta pauvre défunte mère était une sainte femme, Azalaïs, je dirais que tu as été engendrée par une truie. Ça te soucie bien, le sort des hommes d'ici tout d'un coup ! Pourtant, tu fais assez la fière avec les garçons qui sont assez simples pour te parler d'amour. Ce que tu veux, hein, c'est un seigneur et, comme tu ne peux pas avoir messire Arnaud, tu te dis qu'un des loups d'Apchier ferait aussi bien l'affaire, hein ? C'est lequel que tu veux ? Mais dis-le, mais dis-le donc ?

De sa main libre, Gauberte déchaînée giflait la fille avec tant de fureur que Catherine eut peur qu'elle ne l'assomme complètement.

— Séparons-les, Babet ! cria-t-elle à sa voisine. Gauberte est capable de la tuer.

— Bah ! fit la femme du cirier avec rancune, ça ne serait peut-être pas un si grand mal !... Mon cadet a assez pleuré pour elle, après la Saint-Jean d'été. Mais à vos ordres, Dame Catherine.

Aidées des autres femmes, assez mollement d'ailleurs, parce que ces honnêtes mères de famille n'étaient pas fâchées au fond de ce qui arrivait à la sémillante dentellière, elles parvinrent à arracher Gauberte, écumante, de sa victime. Marie Bru poussa même la charité jusqu'à aider Azalaïs à se relever.

Rouge des coups qu'elle avait reçus et du sang qui coulait d'une coupure au bras due à l'un des morceaux de sa cruche, la dentellière se relevait en sanglotant. Sa robe trempée était maculée de boue et sa cotte déchirée était ouverte dans le dos. Mais son aspect pitoyable ne calma pas la fureur de Gauberte que l'on avait bien du mal à retenir tant elle se débattait.

— Laissez-moi ! criait-elle furibonde. Je veux qu'elle se traîne dans la boue, cette gaupe ! Dans la boue devant notre Dame pour lui demander pardon !

Puis, comme décidément les femmes cramponnées à ses bras refusaient de la lâcher, elle hurla à l'adresse de son ennemie que Marie ramenait vers sa maison :

— Tu entends, garce ? Tu demanderas pardon !

— Pardon de quoi ?

Attiré par le tapage qui avait fini par dominer son propre vacarme, Augustin, le charpentier, venait d'apparaître au seuil de son atelier, un maillet dans la main et des chevilles de bois dans l'autre. Il se heurta presque à sa fille adoptive qu'on lui ramenait trempée, sale et visiblement malmenée.

— C'est rien ! tenta d'expliquer Marie Bru qui sentait venir une nouvelle bagarre. Elle a eu des mots avec Gauberte...

Mais, sans l'écouter, Augustin l'écarta de la main et marcha vers le groupe des femmes. Les yeux presque sortis de la tête, la figure aussi rouge que son bonnet de laine enfoncé jusqu'à ses oreilles, brandissant le lourd maillet, il n'avait rien de rassurant, mais il en fallait davantage pour impressionner la toilière, surtout en colère.

— Pardon de ce qu'elle a osé dire à Dame Catherine ! hurla-t-elle. C'est pas pour dire, Augustin, mais ton Azalaïs c'est une fichue bourrique ! Si tu lui avais caressé les côtes un peu plus souvent, elle serait pas si venimeuse.

— Et qu'est-ce qu'elle a osé dire, hein ? Est-ce que tu vas « oser » me le répéter à moi ?

— Je vais me gêner...

Augustin approchait et, comme le maillet s'agitait dangereusement au bout de son bras nu, les femmes qui maintenaient Gauberte se replièrent en bon ordre avec un petit gémissement de crainte, persuadées qu'il allait s'abattre sur elles.

Catherine lâcha aussi la toilière, mais ce fut pour se jeter entre elle et le menuisier furibond.

— En voilà assez ! fit-elle sèchement. C'est à moi de parler maintenant et vous allez m'écouter l'un et l'autre ! Remettez ce maillet à votre ceinture, Augustin, et vous, Gauberte, calmez-vous !

Devant la jeune femme, le charpentier s'arrêta, hésita un instant, lui jeta un regard en dessous, puis, de mauvaise grâce, tira son bonnet.

— J'ai le droit de savoir ce qu'on a fait à ma fille, grogna-t-il.

— D'accord ! concéda Gauberte dont la bonne humeur revenait à mesure qu'elle se calmait. Mais tu as aussi le droit de savoir ce qu'elle a dit. Quant à ce qu'on lui a fait, tu vas être servi : je lui ai flanqué la volée que tu n'as jamais osé lui administrer ! Et je suis toute prête à recommencer, à moins que tu ne le fasses toi-même : elle a dit que tu allais te faire pas mal d'argent avec les cercueils de tous ceux qui vont se faire tuer pour Dame Catherine. T'es d'accord ?

— Elle a sûrement pas dit ça !

— Si, Augustin, elle l'a dit ! intervint Catherine. Elle pense que tout ce que vous et la ville allez avoir à souffrir, c'est moi qui en suis la cause... et moi seule ! Êtes-vous aussi de cet avis ?

— N... on, bien sûr. Personne ne voudrait les Apchier

comme seigneurs. Ils sont durs et cruels. Seulement, si messire Arnaud ne revenait pas...

— Vous ne voyez aucune raison de défendre les siens, articula durement Catherine qui se sentit pâlir.

Elle regarda la figure butée du bonhomme. Visiblement, il lui en voulait de ce qui venait de se passer, mais un certain respect habituel le retenait de le lui dire en face. Une fois de plus, ce fut Gauberte, d'ailleurs incapable de rester longtemps hors du débat, qui trancha la question.

— Messire Arnaud reviendra ! affirma-t-elle. Et, même s'il ne revenait pas, il a un fils et nous avons l'abbé Bernard pour co-seigneur ! On n'a que faire des Apchier ! Et maintenant tu peux dire à ta fille qu'avant de livrer Dame Catherine, puisque c'est à ça que vous avez l'air de penser dans la famille, on l'enverra, elle, hors des murailles de la ville et on l'y enverra toute nue, histoire de voir ce qu'en feront les « seigneurs » qui lui font tellement envie !

— Ne recommencez pas ! coupa Catherine. Augustin, je n'en veux pas à votre fille. Elle doit avoir peur et c'est son excuse. De votre côté, n'en veuillez pas à Gauberte. Elle n'a agi que par amitié pour moi ! Allons, faites la paix !...

De mauvaise grâce, Fabre marmotta qu'il n'en voulait plus à Gauberte et celle-ci de son côté mâchonna qu'Azalaïs n'aurait plus rien à craindre d'elle si elle tenait sa langue. Catherine n'en demanda pas plus. L'incident était clos et chacun alla de son côté. Les commères reprirent leurs cruches et, après une dernière révérence à leur châtelaine, regagnèrent leurs cuisines en commentant l'événement.

Catherine, flanquée de Gauberte qui rentrait chez elle comme les autres, se dirigea vers l'abbaye où elle devait rencontrer le seigneur spirituel de Montsalvy.

Malgré toutes les marques d'attachement qu'on venait de lui prodiguer, la comtesse se sentait maintenant l'âme lourde et noyée de tristesse, parce que dans ce bloc massif de dévouement et de fidélité qu'était sa ville elle venait de découvrir une mince fissure. Bien mince, sans doute, et peut-être sans danger, mais c'était trop encore à un moment où la cité n'aurait dû former qu'une âme, qu'une volonté.

Bien sûr, Catherine n'avait jamais nourri beaucoup d'illusions sur le genre d'affection que pouvait lui porter Azalaïs depuis ce matin d'hiver où, dans la cour du château, elle avait surpris le regard dont la dentellière enveloppait son époux. Elle avait compris alors que Marie avait raison et que cette fille ne pouvait que la détester. Mais que son père adoptif pensât comme elle, c'était une découverte pénible car, tout naturellement, elle conduisait à songer que, peut-être, Augustin et sa fille n'étaient pas seuls dans leur manière de voir. De toute façon, il fallait veiller à ce que cet état d'esprit ne se propageât point et garder l'œil sur la dentellière.

Gauberte qui, sans rien dire, observait la châtelaine coupa court à ses pensées moroses avec son habituelle brusquerie.

— N'allez pas vous imaginer des choses et vous mettre martel en tête, Dame Catherine. L'Augustin est tellement coiffé de son Azalaïs qu'il ne se rend pas compte qu'elle est la plus mauvaise bête que le soleil puisse ensoleiller. Tout ce qu'elle dit, c'est parole d'Évangile... mais dans ces idées-là il est bien tout seul.

— Vous en êtes certaine ?

— Certaine ? Ah ! Pauvre Sainte Vierge ! Mais penser à ça, c'est nous faire injure à nous autres. D'ailleurs, quelle raison on aurait de partager les idées tordues de l'Azalaïs ? Elle n'est pas d'ici.

— Moi non plus ! dit Catherine doucement.

— Vous ?

De stupeur, Gauberte s'arrêta pile, posa sa cruche et hocha la tête d'un air tellement apitoyé que Catherine se demanda si Gauberte ne la prenait pas pour une simple d'esprit.

— ...Vous, bonne Vierge ! Mais vous êtes plus de chez nous que si, comme ce caillou – et la toilière s'abaissant vivement ramassa une pierre du chemin –, vous aviez été tirée de notre vieille terre. Vous êtes peut-être née à Paris, mais qu'est-ce qu'il vous en reste ? Messire Arnaud et vous, vous n'êtes qu'une seule chair, un seul cœur. Et si lui n'est pas d'ici, alors qui c'est qui en sera ? Et, sans vous, on ne l'aurait plus, messire Arnaud... Marchez, Dame Catherine ! Que vous le vouliez ou non, dans la muraille de Montsalvy, vous êtes la pierre angulaire et rien ni personne ne pourra vous en arracher... ou dire le contraire.

— Merci, Gauberte ! Mais je crois qu'il vaudrait mieux pour tout le monde qu'Azalaïs tînt sa langue et, surtout, qu'elle soit surveillée. Un tel état d'esprit est inadmissible dans une ville assiégée.

— Soyez tranquille, Dame Catherine, on l'aura à l'œil, la belle. À la moindre incartade, je vous préviens et vous la faites arrêter, même si ce pauvre imbécile d'Augustin doit en faire une maladie. Marchez, not' Dame ! La consigne sera passée.

Puis, comme on était arrivé à la porte du monastère, Gauberte, sans laisser à Catherine le temps d'apprécier son émotion, lui adressa un plongeon rapide et, tournant les talons, regagna sa maison à grandes enjambées.

Luttant contre les larmes, mais curieusement réchauffée, la jeune femme franchit le portail du monastère, saluée par le frère portier qui l'informa qu'elle trouverait l'abbé Bernard dans la salle capitulaire.

— Il donne sa leçon au petit seigneur ! ajouta-t-il avec un bon sourire.

— Une leçon ? Aujourd'hui ?

— Mais oui ! Sa Révérence pense qu'un siège n'est pas une excuse suffisante pour perdre son temps !

« Ce genre de formule, c'était bien le style de l'abbé », pensa Catherine. Alors que l'on pouvait s'attendre, à chaque instant, à ce qu'une horde s'élançât à l'assaut de la ville, alors que son église, certainement, était emplie de fidèles venus demander l'intercession du ciel, lui continuait à instruire le petit Michel comme si de rien n'était.

Et, en effet, en gagnant la grande salle du chapitre,

Catherine entendit la voix de son fils qui récitait un poème, de saison sinon de circonstance :

Je suis avril le plus jolys,
De tous en honneur et vaillance
Car nous fûmes tous affranchis
En mon temps par un coup de lance,
Par la saincte digne souffrance
De Dieu qui le monde créa...

Le grincement de la porte poussée par la main de Catherine interrompit le clair débit de la voix enfantine. Assis sur un escabeau d'où pendaient ses petites jambes, en face de l'abbé qui, debout devant lui, l'écoutait bras croisés et le menton dans la main, Michel, coupé en plein élan, tourna vers sa mère sa frimousse ronde où s'inscrivait une déception.

— Oh ! Madame ma mère ! reprocha-t-il, pourquoi donc venez-vous céans à cette heure ?

— Est-ce que je ne devrais pas ?

— Non, vous ne devriez pas ! J'espère que vous n'avez rien entendu ?

À cette question pleine d'angoisse, Catherine comprit que l'enfant devait être en train de répéter une petite poésie, sans doute destinée à lui être offerte, le matin de Pâques, avec les souhaits traditionnels. Elle sourit avec une parfaite innocence :

— Y avait-il quelque chose à entendre ? La porte était fermée et j'arrive tout juste. Je t'assure que je n'ai rien entendu. Mais si je t'ai dérangé, je t'en demande pardon.

— Ce n'est rien, concéda Michel magnanime, si vous n'avez pas entendu.

— La leçon est finie pour aujourd'hui, intervint l'abbé en posant sa main sur les boucles blondes de l'enfant. Tu as bien travaillé, Michel, et je crois que tu peux maintenant aller retrouver Sara.

Aussitôt, le petit garçon sauta à terre, courut à sa mère dont il entoura les jambes de ses petits bras.

— S'il vous plaît... est-ce que je peux ne pas rentrer tout de suite à la maison ?

— Où veux-tu donc aller ?

— Chez l'Auguste ! Il commence aujourd'hui à préparer la cire, pour le grand cierge de Pâques, et il m'a dit que je pouvais venir.

Elle l'enleva de terre, le serra contre sa poitrine et embrassa avec adoration ses joues rondes et duveteuses.

— Va, mon fils ! Mais n'ennuie pas Auguste et ne t'attarde pas trop. Sara s'inquiéterait.

Il promit tout ce qu'elle voulut, lui planta un gros baiser sur le bout du nez dans sa hâte d'aller admirer l'alchimie cirière d'Auguste Malvezin puis, se laissant glisser à terre, se sauva en courant, suivi par le regard tendrement indulgent de sa mère et de l'abbé.

— Il a toute l'ardeur et la curiosité de son père, remarqua celui-ci.

— C'est un vrai Montsalvy, dit fièrement Catherine, et je me demande s'il ne ressemblera pas davantage encore à son oncle Michel qu'à son père. Il a plus de douceur que mon époux, moins de goût pour la violence. Il est vrai qu'il est encore si petit !... Mais je vous avoue que certains, ici, m'étonnent : vous tout le premier. Nous sommes en danger et cependant vous donnez sa leçon à Michel, tandis qu'Auguste prépare le cierge de Pâques. Où serons-nous à Pâques, doux Jésus ? Serons-nous même encore vivants ?

— Vous en doutez ? Votre confiance en Dieu ne va pas bien loin, ma fille : Pâques est dans un peu plus de deux semaines seulement ! J'admets que la fête n'aura peut-être pas toute la gaieté voulue, mais j'espère tout de même que nous serons tous là pour chanter les louanges du Seigneur.

— Qu'Il vous entende ! Je suis venue vous demander ce que nous allons faire maintenant que ce pauvre frère... J'avais pensé que le souterrain du château...

— Bien entendu ! Nous allons nous en servir pour envoyer un nouveau messager.

— Mais qui acceptera de risquer ainsi son existence ? La mort affreuse de frère Amable peut abattre les courages les mieux trempés.

— J'ai déjà l'homme qu'il nous faut, rassurez-vous, ma fille ! L'un des garçons de la Croix du Coq est venu se proposer. Il veut partir dès cette nuit.

— Si vite ? Mais pourquoi ?

— À cause du travail de la terre. Il a plu tout le jour et il gèlera peut-être cette nuit, mais, dès que la glèbe sera séchée, il faudra passer la herse et échardonner les céréales. Il y a aussi les choux et les légumes à planter. Si les routiers s'attardent, les travaux d'avril, si importants, ne pourront se faire et les récoltes seront perdues. Il n'est pas un homme d'ici qui ne soit prêt à risquer sa vie pour sauver sa terre.

— Quelqu'un a suggéré un autre moyen... plus simple de sauver Montsalvy.

— Lequel ?

— Livrer à Bérault d'Apchier ce qu'il convoite : les richesses du château et...

— Et vous ? Quelle folie ! Qui vous a mis pareille idée en tête ?

Elle le lui dit, retraçant rapidement la scène de la fontaine que l'abbé écouta avec une impatience non déguisée.

— C'est Gauberte qui a raison, s'écria-t-il quand la jeune femme eut fini. Elle a la tête mieux plantée sur les épaules que cette pauvre folle d'Azalaïs. Quant à Augustin, il est grandement coupable de mettre dans la tête de cette enfant des idées qui ne sont ni de sa condition, ni bien sages ! Voilà quelque temps déjà que je songe à la surveiller discrètement : elle a des fréquentations que je n'aime pas.

— Qui donc ? Un garçon ?

— Non ; cela vaudrait mieux. C'est la Ratapennade. Bien souvent, ces temps derniers, on a rencontré la dentellière dans les environs de sa cabane. Si l'on n'y prend garde, la malheureuse est capable de risquer son âme pour tenter de réaliser ses rêveries insensées. Quant à vous, j'espère que vous n'allez pas vous laisser démoraliser par les divagations de ces deux fous. Si vous vous livriez, ne savez-vous pas que votre époux ne laisserait pas pierre sur pierre de cette cité ? Ne savez-vous pas à quel point sa colère est redoutable ?

— Je sais... oui... à condition qu'il revienne !

— Encore ?

Catherine baissa la tête, honteuse de sa faiblesse.

— Pardonnez-moi, mais je n'arrive pas à m'ôter ce tourment de l'esprit ! J'ai peur, mon Père... vous ne pouvez pas savoir à quel point j'ai peur. Pas pour moi, bien sûr... mais pour lui.

— Pour lui seulement ? Avez-vous retrouvé votre page ?

De la tête, elle fit un signe que non, chercha dans son aumônière son mouchoir, essuya les larmes qui perlaient à ses cils et se moucha. Elle comprenait qu'en lui parlant de Bérenger l'abbé cherchait surtout à détourner son esprit de ce danger inconnu que courait Arnaud.

— Je pense qu'il ne faut pas trop vous inquiéter pour lui. En rentrant, il a dû voir ce qui se passait... Il aura fait demi-tour et regagné Roquemaurel. Peut-être même aura-t-il prévenu Dame Mathilde et aurons-nous quelque secours de ce côté ?

— Cela m'étonnerait. Amaury et Renaud n'ont pas laissé grand monde au logis ! Il est vrai que cette vieille forteresse se garde toute seule ou presque. Mais je serais heureuse de savoir Bérenger à l'abri.

— Venez prier un moment avec moi, mon amie. C'est le meilleur secours que je puisse vous offrir. Dieu a déjà une telle habitude de faire pour vous des merveilles. Allons lui demander qu'il en fasse encore quelques-unes...

Tous deux gagnèrent l'église où l'on disait les prières du salut. Un bruit d'abeilles l'emplissait, tissé par les voix feutrées d'une centaine de femmes et d'enfants agenouillés devant le maître-autel. Un vieux moine y officiait. Le murmure léger de sa voix cassée alternait avec le tonnerre des répons, articulés par des gosiers solides.

Au mur, les pieds torturés du grand Christ de bois peint disparaissaient dans le brasillement des cierges, allumés avec une telle profusion que le divin supplicié semblait surgir d'un bûcher et que, sur les vieilles dalles disjointes, s'étendaient de grandes plaques de cire jaune, pareilles à celles du verglas quand s'y mire un rayon de soleil.

L'abbé gagna son trône et Catherine son banc seigneurial qu'entouraient déjà la plupart des servantes du château.

Sous le capuchon d'une mante noire, elle vit le visage blond de Marie Rallard, lui sourit et lui fit signe de venir auprès d'elle, parce qu'elle sentait, tout à coup, le besoin d'être moins seule à son rang de châtelaine qui, même en face de Dieu, lui faisait peur et l'inquiétait. Marie, elle le savait, n'était pas venue, comme les autres femmes, implorer du Ciel qu'il détournât d'elles sa colère. Elle n'avait pas peur : cela se lisait dans l'eau tranquille de son regard. Et elle avait trop connu de dangereuses aventures, depuis sa Bourgogne natale jusqu'au harem de Grenade, pour s'effrayer d'un siège campagnard.

De son passage en pays maure, Marie avait gardé un certain sens de la fatalité, une résignation paisible aux caprices, parfois si incongrus, du destin et une étonnante faculté d'adaptation. En la regardant, telle qu'elle était à présent, pieusement agenouillée, son visage rose enserré d'une austère guimpe de batiste et ses cheveux nattés sous une cornette qui lui donnait l'air d'une petite nonne, les paupières baissées et les lèvres murmurantes de ferveur, Catherine se demandait si c'était bien la même femme qu'elle avait vue pour la première fois, étendue sur des coussins de soie et reflétant la nudité voluptueuse de son corps dans l'eau bleue d'une piscine, celle qui s'était appelée d'abord Marie Vermeil, puis Aïcha et qui, maintenant, par le miracle de l'amour, était devenue dame Marie Rallard, une femme respectable qui occupait auprès de la châtelaine le rang de dame de parage et avait, au château, charge de la garde-robe et de la lingerie.

Jamais, depuis qu'elle avait quitté Grenade, Marie n'avait seulement évoqué ce temps étrange où elle n'était qu'un petit animal de plaisir parmi tant d'autres au service d'une royale sensualité. Du jour où elle avait mis sa main dans celle de Josse Rallard, elle avait, à la manière d'un serpent qui mue, rejeté sa peau d'odalisque pour se couler avec une stupéfiante aisance dans celle d'une petite fille à son premier émerveillement et d'une épouse amoureuse.

Aujourd'hui, elle était naïvement reconnaissante au seigneur de Montsalvy de lui avoir laissé son époux quand il avait rassemblé ses hommes pour les conduire sous Paris.

Laissant Marie égrener sagement son chapelet, Catherine avec un soupir étouffé plongea son visage dans ses mains jointes. Mais elle ne pria pas. Elle s'en sentait incapable parce que l'incident créé par la dentellière était encore trop présent et, en quelque sorte, lui empoisonnait l'âme. Malgré ce que l'abbé lui avait dit, elle éprouvait un curieux malaise car il y avait un fond de vérité dans les paroles cruelles qu'Azalaïs lui avait jetées au visage, et si vraiment Apchier n'en voulait qu'à ses biens propres et à sa personne, les premiers morts, inévitables si le secours n'arrivait pas rapidement, pèseraient lourdement sur sa conscience.

Certes, le routier voulait aussi s'assurer le péage afin de rançonner les voyageurs à sa convenance, mais peut-être que, s'il obtenait ce qu'il désirait, les vies humaines pourraient être préservées. Et d'autre part...

Tant que dura l'office, Catherine se tortura avec ces pensées démoralisantes, tournant et retournant le problème dans tous les sens sans parvenir à lui trouver une solution. Elle s'apercevait brutalement qu'il n'était pas facile, quand on est née du peuple et que l'on s'y sent encore si profondément mêlée, d'emprunter les réactions et les façons de penser d'une noble dame pour laquelle le sacrifice de vies humaines est chose toute naturelle.

Bien sûr, Arnaud, elle le savait, n'aurait que mépris

pour ses scrupules qu'il accueillerait d'un ricanement et d'un haussement d'épaules, mais, s'il était là, le problème ne se poserait même pas. Il était son problème, à elle, et sans doute le plus difficile qu'elle eût jamais eu à résoudre.

— Seigneur, envoyez-nous du secours ! chuchota-t-elle, se décidant enfin à s'en remettre au Ciel. Faites que les choses n'en arrivent pas au point où le poids se ferait trop lourd ! Déjà, un homme a perdu la vie...

Tard dans la nuit, bien après que la dépouille du frère Amable eut été confiée à la terre en présence de la dame de Montsalvy, toute vêtue de noir, et de ceux des habitants que la garde des murailles ne retenait pas aux postes de guet, un homme s'enfonça dans les entrailles de la terre par l'échelle qui menait aux caves du donjon.

Il portait une torche, une dague et une lettre. Avant de disparaître dans l'ombre épaisse du souterrain, il adressa à Josse qui l'avait mené jusque-là un sourire, un clin d'œil et un geste d'adieu.

Mais personne ne devait le revoir vivant...

CHAPITRE III

LE SOUTERRAIN...

L'attaque eut lieu au lever du jour. Profitant de l'heure froide qui accompagne la fin de la nuit et qui trouve les hommes engourdis par une longue veille, en état de moindre défense, Bérault d'Apchier lança ses troupes à l'assaut de deux points des remparts qui lui semblaient plus vulnérables.

Sans bruit, au cours de la nuit, les routiers avaient réussi à combler une partie du fossé, d'ailleurs presque à sec, en y jetant des fascines et, dès que le ciel avait commencé de s'éclaircir vers le levant, des échelles avaient été portées à ces deux endroits.

Mais bien qu'effectuées aussi discrètement que possible, ces opérations avaient tout de même attiré l'attention des guetteurs et quand, entraînés par Gonnet, le bâtard, les soldats s'étaient élancés sur les échelles, ils avaient essuyé une telle averse de pierres et d'huile bouillante qu'ils s'étaient hâtés de battre en retraite.

Gonnet, brûlé à l'épaule, se retira en hurlant comme un loup malade et en montrant aux défenseurs de la ville un poing tremblant de colère. Mais, deux heures plus tard, la ferme de la Sainte-Font brûlait jusqu'aux fondations.

Debout sur le chemin de ronde autour de Catherine, une partie des habitants la regarda flamber dans une épaisse fumée noire que le vent effilochait sur le ciel gris en longues traînées sales. Appuyée à l'épaule de son mari qui, machinalement, lui tapotait le dos sans parvenir à détacher son regard du désastre, Marie Bru pleurait à gros sanglots désespérés qui navraient Catherine.

— Nous vous rendrons tout cela, Marie, lui dit-elle doucement. Quand ces bandits seront chassés, nous rebâtirons...

— Pour sûr ! affirma Saturnin. On s'y mettra tous. Le secours ne saurait tarder puisque nous n'avons pas de nouvelles de notre messager. C'est qu'il a pu passer.

Catherine lui jeta un regard reconnaissant. C'était juste ce qu'il fallait dire et, en attendant, pour consoler un peu Marie, elle lui offrit trois écus d'or.

Mais, le lendemain, une nouvelle attaque fut repoussée aussi victorieusement... et ce fut la ferme de la Croix du Coq qui brûla.

Au conseil du château, le soir venu, le vin aux herbes parut un peu amer à ceux qui avaient la charge de la cité.

— À une ferme ou une métairie par attaque et par jour, dit Félicien Puech, le meunier, résumant la pensée de tous, n'y aura plus autour de notre ville que de la terre brûlée quand viendra le saint jour de Pâques !

— Les secours seront là bien avant, riposta Nicolas Barral. À l'heure qu'il est, le Jeannet doit être à Carlat. Je veux bien gager mon casque contre un trognon de chou qu'avant deux jours nous verrons poindre quelques-unes des bonnes lances de Monseigneur Cadet Bernard [1] que nous aura envoyées Madame Eléonore, son épouse.

Mais, ni le lendemain, ni le jour suivant, les lances annoncées n'apparurent et l'inquiétude commença à poindre dans la petite communauté. Même quand Féli-

1. Surnom populaire donné à Bernard d'Armagnac, comte de Pardiac.

cien vint apporter au sergent, avec un grand sérieux, un énorme trognon de chou en le priant de le lui échanger contre son casque, il n'obtint que des sourires un peu contraints. On avait de moins en moins envie de rire à Montsalvy.

Ce qui apparut, en revanche, ce fut la pluie. Elle commença dans la nuit du dimanche des Rameaux, s'installa et parut décidée à demeurer une éternité. Mais ce n'était pas une de ces pluies de printemps, fines et douces, qui pénètrent bien la terre en gésine, y font gonfler la sève et poussent vers le ciel, drus et vivaces, les herbes des pâtures, les pousses tendres du blé ou du seigle et les bourgeons duveteux des châtaigniers. C'étaient de grandes averses rageuses, portées par le souffle furieux d'un vent de malheur, qui délavaient la terre aux pentes des coteaux et la faisaient couler, en ruisseaux noirs, vers le fond des vallées, dénudant le roc là où il n'y avait pas d'arbres pour interposer leurs racines, et déchirant les branches comme lambeaux de linge là où il y en avait.

La grêle vint ensuite. Ses bulles dures et placées, aussi grosses que des noix, trouèrent impitoyablement la glèbe délavée, hachant les premiers surgeons fragiles et détruisant les premières espérances de récolte.

Sur leurs murailles, les gens de Montsalvy, trempés jusqu'aux os, mais les yeux secs, regardèrent les torrents d'eau liquéfier leurs paysages. Le prochain hiver serait rude et imposerait des privations, mais qui pouvait être certain de vivre le prochain hiver ? La menace qui pesait sur la cité ne s'était pas éloignée. L'assiégeant était toujours là, au milieu d'une mer de boue, tapi sous ses tentes que la grêle avait transpercées quand la bourrasque ne les avait pas emportées aux cimes des arbres, aussi légèrement qu'un bonnet de fille par-dessus un moulin.

Contraints par le temps à cesser leurs attaques, ils n'en devenaient que plus tenaces et plus enragés. Leurs chefs, bien sûr, avaient élu domicile dans les quelques maisons désertées qui constituaient les deux petits faubourgs, mais le gros de la troupe s'arrangeait comme il pouvait, grinçant des dents à la pensée des lits chauds et des toits solides tapis derrière ces grosses murailles si bien closes.

Inlassablement, quoique de plus en plus inquiets, Catherine et l'abbé Bernard se multipliaient pour maintenir le courage de leurs ouailles qui ne parlaient plus guère que par dictons :

« Avril le doux, quand il se fâche, est le pire de tous... » soupirait l'un.

« Quand il pleut aux Rameaux, il pleut à la fenaison et aussi à la moisson ! » déclarait l'autre et il n'était personne qui n'exhumât du fond de sa mémoire quelque vieil adage plus pessimiste l'un que l'autre.

C'en était au point où le siège passait presque au second plan car, pour ces gens de la terre, le dommage de la terre primait toutes choses. Et les deux co-seigneurs de la ville avaient fort à faire pour lutter contre l'idée naturelle, née de ces pluies torrentielles, que le ciel se déclarait contre Montsalvy.

— Nous trouverons de quoi remplacer ce qui aura été détruit ! affirmait la châtelaine en pensant à son ami Jacques Cœur et aux réserves qu'il amassait dans ses comptoirs. Du moins ces pluies empêchent-elles l'ennemi de brûler d'autres fermes.

— Dieu est avec nous, au contraire, enchaînait l'abbé arrivant à la rescousse. Ne voyez-vous pas qu'Il tient l'ennemi à distance ? Quand Il combat pour vous et vous épargne des linceuls, qu'allez-vous vous inquiéter de quelques arpents de blé ou de seigle ravagés ? On ne fait pas l'omelette sans casser les œufs.

Mais il ordonnait tout de même de grandes prières publiques. Jamais d'ailleurs, de mémoire des anciens, Semaine sainte n'avait été si fervente... ni si trempée.

La Confrérie de la Passion, qui avait tenu à honneur d'effectuer sa traditionnelle procession du Jeudi saint, vit sortir de ses hautes cagoules rouges ou noires, déteintes par l'eau, des hommes qui s'apparentaient curieusement aux Indiens d'Amérique ou aux Hommes bleus du désert.

Quant à Sara, elle s'usait les mains à malaxer des feuilles de chou écrasées dans de l'argile pour en enduire les rhumatismes réveillés de tous les vieux du pays.

Et, pour la majeure partie des habitants, le temps qu'ils ne passaient pas à prier ou à entretenir, sous des abris de fortune, les feux tenaces qui gardaient au chaud la poix protectrice et éclairaient, de nuit, les chemins de ronde, ils le passaient à scruter la route du nord dans l'espoir d'y voir poindre les fers brillants et les pennons colorés des lances d'Armagnac. Mais le désespérant horizon demeurait bouché, sans qu'aucune lueur d'espoir vînt l'éclairer.

Quand une semaine se fut écoulée depuis le départ de Jeannet, les gens de Montsalvy commencèrent à croire qu'il était arrivé quelque chose à leur messager. Ils en eurent d'ailleurs la confirmation de façon assez inattendue.

L'aube de Pâques qui était le 8 avril, jour de la Saint-Hugues, se leva avec peine, aussi pluvieuse que ses devancières. Le ciel était si bas et si pleurard que le monde, enveloppé d'un cocon mouillé, avait l'impression que le soleil l'avait abandonné à tout jamais pour une autre planète.

Comme tous les autres, Catherine avait quitté son lit avec le jour afin d'honorer la résurrection du Seigneur. De fête, bien sûr, il ne pouvait être question. Pourtant la messe que dirait tout à l'heure l'abbé Bernard serait une grand-messe à l'issue de laquelle le château et l'abbaye recevraient citadins et réfugiés pour un grand repas, qui ne serait pas festin mais qui, pris en commun, aurait tout de même un petit air d'exception.

En vue de ce repas, Sara, Donatienne et Marie s'agitaient comme aux plus beaux jours dans l'énorme cuisine du château.

Catherine s'apprêtait à aller les rejoindre pour mettre elle aussi la main à la pâte, quand Saturnin accourut, essoufflé, presque joyeux, lui toujours si grave. C'est que la nouvelle qu'il apportait constituait, selon lui, le meilleur des cadeaux de Pâques. Il semblait même si heureux que Catherine eut un coup au cœur.

— Le secours ! Il arrive ?

— Pas celui que nous attendions, Dame Catherine, mais un secours tout de même !

En effet, devant la porte d'Entraygues une petite troupe était occupée à enfoncer la ligne, assez faible, il est vrai, à cet endroit, des assiégeants pour se frayer un chemin jusqu'à la cité.

— Une petite troupe ? Combien d'hommes ?

— Une vingtaine, à ce qui m'a semblé. Ils n'ont pas de marque distinctive mais ils se battent bien. Nicolas attend vos ordres pour relever la herse.

— Je vous suis. Il n'y a pas de temps à perdre. À moins...

Elle garda pour elle la suite de sa pensée qui aurait fait tomber la joie du vieillard. Bérault d'Apchier était l'homme de toutes les ruses, de tous les traquenards. Qui pouvait dire si cette troupe « sans marque distinctive » mais qui « se battait si bien » ne constituait pas le meilleur des pièges et le plus sûr moyen de s'ouvrir les portes de la ville ?

Néanmoins, elle courut jusqu'à la porte où, en effet, un combat se déroulait. Armés de toutes pièces, une vingtaine de soldats à cheval s'étaient frayé un passage à travers la troupe d'Apchier, surprise par une attaque brusquée, et refluaient maintenant vers la ville en se défendant avec acharnement contre une troupe qui grossissait d'instant en instant.

— Qui êtes-vous ? cria Catherine qui avait hâtivement gagné le chemin de ronde.

— Ouvrez, bon sang ! hurla une voix haletante. C'est moi ! Bérenger !...

La voix en question provenait d'un étrange assemblage de pièces d'armure, assez disparates, qui composait l'un des cavaliers du centre. Armé d'une gigantesque hache d'armes dont il faisait des moulinets presque aussi dangereux pour ses compagnons que pour l'ennemi, ce curieux soldat distribuait un peu au hasard des coups qui faisaient plus d'honneur à sa bonne volonté qu'à son expérience. Mais la voix bien connue du page eut le don de plonger Catherine dans une joie dont elle se serait crue bien incapable quelques instants plus tôt, une joie qui se répercuta sur tous les défenseurs de la porte.

Avant même qu'elle eût ouvert la bouche pour en donner l'ordre, Nicolas Barral et deux de ses hommes s'étaient pendus aux treuils, relevaient la herse et abattaient le pont-levis en catastrophe, tandis qu'une ligne d'archers, postés aux créneaux, déchaînait sur les routiers une véritable grêle de flèches.

L'entrée de la petite troupe s'effectua avec une rapidité stupéfiante et, à peine le pont eut-il résonné sous le galop des chevaux, qu'il se relevait. Les flèches et les carreaux d'arbalètes de l'ennemi vinrent se planter dans les énormes ais en cœur de chêne qui le composaient, pendant qu'avec un affreux bruit de ferraille Bérenger de Roquemaurel, ôtant un heaume manifestement trop grand pour lui, sautait de son grand cheval presque dans les bras du sergent, que ledit casque faillit bien éborgner.

— Sang du Christ, mon garçon ! jura celui-ci. Quel redoutable combattant vous faites ! Mais comme vous voilà pâle après cette chaude bagarre ?

— Je n'ai jamais eu si peur de ma vie ! avoua ingénument le garçon qui, d'ailleurs, claquait des dents. Ah ! Dame ! Quelle joie de vous revoir ! ajouta-t-il en essayant vainement de plier sa carapace de fer pour s'incliner devant Catherine. J'ai fait aussi vite que j'ai pu, mais j'ai rencontré bien des traverses. J'espère, malgré tout, que vous n'avez pas eu trop à souffrir encore ?

— Non, Bérenger, tout va bien... ou presque bien. Mais vous, d'où venez-vous donc ?

— De chez moi où ma mère vous dit mille choses affectueuses et prie pour vous... et aussi de Carlat !

— De Carlat ? Mais ces hommes ? fit-elle en désignant les soldats qui, derrière les portes refermées, se regroupaient et mettaient lourdement pied à terre.

— En viennent aussi. C'est tout ce que messire Aymon du Pouget, le gouverneur, peut vous envoyer en fait de secours. Il en est tout à fait navré, mais la comtesse Éléonore vient de partir pour Tours où s'apprêtent déjà, à ce que l'on dit, les fêtes du mariage de Monseigneur le Dauphin avec Madame Marguerite d'Écosse, et le sire du Pouget ne peut, sans dégarnir dangereusement sa forteresse, détacher plus d'hommes à votre service. Encore a-t-il préféré qu'ils ne portent ni tabard, ni couleurs, afin que les chiens puants qui vous attaquent ne puissent deviner que Carlat est moins bien gardé.

Celui des arrivants qui paraissait le chef de la troupe s'approcha et vint mettre genou en terre devant Catherine pour l'assurer que lui et ses hommes étaient tout prêts à mourir pour elle, mais Catherine ne trouva, pour le remercier, qu'un pâle sourire.

La déception était aussi un peu trop forte : vingt hommes, vingt hommes quand elle en espérait au moins deux cents ! Jamais, avec des effectifs si réduits, elle ne parviendrait à desserrer la tenaille de fer qui menaçait d'étouffer sa ville.

L'anxiété et le désarroi transparaissaient si bien sur son visage que Barral, craignant l'effet sur la population qui accourait déjà aux nouvelles, se hâta d'intervenir.

— Il faut conduire ces hommes au château, Dame Catherine, les faire reposer et les réconforter car ils se sont bien battus. Et que dirons-nous de ce paladin inattendu ? s'écria-t-il en assenant sur le dos du page une claque qui le fit tousser.

Puis, plus bas :

— ...Il vaut mieux que la nouvelle ne se répande pas trop vite. Pour le moment, seuls doivent être avertis le conseil... et l'abbé.

Celui-ci arrivait d'ailleurs, pataugeant joyeusement dans les flaques d'eau et sans souci de la pluie qui mouillait ses beaux ornements de fête.

Mis discrètement au courant de la situation, il entra dans le jeu sans sourciller et proclama bien haut la joie que lui causait le retour inopiné du page. Puis, il pressa tout le monde vers le château, se bornant à annoncer qu'après la messe, le Conseil se réunirait exceptionnellement dans la salle capitulaire du monastère.

La pluie, d'ailleurs, redoubla si violemment à cet instant que chacun tira de son côté pour se mettre au sec et pour commenter cette arrivée inattendue qui paraissait, à tous, le meilleur présage des bonnes intentions du ciel.

Tandis que Nicolas Barral s'occupait de loger le renfort, Catherine ramena Bérenger au château et le confia à Sara.

Conduit aux étuves, le héros du jour fut déshabillé, trempé, ébouillanté, étrillé, séché et répandu sur une large dalle de pierre pour y être vigoureusement malaxé par Sara en personne, à grand renfort d'huile aromatique [1].

Assise sur un escabeau à quelques pas, les mains nouées sur ses genoux et le front barré d'une ride soucieuse, Catherine écoutait le récit des aventures du page, récit fortement pimenté de gémissements de douleur que la poigne vigoureuse de Sara arrachait à sa victime.

Bérenger remontait lentement « de la pêche » à travers bois, quand les appels du tocsin l'avaient averti qu'il se passait à Montsalvy quelque chose d'insolite. Il était loin encore et le crépuscule était très avancé. En approchant de la ville alors que la nuit était totale, il avait vu des silhouettes de soldats se glisser vers la porte d'Entraygues déjà close. Il avait alors contourné la ville, vu le camp d'Apchier et assisté aux menaces du seigneur pillard.

— Pour ne pas vous faire courir un risque, j'ai préféré ne pas chercher à rentrer. Je me suis caché dans les ruines du Puy de l'Arbre. De là, je pouvais observer ce

1. Dans les châteaux du Moyen Age, les femmes de la maison étaient toujours chargées de laver aux étuves le seigneur, son fils et ses principaux officiers. C'était faire honneur à un hôte que de le confier aux soins des dames.

qui se passait chez l'ennemi... et, pour mon malheur, j'ai vu mettre à mort le moine. J'en ai éprouvé telle frayeur, dame Catherine, que je me suis sauvé, le plus loin que j'ai pu. Je crois bien, ajouta-t-il en grimaçant un sourire piteux, que je ne serai jamais brave. Mes frères auraient honte de moi s'ils pouvaient me voir.

— S'ils vous avaient vu tout à l'heure, Bérenger, affirma Catherine gravement, ils n'auraient pu qu'être fiers de vous, au contraire. Vous vous battiez comme un preux.

— Alors, coupa Sara, cessez de geindre, preux chevalier. A-t-on jamais vu un paladin au cuir si sensible !

— Vous ne me massez pas, Sara, vous me battez comme plâtre. Où en étais-je ? Ah oui, je me suis sauvé... Tout le jour je me suis caché dans le ravin, bien au-delà de la Sainte-Font, pour y attendre la nuit. L'idée m'était venue, en effet, de gagner l'entrée du souterrain et d'essayer de rentrer ainsi au château.

— Le souterrain ? fit Catherine. Vous le connaissez donc ?

Bérenger lui offrit un sourire mi-timide, mi-contrit, tandis que Sara le roulait dans une grande pièce de toile fine pour enlever le trop-plein d'huile.

— Il y en a un, presque semblable, chez nous. Je n'ai pas eu beaucoup de mal à le trouver en descendant aux caves du donjon. Et quelquefois les hommes de garde m'ont aidé à m'en servir quand je quittais le château...

— ...pour aller pêcher de nuit ! compléta Sara impitoyable. Messire Bérenger, vous nous avez crus bien simples si vous vous êtes imaginé que vos escapades passaient inaperçues...

— Laisse, Sara ! coupa Catherine. Ce n'est pas le moment de lui chercher noise pour cela. Continuez, Bérenger : pourquoi alors n'êtes-vous pas rentré ?

— Quand je m'en suis approché, il faisait nuit noire et il était tard... bien plus de dix heures. L'endroit semblait désert mais, néanmoins, par prudence, je n'avançais que par petits bonds, prenant bien soin de rester constamment à l'abri des fourrés. Et bien m'en a pris, car, alors que je n'étais plus qu'à quelques toises, j'ai entendu des hommes qui parlaient. L'un d'eux se plaignait de la longueur de l'attente. Un autre, alors, a répondu : « Patience ! Ce ne sera plus long maintenant. J'ai été prévenu qu'ils enverraient, cette nuit, un nouveau messager par le souterrain. »

Les deux femmes qui l'écoutaient eurent ensemble la même exclamation :

— Prévenu ? Mais par qui ?...

— Je n'en ai pas su davantage. Une troisième voix, fort rude, a imposé silence aux deux premières et tout est redevenu calme. Alors, je me suis fait aussi petit que je pouvais et, moi aussi, j'ai attendu. Mais j'avais beau retenir ma respiration, mon cœur cognait si fort contre mes côtes qu'il me semblait que tout le pays pouvait l'entendre. En même temps, je cherchais désespérément un moyen d'avertir l'homme qui allait sortir du souterrain. Je ne l'ai pas cherché longtemps : tout a été terriblement vite ! Quelque chose a surgi de l'éboulis qui cache la sortie du boyau. J'ai vu s'agiter les broussailles et une ombre plus dense s'en détacher, grandir, avancer avec précaution d'un ou deux pas. Mais le malheureux n'a pas pu en faire un troisième : avec un cri de victoire les hommes qui étaient cachés ont bondi sur lui, l'ont maîtrisé, emporté...

— Tué ?

— Non. Ligoté seulement et bâillonné. Quelques instants plus tard, je les ai vus partir, riant et plaisantant. Ils emportaient sur leurs épaules un long paquet ficelé qui était votre messager. Mais, quand ils sont passés près du rocher où j'étais tapi, j'ai pu reconnaître celui qui les guidait. C'était...

— Ce Gervais, bien sûr ! s'écria Sara. L'engeance qui nous a amené cette peste en cottes de mailles. Il est le seul, chez les Apchier, à pouvoir connaître l'existence du souterrain.

— Le seul ? Je commence à me le demander, fit Catherine avec un sourire amer. Le nombre de gens qui connaissent notre souterrain est proprement effarant, si l'on songe qu'il était censé demeurer secret : depuis Gauberte qui en parlait à voix plus que haute et intelligible à la fontaine, jusqu'à ce misérable Gervais dont je me repens de plus en plus d'avoir ménagé la vie. Il y a des clémences qui sont presque des crimes. Mais continuez : qu'avez-vous fait ensuite, Bérenger ?

— J'ai couru d'abord jusque chez nous pour avoir le conseil de ma mère et peut-être son aide. Elle est femme sage, avisée, et elle vous aime. Apprendre votre situation l'a mise en fureur en même temps qu'au désespoir, car mes frères n'ont laissé, à Roquemaurel, que cinq hommes d'armes presque hors d'usage et les chambrières. Tout le reste a pris le chemin de Paris avec eux pour chercher la gloire. La gloire ! Je vous demande un peu. Certains n'en reviendront pas et, parmi ceux qui reviendront, il y aura des borgnes, des bancals, des manchots et des culs-de-jatte, d'autres qui auront perdu...

— Bérenger ! coupa la châtelaine, je connais depuis longtemps vos idées sur la guerre, mais ce qui m'intéresse pour le moment c'est la suite de votre aventure. Nous aurons tout le temps, après, de philosopher.

Le page, dont Sara venait d'introduire les longues jambes maigres, aux genoux trop gros, dans des chausses collantes mi-partie verte et noire, devint rouge vif et glissa jusqu'à la jeune femme un regard penaud.

— Excusez-moi, Dame, j'oubliais votre hâte de savoir. Alors, ma mère m'a dit : “C'est à Carlat sans doute que Dame Catherine et l'abbé Bernard envoyaient leur messager. Comme il n'y parviendra jamais, il vous faut, Bérenger, essayer de le remplacer. Et tâchez, pour une fois, de faire honneur à votre nom, que diable !” Là-dessus, elle m'a donné un chanteau de pain, du lard, une gourde de vin, plus l'un des deux chevaux de labour qui lui restaient et sa bénédiction. Le cheval, lui, a reçu double ration d'avoine et une claque sur la croupe pour l'engager à trotter plus vite, et nous sommes partis...

» En faisant un long détour afin de ne pas risquer d'être pris par les éclaireurs d'Apchier, nous avons gagné Carlat où nous avons trouvé les choses dans l'état que j'ai dit... »

Il y eut un silence que ni Catherine, ni le page, ne songèrent à rompre. Dans l'esprit des deux femmes, déjà résignées à ne pas recevoir plus grand secours du suzerain, dont on avait tant attendu, une seule question régnait maintenant, insistante et grave par les dangers sournois qu'elle sous-entendait : qui, dans Montsalvy, entretenait des intelligences avec Gervais Malfrat et, par lui, osait ainsi trahir les siens ?

La question demeura fichée en Catherine, accrochée comme un hameçon au plus sensible de son âme, pendant tout le temps que dura la messe. Agenouillée sur son coussin de velours rouge et noyée dans les plis neigeux du grand voile de dentelle qu'en l'honneur de la Résurrection elle avait accroché à son hennin de velours du même violet que ses yeux, Catherine, les mains jointes, cherchait à deviner lequel de ces visages, qu'elle découvrait de son banc seigneurial placé en face du trône de l'abbé, était celui d'un traître... ou d'une traîtresse ?

L'idée était de Sara. Sans cacher son mépris, elle avait jeté, avec un haussement d'épaules :

— Pour renseigner le Gervais, ça ne peut être qu'une fille ! Il s'entend si bien à les mettre en folie.

Une fille ? Une femme ?... Peut-être ! Et Catherine fouillait sa mémoire pour essayer d'en extraire un nom, une figure que l'on avait pu rapprocher de ceux de Gervais au moment où il avait été chassé. Mais elle ne trouvait rien, que le souvenir de la pauvre petite Bertille. Et pourtant, il fallait trouver ! Montsalvy était déjà en trop grand péril pour tolérer ce ver rongeur lové au plein de sa chair. Mais qui ? Tous ces gens qui étaient là devant elle, la comtesse les connaissait tous, personnellement.

Une petite ville, c'est comme une grande famille quand le seigneur aime assez son domaine pour ne pas trop s'attacher aux distances. Et parmi tous ces braves gens, il y avait des violents, il y avait des têtes dures, des cabochards, des rancuniers, des pas bien malins aussi, mais aucun qui fût capable d'une telle vilenie. Ils étaient tous droits, nets, propres dans leur âme comme ils l'étaient aujourd'hui dans les habits de fête qu'ils avaient revêtus malgré le siège.

Pourtant, il y avait quelqu'un...

Au conseil qui se tint, comme l'avait annoncé l'abbé et sitôt l'« Ite missa est », dans la grande salle capitulaire, la révélation qu'apportait le récit du page fut accueillie par un silence de mort. Tous les visages s'étaient tendus, toutes les bouches s'étaient serrées et, dans tous les yeux, Catherine avait pu lire la même horreur incrédule : un traître parmi eux ? C'était impossible !

— Un traître, non ! Mais une traîtresse, oui, cria Martin Cairou dont la haine flambait au seul nom de Gervais et y retrouvant d'instinct l'idée de Sara. Il n'y a qu'une fille abêtie d'amour pour vendre les siens à ce paillard. Quelle est celle qu'il courtisait quand il a fait le malheur de ma petite ? Me semble qu'on le voyait tourner pas mal autour de ta Jeannette ! ajouta-t-il en se tournant brusquement vers Joseph Delmas qui aussitôt s'enflamma.

— Dis donc, Martin, c'est-y que tu essaierais de dire que ma Jeannette est une fille perdue, une sans-Dieu, capable de poignarder son père et sa mère dans le dos ? Je respecte ton malheur et je le plains, mais tu dépasses les bornes. Le Gervais, il tournait autour de toutes les filles qui ont le nez et les yeux à la bonne place ! Alors, pourquoi que ce serait ma Jeannette, plutôt que ta nièce Vivette ou la Babet de l'Auguste ?

On a le sang chaud en Auvergne et sur le point d'honneur on est fort chatouilleux. Du coup, Noël Cairou et Auguste Malvezin se lancèrent dans la dispute et, en quelques secondes, le conseil se mua en un concert discordant de cris, d'injures et de protestations menaçant de prendre une tournure si violente que, quittant son siège, l'abbé Bernard, après avoir échangé avec Catherine un regard angoissé, se jeta au milieu d'eux, séparant, avec une force dont on l'eût cru incapable, Martin et Joseph. Ne pouvant se mettre d'accord et hurlant comme des possédés, ceux-ci avaient commencé d'en venir aux mains.

— En voilà assez ! cria-t-il. Êtes-vous fous de vous battre ainsi, le saint jour de Pâques et dans la maison même de Dieu ? Ne comprenez-vous pas qu'en agissant ainsi, vous faites le jeu de l'ennemi ?

— Nous le ferions s'il ne s'agissait que d'un bruit, d'un propos en l'air, d'une insinuation. Mais il s'agit d'un fait, Votre Révérence. Il y a un traître ou une traîtresse parmi nous et nous devons le trouver.

— Vous ne le trouverez pas en vous battant ! s'écria Catherine qu'une idée venait de traverser. Mais il y a peut-être un moyen...

Plus encore que l'intervention de l'abbé, sa voix calme et l'annonce d'un moyen de percer le mystère apaisa les esprits. Instantanément, le silence se fit. Chacun se tourna vers elle, attendant la suite.

— Un moyen ? dit l'abbé. Lequel ?

Un à un, elle regarda tous ces visages tendus vers elle, comme pour leur demander à l'avance leur approbation. Puis, tranquillement :

— Il faut laisser courir le bruit que nous allons envoyer un nouveau messager par le souterrain. Nous cacherons soigneusement ce qu'il est advenu de Jeannet. À l'heure qu'il est, il doit être mort, le malheureux, mais si l'ennemi ne nous l'a pas fait savoir, c'est parce qu'il préfère nous entretenir dans l'espoir d'un secours. Nous dirons donc que, trouvant le temps long, nous envoyons à Carlat prier la comtesse Eléonore de faire diligence. Et une nuit prochaine, quelqu'un prendra le chemin suivi par Jeannet, mais ce quelqu'un ne sera pas seul. Une solide escorte l'accompagnera...

— Je ne comprends pas où vous voulez en venir, Dame Catherine. Pourquoi envoyer une troupe maintenant que nous savons n'avoir rien à attendre de Carlat ? dit l'abbé.

— Je veux en venir à ceci : Bérault d'Apchier, comme l'autre nuit, enverra une petite troupe pour s'emparer de notre nouveau messager. D'après ce que m'a dit Bérenger, celle de l'autre nuit se composait de quatre hommes dont Gervais. Notre messager, en quelque sorte, servira d'appât. Au moment où les hommes d'Apchier s'empareront de lui, nos hommes à nous leur tomberont dessus, mais se garderont bien de les tuer. Je veux des prisonniers... je les veux vivants, surtout s'il s'agit de Gervais Malfrat.

— Et... que ferez-vous de ces hommes ?

— Elle pendra le Gervais, bien sûr ! s'écria Martin. Et c'est moi qui ferai office de bourreau.

— Peut-être ! Mais, avant, j'entends qu'on les fasse parler... par tous les moyens.

Les paroles de Catherine tombèrent sur les hommes assemblés avec la froide précision d'un coup de hache. Elles résonnaient d'une telle menace qu'abasourdis, ils regardèrent leur châtelaine. Elle se dressait devant eux, droite et mince comme une lame d'épée, aussi rigide d'ailleurs, et ils eurent tout à coup l'impression de ne l'avoir encore jamais bien vue, peut-être parce qu'ils n'avaient encore jamais vu dans ses yeux, toujours si doux, cette expression implacable et farouche.

Elle annonçait une résolution que rien ni personne ne ferait plier.

— Tous les moyens... répéta l'abbé avec une toute légère nuance d'incrédulité.

D'une brusque volte-face, elle se tourna vers lui, les joues enflammées, la bouche durcie :

— Oui, tous ! Y compris la torture ! Ne me regardez pas ainsi, mon Père ! Je sais ce que vous pensez. Je suis une femme et la cruauté n'est pas mon fait. Je hais ce moyen-là. Mais pensez aussi qu'il est deux choses qu'à n'importe quel prix il me faut apprendre, parce que notre vie à tous en dépend : le nom de la vipère qui se cache parmi nous... et la nature exacte du danger qui menace mon époux.

— Pensez-vous pouvoir apprendre tout cela de ceux que vous capturerez ?

— Oui. S'il s'agit de Gervais. Il est dans les secrets de Bérault. Et s'il dirigeait la capture du premier messager, il n'y a aucune raison pour qu'il ne dirige pas aussi celle du second. Je veux mettre la main sur cet homme parce qu'il est la cause première de tous nos maux. Et, cette fois, Votre Révérence, sachez qu'il n'aura à attendre de moi ni pitié ni merci.

Une véritable acclamation salua cette déclaration. Dans le ton rude de la châtelaine, les notables de Montsalvy retrouvaient quelque chose de la voix dominatrice d'Arnaud et en étaient réconfortés. Ils avaient craint de Catherine la timidité, l'indécision et la sensibilité inhérentes à sa nature féminine, mais puisqu'elle parlait en chef de guerre, ils étaient prêts à la suivre jusqu'au bout du monde.

Un élan de gratitude jeta Martin Cairou à ses pieds. Le visage crispé, mais les yeux à la fois pleins de larmes et pleins d'éclairs, il saisit l'ourlet d'hermine de la robe pour y poser ses lèvres.

— Dame ! s'écria-t-il, quand nous aurons pris ce maudit, vous n'aurez pas à chercher bien loin un bourreau. C'est moi qui m'en chargerai et, sur la mémoire de mon enfant, je vous jure qu'il parlera.

— Non, Martin, ce n'est pas vous que j'en chargerai. Un tourmenteur n'est pas un vengeur : il doit être froid, indifférent. Vous avez trop de haine et cette haine vous emporterait. Vous le tueriez.

— Non... Je jure que non !

— Et puis, s'il est aussi lâche que je le crois, nous n'aurons peut-être pas besoin d'en venir à cette extrémité.

Doucement, mais fermement, elle le releva et plongea dans le regard bouleversé du père ses yeux qui avaient retrouvé toute leur douceur :

— N'insistez pas ! Justice sera faite, cette fois, et bien faite. Qu'il vous suffise de savoir qu'il sera pendu... et que vous pourrez y assister. Maintenant, mes amis, il nous faut dresser notre plan dans tous ses détails.

Cela dura longtemps et il était déjà tard quand, enfin, les notables de la ville purent rejoindre les convives qui se pressaient dans la grande salle du château autour des chapelets de saucisses, des jambons séchés et des fromages.

Catherine et l'abbé demeurèrent un instant seuls dans la salle désertée, écoutant la rumeur presque joyeuse qui accueillait les conseillers à leur sortie de l'abbaye.

L'abbé Bernard poussa un profond soupir, puis, quittant son siège, glissa les mains au fond de ses larges manches et alla lentement vers la châtelaine. Le front légèrement baissé, elle l'attendait visiblement de pied ferme, accrochée à sa décision et sachant d'ailleurs parfaitement ce qu'il allait lui dire.

— Vous avez prononcé des paroles dangereuses, Dame Catherine. Pensez-vous qu'il soit sage d'éveiller ainsi la violence dans leurs âmes ?

— La violence, mon Père, ce n'est pas moi qui l'ai choisie : ce sont ceux qui nous attaquent. Et quelles armes, plus conformes à la loi du Christ, avez-vous à nous offrir quand la trahison est dans la cité, quand l'ennemi connaît nos secrets, nos mouvements, dès l'instant où nous en décidons ? Si les défenses du souterrain n'étaient si bien faites et si solides, Bérault d'Apchier, grâce au misérable qui le renseigne, serait déjà ici, au cœur de notre ville ! Me diriez-vous qu'il n'emploierait pas la violence et que ses mains seraient pleines de lys et de rameaux d'olivier en venant jusqu'à nous ?

— Je sais, Dame Catherine ! Je sais que vous avez raison, mais ces armes terribles... la potence... la torture... est-ce bien à vous, une femme, de les employer ?

Elle se dressa de toute sa hauteur, encore grandie par la flèche de velours violet qui couronnait ses tresses dorées.

— À cette heure, l'abbé, je ne suis plus une femme. Je suis le seigneur de Montsalvy, son défenseur et son garant. On m'attaque : je me défends ! Qu'aurait fait, à votre avis, monseigneur Arnaud, en admettant qu'il se fût trouvé dans notre situation ?

Il y eut un petit silence. Puis l'abbé eut un petit rire sans joie, haussa les épaules et détourna la tête.

— Bien pire, je le sais bien ! Mais il est lui... et vous êtes vous !...

— Non, s'écria-t-elle d'une voix où vibrait toute sa passion. Nous ne sommes qu'un ! Et vous le savez mieux que quiconque. Alors, seigneur abbé, oubliez Dame Catherine et laissez agir Arnaud de Montsalvy !...

Son orgueilleuse profession de foi, son cri d'amour qui affirmait avec une ardeur proche du désespoir ce tout et cette identité avec l'homme aimé, pour lesquels, depuis le jour de leur rencontre sur une route flamande, Catherine avait lutté jusqu'aux limites du possible, elle l'écoutait résonner encore au plus profond d'elle-même, tandis que, le soir venu, elle parcourait le chemin de ronde pour une dernière inspection des postes de garde avant de s'en aller prendre un peu de repos.

Elle était lasse, soucieuse aussi car, en prenant ainsi, seule, une grave décision, presque contre l'avis de l'abbé, elle avait du même coup chargé ses épaules de l'écrasant fardeau d'une responsabilité sans partage. Mais Arnaud n'aimait pas le partage et il fallait que, même en son absence, sa volonté demeurât primordiale et prépondérante.

La pluie s'était enfin décidée à cesser avec la tombée du jour, mais un vent glacé avait pris sa place. Il s'engouffrait dans l'enfilade des hourds et chassait les nuages comme un troupeau emballé sous le fouet d'un berger fou. Cette nuit, sans doute, il gèlerait et ce que les averses torrentielles avaient épargné, le gel achèverait de le détruire. De toute façon, la saison serait dure et, quand l'ennemi aurait été refoulé, il faudrait écrire en hâte à Bourges pour aviser Jacques Cœur d'une situation si difficile, lui demander de transformer en blé, en fourrage, en vin, en sucre et en tout ce qui pourrait manquer pour l'hiver prochain les redevances fort larges qu'il payait toujours à la dame de Montsalvy au titre de l'investissement jadis effectué par elle et qui avait permis au négociant de prendre un nouveau départ après le naufrage qui l'avait ruiné.

Jacques, elle en était certaine, comprendrait sans

peine qu'elle renonçât à l'or, aux précieuses épices et aux soieries dont il la pourvoyait régulièrement et dont elle n'aurait que faire dans un pays affamé. Le plus difficile serait sans doute de trouver ces céréales, cette nourriture, alors que dans tant de régions de France elles étaient encore si rares...

Enveloppée dans une grande mante noire d'où n'émergeait que sa tête, seulement couverte d'un voile, Catherine faisait lentement le tour des murs d'enceinte, passant d'une zone éclairée par les feux à une zone d'ombre épaisse où la silhouette des guetteurs se distinguait à peine de la masse opaque des merlons.

Partout on la saluait avec une bonne humeur née de ce repas qu'elle avait offert tout à l'heure. On lui tendait un gobelet de vin chaud qu'elle refusait d'un sourire avant de s'éloigner. Perdue dans ses pensées, elle continuait sa ronde solitaire, cherchant une solution à tous ces problèmes qui s'étaient abattus sur elle.

Elle venait de quitter la tour qui regarde vers Pons et s'engageait dans l'aléoir obscur reliant cette tour à celle du milieu, quand elle eut soudain la sensation d'une présence alors qu'elle venait de franchir le trou noir de l'un des escaliers creusés à même l'épaisseur de la muraille. Quelqu'un respirait tout près d'elle. Pensant qu'il s'agissait de l'un des soldats réfugié là pour échapper au courant d'air glacé qui soufflait dans le chemin couvert, elle tournait la tête pour lui jeter un « bonsoir » quand, soudain, elle se sentit saisie aux épaules et poussée en avant.

Elle eut un cri qui se mua en hurlement d'horreur en s'apercevant que le plancher d'un mâchicoulis avait été retiré. À ses pieds s'ouvrait un vide énorme par où montait l'haleine humide du fossé, un vide vers lequel on la poussait impitoyablement.

— À moi !... À l'ai...

Les mains qui la tenaient accentuèrent leur pression. Affolée, elle tendit les bras, cherchant à se raccrocher à quelque chose, mais ses mains glissèrent sur la pierre, tandis qu'un coup brutal assené dans son dos la jetait à terre.

Elle tomba heureusement en travers du mâchicoulis ouvert, le haut des cuisses, le ventre et la poitrine dans le vide, se raidit et réussit tout de même à s'agripper aux planches encore en place. À nouveau, elle hurla à s'arracher la gorge, tandis que l'invisible ennemi frappait ses reins et son dos à coups de pied pour l'enfoncer dans le trou. Une douleur soudaine lui traversa l'épaule, plus aiguë que les autres. Mais ses cris avaient été entendus. On accourait. Les coups cessèrent de pleuvoir alors que la lumière d'une torche pénétrait dans le couloir.

— Dame Catherine ! s'écria Donat de Galauba, le vieux maître d'armes qui accourait flanqué de deux autres hommes. Mais que s'est-il passé ?

Il se penchait déjà pour relever la jeune femme dont les mains crispées faiblissaient.

— Attention ! prévint l'un des hommes, le mâchicoulis est ouvert sous elle. Vous risquez de l'envoyer au bas des murs.

— Faites vite !... gémit-elle. Je... je tombe !

Rapidement, Donat écarta la grande mante étalée qui cachait l'ouverture, saisit fermement la jeune femme par la taille, tandis que l'un des hommes s'accrochait à sa ceinture pour l'empêcher d'être entraîné par le poids et que l'autre, se glissant le long du mur, allait détacher les doigts de Catherine tellement raidis qu'ils en étaient tétanisés.

Doucement, ils relevèrent la jeune femme, la retournèrent et la posèrent un peu plus loin. Son visage était d'un blanc de craie et elle tourna vers le vieux maître d'armes, qui se penchait sur elle, un regard encore plein d'horreur.

— Il était là... caché dans l'ouverture de l'escalier. Il s'est jeté sur moi par-derrière...

— Qui était-ce ? L'avez-vous vu ?

— Non... non, je n'ai pas pu le reconnaître. Il a voulu me jeter en bas, mais Dieu m'a fait tomber comme vous m'avez trouvée... Alors il m'a donné des coups... de poing... de pied... je ne sais pas.

Pour toute réponse, le vieux Donat sortit de sous la jeune femme l'une des mains qui la tenaient et la lui montra. Cette main était humide et rouge de sang.

— Vous êtes blessée ! Il faut vous porter immédiatement au château. Sara vous soignera...

Elle hocha la tête avec agitation.

— Blessée ? Je ne sais pas... Je ne me suis pas rendu compte. Mais courez !... Laissez-moi là... cela ne doit pas être grave. Il faut retrouver cet homme.

— Les hommes qui étaient avec moi se sont lancés à sa poursuite. Ne bougez pas, ne vous agitez pas.

Mais la peur qu'elle avait eue avait brisé ses nerfs. Elle hoquetait et gémissait tout à la fois en s'accrochant aux épaules du vieil homme.

— Il faut que je sache... Je veux savoir qui a voulu... On me hait, Donat... On me hait et je veux savoir...

Doucement, comme un père qui console sa fille, il caressa le front mouillé de sueur.

— Personne ne vous hait ici, Dame Catherine ! Mais nous savions déjà qu'il y avait un traître. De là à se muer en assassin, il n'y a pas bien loin. Mais ne soyez pas en peine, on le retrouvera...

C'était apparemment plus facile à dire qu'à faire car lorsque les deux soldats revinrent, ils étaient bredouilles. L'escalier débouchait dans une ruelle étroite et sombre qui contournait l'abbaye et rejoignait les piliers de la halle et les gros contreforts de la grange aux dîmes. Tout cela était désert à cette heure et rien n'était plus aisé que de se fondre parmi toute cette obscurité. Mais s'ils n'avaient pu retrouver l'agresseur, les deux hommes avaient clamé la nouvelle de l'agression dont Catherine avait été victime et ce fut une petite foule bruyante et houleuse qui la rapporta jusqu'au château où, à demi évanouie, elle fut remise aux mains de Sara et de Donatienne qui se hâtèrent de la coucher.

Elle reprit tout à fait ses esprits sous la main de Sara qui, après avoir nettoyé la plaie qu'elle portait à l'épaule, appliquait dessus un cataplasme de feuilles de plantain. La blessure, heureusement, n'était pas grave. Les plis de la grande cape noire qui enveloppait Catherine avaient trompé l'assassin, d'ailleurs pressé, et il n'avait frappé du couteau que pour lui faire lâcher prise et réussir enfin à la jeter dans le vide.

De toute évidence, il eût de beaucoup préféré que sa mort eût l'air d'un accident.

En ouvrant les yeux, Catherine vit autour d'elle les trois visages de Donatienne, de Sara et de Marie qui s'étageaient à son chevet, semblables à quelque allégorie des trois âges de la vie. Les traits de la vieille femme avaient revêtu une sorte de gravité offensée. Le visage de Sara était fermé, buté, mais Catherine savait que sous cette froideur apparente couvait le volcan d'une immense fureur. Seul, celui de Marie, plus tendre, était noyé de larmes.

Pour les rassurer, pour effacer cette anxiété qu'elle lisait dans ces trois paires d'yeux si dissemblables, Catherine s'efforça de leur sourire.

— Ce n'est rien, dit-elle. J'ai eu surtout très peur.

— Et tu as encore peur, gronda Sara. Qui ne l'aurait, d'ailleurs ? Comment imaginer que dans cette ville où chacun t'aime et célèbre tes vertus il a pu se trouver quelqu'un d'assez ignoble...

— ...pour en avoir assez, sans doute, de ce que tu appelles si pompeusement « mes vertus ». Je ne suis qu'une femme comme les autres, ma bonne Sara. Et même si tu ne le comprends pas, parce que tu m'aimes, il est assez normal que j'aie quelques ennemis... même si c'est très désagréable à admettre.

— Celui qui vous a attaquée est plus qu'un ennemi, s'écria Marie. Celui-là, il vous hait.

Donatienne alors sortit du silence réprobateur qu'elle observait. Elle donnait l'impression qu'en s'attaquant à Catherine, l'invisible ennemi l'avait offensée personnellement.

— Personne ici n'a de raisons valables de haïr notre dame, affirma-t-elle péremptoire. Je pense, pour ma part, que cet homme a agi par ordre et que ses sentiments n'ont rien à voir avec son geste. Disons... qu'il déteste moins Dame Catherine qu'il n'aime les Apchier. On a dû penser, chez ces gens, qu'une fois notre châtelaine abattue, l'abbé, qui n'est pas homme de guerre et qui a toute la douceur d'un véritable saint, ne ferait pas tant de difficultés pour admettre un nouveau coseigneur, surtout si...

Elle s'arrêta, gênée tout à coup par cette pensée qui, l'habitant depuis plusieurs jours, venait de remonter si naturellement à ses lèvres. Ce fut Catherine qui, sombrement, acheva sa pensée incomplètement formulée :

— Surtout si, comme l'a prédit Bérault, monseigneur ne devait jamais revenir de cette guerre.

Tout à coup, elle se redressa sur ses oreillers, si brusquement d'ailleurs que son épaule blessée lui arracha une plainte. Elle négligea la douleur et, regardant l'un après l'autre les trois visages tendus vers elle :

— ...Il faut que vous me promettiez, au cas où il m'arriverait malheur... Non, non ! Ne protestez pas : cela peut se produire. Il est probable même que mon mystérieux agresseur, voyant son coup manqué, cherchera à le renouveler, en admettant qu'il en ait le temps...

— Il ne l'aura pas ! protesta farouchement Marie. Josse bat la ville à l'heure présente, cherchant, interrogeant, fouillant les maisons et les consciences. Quand on vous a ramenée, tout à l'heure, il était comme fou. "J'ai juré sur ma vie à messire Arnaud qu'il n'arriverait rien à Dame Catherine, ni aux enfants, durant son absence, répétait-il. Si l'assassin avait réussi son coup, je n'avais plus qu'à mourir !..."

— Ce serait la dernière chose à faire, car si j'avais disparu c'est alors que Michel et Isabelle auraient le plus besoin de défenseurs, fit Catherine sévèrement. En fait, c'est de cela que je veux parler. Jurez-moi, si je viens à mourir, de sauver mes enfants par tous les moyens. Cachez-les parmi ceux de la ville car, si Montsalvy tombait aux mains de Bérault, il n'épargnerait pas mes petits. Cachez-les... tenez, parmi ceux de Gauberte ! Elle m'est dévouée et elle en a déjà dix : deux de plus ne se verraient même pas. Puis, le calme revenu, conduisez-les à Angers, auprès de la reine Yolande qui saura les faire élever comme il convient et, aussi, maintenir leurs droits... venger leurs parents ! Jurez-le-moi !...

Donatienne et Marie levaient déjà la main, mais Sara, qui était occupée à essuyer les siennes à une serviette, jeta le linge avec colère et fit, avec agitation, deux ou trois tours dans la chambre. Son teint brun était devenu très rouge et ses yeux noirs lançaient des éclairs trop brillants pour que quelques larmes n'y fussent pas mêlées.

— Tu n'es pas encore morte, que je sache ! s'écria-t-elle. Tu es là, à dicter tes dernières recommandations comme si nous étions des simples d'esprit ! Crois-tu donc que nous aurions besoin d'un serment pour faire notre devoir au cas où...

Tout à coup, s'arrêtant net, elle regarda Catherine avec des yeux dilatés d'où ruisselaient les larmes puis, comme un grand oiseau sombre, elle s'abattit à genoux auprès du lit et enfouit son visage dans les couvertures.

— ...Je te défends de parler de ta mort ! sanglotait-elle, je te le défends ! Si tu mourais... crois-tu que ta vieille Sara pourrait encore respirer l'air du Bon Dieu, regarder son soleil alors que tu serais descendue dans la nuit ? Ce n'est pas possible... Je ne pourrais pas... Ne me demande pas de jurer... parce que je ne pourrais pas tenir ma promesse.

Elle sanglotait maintenant et Catherine, émue par ce désespoir qui traduisait si bien la tendresse de sa vieille compagne, attira sa tête contre sa poitrine et se mit à la bercer comme un petit enfant, mais sans parvenir à articuler une seule parole tant l'émotion lui serrait la gorge.

Depuis des années, Sara tenait auprès d'elle la place d'une seconde mère. Elle avait tout partagé avec Catherine, les pires heures plus encore que les meilleures et, bien des fois, elle avait risqué sa vie pour celle qu'elle appelait son enfant. Parfois, d'ailleurs, Catherine se prenait à penser que la femme de Bohême rencontrée à la Cour des Miracles au temps du malheur tenait plus de place en son cœur que sa propre mère qui vivait loin d'elle sur la terre bourguignonne. Elle en avait un peu honte, mais elle savait depuis longtemps que le cœur maîtrise difficilement ses élans et ne bat pas toujours dans le sens que l'on souhaiterait...

Quand Josse apparut, quelques instants plus tard, l'émotion avait gagné les deux autres femmes et, dans la chambre de Catherine, tout le monde pleurait sur ce qui aurait pu être.

La mine sombre, les traits tirés par une anxiété d'autant plus profonde qu'il se refusait à l'accepter, Josse regarda les quatre femmes, posa un instant la main sur l'épaule de Marie dans un geste familier de protection, lui sourit de son curieux sourire en demi-lune qui relevait les commissures de ses lèvres sans les desserrer, puis salua sa maîtresse qui, repoussant doucement Sara, paraissait attendre qu'il parlât.

— Il semble que vous ayez eu affaire à un fantôme capable de fondre dans la pierre des murs, Dame Catherine. Personne n'a rien vu, rien entendu. L'homme doit être diantrement habile. Ou alors il a des complices...

Catherine se raidit. Les paroles de Josse creusaient davantage la lézarde que le récit de Bérenger avait fait naître dans le mur de fidélité dont elle se croyait si bien entourée.

Des complices ? Peut-être, après tout... Qui pouvait d'ailleurs affirmer que son agresseur était le même homme que le traître ? L'idée de son entourage n'était-elle pas que ce traître était une femme ? Cela faisait deux ennemis d'autant plus redoutables qu'ils étaient protégés par le manteau de la confiance...

Envahie d'une peine amère, Catherine ferma les yeux, serrant les paupières pour retenir de nouvelles larmes, de découragement cette fois. À quoi bon lutter s'il lui fallait combattre ses propres amis ?

Josse s'approcha à toucher le lit et, pour la ramener à la réalité, posa doucement ses doigts sur le poing qu'elle serrait instinctivement sur le drap. Ses yeux se rouvrirent aussitôt :

— Oui, Josse ?

— Vous êtes lasse et je vous demande pardon, mais Nicolas désire savoir si la décision prise en conseil tient toujours et si vous êtes toujours décidée...

— Plus que jamais ! Nous agirons demain soir. Trouvez un homme capable de... faire parler celui que nous espérons prendre. Mais surtout pas Martin Cairou. Il a trop de haine. Quant à moi, j'attendrai le résultat de l'expédition dans la salle basse du donjon : je veux être renseignée aussitôt que possible.

— Dans la salle basse ? Mais pourrez-vous seulement quitter votre lit demain ?

Les feux de la colère avaient séché ses yeux. Un peu de fièvre mettait des taches rouges à ses joues pâles, mais dans le regard qu'elle levait sur son intendant, il y avait une inflexible volonté qui rendait bien inutile toute autre forme de réponse.

Josse Rallard ne s'y trompa pas. Saluant profondément, il sortit de la chambre.

CHAPITRE IV

LE VER DANS LE FRUIT

— Douce Dame ! hasarda Bérenger, vous ne devriez pas être ici. Il fait froid, humide et vous êtes souffrante. Voyez : vos mains tremblent...

C'était vrai. Malgré l'épaisse robe de velours gris et la pelisse fourrée de vair qui l'enveloppaient, Catherine claquait des dents. Ses pommettes rouges et ses yeux trop brillants dénonçaient la fièvre, mais elle s'obstinait à demeurer là, dans cette salle basse, lourdement voûtée d'ogives, où le froid tombait comme une chape de plomb malgré le brasero empli de braises qui rougeoyait près du tabouret où la jeune femme s'était assise.

La pièce était sinistre. Située sous le sol du donjon, dont elle tenait toute la superficie, elle ouvrait par deux couloirs sur les prisons du château. Des prisons qui, jusqu'à présent, n'avaient servi à rien d'autre qu'à entreposer les saloirs et les futailles car, taillées dans le roc, elles constituaient d'excellents celliers.

Catherine ne les avait pas fait construire par plaisir ; mais aucun château digne de ce nom ne pouvait se dispenser de posséder des locaux de justice.

Au centre de la salle, sous la clef de voûte fleuronnée à laquelle pendait un anneau de fer, une large trappe était ouverte, dévoilant les premiers barreaux d'une échelle qui plongeait dans l'obscurité. Cette échelle menait à une autre salle, de même superficie que la première et qui était censée être une oubliette. Mais, en fait, elle servait de point de départ au fameux souterrain. Celui-ci, établi dans un antique boyau creusé par un ruisseau souterrain disparu, s'enfonçait loin sous le plateau. Encore était-il défendu par de puissantes grilles de fer que l'on ne pouvait forcer sans donner l'alarme aux soldats qui, de jour comme de nuit, veillaient dans la salle basse, au cas où l'ennemi aurait réussi à découvrir l'entrée secrète.

Cette nuit-là, cependant, la châtelaine et son page étaient seuls, au milieu d'un profond silence. Le crépitement des braises la troublait de temps en temps, et aussi la respiration de Bérenger qui, par instants, s'oppressait.

Il y avait près d'une heure maintenant que, guidés par Josse, qui s'était attribué le dangereux rôle du messager, quelques-uns des hommes de la ville s'étaient enfoncés dans les ténèbres souterraines. Nicolas Barral les menait et, pour la circonstance, on les avait armés autant qu'il était possible de le faire sans les rendre trop bruyants. Outre Nicolas et deux de ses hommes, l'expédition se composait des deux fils Malvezin, Jacques et Martial, de Guillaume Bastide, le talmelier qui avait la force d'un taureau, et du gigantesque Antoine Couderc, le maréchal-ferrant. Tous avaient des haches et des dagues. Seul l'Antoine ne portait que la lourde masse qui lui servait à battre le fer.

— Je ne saurais pas manier autre chose, mais ça, je sais m'en servir ! affirmait-il. Et, croyez-moi, j'en découdrai bien quelques-uns. Ce sera déjà une consolation pour nos morts !

Car, cette fois, l'assaut, que Bérault d'Apchier avait lancé contre la ville dès le lever du jour avait été meurtrier. Rendus enragés par des jours et des jours d'inaction sous la pluie, les routiers s'étaient jetés aux échelles avec une fureur telle qu'on avait eu grand-peine à les contenir. Un moment même la barbacane de la porte d'Aurillac avait bien failli être emportée, mais le vieux Donat de Galauba, voyant le danger, s'était rué au secours de la défense avec une poignée de garçons de ferme dont, depuis le début du siège, il avait essayé de faire des soldats. Galvanisés par son exemple, les jeunes gars avaient accompli des prodiges, mais trois d'entre eux étaient tombés sur le chemin de ronde et Donat lui-même, la gorge traversée d'un carreau d'arbalète, avait terminé là, dans le feu de la bataille, une vie d'honneur et de fidélité tout entière consacrée aux armes de la maison de Montsalvy. À cette heure, il reposait dans sa vieille armure, couché au milieu de la grande salle du château sur la bannière de Montsalvy qu'il avait toujours si vaillamment défendue.

Catherine, elle-même, avait placé sa grande épée sous ses deux mains jointes et déposé à ses pieds, sur un coussin de velours, les gantelets et les éperons d'or.

Elle l'avait fait pieusement et avec une sorte de tendresse. Elle avait pleuré aussi sur ce vieux serviteur dont elle ne pouvait s'empêcher de penser qu'il était mort pour elle. Mais sa colère et sa haine s'étaient accrues de ses larmes et de ses regrets. C'était avec une volonté plus farouche que jamais qu'elle avait donné le signal du départ de l'expédition.

— Il me faut des prisonniers, avait-elle répété à Nicolas. Au moins un, si c'est le bon !

Maintenant, elle attendait, luttant de son mieux pour dominer sa fièvre et sa faiblesse. Malgré les compresses de Sara, et le baume dont elle l'avait enduite, son épaule la brûlait et gênait les mouvements de son bras.

— Que c'est long ! Mon Dieu que c'est long ! murmura-t-elle entre ses dents. Pourvu que les choses n'aient pas mal tourné !

Le page, qui osait à peine respirer de crainte de troubler les pensées sombres de sa maîtresse, prit son courage à deux mains :

— Voulez-vous que j'aille voir, Dame Catherine ?

Je pourrais descendre à l'entrée du souterrain et écouter si je les entends venir ?

Elle s'efforça de lui sourire, sachant bien ce qu'avait pu coûter cette proposition à sa prudence naturelle.

— C'est inutile. Il fait trop noir dans ce trou et vous vous rompriez le cou sans profit pour personne.

— Je pourrais prendre l'une des deux torches qui nous éclairent...

— Non, Bérenger, restez tranquille. Votre place est près de moi. D'ailleurs, il me semble que j'entends des pas...

— En effet... mais ils viennent de l'étage supérieur, pas du souterrain.

Un instant plus tard, en effet, l'abbé Bernard, flanqué des deux frères Cairou, apparaissait au bas de l'escalier du donjon. En apercevant Catherine repliée sur elle-même dans les fourrures d'où n'émergeait que son visage tiré, il hocha la tête avec une exclamation où entraient à la fois de la pitié et du mécontentement.

— Je pensais bien vous trouver ici. Vraiment, mon amie, vous n'êtes pas raisonnable ! Que ne laissez-vous Josse et Nicolas mener cette affaire ? Ils sont grandement capables de s'en tirer à votre entière satisfaction. N'avez-vous pas confiance en eux ?

— Vous savez bien que si ! Mais ceci est une opération de justice et la justice est mienne. Elle est mon devoir... et mon droit.

— Elle est aussi le mien. Laissez-moi vous remplacer, Catherine. La fièvre vous brûle et vous ne vous soutenez qu'à peine. Rentrez chez vous et laissez-moi faire : je vous promets que vous serez contente. Mais, par pitié pour vous-même, écoutez-moi : vous avez une mine épouvantable.

La jeune femme était si lasse qu'elle allait peut-être se laisser convaincre, mais à cet instant précis un énorme vacarme éclata sous ses pieds, tandis que la tête casquée de Nicolas jaillissait du sol.

— Nous avons réussi, Dame Catherine ! annonça-t-il, haletant encore de l'effort du combat. Nous le tenons !

Aussitôt, Catherine fut debout. Elle était devenue encore plus pâle peut-être, mais une flamme nouvelle brillait dans ses yeux.

— Gervais ? souffla-t-elle. Vous l'avez pris ?

— On vous l'amène...

En effet, le trou central vomit, à la manière d'un volcan, une lave bouillonnante de ferraille et d'hommes qui essayaient de sortir tous à la fois et qui parlaient tous en même temps. La salle basse, si muette l'instant précédent, s'emplit de bruit et de fureur...

Poussé par la poigne brutale du forgeron, un homme dont les mains étaient liées derrière son dos vint s'abattre aux pieds de la châtelaine. Sous la trace de sang, issue d'une blessure à la tête, qui le maculait, son visage était couleur de cendres. Il ne restait rien de la vanité fanfaronne de Gervais Malfrat à cette minute où il se retrouvait, seul et désarmé, au milieu de ce cercle humain où il pouvait sentir la haine brûler comme l'air trop chaud d'une fournaise.

C'était normalement un garçon de belle taille. Ses cheveux étaient presque roux, sa peau blanche tavelée de son et ses yeux hésitaient entre le jaune foncé et le brun. Solidement bâti, il était fier de ses muscles dont il aimait à faire étalage aux yeux des filles dans les assemblées et les fêtes locales. Mais la terreur qui l'habitait le recroquevillait au point de le réduire de moitié. Et il restait là, le nez dans la poussière, semblable à quelque chapon troussé pour la broche sans oser seulement lever les yeux sur ces gens qui le cernaient, par crainte de ce qu'il pourrait lire dans leurs regards.

Quand on l'avait jeté sur le sol, la figure de Martin Cairou s'était illuminée d'une joie sauvage. Il avait fait un mouvement pour se jeter sur le prisonnier, mais l'abbé Bernard l'avait empoigné par le bras et fermement retenu.

— Non, Martin ! Reste tranquille ! Ce n'est pas à toi que cet homme appartient : c'est à nous tous.

— C'est à Bertille qu'il appartient. Vie pour vie, seigneur abbé !

— Allons ! Ne me fais pas regretter de t'avoir laissé venir.

— Ce n'est peut-être pas une si mauvaise idée, fit Catherine songeuse.

Un instant, elle considéra attentivement l'homme qui haletait à ses pieds puis, se tournant vers Nicolas qui, rouge d'orgueil, attendait visiblement des compliments.

— Vous n'avez fait qu'un prisonnier, sergent ? Cet homme était seul ?

— Vous voulez rire, Dame Catherine ? Ils étaient huit !

— Où sont les autres, alors ?

— Morts ! Nous ne sommes pas assez bien pourvus en vivres pour nourrir des vautours captifs !

— Je ne crois pas que celui-là aura le temps de nous coûter très cher, fit la jeune femme.

Ces mots, et surtout ce qu'ils sous-entendaient, redoublèrent la terreur de Gervais. Il se risqua à lever sur la châtelaine un regard vacillant.

— Grâce ! bredouilla-t-il. Ne me tuez pas !

Livide, la bouche molle, des rigoles de sueur coulant sur ses joues mal rasées, il bavait, déjà aux prises avec une répugnante agonie.

Catherine eut un frisson de dégoût.

— Quelle raison puis-je avoir de t'épargner ? Je t'ai déjà fait grâce une fois et c'était une fois de trop puisque tu nous as ramené cette bande de loups affamés !

— Ce n'est pas moi !

— Pas toi ? cria le père de Bertille. Laissez-le-moi, Dame Catherine. Je vous jure que dans quelques minutes il chantera une autre chanson !

— Je veux dire, se hâta de corriger Gervais, que ce n'est pas moi qui ai donné aux Apchier l'idée de venir ici. Ils y songeaient depuis la grande fête de l'automne et ça, moi, je l'ignorais quand ils m'ont recueilli là-haut, sur l'Aubrac, à moitié gelé et mourant de faim.

— Mais c'est bien toi qui leur as dit que messire

Arnaud avait quitté le pays avec ses hommes, constata l'abbé Bernard. C'est donc la même chose ! Pire encore, peut-être, car, sans toi, les femmes, les enfants et les vieillards de notre cité ne seraient pas en péril.

Rampant du ventre et des genoux, Gervais se traîna vers lui :

— Votre Révérence !... Vous êtes un homme de Dieu... Un homme de miséricorde !... Ayez pitié de moi ! Je suis jeune ! Je ne veux pas mourir ! Dites-leur de me laisser vivre !

— Et le pauvre frère Amable ? gronda le talmelier, il n'était pas si vieux lui non plus. As-tu aussi prié tes amis d'Apchier de lui laisser la vie ?

— Je ne pouvais rien ! Que suis-je pour donner conseil à des seigneurs ? Je ne suis pour eux qu'un manant.

— Pour nous aussi ! grogna le forgeron. Mais tu devais leur être un manant bien utile et plutôt bien vu, car tu paradais avec assez d'arrogance, au soir de leur arrivée...

— Et le deuxième messager, le Jeannet... celui que tu attendais comme cette nuit à la porte du souterrain, renchérit Bastide, il est encore bien en vie, sans doute ?

Tout autour du misérable, maintenant, les accusations jaillissaient comme des flèches et, sous leur rafale, Gervais se tassait de plus en plus, courbant l'échine et rentrant la tête dans ses épaules comme sous l'attaque d'un essaim de guêpes, sans plus chercher à répondre ou à se défendre.

Un moment, Catherine les laissa faire sans intervenir. La haine et la fureur qui émanaient de ce cercle d'hommes achevaient de porter à son point culminant la terreur du prisonnier et c'était ce qu'elle souhaitait.

Assise sur son tabouret, muette et frissonnante dans les fourrures qu'elle serrait autour d'elle, la jeune femme évitait même de regarder cette loque humaine qui se traînait à ses pieds. Pareille lâcheté l'écœurait. Pourtant, de ce lâche terrorisé, il lui fallait encore tirer la vérité...

Quand elle sentit qu'il était à point, elle leva la main,

imposant, par ce simple geste, silence à ses compagnons puis, du bout du pied, elle toucha l'épaule de l'homme affalé à terre.

— Écoute-moi, maintenant, Gervais Malfrat ! Tu as vu ces hommes, tu les as entendus ? Tous te haïssent et il n'en est pas un qui ne souhaite te faire endurer tous les tourments de l'enfer avant de permettre à ton âme misérable de s'évader de ton corps. Pourtant, tu peux encore t'éviter un univers de souffrance...

Gervais, instantanément, releva la tête. Elle lut un espoir dans son regard vacillant.

— Vous me feriez grâce encore, gracieuse dame ! Oh, dites... dites vite à quel prix !

Elle comprit qu'il était prêt à parler, à dire n'importe quoi pourvu qu'il pût croire à sa vie. Rien n'était plus facile que de promettre mais, même pour un coquin de cette espèce, elle ne voulait pas employer le mensonge ni une ruse aussi vile. Quoi qu'il lui en coûtât, elle le détrompa aussitôt.

— Non, Gervais ! Je ne te ferai pas grâce parce que je n'en ai plus la possibilité. Tu n'es pas mon prisonnier : tu es celui des gens de cette cité dont aucun ne comprendrait que nous te laissions poursuivre ta vie néfaste. Mais tu auras une mort rapide si tu réponds à deux questions... deux seulement.

— Pourquoi pas la vie ? La vie sauve, Dame Catherine, ou je ne répondrai à rien ! Que m'importe ce que vous voulez savoir si je dois mourir tout de même.

— Il y a mourir et mourir, Gervais ! Il y a la corde, la flèche, la hache ou la dague qui tuent en un instant... et puis il y a l'estrapade, les tenailles, le plomb fondu, les fers rouges... tout ce que l'on peut endurer des heures... des jours parfois et qui fait qu'alors on appelle, on désire la mort comme un bien suprême.

À chacun des mots terribles prononcés par Catherine, Gervais avait poussé un gémissement. Ils s'achevèrent en long hurlement :

— Non ! non... Pas ça !

— Alors parle ! Sinon, sur l'honneur du nom que je porte, je te livre au tourmenteur, Gervais Malfrat !

Mais la terreur n'avait pas encore complètement obscurci l'esprit du vaurien. Une expression de ruse passa sur son visage défait.

— Vous faites pas plus féroce que vous n'êtes, Dame Catherine ! Je sais aussi bien que vous qu'il n'y en a pas à Montsalvy !

— Il y a moi ! cria Martin Cairou qui ne pouvait plus se contenir. Donnez-le-moi, Dame ! Je vous promets qu'il parlera et qu'aucun de ses cris, aucune de ses supplications ne me fera cesser le supplice... Attendez ! Je vais vous montrer.

Vivement, le toilier se pencha, saisit près du brasero un long tisonnier de fer qu'il plongea dans les flammes au milieu d'un silence de mort.

On entendit haleter Gervais.

— Regarde cet homme, dit alors Catherine. Il te hait ! À cause de toi son enfant a choisi la mort. Et lui, voilà des jours et des nuits... des nuits surtout, qu'il rêve de te tenir à sa merci pour te faire endurer une éternité de douleurs dans l'espoir qu'elles apaiseront un peu les siennes. Tu as raison de dire que nous n'avons pas de tourmenteur à Montsalvy, mais c'est parce que nous n'en avons jamais eu besoin. Cependant, pour toi, il y en aura un... et c'est toi-même qui l'auras fait naître... Parles-tu ?

Dans les braises, la longue tige de fer était devenue incandescente. Martin la reprit d'une main ferme, tandis que, sans s'être concertés mais d'un même mouvement, Antoine Couderc et Guillaume Bastide empoignaient Gervais dont le hurlement fut celui d'un loup à l'agonie, tandis que tous ses muscles tétanisés se contractaient dans l'angoisse de la souffrance proche.

— NOOOOOOOOOOon !...

Martin s'avançait déjà. Catherine saisit son bras, le retint, puis s'adressant à Gervais qui se débattait furieusement aux mains de ses gardiens auxquels les deux fils Malvezin durent prêter main-forte :

— Parle ! Sinon, dans un instant, on t'aura dépouillé de tes vêtements, attaché à cet anneau qui pend de la voûte et nous te laisserons à Martin !

— Que... voulez-vous savoir ?

— Deux choses, je te l'ai dit. D'abord le nom de ton complice ! Il y a, dans cette ville, un misérable qui te renseigne et qui nous trahit. Je veux son nom.

— Et la... deuxième question ?

— Bérault d'Anchier a clamé à tous les échos de ce pays que le seigneur de Montsalvy n'y reviendrait jamais. Je veux savoir ce qu'il trame pour avoir telle assurance. Je veux savoir ce qui menace mon époux !

— Je vous l'ai dit, Dame... je suis trop petit compagnon pour être honoré des secrets d'Apchier...

Catherine ne le laissa pas poursuivre. Sans hausser le ton, elle ordonna :

— Déshabillez-le et pendez-le par les poignets à cet anneau...

— Non ! Par pitié ! Non !... Ne me faites pas de mal ! Je vais parler... Je vais dire ce que je sais.

— Un instant ! coupa l'abbé Bernard. Je vais consigner tes déclarations. Tu es ici devant un tribunal, Gervais. J'en serai le greffier.

Calmement, il tira de son scapulaire une feuille de papier roulée [1], une plume d'oie et décrocha de sa ceinture un petit encrier. Puis il fit signe à l'un des soldats de lui prêter son dos cuirassé comme pupitre.

— Voilà, fit-il avec satisfaction, nous t'écoutons !

Alors, regardant tour à tour l'abbé qui attendait, la plume en l'air, la châtelaine qui, un coude aux genoux et le menton dans sa main, dardait sur lui des yeux impitoyables, et le père de Bertille qui remettait au feu son tisonnier, Gervais articula :

— Gonnet... le bâtard d'Apchier, n'est plus au camp. Il est parti au matin du Vendredi saint pour Paris...

— Tu mens ! s'écria Nicolas. Le bâtard a été brûlé

1. Les moulins à papier existaient depuis près d'un siècle, tel celui de Richard de Bas, près d'Ambert, qui date de 1356.

à l'épaule au moment du premier assaut qu'ils ont donné. Il n'a pas pu partir !

— Je jure qu'il est parti, cria Gervais. On a la peau dure dans cette famille. Et puis, c'est son épaule qui lui fait mal, pas ses fesses. Il peut monter à cheval...

— Je te crois ! coupa Catherine avec impatience. Continue... Dis-nous ce qu'il est allé faire à Paris.

— Rejoindre messire Arnaud. On ne m'a pas mis au courant, bien sûr, mais quand on écoute derrière la toile d'une tente la nuit, on entend bien des choses...

Un éclat de rire de Nicolas lui coupa la parole de nouveau :

— Si tu espères nous faire croire que ton bâtard est parti assassiner messire Arnaud au beau milieu des troupes de monseigneur le Connétable, tu nous prends pour des idiots, ou alors il a le goût du martyre ton Gonnet ! Outre qu'il n'est pas manchot, notre maître, il a autour de lui une garde que lui envierait le Roi. On n'abat pas un Montsalvy quand il a, auprès de lui, un La Hire, un Xaintrailles, un Bueil, un Chabannes... ou alors c'est que l'on accepte de se laisser écorcher vif ensuite.

— Je n'ai pas dit qu'il allait l'assassiner... pas tout de suite, du moins ! Les Apchier sont plus malins que ça. Gonnet va à Paris... pour combattre avec les capitaines. Il va prétendre être venu servir le Roi pour essayer de gagner des éperons de chevalier. Tout au moins, c'est ce qu'il dira et Messire Arnaud n'aura aucune peine à trouver ça tout naturel. Il sait que Gonnet est bâtard, qu'il n'a pas grand-chose à attendre de l'héritage paternel, puisque Bérault d'Apchier a deux fils légitimes. Personne ne s'étonnera qu'un garçon élevé dans le goût des armes cherche à se tailler une place au soleil, n'est-ce pas ?

L'esprit tendu, Catherine cherchait à démêler la trame, encore obscure, de ses ennemis et dont le dessein lui échappait encore.

— Tu veux dire, fit-elle pensant tout haut plus qu'elle l'interrogeait, que Gonnet va chercher, en rejoignant mon époux, à obtenir sa protection et, en lui offrant de combattre sous sa bannière, gagner sa confiance ?

— C'est à peu près ça...

— Il aura du mal. Monseigneur n'aime pas beaucoup les Apchier, légitimes ou non, mais il essayait d'entretenir des relations de bon voisinage, voilà tout.

— Il ne les aime pas, mais il écoutera Gonnet. Le bâtard n'est pas assez sot pour se présenter comme un petit saint et jouer les bons apôtres. D'abord, il prendra sa part du combat sans hésiter. Cela ne lui coûtera guère car il est brave. Mais il obtiendra sans peine l'attention de messire Arnaud quand il lui apprendra que son père, ce vieux bandit, et ses frères assiègent Montsalvy...

— Comment ? Il veut l'avertir ?

— Mais naturellement. Comprenez, Dame Catherine : Gonnet va débarquer au camp du Connétable encore tout fumant d'une fausse colère : son père, ses frères se sont jetés sur Montsalvy, cette aubaine, mais ils ont refusé de partager avec lui. On l'a chassé, battu, blessé même car il va exploiter sa blessure et prétendre s'être battu avec l'un de ses frères. Il brûle de se venger. Alors il s'est enfui et il est venu prévenir le légitime propriétaire du mal qu'on lui faisait pour se faire un allié, de préférence reconnaissant. Ce langage-là, messire Arnaud le trouvera assez naturel chez un Gonnet d'Apchier...

Il n'y avait plus besoin d'inciter Gervais à parler. Moussé par l'espoir que la dame de Montsalvy, reconnaissante, consentirait enfin à lui laisser la vie, il ne tarissait plus de détails ni d'explications.

Catherine l'écoutait, les pupilles dilatées d'horreur. Malgré la fièvre qui la brûlait, elle sentait un froid de glace s'insinuer dans ses veines, car elle entrevoyait maintenant une affreuse noirceur, une espèce d'abîme répugnant ouvert sous ses pas et sous ceux de son époux, mais sans parvenir à en mesurer encore la profondeur. Les hommes qui l'entouraient éprouvaient, d'ailleurs, la même sensation et ce fut Nicolas Barral qui posa la question suivante.

— Qu'est-ce que le bâtard espère en apprenant à messire Arnaud ce qui se passe ici ?

— Qu'il abandonnera alors l'armée pour revenir ici. Gonnet, bien sûr, le suivra pour « savourer sa vengeance ». Il n'y aura plus autour d'eux tous ces capitaines, ces soldats, et alors, sur les mauvais chemins du retour...

— S'il revient, il ne reviendra pas tout seul, j'imagine, s'écria Couderc indigné. Il n'aura peut-être plus ses vaillants amis ni les troupes du Connétable, mais il aura ses hommes à lui « sur les mauvais chemins du retour », il aura ses chevaliers et nos gars à nous qui n'auront que trop envie de frotter les oreilles d'un Apchier, vrai ou faux. Tu crois qu'ils laisseront ton Gonnet l'assassiner sans s'en occuper ?

— Gonnet emporte avec lui un poison... un poison qui n'agit pas trop vite et qui n'altère pas le goût du vin. À l'étape du soir, quand les chevaliers vident quelques gobelets pour se remettre des fatigues de la route, le bâtard n'aura pas beaucoup de mal à le faire avaler à messire Arnaud et il aura, ensuite, tout le temps de disparaître !

Un grondement de colère retentit dans la salle basse, jaillit spontanément de toutes les poitrines, écho indigné du cri d'angoisse de Catherine.

D'un même mouvement, le sergent, le forgeron et le talmelier s'étaient jetés sur Gervais pour l'étrangler. L'abbé eut juste le temps de s'élancer devant le prisonnier pour lui éviter d'être abattu sur place.

— Restez tranquilles ! ordonna-t-il. Cet homme n'a pas fini de parler. Allons, reculez-vous ! Ce n'est pas lui qu'il faut empêcher de nuire pour l'instant. Dis-moi, Gervais, ajouta-t-il en se retournant vers le garçon qui s'abritait derrière sa robe noire, si Gonnet d'Apchier possède un poison si puissant et si discret, que ne l'emploie-t-il dès qu'il aura trouvé messire Arnaud ? De Paris aussi il aura le temps de disparaître ?

— Bien sûr, Votre Révérence ! Mais ce que veut

Bérault d'Apchier, ce n'est pas seulement la mort de messire Arnaud... c'est aussi sa déchéance.

— Comment ?

— Si le seigneur de Montsalvy quitte le siège de Paris et abandonne l'armée pour retourner chez lui, comment sera-t-il jugé par ses pairs ? Je ne sais pas comment Gonnet s'y prendra, mais il veillera à ce que ce départ ait l'air d'une fuite... ou d'une trahison. "Il est toujours possible, a-t-il dit, de laisser derrière soi une trace compromettante et je verrai à saisir une occasion." Et comme messire Arnaud disparaîtra peu après, Bérault d'Apchier aura toutes les facilités pour se faire donner, en toute propriété et très légitimement, les biens d'un traître ! Ce ne sera pas la première fois que le roi Charles VII frappera la maison de Montsalvy !

Cette fois, il n'y eut ni cris de colère, ni même de commentaires. L'indignation, le dégoût tenaient tous ces braves gens muets de stupeur.

Mais Catherine se leva et son regard fier fit le tour de l'assemblée.

— Alors, nous n'avons rien à craindre ! Monseigneur a trop le sens de son devoir... et trop de confiance en vous tous, ses vassaux, et en moi, sa femme, pour déserter en face de l'ennemi uniquement afin de voler à notre secours. Même s'il savait Montsalvy en flammes, il ne quitterait pas l'armée que la campagne ne soit achevée, et cette fois moins encore que jamais, car c'est de Paris qu'il s'agit, la ville capitale du royaume qu'il faut enfin arracher à l'Anglais et rendre à notre Roi ! Ton Gonnet perdra son temps, ajouta-t-elle en se tournant vers Gervais, le seigneur de Montsalvy ne désertera pas, même pour nous tirer de péril. Tout au plus enverra-t-il avec la permission du Connétable ce qu'il pourra distraire de ses troupes personnelles.

Les paroles de la jeune femme firent l'effet d'un flot d'huile jetée sur une eau bouillonnante. Toutes les poitrines se dégonflèrent, tous les visages s'apaisèrent et l'on échangea même des sourires à la fois ravis et triomphants.

— Mais bien sûr ! fit Guillaume Bastide. Messire Arnaud saura faire ce qu'il faut pour nous aider sans risquer sa réputation de chevalier et le chien bâtard en sera pour ses frais.

— Ben voyons ! grogna Nicolas en haussant les épaules. Il n'est pas tombé de la dernière pluie et les malices des Apchier sont trop grosses pour lui.

Alors, Gervais se mit en colère. De la plus imprévisible façon, cet homme lié de cordes et qui se savait promis au gibet parut trouver insupportable que l'on n'accordât pas plus de crédit à ce qu'il disait. Sans même songer davantage à marchander ses renseignements, emporté par une aveugle fureur, il hurla :

— Bande d'abrutis ! Qu'est-ce que vous avez à vous rengorger comme des dindons, à jouer les esprits forts et à vous congratuler ? Je vous dis moi qu'il suivra Gonnet et qu'il reviendra. Parce qu'il ne pourra pas faire autrement. Comment est-ce que vous croyez qu'il va réagir, votre messire Arnaud, quand Gonnet lui dira que sa femme est la maîtresse de Jean d'Apchier, que c'est elle qui a fait venir son amant ici pour lui livrer la ville... et quand il lui donnera la preuve qu'ils couchent ensemble ?

Il y eut un silence de mort. Incapables d'en croire leurs oreilles, tous se regardèrent, tandis que Catherine, devenue aussi grise que sa robe, restait figée sur place, les yeux démesurément agrandis... Puis, d'une voix blanche qui n'avait pas l'air de lui appartenir, fixant droit devant elle un point de la muraille, elle répéta :

— La preuve ?... Quelle preuve ?

Épouvanté par l'effet de ses paroles, Gervais n'osait plus bouger et ne répondit pas. Alors, brusquement, elle se déchaîna, bondit sur lui et le saisissant par le col de son justaucorps crasseux, elle se mit à le secouer.

— Quelle preuve ? cria-t-elle. Vas-tu parler ? Quelle preuve ?... Dis-le ou je te fais arracher la peau !

Avec un gémissement de terreur, Gervais glissa de ses mains et se laissa tomber devant elle, face contre terre. Il balbutia :

— Une de vos chemises... et aussi une lettre... une lettre d'amour... ou plutôt un morceau de lettre.

Mais la jeune femme avait trop présumé de ses forces. Elle était exténuée et le mouvement violent qui l'avait jetée sur Gervais avait réveillé la douleur de son épaule. Elle ouvrit la bouche pour parler sans qu'aucun son n'en sortît. Alors ses yeux se révulsèrent et, battant l'air de ses bras, elle s'écroula sur les dalles à côté du prisonnier, sans connaissance.

Aussitôt, on se précipita. Bérenger qui durant toute cette scène violente avait conservé l'immobilité et le mutisme d'une statue se jeta à genoux pour soulever sa tête, mais déjà Nicolas Barral se penchait et, glissant un bras sous les épaules de Catherine, un autre sous ses genoux, l'enlevait de terre aussi aisément que si elle n'eût rien pesé.

— Manquait plus que ça ! grogna-t-il furieux. Elle n'aurait jamais dû assister à cet interrogatoire. C'est un coup à la tuer, ajouta-t-il en considérant avec pitié le visage exsangue, marqué de grands cernes noirs, qui reposait sur son épaule.

L'abbé Bernard hocha la tête.

— De toute façon il aurait fallu lui raconter tout cela ! Emporte-la chez elle, Nicolas, confie-la à Sara, dis à celle-ci ce qui vient de se passer et puis reviens. J'ai encore besoin de toi.

— Qu'est-ce qu'on fait de ça ? demanda Couderc désignant Gervais de la tête. On le pend tout de suite ?

À son tour, l'abbé regarda le prisonnier. Et, dans son regard d'ordinaire si bienveillant et si doux, il n'y avait plus la moindre trace de miséricorde. Visiblement l'homme lui faisant horreur autant que le plan diabolique qu'il venait d'avouer.

— Non, dit-il froidement. On continue ! Gervais a encore bien des choses à nous apprendre. Par exemple, le nom de celui qui nous trahit. Le danger qui menace messire Arnaud l'a fait oublier momentanément, mais il n'en devient que plus urgent de le connaître.

Le co-seigneur de Montsalvy alla prendre, sur l'escabeau, la place abandonnée par Catherine puis, lissant sur son genou la feuille où il avait noté les précédents aveux du prisonnier, il soupira :

— C'est à moi que tu vas répondre, maintenant, Gervais. Mais ne garde pas d'illusions : mes conditions seront les mêmes que celles de Dame Catherine. À cette différence près que j'y ajouterai l'absolution de tes péchés si tu te repens sincèrement... avant de te faire pendre !

Une heure plus tard, tandis que Catherine, veillée par Sara, dormait profondément sous l'effet d'un calmant généreusement administré, que Gervais, enchaîné, inaugurait l'un des cachots du donjon hâtivement débarrassé de trois saloirs, et que l'abbé Bernard, un pli soucieux au front, regagnait son monastère pour y attendre la suite des événements, Nicolas Barral, escorté de quatre soldats, frappait à la porte d'Augustin Fabre, le charpentier, puis, n'obtenant pas de réponse, enfonçait ladite porte tandis que le bruit attirait aux fenêtres environnantes ou sur le pas des portes tout un assortiment de visages effarés, coiffés de bonnets de nuit, auprès desquels brillaient les fers de haches et les couteaux que chacun avait empoignés aussitôt, croyant à une attaque par surprise.

Depuis le début du siège, en effet, les gens de Montsalvy ne dormaient plus qu'avec des armes à portée de la main. Chez Gauberte Cairou, même, la meule à affûter tournait tous les jours. Il n'était jusqu'au fuseau de sa quenouille qui ne fût aussi acéré qu'un fer de lance et, dans ses rêves nocturnes, la toilière ambitionnait la gloire de la Pucelle, son héroïne personnelle.

Le jour commençait à se lever. Le cri enroué des coqs éclatait de partout. Pour la première fois depuis longtemps, il était pur de tout nuage et l'étoile du berger y brillait comme un gros diamant bleuté.

Aussi, le premier coup d'œil des citadins tirés de leur sommeil fut pour lui. De ce côté-là, du moins, leurs ennuis semblaient terminés. Le second fut pour la maison éventrée de Fabre, dont Nicolas et ses hommes ressortaient bredouilles. La maison était vide. Augustin et Azalaïs avaient inexplicablement disparu.

Aussitôt, le sergent et ses hommes furent entourés d'un cercle avide de savoir ce que tout cela signifiait, un cercle vite augmenté de Gauberte qui habitait plus loin et qui accourait, une peau de mouton jetée sur sa chemise et brandissant sa fameuse quenouille.

Les quatre hommes qui avaient participé au coup de main de la nuit arrivèrent à leur tour, remontant du château. Bientôt, la petite place fut remplie de gens à peine vêtus qui parlaient tous à la fois et brandissaient des armes variées sans trop savoir pourquoi.

Nicolas comprit qu'il lui fallait donner les explications sous peine de voir le rassemblement se changer en émeute.

Escaladant la fontaine, il se tint debout sur la margelle de pierre et, les bras étendus, à la manière d'un chef d'orchestre, il tenta d'endiguer le vacarme. Ce n'était pas facile, car tout ce monde criait d'autant plus fort qu'il ne savait pas pourquoi. Mais la curiosité de Gauberte était de celles qui ne se pouvaient museler. Grimpant auprès de Nicolas, elle poussa quelques beuglements si vigoureux que le silence revint comme par enchantement, aucun poumon montsalvois ne pouvant rivaliser avec les siens. Elle laissa alors planer sur l'assemblée un regard satisfait.

— Vas-y, Nicolas ! Dis-nous ce qui se passe !

S'improvisant orateur, ce qui n'alla pas sans peine, le sergent rapporta les événements de la nuit sans rien omettre. Il dit les aveux arrachés à Gervais par la terreur, le piège tendu à Arnaud de Montsalvy, la faiblesse de Catherine et, enfin, comment, acculé dans ses derniers retranchements par l'impitoyable précision des questions de l'abbé, Gervais avait fini par désigner comme ses complices le menuisier, sa fille et la sorcière locale, la Ratapennade, coupable d'avoir fourni le poison dont Gonnet d'Apchier s'était muni. Il dit enfin comment

Augustin Fabre, victime des sentiments fort peu paternels que lui inspirait la fille de sa défunte épouse, était tombé entièrement sous l'empire d'Azalaïs. À entendre Gervais, la beauté provocante de la dentellière avait fait de cet homme, jadis honnête et paisible, l'esclave d'un monstrueux désir que la belle manipulait aussi aisément qu'un pantin... pour s'en moquer d'ailleurs quand, avant qu'il ne fût chassé, elle rejoignait Gervais derrière le moulin. Car, en attisant l'ambition de cette fille, en faisant miroiter à ses yeux avides des possibilités d'avenir qu'elle le croyait parfaitement capable de réaliser, en flattant sa vanité, Gervais Malfrat, fort habile aux jeux de l'amour, n'avait pas eu tellement de peine à en obtenir ce qu'elle refusait avec tant de dédain aux autres garçons.

Bien sûr, Fabre ignorait qu'Azalaïs fût la maîtresse du vaurien et c'était lui qui, sur le chemin de ronde, avait tenté d'assassiner la dame de Montsalvy sur l'ordre de son étrange fille : en échange de ce beau service, elle lui avait promis de se donner enfin à lui ! Cette idée avait dû rendre fou le bonhomme et, pour posséder ce corps dont la grâce hantait ses nuits, il eût été aussi bien poignarder l'abbé Bernard en plein milieu de la grand-messe.

Quant à Azalaïs elle-même, c'était elle qui avait non seulement livré à Gervais l'une des chemises de Catherine, dont elle devait réparer la dentelle, mais qui, de plus, avait écrit la fameuse « lettre d'amour » en contrefaisant l'écriture de la châtelaine. Artiste véritable et douée d'une grande habileté, la dentellière savait non seulement écrire, mais dessiner et, de ce double talent, elle avait tiré aisément celui de la contrefaçon. Le tout avait été, comme les autres messages à Gervais, descendu par Fabre, au moyen d'une corde, de nuit et durant ses tours de garde à un point convenu du rempart...

Les clameurs qui saluèrent le discours de Nicolas s'élevèrent si furieusement que, du haut des tours et des chemins de ronde, les guetteurs se penchèrent sur l'intérieur de la ville. La petite place avait l'air d'un chaudron de sorcière et bouillonnait de têtes hurlantes, d'yeux flamboyants et de bras qui agitaient un assortiment hétéroclite d'instruments que la nécessité pouvait rendre meurtriers.

Une fois de plus, ce fut Gauberte qui résuma le sentiment commun :

— L'Augustin et l'Azalaïs, il nous les faut ! brailla-t-elle.

Et, brandissant sa quenouille avec autant de conviction que Jeanne d'Arc son étendard fleurdelisé, elle sauta de la fontaine et fonça vers la maison du charpentier, entraînant après elle un flot tumultueux qui s'engouffra tant bien que mal dans l'atelier, malgré les protestations du sergent qui jurait par tous les saints du Paradis avoir tout passé au peigne fin. Encore dut-il se lancer au secours de la maison bourrée à éclater pour empêcher Gauberte et ses furieux d'y mettre le feu, ce qui n'eût pas manqué de faire flamber la moitié de la ville.

Par ailleurs, force fut de se rendre à l'évidence. Mystérieusement prévenus du danger que leur ferait courir la capture de Gervais Malfrat si elle se produisait, Azalaïs et son père avaient choisi la fuite et disparu comme par enchantement, sans laisser la moindre trace, ni d'ailleurs la moindre marque de précipitation. La maison du charpentier, au moment où Nicolas et ses hommes en avaient enfoncé la porte, était parfaitement en ordre. Les lits n'étaient pas défaits et la vaisselle était en place. Seuls les vêtements et quelques objets personnels avaient disparu...

Quand Gauberte et sa suite ressortirent sur la place, le silence était revenu. Chacun cherchait à comprendre comment Fabre et Azalaïs avaient pu disparaître aussi complètement. Comment, aussi, ils avaient pu être prévenus de ce qui s'était décidé au Conseil, dont le charpentier ne faisait pas partie...

— Faudrait savoir qui les a renseignés, conclut Nicolas. L'un de nous a eu la langue trop longue, c'est sûr...

Sa tête casquée tourna lentement et son regard chercha ceux de tous les « consuls » qui se trouvaient dans la foule, aussi bien ceux qui avaient participé au coup de main de la nuit que les autres. Mais personne ne broncha.

— Bon ! fit-il. Alors on va chercher. Fouillez partout, vous autres ! cria-t-il à ses soldats, et n'oubliez rien, ni cave, ni grenier, ni même les poulaillers ou les étables. Il faut les retrouver !...

— On va t'aider, déclara Gauberte. Cette affaire-là, ça nous regarde tous. Allez, les gars ! Quelques volontaires pour aider les hommes d'armes...

Des volontaires, il y en eut à remuer à la pelle. Tout le monde était prêt à se lancer à la traque d'un traître qui s'était révélé doublé d'un assassin. Mais, avant que Nicolas n'eût distribué les escouades de volontaires hâtivement formées, le cri d'un guetteur éclata dans le ciel rouge de l'aurore :

— Venez voir !

Sans demander davantage, la foule s'élança à l'assaut du rempart.

C'était Martial, l'un des fils Malvezin, qui avait appelé. Agenouillé sur un créneau, sa vouge appuyée contre un merlon, il regardait, en bas des murailles, une chose qu'il désigna du bras. Instantanément, les créneaux se peuplèrent. On se pencha et une même exclamation de stupeur s'échappa de toutes les poitrines : sur le revers du fossé, le corps disloqué d'Augustin Fabre gisait, la face tournée vers le ciel et les yeux grands ouverts, un carreau d'arbalète planté dans la poitrine...

Par habitude, plus que par vrai respect, les bonnets de nuit quittèrent les têtes.

— Comment est-il venu là ? fit quelqu'un. Et où est sa fille ?

La réponse à la première de ces deux questions fut aussitôt trouvée : au dernier créneau, avant la boursouflure d'une tour, une corde pendait le long de la muraille.

— Il sera tombé ! souffla une voix oppressée. Descendre comme ça d'un rempart, c'était pas un exercice pour un homme de son âge...

— Et le carreau ? riposta Martial Malvezin. Il l'aura ramassé aussi en tombant ?

— On lui aura tiré dessus. Les gens d'en face savaient peut-être pas qu'il travaillait pour eux.

On sentait que tous ces gens étaient troublés par la mort de Fabre. Il y avait si peu de temps encore qu'il était l'un des leurs sans que personne pût supposer qu'il s'était déjà détaché de la communauté. Il y avait, dans le ton impressionné des voix, une espèce de considération qui révolta Gauberte :

— Ouais ! s'écria-t-elle. Mais il est tout seul sur son fossé, l'Augustin ! Normalement, ils devraient être deux. Où est-ce qu'elle est passée, la belle Azalaïs ? Bien sûr, ça paraît difficile d'imaginer qu'elle ait emprunté le même chemin...

— Et pourquoi donc pas ? C'est un vrai chat cette fille-là ! Elle a le diable au corps et elle doit être capable de passer par le trou d'une aiguille aussi bien que de glisser le long d'une montagne sans se blesser. J'ai toujours dit qu'elle était un peu sorcière, conclut Martial avec humeur.

En effet, il avait longtemps soupiré après la belle dentellière sans rien en obtenir d'autre que des rires et des moqueries dont il lui gardait rancune.

Sans quitter des yeux le corps brisé qui semblait le fasciner, le sergent Barral repoussa son chapeau de fer et se gratta la tête en soupirant.

— Martial a raison. Quelque chose me dit qu'on ne la retrouvera pas ! En tout cas, voilà le pauvre Fabre péri à la face du Ciel sans que personne se soucie de lui donner une honnête sépulture.

Le cadavre, en effet, avait quelque chose de plus misérable, de plus tragiquement abandonné que tout autre. Il était tombé là, sur le revers boueux du fossé, à mi-chemin de la ville – où son âme s'était perdue aux mains d'une diablesse – et du camp ennemi, tranquille à cette heure, dont cependant il avait attendu autre chose qu'une blessure mortelle. Mais, indifférents à cette misérable dépouille, les routiers vaquaient aux travaux du matin, allumant les feux de cuisine et profitant du beau temps revenu pour sécher leurs hardes et faire un peu de nettoyage.

Le soleil, qui venait de crever l'horizon et de bondir dans le ciel, déversait sur la campagne ravagée une orgie de rayons déjà chauds. Et rien, hormis ce corps sanglant, n'aurait pu laisser supposer qu'entre ce camp bourdonnant d'activité et cette cité momentanément tranquille la haine, la fureur, la peur et la cupidité avaient tendu un rideau de fer.

Mais il y avait le corps avec sa plaie béante, sa face tordue par le dernier spasme, et chaque chose reprenait à la fois sa place et sa signification.

— Espérons que ces faillis chiens l'enterreront, soupira Gauberte en guise de conclusion. Après tout, il a été trahi autant que nous l'avons été par lui et il a payé bien cher. Faudra demander à l'abbé un bout de prière pour sa pauvre âme parce que ce n'est pas lui le plus coupable !

Et, serrant plus étroitement contre elle sa peau de mouton, comme si, tout à coup, elle sentait le froid de la mort s'insinuer en elle, la grosse toilière fourra sa quenouille sous son bras et, sans plus s'occuper de personne, rentra chez elle pour nourrir sa nichée.

Le chemin de ronde se vida silencieusement, à l'exception des hommes de garde qui reprirent leur monotone faction.

Pendant ce temps, au château, Catherine revenait à l'amère réalité que le soleil, entrant à flots rutilants par les vitraux coloriés de sa chambre, ne parvint pas à éclairer. Ce fut pour apprendre de la bouche de Sara que l'abbé Bernard venait d'arriver et la demandait.

— Je peux lui dire de revenir si tu ne te sens pas mieux, proposa Sara. Tu nous as encore fait une belle peur.

— Non. C'est inutile. Moi aussi il faut que je lui parle. S'il n'était pas venu, je l'aurais fait demander.

— Mais dis-moi au moins comment tu te sens ?

La jeune femme eut un sourire sans gaieté :

— Mieux, je t'assure. Ce que tu m'as donné m'a fait du bien. Et puis, tu sais, ce n'est plus guère le moment de m'attendrir sur mon sort ou de me dorloter dans mes draps. Si Gonnet d'Apchier parvient à ses fins, mieux vaudrait pour moi mourir tout de suite.

— Tu me permettras d'en juger autrement. Je vais chercher l'abbé.

— Non. Conduis-le dans mon oratoire. Dans ce que nous allons dire, il vaut mieux que Dieu soit en tiers, car jamais je n'ai eu autant besoin de son secours. Reviens seulement m'apporter quelque chose de chaud. Il me faut reprendre des forces.

Sara eût cent fois préféré que Catherine demeurât dans son lit ; cependant, elle n'insista pas. Elle savait que ce serait peine perdue. Certes, la jeune femme avait une mine affreuse et les traits tirés, mais il y avait aussi au coin de sa bouche un pli obstiné que l'ancienne fille de Bohême connaissait bien. Lorsqu'il se creusait, Sara sentait qu'il lui fallait abandonner Catherine à elle-même, la laisser aller jusqu'au bout de sa résolution, même si cela signifiait qu'il lui faudrait, du même coup, aller jusqu'au bout d'elle-même, ou peut-être même au-delà.

Elle sortit donc, guida l'abbé Bernard jusqu'à l'oratoire, puis revint avec un bol de lait sucré au miel qu'elle tendit sans un mot.

Pendant sa courte absence, Catherine avait quitté son lit, non sans peine d'ailleurs. Les premiers pas hasardés sur le carrelage rouge et noir de la chambre avaient été plus qu'incertains. La jeune femme sentait que la tête lui tournait, reprise par l'une de ces brusques migraines qui inquiétaient si fort Sara. Mais elle se raidit, obstinée à vaincre sa faiblesse. Il fallait, pour son salut, pour celui d'Arnaud, et surtout pour celui de leur bonheur commun, qu'elle réussît à vaincre ce corps rétif, habituellement si souple et si obéissant, et qui refusait de l'aider au moment où elle en avait le plus besoin. Leur vie, à tous les deux, ne dépendait plus que d'elle seule et il fallait pouvoir combattre. Plus tard, quand l'ouragan serait passé... s'il passait jamais, elle pourrait songer à elle-même, à sa santé, à ses nerfs mis à si rude épreuve...

Elle se cramponna à l'une des colonnes de son lit et debout, refusant la tentation des coussins par peur de ne plus pouvoir s'en arracher, elle attendit que passât le vertige qui faisait tourbillonner les murs.

Quand ils s'arrêtèrent enfin, comme un manège à bout de course, elle alla lentement prendre sa robe brune ourlée de vair et s'y pelotonna plus qu'elle ne s'en revêtit.

Dans la pièce voisine, elle entendit la voix du petit Michel qui répondait avec autorité au joyeux gazouillis du bébé Isabelle. Le grand frère avait décidé de se charger d'inculquer à sa petite sœur les premiers rudiments de la conversation et il se livrait à sa tâche avec le sérieux précoce qu'il apportait dans tout ce qu'il faisait.

Attendrie, Catherine eut la tentation d'aller vers eux pour la joie de les serrer dans ses bras et retremper son courage dans leur tendresse spontanée, mais elle se refusa cette joie pour ne pas les effrayer. Le masque tragique reflété par son miroir n'était pas fait pour les yeux des enfants. Doucement, elle alla fermer plus soigneusement la porte de communication, but le lait que lui tendait Sara en la regardant fixement, puis, d'un pas dont la fermeté apparente devait tout à sa volonté, elle se dirigea vers son oratoire sans que Sara eût même esquissé le geste de lui offrir son bras. Cela aussi serait inutile.

L'oratoire occupait une tourelle. En y pénétrant, Catherine trouva l'abbé Bernard agenouillé devant le petit autel de granit où, sous l'ogive bleue et blonde d'un vitrail, brillait l'or du grand crucifix.

C'était une toute petite chapelle, faite pour les méditations solitaires d'une noble dame, mais elle renfermait, en plus de sa croix orfévrée, le précieux trésor personnel de Catherine : une Annonciation due au pinceau de Jean Van Eyck, le vieil ami de jadis.

Sur un étroit panneau de peuplier, l'artiste avait peint

une petite Vierge, étonnamment virginale et pure dans les plis extravagants d'une immense robe de faille bleue sur laquelle se déroulaient les anneaux dorés d'une chevelure à peine retenue autour du front par un cercle serti de pierreries. Le visage légèrement détourné, la main levée dans un joli geste craintif, elle évitait de regarder l'ange somptueux et gentiment gouailleur qui, sourire futé et regard tendre, lui offrait une fleur en inclinant légèrement devant elle sa tête aux longues boucles brillantes, couronnée d'un diadème orfévré. La dalmatique de l'Ange et ses grandes ailes diaprées, toutes cousues de gemmes scintillantes, en faisaient une fabuleuse apparition, contrastant avec la simplicité, relative d'ailleurs, de la petite vierge, mais celle-ci avait le visage de Catherine, ses grands yeux couleur d'améthyste et son incomparable chevelure dorée. C'était une Catherine toute jeune, timide et tendre, semblable à la jeune fille qui, un soir, sur la route de Péronne et en compagnie de son oncle Mathieu, avait ramassé Arnaud de Montsalvy inerte et sanglant dans son armure noire souillée de boue. Et c'était à cause de cela que l'ombrageux capitaine avait laissé s'ouvrir les portes de sa demeure devant un chevaucheur de la Grande Écurie de Bourgogne qui, au matin de la Noël précédente, avait mis pied à terre dans la neige épaisse de la cour d'honneur. L'homme n'était pas seul avec le tableau, soigneusement empaqueté de toiles fines et de laines épaisses, qu'il portait devant lui comme un enfant : des hommes d'armes l'accompagnaient, une forte escorte et sans doute les premiers cavaliers bourguignons qui, depuis la paix d'Arras, eussent foulé le sol de France.

Certes, le premier mouvement d'Arnaud avait été de colère. Le seul nom du duc Philippe avait encore le pouvoir de le jeter hors de lui-même et la vue de ses armoiries lui faisaient toujours l'effet d'un chiffon rouge promené sous le nez d'un taureau grincheux. Mais la lettre qui accompagnait l'envoi n'était pas de la main du prince. C'était Jean Van Eyck lui-même, qui l'avait écrite :

« Celui qui est toujours votre ami fidèle est heureux de pouvoir vous le dire sans passer pour un traître et de vous souhaiter un doux Noël dans un pays où les frères ont cessé de se haïr. Acceptez, par grâce, cette Annonciation qui vous ressemble et qui se veut celle de la paix. La mémoire de votre humble serviteur lui a servi de modèle pour l'exécuter... ainsi que son cœur. – Jean. »

L'œuvre était charmante, la lettre aussi. Catherine, les larmes aux yeux, accepta l'une et l'autre non sans remarquer en rougissant :

— Je ne suis plus si jeune... ni si belle.

— Jeune, tu le seras éternellement, avait alors grogné Arnaud, et belle tu l'es chaque jour un peu plus. Mais je suis heureux de voir cette jeune fille entrer dans ma maison car c'est ainsi que tu aurais dû y pénétrer si je n'avais été si stupide...

Et l'Annonciation avait pris place dans l'oratoire où, chaque matin et chaque soir, Catherine venait s'agenouiller un instant devant elle. C'était une manière comme une autre de se retremper dans sa jeunesse et elle y trouvait toujours la même joie. Le petit Michel, lui, adorait cette image où sa mère et la reine du Ciel se confondaient sur le bois comme elles se confondaient un peu dans son esprit.

En pénétrant dans la minuscule chapelle, le regard de Catherine, tout naturellement, chercha le tableau, s'accrocha au sourire de l'ange et le charme quotidien opéra : elle se sentit mieux, plus forte et l'esprit plus libre, comme si le divin adolescent lui avait insufflé un peu de son ardeur à vivre.

Silencieusement, elle vint s'agenouiller auprès de l'abbé, joignant ses mains froides sur l'accoudoir de velours du prie-Dieu.

Sentant sa présence, il tourna la tête vers elle, fronça les sourcils et constata :

— Vous êtes bien pâle. Ne feriez-vous pas mieux de rester au lit ?

— Je me reproche déjà le temps que m'a fait perdre ma faiblesse de cette nuit. Il ne m'est plus possible, sachant ce que je sais, de rester au lit. Je ne sais pas s'il me sera encore permis de dormir tant que l'angoisse ne m'aura pas quittée. Voyez-vous, mon Père, quand j'ai su ce que ces... gens ont machiné pour nous perdre, il m'a semblé que la vie se retirait de moi et que...

— Cessez donc de chercher des excuses à votre souffrance, Dame Catherine ! Moi-même, j'ai vacillé un moment, je l'avoue, devant une perfidie si profonde, mais c'est peut-être l'indignation que j'en ai éprouvée qui m'a permis de prendre votre suite sans faiblesse... et sans pitié. Gervais Malfrat n'a fait aucune difficulté pour avouer tout ce que nous désirions savoir. Et sa peau est intacte.

En quelques phrases, Bernard de Calmont d'Olt mit la châtelaine au courant de ce que ses vassaux savaient déjà en y ajoutant la fin lamentable d'Augustin Fabre.

— Il nous reste, fit-il en manière de conclusion, à essayer de retrouver Azalaïs, si la chose est encore possible... et à statuer sur le sort de Gervais. Maintenez-vous la sentence de mort que vous lui avez annoncée ?

— Vous savez bien que je n'ai pas le choix, Votre Révérence ! Personne, ici, ne comprendrait que je fasse grâce et personne ne me le pardonnerait. Je crois que nos gens auraient l'impression qu'on les trahit. Et ce serait inciter Martin Cairou à frapper lui-même, ce qu'aucune force humaine ne pourrait l'empêcher de faire. C'est donc son âme, à lui, que je mettrais en péril si je me laissais aller à une pitié, d'ailleurs parfaitement injustifiée. Gervais sera pendu ce soir.

— Je ne peux vous donner tort et je sais ce qu'il vous en coûte. J'enverrai l'un de mes frères au donjon, tout à l'heure, pour le préparer à mourir. Mais ce n'est pas cela, n'est-ce pas, qui vous tient le plus à cœur ?

— Non, murmura sourdement la jeune femme. Le péril qui menace mon époux est trop grand. À cette heure, le bâtard d'Apchier galope sur la route de Paris, portant ce que vous savez. Il faut le rattraper. Songez qu'il n'a que trop d'avance.

— Quatre jours ! Une avance possible à rattraper si

le Ciel est avec nous et si Gonnet rencontre des obstacles sur sa route. Dieu sait qu'il n'en manque pas sur les grands chemins de ce malheureux pays ! Mais notre envoyé ne serait pas davantage à l'abri des mêmes obstacles. Je ne vous cache pas, mon amie, que depuis les aveux de Gervais je ne cesse de tourner et de retourner ce problème dans ma tête... un problème d'autant plus ardu que nous n'avons pas, comme les Apchier, la possibilité de quitter la ville comme nous voulons. Nous sommes assiégés, hélas !

— Tout porte à croire que le siège n'a pas empêché Azalaïs de nous fausser compagnie. Ce qu'une femme a réussi, pourquoi donc un homme ne l'accomplirait-il pas ?

— C'est exactement ce que sont venus me dire quelques-uns de vos vassaux... le jeune Bérenger en tête. Ce garçon, qu'une bataille fait pâlir, n'en est pas moins prêt à courir sus tout seul à un guerrier aussi redoutable que le bâtard pour sauver messire Arnaud. Il prétend n'avoir aucune difficulté à évoluer le long d'un rempart au bout d'une corde et je l'ai laissé piaffer dans la cour attendant votre réponse.

— Ma réponse ? fit Catherine amèrement. Demandez-la au cadavre de Fabre qui va se défaire sous nos yeux, livré aux bêtes et aux intempéries pendant des jours ! Bérenger n'est qu'un enfant : je ne veux pas le sacrifier.

— Quel que soit celui qui tentera de descendre des murailles, il aura bien peu de chances de s'en tirer vivant. L'ennemi fait bonne garde et... Écoutez !...

Un affreux vacarme venait d'éclater au-dehors fait du fracas des armes et des cris qui éclataient de part et d'autre : l'ennemi attaquait, essayant sans doute de profiter de cette espèce de détente qu'avait apportée le retour du soleil.

Un instant, la châtelaine et le prêtre écoutèrent en silence puis, presque en même temps, ils se signèrent.

— Il va encore y avoir des morts et des blessés ! soupira Catherine. Combien de temps tiendrons-nous ?

— Pas bien longtemps, je le crains. Tout à l'heure, je suis monté au clocher de l'église et j'ai inspecté le camp de l'ennemi. Une partie d'entre les hommes est en train d'abattre des arbres et les charpentiers sont à la tâche : ils vont construire des tours de siège. D'autres tuaient les bêtes que l'on n'a pu faire rentrer dans la ville et les écorchaient pour étendre leurs peaux sur le bois et le mettre à l'abri du feu. Il nous faudrait une aide rapide sinon nous devrons parlementer... et sans doute capituler !

Le pâle visage de la jeune femme devint encore plus blanc. Capituler ? Elle connaissait déjà les conditions et s'il lui était indifférent de livrer aux griffes des Apchier tout le contenu de sa maison, il n'en allait pas de même pour sa personne. La reddition signerait son arrêt de mort, car elle n'accepterait jamais d'entrer au lit du loup du Gévaudan.

— Dans ce cas, soupira-t-elle, il n'y a plus qu'une solution : c'est moi qui dois emprunter le chemin suivi par la dentellière ! Que je meure là ou de ma propre main pour échapper à Bérault, peu importe. Et si je réussis, nul n'aura plus de poids que moi auprès de mon époux. Ma présence, j'imagine, réduira à néant les accusations de Gonnet.

L'abbé hocha la tête, plus soucieux que jamais.

— Je m'attendais à ce que vous me proposiez cela. Mais, Dame Catherine, outre que personne n'accepterait pareil sacrifice ici, ce serait folie dans l'état de faiblesse où vous vous trouvez.

— Je vais mieux... et personne n'a besoin de savoir. Mais puisque je n'ai pas encore tellement de forces, pourquoi ne pas employer le moyen qui avait si bien réussi à saint Paul pour quitter Damas ?

De la plus imprévisible façon à une minute aussi grave, l'abbé Bernard se mit à rire.

— Vous faire descendre dans un panier ? J'avoue que je n'y aurais pas pensé ! Non, Dame Catherine, c'est impossible ! Mais j'ai peut-être mieux à vous offrir...

Surprise, elle le regarda plus attentivement. Il y avait,

dans ses yeux gris, une lueur combative et sur ses traits une détermination nouvelle.

— Vous admettez donc que j'ai raison de vouloir tenter moi-même de rejoindre Arnaud ?

Aussitôt, il redevint grave et, posant une main sur l'épaule de la jeune femme, il déclara lentement :

— Non seulement je l'admets... mais je vous en aurais priée si vous ne l'aviez proposé. Il est inutile de se leurrer plus longtemps : le secours, quel qu'il soit et à moins que ceux d'Aurillac et le bailli des Montagnes n'acceptent de s'en mêler, arrivera trop tard. Il ne faut pas que Bérault d'Apchier puisse vous trouver ici le jour où il me faudra le laisser entrer. Vous devez donc partir, mais vous ne partirez pas seule : vos enfants non plus ne peuvent rester ici. Ce serait trop risqué.

— J'avais pensé les cacher parmi ceux d'une ou deux autres familles, sous la garde de Sara...

— Non. Votre absence mettra Bérault dans une suffisante rage. Son premier soin serait de les faire chercher pour s'en faire un outil de chantage et vous obliger à revenir. Il est rusé et certaines vérifications sont faciles à faire. Non, mon amie, il vous faut m'écouter : vous partirez d'ici avec vos enfants, Sara et même Bérenger. Vous gagnerez Carlat où vous pourrez laisser les enfants et Sara. Ils y seront en sûreté. Ensuite vous continuerez votre chemin vers Paris d'où vous nous rapporterez le salut : nul n'aura plus de pouvoir auprès du Roi et du Connétable pour obtenir une troupe que votre époux ne demanderait peut-être pas par trop grand orgueil. Vous nous reviendrez avec une armée, surtout si Paris tombe... et vous ferez place nette !

À mesure que l'abbé parlait, l'imagination de Catherine suivait le déroulement du plan. Oubliant fatigue et souffrance, elle se voyait déjà courant les grands chemins comme autrefois, gagnant Paris, dénonçant les Apchier et leur bâtard, retrouvant là-bas ses amis et singulièrement Tristan l'Hermite en qui le Connétable de Richemont avait telle confiance. Elle se voyait encore agenouillée devant le roi Charles et réclamant justice, une justice qu'on ne lui refuserait pas, puis revenant vers Montsalvy, en chassant les pillards pour y ramener la paix et le bonheur...

Était-ce le soleil qui maintenant pénétrait à flots dans la petite chapelle ? La chaleur et la joie qu'il apportait envahirent la jeune femme... pour s'en retirer d'ailleurs aussitôt.

Dehors, le fracas du combat continuait et la rappelait à une dure réalité. Pouvait-elle partir, emmenant ce qui lui était le plus cher, et laisser la ville, « sa » ville, aux prises avec les souffrances qui l'attendaient ? L'abbé venait de dire que Bérault d'Apchier chercherait à se venger sur les enfants de la fuite de leur mère. Qui pouvait dire comment il réagirait en trouvant toute la famille envolée ? Combien de malheureux feraient les frais de sa rage ? Et comment, ensuite, Catherine pourrait-elle regarder en face les parents de ceux qui auraient ainsi payé pour elle ? Pour elle qui les aurait abandonnés au plus fort du danger ?

La main maigre de l'abbé pesa plus lourdement sur son épaule, forçant son attention à revenir vers lui.

— L'autre jour, vous m'avez dit de ne plus voir en vous une femme, mais le seigneur de Montsalvy. Aujourd'hui je vous dis : je suis co-seigneur de cette ville et, outre la charge des corps, j'ai aussi celle des âmes. C'est en pleine connaissance de cause que je vous demande de partir parce que vous êtes la seule à pouvoir faire cesser l'épreuve qui nous attend. Vous devez me faire confiance. Nous « tiendrons » aussi longtemps que cela sera possible, soyez-en certaine ! Mais si nous sommes contraints d'ouvrir nos portes, c'est à moi... à Dieu dont je suis le mandataire, que Bérault d'Apchier aura affaire et il reculera devant la malédiction comme il a déjà reculé devant l'ostensoir, au jour de la mort de notre frère Amable ! J'ai su me battre, jadis, et si j'ai rejeté les armes de guerre, je crois savoir encore parler aux hommes. Croyez-moi, j'aurai plus facilement raison de Bérault d'Apchier quand vous serez loin et quand je n'aurai plus à compter que sur sa cupidité. Il n'osera pas porter la main sur moi, d'autant moins qu'il aura à redouter les conséquences de votre fuite. Je lui donnerai tout ce que je pourrai trouver d'or, quitte à piller le monastère, votre château et les plus riches demeures du pays, mais il entendra aussi la voix de la raison.

— Quel genre de raison pensez-vous faire admettre à pareil brigand ?

— Celle des pillards. Je lui ferai craindre le châtiment, les représailles royales et il comprendra que plus il commettra de crimes, plus lourde sera la facture ! Ou je me trompe fort, ou il se contentera d'un profit substantiel. Partez sans crainte. D'ailleurs, il y a encore de la ressource dans cette ville et nous ne sommes pas aux mains de Bérault !

En effet, des cris de triomphe partaient maintenant du rempart, joints à de grosses plaisanteries braillées à pleins poumons à l'intention de l'ennemi. L'assaut devait être encore une fois repoussé... Décidément, les gens de Montsalvy savaient se battre.

Pour la première fois, un léger sourire vint éclairer le visage tendu de la châtelaine.

— Il est difficile de vous contredire, Révérend Père, quand vous avez décidé de convaincre. Vous savez, en effet, parler aux hommes... et aux femmes. Pourtant, je dois vous faire toucher du doigt une étrange contradiction dans vos paroles : vous me refusez l'idée que j'ai eue d'imiter saint Paul... et vous me dites de partir avec mes enfants, Sara et Bérenger. Mais comment ? Mais par quel chemin ? Auriez-vous des ailes à nous offrir et pourrons-nous prendre notre vol du haut du donjon ?

Un grand, un magnifique sourire s'épanouit brusquement sur le visage maigre de l'abbé.

— Autrement dit, vous me prenez pour un fou ? Je reconnais, d'ailleurs, que les apparences sont contre moi. Mais venez, j'ai quelque chose à vous montrer.

— Quelque chose ? Quoi donc ?

— Venez toujours, vous verrez bien...

Aiguillonnée par une curiosité plus forte qu'elle-même, Catherine, relevant sa robe à deux mains, allait déjà se précipiter vers la porte basse quand, soudain, elle s'arrêta. Se retournant, elle posa son regard sur l'Annonciation, sa petite Vierge timide et son Ange malicieux.

— Si Bérault d'Apchier doit piller ma maison, l'abbé, je vous supplie d'en ôter ce tableau et de le cacher. J'y tiens plus qu'à tout le reste ! Il suffira de l'emballer et de le murer dans une cave, mais je ne peux pas supporter l'idée de le savoir sous la griffe des pillards.

— Soyez tranquille, j'y veillerai... Il est des choses que seules des mains pures peuvent toucher.

CHAPITRE V

LES SECRETS DE L'ABBÉ BERNARD

À la suite de l'abbé, Catherine traversa la cour de l'abbaye qui regorgeait de monde. On apportait, en effet, une dizaine de blessés, victimes du dernier assaut, et on les déposait dans la salle de la maison des hôtes où les moines s'empressaient autour d'eux. Sara aussi était là avec une montagne de charpie, des jarres de vin et d'huile et ses meilleurs onguents.

Mais la châtelaine et le prêtre se contentèrent de s'informer de la gravité des cas, de distribuer l'une quelques bonnes paroles, l'autre quelques bénédictions et poursuivirent leur chemin. Ils franchirent la clôture et pénétrèrent dans le cloître, vide et silencieux.

Le bruit de la cité et même celui qui régnait alors dans les autres parties du monastère semblaient s'arrêter à cette barrière d'ogives basses, courant autour d'un enclos bordé de petit buis.

L'abbé guida sa compagne le long du déambulatoire mais, comme ils atteignaient la section appuyée au chevet de l'église, la jeune femme vit qu'une large dalle avait été levée et se tenait debout, pareille à une sentinelle, le long de l'ouverture rectangulaire qu'elle découvrait. Tout en s'approchant, Catherine aperçut les premières marches d'un escalier qui s'enfonçait sous le cloître.

Comme elle tournait vers l'abbé Bernard des yeux interrogateurs, celui-ci mit un doigt sur ses lèvres puis, rentrant un instant dans la sacristie, en ressortit avec une lanterne allumée.

— Venez, ma fille ! Vous n'aurez pas besoin de beaucoup d'explications pour comprendre !

Le premier, il s'engagea dans l'escalier, levant la lanterne afin de mieux en éclairer les marches et offrant la main à la châtelaine pour l'aider à descendre. Ce ne fut d'ailleurs pas long : une vingtaine de marches et leurs pieds foulèrent le sol de terre battue d'un étroit boyau qui semblait s'enfoncer sous l'église même.

Guidée par le prêtre, qui n'avait pas lâché sa main, Catherine le suivit en tâtonnant un peu. L'atmosphère humide et froide sentait fortement le moisi. On y respirait avec difficulté. Mais, au bout de quelques pas, le sol parut se dérober, tandis qu'un nouvel escalier apparaissait, plus raide que le premier, et sans doute plus long, car la lumière n'en éclairait pas l'extrémité.

Avant de s'y engager, l'abbé Bernard s'arrêta, leva sa lanterne et scruta le visage de sa compagne :

— Comment vous sentez-vous ? demanda-t-il avec une nuance d'inquiétude. Je me demande si je n'ai pas trop présumé de vos forces. Pourrez-vous continuer ?

Elle eut un sourire.

— N'en doutez pas ! J'ai trop envie de voir ce que vous voulez me montrer. La curiosité, mon Père ! Avec elle, on emmène une femme à l'agonie jusqu'au bout de la terre.

Il lui rendit son sourire et baissa la lanterne.

— Allons, alors !

Se contentant de serrer plus fermement la main de la jeune femme, il s'engagea dans l'escalier. À mesure que l'on descendait, des coups sourds se faisaient entendre, joints au glissement soyeux de l'eau courante.

— Est-ce la fontaine que nous entendons ? demanda Catherine. Celle qui coule sous l'église ?

— C'est bien elle. Dans un instant, nous serons au niveau du puits.

Il y avait, en effet, dans le chœur de l'église du monastère une trappe de bois qui couvrait un puits profond, dont on ignorait la provenance, mais dont le niveau ne baissait jamais. Aussi les moines s'étaient-ils bien gardés de le boucher, car ce puits était infiniment précieux, aussi bien en cas d'incendie qu'en cas de siège, comme cela se présentait alors, les gens de la cité étant toujours assurés, au moins, de ne pas mourir de soif. L'eau, d'ailleurs, en était d'une pureté et d'une fraîcheur remarquables, même au plus fort de l'été.

Cependant, les bruits qui montaient des profondeurs s'amplifiaient et Catherine s'en inquiéta :

— J'entends couler l'eau, dit-elle, mais d'où viennent ces coups sourds ?

— Encore quelques instants de patience et vous comprendrez...

Elle n'insista pas pour ne pas gâcher le plaisir du saint homme qui, de toute évidence, lui réservait une surprise, sans doute ce mystérieux moyen de quitter la ville. Mais, dans ce cas, pourquoi ne l'avait-il pas révélé plus tôt ?... Elle ne prolongea cependant pas ses cogitations intimes car sa curiosité venait de trouver une nouvelle matière à s'exercer : l'escalier longeait un mur qui, sous la lumière fugitive de la lanterne, se révélait peint à fresques. Ou, tout au moins, avait été, jadis, peint à fresques, car de larges plaques de plâtre colorié s'y montraient, dessinant la draperie angulaire d'un vêtement et d'étranges poissons stylisés qui semblaient pris dans un filet.

Mais on était parvenu au bas des marches et l'abbé levait sa lanterne en tournant, très lentement, sur lui-même.

— Regardez, dit-il seulement.

Suivant le trajet du halo lumineux, la jeune femme obéit, non sans une exclamation de surprise.

Elle se trouvait au fond d'une crypte, visiblement taillée dans le rocher dont les parois se montraient brutes sur la majeure partie de la pièce. Mais ce roc avait des reflets mauves et pourprés qui dénonçaient les filons d'améthystes et composaient un décor aussi barbare que fastueux, encadrant le chœur arrondi d'une chapelle borné d'un arc en plein cintre et de deux demi-piliers ronds.

Là, les fresques reparaissaient, moins abîmées que celles de l'escalier, reproduisant, mêlés à une théorie d'anges naïfs aux longues ailes pointues, les symboles des Quatre Évangélistes. Mais le plus étrange était le fond de cette chapelle : anges et symboles cheminaient vers un étonnant soleil d'or, dont les rayons rigides se bosselaient de toutes les pierres dont était si riche le sous-sol de la vieille Auvergne volcanique : aigues-marines et péridots, quartz roses et améthystes, topazes et citrines. Tout cela brillait doucement dans l'ombre, révélé par le feu de la lanterne, et tout cela brillait pour rien, car au centre du soleil se creusait une niche vide à l'exception d'une épaisse couche de poussière. Devant cette niche, il y avait une table de basalte vert criblé d'olivines, une espèce d'autel barbare où se voyaient encore les coulures noires des cierges qui y avaient brûlé.

De cette niche vide, de cet autel un instant arraché à la nuit sépulcrale par la flamme timide d'une lanterne, émanait une telle tristesse, une si pesante impression d'abandon, que Catherine en frissonna.

— Quel lieu étrange ! Pourquoi n'ai-je encore jamais entendu parler de cette chapelle ?

— Parce que personne, ici, hormis moi, c'est-à-dire le dernier des abbés de Montsalvy à cette date, n'aurait pu le faire. Parce que personne, ici... pas même votre époux, ne la connaît. C'est le secret de Montsalvy, celui de sa raison d'être, mais aussi celui de son âme perdue... Vous le voyez, elle est vide. Au cœur de ce soleil, qui résume le monde, il n'y a plus rien... depuis près de deux cents ans. Mais il reste une légende et cette légende, elle, est vivante au cœur des anciens... et aussi des plus jeunes. Ils croient que ce n'est qu'une légende et ils en sourient mais, tout au fond d'eux-mêmes, ils pensent qu'il y a un peu de vrai, même s'ils ne veulent pas l'avouer et n'en parlent jamais. Ils croient à un secret perdu dans la nuit des temps, mais ils espèrent, confusément qu' « il » est enfoui quelque part, dans quelque grotte perdue ou au fond de quelque abîme. S'ils savaient qu'on nous l'a arraché depuis longtemps et qu'il ne nous reste plus qu'un sanctuaire abandonné, ils seraient trop déçus. Voilà pourquoi les abbés de Montsalvy, s'ils se lèguent le secret de l'un à l'autre au lit de mort, ne le révèlent jamais à personne...

— Pourquoi à moi, alors ?

L'abbé Bernard eut un sourire dans lequel, pour la première fois, Catherine put mesurer l'étendue de l'affection et de l'estime qu'il lui portait.

— Peut-être parce que vous n'êtes pas d'ici, mais aussi parce que vous pouvez comprendre et parce que vous avez l'âme assez haute et assez bien trempée pour accepter la révélation d'un trésor perdu, même le plus précieux, le plus insigne. Cela ne vous empêchera pas d'aller votre chemin la tête haute, droit devant vous... Et puis, il fallait bien que, ce chemin, je le fasse passer par ici...

Le fabuleux soleil fascinait Catherine qui ne pouvait en détacher ses yeux. Cette légende, dont parlait l'abbé, personne jusqu'à présent ne la lui avait contée. Peut-être parce qu'elle n'était encore qu'une châtelaine de trop fraîche date. Mais Arnaud, sans doute, la connaissait et lui non plus n'avait rien dit... Il y avait là un mystère.

— Mon Père, articula-t-elle nettement, me direz-vous qui est « il » ?...

— Oui, je vous le dirai, mais tout à l'heure. Il ne faut pas nous attarder ici. On pourrait nous chercher. Venez, vous n'avez pas encore vu ce qui est le plus important pour vous.

Il se dirigeait déjà vers une étroite ouverture pratiquée dans l'un des piliers, une porte dont le battant de pierre demeurait ouvert et d'où partaient les coups sourds qui continuaient à se faire entendre. Mais elle le retint.

— Le puits ? demanda-t-elle. Où est-il ? Je ne le vois pas.

— Là, répondit l'abbé en désignant sous l'escalier une mince ouverture grillée. Si vous approchez de cette espèce de meurtrière, avec une lumière, vous verrez l'eau briller presque sous vos yeux, mais c'est, je pense, inutile.

Sans rien ajouter, il s'engagea dans l'ouverture. C'était celle d'un long souterrain qui semblait remonter en pente douce vers la surface. Le bruit de l'eau courante s'y fit plus fort, comme si un ruisseau coulait de l'autre côté du mur de gauche. De loin en loin, une large marche se dessinait, basse et plate, dallée de schiste comme tout le long couloir dans lequel s'échelonnaient des tas réguliers de décombres.

Soudain, une lumière jaune brilla, celle de deux torches fichées dans le mur, et, sous cet éclairage, Catherine vit deux moines armés de pelles et de pioches qui, les manches retroussées, attaquaient vigoureusement un éboulis rocheux qui obstruait complètement le souterrain.

À l'aide d'une brouette, ils déblayaient au fur et à mesure et formaient d'autres tas. Cette fois, l'abbé n'attendit pas que sa compagne posât des questions. Il s'arrêta et, lui désignant les travailleurs, il expliqua :

— Ce souterrain, dit-il, reliait jadis l'abbaye à l'ancien château des Montsalvy, au Puy de l'Arbre. Il débouchait sous la chapelle par un mécanisme semblable à ceux qui commandent la dalle du cloître et l'ouverture du pilier. Mais quand les troupes royales ont détruit et brûlé le château, il y a quatre ans, tout s'est brisé et les décombres ont en partie obstrué le souterrain. Mes frères sont, vous le voyez, occupés à l'ouvrir de nouveau. C'est par là que vous quitterez la ville, très prochainement, je l'espère, car nous sommes presque au bout : la nuit prochaine, peut-être, ou celle d'après. Il faut faire vite.

Un instant, Catherine contempla en silence les hommes au travail. L'un d'eux était le frère Anthime, le trésorier du monastère qu'elle connaissait bien. L'autre était le frère Joseph : c'était sans doute le plus vigoureux et le plus doux des moines... mais il était sourd et muet.

— Le frère Joseph ! murmura-t-elle. C'est à cause de son infirmité que vous l'avez choisi ? À cause du secret ?

— Oui. Quant au frère Anthime, il me succédera, si Dieu lui prête vie, à la tête de l'abbaye. Je pouvais le lui révéler. D'ailleurs, il est de la race des martyrs qui, même dans les tourments, ne parlent jamais.

La jeune femme hocha la tête.

— Je comprends ! dit-elle. Mais une chose m'inquiète, cependant. Le camp d'Apchier est établi entre les murs de la ville et les ruines du Puy de l'Arbre. Comment pouvez-vous être certain de ne pas attirer l'attention des assaillants lorsque vous arriverez à la surface ? Rien que le bruit des pioches doit pouvoir s'entendre...

— Non. Nous sommes trop bas pour être entendus. Quant à la surface, nous n'irons pas jusque-là : ce serait trop long et trop dangereux. À la hauteur de la sixième marche de l'escalier s'ouvre un couloir rocheux. Le ruisseau qui alimente le puits l'a creusé jadis et il coule encore au fond, mais on peut le suivre et remonter ainsi jusqu'à une grotte bien cachée où le ruisseau surgit des profondeurs de la terre. Vous sortirez par cette grotte, hors de vue de l'ennemi. Frère Anthime vous accompagnera. Il vous fera longer le Goul, puis le val d'Embène d'où vous gagnerez Carlat, tandis qu'il reviendra. Bien sûr, il vous faudra marcher et le chemin sera rude : huit lieues par des sentiers muletiers, mais je crois que cela ne vous fait pas peur. Vous avez compris, maintenant ?

— Oui, Père, j'ai compris... et je ne vous remercierai jamais assez, ajouta-t-elle en lui dédiant un sourire bien proche des larmes. De mon côté, je ne vous décevrai pas : je réussirai à vous ramener le salut.

— Eh ! Je le sais bien ! Rentrons, maintenant. Il est

temps de songer à vous reposer. Vous aurez besoin de vos forces...

Sans plus parler, ils refirent en sens inverse le chemin parcouru. La dalle du déambulatoire se rouvrit comme par enchantement sous la main du prêtre et se referma sans faire le moindre bruit.

Le soleil, qui inondait le cloître et faisait briller les schistes gris des toits, leur sauta au visage comme un chien familier en même temps que les rumeurs de la cité.

Catherine, comme l'abbé, marchait les yeux baissés, les mains au fond de ses larges manches, songeant à cet étrange monde souterrain qu'elle venait de découvrir et qui lui montrait le chemin de la liberté. Elle revoyait la chapelle, étrange et dérisoire, veuve d'une immense et mystérieuse présence qu'elle ne parvenait pas à définir, mais qu'elle aimait et redoutait à la fois, grâce à cette sensibilité extrême, presque médiumnique, qui était en elle.

Le secret de l'abbé l'obsédait et, comme tous deux revenaient dans la cour d'entrée, elle releva brusquement les yeux vers lui.

— Quand pourrai-je partir, mon Père ? Cette nuit ?

— Mieux vaudrait dans la nuit de demain. Il faut que Frère Anthime puisse achever son ouvrage et reconnaître le chemin. Après vous, si le danger se fait trop pressant, j'essaierai de faire partir les femmes, celles qui accepteront toutefois, et les enfants. Il me suffira de masquer la chapelle. On s'y attellera dès que le souterrain sera ouvert de nouveau.

— Toute une nuit et tout un jour à attendre encore ? Père, souvenez-vous que Gonnet poursuit sa route...

— Je sais, mais nous ne pouvons nous permettre un échec. Si l'ennemi vous découvrait, nous serions tous, et à tout jamais, perdus. Prenez patience, ma fille ! Pour vous y aider, je viendrai ce soir, quand nous aurons rendu nos morts à la terre, et je vous raconterai la grande histoire inconnue de votre ville. Il faut que vous, au moins, la connaissiez afin qu'elle ne soit pas complètement perdue car... il se peut que vous ne revoyiez ni moi, ni frère Anthime lorsque vous reviendrez...

— Père ! s'écria-t-elle tout de suite alarmée.

Mais il l'apaisa d'un sourire tranquille.

— Allons ! Je n'ai pas dit que c'était certain, mais que c'était possible ! Nous sommes tous dans la main de Dieu, Dame Catherine, et vous y serez encore lorsque vous aurez quitté cette ville. Autant et peut-être plus que nous, vous aurez besoin de son secours. Mon histoire vous rendra le courage plus facile car vous comprendrez alors que le Seigneur ne peut se détourner complètement d'une terre qui fut ainsi bénie ! À vous revoir, ma fille... En attendant, faites vos préparatifs, mais n'avertissez personne, hormis ceux qui vous accompagneront. Après votre départ seulement, je ferai connaître ce que nous avons décidé.

Aussitôt, elle protesta :

— Mais cela aura l'air d'une fuite ! La moindre des choses n'est-elle pas que je réunisse le Conseil et le mette au courant ?

— Ce ne serait pas la moindre, mais bien la dernière chose à faire. N'oubliez pas qu'Augustin Fabre a été averti de ce qui se tramait pour prendre Gervais. Celui qui a parlé l'a fait par sottise ou par amitié, je ne sais... mais nous ne pouvons douter qu'il n'appartienne au Conseil. Nous ne pouvons prendre ce risque. Et... rassurez-vous : lorsque j'aurai parlé, personne n'aura l'idée d'imaginer que vous avez pris la fuite. Vous promettez de vous taire ?

— Bien sûr ! Mais ce ne sera pas facile. Je les aime...

— Aimez-les, ils le méritent, mais beaucoup sont comme des enfants dont le cerveau est plein de lumière, d'une lumière qui vacille parfois. Il faut les aimer sans faiblesse pour assurer leur bonheur et ne pas toujours leur dire pourquoi...

Des enfants ? Catherine n'eut même pas le temps d'apprécier cette idée à sa juste valeur, pas plus que d'en saluer l'auteur, car Josse Rallard leur arrivait dessus à la vitesse d'un boulet de canon, un Josse visiblement hors de lui, hirsute et les vêtements en désordre comme s'il sortait d'une échauffourée.

— Où étiez-vous passée, bon Dieu ! criait-il. Voilà une éternité que je vous cherche ! Il se passe des choses terribles...

— Quoi encore ? L'ennemi revient-il à la charge ?

— S'il n'y avait que ça ! Oui... Bérault d'Apchier lance une nouvelle vague d'assaut et nous la soutenons. Mais ceux qui ne sont pas à la défense des remparts se lancent à l'attaque de votre donjon... chez vous... au château !...

— Le donjon ? s'exclama l'abbé. Mais pourquoi ? Que veulent-ils ?

La grande bouche de Josse remonta jusqu'à ses oreilles en une affreuse grimace qui n'était rien d'autre qu'un sourire amer.

— Pas difficile à deviner : la peau de Gervais ! Ils braillent que c'est un scandale qu'il ne soit pas encore pendu. Martin les mène... et ils y vont au bélier.

Catherine et l'abbé entendirent à peine les derniers mots. Ils couraient déjà vers le château d'où partaient des cris de mort rythmés par les « bang ! » du bélier frappant sur l'épaisse porte armée de fer.

Mais bientôt Catherine, plus faible, fut distancée et, prise d'un point de côté, dut accepter le bras de Josse qui venait derrière eux. Cependant, l'abbé Bernard courait comme si tous les diables de l'enfer étaient à ses trousses...

Mais, en fait, c'était bien vers une espèce d'enfer qu'il se précipitait ainsi, car une foule tumultueuse, hurlante et glapissante battait les murs neufs du donjon, comme une grande marée. Sans ralentir sa course, l'abbé s'engouffra sous la poterne et, quand Catherine et Josse débouchèrent à leur tour dans l'enceinte seigneuriale, il avait déjà percé la cohue et, les bras en croix dans un geste de défense, il interposait sa robe noire et son corps maigre entre le lourd vantail et le bélier que retenaient à peine huit paires de bras musculeux et qui, porté par la fureur d'une foule aveugle, pouvait l'écraser d'une seconde à l'autre.

La voix hargneuse de Martin Cairou domina le tumulte.

— Ôtez-vous de là, l'abbé ! Ça ne vous regarde pas !

— Ton âme me regarde, Martin, car tu es en train de la mettre en danger. Que veux-tu faire ?

— Justice ! Elle n'a que trop tardé ! Nous voulons pendre Gervais le malfaisant ! Ôtez-vous de là, vous dis-je, ou nous continuons à taper...

Avec l'aide vigoureuse de Josse qui lui frayait un passage sans douceur dans la foule excitée, Catherine parvint à rejoindre l'abbé. Un rapide coup d'œil lui montra que le danger était réel : profitant de l'assaut, Martin avait recruté ses troupes parmi deux catégories d'individus : d'une part les plus brutaux des valets de ferme, gardiens de bestiaux ou tueurs de boucherie ; et d'autre part des paresseux, comme il en traîne toujours dans toutes les villes et tous les cabarets du monde, et celui de Montsalvy en possédait son contingent, tout comme un autre.

Or, il y avait là, autour du bélier menaçant, des yeux bien luisants pour n'être animés que par l'amour sacré de la Justice et la châtelaine n'était pas certaine qu'une arrière-pensée de pillage fructueux n'était pas cachée derrière leur ardeur. Martin savait ce qu'il faisait en enrôlant ces gens-là. Aussi l'interpella-t-elle durement :

— La Justice, c'est moi qui la rends, Martin Cairou ! Arrière !... Fais reculer tes hommes ou prends garde qu'elle ne s'adresse à toi aussi... toi qui oses porter les armes contre la demeure de ton seigneur absent et à l'heure même où ta ville est en danger ! C'est là crime de haute trahison et tu risques la corde ! Le sais-tu ?

Le toilier lâcha la tête du bélier, une poutre maîtresse prise à l'atelier du château, et vint se planter jambes écartées, mains crochées au ceinturon de cuir qui serrait sa blouse noire, en face de la châtelaine qu'il dévisagea audacieusement, mais non sans grandeur.

— Pendez-moi ! s'écria-t-il, mais donnez-moi ce que

je réclame ! Je mourrai heureux si, avant de rendre le dernier soupir, j'ai pu contempler le cadavre de l'homme qui a perdu ma fille et vendu la cité.

La haine résonnait dans cette voix âpre, mais aussi la douleur. Et un désespoir si authentique, si poignant que, négligeant la révolte, la dame de Montsalvy fit un pas vers cet homme qu'elle savait juste et loyal. Doucement, elle posa sa main sur la blouse noire où s'attachaient de minces brins de chanvre.

— Je vous ai promis que Justice entière serait rendue, Martin ! Pourquoi tant de hâte ? Pourquoi... tout ceci ? ajouta-t-elle en désignant la poutre et la meute qui s'y cramponnait.

— Montez au rempart, Dame Catherine ! Et regardez chez l'ennemi ! Il est las d'attendre, lui aussi ! Alors, il abat nos arbres et, de leur bois, il construit des machines de siège... une chatte... un bélier bien plus puissant que celui-ci pour enfoncer nos portes, un chasteil pour s'approcher de nos chemins de ronde et même les dominer ! Le danger augmente d'heure en heure et, demain peut-être, nous serons débordés, balayés par la horde furieuse ! Les gens meurent ! Trois ce matin, sans compter messire Donat que l'on portera en terre ce soir et ceux qui tombent peut-être à cette heure sous la tour comtale ! Pendant ce temps, dans sa prison, le Malfrat vit toujours, à l'abri des mauvais coups, priant le Diable, son maître, que ses amis arrivent à temps pour le sauver. Il attend ! Et vous aussi vous attendez... Quoi ?...

Il y eut un grand silence fait d'expectative et de respirations retenues. Catherine hésitait. Son orgueil la poussait à lutter encore, à tenter de mater la révolte par sa seule volonté, car il lui était pénible de paraître céder à la force.

Indécise, elle tourna les yeux vers l'abbé, mais il baissait la tête et, tandis que ses mains se joignaient sur sa croix pectorale, elle vit au mouvement de ses lèvres qu'il priait. Elle comprit, du même coup, qu'il ne voulait pas l'influencer, qu'il la laissait prendre seule une décision que son état de prêtre lui interdisait d'endosser.

Enfin, elle regarda le visage torturé de Martin et, songeant qu'elle allait devoir s'éloigner d'eux tous, les laisser en face du danger, pour les sauver peut-être, mais les laisser seuls comme des enfants perdus, elle sentit que la vie d'un homme n'était rien en face de leur désespoir et de leur désappointement. Ils avaient acquis un droit imprescriptible à cette justice sévère qu'ils réclamaient.

Relevant la tête, elle planta son regard dans celui du toilier qui ne cilla pas :

— Gervais Malfrat sera pendu ce soir, au coucher du soleil ! déclara-t-elle d'une voix ferme.

Et tandis qu'éclatait l'enthousiasme, elle ramassa ses jupes et, se jetant dans la foule qui s'écarta devant elle, Catherine s'élança vers le logis seigneurial où elle s'engouffra.

Sans ralentir son élan, elle courut jusqu'à son lit où elle s'abattit, secouée de sanglots convulsifs venus, non d'un quelconque mouvement de pitié pour Gervais Malfrat qui avait amplement mérité son sort, mais d'un affreux sentiment de faiblesse et d'insuffisance. Elle n'était pas faite pour ce rôle effrayant de chef de guerre, de maîtresse d'un grand fief avec tout ce que cela comportait de responsabilités impitoyables ! Et, si elle se savait capable de tuer un homme sans hésiter, sous l'empire de la colère ou de la nécessité, elle découvrait que c'est toujours une terrible épreuve que signer une condamnation à mort.

Elle pleura longtemps, trouvant d'ailleurs une sorte de soulagement dans cette explosion de ses nerfs tendus à l'extrême. Mais quand, enfin, elle releva une pauvre figure tuméfiée aux yeux gonflés, elle vit à travers les longues mèches qui retombaient devant ses yeux Sara et Josse qui la regardaient sans rien dire. Cela lui fit l'effet d'un révulsif. Honteuse d'avoir été surprise au plus fort d'un accès de faiblesse, elle se redressa, rejetant avec impatience sa chevelure en arrière, et les apostropha :

— Eh bien ? Que faites-vous là ? Qu'avez-vous à me regarder ainsi ?

Habituée, Sara s'assit sur le lit et se mit à lui tamponner les yeux avec un linge imbibé d'eau fraîche.

— Il fallait que tu ailles jusqu'au bout de tes larmes. Tu en avais trop besoin ! Cela dit, l'abbé Bernard désire que le départ ait lieu cette nuit même. Il pense qu'à minuit ce sera possible et te fait dire de te tenir prête. D'ailleurs, il viendra ici, comme il te l'a promis, après les funérailles. Il faut qu'à l'aube nous ayons déjà fait du chemin, car il se peut qu'il soit obligé de commencer les négociations plus vite qu'il ne le croyait...

— Ah !... Il vous a dit ?

— Oui, fit Josse, et nous lui avons donné pleinement raison. Dans l'impasse où nous sommes... où vous êtes, votre départ est la seule solution valable. Il faut que vous rejoigniez messire Arnaud au plus vite ! Et nous serons secourus.

— Vous êtes d'accord parce que vous êtes mes amis, fit Catherine tristement. Mais ceux d'ici ? Que vont-ils dire ? Que j'ai fui ? Que je les ai abandonnés ?...

— Mais non, tête de mule ! grogna Sara. Non seulement ils comprendront, mais ils te béniront et ils prieront pour toi ! D'autant plus que rien ne t'empêchera, à Aurillac, de voir les consuls, l'évêque et le bailli des Montagnes et d'essayer de leur arracher une aide. Personne ne sait, comme toi, manier un homme rétif.

— Ayez confiance, Dame Catherine, renchérit Josse. Tout ira bien ! Pourtant...

Il rougit brusquement et, détournant les yeux, se mit à tripoter la cordelière d'or qui retenait les rideaux aux colonnes du lit.

— ...Pourtant ?...

Il se décida et la regarda brusquement avec ce curieux sourire, fermé sur une profonde pudeur.

— Je voudrais vous mander d'emmener Marie avec vous. Elle resterait à Carlat avec Dame Sara ! Voyez-vous, j'ai grande confiance dans le seigneur abbé. Je sais qu'avec lui le Bérault d'Apchier et ses soudards seront solidement tenus en laisse s'il faut capituler, qu'il fera ce qu'il faut. Mais... on ne sait jamais ! Et puis... Marie est si jolie. Elle en a vu assez comme ça !

Le grand amour qu'il vouait à sa jeune femme imprégnait chacune de ses phrases timides, mais il aimait tellement sa petite Marie que l'ardeur même de cette dévotion lui faisait un peu honte, comme si lui, l'ancien truand des pavés de Paris, à l'esprit trop agile et aux mains trop habiles, se trouvait indigne d'un sentiment si pur et si haut. Il osait à peine l'exprimer.

— J'emmènerai Marie, décida Catherine qui, venant à lui, l'embrassa fraternellement. Je l'emmènerai si elle accepte de me suivre, ce dont je ne suis pas du tout sûre. Marie vous aime, Josse. Elle n'acceptera pas facilement de vous abandonner...

— Pour une fois, fit-il avec un sourire confus, j'userai de l'autorité du mari. J'espère qu'elle obéira... surtout si vous aussi vous ordonnez...

Cette suggestion en forme de prière amusa Catherine.

— Je ferai ce que vous voulez, Josse ! Marie me suivra, soyez tranquille !

— Je ne serai tranquille que lorsqu'elle sera hors d'ici.

Quand la nuit tomba, la cloche de l'abbaye sonna en glas pour le repos de l'âme valeureuse de messire Donat de Galauba et des trois autres morts, plus obscurs, tombés comme lui à la défense de Montsalvy.

Puis, quand les dalles de la chapelle du château se furent refermées sur le vieux maître d'armes qui, voici bien des années, avait placé une petite épée de bois entre les mains d'Arnaud enfant, que ceux qui n'étaient pas de garde aux murailles se furent enfermés chez eux pour y prendre quelque repos et y remercier Dieu d'avoir vécu un jour de plus, Catherine et les siens regagnèrent le logis pour s'y préparer au départ.

L'abbé Bernard suivit la châtelaine. L'heure choisie pour le départ étant minuit, les deux amis prirent place, pour cette dernière veillée, devant la cheminée de la grande salle comme cela leur était arrivé si souvent quand le seigneur de Montsalvy était chez lui. Mais ce soir, ils étaient seuls, la châtelaine et l'abbé, assis chacun dans une haute chaire d'ébène, baignés par la chaleur du feu, à la lisière de la grande flaque rougeoyante qui faisait reculer les ombres de l'énorme salle vide... tellement vide et tellement noire dans ses profondeurs que Catherine avait l'impression qu'elle s'en était déjà éloignée.

Un moment, ils gardèrent le silence, chacun d'eux cherchant dans le cœur brûlant des flammes matière à nourrir sa rêverie. Au-dehors, les bruits de la cité, ceux de la guerre aussi, s'étaient tus. On n'entendait que le cri des guetteurs se répondant aux créneaux et, plus lointains, les chants de l'ennemi qui faisait bombance après une expédition de pillage du côté de Junhac qui avait dû être fructueuse. Pour Catherine, c'était une veillée d'armes...

Tout à l'heure, comme tant de fois déjà elle l'avait fait, elle irait revêtir des chausses, des bottes et un justaucorps d'homme. Elle entourerait ses reins d'une épaisse ceinture de cuir à laquelle elle suspendrait une bourse de cuir contenant de l'or... pas beaucoup, peu de bijoux, dont l'émeraude gravée aux armes de Yolande d'Aragon, qui ne quittait jamais sa main. Ne fallait-il pas que l'abbé Bernard, s'il devait négocier, pût remplir le ventre éternellement creux de Bérault le pillard ? Peut-être parviendrait-il, en lui offrant plus qu'il n'espérait, obtenir enfin qu'il déguerpît avec ses vautours ? Toute la richesse du château devait être à la disposition de cette cause-là...

Ce fut la châtelaine qui rompit le silence. Au surplus, il devenait pesant.

— Vous m'avez promis une histoire, dit-elle doucement. Je crois qu'il est temps...

— Nous avons encore deux grandes heures, mais vous avez raison : il est temps...

Et, comme si son silence n'avait été fait que du choix des mots qu'il allait dire, l'abbé Bernard commença aussitôt :

— Nous sommes, vous le savez depuis longtemps, une “sauveté”. Terre d’asile que bornent quatre croix occitanes tournées vers les quatre points cardinaux, notre terre opposait à la brutalité et à la sauvagerie une barrière de mansuétude et de charité. Chez nous, les victimes des guerres, les pauvres, les vagabonds, les voleurs et tous les malheureux sur qui s’acharnait le sort trouvaient un abri, un réconfort et un répit avant de reprendre un difficile chemin, à moins qu’ils ne choisissent de demeurer. Et nous sommes toujours ce lieu privilégié... ou nous devrions l’être.

» Mais nous ne sommes plus vraiment le mont du Salut, la montagne sainte érigée au flanc de l’Auvergne, cette vieille terre de refuge où, de tout temps, les hommes poursuivis par l’Infidèle, qu’il soit Normand ou Sarrasin, venaient s’abriter. Nombreux étaient les couvents et les monastères entre Limagne et Rouergue mais, de tous, nous étions jadis le plus sacré... et le plus caché, car la relique insigne qui faisait notre sainteté, nous ne pouvions la proclamer et encore moins l’exposer, on nous l’eût bien vite arrachée.

» Tout a commencé il y a bien longtemps, avant même que le vénérable Gausbert ne fondât ce monastère pour en faire, au moins en apparence, le gardien des passes dangereuses, le secours des voyageurs égarés et des âmes en peine.

» Un soir, vers la fin de l’an 999, alors que le pays tout entier, et l’Europe avec lui, attendaient dans la crainte que sonnât l’heure fatidique de l’An Mil, annoncée comme devant être la dernière de ce monde, un homme, un voyageur, arriva ici, alors presque un désert. Il se nommait Mandulphe et il venait de Rome... »

L’abbé s’interrompit. Sara venait d’entrer portant sur un plateau l’habituel vin aux herbes et quelques fouaces sucrées au miel et encore chaudes. Elle déposa le tout sur la pierre de l’âtre, tisonna vigoureusement le feu, puis, consciente soudain du silence qui s’était établi à son entrée, regarda tour à tour l’abbé immobile et Catherine qui, les yeux brillants et une flamme aux joues, semblait attendre quelque chose. Elle se releva et secoua son tablier.

— Je vous laisse, soupira-t-elle. On dirait que je tombe mal ! Mais il faut que vous mangiez quelque chose, tous les deux, toi surtout, Catherine. La nuit sera longue...

La jeune femme releva sur elle un regard absent :

— Tout est-il prêt ?

— Oui. Marie et Bérenger achèvent leurs préparatifs et les miens le sont. Les enfants dorment bien. Quand on les emportera, ils ne se réveilleront qu'à peine. Je reviendrai tout à l'heure...

Et elle disparut, un peu vexée que ni Catherine ni l'abbé n'eussent fait un geste pour la retenir. Mais la jeune femme était trop passionnée par le récit de son compagnon.

— Alors ? fit-elle, continuez !

Il sourit de cette juvénile impatience, celle-là même des enfants auxquels on raconte une belle histoire. Michel avait la même et Catherine, à cette minute, lui ressemblait incroyablement.

— À Rome, reprit-il, un enfant de chez nous venait de se hisser au trône de Pierre. Il avait pris le nom de Sylvestre II, mais il avait été cet étrange moine Gerbert dont vous avez déjà maintes et maintes fois entendu raconter la vie fabuleuse... et souvent fort romancée. Ce qui est vrai c'est qu'il était simplement un petit berger des montagnes quand il entra, pour y faire profession, à l'abbaye Saint-Géraud d'Aurillac. Mais c'était un garçon bizarre, sachant bien des secrets de la nature que sa curiosité et les grandes solitudes lui avaient fait découvrir tout jeune.

» À l'abbaye, il se jeta dans l'étude avec un incroyable appétit de savoir. Mais il eut tôt fait de dépasser ses maîtres et, bientôt, il fut si savant, si brillant, que les bons moines commencèrent à le regarder de travers et à se demander si, pour savoir tant de choses que personne n'avait pu lui apprendre, il n'avait pas fait quelque pacte avec le Malin.

» Gerbert, alors, quitta le monastère pour courir le vaste monde, seule école à la mesure de son esprit universel. Il voulait aller plus loin, plus haut et plus profond tout à la fois. Il gagna la Catalogne. Mais ce n'était pas le hasard qui lui avait fait choisir cette terre, si peu de temps auparavant encore grattée par les Maures : il voulait y fouiller les secrets des anciens rois wisigoths, ariens, hérétiques mais savants et dépositaires d'antiques secrets, et cela dans un but bien défini. Dans son Auvergne natale, en effet, les vieux contaient encore la grande peur qui s'était levée, cinq siècles plus tôt, à l'approche d'Euric, le Clovis wisigoth, l'homme qui avait conquis le Portugal, la Haute Espagne, la Navarre, la Gaule méridionale, mis le siège devant Clermont et battu les Bretons à Bourges.

» Arien convaincu, mais sans hostilité pour le christianisme, puisqu'il avait fait de saint Léon son meilleur conseiller, Euric ne se déplaçait jamais sans un mystérieux trésor qu'il traînait à sa suite comme un roi captif et qu'il faisait garder étroitement comme si la présence auprès de lui de cet objet garantissait sa vie elle-même. La légende dit qu'un horrible ulcère qu'il portait au flanc réapparaissait dès qu'il lui fallait s'éloigner un moment de ce trésor...

» Quand il mourut, à Arles, en 484, son fils, Alaric, monta sur le trône. Il était, lui, un hérétique sans nuances et le merveilleux trésor de son père, il l'eût peut-être fait disparaître si son beau-père, le grand Théodoric, roi d'Italie, ne s'en était emparé et ne l'avait emporté à Ravenne, sa capitale.

» Alaric mourut jeune, tué par Clovis à la bataille de Vouillé, et Théodoric régna sur les terres wisigothes durant la minorité de son petit-fils Amalaric. Mais il conserva pour lui l'insigne relique car Amalaric était encore pire que son père : une bête sauvage, dont l'épouse Clotilde devait périr de ses mauvais traitements. Et le fameux trésor disparut avec Théodoric qui l'avait fait placer secrètement dans le tombeau monumental que, tel un pharaon, il s'était préparé à Ravenne...

à Ravenne où, bien plus tard, Gerbert devenu archevêque de la ville devait le retrouver...

» Patiemment, longuement, notre moine avait poursuivi à la fois ses études, ses recherches et sa carrière. À Reims, dont il était devenu l'un des maîtres, il avait élevé un roi avant d'en devenir l'archevêque et sa réputation de magicien, d'homme surnaturel avait grandi avec les honneurs qui lui venaient. Mais il était hanté par le trésor d'Euric dont il espérait bien qu'un jour il tomberait entre ses mains. C'est ce qui advint quand il fut nommé au siège de Ravenne. Mais il n'y resta que fort peu de temps et, peu après, il était élu pape.

» Parvenu au pontificat suprême, il ne voulut pas conserver à Rome l'objet qu'il avait cherché toute sa vie. Il craignait qu'après sa mort il n'y fût encore exposé au pire, puisque c'était à Rome que les Barbares d'Alaric Ier [1] s'en étaient emparés. Parce qu'il en connaissait la grande foi et l'indéfectible fidélité, il voulut en faire don à son pays d'Auvergne qu'il ne reverrait jamais. Alors, il le confia à un homme dont il était sûr, à ce Mandulphe, né sur la terre des volcans et qui était son ami depuis longtemps.

» Mandulphe revint ici. Il connaissait bien ce pays où il avait vu le jour et, au lieu de remettre la relique, comme Gerbert le lui avait conseillé, au monastère de Saint-Géraud, il préféra un abri plus sûr, une cachette plus profonde.

» Il choisit donc un ancien oppidum qui s'était dressé jadis sur le Puy de l'Arbre et en releva les ruines. La terre en était d'ailleurs alleu de Saint-Géraud. Il en fit un fort château, creusa le souterrain, la chapelle secrète. Il ne restait plus qu'à bâtir un monastère pour qu'une garde consacrée fût donnée au trésor. Ce fut Gausbert qui, continuant l'œuvre de Mandulphe, s'en chargea et notre sainte maison s'éleva sur la chapelle enfouie... »

L'abbé Bernard s'arrêta un instant pour reprendre

1. Ancêtre d'Euric, prit et pilla Rome en 410.

haleine et, peut-être aussi, pour calmer l'émotion qu'il éprouvait à évoquer ainsi les débuts de son monastère.

Catherine, qui l'avait écouté sans oser émettre un son, en profita pour poser la question qui la brûlait.

— Mais enfin, Révérend Père, ce trésor, cet objet, cette relique... qu'était-elle ? Il fallait qu'elle soit incroyablement précieuse.

— Plus encore que vous n'imaginez ! Pourtant ce n'était qu'un vase bien modeste, un simple gobelet d'argent terni par le temps... mais c'était celui où, au soir de la Cène, le Seigneur...

Catherine tressaillit.

— Vous voulez dire que ce qu'il y avait dans la chapelle... c'était le Graal ?

L'abbé eut un sourire triste, comme résigné, et haussa les épaules.

— On l'appelle ainsi. Oui, c'était le Graal, le vrai qui n'est ni taillé dans une énorme émeraude, ni fait de matière surnaturelle. Avant que le Christ n'y vînt, il n'était qu'un gobelet comme les autres, parmi les autres dans une maison de Jérusalem. C'est le divin contact, le miracle de la première messe qui en a fait un trésor d'exception, unique au monde. Après le Calvaire, Joseph d'Arimathie le confia à Pierre qui s'en allait évangéliser le monde et c'est sous le pauvre vêtement de laine du Grand Pécheur qu'il traversa les mers et commença sa quête à travers notre pauvre terre. D'autres ont prétendu qu'au pied de la croix Joseph d'Arimathie s'en était servi pour recueillir le sang du Crucifié. C'est faux. Le sang divin, il l'avait contenu avant, quand Jésus offrit le gobelet à ses disciples rassemblés... Oui, Dame Catherine, c'était le Graal dont nous étions gardiens parce que c'était lui que Mandulphe rapporta, un soir d'hiver, dans nos montagnes. Et notre Montsalvy n'est autre que le Montsalvat de la légende. Hélas... nous ne l'avons plus.

— Qu'est-il devenu ? Il était si bien caché... Comment a-t-il pu quitter sa chapelle ?

— On nous l'a pris ! Oh ! ce ne fut pas un voleur...

ou du moins pas un voleur ordinaire ! Voyez-vous, dans la suite des temps s'installèrent, par toute la France, des gens qui s'entendaient, eux aussi, à percer les secrets les mieux gardés : c'étaient les chevaliers du Temple. Une puissante commanderie prit racine à Carlat et elle eut vite connaissance des légendes de la région. Comment les Templiers en vinrent-ils à la vérité sur Montsalvy ? Par quelle magie... ou quelle complicité ? Je l'ignore, mais un jour de l'année 1274, l'abbé d'alors, Guillaume de Pétrole, vit arriver le commandeur de Carlat guidant une imposante troupe. Cette troupe, si majestueuse et si puissante, escortait Guillaume de Beaujeu, le nouveau Grand Maître du Temple qui s'en revenait du Concile de Lyon et se rendait en Angleterre pour y recouvrer les énormes créances que l'Ordre possédait sur le roi Édouard.

» Guillaume de Beaujeu s'enferma dans l'église avec l'abbé de Montsalvy, bien timide et bien angoissé en face d'un si haut personnage. Pourtant, la discussion dura longtemps, longtemps, et l'on imagine que le pauvre abbé dut se défendre pied à pied. En fait, on ne sait rien des arguments qui formèrent la plaidoirie du Grand Maître. Invoqua-t-il les périls courus par la mystique, l'Ordre devenu trop riche, trop puissant et où les déviations se faisaient nombreuses ? Ou bien fut-ce la grande misère de la Terre Sainte retombée presque totalement au pouvoir de l'Infidèle ? Toujours est-il que la chapelle souterraine se trouva vide quand le Grand Maître reprit sa chevauchée vers le nord...

» Depuis, le vase a disparu sans que nous puissions savoir ce qu'il est devenu, et il nous faudrait un nouveau Gerbert !... »

Un soupir de regret accompagna les derniers mots préludant à un nouveau silence. Catherine, fascinée, l'avait écouté avec une passion qui l'étonnait elle-même. Mais ces choses étranges trouvaient dans son âme un écho profond. C'était la seconde fois, dans sa vie, qu'elle retrouvait sur sa route les chevaliers du Temple.

Elle s'était servie d'eux et de l'appât de leur fabuleux trésor pour attirer dans le piège de Chinon son ennemi Georges de La Trémoille. Et elle se revoyait, sous la teinture et la défroque de la bohémienne Tchalaï, enchaînée au fond d'une basse-fosse du château d'Amboise, promise à la mort mais distillant à un gros homme cupide le merveilleux mensonge en forme de mirage doré qui l'avait mené à sa perte. Ce qu'elle lui avait raconté, alors, c'était une ancienne tradition des Montsalvy, car l'un d'entre eux, au moment de la chute du Temple, était l'un de ses membres les plus estimés et c'était lui qui avait été chargé de mettre à l'abri son incroyable fortune. Il y avait là, au moins, une coïncidence.

— C'est étrange, murmura-t-elle, que vous n'en ayez jamais rien su. Mon époux m'a raconté, il y a longtemps déjà, qu'au temps où le roi Philippe avait écrasé le Temple, l'un de ses ancêtres avait été chargé de mettre en lieu sûr le trésor de l'Ordre. Il est, selon moi, certain que la coupe devait en faire partie. Je ne crois pas à un trésor uniquement composé d'or et de richesses terrestres. Il devait y avoir des objets sacrés, des archives, des secrets...

— Et vous avez pleinement raison. C'est en effet Hughes de Montsalvy qui, avec Guichard de Beaujeu, petit-neveu du Grand Maître Guillaume, fut chargé de ce redoutable honneur, mais il mourut, peu après, dans des circonstances assez mystérieuses, alors qu'il se cachait loin d'ici pour essayer d'échapper à la terrible justice royale. Le secret du trésor est mort avec lui et nous n'avons jamais pu savoir si, parmi toutes ces richesses, se trouvait notre bien perdu. Mais le Temple possédait-il encore la coupe sainte ? Ou bien le geste autoritaire du Grand Maître l'arrachant à son refuge secret pour en faire l'instrument de ses intérêts attira-t-il sur l'Ordre la malédiction du Ciel ? Je ne sais. Toujours est-il que Guillaume de Beaujeu fut le premier des trois derniers Grands Maîtres, que des liens familiaux liaient à Jacques de Molay et qu'entre la nuit de Montsalvy et celle de l'arrestation, en 1307, il ne s'écoula que trente trois ans... la durée exacte de la vie terrestre du Christ !

Il y avait là une coïncidence étrange. Catherine hocha la tête puis, se penchant, prit l'une des fouaces sur la pierre de l'âtre qui lui avait conservé une douce chaleur et se mit à la grignoter machinalement, tandis que l'abbé remplissait les gobelets. Le parfum du vin aromatisé envahit le coin du feu. Mais Catherine se nourrissait sans y penser. Elle voguait encore, en esprit, à travers les mirages du passé où elle venait de pénétrer à la suite du prêtre. Et celui-ci l'entendit murmurer :

— Si l'on pouvait "le" retrouver... le ramener ici...

Très doucement, pour ne pas troubler le rêve intérieur qui accordait à la jeune femme, avant des heures sans doute pénibles, un ultime instant de rémission, il répondit :

— Nul plus que moi n'en serait heureux, mais il y a bien longtemps que j'ai perdu l'espoir de "le" voir un jour ! Voyez-vous, Dame Catherine, je crois qu'il habite maintenant une cachette trop profonde et trop pure pour que la main des hommes puisse l'atteindre... à moins d'un miracle. Et il est bon peut-être qu'il en soit ainsi, car des hommes l'ont cherché et le chercheront encore, ceux, du moins, qui préfèrent les grands rêves à la réalité du monde, ceux qui ont besoin d'absolu et d'impossible pour se sentir à l'aise dans leur forme humaine. Au fond, cette quête, c'est, sous une forme poétique, la recherche de Dieu lui-même et...

Il s'interrompit. Sara venait d'apparaître à nouveau au seuil de la porte que, cette fois, elle ne franchit pas.

— C'est l'heure ! dit-elle seulement. Minuit vient de sonner à l'abbaye. Ne l'avez-vous pas entendu ?

— Non, sourit Catherine. C'est que, vois-tu, nous étions partis si loin.

— Peut-être, mais le moment est venu de te rendre ailleurs. Viens ! Tes vêtements sont préparés...

L'abbé Bernard se leva :

— Je vous laisse. Vous me rejoindrez dans un moment à la petite porte de l'abbaye que je laisserai entrouverte. Je vais voir, de mon côté, si tout est terminé.

Il disparut comme une ombre dans celles, plus épaisses, de la grande salle vide. Une demi-heure plus tard, un petit cortège quittait discrètement le château.

Catherine, sous un costume noir de garçon, venait en tête, accompagnée de Marie vêtue de la même façon. À sa ceinture, elle portait une bourse de cuir assez bien remplie et une dague. Mais cette dague, elle l'y avait passée par nécessité et avec indifférence : celle à l'épervier d'argent qui, si longtemps, avait été la compagne de ses dangereuses aventures avait disparu lors du drame de Grenade, quand Arnaud avait été traîné en prison pour avoir tué Zobeïda, la sœur du calife qui voulait faire exécuter Catherine.

Sara venait ensuite, portant la petite Isabelle dans un grand panier transformé en berceau pour la circonstance. Le bébé y dormait aussi confortablement que dans le petit lit qu'elle venait de quitter. Bérenger suivait, le petit Michel installé sur son dos dans un grand sac à grain garni d'un oreiller où il n'avait fait aucune difficulté pour se rendormir, après avoir seulement entrouvert les yeux. Pour leur part, Catherine et Marie portaient chacune un sac dans lequel on avait mis les choses de première urgence pour tout le monde.

Josse fermait la marche. Il devait accompagner le groupe jusqu'à l'abbaye afin de s'assurer que l'on y parviendrait sans être aperçu.

Heureusement, la distance était très courte, mais on rasa tout de même les murs. La nuit était sombre, relativement douce. Un vent léger soufflait sur le haut plateau, véhiculant pour la première fois des senteurs de printemps que chacun, en temps normal, eût accueilli avec joie. Mais les cœurs étaient trop serrés pour laisser place à la moindre impression de gaieté et Catherine, le nez dans son manteau, marchait sans regarder autour d'elle, remâchant le sentiment pénible qu'elle éprouvait à quitter sa ville clandestinement, presque comme une coupable. Malgré tout ce qu'on lui avait dit, elle ne parvenait pas à se tirer de l'esprit l'idée qu'elle était en train de déserter...

Quand on fut à l'abbaye, Josse, sans un mot, prit sa femme dans ses bras, serra les mains des autres et, tournant les talons, repartit vers le château sans un regard en arrière. La nuit l'absorba d'un seul coup. Contre son épaule, Catherine sentit Marie se raidir et l'entendit renifler doucement. Elle comprit qu'elle pleurait.

— Nous reviendrons bientôt, chuchota-t-elle pour la consoler.

— Je sais... mais j'ai peur ! J'aurais tellement préféré rester avec lui...

— Il s'y oppose. Tu le gênerais, Marie. Pour les jours qui vont venir, Josse a besoin de se sentir célibataire. Et je te jure que je n'ai aucune inquiétude pour lui. C'est un homme qui sait se défendre. Allons, viens ! Carlat n'est pas si loin et tu pourras peut-être revenir avant moi.

Passant un bras autour des épaules de la jeune femme, elle poussa, du pied, la porte qui s'ouvrit sans un grincement révélant au-delà les robes noires de l'abbé et du Frère Anthime qui arrivaient.

Tout le monde s'engouffra dans la cour et gagna le cloître où la dalle de l'escalier avait déjà été levée et attendait. Tout était noir dans le monastère. Aucune lumière n'y brillait et le clocher de l'église se découpait vaguement contre le ciel opaque.

Un faible pinceau lumineux apparut quand l'abbé découvrit une lanterne sourde posée auprès de l'escalier. Il l'éleva et scruta alternativement tous les visages tendus, sculptés d'ombres tragiques.

— Descendez, maintenant, murmura-t-il. Frère Anthime va prendre la tête. Que Dieu vous garde tout au long de cette route ! Vous avez huit lieues à faire pour atteindre Carlat et vous, Dame Catherine bien plus encore. Ne nous attardons pas en adieux ; ils amollissent le courage. Je prierai le Seigneur qu'il nous permette de nous revoir bientôt...

Il leva deux doigts dans un geste de bénédiction qui

dura jusqu'à ce que le dernier des fugitifs eût disparu dans l'escalier souterrain. Puis, quand il eut reçu l'assurance que tous étaient parvenus au premier palier, il referma la dalle et regagna son oratoire privé où il devait rester en prière toute la nuit, pour ceux qui partaient, pour ceux que l'on avait portés en terre dans la soirée... et aussi pour Gervais Malfrat que l'on avait pendu avant les funérailles et dont le corps se balançait doucement sous le vent nocturne à la potence que l'on avait dressée sur la tour comtale, afin que l'ennemi n'en ignorât rien.

Celui-là surtout avait grand besoin de prières. Il était mort comme il avait vécu : en lâche, pleurant, suppliant que l'on voulût bien lui laisser la vie et se débattant si fort que fort que Nicolas Barral avait dû l'assommer pour lui passer la tête dans l'anneau de chanvre.

Enfin, Bernard pria encore pour quelqu'un d'autre, pour la Ratapennade, la vieille sorcière malfaisante, tapie dans sa cachette forestière d'où elle continuait à faire planer une menace sur les habitants de la ville. Non pour que la grâce la touchât : c'était à peu près impossible car le Diable ne lâche pas facilement ce qu'il tient, mais pour que la mort cessât de l'oublier et la prît au fond de son trou avant qu'Arnaud de Montsalvy ne revienne chez lui. Car, à ce moment, l'abbé Bernard savait bien que rien ni personne ne pourrait sauver la vieille du bûcher... et c'était un spectacle que le prêtre ne pouvait supporter.

Pendant ce temps, les voyageurs suivaient leur route souterraine d'où ils émergèrent sans accident au bout d'une demi-heure. Quand on eut atteint la grotte où débouchait le souterrain, Catherine prit une profonde respiration, emplissant ses poumons du grand air libre et ses oreilles du bruit joyeux du Goul qui coulait en torrent au creux de la vallée.

Le frère Anthime se pencha vers elle :

— Vous sentez-vous bien ? Le Père Abbé était inquiet à cause de votre blessure...

— Il y a longtemps que je ne me suis sentie aussi bien, mon frère ! Du moment que je puis lutter, je ne demande rien de plus. Maintenant, il faut que je rejoigne sinon mon époux, du moins Gonnet d'Apchier qui le menace et, croyez-moi, j'y parviendrai !

Saisissant alors avec décision l'un des bâtons qui avaient été préparés par l'abbé à la sortie du souterrain pour faciliter la marche, elle commença à descendre le sentier qui menait vers le lit du torrent.

Il était inutile de se retourner pour un dernier regard : l'épaulement rocheux de la vallée lui cachait entièrement la ville endormie et le camp de l'ennemi.

DEUXIÈME PARTIE

LE PRISONNIER DE LA BASTILLE

CHAPITRE VI

LE SPECTRE DE PARIS

En arrivant près des hauts murs du couvent des Jacobins, au voisinage de la porte Saint-Jacques, Catherine guida son cheval jusqu'à un petit tertre couronné d'un calvaire qui se dressait au milieu des vignes. Puis, rejetant le capuchon qui retombait jusqu'à ses yeux, elle laissa la pluie lui fouetter le visage et regarda Paris...

Il y avait maintenant vingt-trois ans qu'elle n'avait pas revu sa ville natale. Vingt-trois ans, à un mois près, qu'après les émeutes cabochiennes qui avaient coûté la vie à son père, l'orfèvre Gaucher Legoix, au jeune Michel de Montsalvy, le frère aîné d'Arnaud, et à pas mal d'autres personnes, elle avait vu s'écrouler dans le sang, les larmes et la souffrance son univers paisible de petite-bourgeoise insouciante pour se lancer sur la route d'un destin exceptionnel, étrange et parfaitement inattendu.

Derrière elle, la jeune femme perçut la respiration de son jeune compagnon qui se faisait plus courte et comme attentive. Il murmura :

— Voici donc la ville capitale du royaume ! Voici Paris qui fut tant d'années aux mains de l'Anglais et que Monseigneur le Connétable vient de libérer presque sans coup férir ?

La nouvelle, en effet, les avait atteints alors qu'ils approchaient d'Orléans. Un chevaucheur de la Grande Écurie Royale, lancé comme un boulet de canon en direction d'Issoudun où se trouvait alors le roi Charles VII, l'avait hurlée joyeusement à leurs oreilles dans le vent du matin.

— Noël ! Noël ! Le Connétable de Richemont est entré dans Paris ! La ville est nôtre !...

Il faisait un temps affreux, bouché, dégoulinant d'une pluie fine et têtue qui se glissait partout, mais le cri du chevaucheur avait atteint les deux voyageurs fatigués comme une bouffée de printemps, comme une pleine coupe de rosée offerte à une plante en train de mourir.

C'est que la route avait été dure et longue... Au moment de cette merveilleuse rencontre, il y avait quinze jours que Catherine et son page avaient quitté Carlat, au matin suivant leur arrivée, sur les chevaux que leur avait donnés messire Aymon du Pouget, le gouverneur, à la garde duquel la dame de Montsalvy avait confié ses enfants, Sara et Marie.

Malgré la fatigue causée par une marche de huit lieues depuis le départ nocturne de Montsalvy, Catherine n'avait pas voulu attendre plus longtemps pour se lancer aux trousses de Gonnet d'Apchier. Son épaule, vigoureusement soignée par Sara, allait mieux et son énergie naturelle, stimulée par la joie de pouvoir agir et par ce danger qui courait devant elle, lui avait rendu la pleine possession de ses moyens.

Dans la cour de Carlat, elle avait enfourché le cheval qu'un écuyer lui tenait en bride, avec un sentiment de liberté presque sauvage, une grisante sensation de puissance retrouvée. Elle n'était plus la châtelaine ravagée d'angoisse sur l'échine de laquelle pesaient de trop lourdes responsabilités. Elle redevenait Catherine des grands chemins, une femme accoutumée à saisir la vie par ses défenses et, à la manière des bouviers auvergnats, à lui faire plier les jarrets. Maintenant, c'était affaire entre elle et Gonnet d'Apchier : l'un des deux devrait s'avouer vaincu et Catherine était bien décidée à ce que ce ne fût pas elle.

Néanmoins, malgré l'impatience qui la talonnait, elle avait pris le temps de s'arrêter à Aurillac pour tenter d'obtenir des consuls quelque secours pour sa ville en danger. Mais elle comprit vite que l'espoir, bien faible à dire vrai, qu'elle avait mis en eux, devait être abandonné, car elle trouva ville, évêques et consuls claquant des dents de terreur et se préparant fébrilement à la pire des visites : celle du capitaine espagnol Rodrigue de Villa-Andrado, cette vieille connaissance de Catherine.

Après avoir pillé et rançonné le Limousin durant la saison froide, Rodrigue se disposait, à ce que l'on prétendait, à s'en aller mettre le siège devant les fortes bastilles du Périgord, Domme et Mareuil, où l'Anglais s'accrochait encore fermement et défiait depuis longtemps les troupes du comte d'Armagnac.

— Nous ne pouvons distraire ni un archer, ni un sac de grain, avaient répondu les consuls d'une seule et même voix, il se peut que nous en ayons d'un instant à l'autre le plus cruel besoin. Heureux si nous pouvons satisfaire le Castillan avec un peu d'or !

Catherine avait senti alors que, même si Villa-Andrado ne se montrait pas sous Aurillac, les habitants de la cité épiscopale ne lèveraient pas le petit doigt pour aider Montsalvy. Elle savait, comme tout un chacun en Auvergne et en Languedoc, qu'à l'automne précédent, Villa-Andrado avait réuni au mont Lozère tous les chefs de routiers du Midi et conclu avec eux un traité d'aide et d'assistance mutuelle dont les conséquences pouvaient être graves pour une ville éprise de paix, car les quatre Apchier assistaient à ce concile démoniaque et les gens d'Aurillac savaient bien que la meilleure manière d'attirer sur eux l'attention du Castillan était encore de s'attaquer à l'un de ses associés. Le seul désir des Aurillacois était que l'ennemi gagnât la Dordogne sans chercher à vérifier l'état des finances de l'évêque et de ses consuls. Une prudente neutralité s'imposait donc.

Avec un haussement d'épaules, la dame de Montsalvy s'était détournée de ces gens trop prudents et avait repris son chemin pour une dernière tentative. Elle gagna Murat, dans l'espoir d'y rencontrer Jean de La Roque, seigneur de Sénézergues et bailli des Montagnes d'Auvergne. La seigneurie du bailli en faisait un proche voisin de Montsalvy et les tours de son castel, niché au creux d'une gorge, s'apercevaient lorsque l'on allait de Montsalvy à Roquemaurel.

Catherine pensait que, peut-être, la vieille entente née d'un terroir commun jouerait en sa faveur et parlerait plus haut que la politique. Mais elle avait frappé en vain à la porte du bailli des Montagnes : Jean de La Roque, à ce qu'on lui avait dit, s'était rendu au Puy-en-Velay, pour les fêtes de Pâques, afin d'escorter son épouse, Marguerite d'Escars, qui avait fait à Notre-Dame un vœu sacré. On ne le reverrait pas avant plusieurs semaines, car il avait décidé de profiter de ce pieux voyage pour visiter certaines maisons de sa parentèle.

— Décidément, nous n'avons rien à attendre de ceux d'ici, soupira Catherine à l'adresse de Bérenger. Nous aurons meilleur temps à nous adresser au Roi en personne plutôt qu'à courir tous les mauvais chemins des montagnes à la poursuite de messire de La Roque.

— Y pensiez-vous donc, Dame Catherine ? Je croyais que vous souhaitiez retrouver surtout ce failli chien de bâtard ? Et il me semble que nous perdons du temps !

— Je devais le faire, Bérenger, car je n'avais pas le droit de négliger la plus faible chance de secourir l'abbé Bernard et tous nos braves gens. Quant au temps, nous n'en avons guère perdu puisque nous suivons le chemin qu'a emprunté Gonnet d'Apchier.

La trace du bâtard n'était que trop facile à suivre, en effet, même après une semaine, car c'était une trace sanglante. Hameaux brûlés, bêtes éventrées et à demi dépecées achevant de pourrir au revers du chemin, cadavres à demi calcinés branchés au-dessus des restes noirs d'un feu ou misérables dépouilles sans têtes mal enfouies sous quelques cailloux, tout cela racontait sinistrement la chevauchée de ce garçon de vingt ans qui n'avait de l'homme que l'apparence.

Les bonnes gens que Catherine interrogeait confirmaient qu'il s'agissait bien de Gonnet. Ils s'approchaient sans trop de crainte de ce beau cavalier blond, tout vêtu de noir et suivi d'un adolescent monté en graine, qui interrogeait si doucement et dont la main gantée, en se retirant, laissait une trace d'argent dans les paumes rugueuses. Bergers des montagnes et paysans des vallées semblaient tous avoir gardé au fond de leurs prunelles effarées l'image terrifiante du bâtard, de ce garçon aux cheveux clairs et au regard trop pâle qui portait à l'arçon de sa selle une cognée de bûcheron et une tête coupée qu'il renouvelait de temps en temps.

Six hommes à la mine féroce le suivaient, comme des loups derrière le meneur infernal, et malheur à la métairie isolée, au paysan écarté avec son troupeau, aux filles revenant du moutier voisin ou de la fontaine : Gonnet et ses hommes ne connaissaient pas d'autre moyen que la torture et la mort pour se procurer le nécessaire à leur voyage et pour charmer les longueurs de la route.

Ils ne se pressaient pas d'ailleurs, et quand les murailles de Clermont surgirent des brumes du soir à l'orée de l'immense horizon de la Limagne, Catherine apprit qu'elle avait déjà gagné deux jours sur son ennemi et s'élança avec plus d'ardeur que jamais sur sa trace. Malheureusement la chance, qui l'avait servie jusque-là sans faiblir, parut se refuser à l'aider plus longtemps car, en arrivant en vue du beffroi de Saint-Pourçain, les voyageurs virent flotter le plus inattendu et le moins souhaitable des emblèmes : la bannière rouge timbrée des barres et des croissants de ce même Villa-Andrado que les consuls d'Aurillac croyaient sur le point de fondre sur leur ville.

En réalité, après une campagne assez rude et plutôt décevante en Limousin, l'empereur des pillards avait choisi de redescendre vers la large et facile vallée de l'Allier et installé ses quartiers dans l'antique abbaye, à demi ruinée, d'ailleurs, où le malheureux prieur Jacques le Loup le supportait comme il pouvait, c'est-à-dire plutôt mal. Mais il n'avait pas le choix.

Depuis la cité encore florissante des bords de la Sioule, Rodrigue étendait ses griffes sur tout le pays à plusieurs lieues à la ronde et, parmi les terribles dégâts causés par ses routiers, il n'était plus possible de distinguer les méfaits de Gonnet d'Apchier. Force avait donc été à Catherine de faire un détour important pour éviter de tomber dans des mains dont elle ne serait pas sortie aisément.

La mort dans l'âme, elle s'éloignait donc en direction de Montluçon, quand une remarque de Bérenger lui avait rendu tout son courage. Depuis le départ, le jeune Roquemaurel n'avait pas beaucoup prononcé de paroles. Son cher luth sur le dos, il suivait sa maîtresse en s'efforçant de cacher les douloureuses courbatures que lui causait cette interminable chevauchée. Parfois, cependant, il essayait de couper les longueurs du voyage avec une chanson.

Comme Catherine, plongée dans ses pensées, voyageait silencieusement, c'étaient à peu près les seules paroles qu'il prononçât. Mais, en revanche, il regardait beaucoup et il écoutait en conséquence. Tout était nouveau pour ce garçon dont l'univers, jusqu'à présent, s'était limité à la contrée bornée par les murs d'Aurillac et par la vallée du Lot.

Aussi, après que Catherine, les larmes aux yeux, lui eut expliqué pourquoi il fallait fuir la cité étendue devant eux et se diriger vers l'ouest au lieu de continuer droit vers le nord, Bérenger s'était contenté de remarquer calmement :

— Si j'ai bien compris ce que vous m'avez dit quand nous avons quitté Aurillac, les Apchier sont au mieux avec ce Castillan, puisqu'ils se sont unis à lui par cette espèce de serment prêté au mont Lozère ?

— En effet.

— Alors, même si nous sommes obligés d'allonger notre chemin, la présence de ce Rodrigue ne nous sera peut-être pas si mauvaise. Il aura reçu, avec honneur et amitié, l'un de ses frères en piraterie. Il lui aura certainement offert bombances et peut-être quelques distractions de choix sous forme d'une ou deux opérations fructueuses. Cela prend du temps et comme le bâtard ne sait pas que nous sommes sur ses traces, il n'est pas pressé. Il est possible que, grâce à ce chef d'Écorcheurs, nous ayons regagné encore une partie de notre retard et même, en nous dépêchant, il se peut que nous arrivions à Paris en même temps que lui...

Pour un peu, Catherine aurait embrassé son page. Et ce fut avec une ardeur accrue qu'elle s'élança sur le chemin qui, par Bourges et Orléans, la mènerait jusqu'à la capitale assiégée. Il valait mieux, en effet, cesser de se préoccuper du chemin parcouru par Gonnet et tenter de le gagner de vitesse.

La rencontre du chevaucheur royal avait achevé de leur donner des ailes. On avait traversé Orléans où, cependant, Catherine comptait de nombreux amis, sans s'arrêter plus des quelques heures de repos exigées par les montures et leurs cavaliers et sans s'y faire reconnaître.

La nouvelle de la libération de Paris emplissait le cœur de la jeune femme d'une joie et d'une espérance nouvelles : puisque la grande ville était retombée au pouvoir de son légitime souverain, il serait certainement possible au maître de Montsalvy de reprendre rapidement le chemin de ses terres et d'en chasser l'envahisseur.

Certes, de nombreuses places restaient encore aux mains de l'Anglais, autour de la capitale, mais, pour ces opérations de nettoyage, le Connétable pourrait se passer d'Arnaud.

À Corbeil, on avait rencontré les avant-postes de l'armée royale. Les troupes de Richemont avaient repris la ville depuis peu, au cours d'un mouvement d'encerclement. Et maintenant Paris, Paris lui-même s'étendait devant les yeux de Catherine et de son compagnon, avec ses vagues de toits dévalant des hauteurs du faubourg Saint-Jacques jusqu'au brouillard humide sur lequel flottaient des flèches d'églises et des tours, et qui masquait la Seine et ses îles.

Du fond de la mémoire de Catherine, une voix éteinte depuis longtemps se leva, celle de Barnabé le Coquillart, le vieux truand de la Cour des Miracles qui l'avait aimée comme un père et qui avait fini par mourir pour elle. Il y avait longtemps, maintenant... Pourtant elle se souvenait encore si clairement de ce jour de juillet où, dans un chaland chargé de poteries, ils avaient ensemble remonté la Seine en direction de Montereau pour gagner ensuite Dijon et la maison de l'oncle Mathieu où la veuve et les filles de Gaucher Legoix devaient trouver un second foyer.

C'était drôle, mais à cette minute où elle revoyait Paris, elle retrouvait en même temps les vers d'Eustache Deschamps que le Coquillart avait jetés si joyeusement, si orgueilleusement aussi dans la brise ensoleillée du fleuve :

C'est la cité sur toutes couronnée
Fontaine et puits de science et de clergie,
Sur le fleuve de Seine située
Vignes, bois, terres et prairies
De tous les biens de cette mortelle vie
À plus qu'autres cités n'ont.
Tous étrangers l'aiment et l'aimeront,
Car pour déduit et pour être jolie
Jamais cité telle ne trouveront,
Rien ne se peut comparer à Paris...

Un soupir de Bérenger rappela la jeune femme à la réalité et elle s'aperçut qu'elle avait pensé tout haut quand elle l'entendit murmurer :

— Ce qui est terrible, avec les poètes, c'est qu'ils voient toujours tout en beau et qu'on ne peut guère leur faire confiance ! Cette ville est si triste...

C'était vrai et Catherine s'avoua qu'elle non plus ne reconnaissait pas sa ville natale. Le sang souillait ses rues quand elle l'avait quittée ; pourtant elle en avait gardé un souvenir ébloui car les yeux des enfants sont plus lumineux et plus tendres encore que ceux des poètes.

Hélas ! la cité qu'elle avait sous les yeux ne correspondait plus à ses souvenirs, non plus qu'aux vers du poète. Certes, Paris était toujours vaste et imposant mais, en le regardant plus attentivement, on éprouvait l'impression singulière de se trouver en face d'une apparence, d'une ville fantôme, privée de substance, malgré les volutes de fumée qui moussaient aux cheminées.

Le temps brumeux et gris était sans doute pour quelque chose dans cette impression démoralisante, mais il avait tout de même l'avantage de brouiller les lignes et d'estomper les réalités. Et, ces réalités que l'œil découvrait peu à peu, c'étaient les grandes murailles capétiennes, qui se lézardaient dangereusement, montrant, ici et là, des éboulements que personne, apparemment, ne songeait à relever.

Sur la gauche de Catherine, la porte Saint-Michel était en si mauvais état qu'on l'avait purement et simplement bouchée avec des parpaings et barricadée de madriers et de grandes planches clouées. Quant à la tour sur laquelle flottait, pour la première fois depuis treize ans, l'étendard aux fleurs de lys, elle était amputée de quelques créneaux, cependant qu'au-delà du rempart, nombre de toits montraient la trame de charpentes dépouillées de leurs ardoises.

Avec un soupir, Catherine quitta son poste d'observation et dirigea sa monture vers la porte Saint-Jacques, grande ouverte à cette heure de la matinée et gardée par des archers.

Une théorie de mendiants déguenillés la franchissait à cette minute, se dirigeant vers le grand couvent à la porte duquel un Jacobin venait d'apparaître avec une corbeille pleine de miches de pain. Mais en s'approchant d'eux, Catherine vit que ces gens ne ressemblaient en rien à ces mendiants, plus ou moins professionnels, qu'elle avait connus dans le royaume du roi de Thune : c'étaient, pour la plupart, des femmes, des enfants, des vieux couples aussi qui marchaient en se soutenant mutuellement et la misère était marquée profondément sur tous ces visages, dont beaucoup n'avaient plus d'âge.

La cloche du couvent se mit à sonner. Ce fut comme un signal et, des autres clochers de Paris, un appel identique s'envola. Catherine se souvint alors que l'on était le 1er mai et que c'était l'heure de la grand-messe. Elle hésita, un instant, à pénétrer dans la chapelle des Jacobins, mais sa hâte de retrouver son époux et d'en finir avec la menace de malentendu qui planait sur eux fut la plus forte.

Elle poussa son cheval sous la voûte noire de la porte. Une puissante odeur d'urine et d'huile rance y régnait et lui fit faire la grimace, mais elle ne s'en arrêta pas moins devant le poste des sentinelles. Deux soldats y montaient une garde nonchalante : l'un, assis sur un tabouret, se curait les dents en contemplant rêveusement les poutres noires du plafond et l'autre, debout contre la porte, crachait avec application en direction d'une grosse pierre.

Ce fut à lui que Catherine s'adressa :

— Je désire voir Monseigneur le Connétable. Où puis-je le trouver ? demanda-t-elle.

L'homme cessa ses exercices, repoussa en arrière son chapeau de fer et contempla les deux cavaliers avec un intérêt non déguisé. Le résultat de l'examen ne fut sans doute pas trop favorable, car il se mit à rire, montrant des dents qu'il avait cependant tout intérêt à cacher.

— Ben, dites donc, vous n'y allez pas de main morte, mon petit ami ! Voir le Connétable ? Rien que ça ? Mais vous savez qu'on ne le montre pas comme ça à tout le monde, notre grand chef, et faudrait voir un peu...

— Je ne vous ai pas demandé comment je pourrais voir Messire de Richemont, je vous ai demandé où je pourrais le voir. Répondez-moi et cessez d'essayer de m'apprendre ce que je sais depuis longtemps.

Le ton impératif de la jeune femme incita l'archer à réviser son jugement sur ces arrivants dans l'aspect desquels il n'avait d'abord remarqué que la poussière accumulée et la mine exténuée. Il découvrit que, sous tout cela, les vêtements étaient élégants et que la mine de ce jeune gentilhomme à la voix trop douce annonçait un personnage accoutumé à se faire obéir.

Il remit son chapeau d'aplomb, rectifia la position et grogna :

— Monseigneur a pris logis en l'hôtel du Porc-Épic, dans la rue Percée, près l'église Saint-Paul...

— Je sais où cela se trouve, fit Catherine en rendant la main à son cheval. Merci, mon ami...

— Eh ! Attendez ! Tudieu, qu'est-ce que vous êtes pressé, mon jeune seigneur ! Si vous allez à l'hôtel du Connétable, vous ne risquez pas de l'y rencontrer...

— Et la raison ?

— Dame ! C'est qu'il n'y est point !

— Et où est-il, s'il vous plaît ?

— Au prieuré Saint-Martin-des-Champs, avec tous ses capitaines, une partie de son armée et un grand concours de gens d'ici. Il y a cérémonie...

La jeune femme ne chercha même pas à savoir de quelle cérémonie il pouvait bien s'agir. Le soldat avait prononcé un mot magique « les capitaines »... Cela voulait dire qu'Arnaud, lui aussi, se trouvait là-bas.

Jetant joyeusement une pièce de monnaie au soldat qui l'attrapa avec une prestesse de chat, elle quitta l'abri de la porte fortifiée et commença de descendre la rue Saint-Jacques, retrouvant du même coup la pluie insistante et fine.

— C'est loin, ce prieuré ? demanda Bérenger qui avait espéré que l'on trouverait rapidement un abri.

— À l'autre bout de la ville, mais c'est tout droit. Il n'y a qu'à suivre cette rue, traverser la Seine et continuer jusqu'au mur d'enceinte...

— Je vois, fit le jeune garçon avec résignation, une petite lieue...

Mais il cessa aussitôt de soupirer en contemplant le spectacle qu'on lui offrait. Catherine, elle aussi, connaissait des mots magiques :

— Cette rue devrait vous plaire, Bérenger. Nous sommes sur la fameuse montagne Sainte-Geneviève, le quartier des escholiers, et voici les collèges, de chaque côté de la rue. Celui-ci est le collège des Cholets, là-bas, à main droite, le collège du Mans et voici, droit devant vous, le fameux collège du Plessis dont on dit merveille.

Bérenger regardait de tous ses yeux ces bâtisses revêches et délabrées qui, pour la grâce extérieure, tenaient moitié de la prison et moitié du couvent, mais dont il ne voyait ni les murs verdis, ni les fenêtres dépourvues de carreaux, ni les détritus qui, encombrant le ruisseau central, s'étageaient de façon peu décorative au bas des murs.

C'étaient, pour lui, les lieux où soufflait l'esprit, les endroits où le savoir s'acquérait tout en laissant place à une certaine liberté. Et le jeune Auvergnat n'était pas loin de se croire là aux portes mêmes du Paradis.

Un paradis singulièrement agité tout de même, car, à quelques pas du collège du Plessis, un étudiant, reconnaissable à sa courte robe noire, à sa mine famélique et à l'écritoire qui pendait à sa ceinture auprès d'une bourse visiblement fort plate, haranguait une assemblée de ses confrères et quelques bourgeois désœuvrés. Grimpé sur le montoir à chevaux de la taverne du Barillet, un garçon d'une vingtaine d'années, roux comme une carotte et long comme un jour sans pain, se démenait avec conviction, accroché d'une main à la charpente du cabaret pour ne pas glisser de son étroit perchoir.

Il ne devait pas manger tous les jours à sa faim, car sa taille était celle d'une guêpe et sa figure, aux traits allongés, mais plutôt agréables, montrait une belle ossature sous fort peu de chair. Un nez immense, arrogant, en formait le principal ornement avec une paire d'yeux gris foncé, singulièrement vifs, nichés à l'ombre de sourcils aussi touffus qu'irréguliers, celui de gauche remontant sur le front un bon doigt plus haut que son confrère, ce qui conférait au garçon une expression de perpétuelle ironie.

Mais le fait que l'étudiant avait manifestement le ventre creux n'enlevait rien à la puissance de sa voix. Il avait un organe digne d'un héraut d'armes, dont les éclats tumultueux, semblables à ceux de quelque bourdon de cathédrale, se répercutaient majestueusement aux horizons étroits de la rue. Naturellement, en bon universitaire qui se respecte, l'orateur était un mécontent et Catherine eut tôt fait de démêler qu'il appelait son auditoire à la rébellion.

— Que croyez-vous, bonnes gens, que vont faire ce matin le Connétable de Richemont et ses gens ? Une œuvre pie ? Une action d'éclat ? Nullement ! Ils vont rendre hommage à l'un de nos pires ennemis ! Tous ces jours-ci, on a bien convenablement remercié Dieu, mené procession sur procession, chanté messe sur messe et c'était fort bonne chose, car il convient de rendre à Dieu ce qui lui appartient. En même temps, on a commencé de remettre de l'ordre dans notre cité, de relever les murailles du côté du nord et cela aussi, c'est bonne chose. Mais, ce qui l'est moins, ce sont les honneurs que l'on s'apprête à rendre aux ossements pourris de la bête sauvage qui a jadis chassé nos amis bourguignons et fait régner sur nous autres, gens de Paris, une insoutenable terreur... Qui peut tolérer que l'on encense aujourd'hui l'envoyé du Diable, le maudit connétable d'Armagnac dont tous avons si durement pâti ?...

L'un des bourgeois qui l'écoutaient, le nez en l'air et les mains au dos, se mit à rire et lui coupa la parole :

— Nous ? Tu exagères, l'ami ! Tu nous parles de choses qui datent de vingt ans au moins ! Tu n'as pas dû en pâtir beaucoup toi-même...

— Dans le ventre de ma mère, je savais déjà ce que c'est que l'injustice ! clama superbement le garçon. Et, si jeune que j'aie été, j'ai senti que le jour où nous avons fait justice de ce chien d'Armagnac était un grand jour.

En tout cas, nous, les escholiers, entendons demeurer fidèles à notre ami, à notre père, à Monseigneur Philippe, duc de Bourgogne que Dieu veuille garder et nous allons de ce pas...

Mais le bourgeois avait encore quelque chose à dire :

— Eh ! qui parle de lui être infidèle ? Tu retardes, Gauthier de Chazay, ou bien tu as de mauvais yeux ! N'as-tu pas vu parader tous ces jours-ci, aux côtés de Monseigneur de Richemont, la bannière et la personne de messire Jean de Villiers de l'Isle Adam, qui commande ici les troupes bourguignonnes venues prêter main-forte pour balayer l'Anglais ? Si le Connétable rend aujourd'hui les honneurs à l'un de ses prédécesseurs, il le fait en plein accord et courtoisie avec Bourgogne...

— Accord de principe, acceptation du bout des lèvres ! Le seigneur de l'Isle Adam ne veut pas prendre sur lui d'écorner le premier le parchemin tout neuf, où l'encre du traité d'Arras n'est pas encore tout à fait sèche. Je suis certain qu'il a accepté de mauvais gré et qu'il serait heureux d'entendre s'élever la voix des gens sensés. Venez tous avec moi ! Nous allons nous aussi nous rendre à Saint-Martin-des-Champs pour que l'on sache ce que nous pensons d'un tel sacrilège...

Catherine, qui avait d'abord écouté la diatribe du garçon avec quelque indignation, sentit ses sentiments évoluer curieusement quand le bourgeois prononça le nom de l'étudiant.

Il se nommait Gauthier, et ce nom-là, celui du meilleur ami qu'elle eût jamais eu, demeurait et demeurerait toujours cher à son cœur. Et puis, il y avait autre chose, une vague ressemblance peut-être... la hauteur de la taille, encore qu'il y eût pour le volume autant de différence qu'entre un balai et un madrier, la couleur et la nature des cheveux, aussi roux et aussi raides que ceux de Gauthier le Normand. Lui aussi, d'ailleurs, avait les yeux gris, encore que d'une nuance beaucoup plus claire...

Et puis, il y avait cette violence, cette ardeur de jeunesse, cette âpreté à se jeter sur l'obstacle qui habitaient son maigre corps comme elles avaient jailli, jadis, de la forme puissante du forestier de Louviers.

C'était un lien de plus. Enfin ce nom de Chazay lui disait quelque chose, quelque chose que sa claire mémoire lui restitua presque sans recherches. Elle se revit, quelques jours après le bûcher de Jeanne d'Arc, cinq ans plus tôt, enfermée, au cours de l'été brûlant, avec Sara et Gauthier dans Chartres assiégé par la peste. Un homme les avait aidés à en sortir par le quartier des tanneries en leur montrant la grille qui barrait la rivière. C'était un garçon maigre et narquois, vêtu de rouge, qui s'appelait Anselme l'Argotier. Il leur avait dit :

« Je suis de Chazay, près de Saint-Aubin-des-Bois, un village des environs... »

Était-ce de ce même Chazay que le bouillant escholier portait le nom ?

La question mentale resta, bien entendu, sans réponse. Alors Catherine eut tout à coup l'impression que le garçon s'apprêtait à commettre quelque énorme sottise, mais que rien ni personne ne l'empêcherait de s'y jeter jusqu'au bout.

Aussi, quand il sauta de sa borne, hurlant comme un Philistin à l'assaut de Gaza et entraînant à sa suite une poignée d'étudiants aussi faméliques que lui-même, Catherine décida-t-elle de le suivre. D'autant qu'ils allaient tous au même endroit et que l'observation des agissements estudiantins ne la détournerait pas de son chemin.

Les bourgeois, eux, regagnèrent leurs logis respectifs avec un haussement d'épaules ennuyé, mécontents de s'être fait mouiller pour écouter des paroles aussi creuses...

Pourtant, à l'instant même où la troupe s'ébranla, le temps parut se mettre de son côté. La pluie cessa progressivement. Bientôt, elle ne s'attarda plus qu'aux feuilles des arbres et aux rebords des toits où les gargouilles déversaient encore de minces filets d'eau claire.

Le jeune Gauthier menait sa troupe au pas de charge

et les chevaux des deux voyageurs pouvaient les suivre à une allure qui leur convenait. Il était d'ailleurs impossible de dépasser les étudiants qui, s'étant pris par le bras, se déployaient sur toute la largeur de la rue et rasaient les murailles.

Chemin faisant, ils entretenaient leur colère en braillant des cris de guerre, d'ailleurs légèrement périmés :

— Vive Bourgogne ! Mort à l'Armagnac !

Cela ne produisait pas grand effet sur les bonnes gens qui se rendaient à Saint-Benoît-le-Bétourné pour la grand-messe. Ils regardaient cette troupe hirsute et dépenaillée avec la commisération méfiante et vaguement inquiète que l'on réserve à des fous dont on ignore s'ils ne vont pas devenir dangereux d'un instant à l'autre. Ils se signaient, à tout hasard, et se hâtaient de gagner l'entrée protectrice de l'église où l'orgue retentissait déjà.

Personne, en tout cas, ne songea à se mêler de contester les opinions rétrogrades des escholiers.

Les choses se gâtèrent quand on eut passé le Petit Pont et pris pied dans la Cité. Aux abords du Palais, les perturbateurs se trouvèrent soudain nez à nez avec une escouade d'archers du guet qui rentraient au Petit Châtelet et qui n'y rentraient pas seuls : au milieu de leurs rangs marchait une superbe fille brune.

Les mains liées derrière le dos, la masse noire de ses cheveux répandue sur ses épaules, elle avançait fièrement, la tête haute, sans songer un seul instant à voiler de sa chevelure les deux seins arrogants surgis du large décolleté de sa robe de velours vermillon quelque peu déchirée. Elle souriait, au contraire, à tous les hommes qui la croisaient et leur lançait des plaisanteries à faire rougir un truand tout en plantant dans leurs yeux un regard étincelant, aguicheur et effronté. Mais sa vue eut le privilège de porter la fureur des étudiants à un paroxysme.

— Marion ! hurla Gauthier de Chazay, Marion l'Ydole ! Qu'est-ce que tu as fait ?

— Rien, mon mignon, rien d'autre que soulager

l'humanité souffrante ! Mais une grosse mercière des Innocents m'a pincée dans sa resserre avec son fils, un franc luron de quinze ans que son pucelage gênait fort et qui m'avait priée, bien poliment, de l'en débarrasser. Ce sont des choses qu'on ne refuse pas, surtout par ces temps de disette, mais la vieille a crié à la Garde...

L'un des archers appliqua entre les deux épaules de la fille un coup de poing si brutal qu'il lui coupa le souffle et, un instant, la plia en deux sous la douleur.

— Avance, ribaude ! Sinon...

Il n'eut pas le temps de formuler davantage sa menace. Le jeune Chazay venait de lever le bras et s'élançait déjà sur les soldats du guet en braillant :

— En avant, les gars ! Montrons à ces brutes que les étudiants du collège de Navarre ne laissent pas molester leurs amis sans en découdre !

Instantanément, la mêlée fut générale. Les archers avaient pour eux leurs armes, dont ils étaient, d'ailleurs, bien incapables de se servir en corps à corps, et leurs justaucorps de cuir renforcés de plaques d'acier, mais les étudiants étaient portés par la fureur et tapaient comme des sourds.

Néanmoins, le combat était par trop inégal. Bientôt le sol fut jonché d'une demi-douzaine d'escholiers proprement assommés, nez saignant et arcades sourcilières ouvertes. Les autres prirent la fuite et, quand le calme revint, Catherine, qui avait assisté à la bataille avec plus d'amusement que de crainte, s'aperçut que la prisonnière avait disparu durant l'échauffourée, mais qu'en contrepartie le jeune Gauthier avait pris sa place. Solidement maintenu par deux soldats, il clamait des injures à tous les vents, se réclamant des franchises de l'université, tandis qu'un troisième homme d'aune le ficelait soigneusement.

— Je me plaindrai ! hurlait-il. Notre recteur protestera et Monseigneur l'Evêque prendra ma défense. Vous n'avez pas le droit...

— On sait bien que les escholiers ont tous les droits, riposta le sergent qui commandait l'escouade, mais pas celui d'attaquer les soldats du guet pour faire libérer une prisonnière. Et je conseille à ton recteur de se tenir tranquille s'il ne veut pas d'ennuis. Messire Philippe de Ternant, notre nouveau prévôt, a la main lourde.

Le nom frappa Catherine, car c'était un nom de Bourgogne. Fréquemment, jadis, à Dijon ou à Bruges, elle avait rencontré le sire de Ternant qui était l'un des familiers du duc Philippe. C'était, en effet, un homme implacable, mais d'une vaillance et d'une honnêteté au-dessus du commun. Ainsi c'était lui, maintenant, le Prévôt de Paris ? De Paris libéré par les gens du roi Charles ? Décidément, les choses avaient bien changé et il apparaissait qu'en effet l'impitoyable guerre civile qui, durant tant d'années, avait opposé Armagnacs et Bourguignons s'était décidée à prendre fin.

Pensant que, peut-être, elle pourrait être de quelque utilité au turbulent escholier, elle s'approcha du sergent qui reformait sa troupe.

— Qu'allez-vous faire de votre prisonnier, sergent ? demanda-t-elle.

L'homme se retourna, la regarda, puis, sans doute satisfait de son examen, sourit et haussant les épaules :

— Ce qu'on fait de ses pareils quand ils font trop de bruit, mon jeune gentilhomme : le mettre un peu au frais. Rien de tel pour calmer une tête chaude. Le cachot, l'eau claire et le pain noir font merveille dans ces cas-là.

— L'eau claire et le pain noir ? Mais il est déjà si maigre...

— Nous le sommes tous ! Ça faisait des semaines qu'on crevait de faim quand Monseigneur le Connétable est entré dans Paris, mais c'étaient encore les étudiants qui mangeaient le moins, sauf quand ils réussissaient à voler quelque chose. Marchez ! Le pain noir, ça vaut mieux que pas de pain du tout. Allez, vous autres ! En avant !

Catherine n'insista pas. Elle regarda la silhouette dégingandée disparaître sous la voûte du Petit Châtelet en se promettant de plaider sa cause à la première occasion. Mais, comme elle se détournait pour remonter à cheval, elle constata que Bérenger paraissait changé en statue. Droit sur son cheval, il contemplait toujours l'entrée de la prison alors même qu'il n'y avait plus rien à voir...

— Eh bien, Bérenger ? Nous continuons...

Il tourna la tête et elle vit alors que ses yeux brillaient comme des chandelles.

— Ne pouvons-nous rien faire pour lui ? soupira-t-il. Un étudiant en prison ! L'esprit, le savoir, la lumière du monde enfermés entre quatre murs ignobles ! C'est une pensée insoutenable.

Catherine dissimula un sourire. Ces paroles tragiques jointes au réjouissant accent méridional du page en faisaient tout un poème.

— J'ignorais, dit-elle, que vous portiez à ces messieurs de l'Université une si révérencieuse admiration. Il est vrai que vous êtes poète...

— Oui, mais je suis à peu près ignorant. Or, j'aurais tant voulu étudier. Malheureusement, les miens considèrent les livres comme des outils de perdition et de dégénérescence.

— Étrange ! Il me semblait pourtant avoir ouï dire que les chanoines de Saint-Projet étaient gens fort savants et que l'on apprenait quelque chose chez eux. Pourquoi, en ce cas, en être sorti... en y mettant le feu par-dessus le marché ?

— Je voulais être étudiant, pas moine. Or, à Saint-Projet, l'un ne va pas sans l'autre.

— Je comprends ! Eh bien, mon ami, nous verrons à vous faire instruire davantage quand nous serons revenus au pays. L'abbé Bernard me paraît tout indiqué pour cela. En attendant, nous avons mieux à faire et, si vous voulez bien quitter ce lieu qui vous plaît si fort, je vous promets, en retour, d'essayer de tirer d'affaire cette "lumière du monde" qui fait tant de bruit et vous intéresse tellement !

Du coup, Bérenger enthousiasmé talonna son cheval et partit au grand trot. On franchit la Seine au pont Notre-Dame, Catherine ne se sentant pas le courage encore assez affermi pour traverser le Pont-au-Change où son enfance s'était écoulée, heureuse et claire, pour s'achever si tragiquement dans le sang et l'horreur. Et puis, c'était le chemin le plus court pour atteindre l'endroit où, auprès du Connétable, Catherine était certaine de retrouver Arnaud. Une immense hâte s'emparait d'elle, irrésistible !

Quand on arriva aux abords de Saint-Martin-des-Champs, il y avait grand concours de peuple. Un véritable fleuve humain battait les murailles fatiguées du Prieuré, canalisé dans la rue Saint-Martin par le cordon de soldats qui barrait la rue « au Maire » et empêchait d'approcher le portail d'entrée.

Les gens piétinaient dans la boue sans chercher d'ailleurs à forcer le barrage, longeant le mur flanqué de deux tours d'angle pour gagner la rue du Vert-Bois et contourner le couvent afin d'atteindre, par ce détour, la cour Saint-Martin, dépendance du Prieuré où s'élevaient sa geôle et son gibet, car le prieur de Saint-Martin-des-Champs avait droit de haute et basse justice. Mais, en fait, on n'avançait guère parce qu'un autre courant de peuple arrivait en sens inverse, venant des faubourgs et des villages au-delà des murailles de Charles V et de la porte Saint-Martin qui étaient voisines du monastère.

Grâce à leurs chevaux, Catherine et Bérenger parvinrent à naviguer sur cette mer humaine qui s'écartait en grognant mais s'écartait tout de même pour éviter les sabots des bêtes.

Les deux voyageurs allèrent droit au barrage de soldats derrière lequel on apercevait des troupes rangées en bon ordre, des bannières et une foule de chevaliers en armures et d'hommes d'Église en grand costume. Les tabards armoriés et les plumails mêlaient leurs vives couleurs aux longues robes noires ou violettes des prêtres.

Hardiment, Catherine s'adressa à l'officier qui surveillait le barrage :

— Il me faut voir sur l'heure Monseigneur le Connétable, dit-elle avec hauteur. Je suis la comtesse de Montsalvy et j'aimerais que l'on me fît place car je viens de fort loin !

L'officier s'approcha, fronçant les sourcils et visiblement peu convaincu :

— Vous prétendez être une femme ? fit-il avec dédain en considérant la mince forme noire abondamment couverte de poussière et drapée d'un manteau qui avait souffert des intempéries.

— Je prétends être ce que je suis : la comtesse Catherine de Montsalvy, dame de parage de la reine de Sicile ! Si vous ne me croyez pas...

D'un geste vif, elle tira en arrière le camail de soie qui lui emprisonnait étroitement la tête et le cou, ne laissant libre que l'ovale du visage. Les nattes dorées de sa chevelure, tressées autour de sa tête, brillèrent soudain dans la lumière à chaque minute plus claire. Puis, arrachant son gant droit, elle mit sous le nez de l'officier sa main où brillait, péremptoire, l'émeraude gravée aux armes de la reine Yolande.

L'effet fut magique. L'officier ôta son casque et s'inclina aussi gracieusement que le permettait sa carapace de fer.

— Veuillez me pardonner, Madame, mais les ordres de Monseigneur sont stricts et je dois être vigilant. Cependant, je vous prie de ne plus voir en moi qu'un homme tout prêt à vous servir. Je suis Gilles de Saint-Simon, lieutenant du Connétable et tout à vos ordres...

— Ce ne sont pas des ordres, mais seulement une prière, messire, fit-elle avec un sourire qui lui conquit d'emblée son interlocuteur. Laissez-moi passer !

— Bien entendu. Mais il vous faut mettre pied à terre et confier vos montures à l'un de mes hommes. Holà, vous autres, faites place !

Les hallebardes que les soldats tenaient en travers pour former barrière se relevèrent et deux hommes s'écartèrent pour livrer passage aux arrivants. Galamment, le lieutenant offrit sa main à la voyageuse pour l'aider à descendre.

— Il vous faudra prendre patience, Madame. Vous

ne pourrez approcher sur l'heure le Connétable. La procession se forme dans l'église et ne va pas tarder à paraître.

— J'attendrai, fit Catherine. Mais on m'a dit que tous les capitaines assistaient à cette cérémonie. Sauriez-vous me dire où se trouve mon époux ?

Les yeux sur les cordons de troupes et sur les groupes d'officiers, elle ne regardait pas son interlocuteur et ne le vit pas froncer les sourcils.

— Le capitaine de Montsalvy ? dit-il enfin après un court silence. Mais est-ce que vous ne savez pas ?

Elle se retourna tout d'une pièce, le dévisagea avec une soudaine angoisse, tandis que sa gorge séchait d'un seul coup.

— Savoir quoi ? Est-ce qu'il lui est arrivé quelque chose ? Il n'est pas...

— Mort ? Non, Madame, à Dieu ne plaise, ni même blessé, mais...

Un soupir qui avait l'ampleur d'une tempête s'échappa de la poitrine de la jeune femme. Une seconde elle avait imaginé le pire, la flèche ennemie au défaut de la cuirasse, le fléau d'armes ou la hache broyant le casque ou même l'insidieux poison de Gonnet, arrivé plus tôt qu'on n'aurait cru... et elle avait senti son sang refluer d'un seul coup vers son cœur. Mais Saint-Simon s'empressait :

— Vous êtes toute pâle ! Vous ai-je fait si peur ? Alors, par grâce, Madame, daignez me pardonner, mais je croyais, en toute bonne foi, que vous saviez...

— Mais je ne sais rien, messire, rien du tout ! J'arrive d'Auvergne à la minute présente ! Ainsi, apprenez-moi...

Le grondement soudain des cloches du prieuré sonnant en glas lui coupa la parole. Elles étaient si proches et faisaient tant de bruit qu'instantanément chacun se crut sourd. Au même instant, les portes s'ouvrirent en grinçant, découvrant la cour intérieure et un véritable buisson ardent de cierges portés par des moines aux capuchons baissés, lugubres comme des pénitents.

Le buisson flamboyant s'avança, dépassa l'ogive de pierre grise, tandis qu'un puissant « De Profondis » explosait sous la bure noire des frocs ceinturés de cordes. Une bannière suivit : un centurion, les yeux au ciel, y tranchait la moitié de son manteau au bénéfice d'un pauvre en haillons à la mine singulièrement prospère. L'image de soie brodée et peinte était entourée d'une cohorte d'enfants de chœur dont les aubes blanches et les voix de soprano formaient un amusant contraste avec les basses profondes des moines. La croix venait ensuite, une haute et lourde croix de bronze qu'un prêtre vigoureux maintenait à grand-peine entre ses deux mains.

Immédiatement derrière elle, marchait l'évêque de Paris, messire Jacques du Chastelier, vieillard vénérable aux longs cheveux blancs, aux mains transparentes, que les récentes privations avaient si fort affaibli que la lourde chape d'or semblait peser comme une croix à ses fragiles épaules. Le prieur de Saint-Martin, aussi maigre mais plus jeune, le soutenait discrètement et tout le clergé suivait en vêtements de deuil, noirs et argent, sur lesquels ressortait comme un soleil la chape épiscopale.

Cela formait un tableau coloré, fastueux malgré les traces de souffrances empreintes sur tous les visages, mais Catherine ne s'y intéressait pas. Dressée sur la pointe des pieds, derrière la haie de soldats qui s'était reformée automatiquement sur le passage de la procession, elle cherchait à apercevoir le Connétable et ses capitaines afin de découvrir sur le visage de son époux ce qui avait bien pu lui arriver.

Mais le cortège des vainqueurs n'était pas encore sorti de la vieille église. Celui qui apparaissait maintenant, c'était le Prévôt de Paris, messire Philippe de Ternant, qu'elle reconnut au premier coup d'œil. Hautain, indifférent, le regard survolant la foule misérable pour se perdre en un horizon qui n'intéressait que lui, il portait avec arrogance les armes de Philippe de Bourgogne auprès de celles de la capitale.

Mais la lenteur de la procession agaçait Catherine et

comme les cloches, un instant, cessaient leur vacarme, elle se tourna vers son compagnon :

— Me direz-vous, enfin, ce qu'il est advenu de mon époux ?

— Patientez un instant, Dame, nous ne saurions discuter ici, et puis peut-être ai-je trop parlé...

Visiblement il s'en repentait, mais la jeune femme n'entendait pas demeurer plus longtemps dans l'expectative.

— Sans doute, messire ! approuva-t-elle froidement. Mais justement vous en avez trop dit pour ne pas aller jusqu'au bout. Et si vous ne voulez pas que je cause un affreux scandale en courant vers Monseigneur de Richemont, au mépris de votre procession...

Saint-Simon changea de couleur.

— Vous ne feriez pas cela !

— On voit bien que vous ne me connaissez pas. Mais j'ai pitié de vous : répondez seulement à deux questions. La première est : mon époux se trouve-t-il actuellement dans cette église avec les autres capitaines qui accompagnent le Connétable ?

— Non !

— Où est-il ?

Le jeune officier avala sa salive, jeta un regard implorant vers le clocher comme s'il espérait qu'une nouvelle volée de vacarme l'empêcherait de parler. Mais comme rien ne venait il se décida.

— À la Bastille ! Depuis deux semaines. Mais ne me demandez pas pourquoi. C'est à Monseigneur qu'il appartiendra de vous répondre, se hâta-t-il d'ajouter. Et, par grâce, taisons-nous ! Je vois là des religieux qui nous regardent de travers.

Mais il n'avait pas besoin de conseiller le silence à Catherine. Ce qu'elle venait d'apprendre l'avait laissée sans voix. Arnaud à la Bastille ? Arnaud arrêté ? Et apparemment par ordre du Connétable ? C'était insensé, impensable ! C'était de la folie pure ! Quelle faute grave, très grave même, avait-il pu commettre pour en arriver là ?

Elle se sentit tout à coup perdue, noyée dans cette foule, prisonnière de ces soldats, de ces notables parisiens qui défilaient maintenant devant elle, graves et solennels dans leurs longues robes rouges où la nef de la ville s'étalait, brodée sur une épaule, de cette assemblée qui l'enfermait de toutes parts. Elle tourna la tête, cherchant fébrilement une issue, un trou où se jeter pour courir à la Bastille où peut-être on la renseignerait sans qu'elle eût besoin d'attendre la fin d'une cérémonie qui, sans doute, serait interminable.

Mais, en tournant la tête, elle rencontra le regard effaré mais presque souriant de Bérenger.

— Que diable trouvez-vous de drôle dans tout ceci ? gronda-t-elle entre ses dents. Savez-vous ce qu'est la Bastille ?

— Une prison solide, j'imagine, fit le page. C'est fort regrettable que messire Arnaud y soit, mais peut-être moins que vous ne le pensez, Dame Catherine.

— Et pourquoi, s'il vous plaît ?

— Parce que, du coup, il n'a pas grand-chose à craindre de Gonnet d'Apchier. Car, même si le bâtard est arrivé avant nous, il n'a pas pu atteindre notre seigneur, dans cette Bastille où il est depuis deux semaines... C'est toujours autant de gagné !

La logique du page dérida un peu le front soucieux de Catherine. Il y avait beaucoup de justesse dans son propos et, après tout, si Arnaud, dont le caractère emporté n'était plus à découvrir pour elle, avait encouru la colère du Connétable, du moins cette colère n'irait sans doute pas jusqu'à mettre sa tête en péril.

— Je crois, ajouta le page, que vous n'aurez aucun mal à obtenir toutes les explications que vous voudrez. Chacun sait, chez nous, tout le bien que l'on vous veut à la Cour. Il suffit simplement d'un peu de patience... jusqu'à la fin de la cérémonie.

Un peu calmée, Catherine s'efforça de s'intéresser au spectacle, puisqu'elle n'avait aucun moyen d'y échapper. Elle regarda sans trop d'humeur défiler les Échevins, conduits par le nouveau Prévôt des marchands,

Michel de Lallier, ce bourgeois intrépide qui, sa vie durant, avait lutté sourdement contre l'Anglais, conspirant et bataillant sans cesse dans la clandestinité pour ramener Paris à son roi légitime. Ainsi que Catherine l'entendit chuchoter dans son dos, c'était lui qui, au matin du 13 avril, avait ouvert la porte Saint-Jacques devant les troupes du Connétable, tandis qu'à l'autre bout de la ville, à la porte Saint-Denis, son fils Jean créait diversion pour faire croire à une attaque des Français et y attirer les Anglais.

Une fois dans la ville, Richemont n'avait plus eu qu'à balayer devant lui. Reconnaissant, autant que les Parisiens qui avaient enfin retrouvé le goût du pain, le Connétable avait élevé sur-le-champ le vieux bourgeois à cette dignité amplement méritée et, à cette minute, Lallier vivait là son heure de gloire, car, à sa vue, la foule avait éclaté en louanges et en bénédictions.

— Tenez ! souffla Saint-Simon, voilà le Connétable !

— Il est le parrain de ma fille, riposta Catherine, sèchement. Je le connais depuis longtemps.

Mais elle éprouvait à le voir un vrai soulagement. Elle retrouvait avec joie ce visage affreux, balafré, couturé de vingt blessures qui cependant ne parvenaient pas à ôter toute séduction au regard bleu, candide et clair comme celui d'un enfant. Carré, presque aussi large que haut, mais athlétique et sans un pouce de graisse, le prince breton portait son armure aussi aisément que les pages leur tabard de soie et la joie du triomphe illuminait encore son visage hâlé, malgré le côté passablement lugubre de la cérémonie.

Des capitaines l'entouraient mais, à l'exception du bâtard d'Orléans, qui marchait auprès de lui et qui était son ami, Catherine n'en reconnut aucun. Il y avait là des Bourguignons et des Bretons, mais ni La Hire, ni Xaintrailles, les vieux amis de toujours, ni aucun autre de la bande habituelle.

L'inquiétude, un instant calmée par Bérenger, revint

à Catherine : Arnaud à la Bastille, La Hire et Xaintrailles absents, qu'est-ce que tout cela voulait dire ?

Elle n'eut pas le temps de se poser plus longtemps la question. Le jeune lieutenant venait de saisir sa main.

— Venez ! dit-il. Nous pouvons suivre la procession, maintenant.

Ils se jetèrent, en effet, sur les talons des derniers officiers sans que les soldats de la haie, bien entendu, s'y opposassent. Ils suivirent le cortège jusqu'à la cour Saint-Martin.

C'était un vaste quadrilatère au milieu duquel se dressait un orme tout brillant de ses feuilles nouvelles, mais l'arbre était bien la seule note souriante de l'endroit qui était sinistre. Une prison tenait tout un côté, avec un pilori qui se dressait devant sa porte. Les autres côtés étaient occupés par des porcheries et par un grand tas de fumier qui dégageait une odeur pénible.

Pourtant, c'était apparemment ce fumier qui était le point de mire de toute cette noble assemblée rangée en face de lui, tandis que des cordons de troupes l'encadraient. Quelques soldats se tenaient debout devant mais, au lieu de lances, de vouges ou de fauchards, ils portaient des fourches et de longs crochets. Ils paraissaient attendre.

Plusieurs cercueils, ouverts et garnis de linceuls de soie brodée, étaient posés dans un coin, non loin d'un groupe formé de plusieurs personnes en grand deuil que Richemont salua courtoisement.

L'évêque et le prieur s'avancèrent jusqu'au bord du tas d'immondices sur lequel, à la stupeur de Catherine, le vieux prélat, de sa main tremblante, traça le signe de la bénédiction avant d'entamer la prière des morts.

— Qu'est-ce que cela veut dire ? souffla la jeune femme. Je croyais que cette cérémonie était destinée à rendre hommage au Connétable d'Armagnac...

— Justement ! répondit tranquillement Saint-Simon : il est là-dedans.

— Dans quoi ?

— Dans le fumier, pardi ! C'est là que les bons Parisiens l'ont jeté, après l'avoir massacré, en 1418, quand ils se sont donnés au duc de Bourgogne. On lui a levé sur le dos une longue lanière de peau, puis on l'a massacré et jeté dans ce trou à fumier. Pas seul, d'ailleurs : il doit y avoir avec lui le Chancelier de France d'alors, messire Henri de Marle, et son fils, l'évêque de Coutances, plus deux notables : maître Jean Paris et maître Raymond de La Guerre ! Monseigneur de Richemont a donné ordre qu'on les tirât enfin de cette déplaisante situation pour leur donner des sépultures décentes. Bien entendu, les Bourguignons sont d'accord : vous voyez auprès du Connétable messire Jean Villiers de l'Isle Adam qui, le premier, a planté la bannière de France sur la porte Saint-Jacques. Ici, il fait un peu pénitence car, tous comptes faits, c'est lui-même, après avoir pris Paris, qui a réduit Monseigneur d'Armagnac au piteux état où nous allons le voir. Mais, ajouta-t-il en regardant Catherine avec une soudaine inquiétude, ce n'est peut-être pas un spectacle pour une dame !

— Je n'ai pas le cœur sensible, riposta la jeune femme, et je ne quitterai pas cet endroit sans avoir approché le Connétable. Et puis j'en ai vu d'autres, assura-t-elle crânement. Enfin, cette dame voilée de crêpe que j'aperçois là-bas, n'est-elle pas une femme ?

— C'est la dame de Marle, veuve du Chancelier et mère de l'évêque. L'épreuve est cruelle pour son cœur, mais elle a voulu venir.

Catherine lui jeta un regard plein de pitié. Elle se souvenait, en effet, avoir jadis entendu raconter à Dijon, et sur le ton de la réjouissance d'ailleurs, les horreurs qui s'étaient déroulées à Paris quand les Bourguignons avaient repris la ville aux Armagnacs. Elle se souvenait aussi d'avoir vu, attachée à la bannière du comte Jean IV d'Armagnac, fils du Connétable massacré et frère de Cadet Bernard, un long ruban rougeâtre et parcheminé qui était la peau levée sur le dos de son père que les Bourguignons lui avaient fait parvenir.

Mais elle avait vite oublié les horreurs du récit et même l'affreuse relique, tandis que maintenant, en face de cet énorme fumier où les fourches des soldats commençaient à fouiller, elle se retrouvait face à face avec les atrocités d'une guerre civile dans laquelle son enfance avait sombré et qui, doublée d'une guerre étrangère, avait mené le royaume à deux doigts de sa perte.

C'était absurde, tout ce sang versé, toutes ces souffrances, absurde et inutile puisque, après tant d'années, tant de fureurs, l'homme qui avait ordonné un massacre pouvait, à cette heure et avec toutes les marques du respect regarder calmement tirer d'un fumier les cadavres de ceux qu'il y avait jetés.

Presque cent années de guerre, de luttes fratricides, d'assassinats, de guets-apens, de politique, de honte, de gloire et de misère mélangés pour en arriver là ! Encore avait-il fallu, pour ramener dans la voie du salut le pays ravagé, rongé jusqu'à l'os et presque moribond, l'holocauste brûlant de Jeanne, le rayonnement effroyable et cependant triomphant du bûcher de Rouen...

Les soldats poursuivirent leur horrible besogne. Malgré le vent frais qui faisait voleter la soie des bannières et les longs cheveux blancs de l'évêque, l'odeur devenait épouvantable. Elle s'échappait par bouffées nauséabondes des énormes fourchetées, dégoulinantes de purin que les hommes arrachaient à la masse noirâtre. Il fallait chercher profondément car, depuis dix-huit ans, le trou à fumier avait eu le temps de devenir montagne.

Cela dura longtemps. Quand, enfin, un premier squelette fut dégagé, de nombreux mouchoirs étaient sortis des poches et au creux de quelques mains se cachaient des pommes de senteur.

Catherine, comme les plus nombreux, avait placé son mouchoir devant son nez, mais le mince carré de batiste où ne s'attardait plus qu'une trop légère trace de verveine se révéla bien vite insuffisant et la jeune femme se sentit pâlir. Saint-Simon avait raison : non seulement ce spectacle n'était pas fait pour une femme, mais encore il était positivement insupportable.

Elle ferma les yeux pour ne pas voir l'affreux débris humain que deux moines enveloppaient d'un linceul de soie blanche pour le déposer dans l'un des cercueils, les rouvrit, mais tourna la tête, cherchant instinctivement une issue... Elle se sentait faible tout à coup et souhaitait s'en aller, sinon dans peu de temps elle allait sans doute se couvrir de ridicule, perdre connaissance au milieu de tous ces gens et en face de cette femme qui, sous ses voiles noirs, demeurait rigide et apparemment insensible.

Se sentant étouffer, elle tira de nouveau sur le camail qu'elle avait remis, dégagea sa tête et s'essuya le front d'une main mal assurée. Ce faisant, son regard rencontra un autre regard, plein à la fois de surprise et de joie, celui d'un homme en armure qui se tenait à quelques pas du Connétable, son casque sous le bras, un homme dont elle eut une peine infinie à ne pas crier le nom en le reconnaissant.

— Tristan ! Tristan l'Hermite...

Elle ne l'avait pas reconnu tout de suite. Il n'était pas arrivé avec la procession mais un peu plus tard et elle avait à peine remarqué cette haute silhouette qui se promenait lentement entre les rangs des assistants, paraissant surveiller.

Jamais, jusqu'à présent, elle n'avait vu Tristan armé de toutes pièces. De plus, les cheveux blonds, qu'il portait assez longs lors de leur dernière rencontre, étaient maintenant taillés très court, formant la sévère calotte en couronne qu'exigeait le port du heaume.

Mais lui aussi venait de réaliser qui était ce mince gentilhomme vêtu de noir debout auprès de Saint-Simon et déjà, fendant la foule, il se dirigeait vers la sortie de la cour en faisant signe à Catherine de l'y rejoindre.

Non sans peine et grâce à l'aide du lieutenant qu'elle avait renseigné rapidement, elle parvint à se frayer un passage, retrouva Tristan dans le recoin formé par l'un des contreforts de l'église et, sans hésiter, se jeta à son cou pour l'embrasser.

— Vous êtes exactement celui que j'avais besoin de voir ! Tristan ! Mon cher Tristan ! Quelle joie de vous rencontrer !

Il lui plaqua deux baisers sonores sur les joues, puis, l'écartant de lui, la tint au bout de ses bras pour mieux la voir.

— C'est moi qui devrais dire cela ! Quoique je ne devrais pas être tellement surpris. Je vous connais trop pour ne pas avoir imaginé que vous accourriez du fond de votre Auvergne dès que vous apprendriez la nouvelle. Ce que je ne comprends pas c'est comment vous avez pu faire aussi vite ! Qui, diable, a bien pu vous renseigner ? Xaintrailles ?

Elle le considéra avec inquiétude. Le sourire qui éclairait un peu ses traits lourds de Flamand donnait quelque vie à un visage dont la froide impassibilité était déjà proverbiale, mais n'atteignait pas les yeux, d'un bleu si pâle qu'il semblait glacé. Ils recelaient une sévérité que Catherine n'y avait encore jamais vue, du moins s'adressant à elle, et l'angoisse de tout à l'heure revint : qu'avait bien pu faire Arnaud qui ait justifié qu'on la prévienne ?

— Il y a seulement un instant que j'ai appris l'arrestation de mon époux ! Et je ne sais toujours pas pourquoi...

— Dans ce cas, pourquoi êtes-vous ici ?

— Pour demander de l'aide. Ma ville est assiégée par un chef de pillards, Bérault d'Apchier et ses fils. Ils en veulent à nos terres, à nos gens, à nos biens et même à notre vie car les Apchier ont dépêché ici leur bâtard, afin qu'il gagne la confiance d'Arnaud et puisse l'assassiner plus commodément.

Le sourire avait déjà disparu du visage de Tristan, mais, dans son regard, la sévérité se fit colère.

— Les Apchier ! Encore un clan de nobles bandits ! J'ai déjà entendu parler d'eux. Je sais qu'ils étaient au mont Lozère avec le Castillan. Quand nous aurons rejeté l'Anglais à la mer, je m'occuperai d'eux. Pour le moment...

— Pour le moment, s'emporta Catherine qui commençait à trouver que son ami ne mettait pas dans leurs retrouvailles toute la chaleur désirable, je veux savoir ce qu'a fait Arnaud et pourquoi on l'a mis à la Bastille.

— Il a tué un homme.

La stupeur, mais non l'indignation, arrondit la bouche de Catherine, ce n'était que ça ?

— Il a tué... et après ? Que fait une armée qui attaque une ville, que fait la ville qui se défend, que font les soldats, les capitaines, les princes et les manants, en ces temps sans pitié, sinon tuer, tuer, tuer encore ?

— Je sais tout cela aussi bien que vous. Mais il y a tuer et tuer. Venez... ajouta-t-il en constatant que leur conversation avait des auditeurs attentifs, ne restons pas ici ! Qui est ce garçon qui vous accompagne ?

— Mon page : Bérenger de Roquemaurel de Cassaniouze. C'est un poète... mais il se bat bien quand il le faut.

— Il ne s'agit pour le moment de battre personne, mais d'aller s'expliquer dans un endroit plus tranquille. Saint-Simon, avertissez discrètement Monseigneur le Connétable que je m'absente et remplacez-moi. Mais ne lui parlez sous aucun prétexte de cette dame. Je la lui amènerai moi-même en temps voulu. Archers ! Faites-nous place !

La boule de l'angoisse, si familière à Catherine, noua sa pelote au fond de sa gorge. Qu'est-ce que tout cela voulait dire ? Pourquoi Saint-Simon ne devait-il parler d'elle « sous aucun prétexte » au Connétable ? Et dans quel but devrait-elle aller vers lui, conduite par Tristan ? Arnaud avait tué. Mais qui ? Mais comment ? En vérité, il aurait tué le Roi lui-même que l'on ne ferait pas plus de mystère.

Le cœur serré, elle suivit le Flamand. Bérenger, muet comme un poisson, trottait sur ses talons.

L'impression que Tristan l'Hermite était devenu un personnage important se renforça chez Catherine en voyant avec quel zèle les hommes d'armes leur ouvraient un passage, puis amenaient les chevaux. Sans mot dire, Tristan enfourcha un grand étalon rouan puis prit la tête de la petite caravane.

Comme il ne semblait toujours pas disposé à parler, Catherine choisit de chevaucher à quelques pas derrière lui. Sa joie de tout à l'heure était tombée. Maintenant, elle se sentait mal à l'aise car elle ne retrouvait plus, en son ancien compagnon d'aventure, la sollicitude sans démonstration, mais efficace, à laquelle il l'avait habituée. On aurait dit qu'il lui en voulait... Mais de quoi ? L'homme qu'Arnaud avait tué était-il d'une telle importance ? D'autre part, elle en était persuadée, Arnaud n'était pas homme à frapper sans raison et si son caractère l'emportait souvent, du moins n'était-ce jamais aux limites de la folie.

Silencieusement, les trois cavaliers suivirent la rue Saint-Martin jusqu'à l'église Saint-Jacques-de-la-Boucherie, mais l'inquiétude de Catherine croissait à mesure que l'on avançait.

De nombreux soldats croisaient leur chemin car la ville était trop fraîchement délivrée pour n'être pas occupée militairement, mais tous ces hommes, en apercevant Tristan l'Hermite, montraient un respect inusité jusqu'à présent, un respect où la crainte semblait entrer pour une large part. Or, rien dans son aspect extérieur n'indiquait un rang ou un grade quelconque. Son armure d'acier poli n'offrait aucun signe de luxe et son casque ne s'ornait d'aucune marque distinctive, pas même du plus modeste tortil. Seule la cotte d'armes portant les hermines et les lions de Richemont indiquait l'appartenance au prince breton, mais il n'y avait vraiment rien dans tout cela qui justifiât l'espèce d'inquiétude peinte sur tous les visages.

Et, cependant, la tristesse de Catherine se faisait plus lourde à chacun des pas de son cheval. L'angoisse montait jusqu'à devenir insoutenable, d'autant plus que – elle osait à peine se l'avouer – Tristan lui faisait peur maintenant...

Elle avait l'impression pénible que l'ami d'autrefois s'était durci et éloigné, qu'il se cachait peut-être derrière cette statue d'acier bleu dont le regard glacé barrait le chemin des souvenirs et semblait en interdire toute évocation. Et puis, il y avait ces rues que l'on parcourait, ces maisons qui défilaient lentement au rythme de la marche. La plupart criaient la misère, l'abandon, la souffrance par leurs fenêtres sans vitres ou même sans chambranles, leurs toits crevés, leurs portes arrachées ouvertes sur le vide et le silence dont seuls quelques chats faméliques, rescapés de la grande faim qui venait de s'achever, étaient les hôtes furtifs.

Depuis que Paris était anglais, Paris avait perdu le quart de sa population, soit quelque quarante-cinq mille habitants. La plus grande ville du monde avait subi une lourde saignée.

Il y avait bien, au milieu de ces demi-ruines, quelques demeures dont les façades se montraient impeccables, les vitres brillantes, les girouettes dorées et les toits aussi luisants que le corps d'un poisson fraîchement pêché, mais ces maisons, dont la splendeur proclamait la complaisance de leurs habitants envers l'occupant étranger, ne faisaient qu'ajouter par contraste à la mélancolie de cette ville fantôme.

La vie, cependant, y revenait peu à peu. Ici et là, des ouvriers étaient au travail, grimpés sur un échafaudage ou en équilibre sur une échelle, bouchant une lézarde, replâtrant un mur dans les croisillons des colombages ou redressant la charpente effondrée d'un toit. Le bruit des marteaux et des scies, qu'accompagnait parfois une chanson, se répercutait de rue en rue jusqu'au rempart où les maçons du Connétable étaient déjà à l'œuvre pour réparer les brèches et relever les ruines.

Cela résonnait comme le prélude grave d'une résurrection qui avait le droit de s'afficher maintenant que, sur les places et dans les carrefours, Richemont avait fait proclamer et placarder le pardon royal à la capitale qui si longtemps l'avait renié. Ainsi amnistiés, et d'ailleurs rachetés par le courage qu'ils avaient montré en attaquant eux-mêmes leur garnison anglaise, les Parisiens se remettaient au travail.

Mais Catherine regardait tout cela comme si choses

et gens eussent été transparents. Même la misère, la désolation qui se levaient à chacun des pas de son cheval ne trouvaient pas d'écho en elle qui les voyait à peine. Ses yeux s'en écartaient bien vite pour revenir se poser sur le dos de l'homme qui chevauchait devant elle, comme s'ils eussent possédé le pouvoir de lire ce qu'il y avait d'écrit dans le cœur et dans la mémoire de Tristan.

L'attente qu'il lui imposait était si cruelle qu'elle aurait pu se mettre à crier, là, au beau milieu de la rue, pour rien... pour relâcher la tension angoissée de ses nerfs... pour l'obliger, peut-être, à parler. Seigneur Dieu ! Était-ce donc si difficile à dire qu'il fallût tant de précautions ?

Tristan l'Hermite était un homme qui savait parler net et franc, qui n'avait pas besoin de choisir ses mots, de préparer ses phrases... à moins qu'il n'eût à lui apprendre quelque chose d'atroce... d'inouï ! Mon Dieu ! Ce voyage à travers le fantôme d'une ville ne finirait-il jamais ?

Comme on traversait la place de Grève où l'échafaud de maçonnerie montrait une regrettable fraîcheur auprès de la Maison aux Piliers, qui aurait eu grand besoin d'une sérieuse restauration, Catherine entendit son page soupirer :

— Est-ce vraiment là Paris ? J'imaginais tellement autre chose !...

— C'était Paris et bientôt ce sera de nouveau Paris ! fit-elle avec un peu d'agacement, car, à cette minute, le sort de Paris lui était immensément égal.

Cependant, pour essayer de faire plaisir à son page, elle ajouta :

— Cette ville redeviendra ce qu'elle était lorsque j'étais enfant : la plus belle, la plus savante, la plus riche... la plus cruelle et la plus vaniteuse aussi !

La voix de la jeune femme se fêla sur les derniers mots et Bérenger comprit que ses souvenirs d'enfance n'étaient peut-être pas tous aussi doux qu'il l'aurait souhaité. Il retomba dans le silence d'où l'aspect pitoyable de la cité l'avait tiré.

D'ailleurs, on arrivait.

Tristan l'Hermite mit pied à terre devant une auberge. Située dans la rue Saint-Antoine, face aux grandes murailles d'un hôtel sévèrement gardé, entre la rue du Roi-de-Sicile, et les vestiges de l'antique muraille de Philippe Auguste, cette auberge conservait une apparence prospère et son enseigne, sur laquelle s'étalait un aigle aux ailes déployées, était repeinte et dorée à neuf.

— Vous allez vous installer ici, déclara-t-il à Catherine en lui offrant la main pour l'aider à descendre. Les capitaines anglais affectionnaient l'hôtel de l'Aigle, dont la renommée date de plus d'un siècle. De ce fait, il n'a pas trop souffert de la pénurie. Vous y serez aussi bien que possible. Ah ! voici maître Renaudot...

L'aubergiste, en effet, accourait, essuyant ses mains à son tablier blanc, l'échine déjà prête à se courber. Il regarda Tristan... et se plia en deux en un salut où Catherine retrouva le respect des soldats, avec tout de même un peu moins de crainte.

— Seigneur Prévôt ! s'écria-t-il. C'est un honneur de vous voir ici ! Que puis-je pour votre service ?

— Prévôt ? s'étonna la jeune femme. Vous aussi, mais de quoi ?

Pour la première fois, il lui sourit tandis qu'une pointe d'humour venait éclairer la froideur de son regard.

— Vous trouvez que c'est un titre quelque peu galvaudé, n'est-ce pas ? Rassurez-vous, nous ne sommes que trois ici : messire Philippe de Ternant, Maître Michel de Lallier et moi-même : Prévôt des maréchaux, pour vous servir ! Ce qui veut dire que je suis chargé de toute la police militaire des armées du Roi. J'ajoute que Monseigneur de Richemont m'a également conféré le titre de Grand Maître de l'Artillerie et de capitaine de Conflans-Sainte-Honorine, mais je n'ai pas l'intention de garder les canons qui ne sont guère de mon emploi. Je préfère ma prévôté.

— Voilà pourquoi les hommes d'armes vous saluent avec cette considération... un peu inquiète ?

— En effet ! On me craint car j'applique sans faiblir la loi et la discipline sans lesquelles il n'est point d'armée possible... et le Connétable tient à ce que la sienne soit un modèle du genre.

— Sans faiblir ? Jamais ?

— Jamais ! Autant vous l'apprendre tout de suite afin que nous puissions parler plus librement... C'est moi qui ai arrêté le capitaine de Montsalvy.

— Vous !... Votre ami ?

— L'amitié n'a rien à voir là-dedans, Catherine. Je n'ai fait que mon devoir. Mais venez par ici. Tandis que les chambrières vont préparer votre logis, maître Renaudot voudra bien nous servir à dîner. Il lui reste heureusement quelques savoureuses salaisons et surtout quelques futailles d'excellent vin qu'il avait eu la précaution de mettre à l'abri en murant une partie de sa cave. Notre entrée dans Paris a fait tomber un mur de plus.

La figure rougeaude de l'aubergiste se fendit en un sourire satisfait.

— Les gens d'outre-Manche sont petits connaisseurs en vins. En dehors de leurs crus de Bordeaux, ils sont tout à fait incapables d'apprécier un vin convenable et je tenais à conserver les queues de Beaune ou de Nuits que je devais à l'amitié d'un mien cousin, sommelier de Monseigneur le duc de Bourgogne. Mais je serais heureux de vous y faire tâter !

— Apportez-en un plein pot, mon ami ! Ces voyageurs viennent de loin et ont grand besoin d'être réconfortés.

Un moment plus tard, Catherine, Tristan et Bérenger étaient attablés devant l'énorme cheminée de l'auberge sous des guirlandes d'oignons nouveaux et de jambons convenablement fumés qui pendaient des solives. En face d'eux, des gobelets d'étain et des écuelles voisinaient avec un chanteau de pain, des harengs salés, une oie rôtie et une pleine assiettée de gaufres dont le parfum proclamait les talents de maître queux de Renaudot.

Deux pichets de vin, l'un de Romanée, l'autre d'Aunis [1], leur tenaient compagnie.

Mais, tandis que Bérenger se jetait sur le festin avec un appétit de quinze ans décuplé par cent cinquante lieues à cheval, Catherine, bien qu'elle eût presque aussi faim que lui et volontiers dévoré, s'abstint de toucher à la nourriture, acceptant seulement un gobelet de vin. Encore était-ce parce qu'elle sentait ses forces l'abandonner et craignait de défaillir. Mais elle voulait des explications complètes et parfaitement claires et elle savait combien il est facile autour d'une table bien servie de minimiser les problèmes et de leur prêter de trop aimables couleurs.

Tristan l'Hermite s'étonna de cette sobriété, car le bel appétit de Catherine avait toujours fait son admiration.

— N'avez-vous donc pas faim ? Mangez, ma chère, nous causerons ensuite.

— Ma faim peut attendre. Pas mon anxiété... J'ai davantage besoin de savoir ce qui s'est passé que de me nourrir... et vous le savez parfaitement. Or, vous me laissez languir, imaginer... Dieu sait quoi ! Le pire, bien sûr ! Et si je vous écoutais, vous me lanterneriez encore. Ce n'est pas l'attitude d'un ami.

Le ton était raide. Un début de colère y vibrait. Le Prévôt ne s'y trompa pas et la chaleur d'autrefois reparut sur sa figure. Il étendit le bras, saisit la main de Catherine posée sur la table et la serra sans paraître remarquer qu'elle avait crispé le poing.

— Je suis toujours votre ami, affirma-t-il chaleureusement.

— Est-ce bien certain ?

— Vous n'avez pas le droit d'en douter. Et je vous le défends !

Elle haussa les épaules avec lassitude.

— L'amitié est-elle donc toujours possible entre le

1. Les raisins d'Aunis servent maintenant à la confection du cognac.

prévôt des maréchaux... et la femme d'un assassin ? Car c'est bien cela, n'est-ce pas, que vous m'avez laissé entendre ?

Tristan, qui, peut-être pour se donner une contenance, s'était mis à découper l'oie que Bérenger couvait d'un œil amoureux, releva à la fois la tête, le couteau et regarda Catherine avec étonnement. Puis, brusquement, il éclata de rire.

— Par Saint-Quentin, Saint-Omer et tous les saints de Flandres ! Vous ne changerez jamais, Catherine ! Votre imagination galopera toujours devant votre joli nez, avec autant d'ardeur qu'au temps où sous la défroque et les tresses noires d'une fille de Bohême vous vous êtes jetée à l'assaut du gros La Trémoille et l'avez mené à sa perte. Vous allez ! Vous allez !... Mais, Pâques-Dieu, je ne vous ai jamais donné matière à suspecter mon amitié.

— Matière non... mais tentation, oui ! Vous me connaissez bien pourtant, et cependant vous avez l'air de chercher à gagner du temps, comme s'il était si difficile de me dire tout uniment, en deux mots, ce qu'a fait au juste mon époux !

— Je vous l'ai dit ! Il a tué un homme ! Mais de là à le traiter d'assassin, il n'en a jamais été question. Ce faisant, il aurait plutôt agi en justicier.

— Et vous mettez les justiciers à la Bastille, maintenant ?

— Si vous n'arrêtez pas de m'interrompre pour protester, je ne dis plus rien.

— Pardonnez-moi !

— En fait, ce meurtre lui est reproché parce qu'il constitue surtout une désobéissance grave et un mépris patent de la discipline et des ordres reçus. Si je vous ai fait attendre un peu, c'est parce qu'effectivement je cherchais comment vous raconter cela sans vous faire pousser les hauts cris. Je voudrais que vous compreniez bien ma position... et aussi celle du Connétable puisque je n'ai agi que sur son ordre.

— Le Connétable ! murmura Catherine avec amertume. Lui aussi se disait notre ami ! Il est le parrain de ma fille et, cependant, il a ordonné...

— Mais, bon sang, comprenez donc qu'avant d'être parrain de Mademoiselle de Montsalvy, il est d'abord le chef suprême des armées du Roi. Un chef à qui même les princes du sang doivent obéissance absolue ! Votre Arnaud n'est pas frère du Roi, que je sache, et, cependant, il a désobéi aux ordres donnés !

Puis, comme il voyait les yeux de Catherine s'emplir de larmes et ses doigts jouer nerveusement avec une boulette de pain, il ajouta, bourru :

— Maintenant, cessez de bouder contre votre ventre ! Laissez-moi vous servir un peu de cet appétissant palmipède et ne vous croyez pas déshonorée ou simplement trahie parce nous aurons partagé le pain et le sel ! Nourrissez-vous, que diable ! Et puis écoutez-moi...

Vaincue, elle se laissa faire et, tout en emplissant l'écuelle de son invitée, Tristan fit enfin le récit de ce qui s'était passé, le 17 avril au matin, aux abords de la Bastille.

— Quand la ville fut nôtre et que l'espoir abandonna ses précédents maîtres, ils ne pensèrent plus qu'à vendre chèrement leur vie et coururent s'enfermer derrière les murs de la Bastille qui leur paraissaient les plus solides de tout Paris. Ils étaient environ cinq cents, tant Anglais que citadins dévoués à leur cause, et il y avait là, outre sir Robert Willoughby et ses hommes, le seigneur Louis de Luxembourg, Chancelier pour le roi d'Angleterre, l'évêque de Lisieux, Pierre Cauchon, quelques notables aussi parmi lesquels un grand bourgeois de la rue d'Enfer, Guillaume Legoix, maître de la Grande Boucherie...

Catherine eut un sursaut et s'écria :

— Pierre Cauchon ? Guillaume Legoix ? Vous êtes sûr ?

— Très sûr, voyons ! Pourquoi ? Vous les connaissez ?

— Les connaître ? Ah ! Dieu ! oui, je les connais !

— Comment est-ce possible ? Passe encore pour

Cauchon dont chacun en France sait la part criminelle qu'il a prise et la responsabilité qu'il porte dans la mort de Jeanne la Pucelle... mais ce Legoix ?...

— Ne vous imaginez pas que la vie à la campagne m'a rendue stupide, Tristan ! coupa Catherine avec impatience. Si je dis que je les connais, j'entends par là, personnellement... et pas pour mon bien, hélas ! Il y a beaucoup de choses de ma vie que vous ignorez ; entre autres celle-ci : la nuit qui a suivi la mort de Jeanne que nous avions tenté de sauver avec une poignée de braves gens, Arnaud et moi, Cauchon nous a fait coudre tous les deux dans un sac de cuir et jeter à la Seine ! Nous n'en sommes sortis que par la grâce de Dieu et le courage de l'un de nos compagnons. Quant à Guillaume Legoix... c'est mon cousin !

Instantanément, la figure de Tristan l'Hermite se figea dans la stupeur.

— Votre cousin ? articula-t-il. Comment cela ?

— Parce qu'avant de me nommer Catherine de Brazey, puis Catherine de Montsalvy, j'ai été Catherine Legoix, tout uniment. Mon père et Guillaume Legoix étaient cousins germains. Seulement le cousin est aussi l'homme qui, voici vingt-trois ans, au mois d'avril 1413, au temps de la grande émeute cabochienne, a massacré le frère aîné de mon époux : Michel de Montsalvy, alors écuyer de la duchesse de Guyenne...

— Qui est maintenant l'épouse du Connétable...

— Exactement ! Michel est mort au seuil de notre maison où je l'avais caché. La populace l'a déchiré et Legoix... d'un coup de tranchoir... l'a achevé. Il y avait du sang... du sang partout et j'ai vu cette horreur avec mes yeux de treize ans. J'ai failli en devenir folle, mais Dieu m'a fait la charité de m'ôter la conscience tandis que les furieux pendaient mon père et mettaient le feu à ma maison. Ma mère et moi... avons trouvé refuge dans la Cour des Miracles, tandis que Caboche enlevait ma sœur et la violait ! C'est là que j'ai rencontré ma bonne Sara... Elle m'a soignée... sauvée...

Au fil des paroles se renouait celui des souvenirs.

Devant les yeux de Catherine, les images d'autrefois renaissaient et, au fond de sa mémoire, elle retrouvait, comme un trésor enfoui depuis longtemps, ses impulsions adolescentes dans leur fraîcheur première.

Vingt-trois ans pourtant !... vingt-trois ans que son cœur d'enfant avait lancé son premier cri d'amour, sitôt suivi d'une plainte d'agonie. C'était hier, en vérité, qu'elle avait vu Michel abattu sous ses yeux, alors qu'elle avait tout risqué pour l'arracher à la mort. Elle l'avait aimé spontanément, au premier regard, comme la fleur en bouton éclate au soleil levant. En une seconde, il était devenu tout son univers et elle avait cru mourir de sa mort atroce.

Longtemps, longtemps ensuite, elle avait gardé la certitude que son cœur si profondément navré ne revivrait plus jamais... jusqu'à ce soir pluvieux où, sur une route du Nord, la trame relâchée du destin avait brusquement resserré ses fils en jetant, presque sous ses pas, le seul être capable de lui faire oublier le tendre et cruel amour de ses treize ans, remplacé à cette minute par la plus insensée, la plus brûlante et la plus merveilleuse des passions.

Des larmes coulaient silencieusement sur le visage de la jeune femme, chaudes et salées, pour glisser doucement de ses yeux clos aux commissures tremblantes de ses lèvres. L'homme et l'adolescent qui la regardaient osaient à peine respirer, craignant de troubler cette douloureuse rêverie. Ils se regardaient sans oser manifester leur présence, persuadés l'un et l'autre que Catherine les avait oubliés.

Mais, déjà, le présent la reprenait et, sans même ouvrir les yeux, elle demanda d'une voix enrouée :

— C'est lui, n'est-ce pas... c'est Guillaume Legoix que mon époux a tué ?

C'était à peine une question. La réponse était tout entière dans la science profonde, charnelle, qu'elle avait des réactions passionnelles de son époux.

— En effet ! Encore avons-nous pu intervenir à temps pour l'empêcher de tuer aussi Cauchon. Il avait dagué le boucher et, déjà, il tenait l'évêque, dans la poussière, la poitrine sous son genou et la gorge sous son gantelet.

Brusquement Catherine ouvrit les yeux tout grands et, sans transition, explosa littéralement :

— Ah ! Vous êtes arrivés à temps ? Et vous en êtes fiers, on dirait ? Fiers d'avoir sauvé la vie de ce porc, de ce monstre qui a brûlé Jeanne ! Mais non seulement vous n'auriez pas dû l'empêcher, mais vous auriez dû, de vous-même, le pendre à la première potence venue. Quant à mon époux, sachez que non seulement je ne lui reproche pas ce qu'il a fait, mais j'en aurais fait tout autant... et pire encore peut-être, car ce n'était que justice, pure, simple et bonne justice amplement méritée ! Quel homme, digne de ce nom, peut rester les bras croisés et l'âme absente quand passe devant lui l'assassin de son frère ? Pas le mien, en tout cas ! On a du sang, chez les Montsalvy, du sang bouillant, ardent, généreux, que l'on ne regarde pas à verser pour le Roi ou pour le pays.

— Je n'ai jamais dit le contraire, grogna Tristan, et tout le monde sait depuis longtemps, dans l'armée, que votre époux possède le caractère le plus emporté qui soit. Mais, au fait, pourquoi donc n'a-t-il pas dit les liens qui vous unissaient à ce Legoix et le mal qu'il vous avait fait ? Quand on l'a arrêté, il s'est borné à vociférer que Legoix était une charogne et qu'il avait fait justice.

— S'il l'avait dit, cela aurait-il changé quelque chose à son cas ? Et trouvez-vous qu'il y ait eu pour lui, dans ce cousinage, matière à fierté ? Voyez-vous, Tristan, mon époux n'aime guère rappeler que son épouse est née dans une boutique du Pont-au-Change, chez un brave homme d'orfèvre qui avait l'âme et les doigts d'un ange... mais aucun quartier de noblesse.

— Il a tort, bougonna Tristan, bien que je le comprenne. Pour ma part, je crois bien que je vous en aime davantage. Mais les grands féodaux sont d'une insoutenable arrogance. Ils oublient trop facilement que leurs nobles ancêtres n'étaient souvent, aux temps mérovingiens, que des culs-terreux, à moitié sauvages et un peu plus hargneux que leurs voisins. La noblesse, ça s'attrapait comme une maladie ! Mais non seulement ils n'en ont pas guéri, mais ils l'ont transmise à leurs descendants, en plus grave. Le droit de haute et basse justice ! Voilà le privilège auquel ils tiennent le plus... celui qui a poussé messire Arnaud à frapper malgré les ordres du Connétable.

— Au fait, reprit Catherine avec un pâle sourire, dites-moi tout de même comment cela s'est passé...

— Oh ! c'est facile : dès le premier soir de la libération, le Connétable s'est préoccupé de ces cinq cents bonshommes enfermés dans la Bastille. Il n'était pas animé de sentiments fort tendres envers eux... surtout envers Luxembourg et Cauchon. Il désirait forcer tout ce beau monde dans son repaire et lui donner l'assaut. Il comptait aussi sur le peu de vivres engrangés dans la forteresse, mais les braves gens qui nous avaient ouvert les portes, Michel de Lallier en tête, sont venus trouver Monseigneur et l'ont prié de se montrer clément.

» "Monseigneur, disaient-ils, s'ils veulent se rendre, ne les refusez pas. Ce vous est belle chose d'avoir recouvré Paris ! Prenez en gré ce que Dieu vous a donné..."

» Le Connétable a l'âme haute et il a cédé. Il a fait savoir qu'il accorderait les conditions qu'on lui demanderait. Le dimanche 15, ces conditions étaient signées sous la foi et le seing de Monseigneur. Elles accordaient à tous les reclus de la Bastille vie et bague sauves... mais les chassait de Paris.

» Deux jours après, le mardi matin, ils ont eux-mêmes ouvert les portes et sont sortis, se dirigeant vers la Seine. Il y avait une foule énorme qui les huait et les injuriait... Bien sûr, ça en démangeait pas mal d'ajouter à tout ça quelques projectiles, mais le Connétable avait fait savoir qu'il punirait de mort quiconque le ferait manquer la parole donnée. Il a d'ailleurs une certaine estime pour Lord Willoughby, qui est un vieux combattant d'Azincourt et de Verneuil. Il tenait à ce que les règles de la chevalerie fussent respectées. Mais, quand l'énorme Guillaume Legoix, blême et suant de peur, est passé devant lui, le capitaine de Montsalvy a vu rouge. L'homme allait à grands pas, jetant des regards craintifs autour de lui et serrant sur son cœur un sac rebondi qui contenait ce qu'il avait pu sauver de sa fortune.

» Il n'avait rien en lui, je dois le confesser, qui pût inspirer l'indulgence, la mansuétude ou n'importe quel beau mouvement pitoyable. Et j'irai même plus loin, Catherine : je crois qu'à la place de Montsalvy j'aurais agi exactement de la même façon et j'aurais eu tort. Car les ordres étaient les ordres et votre mari n'en a pas tenu compte.

» Il a regardé Legoix, sans bouger d'abord. Puis comme l'autre, voyant que les hommes d'armes maintenaient la foule pour faire le passage, se permettait un petit sourire ironique, il s'est déchaîné : arrachant sa dague du fourreau, il a couru au boucher et, en criant : “Souviens-toi de Michel de Montsalvy et sois maudit !” il lui a enfoncé l'arme en pleine poitrine. Legoix est tombé comme une masse, frappé au cœur.

» Alors, le capitaine s'est retourné vers Cauchon qui le regardait, figé sur place par l'épouvante, et, comme la dague poissée de sang avait glissé de son gantelet d'acier, il s'est jeté sur lui, les mains en avant, pour l'étrangler !

» Vous savez la suite : on l'a, sur l'heure, conduit dans un cachot de la tour Bertaudière... »

— C'est une honte ! s'écria Catherine.

— Et personne ne s'y est opposé ? s'insurgea en écho Bérenger qui avait depuis un moment cessé de manger. De tous ceux d'Auvergne qui sont venus ici avec lui, aucun n'a bougé ?

Le Prévôt eut un petit rire sans gaieté.

— Tu veux dire que nous avons failli avoir une bataille, mon garçon ! Il a fallu que Monseigneur lui-même les rappelât à la raison car, en bon Breton, il s'y connaît en têtes dures et sangs bouillants. Malgré cela, les chevaliers de Montsalvy se sont retirés en montrant les dents, comme des molosses fouettés. Et depuis, ils boudent ! Retranchés dans leurs quartiers, ils restent entre eux et refusent de rendre le moindre service. Croyez-moi, ils ne représentent pas un mince problème et le Connétable ne sait plus qu'en faire. Il y en a deux surtout, deux colosses blonds, qui roulent les « R » comme un torrent ses cailloux et qui menacent de démolir la Bastille pierre à pierre ! On les appelle Renaud et Amaury de...

— Roquemaurel ! acheva Bérenger visiblement épanoui. Ce sont mes frères, messire Prévôt, et s'ils menacent de démolir votre Bastille, prenez-y garde ! Ils sont fort capables de le faire !

Catherine vida son gobelet, fit la grimace comme si le vin était amer, puis, haussant les épaules :

— Ce qui m'étonne, c'est que l'on n'ait pas pensé à les renvoyer chez eux. C'est dangereux de maltraiter l'un des leurs sous leur nez.

— Ce serait notre plus cher désir ! grogna Tristan. Mais ils refusent de bouger ! Et puis, autant vous le dire tout de suite, nous manquons d'argent. Les troupes n'ont pas été payées depuis un bon moment. Ça leur donne un certain poids.

Avec un soupir, la jeune femme se leva, alla jusqu'à la fenêtre et contempla un instant la rue déformée par les carreaux en culs de bouteilles verts.

— Quand on a besoin des gens et qu'on ne peut pas les payer, on les respecte un peu plus. Pour éviter des ennuis, le plus simple ne serait-il pas de passer l'éponge sur le coup de sang de mon époux et de rendre à nos amis leur capitaine ? La raison qui a poussé Arnaud à désobéir ne vous paraît-elle pas assez noble et assez respectable ? Que vous faut-il de plus ? Il a vengé son frère... et mon père !

— Croyez-vous que le Connétable n'en ait pas conscience ? S'il n'y avait eu que lui, le sire de Montsalvy n'aurait jamais monté les escaliers de la Bertaudière ! Mais il y a l'armée, toujours difficile à tenir, il y a Paris qu'il faut impressionner... Enfin, il y a la veuve de Legoix qui, s'appuyant sur la parole du Connétable, réclame la tête du meurtrier de son époux !

— Quoi ?

Catherine se retourna tout d'une pièce. Elle était devenue si pâle que, dans ce vêtement noir, Tristan crut voir un spectre. Les traits crispés, les dents serrées, et les yeux démesurément ouverts, elle était effrayante et Tristan se précipita vers elle, craignant qu'elle ne tombât de toute sa hauteur sur les dalles de pierre. Il la saisit et elle ne fit pas un geste pour l'en empêcher, car tout son corps semblait tétanisé, mais elle le regarda avec une immense fureur.

— La tête d'Arnaud ! cria-t-elle. La tête d'un Montsalvy pour avoir abattu un boucher assassin ? Qui pourrait endurer pareille chose ? Êtes-vous donc tous devenus fous ? Ou bien est-ce moi ? Peut-être... après tout ! Peut-être est-ce moi qui suis en train de le devenir ! Arnaud... mon Dieu ! Est-ce que je ne vais pas me réveiller de ce cauchemar ? Mais vous êtes fous ! Vous êtes tous fous ! fous à lier, à enchaîner !

Elle avait pris sa tête entre ses mains et la secouait comme si elle cherchait à en faire sortir la cause de sa souffrance. Des larmes avaient jailli de ses yeux et creusaient des rigoles dans les traces de poussière qui marquaient ses joues. Elle criait et pleurait tout à la fois en se débattant contre l'homme qui essayait de la maintenir. Ses nerfs soumis à trop rude épreuve et depuis trop longtemps cédaient, lâchant les rênes à la course affolée d'une véritable tempête.

Bérenger avait bondi. Épouvanté, il tentait d'aider Tristan à maîtriser la jeune femme sans trop savoir ce qu'il convenait de faire en pareil cas. Ses gestes gauches le rendaient maladroit et il gênait le prévôt plus qu'il ne l'aidait.

Maître Renaudot, attiré par le bruit, accourut tout effaré et armé d'une cuillère dégouttante de sauce. Mais il jugea la situation d'un coup d'œil.

— L'eau, messire Prévôt ! conseilla-t-il. Il lui faut

un grand pot d'eau fraîche en pleine figure ! Rien de meilleur !

Bérenger alors se rua sur un pichet vide, courut le remplir au tonneau posé dans un coin et, de toutes ses forces, en envoya le contenu au visage de sa maîtresse, en la suppliant mentalement de lui pardonner cette irrévérence.

Mais cris et sanglots s'arrêtèrent net. Suffoquée, Catherine regarda en silence chacun des trois hommes, ouvrit la bouche pour dire quelque chose sans parvenir à articuler le moindre son, puis ferma les yeux et se laissa aller contre l'épaule de Tristan, vidée de toutes forces.

Aussitôt, celui-ci l'enleva dans ses bras.

— Sa chambre est prête ? demanda-t-il.

Renaudot s'empressa :

— Bien sûr ! Par ici, messire... Je vous montre le chemin...

Un instant plus tard, Catherine était étendue sur la moelleuse courtepointe d'un lit assez doux. Ses yeux étaient clos, mais elle n'était pas évanouie. Elle sentait, elle entendait tout ce qui se passait autour d'elle, alors même qu'elle n'avait plus la moindre force pour manifester le plus petit signe de conscience. Même ses pensées s'étaient effilochées, diluées et elle avait l'impression de planer dans une atmosphère de brume miséricordieuse. Et puis, surtout, jamais elle ne s'était sentie si fatiguée !

Plantés chacun d'un côté du lit, Tristan et Bérenger la regardaient d'un air perplexe, ne sachant trop que faire. Le page releva les yeux, considéra son vis-à-vis et dit :

— Le voyage a été dur, messire ! Elle avait tellement hâte d'arriver qu'elle est allée au bout de ses forces, surtout après les angoisses du siège. Et maintenant, au lieu de la joie, du soulagement qu'elle espérait... il y a ce désastre. Qu'allez-vous faire pour elle ?

C'était à peine une question. Plutôt une espèce de

mise en demeure et Tristan l'Hermite ne se trompa pas sur le ton agressif du page. Il haussa les épaules.

— La confier à l'épouse de l'aubergiste pour qu'elle la déshabille, la couche et veille sur elle. Il faut qu'elle dorme ! Et toi, mon garçon, tu ne ferais pas mal d'en faire autant : tes paupières tombent toutes seules. Moi, je vais voir le Connétable et lui raconter tout cela. Il a de l'amitié pour Dame Catherine : il acceptera certainement de la voir et de l'écouter. Elle seule peut quelque chose pour son mari.

— Est-ce que... Monseigneur est très irrité contre Messire Arnaud ?

Le visage de Tristan l'Hermite se durcit et un gros pli de souci se creusa entre ses sourcils blonds.

— Très ! avoua-t-il. Personne n'aime manquer aussi publiquement à sa parole et le Connétable n'est pas breton pour rien ! La dame de Montsalvy aura du mal à obtenir le pardon de l'imprudent...

— Mais enfin, s'écria le page prêt à pleurer lui aussi, il ne va tout de même pas faire exécuter le comte de Montsalvy pour si peu de chose ?

Tristan hésita puis, enveloppant le garçon d'un regard qui cherchait à jauger sa fermeté de caractère et ses possibilités d'encaissement, il déclara enfin :

— Peu de chose, une parole princière ? Malgré les grands services rendus, cela ne m'étonnerait pas que Montsalvy y laissât sa tête.

— Alors, s'écria le page prenant feu d'un seul coup, prenez garde ! Car il n'y a homme de cœur dans toute la Haute Auvergne qui ne prenne les armes et n'entre en rébellion contre le Connétable s'il ose prendre la tête d'un homme que tous respectent... simplement pour avoir fait bonne justice !

— Oh ! Oh ! Une révolte ?

— Cela pourrait aller jusqu'à une révolution, car les petites gens y prendront leur part. Dites bien à Monseigneur qu'il réfléchisse avant de frapper le comte... S'il le fait, c'est tout le pays qu'il frappera. Cela vaut peut-être la peine de laisser crier une bouchère engraissée à l'or de la trahison.

L'ardeur du page arracha un sourire au prévôt. Levant la main, il lui assena dans le dos une bourrade qui le fit trébucher.

— Tudieu, quel avocat vous faites, messire de Roquemaurel ! Vous n'êtes pas du même genre que vos frères, mais vous êtes au moins aussi efficace. Je dirai tout cela fidèlement... et d'autant mieux que j'aime, moi aussi, ces têtes folles de Montsalvy, lui comme elle. Reste ici, garçon, dors, reprends des forces et surveille ta maîtresse. Je reviendrai ce soir voir comment elle se trouve et lui dire où nous en sommes.

Il se dirigea vers la porte. Au-dehors, on entendait l'escalier crier sous le poids respectable de dame Renaudot qui montait en soufflant un peu, comme il convient quand on pèse près de deux cents livres. Mais, au moment d'en franchir le seuil, Tristan se retourna, sourcils froncés :

— Mieux vaudra l'engager à ne pas révéler, devant le Connétable et ses pairs, les liens... familiaux qui l'unissent à ce maudit Legoix ! Nul ne sait, à la Cour, qu'elle est de souche roturière. Pour l'illustration des Montsalvy et leur prestige, mieux vaut que l'on continue à l'ignorer.

Bérenger haussa les épaules.

— Je croyais que la noblesse était une maladie ? fit-il goguenard.

— Sans doute ! Mais c'est la seule dont on refuse farouchement de guérir. Et tu n'as pas idée comme ceux qui en sont le plus atteints méprisent les gens bien portants.

CHAPITRE VII

LA JUSTICE D'ARTHUR DE RICHEMONT

Pensant que la présence à Paris de la dame de Montsalvy pouvait inciter ceux d'Auvergne à sortir de leur coléreuse retraite, Tristan l'Hermite se hâta de leur apprendre la nouvelle.

En quittant l'auberge de l'Aigle, il se rendit tout droit au cabaret du Grand Godet, en Grève, où quelques-uns de leurs chefs tenaient leur permanence. Si l'on n'y mangeait plus de hérisson rôti, de tétine de vache ou d'« anguille des bois en gelée » (autrement dit de la couleuvre ainsi accommodée) comme naguère, au temps de la grande disette, la chère y était encore maigre. Par contre, l'aunis blanc et sec y était incomparable et les deux Roquemaurel, flanqués de leur inséparable Gontran de Fabrefort, autre luron du même bois qu'eux-mêmes, en avaient rapidement découvert les mérites.

En agissant ainsi, le prévôt avait conscience de servir aussi bien les intérêts de son maître, en obligeant les révoltés à sortir de leur trou, que ceux de ses amis Montsalvy, en fournissant à Catherine une vigoureuse escorte au moment où il lui faudrait affronter Richemont.

L'entretien fut bref. Les quelques conseils bien sentis que délivra Tristan furent dignement arrosés, comme il convenait entre gentilshommes, et, quand il se leva pour sortir, son départ fut salué de grandes claques cordiales appliquées sur son dos par Renaud de Roquemaurel et par une grande embrassade vineuse de Fabrefort qui le serra un instant dans ses bras en l'appelant son « bon frère ». On prit rendez-vous pour la matinée du lendemain.

Son message officieux délivré, Tristan se dirigea vers l'hôtel des Tournelles, l'élégante résidence des ducs d'Orléans, proche de la Bastille, et y rendit une visite discrète à un haut personnage sur l'appui duquel il savait pouvoir compter dans la circonstance présente. Il en sortit au bout d'une demi-heure, beaucoup plus détendu qu'il n'y était entré, et ce fut en fredonnant, assez faux mais avec conviction, un rondeau à boire, qu'il tourna enfin la tête de son cheval vers l'hôtel du Porc-Épic, naguère encore propriété du duc de Bourgogne, mais que Philippe le Bon avait fait offrir au Connétable en remplacement de son hôtel de Richemont, sis dans la rue Hautefeuille, proche des Cordeliers, qui lui avait été confisqué en 1425 par les Anglais et dont il ne restait plus grand-chose.

Le résultat de toutes ces allées et venues fut que le lendemain matin, quand les cloches de Sainte-Catherine-du-Val-des-Escholiers sonnèrent tierce [1], maître Renaudot se demanda si une émeute n'était pas en train de se former devant sa maison car, à cette minute précise, un escadron de vigoureux percherons déversa, au seuil de l'auberge, une troupe de gentilshommes à la mine fière mais haute en couleur, et singulièrement bruyants.

Ils parlaient tous à la fois, avec des voix profondes, habituées à crier dans les orages montagnards et issues de poitrines qui avaient déjà connu le corps à corps avec des ours. À leur accent, l'aubergiste comprit qu'ils étaient tous auvergnats. Quelques-uns, d'ailleurs, étaient sortis pour la première fois de leurs terres en l'honneur

1. Environ 9 heures du matin.

de la libération de Paris, et ceux-là ne parlaient guère que le patois, la vieille langue arverne où se mêlent si bien le granit et le soleil.

Mais le français que parlaient deux géants blonds, dont l'un semblait être la copie à peine réduite de l'autre, était sans défaut comme sans réplique. Aussi aisément qu'il eût fait d'un simple panier, Amaury de Roquemaurel saisit Renaudot par les oreilles et le reporta délicatement à l'intérieur de son auberge, en lui intimant l'ordre d'aller prévenir la dame de Montsalvy que son escorte était prête à la conduire chez le Connétable.

L'aubergiste n'eut garde de protester et, peu désireux de voir se poursuivre un traitement pour le moins douloureux, il sauta à bas de la table où le chevalier l'avait déposé et, le visage ruisselant de larmes, courut vers l'escalier, rata une marche, s'étala au grand dommage de son nez et, pleurant de plus belle, disparut dans les hauteurs. Mais il n'eut pas besoin de délivrer son message, car il trouva la jeune femme au seuil de sa porte. Elle lui sourit :

— Allez leur dire que je descends, maître Renaudot. En vérité, il était inutile de vous envoyer : ils ont fait tant de tapage qu'à moins d'être sourd tout le quartier doit savoir, à cette heure, que je dois me rendre chez Monseigneur de Richemont. Mais je vous demande de leur pardonner leur enthousiasme un peu... brutal.

À travers ses pleurs, Renaudot lui rendit son sourire, nuancé toutefois d'une franche admiration, car la femme qu'il avait en face de lui ne ressemblait plus du tout au jeune voyageur exténué de la veille.

Avertie dès l'aube par un message de Tristan, laissé la veille au soir, que Richemont la recevrait à l'heure du dîner[1], elle avait fait une longue toilette et revêtu l'une des deux robes apportées dans son mince bagage. En effet, elle connaissait trop le monde et surtout la Cour pour commettre l'erreur de se présenter dans l'atti-

1. Que l'on prenait alors vers 11 heures du matin.

rail misérable d'une suppliante issue tout droit de sa province.

De tout temps, sa beauté exceptionnelle avait été sa meilleure arme. Qu'elle eût dépassé trente-cinq ans n'y avait rien changé, sinon pour la rendre plus moelleuse et plus envoûtante. En cela, elle pouvait dire que ses épreuves l'avaient servie car, lorsqu'elle contemplait certaines femmes de son âge, précocement déformées par les maternités, vieillies par le laisser-aller ou l'ignorance des soins corporels, Catherine bénissait son séjour à Grenade dans la maison d'une grosse Éthiopienne, que l'on appelait Fatima la Baigneuse, et d'où elle avait rapporté de sévères principes et de précieuses recettes grâce auxquels la fuite des années ne lui faisait aucunement peur.

Ce matin, elle reçut comme un hommage tout naturel le regard ébloui que l'aubergiste lui dédia. Toutes traces de fatigue ou de douleur effacées, Catherine se savait belle et élégante dans une longue robe de velours noir, haut ceinturée sous les seins et sans ornements autres qu'une bande d'hermine neigeuse bordant le double décolleté en pointe qui, dans le dos, descendait jusqu'à la ceinture, les étroites et longues manches et le bas de la robe qui se prolongeait en une traîne de trois pieds.

Sur ses magnifiques cheveux d'or, dont les tresses soyeuses lui faisaient une royale couronne, elle portait, posé très en arrière, un petit hennin tronqué, en satin blanc, qui servait tout juste de support à un flot nuageux de merveilleuses dentelles de Malines, présent de Jacques Cœur.

Quant aux bijoux, outre l'émeraude gravée qui brillait sur sa main, la jeune femme portait une autre pierre, à peu près semblable, sinon qu'elle était plus grosse et plus lumineuse encore, tremblant au creux de ses seins au bout d'une chaîne d'or aussi mince qu'un trait de plume. Le vert des pierres et la blancheur de l'hermine faisaient chanter le ton doré de son visage, tandis que le velours, porté à même la peau, dessinait son buste, ses épaules et ses bras avec une précision absolue.

Impressionné, émerveillé, Renaudot reculait vers l'escalier comme devant une apparition. Sans doute y eût-il chu une fois de plus si Catherine ne l'avait arrêté d'une question :

— Avez-vous vu mon page ?

— Le jeune messire Bérenger ? Non, noble dame ! Je l'ai vu sortir tout à l'heure, peu après le lever du jour, mais ne l'ai point vu revenir.

— Où peut-il être ?

— D'honneur, Madame, je n'en sais rien. Mais il semblait fort pressé...

Catherine eut un soupir de contrariété. Porter la traîne d'une dame lorsqu'elle se rend en cérémonie faisait partie des obligations d'un page. Jusqu'à présent, c'était un genre de service que Catherine n'avait encore jamais demandé à Bérenger, car, à Montsalvy, l'existence, si elle était élégante, était dépourvue de décorum. Or, juste au moment où elle allait avoir besoin de son page, celui-ci trouvait le moyen de filer sans prévenir. Et Dieu seul savait quand il rentrerait et si même il ne se perdrait pas dans ce Paris qui lui était totalement inconnu !

Résignée à se passer d'une compagnie qu'elle avait appris à apprécier, Catherine se décida à rejoindre sa bruyante escorte, un peu inquiète d'ailleurs de la figure qu'elle ferait ainsi entourée de démons déchaînés, aussi braillards que contestataires.

Richemont pouvait ne pas apprécier tellement un cortège aussi bruyant autour d'une épouse éplorée. Mais il était certain, d'autre part, qu'une escorte composée des Roquemaurel, Fabrefort, Ladinhac, Sermur et autres gens d'Auvergne, surtout mécontents, pouvait introduire dans le débat un poids incontestable. Richemont y regarderait peut-être à deux fois avant de jeter ces gens-là dans une rébellion qui ne ferait de bien à personne.

Avant de quitter sa chambre, Catherine avait fait une longue prière à Notre-Dame du Puy-en-Velay, à laquelle, depuis son départ pour Compostelle de Galice, elle avait toujours gardé une tendre vénération et une entière confiance. Forte de cette confiance, elle acheva de descendre l'escalier bruyant de Renaudot et prit pied dans la salle où un silence soudain l'accueillit.

Comme s'ils avaient été touchés par la baguette d'un enchanteur, les chevaliers demeurèrent figés dans le geste qu'ils faisaient au moment où la jeune femme était apparue : les uns la bouche ouverte, les autres gardant le gobelet plein à mi-chemin des lèvres, mais tous pétrifiés par la beauté racée de cette femme que ce décor d'auberge faisait plus précieuse et plus insolite.

Malgré la peine qu'elle avait éprouvée à revoir ainsi, réunis et joyeux malgré tout, ceux qu'elle avait vus partir avec Arnaud, elle leur sourit à tous l'un après l'autre, partageant ainsi la bienvenue collective qu'elle leur adressait.

— Je vous souhaite le bonjour à tous, messeigneurs, et tiens à vous dire la joie, le réconfort que j'ai de vous voir ici, tous réunis pour défendre ma cause...

— Votre cause, Dame Catherine, elle est aussi la nôtre ! gronda Renaud de Roquemaurel. Je dirais même qu'elle est d'abord la nôtre, gens de guerre, car, si le malheur voulait que l'on mît à mal Montsalvy, qui donc, chez nous, accepterait encore de servir un prince qui nous refuse le droit de justice... et qui paie si mal.

— Quoi qu'il en soit, je vous remercie, Renaud ! Mais qui donc vous a prévenus de mon arrivée !

— Ce grand escogriffe flamand qui sert de chien de garde au Connétable ! jeta le sire de Ladinhac avec un dédain qui déplut à Catherine.

— Messire l'Hermite est notre ami de longue date, riposta-t-elle sèchement. Votre présence ici le prouve. Et je ne saurais trop vous conseiller plus de considération, messire Alban, lorsque vous parlez d'un homme qui cumule les fonctions de Grand Maître de l'Artillerie et de Prévôt des maréchaux.

— Oh ! L'artillerie ! Ce n'est pas grand-chose : des gueules de bronze dont les boulets vont tomber où ils peuvent ! Cela ne vaut pas un gros escadron ni...

Peu désireuse d'entamer une polémique sur les mérites comparés des canons et des cavaliers, Catherine, désespérant de voir arriver Bérenger, jeta autour d'elle un regard circulaire et dit :

— L'heure de l'audience est proche, messeigneurs ! Lequel de vous m'offrira la main pour aller devant le Connétable ?

Ce fut un tumulte, une ruée. Tous s'offraient et peut-être une bataille eût-elle résulté de cette émulation si une voix, froide et nette, n'avait dominé le vacarme :

— Avec votre permission, messires, ce sera moi !

Le silence se fit instantanément, tandis que, tels les flots de la mer Rouge à l'appel de Moïse, la troupe turbulente s'ouvrait en deux. Mais, dans le chemin laissé libre, ce fut un homme, seul et sans armes, qui s'avança.

Magnifiquement vêtu d'une hucque de velours vert et de chausses collantes, noires, disparaissant dans de longues bottes à revers en daim montant jusqu'à mi-cuisses, le nouveau venu portait avec élégance un grand manteau de velours noir brodé d'or, dont les larges manches déchiquetées laissaient voir la doublure de taffetas vert. Une lourde chaîne d'or passée à son cou et un chaperon de velours vert, dont le pan était retenu par un griffon d'or, complétaient un costume que tous ces provinciaux, vêtus de mailles d'acier et de cuir taché, contemplèrent avec une admiration que n'entachaient d'ailleurs ni critique, ni envie.

Tous, en effet, respectaient et aimaient celui que l'armée, avec une brutalité nuancée de tendresse, appelait tout uniment « le Bâtard », comme s'il fût seul de son espèce, celui dont le nom réel était Jean d'Orléans et dont l'histoire se souviendrait sous celui de son comté de Dunois [1]. Mais, pour les femmes, dont il était grand amateur, c'était avant tout un homme plus séduisant que la plupart des autres, plein de charme, de vaillance et de gentillesse... Et, bien que ses armoiries quasi royales

1. *Note de l'auteur :* C'est seulement en 1439 que le comté de Dunois fut attribué au Bâtard, mais je lui ai donné ce nom à l'avance pour plus de clarté.

se brisassent d'une barre d'argent senestre[1], le fils de Louis d'Orléans, l'assassiné de la poterne Barbette, et de la belle Mariette d'Enghien, avait rang de prince. En l'absence de son demi-frère, Charles, le duc en titre toujours retenu en geôle anglaise, c'était lui qui gouvernait la ville et les terres d'Orléans à la satisfaction de tous.

Catherine de Montsalvy, qui connaissait depuis longtemps le prestigieux frère d'armes de son époux, ne s'était jamais trompée sur la qualité du Bâtard et la révérence qu'elle lui offrit aurait satisfait le Roi en personne.

Dunois, cependant, s'avançait vers elle, se penchait pour lui prendre la main et l'aider à se relever puis, posant sur cette main un baiser plein de courtoisie :

— L'heure approche, Catherine, dit-il aussi simplement que s'ils s'étaient quittés la veille. Il nous faut aller si nous ne voulons pas être en retard.

Ainsi donc, c'était lui qui la conduirait jusqu'auprès du redoutable prince breton ? Rose de joie soudaine devant un appui qu'elle n'aurait pas osé demander, elle offrit au nouveau venu un regard brillant de gratitude.

— Vous me faites si grand honneur, Monseigneur, que je ne sais comment vous l'exprimer. Dites-moi seulement comment vous avez su mon arrivée ?

— De la même manière que ces messieurs : Tristan l'Hermite qui, je crois bien, a battu pour vous les tambours de la renommée. C'est un homme de devoir intransigeant, même quand ce devoir lui crève le cœur, mais c'est aussi un ami sûr. Quant à l'honneur, ma chère amie, il n'est pas si grand. Vous savez depuis longtemps que je considère Arnaud comme mon frère.

— Il n'empêche que votre appui me donne meilleur courage. Avec lui, je suis certaine...

— Ne vous illusionnez pas trop, Catherine. Depuis le drame de la Bastille, je n'ai cessé de plaider la cause de Montsalvy ! Et sans résultat jusqu'à présent ! Aussi est-ce à moi de considérer votre arrivée comme un don

1. La barre senestre, tracée de gauche à droite sur un écu, indiquait la bâtardise.

du Ciel, car votre beauté et votre grâce sont toujours souveraines et sauront peut-être amollir le cœur obstiné de notre chef ! Venez maintenant, il ne faut pas le faire attendre...

Levant bien haut la main qu'il n'avait pas lâchée et posant un poing sur sa hanche comme s'il menait Catherine à la danse, le Bâtard la conduisit vers la rue.

— Suivez-nous, messires ! jeta-t-il au passage.

Derrière eux, la troupe se reforma, compacte et serrée comme les pierres d'une muraille.

Entre l'auberge de l'Aigle et l'hôtel du Porc-Épic dont la porte fortifiée s'ouvrait au flanc de l'ancien hôtel royal Saint-Pol, le chemin n'était pas long. Il suffisait de traverser la rue Saint-Antoine.

Depuis l'aube, le temps avait décidé de devenir superbe. Haut dans un ciel bien lavé, le soleil avait l'air tout neuf. Il était si brillant que même les petites flaques boueuses qui demeuraient au creux des gros pavés capétiens montraient des paillettes d'or. Dans la rue, assez large à cet endroit, les Parisiens déshabitués du beau temps faisaient leurs premiers pas, encore un peu convalescents, dans la cacophonie des petits métiers, criant leur marchandise, appelant les ménagères à l'eau, au bois ou à la moutarde.

Ce n'était pas encore le joyeux tohu-bohu d'autrefois, la rue encombrée de gens pressés : marchands en riches robes fourrées, moines besogneux, mendiants obstinés, nobles dames vacillant sur des patins de bois qui gardaient leurs robes de la poussière, ou ribaudes insolentes aux gorgerettes complaisantes. La misère alors y coudoyait le luxe sans qu'aucun des deux se sentît gêné. La rue d'aujourd'hui, cruellement nivelée durant tant d'années, s'essayait à revivre et battait des ailes pour juger de ses forces.

On regardait ce cortège étrange d'hommes de guerre roussis et cabossés, escortant un couple beau comme une peinture. Cela ressemblait à quelque défilé de noces insolites, mais on reconnaissait le Bâtard que l'on saluait déjà avec amitié et la beauté de sa compagne recueillait tous les suffrages. Des applaudissements, des vivats traçaient un sillage flatteur, mais Catherine n'entendait et ne voyait rien.

Quand on était arrivé au milieu de la rue Saint-Antoine, elle avait vu surgir les tours noires de la Bastille dominant comme une menace le désert de ruines encore orgueilleuses qui avaient été l'hôtel royal Saint-Pol. Son cœur, alors, s'était serré d'angoisse en évoquant son époux, enfoui au creux de ce gigantesque poing de pierre. Et la pensée lui était venue que tout, peut-être, allait recommencer, comme autrefois et au même endroit...

Elle se revoyait, gamine aux nattes trop raides, aux genoux trop gros, égarée au milieu d'émeutiers braillards dans l'une des chambres de ce palais désormais voué au silence, regardant avec des yeux incrédules un boucher souillé de sang arracher des mains d'une princesse en larmes un garçon beau comme un archange, mais voué au gibet. Sa vie était partie de cette minute-là. Parce que ses yeux de treize ans s'étaient posés sur le visage de Michel, tout son univers avait basculé dans la folie...

Et maintenant, pour le frère de cet archange assassiné, pour l'homme qu'elle avait aimé au-delà du possible, elle allait, dans une autre chambre d'une autre demeure, royale et voisine, implorer Arthur de Richemont comme, en ce tragique printemps de Paris, celle qui était alors la jeune duchesse de Guyenne avait imploré son propre père, l'implacable Jean sans Peur, de laisser vivre Michel de Montsalvy. Et la duchesse avait prié en vain... Catherine aurait-elle plus de chance ? Le précédent n'était guère encourageant...

En franchissant le seuil, blasonné d'un porc-épic couronné taillé dans la pierre, la jeune femme ne put retenir un frisson que perçut son compagnon. Il la regarda, inquiet :

— Avez-vous froid ? Vous tremblez, il me semble...

— Non, Monseigneur. Je n'ai pas froid. J'ai peur.

— Vous ? Avoir peur ? Il fut un temps, Catherine,

où vous ne craigniez ni la torture, ni même le gibet... vous y marchiez bien fièrement quand la Pucelle vous a sauvée...

— Parce que tout cela ne menaçait que moi. Mais je n'ai aucun courage quand il s'agit de qui j'aime. Et j'aime monseigneur Arnaud plus que moi-même, vous le savez bien.

— Je sais, approuva-t-il gravement. Et je sais aussi que cet amour est capable des plus difficiles exploits. Pourtant, rassurez-vous : ici, vous n'affronterez aucun ennemi, mais un prince qui vous veut du bien.

— C'est bien pour cela que j'ai si peur. Je craindrais moins le pire de mes ennemis qu'un ami offensé. Et puis, je n'aime pas cette maison : elle porte malheur.

Décontenancé par cette affirmation inattendue, le Bâtard ouvrit de grands yeux :

— Malheur ? Vous me la baillez belle ! Qu'entendez-vous par là ?

— Rien d'autre que ce que je dis. Je suis née tout près d'ici, monseigneur, et je sais que tous les propriétaires de cet hôtel sont morts tragiquement.

— Ah bah !

— Vous l'ignoriez ? Souvenez-vous : depuis Hughes Aubriot, qui le fit construire et qui mourut à Montfaucon, il y eut Jean de Montaigu, traîné sur la claie et pendu, Pierre de Giac, l'homme qui vendit sa main au Diable et que le Connétable fit coudre dans un sac et jeter à l'Auron après lui avoir tranché le poing, votre propre père, le duc Louis d'Orléans, qui lui donna son porc-épic, assassiné, le prince de Bavière, dont la mort fut suspecte, le duc Jean de Bourgogne, assassiné...

— Ciel ! Ne dites pas de telles choses ! Souvenez-vous que Richemont est breton, donc superstitieux. Et puis, cela ne menace que lui et vous n'êtes pas, que je sache, propriétaire de cette maison.

— Non. Mais tant de drames laissent des traces... une atmosphère. Ce n'est pas ici la maison de la clémence.

Le Bâtard tira son mouchoir et s'essuya le front en soupirant :

— Eh bien, ma chère, vous pouvez vous vanter de vous entendre comme personne à relever les courages. Je cherchais à vous réconforter et c'est vous qui me venez troubler avec des histoires de revenants... Ah ! Messire du Pan !

Le maître d'hôtel du Connétable s'approchait, en effet, au moment où Catherine et son compagnon allaient commencer à gravir l'escalier menant à la salle d'honneur. Dunois l'accueillit avec un visible soulagement.

— Voulez-vous, messire, nous annoncer, Madame et moi ? On dirait qu'il y a là-haut grande assemblée.

Des voix nombreuses se faisaient entendre et l'étage bourdonnait comme une ruche en été. Mais le maître d'hôtel s'inclinait en souriant :

— Trop grande assemblée, justement. Les ordres de Monseigneur sont que je conduise Madame au jardin où il s'est retiré avec ceux de son Conseil.

Catherine retint un soupir de soulagement. Elle avait craint que Richemont ne la contraignît à une explication publique, une espèce de lit de justice où, à cause de la grande foule, elle eût peut-être entendu sa condamnation sans réussir à s'expliquer.

Les bruits qui emplissaient l'hôtel le lui avaient fait redouter dès l'entrée. Aussi sourit-elle au sire du Pan qui, courtoisement, s'apprêtait à lui montrer le chemin. Mais les choses faillirent tourner mal quand il voulut séparer Catherine de son escorte et interdire l'entrée du jardin aux seigneurs arvernes.

— Monseigneur le Connétable souhaite entendre la comtesse de Montsalvy en petit comité, messires. Il a dit qu'il désirait que cette malheureuse affaire gardât, autant que faire se pourrait, les nuances d'une affaire de famille, à cause des liens étroits qui l'attachent à la maison de Montsalvy.

Amaury de Roquemaurel sortit du rang, fit un pas qui l'amena à dominer le maître d'hôtel de toute la tête.

— Nous sommes les frères d'armes d'Arnaud de Montsalvy, donc nous sommes la famille, sire maître d'hôtel. Aussi entrerons-nous !... que cela vous plaise ou non ! Justement, nous n'aimons guère la façon dont, à la Cour, se traitent les affaires de famille : Dame Catherine et nous ne formons qu'un seul cœur et elle peut avoir besoin de nous.

— Laissez-les entrer, du Pan ! intervint Dunois. Ils se tiendront au fond du verger et n'approcheront que si le besoin s'en fait sentir. Je le prends sur moi...

— Dans ce cas, je m'incline. Veuillez donc me suivre.

Le soleil inondait le jardin qui descendait en pente douce jusqu'à la Seine. C'était un endroit frais et charmant, un grand verger où, sous de vieux cerisiers que le printemps tardif couvrait de fleurs blanches, de grands tapis d'herbe nouvelle s'émaillaient de violettes, de primevères et d'anémones. Quelques bosquets de lilas bleu ménageaient, autour de longs bancs de pierre verdie, des retraites d'ombre douce entre les branches desquelles on pouvait voir briller l'eau paresseuse du fleuve.

Richemont attendait Catherine dans l'un de ses bosquets. Vêtu de velours gris foncé, sans aucun ornement, il se tenait assis sur le banc et causait avec quelques gentilshommes qui l'entouraient.

Outre Tristan l'Hermite qui, un peu à l'écart, contemplait avec une attention soutenue les évolutions d'un merle sautillant, il y avait là le chef bourguignon, Jean de Villiers de l'Isle Adam, et le nouveau Prévôt de Paris, messire Philippe de Ternant, l'autre maître de la ville, Michel de Lallier et l'un des plus fameux capitaines bretons, Jean de Rostrenen.

Tandis que les gens d'Auvergne demeuraient docilement à l'entrée du verger, Catherine, toujours guidée par Jean d'Orléans, s'avança vers le Connétable et, comme s'il eût été le Roi lui-même, plia le genou devant lui.

À son approche, la conversation avait cessé. Et, bien qu'elle gardât la tête modestement baissée, la jeune femme eut conscience des regards fixés sur elle. Il y eut un instant de silence, vite peuplé par le trille joyeux et parfaitement incongru à un moment si solennel d'un oiseau sur une branche. Puis, ce fut la voix rauque et maussade du Connétable :

— Vous voici donc, Madame de Montsalvy ? Je ne vous attendais guère et, pour être tout à fait franc, votre visite ne me cause aucun plaisir. J'ajouterai que c'est bien la première fois.

Le préambule n'avait rien d'encourageant. Pourtant Richemont s'était levé, courtoisement, pour accueillir sa visiteuse et lui désignait une place auprès de lui sur le banc.

Mais Catherine négligea l'invitation tout en s'efforçant d'affermir son courage. Le ton du Connétable lui annonçait que la bataille serait rude. Il ne s'agissait pas d'une conversation mondaine. Aussi, mieux valait combattre face à face et à visage découvert.

S'autorisant de sa double qualité de femme et de grande dame, elle riposta aussi durement :

— Je n'ai, moi non plus, aucune joie à vous la rendre, Monseigneur ! Je ne m'attendais pas à être obligée, à peine débarquée à Paris, de venir implorer votre clémence, alors que j'entendais me plaindre amèrement du tort que l'on me fait. Mais, arrivée ici en plaignante, je me suis trouvée transformée comme par magie en accusée.

— Vous n'êtes accusée de rien.

— Quiconque accuse mon seigneur Arnaud m'accuse.

— Eh bien, disons que vous êtes accusée de vouloir m'arracher une grâce que je n'ai nulle envie d'accorder. Quant à vous plaindre... puis-je savoir de quoi ?

— Ne faites pas semblant de l'ignorer, Monseigneur. Je vois là messire l'Hermite qui n'a pas dû oublier de mentionner les circonstances de ma venue. Mais si vous tenez à me l'entendre dire, je me plains du mal que l'on fait aux miens, à ma terre, à ma ville, à mes gens et à moi-même ! Je me plains de ce que, profitant de l'absence de mon époux et de ses meilleurs chevaliers, Bérault d'Apchier et ses fils, au mépris de tout droit, sont venus assiéger Montsalvy qui, peut-être, à cette heure, est tombée et crie sa douleur vers le Ciel ! Je me plains de n'avoir pu obtenir secours ni des consuls d'Aurillac, ni de l'évêque, parce qu'ils craignent une attaque de Villa-Andrado, actuellement à Saint-Pourçain, ni de votre bailli des Montagnes, qui préfère faire pèlerinage en compagnie de son épouse, au lieu de veiller, comme son devoir le lui commande ! Je me plains enfin de voir jeter en injuste prison le maître de cette terre mise à mal et son défenseur naturel, sans lequel moi et les miens sommes voués sans retour à la perdition et au malheur !

La voix de Catherine, enflée par la colère, sonnait haut et le jardin n'était pas si grand. À peine la nouvelle du péril couru par la cité de Montsalvy eut-elle frappé les oreilles des Roquemaurel et de leurs compagnons, qu'ils abandonnèrent instantanément cette belle retenue qui leur était si peu habituelle.

Ce fut une ruée. En un instant, le verger s'emplit de bruit et de fureur, tandis que Catherine et le Bâtard, demeuré auprès d'elle comme pour affirmer qu'elle se trouvait sous sa protection, se voyaient entourés d'une horde qui soufflait le feu par les naseaux.

Jean d'Orléans fit de son mieux pour les contenir, mais les chefs auvergnats n'étaient pas disposés à s'en laisser imposer plus longtemps.

— On attaque Montsalvy, vous le savez depuis hier, Monseigneur, et nous, qui sommes les fils de cette terre, nous l'ignorions encore ! protesta Renaud de Roquemaurel. Que faisons-nous ici, à ergoter autour de la mort méritée d'un vilain, quand des centaines d'hommes, femmes et enfants sont en péril ? Et que sert d'arracher Paris aux Anglais si vous laissez des pillards ravager le reste du royaume ? Rendez-nous Montsalvy, sire Connétable ! Rendez-nous notre chef et laissez-nous partir ! Nous n'avons que trop perdu de temps !

Le Connétable leva la main pour apaiser le tumulte.

— Paix, messires ! La chose est moins simple que vous ne l'imaginez ! C'est avec douleur et colère, croyez-le bien, que j'ai appris ce qui se passe en Haute Auvergne et, dès que ce sera possible, j'enverrai des secours...

— Dès que ce sera possible ? protesta Fabrefort. Autrement dit quand tous les gens de cœur auront trouvé la mort entre les murs de Montsalvy et que Bérault d'Achpier aura eu tout le temps de s'y fortifier ! En outre, avez-vous entendu ce qu'a dit Dame Catherine ? Le Castillan est à Saint-Pourçain, et les gens d'Aurillac craignent sa venue. Que nous importe Paris si, au retour, nous devons retrouver nos castels occupés, nos villages incendiés et nos femmes violées ! Nous ne resterons pas ici une minute de plus.

— Alors partez ! Je ne vous retiens pas.

— Nous allons le faire, riposta Roquemaurel, mais pas seuls ! Nous voulons Arnaud de Montsalvy et s'il faut, par la force, l'arracher de votre Bastille, nous y allons de ce pas ! Il vous faudra en découdre contre vos propres troupes, Sire Connétable !

— Vous ne voyez que votre intérêt ! cria Richemont. Vous oubliez que, dans une ville fraîchement conquise, la justice doit être plus ferme et plus intransigeante que partout ailleurs. Mes ordres étaient formels et les sanctions éventuelles bien définies ! Le sire de Montsalvy le savait et, cependant, il n'en a tenu aucun compte...

— Le moyen de rester les bras croisés quand passe devant vous l'assassin de votre frère, fit Dunois. Tous, nous en aurions fait autant !

— Ne dites pas cela, sire Bâtard, répondit Richemont. Nul mieux que vous ne sait respecter les ordres. Comment les gens de Paris pourront-ils avoir confiance en moi si je ne montre que je suis seul maître et responsable au nom du Roi ? Si, à la première désobéissance grave, je passe l'éponge ? Avez-vous oublié que j'ai donné ma parole ?

— Votre parole ne vaut pas la tête d'Arnaud de Montsalvy, lança Catherine, farouche.

Puis, comme Richemont pâlissait et reculait comme si elle l'avait frappé, elle se jeta à genoux.

— Pardonnez-moi ! s'écria-t-elle, et ne me tenez pas rigueur d'une parole qui a dépassé ma pensée ! Je suis comme folle depuis que je sais le danger couru par mon époux... et pour quelle raison !

— Un prisonnier a été tué, répondit le Breton, obstiné, alors que je lui avais garanti la vie sauve. Croyez-vous que je n'avais pas bonne envie de pendre haut et court ce gros porc visqueux de Cauchon dont l'acharnement imbécile a voué la Pucelle à la mort ? Pourtant, je me suis retenu !

— Saviez-vous qu'il était dans la Bastille ?

— N...on ! Je l'ignorais, au début des négociations, mais l'eussé-je su que cela n'aurait rien changé à l'affaire : je devais les laisser partir tous ou aucun ! Relevez-vous, Dame Catherine, il me déplaît de vous voir ainsi à mes pieds.

— C'est la place qui convient à quiconque implore, il faut m'y laisser, Monseigneur ! D'ailleurs, je ne me relèverai que vous ne m'ayez accordé ce que je demande. Tout ce que vous m'avez dit, je le savais déjà. Je savais combien était grave la faute de mon époux, puisqu'il a osé faire fi de votre parole... la parole d'un prince et le plus loyal qui soit !

Un homme qui jusqu'à présent n'avait rien dit s'interposa. C'était le Prévôt des marchands. S'inclinant légèrement devant celle qu'il allait contredire, Michel de Lallier soupira :

— Malheureusement, Madame, le peuple de Paris ne connaît pas encore Monseigneur de Richemont. Le souvenir qu'il garde des Armagnacs, et singulièrement du Connétable d'Armagnac, n'est pas si heureux. Certes, il s'est spontanément rendu à son maître naturel, le roi Charles de France, que Dieu veuille garder en santé, mais comment réagira-t-il si l'homme qui le représente se livre déjà à de tels passe-droits ? C'est à moi, Prévôt des marchands, et à mes échevins que la parole du prince a été donnée. Je n'ai pas le droit de la lui rendre.

— Pourquoi ? Mais pourquoi ? gémit Catherine prête à pleurer.

— Parce que je dois faire droit à la plainte de la veuve Legoix. Les gens de son quartier ont pillé sa maison et l'ont malmenée, mais elle devait partir avec son époux et il ne lui reste rien.

— En sera-t-elle plus riche ou plus heureuse si l'on tue le mien ?

— Dame, fit le vieil homme, vous ne pouvez comprendre : vous êtes femme haute et noble pour qui les petites gens sont si peu que rien...

— Guillaume Legoix n'appartenait pas aux petites gens. C'était un grand bourgeois et un homme riche !

— Peut-être, mais ce n'était tout de même qu'un bourgeois, comme moi-même et la plupart de ceux de notre ville. Paris, Madame, est fait surtout de peuple et de bourgeoisie, bien peu de nobles. Les grands seigneurs sont assez loin de nous, tout occupés qu'ils sont de guerre et de tournois. Bien sûr, Guillaume Legoix a tué le frère du seigneur de Montsalvy, mais c'était en temps de guerre, Madame...

Du coup, Catherine se releva et fit face au Prévôt.

— De guerre ? Non, messire, pas de guerre ! Temps de révolte, si vous voulez ! Caboche n'a jamais été chef de guerre que je sache !

— Vous jouez là sur les mots. J'aurais dû dire guerre civile et vous ne pouvez pas savoir ce que c'était, car alors on devait vous élever douillettement au fond de quelque noble château où les fureurs de Paris n'arrivaient que fort peu ! Vous ignorez ce qu'il en était, alors, en ce temps où les gens d'ici, las des favoris d'Ysabeau, des mauvais nobles, des exactions, s'étaient soulevés pour la liberté. Et même si je dois vous faire une peine extrême, j'ajouterai que le meurtre, si meurtre il y a eu, du jeune seigneur de Montsalvy n'a soulevé l'indignation de personne. Paris trouvera bon, croyez-moi, que Monseigneur le Connétable fasse tomber la tête d'un noble coupable d'avoir abattu un bourgeois, même serviteur de l'ennemi. Nous l'avons d'ailleurs tous été quelque peu par force ou par choix volontaire, mais nous l'avons été ! Le procès, que Monseigneur n'a que trop retardé jusqu'à présent à cause des événements politiques, doit s'instruire. Comprenez-vous ?

Catherine regarda le vieillard puis, tour à tour, ceux qui l'entouraient. Elle vit Tristan anxieux, le Bâtard déjà désolé, le Connétable durci dans sa position ainsi que l'indiquaient sa bouche serrée et ses sourcils froncés.

Elle vit aussi les Auvergnats frémissants, leurs mains qui hésitaient du côté du pommeau des épées ou des dagues. Elle comprit que, peut-être, dans un instant il serait trop tard. Tous ces braves gens de ce pays d'Auvergne, qu'elle aimait maintenant plus que son sol natal, étaient prêts au massacre pour arracher leur ami à la mort et faire prévaloir leurs droits de seigneurs.

Si Arnaud était sacrifié aux mânes de Guillaume Legoix, ce serait le sang dans ce jardin et là-bas, en Auvergne, une révolte qui courrait la montagne comme un incendie de forêt. Elle ne pourrait éviter ce drame et sauver Arnaud, tout à la fois, qu'en faisant fi de son orgueil, en s'avouant pour ce qu'elle était.

Le vieux Prévôt ne rendait pas la parole de Richemont à la dame de Montsalvy... mais il la rendrait peut-être à Catherine Legoix.

Du geste, elle imposa silence à ses amis qui hurlaient déjà leur colère et leur réprobation, puis, se tournant vers Michel de Lallier :

— Non, messire, je ne comprends pas ! C'est vous, bien au contraire qui avez quelque chose à comprendre, car il est un fait que vous ignorez. C'est qu'à l'époque dont vous me parlez je n'étais pas, comme vous en donnez l'image lénifiante, « douillettement » élevée en quelque château. J'étais à Paris, messire, au temps terrible de la Caboche, j'étais même sur le Pont-au-Change la nuit où Guillaume Legoix a massacré Michel de Montsalvy et son sang a éclaboussé ma robe d'enfant...

— Mais enfin, c'est impossible !...

— Impossible ? Tous ceux de mes amis qui, ici, me connaissent savent qu'Arnaud de Montsalvy a épousé en moi la veuve de Garin de Brazey, Grand Argentier de Bourgogne, mais ceux de Bourgogne savent que

Garin de Brazey avait épousé, par ordre du duc Philippe, la nièce d'un notable dijonnais qui n'était qu'un simple bourgeois. N'est-ce pas, messire de Ternant, que vous le savez ?

Ainsi directement interpellé, le seigneur bourguignon abandonna un moment son attitude impassible pour considérer la jeune femme.

— Je l'ai, en effet, entendu dire. Le duc Philippe, mon maître, fort épris de cette jeune fille... chose que chacun peut comprendre aisément en vous regardant, Madame, avait contraint, disait-on, le Grand Argentier à épouser la nièce d'un... drapier, je crois ?

— Votre mémoire est fidèle, messire. Mon oncle, Mathieu Gautherin, tient, en effet, encore à ce jour, commerce de draps dans la rue du Griffon à l'enseigne du Grand Saint-Bonaventure. Il nous avait recueillies, ma mère, ma sœur et moi, quand nous avions dit fuir Paris, chassées par les fureurs de Caboche. Car je ne viens pas d'un château aussi noble que perdu au fond des campagnes, messire de Lallier : je suis née à Paris, sur le Pont-au-Change et il vous souvient peut-être de mon père, l'orfèvre Gaucher Legoix qui vous faisait de si belles aiguières...

Un même tressaillement fit frémir le vieux Prévôt et le Connétable.

— Legoix ? fit ce dernier, qu'est-ce à dire ?

— C'est-à-dire qu'avant de m'appeler Catherine de Brazey, fit la jeune femme, puis ensuite Catherine de Montsalvy, je me suis appelée Catherine Legoix, tout uniment, Monseigneur, et que je suis cousine de l'homme que vous voulez venger. Sa cousine et sa victime, car je vous aurais moi-même demandé sa tête si mon époux ne l'avait tué.

— Pour quelle raison ? Les Montsalvy, je gage, n'étaient rien, alors, pour la famille d'un orfèvre, sinon peut-être... des clients ?

La nuance dédaigneuse n'échappa pas à Catherine qui n'osa pas regarder Tristan, dont elle se rappelait la mise en garde concernant les dangers qu'il y avait à révéler son origine. Mais elle n'était pas femme à rougir de sa parenté et, ayant révélé sa roture, elle entendait la proclamer et en faire l'ultime défense de son noble époux.

Aussi n'y avait-il pas la moindre trace d'humiliation dans ses grands yeux couleur de violette quand elle les posa sur Richemont, mais, au contraire, une sorte de fierté hautaine dont il eut conscience.

— Non, ce n'étaient pas des clients ! Ils nous étaient même tout à fait inconnus et ce n'est pas pour le meurtre de Michel de Montsalvy que je vous aurais demandé le gibet pour Legoix : c'est pour avoir pendu mon père, son cousin, à l'enseigne de sa boutique et pour avoir incendié notre maison ensuite. En effet, Michel, meurtri et traîné à l'abattoir, avait pu s'échapper et trouver refuge en notre demeure où je l'avais caché. La trahison d'une servante l'a livré. Et, malgré mes larmes et mes supplications, j'ai vu, de mes yeux vu – et je n'avais que treize ans –, Guillaume Legoix lever son tranchoir de boucher pour abattre un garçon de dix-sept ans qui n'avait pas d'armes et qu'une foule massacrait...

Encouragée par le murmure d'horreur et de réprobation soulevé par ses paroles, elle cessa tout à coup de s'adresser à Michel de Lallier, pour se tourner, brusquement agressive, vers le Connétable :

— Ce jour-là, Monseigneur, dans l'hôtel Saint-Pol envahi par la populace, j'ai vu celle qui est aujourd'hui votre épouse, mais qui était alors Madame la duchesse de Guyenne, je l'ai vue, en larmes, supplier à genoux son père et cette populace d'épargner un adolescent qui était son page et qu'elle aimait particulièrement !

» Le page que moi, fillette sans force et sans protection, j'ai failli sauver ! Si elle était ici, Madame de Richemont serait la première à vous demander la grâce du frère de son serviteur massacré et à vous prier, avec tout son amour, d'adoucir votre rigueur.

Le regard bleu du prince breton vacilla, échappa à celui de Catherine.

— Ma femme... murmura-t-il.

— Mais oui, votre femme ! Avez-vous donc oublié le duel d'Arras où, sous les armes royales de France, Arnaud de Montsalvy affronta le jugement de Dieu pour l'honneur de son prince ? La duchesse de Guyenne que l'on venait de vous fiancer, après vous en avoir demandé permission, n'a-t-elle pas attaché elle-même ses couleurs à la lance de mon époux ? Souvenez-vous, Monseigneur ! Son amitié pour ceux de notre maison est plus ancienne que la vôtre !

Richemont secoua la tête comme pour en chasser une pensée importune.

— Plus ancienne ? De bien peu car c'est à Azincourt que j'ai rencontré Montsalvy pour la première fois et l'ai vu combattre.

Une lutte, visiblement, se livrait en Richemont à l'évocation de ces souvenirs et ce combat, au fond, Catherine sentait qu'il souhaitait le perdre mais qu'il n'avait plus le pouvoir de trancher le débat au point où il en était venu. Ce pouvoir, celui de décider, il appartenait tout entier à ce beau vieillard en robe de velours grenat qui la regardait d'un air songeur.

Elle tourna vers lui son appel et ses supplications :

— Sire Prévôt, pria-t-elle, moi, Catherine Legoix, je vous demande justice de Guillaume Legoix, assassin de mon père et assassin de son hôte, dont le crime si longtemps a pesé sur ma vie et dont j'ai failli mourir jadis ! Et, puisque justice est déjà faite, je vous demande humblement grâce pour l'homme qui en fut l'instrument, délibérément sans doute, mais aveuglé par tant d'années de haine...

Il y eut un profond silence. Chacun retenait son souffle, conscient de la gravité de l'instant... et peut-être aussi de l'émouvante beauté de cette femme aux yeux brillants de larmes, dont les mains fragiles et blanches se tendaient en un joli geste d'imploration vers le vieux Prévôt des marchands.

Lui, d'ailleurs, la regardait aussi avec, au fond de ses yeux usés de vieil homme, quelque chose qui ressemblait à de la fierté, nuancée de tendresse.

— Ainsi, dit-il doucement, vous êtes la petite Catherine que j'ai vue jouer avec ses poupées dans le magasin de ce bon Gaucher, au temps jadis ? Pardonnez-moi d'avoir ignoré sa mort cruelle. Je n'étais pas à Paris durant ces sombres jours et je n'ai rien su des circonstances de sa mort. Il y en a eu tellement, des morts, et de toutes sortes, depuis ce temps-là...

— Alors, messire... par pitié... n'en demandez pas un de plus !

Les seigneurs de Bourgogne, eux aussi, contemplaient la jeune femme. Ils semblaient fascinés et ce fut sans la quitter de ses yeux agrandis que Villiers de l'Isle Adam murmura, comme machinalement :

— Il faut faire grâce, Sire Connétable ! Je le demande ici hautement au nom de mon maître le duc Philippe de Bourgogne qui, s'il était parmi nous, l'aurait déjà réclamée au nom de la justice... et de la chevalerie.

Le visage de pierre de Richemont parut s'animer d'une curiosité qui ne comprenait pas bien :

— La chevalerie, dites-vous ?

— Mais oui !

Avec un mince sourire et sans cesser de fixer la tête de Catherine, Villiers de l'Isle Adam prit entre ses doigts le lourd collier de la Toison d'Or qui ornait son sévère pourpoint noir et en fit jouer le bélier héraldique.

— Personne n'ignore, à la Cour de Bourgogne, quels regrets.... de quelle royale chevelure dorée ont inspiré au duc Philippe la fondation d'un ordre que nous, ses féaux, sommes glorieux de porter parce qu'il est le plus noble qui soit. Voilà pourquoi je demande grâce au nom de la chevalerie... et aussi parce que j'estime le bon droit du côté de la dame de Montsalvy.

Sourcils froncés, Richemont réfléchissait. Catherine s'efforçait d'apaiser les palpitations désordonnées de son cœur qui battait la chamade, et retenait son souffle. Ses doigts serraient à les faire blanchir ceux du Bâtard qui, sentant son besoin d'un appui, avait repris sa main dans la sienne. Ce fut à lui, d'ailleurs, que Richemont, à brûle-pourpoint, s'adressa :

— Votre conseil, sire Bâtard ?

Dunois, hardiment, lui décocha un large sourire en plein visage.

— La grâce, voyons ! Je ne suis venu que pour cela !

— Le vôtre, Ternant ?

Le Prévôt de Paris haussa les épaules :

— La grâce, naturellement, sire Connétable !

— Et toi, Rostrenen ?

— La grâce, Monseigneur ! C'est justice ! affirma le capitaine breton.

Richemont ne fit même pas mine de demander l'avis des chevaliers d'Auvergne, mais ceux-ci n'entendaient pas se laisser oublier. Leur clameur éclata en faux-bourdon vaguement menaçant, reprenant le mot déjà par trois fois répété :

— La grâce ! La grâce !

— Allons délivrer Montsalvy, tonna Renaud de Roquemaurel, et partons ! On nous attend chez nous !

Selon le géant blond, la cause était entendue et il n'y avait plus qu'à courir jusqu'à la Bastille pour en extraire le prisonnier.

Mais Richemont ne l'entendait pas de cette oreille.

— Un instant, sire chevalier ! Tout n'est pas dit encore. Maître Michel de Lallier n'a pas rendu son verdict et vous savez que la sentence dépend de lui et de lui seul, quel que soit notre avis à tous ! Allons, sire Prévôt, ajouta-t-il vivement, voyant l'œil menaçant dont les Roquemaurel couvaient le vieillard, que décidez-vous ? Le capitaine de Montsalvy doit-il vivre ou doit-il mourir ?

— Vivre, Monseigneur, avec votre permission. Je ne reconnais à personne, en de telles circonstances, le droit de le condamner. Mais j'aimerais tout de même qu'il sache que ce n'est pas à sa qualité seigneuriale, ni même au côté respectable de sa vengeance qu'il doit votre clémence et la mienne... mais bien à l'ombre suppliciée d'un brave homme d'orfèvre que, peut-être vivant, il ne regarderait même pas et rougirait d'appeler son beau-père !

— Il le saura, promit Richemont. Je vous le promets...

— Dans ce cas, je vais vous demander permission de me retirer car il me faut, maintenant, gagner la Maison aux piliers pour y rendre compte de ma décision à nos échevins. Je suis certain qu'ils l'approuveront pleinement.

— Pensez-vous que le peuple fera de même ?

Le vieil homme haussa légèrement les épaules avec une moue pleine de bonhomie.

— Je haranguerai le peuple dès ce soir et lui dirai que je vous ai moi-même proposé de vous délier de votre parole, Monseigneur, et demandé la grâce du coupable.

— Direz-vous la raison de cette grâce ? demanda Catherine presque timidement.

— Naturellement, Madame ! Le peuple, au nom duquel j'agis, doit comprendre. Il admettra fort bien que la vie de l'un des siens ait payé pour la vie d'un autre des siens, alors que dans l'état de surexcitation où il se trouve encore, il ne l'aurait peut-être pas accepté pour celle d'un jeune seigneur. Maintenant, avant de vous quitter et si vous m'y autorisez, je voudrais dire, Madame, que je suis heureux de vous avoir connue... et fier aussi d'avoir vu qu'une fillette de Paris pouvait devenir si haute et belle dame. Voulez-vous me donner la main ?

Spontanément, Catherine offrit sa joue et embrassa chaleureusement le vieillard.

— Merci, seigneur Prévôt ! Merci de tout mon cœur ! Je ne vous oublierai pas et je prierai Dieu pour vous.

Tandis que Michel de Lallier s'éloignait sous les ombrages du jardin, escorté des Auvergnats, de Jean de Rostrenen et des deux seigneurs bourguignons qui avaient salué Catherine aussi gravement et respectueusement que si elle avait encore régné sur le cœur du Grand-Duc d'Occident, Richemont détacha doucement

Catherine de la main du Bâtard et l'attira auprès de lui sur le banc de pierre.

— Venez vous asseoir auprès de moi maintenant que vous avez vaincu, ma belle guerrière, et laissez-moi vous regarder à mon aise ! Dieu que vous êtes belle, Catherine ! Plus éclatante que les genêts de ma Bretagne quand le soleil les caresse et qu'ils illuminent toute la lande ! En vérité, si je n'aimais si fort ma douce épouse, je crois bien que je serais devenu amoureux de vous !

Il lui souriait franchement, avec une lueur joyeuse au fond de ses yeux bleus, toute colère et toute rancune envolée, sincèrement heureux de pouvoir se laisser aller de nouveau à l'amitié retrouvée.

Mais Catherine avait encore sur le cœur la « clientèle » des Montsalvy et elle tenait à en tirer une petite vengeance.

— Eh quoi, Monseigneur ? Vous faites asseoir auprès de vous la fille d'un orfèvre... dont peut-être les vôtres furent jadis clients, eux aussi ?

Il éclata de rire.

— Touché ! Je l'ai mérité ! Pardonnez-moi, Catherine, cette affaire m'irritait comme une piqûre de moustique ! Vous savez bien que vous êtes de celles, très rares je l'avoue, chez qui la naissance importe peu. Vous étiez digne de naître sur les marches d'un trône et, en vous élevant au rang où l'on vous voit aujourd'hui, le Destin ne vous a rendu que petitement justice ! Parlez-moi de vous, maintenant, de ma filleule Isabelle et de votre beau pays au secours duquel je vais envoyer, de crainte que votre sauvage escorte soit insuffisante à le libérer...

— J'irai, si vous voulez ! proposa Dunois. Montsalvy et moi aurons vite remis à la raison une bande de seigneurs pillards !

— Il n'en est pas question ! J'ai besoin de vous, sire Bâtard ! Ne m'enlevez pas tout mon monde ! Et puis, le sang d'Orléans pour corriger une poignée de routiers crasseux, ce serait trop. Je réglerai cela tout à l'heure, dès que le sire de Montsalvy nous aura rejoints.

— Il va venir ? s'écria Catherine soudain rose d'une joie qui fit sourire le prince breton.

— Naturellement, il va venir ! Rostrenen est allé le chercher et la Bastille n'est pas si loin ! Pensiez-vous, pauvrette, que j'aurais eu le cœur de vous retenir ici, à m'écouter vous conter fleurette quand je sais que vous tremblez d'impatience de « le » revoir ? Mais je veux m'accorder la joie de vous réunir. J'ai bien le droit, il me semble, à une récompense !...

— À toutes les récompenses, Monseigneur, et à toute notre gratitude ! Grâce à vous, j'aurai enfin retrouvé la paix, le bonheur, la quiétude de l'âme et du cœur...

— Mais vous ne les retrouverez vraiment que lorsque votre époux apparaîtra ! fit le Connétable en constatant que Catherine fouillait déjà des yeux les profondeurs du jardin, guettant l'apparition d'une grande silhouette familière.

Elle lui sourit, un peu confuse.

— C'est vrai ! J'ai hâte de le voir.

— Prenez patience ! Il sera là dans un instant.

Un instant plus tard, en effet, Rostrenen reparaissait mais seul et donnant de tels signes d'agitation que, tandis qu'il traversait le verger en courant, Catherine se leva machinalement, saisie d'un funeste pressentiment.

Non moins machinalement, Richemont l'imita, étonné de la voir tout à coup si pâle.

— Eh bien, Montsalvy ? jeta-t-il avec irritation.

— Enfui... Évadé ! jeta Rostrenen hors d'haleine d'avoir couru depuis la Bastille. Un moine inconnu l'a aidé... et ils ont tué cinq hommes !

Le jardin fleuri, le gai soleil printanier s'engloutirent pour Catherine dans le flot sombre du désespoir. La douleur qu'elle éprouva fut presque physique et lui coupa le souffle. Elle ferma les yeux, souhaitant éperdument mourir dans la minute suivante, mais le Ciel ne lui accorda même pas la miséricorde d'un évanouissement. Il lui fallait subir jusqu'au bout...

CHAPITRE VIII

« CHAZAY À LA RESCOUSSE ! »

Enfermée dans sa chambre d'auberge et la tête enfouie dans ses bras repliés, Catherine pleurait depuis une grande heure, sans bien savoir si elle existait encore. Le coup qu'elle avait reçu dans le jardin de l'hôtel du Porc-Épic, suivant de si près un merveilleux sentiment de délivrance, l'avait assommée et, depuis que Tristan l'Hermite l'avait ramenée précipitamment à l'Aigle en lui enjoignant de ne pas bouger et d'attendre les nouvelles qu'il lui rapporterait, elle se sentait comme morte, sans réactions, sans plus de perception aux choses extérieures, sans plus rien de vivant en elle qu'une petite pensée tenace et lancinante, cruelle comme une aiguille fouillant une blessure : « Tout est perdu... tout est perdu !... »

Ces mots dansaient dans sa tête un épuisant ballet, croisant et décroisant leurs spirales jusqu'à perdre à peu près toute signification. Mais elle trouvait, à les ressasser, une espèce d'amer plaisir.

Comme un animal blessé qui cherche seulement le refuge de sa tanière, elle avait refusé l'invitation du Bâtard qui, ému de sa détresse, lui offrait l'hospitalité du palais des Tournelles afin qu'elle se sentît moins seule.

Mais ne fallait-il pas qu'elle reprît l'habitude d'être seule ? Après sa folle évasion qui avait coûté plusieurs vies humaines, Arnaud ne serait plus qu'un proscrit, mis au ban de la noblesse et pourchassé autant qu'il serait possible dans un royaume encore ravagé par la guerre et l'anarchie.

Qu'allait-il advenir, alors, de sa femme, de ses enfants si, pour punir le coupable, Richemont obtenait du Roi qu'on leur ôtât leur seigneurie pour l'offrir à un autre, ou, simplement, qu'on oubliât de la reprendre aux Apchier ? Où iraient-ils chercher refuge quand les armes du loup du Gévaudan leur interdiraient l'accès de Montsalvy ?

Au fond de son chagrin, Catherine croyait entendre encore la voix du Connétable, si affectueuse l'instant précédent et redevenue tout à coup si froide, si lourde de menaces :

— L'imbécile ! Quelle folie a pu le pousser à créer ainsi l'irréparable ? Des hommes sont morts, des hommes qui étaient nôtres. Même si je le voulais, je ne pourrais plus rien, maintenant, que faire donner la chasse à cet insensé et le ramener mort ou vif.

Mort ou vif ! Les mots terribles avaient frappé comme des glaives, si durement que Catherine, épuisée par l'effort qu'elle venait de fournir, n'avait pu trouver ni une parole, ni même une pensée excusant Arnaud si peu que ce soit.

Et, sans Dunois, sans Tristan, elle fût peut-être morte en ce jardin, simplement parce qu'elle n'avait même plus le courage de respirer encore.

Mais les deux hommes l'avaient soutenue, ramenée doucement chez elle, confiée à Maîtresse Renaudot qui l'avait aidée à gagner sa chambre et voulait la déshabiller et la coucher.

Mais Catherine ne voulait plus rien, ni personne. Elle voulait être seule, seule avec cette espèce de malédiction qui pesait sur sa vie et qui, depuis toujours, interposait la guerre et la violence des hommes chaque fois qu'elle pensait avoir enfin atteint le bonheur.

Une main lui releva doucement la tête, tandis qu'une fumée chaude et odorante atteignait ses narines.

— Buvez cela, pauvre dame ! fit la voix amicale de l'hôtesse, cela vous fera du bien.

Catherine voulut refuser, mais elle n'avait plus de force et, déjà, le hanap était contre ses lèvres et le goût du vin chaud, bien sucré et additionné de cannelle, coulait sur sa langue. Elle n'y résista pas, prit le récipient à deux mains et sans même ouvrir les yeux se mit à boire à petits coups prudents, car le liquide était brûlant.

— Doux Jésus ! gémit Dame Renaudot en face du visage ravagé que la jeune femme venait de découvrir, si c'est permis de se mettre dans des états pareils !...

Avec sa discrétion naturelle de brave femme habituée à des clients de toute sorte, elle ne posait pas de questions mais s'affairait avec une légèreté étonnante pour le volume de sa personne, cherchant de l'eau fraîche, du linge fin et en bassinant avec une espèce de tendresse la figure gonflée de sa cliente.

Les yeux clos, Catherine se laissait faire maintenant et continuait à absorber son vin en imaginant que c'était Sara qui lui prodiguait ainsi les soins maternels dont elle avait tellement besoin.

Jamais elle n'avait éprouvé cette effrayante impression d'abandon. Tout s'était englouti d'un seul coup. Elle était seule au creux d'un univers hostile qui ne lui offrait plus ni refuge ni rémission. Il n'y avait plus de vrai que cette flamme odorante qui coulait dans sa gorge, chaude et amicale, réveillant jusqu'aux entrailles son corps transi.

Quand elle eut vidé le hanap, elle entrouvrit les yeux, considéra maîtresse Renaudot d'un air navré et réclama :

— Encore !

— Encore ? s'étonna la bonne dame. Vous n'avez pas peur que ce soit trop ? La tête tourne vite avec ce vin-là.

— C'est justement ce que je désire : qu'elle tourne... et le plus vite possible... pour que j'en arrive à ne plus savoir du tout qui je suis !...

— Vous ne voulez plus savoir qui vous êtes ? Pourquoi ?... Est-ce que cela vous pèse tellement ?

— Beaucoup ! approuva Catherine gravement. Moi, j'ai eu trois noms ! Quand on n'en a plus du tout, on doit se sentir beaucoup mieux... Allez me chercher de ce vin ! Il est très bon !

La rasade qu'elle avait avalée faisait éclater dans son estomac vide une espèce de feu d'artifice qui lui procurait une ivresse légère.

Tandis que son hôtesse disparaissait à regret pour chercher ce qu'elle lui avait demandé, elle ouvrit tout à fait les yeux, regarda autour d'elle. Une sorte de brouillard devait être entré dans la chambre, estompant les murs blanchis à la chaux, la grosse charpente brune et noueuse, les petits carreaux verdâtres de la fenêtre et le lit habillé de rouge vif qui, dans son coin, avait l'air d'une énorme fraise mûre, rassurante et douillette.

Catherine eut envie, tout à coup, de s'y blottir, de s'enfoncer dans les profondeurs moelleuses de ses couettes. Le lit c'était encore ce qu'on avait trouvé de mieux sur la terre pour qui souffrait dans son corps ou dans son cœur. On pouvait, tout à loisir, y suer de fièvre ou y gémir de douleur, y délirer de joie ou de maladie, y oublier dans le sommeil le monde, la guerre, l'injustice et la folie des hommes, y mettre au monde les enfants préparés dans son ombre protectrice, y faire l'amour...

Parvenue à ce stade de la songerie nuageuse que lui valaient sa lassitude et le vin conjugués, Catherine éclata de nouveau en sanglots convulsifs et alla s'enfouir dans les courtepointes qui la tentaient si fort pour y pleurer tout à son aise.

L'amour !... pour elle, s'écrivait Arnaud ! Cela commençait par la même majuscule... mais cela s'achevait tellement plus mal. Et pourquoi donc fallait-il qu'il n'y eût au monde que cet homme égoïste, violent et jaloux pour incarner l'amour aux yeux de Catherine ? Elle avait tant souffert de lui, déjà ! De sa haine et de son mépris quand il ne voyait en elle, justement, que l'une de ces Legoix qu'il haïssait ; de son orgueil allant jusqu'à la plus cruelle abnégation quand, se croyant atteint de la lèpre, il lui avait refusé le bonheur de se confondre avec lui dans l'horreur et dans la mort peut-être, mais aussi dans un bonheur terrible et purifié ; de sa sensualité violente quand, à Grenade, elle l'avait retrouvé dans les bras de la dangereuse et trop belle Zobeïda ; de son goût des batailles et du sang versé enfin pour l'assouvissement duquel il l'avait encore quittée après tant de promesses, pour courir les aventures viriles qu'il aimait plus que tout au monde. Et maintenant encore, avait-il pensé à elle, sa femme, qui durant des années l'avait suivi, cherché jusqu'au bout du monde et jusqu'au bout d'elle-même ? Y avait-il pensé, même un instant, quand, au mépris des ordres donnés, il n'avait écouté que sa vengeance ? Y avait-il pensé à la Bastille, durant ces dernières heures quand, au lieu d'attendre un jugement que l'amitié de ses frères d'armes aurait sans doute rendu plus clément, il se vouait lui-même à la proscription et s'enfuyait, sans même peser les conséquences et sans hésiter à laisser derrière lui une trace sanglante ?

Où donc, après Orléans assiégée, après les basses-fosses de Sully, après les pièges fleuris d'Al Hamra, faudrait-il maintenant aller le chercher ? Dans quelque grotte inaccessible au flanc des volcans d'Auvergne, ou sur l'échafaud tendu de drap noir ?

Mais cette minute même où, engloutie dans son désespoir et sa lassitude, Catherine repoussait, avec le peu de forces qui lui restaient, l'idée de poursuivre sa quête éternelle et exténuante, elle savait déjà que, dans un jour, dans une heure ou dans un instant, elle se traînerait hors de ce lit pour repartir en avant, toujours plus loin et toujours plus profond à la poursuite de son mirage familier jusqu'à ce qu'elle s'abatte pour ne plus se relever, parce que, tant qu'il lui resterait un souffle de vie, elle chercherait, elle appellerait le cœur d'Arnaud, les mains d'Arnaud, le corps d'Arnaud et que, pour une seule nuit d'amour, elle était encore prête à jouer sa vie à qui perd gagne !

Quand Tristan l'Hermite revint quelques instants plus tard, il trouva l'hôtesse debout au milieu de la chambre, un pot fumant à la main et contemplant avec stupeur le lit bouleversé, chaos rouge d'où émergeaient ici et là un flot de velours noir ourlé d'hermine, un bout de dentelle blanche et une longue tresse blonde dénouée.

Il tourna vers maîtresse Renaudot un regard interrogateur :

— Que lui apportez-vous là ?

— Du vin chaud à la cannelle ! Je lui en avais apporté un hanap pour la remettre et elle l'a bu tout entier... Mais... elle m'a prié de lui en apporter d'autre et je me demande si cela ne risque pas de la rendre malade.

— Je comprends ! Donnez-moi ça et disparaissez. Ah ! J'oubliais ! Tout à l'heure, les chevaliers d'Auvergne, qui sont déjà venus ce matin, vont revenir. Faites-les attendre un instant et venez me prévenir.

Quand elle eut refermé la porte, Tristan commença par avaler la moitié du hanap en contemplant d'un œil perplexe le lit d'où montaient encore quelques hoquets gémissants.

Puis, jugeant que Catherine avait eu suffisamment le temps de s'étendre sur son malheur et que, dans son cas, la manière forte serait encore la plus efficace, il reposa le pot sur la table, marcha vers le lit, y plongea les bras et en sortit une Catherine dépeignée et doublement rouge, à la fois d'avoir pleuré et de la cochenille de la courtepointe que les larmes avaient fait déteindre sur sa joue. Le large décolleté de sa robe avait glissé et découvrait, jusqu'à la douce ombre de l'aisselle, une épaule dorée et un sein si impertinent que le Prévôt, soudain aussi rouge que la jeune femme, se hâta de le recouvrir. Ce n'était vraiment pas le moment de se laisser induire en tentation par cette diablesse aux yeux violets qui, même échevelée, même barbouillée comme une gamine tombée dans les confitures, trouvait encore le moyen de faire battre le sang beaucoup trop vite.

Cependant, elle le regardait d'un air à la fois malheureux et offensé, puis demandait, tendant vers le hanap une main incertaine :

— Donnez-moi à boire, ami Tristan !

— Vous avez bien assez bu comme ça. Regardez-vous : vous êtes plus qu'à moitié ivre !

— Peut-être !... Et tant mieux ! Il me semble que je suis moins malheureuse. Le vin m'a fait du bien. Grâce à lui on oublie un peu... Donnez-moi encore du vin, ami Tristan !

— Non !

Puis, comme il voyait s'abaisser les coins de sa bouche, il dit, plus doucement, craignant qu'elle ne se remît à pleurer :

— Que souhaitez-vous si fort oublier, Catherine, et pourquoi ?... Ce n'est pas tout à fait l'heure, pourtant... Ne savez-vous pas que votre époux a plus que jamais besoin de vous ?

Elle secoua violemment sa tête comme si elle luttait contre la tempête et les longues mèches échappées de ses tresses dansèrent et se tordirent autour d'elle comme des lianes d'or.

— Arnaud a toujours besoin de moi, s'écria-t-elle, toujours ! Mais jamais personne ne songe à se demander si moi je n'ai pas besoin d'Arnaud. Je suis son bien, son repos et sa récréation, la maîtresse de sa maison et sa première vassale, sa maîtresse et sa servante, et tout le monde trouve normal, équitable et juste que j'accomplisse sans faiblir toutes ces tâches. Sans faiblir... et sans avoir jamais envie de jouer un autre rôle, unique, celui de la femme aimée. Pourquoi ne puis-je jamais prendre, mais toujours être prise ? Il m'a emprisonnée, Arnaud, rivée à lui avec son nom, sa terre, ses enfants... ses caresses ! Je suis "sa" femme... au point qu'à certains moments, tels que celui-ci, il m'oublie complètement pour n'écouter que sa folie égoïste ! Que venez-vous alors me dire qu'il est "mon" époux ? Il est celui de la guerre, un point c'est tout...

Subitement, elle s'abattit sur la poitrine de Tristan, glissa ses bras autour de son cou en se dressant sur la pointe des pieds et se serra contre lui.

— C'est un esclavage qu'un tel amour, ami Tristan, et le pire de tous. Il y a des moments où je voudrais tellement, tellement le briser, m'en libérer. Ne voulez-vous pas m'aider ?

L'impassible Flamand se sentit frémir. Il s'était attendu à trouver une femme effondrée, réduite par la douleur à l'état de loque humaine, mais certes pas cette Catherine plus qu'à demi ivre de vin et de colère, exhalant pêle-mêle sa rancune, sa colère et son besoin d'amour dans un désordre vestimentaire qui lui donnait le vertige.

Troublé par le parfum de féminité dont elle l'enveloppait et furieux de sentir sa propre chair s'émouvoir plus que de raison au contact de ce corps trop doux, il essaya de l'écarter de lui, mais elle se cramponna plus farouchement que jamais à son cou...

Au supplice, il chuchota, la voix enrouée :

— Catherine, vous divaguez ! Le temps presse !

— Tans pis ! Je ne veux plus savoir, je ne veux plus lutter... je ne veux plus être un chef de guerre. Je veux être une femme... rien qu'une femme... et je veux qu'on m'aime.

— Catherine, revenez à vous ! Lâchez-moi...

— Non ! Je sais que vous m'aimez... depuis longtemps, et j'en ai assez d'être seule ! J'ai besoin que l'on s'occupe de moi, que l'on vive pour moi, avec moi. Qu'ai-je à faire d'un homme qui ne songe qu'à tuer ou à se faire tuer au nom de la gloire ?

— Ce que vous en avez à faire ? Pour le moment, vous avez à essayer de le sauver du pire en vous en sauvant vous-même, à conserver un père à ses enfants et, à vous-même... le seul maître que vous admettrez jamais ! Quant à moi, Catherine, vous vous trompez en essayant de me tenter. Je vous aime, c'est vrai, mais je suis fait du même bois que Montsalvy, je suis comme lui ! Pire peut-être car moi je rêve de puissance ! Revenez à vous et à lui ! Que croyez-vous qu'il penserait s'il pouvait vous voir en ce moment ? Que vous vous comportez en grande dame ?

Elle renversa la tête, lui offrit ses yeux noyés de brume et sa bouche humide, entrouverte sur ses petites dents brillantes.

— Je ne suis pas une grande dame, murmura-t-elle en s'étirant contre lui comme une chatte, je suis une fille du Pont-au-Change... Une fille toute simple comme tu es un homme tout simple, Tristan ! Nous ne sommes pas nés sur les sommets, nous autres ! Alors, pourquoi ne pas nous aimer un peu ? Peut-être que tu parviendras à me faire oublier mon impitoyable seigneur...

Le souffle court et le cœur battant comme un bourdon de cathédrale, Tristan sentit qu'un instant de plus dans cette intolérable situation le perdrait, qu'il en arrivait au point où il ne lui serait plus possible de revenir en arrière s'il ne dominait pas le désir furieux qu'il avait d'elle.

Elle lui faisait jouer le rôle grotesque d'un Joseph sourcilleux et encombré de préjugés en face d'une adorable Putiphar qui, d'ailleurs, n'avait même pas conscience de sa naïve dépravation.

Quelques secondes encore, peut-être, et il arracherait cette robe en désordre qui livrait à ses yeux tant de choses fascinantes, il jetterait Catherine sur le lit pour y trouver le secret de sa féminité et y oublier jusqu'à son honneur d'homme, profitant d'un moment d'aberration passagère que l'on regretterait ensuite. Mais l'endurance de Tantale avait tout de même ses limites et Tristan sentit qu'il allait sombrer... délicieusement.

Un grattement discret contre le bois de la porte le sauva juste à temps. La sueur trempait son front, collait ses cheveux et il frissonnait comme s'il avait une grosse fièvre.

D'un effort désespéré, il força brutalement les bras noués à son cou à le libérer.

— En voilà assez ! gronda-t-il. Vous n'entendez pas qu'on frappe ?

On faisait mieux que frapper. À travers la porte, la voix feutrée de maîtresse Renaudot l'informait que les chevaliers d'Auvergne attendaient en bas et qu'ils étaient pressés.

Alors, sans plus rien vouloir écouter des protestations de Catherine, Tristan courut vers la cruche d'eau, emplit une cuvette et se mit, à l'aide d'une serviette, à en asperger le visage et le cou de Catherine tout en criant à l'hôtesse :

— Donnez-leur à boire votre meilleur vin et faites-les patienter encore un instant ! Madame avait perdu conscience. Je la ranime !

— Vous n'avez pas besoin d'aide ?

— Non. Ça ira très bien.

Tout en parlant, le Flamand s'improvisait camériste. Serrant les dents, mais avec une habileté dont personne ne l'eût cru capable, il rajustait la robe de Catherine, la secouait pour la défroisser et s'attaquait à la chevelure, la peigna avec une vigueur qui lui attira les protestations de sa victime. Rapidement, il refit les nattes, les roula sur les oreilles et, saisissant le voile détaché du hennin depuis longtemps tombé à terre, en enveloppa les épaules, la tête et le cou de la jeune femme.

Puis, la tenant à bout de bras, il déclara :

— Voilà qui est mieux ! Vous êtes tout à fait présentable.

Hormis les plaintes qu'il lui avait arrachées, Catherine s'était laissé faire sans plus réagir qu'une poupée de son, mais, à mesure que Tristan la soignait, son regard perdait peu à peu l'espèce de brume trouble qui l'avait envahi pour retrouver toute sa netteté. L'ivresse, à vrai dire légère, se dissipait pour laisser place à une gêne profonde qui ressemblait beaucoup à de la honte.

Elle avait conscience maintenant de s'être conduite beaucoup plus comme une fille avide d'amour que comme une honnête femme dont le mari court les routes et les dangers. Mais elle avait trop de franchise pour ne pas reconnaître ses torts et, comme son compagnon l'entraînait vers la porte, elle résista :

— Non, ami Tristan, je ne veux pas encore descendre... pas sans vous avoir dit... que j'ai honte de moi ! Le vin... la colère... J'avais perdu la tête, je crois. Et je n'ose pas imaginer ce que vous pouvez penser de moi à cette heure.

Il se mit à rire, la prit aux épaules et, fraternellement, l'embrassa sur le front.

— Je pense que vous n'avez aucune raison d'avoir honte... et que vous avez dit, sans vous en douter, de grandes vérités, mon cœur. C'est vrai que je vous aime... et depuis longtemps ! Depuis Amboise, je crois bien. Et si vous voulez tout savoir, si dame Renaudot n'était venue frapper, je crois bien qu'à cette minute je serais en train de vous demander pardon ! Maintenant... il faut oublier tout ceci. Rien ne s'est passé... et nous sommes amis comme devant ! Venez ! Il faut les rejoindre car, en vérité, le temps presse et nous avons des décisions à prendre.

Dans la salle de l'auberge, momentanément interdite aux clients habituels par un barrage de soldats, Tristan l'Hermite fit, devant le cercle sombre des chevaliers, le récit de l'enquête rapide qu'il avait menée à la Bastille.

Cela tenait en peu de mots : approximativement à l'heure où Catherine se rendait avec Jean d'Orléans à l'hôtel du Porc-Épic, un cordelier s'était présenté à la Bastille avec un ordre signé et scellé aux armes de messire Jacques du Chastellier, évêque de Paris, qui lui donnait accès auprès du prisonnier nommé Arnaud de Montsalvy, dont il était le confesseur et dont il souhaitait préparer l'âme à une repentance chrétienne de ses fautes. On avait donc introduit le moine dans la tour de la Bertaudière où Arnaud se morfondait et l'on avait refermé la porte sur les deux hommes.

Au bout de quelques minutes, les cris du moine avaient attiré le geôlier qui, persuadé que le prisonnier étranglait le saint homme, s'était rué à son secours. Il avait ouvert la porte... et était tombé aussitôt frappé d'un coup de dague en plein cœur. Alertés par le bruit, deux gardes étaient accourus et avaient été abattus aussitôt à coups d'épée car, apparemment, sous sa robe, le moine transportait un véritable arsenal, en plus d'un second froc dont Arnaud s'était revêtu.

Ainsi accoutrés, les fugitifs atteignirent la cour, puis le corps de garde où deux hommes veillaient à la poterne. C'étaient des archers appartenant à la troupe du Bâtard d'Orléans et ils connaissaient parfaitement le sire de Montsalvy. Un faux mouvement, à la minute où il allait mettre le pied sur le pont dormant, avait fait glisser le capuchon d'Arnaud et découvert son visage. Aussitôt reconnu, il avait frappé. Le cri poussé par les gardes avait été le dernier : en quelques secondes, ils étaient massacrés et les deux hommes, sautant sur des chevaux qui attendaient, tenus en bride par une troupe composée de trois ou quatre hommes, disparaissaient dans un nuage de poussière en direction du village de Charonne...

— Mais enfin, s'écria Catherine quand Tristan eut achevé son rapport, ce moine, porteur d'un ordre de l'évêque, qui peut-il être ? Quelqu'un l'a-t-il vu ?

— Ceux qui l'ont vu de près n'ont plus de voix pour le décrire, fit Tristan sombrement. Mais les archers qui veillent aux créneaux et qui ont assisté de là-haut à la fuite des deux hommes prétendent qu'il s'agit d'un garçon blond, d'une vingtaine d'années, et que les hommes qui l'attendaient au-dehors n'avaient sur eux aucun signe distinctif.

— C'est maigre comme description, grogna Renaud de Roquemaurel. On ne sait rien de plus ?

Tristan appuya sur Catherine un regard empli de pitié et déclara, d'une voix presque basse :

— Si, on sait quelque chose de plus ! Le rôtisseur de la porte Saint-Antoine, qui plumait ses oies devant sa porte, a vu les cavaliers lui filer presque sous le nez. Il a entendu l'un des deux faux moines crier à l'autre : “Par ici, Gonnet ! la route est libre...”

Un silence de mort tomba, mais ne dura qu'un instant.

— Gonnet ! balbutia Catherine atterrée. Gonnet d'Apchier ! Il est arrivé !... et il a réussi ! Mon Dieu, Arnaud est perdu !

Le poing énorme de Renaud s'abattit sur la table renversant les gobelets qui sautèrent.

— Pourquoi perdu ? Et qu'a réussi ce failli chien bâtard ?

— Je vais vous le dire.

En face de cet auditoire frémissant, Catherine fit, d'une voix lasse, le récit rapide mais précis de ce qui s'était passé sous les murs de Montsalvy et de la déshonorante mission dont s'était chargé le bâtard d'Apchier.

— J'ai cru follement, soupira-t-elle en conclusion, que j'avais réussi à le gagner de vitesse. J'espérais qu'il se serait attardé quelques jours à Saint-Pourçain auprès du Castillan, mais je me trompais. Il était déjà là ! Il savait bien avant moi ce qui s'était passé et il préparait déjà ses batteries, tendant le piège trop facile que la folie d'Arnaud mettait à sa portée... et qui n'a que trop bien réussi ! Mais quant à savoir comment il a pu parvenir à l'entraîner à sa suite, comment il s'est procuré cet ordre, sans doute falsifié, de l'évêque ?...

— On s'en moque ! coupa Renaud qui réussit à dominer les cris indignés d'un auditoire dont les réactions étaient aussi brutales qu'immédiates. Comment ce truand s'y est pris, on en reparlera plus tard, à la veillée ! Pour le moment, il y a mieux à faire : il faut leur courir sus, les rattraper, enlever de gré ou de force Montsalvy à ce faux ami qui va lui tordre le cou au coin d'un bois par une nuit bien noire, sans doute ! Allez, vous autres, en selle !

— Le sire de Rostrenen galope déjà sur leurs traces, grogna Tristan. Le Connétable lui a donné ordre de les ramener morts ou vifs !

Le grand Roquemaurel fit un pas en avant, se planta

en face du Prévôt et se pencha pour le regarder sous le nez car il avait une bonne tête de plus que lui.

— Morts ou vifs ? Et vous vous imaginez que ça nous arrange ? Autrement dit, entre Apchier et votre Rostrenen, Montsalvy n'a pratiquement plus une chance de s'en tirer entier ? Si le chien bâtard n'a pas encore eu le temps de l'assassiner, l'envoyé de Monseigneur s'en chargera, car, pour imaginer qu'il se laissera ramener paisiblement, il faut que vous ne connaissiez pas Montsalvy.

— Mais si, je le connais et...

— Je vous ai dit qu'on était pressés. Alors, vous permettez ! Maintenant, sire Prévôt, mettez-vous bien ça dans la tête : nous qui voulons retrouver notre chef en bon état, nous allons avoir l'honneur de donner la chasse à vos Bretons aussi bien qu'aux fugitifs. Nous entendons les gagner de vitesse... et leur taper dessus s'ils sont arrivés avant nous. Vous pouvez allez dire ça au Connétable !

— Je m'en garderai bien... À moins, bien entendu, que vous ne me donniez votre parole de ramener les prisonniers ici...

— Vous voulez rire ? Vous n'avez pas l'air de vous rappeler que nous avons deux comptes à régler avec les Apchier. Aussi, après avoir pendu Gonnet au premier arbre venu, on ira tout droit nettoyer Montsalvy du reste de la bande. Et pour ça, il nous faut le légitime seigneur : autrement dit Arnaud de Montsalvy. Quand tout sera rentré dans l'ordre, vos juges et vos conseillers pourront discutailler à perte de vue sur son cas, le condamner tout à leur aise et venir le chercher dans nos montagnes si ça les amuse ! Mais prévenez-les tout de même qu'on les attendra. Vous avez compris ?

— À merveille ! C'est un plaisir de vous entendre, fit Tristan goguenard. Ce que je comprends moins... c'est pourquoi vous vous attardez ici... à discutailler ?

D'abord interloqué, Renaud éclata de rire, allongea au Prévôt une bourrade qui lui démolit l'épaule puis, se tournant vers Catherine :

— Allez vous préparer, Dame Catherine ! On vous emmène !

— Sûrement pas ! s'indigna Tristan. Vous rêvez, Roquemaurel ! Une femme n'a rien à faire au milieu des combats qui vous attendent. En outre, elle est exténuée et vous retarderait. Enfin... elle a encore quelque chose à faire pour son mari. Filez ! Nous saurons bien, en temps voulu, lui donner une escorte pour qu'elle regagne l'Auvergne en toute sécurité.

— Je vous en supplie, s'écria Catherine, laissez-moi partir avec eux. Vous savez bien que je ne vis plus.

Il la regarda sévèrement, puis articula :

— C'est votre époux qui n'aura plus la moindre chance de vivre décemment si vous ne restez ici. D'ailleurs, je vous donne le choix : ou ces messieurs partent sur l'heure, sans vous, et je ferme les yeux, ou bien j'appelle le guet et les fais arrêter dans la minute.

Vaincue, Catherine, qui s'était relevée, se laissa choir de nouveau sur le banc.

— Partez, mes amis, soupira-t-elle... mais, je vous en conjure, Renaud, dites à mon époux...

— Que vous l'aimez ? Sapristi, Dame Catherine, vous ferez ça beaucoup mieux que moi. À bientôt ! Prenez soin de vous et laissez-nous faire.

En quelques secondes l'auberge, pleine à craquer la minute précédente, se vida tumultueusement comme un tonneau dont on a lâché la bonde.

Les chevaliers d'Auvergne envahirent la rue Saint-Antoine, enfourchèrent leurs chevaux et sans même crier « gare ! » lancèrent au galop leurs lourdes montures qui fauchèrent passants et animaux, semant la terreur sur le passage de leur furieuse cavalcade. Bientôt il n'y eut plus, au pied des tours de la Bastille et sous la voûte de la porte Saint-Antoine, qu'un épais nuage de poussière qui retomba lentement tandis que les victimes des Auvergnats se relevaient en maugréant.

Catherine et Tristan, qui étaient venus jusqu'au seuil de l'auberge pour assister à ce départ en trombe, regagnèrent la grande salle. Mais la dame de Montsalvy ne rentrait qu'à regret.

— Pourquoi m'avez-vous empêchée de les suivre ? reprocha-t-elle. Vous savez bien que je ne veux pas rester ici un moment de plus.

— Vous y resterez cependant... cette nuit pour reprendre encore un peu de force. Demain, je vous en fais promesse, vous partirez, mais pas pour l'Auvergne où l'on n'a aucun besoin de vous.

— Pour où, alors ?

— Pour Tours, mon enfant. Pour Tours où le Roi se rendra dans la semaine et où se célébreront dans un mois les noces de Monseigneur le Dauphin Louis avec Madame Marguerite d'Écosse ! C'est là que vous serez le plus utile à votre époux, car seul le Roi peut faire grâce quand le Connétable a condamné. Allez au Roi, Catherine ! Les noces d'un prince sont le moment le plus favorable pour obtenir une grâce difficile. Il faut à Montsalvy des lettres de rémission si vous ne voulez pas qu'il vive proscrit.

— Me les accordera-t-on ? murmura la jeune femme sceptique. Le Connétable, vous venez de le dire, a condamné Arnaud.

— Il ne peut pas faire autrement, car il est au milieu de ces Parisiens chatouilleux qui vont crier comme veaux à l'abattoir. Mais, les réactions des Parisiens, le Roi s'en moque peu ou prou. Il n'a pas gardé d'eux si bon souvenir. Il leur a pardonné, certes, mais du bout des lèvres et vous pouvez constater qu'il n'est pas tellement pressé de les venir voir. Si vous savez le lui demander, il fera grâce. On oubliera quelque temps Montsalvy dans ses montagnes et tout sera dit. Il s'en tirera avec une légère peine d'exil dans ses terres, destinée surtout à marquer une sanction quelconque et, dans un an, il reviendra à la Cour où tout le monde l'embrassera, le Connétable tout le premier !

À mesure que son ami parlait, Catherine sentait son cœur se dégonfler. En quelques mots, quelques phrases optimistes, il avait éclairci son horizon, chassé les nuages et ramené l'espoir.

Une gratitude infinie prenait peu à peu la place de l'anxiété dans l'âme de la jeune femme. Elle comprenait l'étendue de l'amitié de Tristan, dont le devoir, de stricte observance, eût été d'empêcher les Auvergnats de partir par tous les moyens, car ils n'avaient pas caché leur intention de suivre le fugitif dans l'unique but de parfaire son évasion et de lui permettre de regagner son domaine sain et sauf.

Dans un geste charmant, elle prit la main du Flamand et l'appuya contre sa joue.

— Vous savez toujours mieux que moi ce qu'il est bon de faire, ami Tristan ! Je devrais le savoir depuis longtemps et, au lieu de me rebeller sans cesse contre vos conseils, je ferais beaucoup mieux de les suivre sans même chercher à comprendre.

— Je n'en demande pas tant. Mais puisque vous êtes en de si bonnes dispositions, demandez donc à Renaudot de nous servir à dîner ! J'ai si faim que je mangerais mon cheval.

— Moi aussi, fit Catherine en riant. Quant à Bérenger... Mais, au fait, où est-il celui-là ? Je ne l'ai pas vu de la matinée et j'avoue que je l'avais oublié.

— Je suis là ! fit une voix lamentable qui avait l'air de sortir de l'énorme cheminée où mijotait doucement une énorme potée de choux au lard.

Quelque chose s'agita dans le renfoncement, ménagé de chaque côté de l'âtre et agrémenté d'un banc de pierre où l'on pouvait s'asseoir pour se chauffer. La mince silhouette du page, serrée dans son surcot de laine brune, émergea de l'ombre et s'avança vers la lumière pauvre dispensée par les petits carreaux.

— Çà, Bérenger, s'indigna Catherine, où étiez-vous passé ? Ce matin, je vous ai cherché, attendu, et...

Elle s'arrêta tout net, saisie de la tristesse profonde qui marquait le jeune visage. Le dos rond, la tête basse, les coins de ses lèvres s'abaissant spasmodiquement comme s'il allait pleurer, Bérenger était l'image même du chagrin.

— Mon Dieu ! Mais qu'avez-vous ? On dirait que vous avez perdu un être cher.

— Laissez, ma chère, coupa Tristan. Je crois que je sais de quoi il s'agit !

Puis, s'adressant au garçon « désolé » :

— Est-ce que vous êtes arrivé trop tard ? Lui était-il arrivé... quelque chose ?

Bérenger fit non de la tête, puis comme à regret :

— Rien, messire ! Tout a très bien marché. J'ai donné la lettre que vous m'aviez remise et on l'a relâché immédiatement.

— Alors ? Vous devriez être content ?

— Content ? Oui... bien sûr ! Oh, je suis content, messire, et je vous ai grande gratitude mais...

— Si vous me disiez de quoi il s'agit ? protesta Catherine, qui avait suivi avec étonnement le dialogue, pour elle parfaitement obscur, du page et du Prévôt.

— D'un étudiant turbulent, un certain Gauthier de Chazay que vous avez vu arrêter hier et auquel ce garçon s'intéressait...

Tristan raconta alors comment, la veille au soir, quand il était revenu à l'auberge pour annoncer à Catherine son audience du lendemain, le jeune Roquemaurel lui avait parlé, fort timidement d'ailleurs, de l'échauffourée dont lui-même et sa maîtresse avaient été témoins quelques heures auparavant dans les environs du Petit Châtelet. Il avait dit l'intérêt de Madame de Montsalvy pour l'étudiant roux et la promesse qu'elle avait faite de tenter quelque chose pour essayer de tirer d'affaire un paladin aussi manifestement preux et dévoué au service des dames. Promesse qui, tout naturellement, lui était sortie de l'esprit, chassée par de plus graves soucis mais que lui, Bérenger, dans son admiration spontanée pour sa « lumière du monde », n'avait pas oubliée.

— Pensant vous faire plaisir à tous les deux, conclut Tristan, j'ai donc fait porter ce matin à ce garçon, pour qu'il ait le plaisir de procéder lui-même à la libération, un ordre d'élargissement en faveur du sieur Chazay que messire de Ternant n'a d'ailleurs fait aucune difficulté pour me délivrer à titre amical. Aussi suis-je un peu surpris de la mine longue que fait votre page. Je ne vous cache pas que je pensais le trouver attablé ici, ou en quelque autre cabaret, en train de s'enivrer superbement avec son nouvel ami pour fêter l'événement.

— On dirait que vous vous êtes trompé ! Si vous nous expliquiez ce qui s'est passé exactement, Bérenger, au lieu de nous regarder avec des yeux gros de larmes ? Est-ce que ce garçon n'était pas content d'être délivré ?

— Oh si ! Il était très content. Il m'a demandé qui j'étais et comment je m'étais débrouillé pour le tirer de prison. Je le lui ai dit. Alors il m'a embrassé... puis il s'est sauvé à toutes jambes en me criant : “Grand merci, l'ami ! On se reverra peut-être quelque jour ! Pour le moment, tu voudras bien m'excuser, mais je cours chez Marion l'Ydole. Elle me doit quelque chose et, avec elle, il ne faut jamais laisser traîner les créances !...” Et il a disparu du côté de la rue Saint-Jacques.

— Eh bien ! grogna Tristan, comme remerciement, c'est un peu maigre. Donnez-vous donc du mal pour les gens. Qu'avez-vous fait, alors, pour rentrer si tard ?

— Rien... Je me suis promené sur les grèves en regardant passer les barges et les chalands. Je me sentais tout seul... un peu perdu. J'avais envie de voir des gens. Ensuite, je suis allé du côté des grands collèges...

— Et puis, continua Catherine en souriant, comme vous n'avez pas rencontré ce garçon qui vous tient si fort à cœur, vous vous êtes tout de même décidé à rentrer. N'ayez pas de peine, Bérenger, vous avez fait une bonne action et vous l'avez faite gratuitement puisque l'on ne vous a pas accordé cette amitié que vous souhaitiez tellement.

— C'est vrai ! J'aurais tant voulu devenir son ami ! Je sais bien qu'auprès d'un étudiant parisien je ne suis rien qu'un petit paysan ignare...

— Vous êtes surtout un brave garçon qui en a fait

beaucoup trop pour un fanfaron ingrat. Oubliez-le comme je l'oublierai moi aussi. Je m'étais intéressée à lui simplement parce qu'il me rappelait un ami perdu. N'y pensons plus ! Demain, dès l'ouverture des portes, nous partirons pour Tours.

— Pour Tours ?

— Mais oui. Vous n'aurez pas l'amitié d'un escholier rebelle, mais vous verrez peut-être le Roi, fit Catherine avec un sourire plein de mélancolie. Ceci vaut bien cela... encore que notre sire ne soit pas d'une grande beauté.

— Le Roi ? Oui... bien sûr ! soupira sans enthousiasme un Bérenger décidément difficile à consoler.

Néanmoins, son détachement des choses de la terre n'allant pas jusqu'à lui couper l'appétit, il dévora son dîner aussi voracement que la veille. Puis, tandis qu'après le départ de Tristan l'Hermite sa maîtresse s'en allait à l'église Sainte-Catherine-du-Val-des-Escholiers afin d'y prier longuement, il s'offrit un nouveau tour dans Paris. Cette promenade devant être la dernière, puisque l'on repartait le lendemain, il l'allongea autant qu'il le put.

Le soir venu, l'Aigle d'Or s'emplit de bruit et de tumulte. L'auberge retrouvait d'emblée auprès des libérateurs le succès qu'elle s'était taillé avec les occupants et, quand le crépuscule commença de descendre sur la ville, maints soldats s'installèrent autour des tables tachées de vin et de chandelle pour y souper, y vider force pichets et y jouer aux dés.

Prudemment, Catherine et Bérenger se firent servir dans la chambre de la jeune femme puis, la dernière bouchée avalée, et tandis que la servante ôtait les restes du repas, Catherine renvoya son page et se prépara à se coucher.

Le départ devant avoir lieu très tôt, la nécessité d'un long repos se faisait sentir. Dès l'angélus de l'aube, Tristan l'Hermite serait là dans l'intention d'escorter les voyageurs jusqu'à Longjumeau.

Calmement, Catherine procéda à sa toilette de nuit.

Le long moment passé dans l'ombre mouvante de l'église lui avait rendu la sérénité et une pleine maîtrise de soi. Un prêtre, auquel elle avait demandé de l'entendre en confession, l'avait délivrée du souvenir gênant de son ivresse passagère et de la scène de séduction qu'elle avait imposée à ce malheureux Tristan. Enfin, elle avait réussi à faire silence dans son cœur.

Il lui était possible, maintenant, de regarder en face et avec une certaine impassibilité la tâche qui l'attendait à Tours et qui, tous comptes faits, ne lui semblait pas si difficile. Elle avait pleine confiance dans les amis qu'elle possédait à la Cour et surtout, bien entendu, elle ne doutait pas un seul instant d'obtenir l'aide totale de la reine Yolande, sa protectrice de toujours.

Quant à ce qu'il en était d'Arnaud, de ce côté-là aussi ses angoisses s'affaiblissaient. Elle connaissait trop bien les chevaliers de Haute Auvergne et, surtout, ces Roquemaurel indomptables dont le courage et l'entêtement pouvaient abattre des montagnes.

Durant tout le jour, elle avait suivi par la pensée leur chevauchée sur la trace des fugitifs et peut-être qu'à l'heure présente ils avaient déjà rejoint Arnaud et son dangereux compagnon. Si cela était, Gonnet d'Apchier devait avoir cessé de vivre et sa victime éventuelle galopait tranquillement en direction de Montsalvy avec ses amis retrouvés. Peut-être même le bâtard était-il mort sans avoir eu le temps de répandre ses calomnies et d'accuser Catherine d'adultère. Une chevauchée folle n'est pas une atmosphère propice aux confidences....

Bercée par toutes ces pensées consolantes, Catherine se coucha sans attendre que le couvre-feu fût sonné et, à peine la tête sur l'oreiller, elle s'endormit d'un sommeil d'enfant, tandis qu'à quelques pas d'elle, Bérenger, à peu près mort de fatigue, ronflait déjà avec l'application d'un vieux routier. Ils n'entendirent pas les soldats quitter l'auberge en maudissant le règlement des villes qui oblige à se coucher tôt, ni les servantes qui fermaient les volets, ni l'escalier grinçant sous le double poids de maître Renaudot et de sa femme qui regagnaient leur grand lit conjugal.

Matines n'étaient pas encore sonnées au couvent voisin, quand la rue s'emplit d'ombres compactes qui marchaient en silence et vinrent s'attrouper devant la porte de l'Aigle d'Or.

Un outil crissa dans la serrure, mais la porte barricadée de l'intérieur ne céda pas. Alors, d'un coup de pied vigoureux, l'une des ombres fit voler une fenêtre en éclats et une autre se glissa prestement à l'intérieur. Un instant plus tard, la porte s'ouvrait, livrant passage à un fleuve noir qui, lentement, envahit l'auberge.

Quand maître Renaudot, en bonnet de coton, sa chandelle d'une main et retenant de l'autre ses braies mal attachées, descendit pour voir ce qui se passait, il recula d'horreur devant les visages qui, à la lueur de deux torches, se levaient vers lui.

Larges, rouges, coiffant de bonnets de cuir des têtes hirsutes, ces faces sauvages avaient toutes en commun la glace impitoyable du regard et le pli cruel de bouches souvent privées de dents. À leurs tabliers de cuir, tachés de sang, aux tranchets luisants et aux larges coutelas passés dans les ceintures, le malheureux aubergiste les identifia immédiatement.

— Les bouchers... fit-il d'une voix bégayante. Que... que voulez-vous ?

L'un des hommes sortit du rang. Ses énormes bras nus étaient cerclés de fer comme des tonnelets et sa face suante était plus repoussante encore que les autres.

— On ne te veut rien à toi, aubergiste ! Rentre dans ton lit et n'en bouge pas, quoi que tu entendes !

— Mais enfin j'ai le droit de savoir ! Que cherchez-vous ici ?

— Pas toi, sois tranquille ! Ce qu'on cherche, c'est une dame. Une noble dame. Tu as bien ça chez toi, n'est-ce pas ?

— Ou...i, mais...

— Pas de mais ! C'est à elle que nous avons affaire ! Alors toi, tu vas gentiment retrouver ta bourgeoise qui doit suer de peur à l'heure qu'il est dans ses couettes et, si tu veux retrouver ton auberge intacte, tu ne t'occuperas que d'elle, tu m'entends ?

— De... ma bourgeoise ? À son âge ?

— Et alors ? Chez nous y en a des pires ! Et puis on s'en moque. Dis tes prières ou fais-lui l'amour, mais ne bouge pas de ta chambre. Sinon... nous brûlons ta maison et toi dedans ! Compris ?

Le malheureux aubergiste claquait des dents et avait bien du mal à se soutenir, mais l'idée de sa jeune cliente, si blonde, si fragile, aux mains de ces brutes, lui donna un peu de courage. De plus, la pensée de ce que lui ferait Tristan l'Hermite s'il arrivait malheur à celle qu'il lui avait confiée n'avait rien de réjouissant. Aussi tenta-t-il de parlementer.

— Écoutez, articula-t-il péniblement, je ne sais pas ce que vous a fait cette jeune dame, mais elle est bien douce, bien gentille...

— C'est à nous d'en juger ! File !

— Et puis... elle m'a été tout spécialement recommandée par messire Tristan l'Hermite, le Prévôt des maréchaux. C'est un homme dur, impitoyable. Il n'est pas nommé depuis longtemps et vous ne le connaissez peut-être pas encore, car il n'est pas d'ici, mais dans l'armée chacun a déjà appris à le redouter. Croyez-moi, ne vous attaquez pas à lui...

— Nous ne nous attaquons pas à lui. Et nous n'avons peur de personne. Quant à toi, file si tu ne veux pas que nous te mettions rôtir immédiatement dans ta cheminée. Regarde un peu le beau feu ! Comme il brûle bien !

L'un des envahisseurs, en effet, s'occupait à ranimer les braises, enfouies sous la cendre comme chaque soir. Déjà des flammes s'élevaient, léchant les fagots et les bûches sèches que l'on y jetait.

Épouvanté, Renaudot se voyant déjà ficelé comme un mouton à sa propre broche, se signa précipitamment trois ou quatre fois, puis regrimpa son escalier à toutes jambes, priant éperdument Monsieur saint Laurent, patron des rôtisseurs, d'avoir pitié de lui, de son auberge et de sa cliente... L'idée lui venait déjà que, peut-être, il pourrait, à l'aide de ses draps, se laisser tomber par sa fenêtre et courir chercher le guet quand l'homme qui l'avait interpellé ajouta :

— Va donc avec lui, Martin. Et surveille-le jusqu'à ce qu'on te rappelle. Des fois qu'il aurait l'idée de filer chercher son fameux Prévôt ! Allez, vous autres, on monte aussi. Quatre hommes avec moi pour chercher la donzelle !

— On fait trop de bruit, Guillaume le Roux, protesta l'un des bouchers. On va réveiller tout le quartier.

— Et après ? Même s'ils se réveillent, ils ne bougeront pas. Tous des couards. Ils se cacheront sous leurs couvertures pour ne rien entendre.

Un instant plus tard, Catherine, réveillée par la horde qui avait envahi sa chambre avec la brutalité d'une éruption volcanique, était arrachée de son lit, enlevée par une dizaine de mains calleuses qui se refermèrent sans douceur sur ses épaules, ses cuisses et ses reins, descendue dans la salle et déposée sans douceur sur celle des grandes tables qui était le plus près de la cheminée.

L'apparition de cette femme nue [1] dont les longues tresses dorées de ses cheveux ne cachaient rien d'un corps visiblement fait pour l'amour fit naître une sorte de rugissement au fond des poitrines de tous ces hommes. Les flammes de la cheminée l'enveloppaient toute d'une lumière si chaude qu'elle semblait faite d'or pur.

Mal réveillée, Catherine se releva sur ses deux mains. Ses grands yeux, dilatés d'horreur, regardèrent autour d'elle. Elle était entourée d'un cercle de regards luisants comme braise, de babines humides qui se pourléchaient, de mains qui déjà se tendaient vers sa chair.

— Bon Dieu, qu'elle est belle ! fit quelqu'un. Avant de la tuer, faut au moins y goûter. J'en veux ma part, moi, de la belle fille.

— T'as raison, renchérit un autre. Moi aussi j'en

1. L'usage des chemises de nuit était encore très peu fréquent.

veux ma part. Regarde-moi ces seins ! Ces cuisses ! Jamais on n'en aura des pareils !

— Vos gueules, tonna l'homme qui paraissait le chef. On parlera de ça après ! Moi aussi, j'ai envie de lui dire un mot. Mais avant, faut la juger.

Catherine avait enfin réalisé qu'elle ne se débattait pas au milieu d'un cauchemar. Que tous ces hommes étaient réels, bien trop vivants. Elle sentait encore la meurtrissure de leurs mains brutales sur sa taille et sur ses jambes.

Une folle terreur s'empara d'elle, une de ces paniques insensées qui annihilent les réflexes et figent le sang dans les veines. Qu'allaient-ils lui faire ? Et il y avait ce feu dont la chaleur, peu à peu, se faisait pénible.

Elle recula sur la table afin de lui échapper, mais, aussitôt, le chef la saisit et l'immobilisa.

— Allons, la belle ! Reste tranquille ! On a à te causer.

Brusquement, la jeune femme retrouva l'usage de ses cordes vocales qui, jusqu'à cet instant, lui avaient refusé tout service tant elle avait peur.

— Mais enfin que me voulez-vous ? Vous avez dit que vous vouliez me juger ? Mais pour quoi ? fit-elle d'une petite voix qui lui parut étrangère à elle-même.

— On va te le dire ! Allez, Berthe ! Amenez-vous !

Une femme sortit de cette horde de mâles. Maigre et noiraude, les cheveux gris fer et le teint jaune, elle était toute vêtue de noir, sertie de noir, d'un noir qui laissait voir seulement sa longue figure où seuls les yeux verdâtres semblaient vivants. Mais dans ce regard-là ce n'était pas la concupiscence qui apportait la vie, c'était la haine, une haine implacable, bornée, au-delà de tout raisonnement sensé. La haine d'une femme aux idées courtes, à l'esprit étroit ranci dans la piété mal comprise, les rancœurs de bonnes femmes et le souci des écus amassés lentement.

Déjà, malgré les années, Catherine l'avait reconnue, cette femme : c'était Berthe Legoix, la femme de Guillaume, homme qu'Arnaud avait tué... et elle comprit que c'était sa mort qui approchait.

Avec une solennité qui eût été risible si elle n'avait été si lourde de menaces, la femme vint jusqu'à la table, se pencha et, violemment, comme un serpent jette son venin, elle cracha au visage de Catherine.

— Putain ! grinça-t-elle. Tu vas payer pour ce que tu as fait et pour le crime de ton mari.

— Qu'est-ce que je vous ai fait ? riposta la jeune femme furieuse tout à coup.

Elle avait toujours détesté Berthe Legoix qui, même lorsqu'elle était jeune, n'avait jamais dû posséder un cœur et que ses servantes craignaient comme le feu parce que pour un oui, pour un non, elle les battait et les privait de nourriture.

— Ce que tu as fait ? Tu es venue... Tu as été faire la chatte avec ce grand âne bâté de Connétable, tu as couché avec lui sans doute et, comme par hasard, ton bâtard de mari s'est enfui de la Bastille. Alors, tu vas payer ! Puisque je ne peux pas avoir la peau du meurtrier, j'aurai la tienne. Pâques-Dieu ! J'ai cru étouffer de fureur quand le vieux Lallier a annoncé qu'il avait rendu sa parole à Richemont, puis, après, quand on a annoncé l'évasion. Alors, j'ai réuni tous ces bons garçons, moyennant finance... Heureusement, j'ai encore un peu d'argent... et tu vas voir ce qui va se passer.

— Il ne se passera rien du tout, hurla Catherine d'autant plus exaspérée qu'elle sentait une peur horrible lui mordre le ventre, nous sommes à Paris ici. Il y a une autorité, un guet, un prévôt ! Si vous osez me toucher, vous n'aurez pas trop de toute votre vie pour le regretter !

— Si tu es crevée avant, on s'en moque de payer le prix, ricana la femme Legoix. Et puis, faudrait nous retrouver... Dès qu'on t'aura réglé ton compte, on disparaît. Allez, vous autres, saignez-moi cette femelle et jetez-la au feu.

— Eh là, doucement, la Berthe ! fit celui que l'on avait appelé Guillaume le Roux. Rien ne presse et on peut bien prendre le temps de s'amuser un peu. Vous ne nous aviez pas dit que c'était une belle fille comme ça...

La femme haussa les épaules avec fureur.

— Tas de pourceaux ! Je ne vous paye pas pour forniquer avec cette femme, mais pour me venger. Qu'elle soit belle ou non, peu importe. Tuez-la, vous dis-je ! Nous ne pouvons passer la nuit ici. Et si vous ne le faites pas sur l'heure...

Arrachant, d'un geste nerveux, le coutelas qui pendait à la ceinture de Guillaume, elle le brandit et allait se jeter sur Catherine quand la porte, que les bouchers avaient négligé de barricader de nouveau, s'abattit sur le dallage avec un bruit de tonnerre, tandis que, par la fenêtre enfoncée aussi bien que par la porte ainsi ouverte, une bande hurlante, brandissant des bâtons et des haches, faisait irruption dans la salle d'auberge. Un grand garçon aux cheveux rouges les menait. Il se jeta sur les bouchers en braillant à pleins poumons dans le meilleur style militaire :

— Chazay à la rescousse ! Hardi, les gars ! Boutons hors cette ribaudaille !

En un instant, la mêlée devint générale. Berthe Legoix reçut un choc violent qui la précipita dans la huche à pain où elle s'affala à moitié assommée, tandis qu'à l'étage au-dessus, maître Renaudot qui avait suivi avec angoisse ce qui se passait dans sa salle, sous la garde du boucher Martin, aussi intéressé que lui, se ruait à la fenêtre en hurlant :

— À l'aide ! À la garde !... Allez chercher le guet !

Cette fois, la rue s'éveilla au vacarme. Les maisons s'éclairaient et en jaillissaient des bourgeois à peine vêtus qui accouraient aux nouvelles.

L'auberge de maître Renaudot brillait dans la nuit, comme un feu de joie, illuminée qu'elle était par l'intérieur d'où partaient les bruits mats des coups et les hurlements des combattants.

Catherine profita du tumulte pour descendre de sa table et regrimper l'escalier afin de retrouver ses vêtements. À mi-hauteur, elle s'était trouvée nez à nez avec Bérenger, enfin tiré de son premier sommeil, et qui descendait en s'étirant et en bâillant à se décrocher la mâchoire.

La vue de sa maîtresse escaladant les marches, aussi nue que la main, lui fit ouvrir de grands yeux et lui arracha un hoquet de stupeur. Mais, déjà, l'apparition insolite l'avait bousculé et, sans lui dire un mot, s'était engouffrée dans sa chambre, le laissant collé contre le mur, totalement privé de voix et déjà persuadé que cette étrange vision était le fruit d'une imagination surchauffée par le petit vin de Cahors dont on avait assez généreusement arrosé le souper.

Une voix joyeuse, qu'il reconnut avec un battement de cœur, arracha Bérenger à sa méditation.

— Hé ! l'ami ! Qu'est-ce que tu fais dans ton escalier, planté comme une souche ? On dirait que tu as vu le Diable ! Allez, viens donc nous donner un coup de main !

— J'arrive, Gauthier, j'arrive !

Et le page de Catherine, sans même savoir pourquoi il se battait et avec qui, mais uniquement conscient de faire plaisir à son ami l'étudiant, plongea de confiance dans la mêlée et se mit à taper à tour de bras sur tout ce qui lui tombait sous la main.

La lutte était si chaude que, peut-être, la maison de maître Renaudot ne s'en fût pas remise, si le chevalier du guet ne s'était décidé enfin à paraître avec ses hommes. L'effet fut magique. Dès que les casques des archers brillèrent à l'entrée de la rue, quelqu'un cria :

— Voilà le guet !

Et ce fut un sauve-qui-peut général, bouchers et étudiants s'égaillant comme une volée de moineaux.

Seuls quelques malheureux, qui avaient écopé d'un coup de bâton ou d'un coup de couteau, demeurèrent sur le dallage aux pieds de Renaudot éperdu.

Guillaume le Roux, qui avait pris un coup de tabouret sur la tête et gisait plié en deux contre un pilier de l'âtre, était de ceux-là, et aussi la femme Legoix que l'un des archers alla tirer sans douceur de sa huche à pain. Tous deux devaient être déférés sans tarder à Messire Jean de La Porte, lieutenant criminel du Châtelet.

En présence du chevalier du guet, qui était alors messire Jean de Harlay, Renaudot retrouva tout son aplomb. Il accusa formellement les deux prisonniers d'avoir envahi son auberge dans l'intention d'y mettre à mal l'une de ses clientes, à lui confiée par messire Tristan l'Hermite, Prévôt des maréchaux (que Dieu garde en santé !) afin d'assouvir une obscure vengeance qui n'était, en fait, qu'une rébellion caractérisée, puisqu'elle allait à l'encontre d'un jugement rendu par Monseigneur le Connétable et Maître Michel de Lallier (que Dieu nous veuille garder tous deux !). Déclaration qui faisait aussi grand honneur à l'excellence des oreilles de l'aubergiste qu'à son sens de la déduction.

Il n'avait, en effet, rien perdu de ce qui se passait dans sa salle, grâce à la bonne volonté du nommé Martin, lequel Martin n'avait aucune envie d'aller s'enfermer dans une chambre trop chaude avec une paire d'aubergistes, quand il se préparait, en bas, un spectacle de si haut goût... Se contentant de le garder à vue, il avait donc permis à son prisonnier de demeurer assis en haut des marches. La vue n'y était pas excellente, mais elle était possible. Quant à l'acoustique, elle était parfaite.

La magnanimité et la curiosité de Martin permirent donc à maître Renaudot un rapport très complet des événements, truffé de nombreuses invocations à la Sainte Vierge et à tous les saints avec lesquels le digne homme semblait entretenir des relations de courtoisie.

Ensuite, ayant flétri ses « lâches agresseurs », Renaudot entama les louanges des sauveurs de son auberge qui, d'après la description enthousiaste qu'il en fit, ne pouvaient qu'appartenir à quelque légion céleste spécialement dépêchée du Paradis par Monsieur saint Antoine, patron du quartier et de Renaudot lui-même.

Jean de Harlay, qui avait écouté sans rire le panégyrique de l'aubergiste, se contenta de lui faire remarquer qu'en fait d'anges il s'agissait tout uniment d'étudiants du collège de Navarre, ainsi que l'attestaient les deux ou trois malheureux restés sur le carreau et qu'il fit, sur l'heure, transporter à l'Hôtel-Dieu.

— Peut-être bien, messire ! consentit Renaudot qui tenait à son idée, mais ils étaient commandés par un garçon aux cheveux de flamme qui brillaient comme le soleil lui-même et qu'à sa vaillance j'ai reconnu pour être au moins un archange. D'ailleurs, il a totalement disparu, comme vous pouvez voir...

En effet, Gauthier de Chazay, qui n'aimait guère messire de Harlay avec lequel il avait eu maille à partir tout récemment, au cours d'une rixe au cabaret de la Mule, rue Saint-Jacques, dont il était l'un des piliers, avait préféré abandonner ses lauriers et se retirer discrètement dans le réduit de son ami Bérenger qui lui avait offert une hospitalité étroite mais venue droit du cœur.

Pour la forme, le chevalier du guet entendit Catherine lui confirmer les dires de l'aubergiste et demander généreusement l'indulgence pour une ennemie « rendue sans doute folle de douleur par la mort d'un homme qui sans doute ne méritait pas si grand chagrin, mais n'en était pas moins son époux ».

Charmé d'une telle magnanimité, messire de Harlay offrit à la jeune ferme les excuses du Grand Châtelet et du Prévôt de Paris, puis se retira avec ses prisonniers toujours inconscients, laissant Renaudot réparer, avec de grands « hélas ! », les dégâts, à vrai dire minimes, de son auberge.

À peine le pas ferré des archers du guet se fut-il éloigné dans la rue Saint-Antoine, que Bérenger et Gauthier reparaissaient comme par enchantement.

Mis en face du héros à cheveux rouges, maître Renaudot fut bien obligé d'admettre qu'il n'avait pas été l'objet des attentions particulières d'un envoyé du Ciel. Mais tout terrestre qu'il fût, Gauthier de Chazay n'en eut pas moins droit à sa reconnaissance enthousiaste qui se traduisit par l'apparition d'un superbe jambon fumé, escorté d'un chanteau de pain et d'un énorme pichet de chambertin, devant lesquels le généreux aubergiste invita les deux garçons à prendre place, chose qu'ils ne se firent pas répéter deux fois.

L'étudiant, pour sa part, était si affamé qu'il avait atteint l'os du jambon le temps de dire un *Ave Maria*. C'était plaisir de le voir dévorer et Bérenger, si bien pourvu qu'il fût en matière d'appétit, ne pouvait entrer en lutte avec son ami.

Fascinés par ce spectacle, maître Renaudot, sa femme et ses deux servantes restaient là, bouche bée, regardant les deux garçons faire disparaître les victuailles avec une célérité digne d'une compagnie de termites.

Catherine aussi regardait, mi-amusée, mi-apitoyée par la grande faim de ce garçon. Elle attendit qu'il se fût pleinement rassasié, puis, quand il ne resta plus une bribe du jambon, une miette du pain, ni une goutte du chambertin, elle vint près des deux compagnons et, gentiment, remercia le jeune Chazay de l'avoir sauvée d'un sort affreux.

En voyant tout à coup devant lui la femme qu'il avait vue, quelques instants auparavant, dans une tenue si sommaire et si troublante à la fois, Gauthier de Chazay rougit violemment et se leva aussitôt...

— Vous ne me devez rien... je veux dire aucun remerciement, noble dame, fit-il gauchement. Je n'ai fait... que payer ma dette ! Vous m'aviez tiré de prison.

— La prison pour avoir cherché noise au soldat du guet, ce n'était pas bien grave et vous en seriez sorti sans moi ! D'ailleurs, c'est Bérenger qui a obtenu votre libération. Mais moi, vous m'avez sauvée d'une mort horrible. Dites-moi comment je pourrais vous en remercier.

— Mais je ne veux pas de remerciements ! s'écria le garçon presque en colère. Quand le vieux Lallier a harangué la foule aujourd'hui, depuis la Maison aux Piliers, j'ai surpris le jeu de la Legoix qui racolait des bouchers, sur la Grève même, sans plus de pudeur qu'une ribaude dans la rue Pute-y-musse [1]. J'ai écouté, j'ai compris qu'il s'agissait d'une vilaine affaire. Et puis ils ont prononcé votre nom... et c'était celui de la dame à qui je devais la liberté. Alors moi aussi j'ai racolé les camarades... et Dieu a permis que nous arrivions à temps.

— Et moi qui croyais que nous ne t'intéressions pas, qui te traitais d'ingrat ! gémit Bérenger prêt à pleurer. Pendant ce temps-là...

— Pendant ce temps-là, reprit Gauthier avec une grande franchise, je faisais l'amour à Marion l'Ydole. C'est après, quand l'heure est venue pour moi d'aller tourner du côté des rôtisseurs de la porte Baudoyer, que je suis tombé sur le discours du père Lallier. Je me suis dit que c'était le moment de payer mes dettes ou jamais. Et toi, tu ne vas pas te mettre à pleurer comme une fille. Si tu veux qu'on soit amis, faudrait voir à montrer plus de virilité. C'est tout ce qui compte chez un homme, la virilité !

— D'accord, approuva Catherine en riant. Mais cela ne me dit toujours pas ce que je pourrais faire pour vous ?

Le garçon cessa de bouchonner, à l'aide d'une serviette, le nez de Bérenger et, soudain grave, fit face à la jeune femme. Il la regarda droit dans les yeux.

— Vous voulez vraiment faire quelque chose pour moi, Madame ?

— Mais bien sûr, je le veux.

— Alors, emmenez-moi ! Bérenger m'a dit que vous partiez demain...

Catherine eut un haut-le-corps.

— Que je vous emmène ? Vous voulez vraiment quitter Paris ? Mais... et le collège de Navarre ? Et vos études ?

Le visage de l'étudiant se crispa sous ses taches de rousseur.

1. Actuelle rue du Petit-Musc par une déformation du nom.

— J'en suis excédé... aussi bien des études que du collège. Je hais le grec, le latin et tout le reste. Pâlir interminablement sur de vieux grimoires poussiéreux et lourds comme le diable, passer des jours assis dans la paille, boire de l'eau et crever de faim dix mois sur douze, recevoir le fouet, comme un marmot, quand le maître est mal luné, vous croyez que c'est une vie pour un homme ? J'ai dix-neuf ans, Dame... et je meurs d'ennui dans ce collège. D'ennui... et de rage !

Au cri de colère de l'étudiant répondit celui, presque indigné, du page :

— Mais c'est la vie dont je rêvais, moi ! Étudier ! Devenir sage, savant ! Voilà des années que je le désire !

— Pauvre idiot ! fit Gauthier avec mépris. On voit bien que tu ne sais pas de quoi tu parles. Belle vie, en vérité ! Toi, tu as le grand air, le ciel libre, la montagne, la vallée, le ruisseau, tout l'espace ! Tu es page, tu seras écuyer, tu auras le droit de porter des armes, puis tu deviendras chevalier, capitaine, peut-être, c'est-à-dire grand, fier, indomptable, un homme, quoi ! Tandis que moi et mes pareils, nous continuerons à nous courber sur nos parchemins, toujours un peu plus seuls, toujours un peu plus vieux... et toujours un peu plus gras, il est vrai, pour ceux qui, définitivement, auront choisi l'Église...

— Moi, je hais la guerre et les armes et tout ce qui la représente. Je hais l'arrogance des capitaines, leur cruauté, les douleurs du pauvre peuple, cria le page devenu soudain très rouge. Comment peut-on souhaiter passer sa vie à se battre ou à battre les autres ?

— Quand on a passé des années à ânonner Socrate, Sénèque ou Caton l'Ancien sans parvenir à se mettre d'accord avec eux ! J'en sais assez comme ça et, comme je ne veux être ni curé, ni chat-fourré[1], je veux m'en aller. Emmenez-moi, Dame ! ajouta-t-il sur un ton suppliant. Je suis fort, courageux, je crois, et il n'est pas

1. Magistrat.

bon pour une dame de haut rang de courir les routes en la seule compagnie d'un moutard !

— Je ne suis pas un moutard, se rebiffa Bérenger. Je me suis déjà battu, moi, et contre des hommes d'armes encore. Demande à Dame Catherine !

— C'est vrai, admit la jeune femme en souriant. Bérenger s'est comporté comme un preux dans une circonstance difficile.

— Voilà une bonne nouvelle, s'écria l'étudiant en assenant une tape affectueuse sur le dos de son compagnon. Nous pourrons ferrailler ensemble... si ta maîtresse veut bien de moi. D'ailleurs, ajouta-t-il avec un drôle de sourire où l'ironie n'effaçait pas une certaine mélancolie, si elle refuse, il faudra tout de même que je parte d'ici... ou que je me fasse truand.

— Quelle horreur ! s'écria Catherine. Pourquoi truand ?

— Croyez bien que cela ne me tente guère, mais si je veux manger, même un peu, il faudra bien que j'en passe par là. Le supérieur du collège de Navarre veut me chasser. Il dit que je suis un mauvais sujet, une brebis galeuse parce que j'aime les filles et le vin. Comme si j'étais le seul ! Simplement, ma tête ne lui revient pas et, en fait de brebis galeuse, il va faire de moi son bouc émissaire.

— Dites-moi encore une chose : que diront vos parents de tout cela ? S'ils vous ont mis au collège, ils devaient avoir une raison ?

— La meilleure : se débarrasser de moi à tout jamais ! Je n'ai plus de parents, douce dame. Rien qu'un oncle fort riche qui gère le peu de bien qui me reste, car notre manoir et notre terre de Chazay ont été brûlés, détruits totalement par la guerre. Or, l'oncle Guy a un fils et il n'est jamais las d'amasser : il a donc décidé que je serais clerc, puis ordonné quand le temps en serait venu, afin que mes biens aillent grossir le patrimoine de son fils. C'est simple, vous voyez...

— Très simple, admit Catherine. Et, à vous dire le fond de ma pensée, j'ai très envie de vous emmener avec moi. Mais vous souhaitez faire carrière dans les armes ?

— En effet, c'est mon plus cher désir.

— Avez-vous songé, alors, qu'en entrant à mon service, vous entrez à celui de mon époux... c'est-à-dire d'un prisonnier évadé, d'un proscrit ?

Gauthier de Chazay se mit à rire, d'un rire si joyeux qu'il faisait plaisir à entendre.

— De nos jours est proscrit aujourd'hui qui sera maréchal demain. L'ennemi du matin devient le frère du soir et l'ami du soir est exécré quand revient l'aube. Nous vivons un temps de folie, mais l'heure viendra où tout rentrera dans l'ordre, où le royaume connaîtra son renouveau et refleurira plus beau qu'avant. Jusque-là, il y a encore des coups à donner et à recevoir : j'en veux ma part. Et puis, quoi que vous en pensiez, gracieuse dame, et même si cela vous fâche un peu... c'est à votre service que je veux entrer, c'est vous que je veux servir, défendre, vous surtout !...

Catherine ne répondit pas tout de suite. Quelque chose en elle s'était ému à cette profession de foi inattendue. Ce garçon ne saurait jamais à quel point il lui rappelait Gauthier, le grand, Gauthier Malencontre dont, toujours, la rencontre avait été fatale aux ennemis qui s'étaient dressés devant elle.

Lui aussi avait regimbé à l'idée d'accepter la férule d'Arnaud. Il se voulait son serviteur, à elle, uniquement, son serviteur et son rempart, ce qui d'ailleurs ne l'avait pas empêché de se dévouer bien souvent pour le maître de Montsalvy, ne fût-ce que sur l'esplanade de Grenade, quand ronflaient les tambours d'Allah.

Une voix timide du fond de son cœur lui soufflait que ce jeune homme qui portait son prénom recelait aussi en lui un peu de l'âme de son vieil ami, que c'était lui, peut-être, qui par-delà la mort le lui envoyait...

Nul plus que Gauthier au sang viking n'avait eu ce goût du combat et de la violence appliqués à une juste cause. Et Catherine trouvait une étrange douceur à se dire qu'elle aurait désormais auprès d'elle ce garçon qui lui rappelait tellement l'autre, celui qui, tout de même, avait emporté avec lui une partie de son cœur.

— C'est chose dite ! s'écria-t-elle en tendant spontanément sa main à son nouveau serviteur. Vous êtes désormais l'écuyer de la dame de Montsalvy. Maître Renaudot va vous donner un coin où dormir et, demain matin, au petit jour, vous irez avec Bérenger au marché aux chevaux, près d'ici, afin de vous procurer une monture et quelques vêtements plus solides pour affronter les intempéries.

Les hardes de Gauthier, en effet, montraient plus de trous et d'effilochures que de bon lainage. Mais l'étudiant était bien au-delà de ces délicatesses vestimentaires. Les yeux brillants de joie, il vint simplement s'agenouiller devant la jeune femme, sans se douter qu'il accomplissait le même geste qu'avait eu, jadis, l'autre Gauthier. Et ce fut presque dans les mêmes termes qu'il voua sa vie à sa nouvelle maîtresse.

Le lendemain, quand le soleil fut haut dans le ciel d'un beau jour de mai, il éclaira, non loin des moulins de Montrouge, dont les grandes ailes tournaient doucement au vent léger du matin, une troupe de cavaliers qui s'en allait vers le sud.

La dame de Montsalvy, flanquée de Bérenger de Roquemaurel, de Gauthier de Chazay et escortée par Tristan l'Hermite suivi de quelques soldats, quittait Paris après une halte de deux jours dont elle n'avait tiré qu'amertume et déception et qui ne lui laissait aucune envie de revoir un jour sa ville natale.

Elle allait vers la Loire pour y chercher à la fois le salut d'Arnaud et le droit, pour les gens de Montsalvy et pour elle-même, de vivre en paix.

TROISIÈME PARTIE

CŒUR À PRENDRE

CHAPITRE IX

LE DAUPHIN ET LA FAVORITE

— Non, Dame Catherine... c'est impossible ! Je ne puis vous accorder ce que vous me demandez ! Il est temps... grand temps que ce royaume retrouve l'ordre et que sa noblesse réapprenne l'obéissance. Je suis désolé, mais je dois dire non.

Agenouillée au pied du trône, dans la posture qui convenait à son rôle de suppliante, Catherine leva vers le Roi un visage inondé de larmes et joignit les mains.

— Sire, je vous en supplie ! Ayez pitié !... Qui donc peut faire grâce si vous n'y consentez ?

— Le Connétable, Madame ! Il s'agit de sa parole, de ses ordres et d'une évasion qui s'est produite sous son commandement. Il est le maître absolu de l'armée. Même les princes du sang lui doivent obéissance. Avez-vous donc oublié les pouvoirs que confère l'épée aux fleurs de lys ? Il est de mon devoir de Roi de maintenir, en les soutenant, toutes les prérogatives de mon chef de guerre.

Devoir ! Maintenir ! Quels mots dans la bouche de Charles VII ! Plus étonnée encore que désolée, Catherine regardait le Roi et ne le reconnaissait pas. Que lui était-il donc arrivé ?

Certes, il avait toujours le même physique ingrat, fait d'un visage blême aux lignes tout en longueur, d'un grand nez tombant et d'yeux globuleux. Mais ces yeux-là, jadis ternes et timides, se posaient maintenant sur elle avec assurance et sévérité. Les lignes du visage semblaient moins molles, plus fermement dessinées sous le grand chapeau de feutre noir, ceint d'une couronne d'or dont les bords se relevaient pour montrer les broderies d'or du revers. On avait même l'impression que le Roi avait grandi. Peut-être parce qu'il se tenait moins mal, beaucoup plus droit, s'étant enfin décidé à abandonner cette contenance inquiète et contrainte qui, si longtemps, lui avait été familière. Il n'était jusqu'à ses épaules, étroites et maigres, qui, sous le pourpoint garni de mahoitres piquées [1], semblaient larges et vigoureuses.

Debout devant son trône surmonté d'un dais bleu et or, il redressait la tête avec autorité tout en offrant les doigts aux caresses d'un grand lévrier de Karamanie, blanc comme neige, qui se tenait debout auprès de lui.

Catherine, le cœur serré, comprit qu'elle avait, devant elle, un tout autre homme. Mais elle était venue pour lutter et elle entendait aller jusqu'au bout.

— Que puis-je faire alors, Sire ? demanda-t-elle. Vous voyez mon chagrin, ma détresse... donnez-moi au moins un conseil...

Charles VII parut marquer une légère hésitation qui rappela à Catherine le prince d'autrefois. Le beau visage désolé qui se levait vers lui semblait l'émouvoir... Se décidant, il descendit les trois marches qui surélevaient le trône, vint jusqu'à la suppliante et l'aida doucement à se relever.

— Il vous faut retourner vers le Connétable, ma chère, et le prier aussi doucement que vous pourrez. À l'heure présente, ses hommes ont dû reprendre le fugitif... et peut-être est-il trop tard.

— Non !... Je n'en crois rien. Vous voulez dire, Sire,

1. Rembourrage qui était alors à la mode.

que mon époux pourrait déjà, à cette heure, avoir cessé de vivre ? C'est impossible ! Le Connétable, je le sais, j'en suis sûre, ne fera pas tomber la tête d'Arnaud de Montsalvy sans avoir eu votre avis à ce sujet. Messire Tristan l'Hermite, son Prévôt des maréchaux, m'en a donné la certitude.

— Je connais ce Tristan ! C'est un homme grave et qui ne parle point à la légère. Hé bien donc, suivez mon conseil et regagnez Paris, priez Richemont et peut-être..

— Mais, Sire, songez que je ne suis qu'une femme, que je tourne depuis des jours dans un cercle vicieux. Si la grâce doit venir de Monseigneur de Richemont, donnez-moi au moins quelques lignes de votre main qui lui conseillent... Je dis bien conseillent, pas ordonnent, de se montrer clément ! Sinon, il me renverra vers vous, peut-être... et alors, que deviendrai-je ? Je suis seule ici, sans appui. Madame la reine Yolande, en qui j'avais mis tous mes espoirs, n'est point encore revenue de Provence où l'on dit qu'elle est souffrante. Mes amis les plus chers sont auprès d'elle ou bien guerroient en Picardie et en Normandie. Je n'ai personne... personne que vous !

— Il est vrai que ma bonne mère était fort malade ces derniers temps mais, depuis hier, les nouvelles sont meilleures et annoncent qu'elle se serait mise en route pour assister aux noces de son petits-fils ! Vous la verrez bientôt...

Puis, tout à coup, criant presque, repris par son ancienne nervosité encore sans doute assez proche de sa nature nouvelle :

— ...Non, je vous en prie, ne pleurez plus ! Vous me mettez au supplice, Catherine ! Vous savez tout le bien que je vous ai toujours voulu ! Vous savez le pouvoir de vos larmes... et vous en profitez pour me forcer la main...

Cette main, Catherine, sentant qu'il fléchissait, que peut-être la victoire était proche, voulut la saisir pour y poser ses lèvres mais, du fond de la salle, une voix se fit entendre, une voix douce et fraîche, une voix ravissante qui, cependant, disait des choses terribles.

— Nul ne doit forcer la main du Roi, Sire... c'est crime de lèse-majesté ! Avez-vous donc oublié, doux ami, les recommandations de votre bonne mère ? Il faut être ferme, Sire ! Il faut maintenir votre autorité... à tout prix ! Sinon, jamais vous ne deviendrez le grand souverain que vous devez être.

Catherine s'était retournée et regardait de tous ses yeux. Sur la jonchée de fleurs fraîches qui couvrait les dalles de pierre, une créature de rêve s'avançait lentement. Longue, mince, souple, c'était une jeune fille qui pouvait avoir dix-sept ans. De longs cheveux, d'un châtain doré qui n'atteignait pas tout à fait les tons roux mais se moirait d'or, tombaient d'une couronne de roses pâles sur des épaules d'une blancheur de lait que le large décolleté d'une robe de taffetas couleur d'azur découvrait généreusement, ainsi que la plus grande partie de deux seins ronds, fermes et neigeux qui semblaient, à tout instant, sur le point de jaillir de leur prison de soie bleue.

Les yeux, très grands sous de longs sourcils minces, étaient de la même teinte céleste. Le front était légèrement bombé, les joues arrondies, la bouche, petite et rouge, ronde comme une cerise mais, surtout, la nouvelle venue possédait la peau la plus blanche, la plus fine et la plus transparente qui fût. C'était elle qui lui donnait cet éclat un peu irréel démenti par l'épanouissement voluptueux du corps. Consciemment ou inconsciemment, cette fille était un vivant, un continuel appel à l'amour.

Le visage du Roi s'était transfiguré. Comme un page amoureux, il courait vers la belle enfant, saisissait ses deux mains qu'il couvrait de baisers frénétiques. Elle l'accueillit tranquillement, avec un doux sourire.

— Agnès ! Mon cher cœur ! Vous voici donc... Je vous croyais encore au verger à profiter de ce beau soleil.

Elle eut un rire qui ressemblait au roucoulement d'une colombe.

— Le beau soleil noircit la peau et rougit les yeux, mon doux sire... et puis, je m'ennuyais de vous.

— Comme elle a bien dit ça ! Tu t'ennuyais, mon bel ange, et moi, alors, que faisais-je ? Je languissais, je mourais, car une minute sans toi c'est un siècle d'enfer. Une seule minute sans presser ta main, sans baiser tes lèvres...

Pétrifiée, Catherine regardait cette scène d'amour inattendue. Qui était cette fille dont le Roi semblait fou ? Car il n'y avait pas d'autre terme à appliquer au sentiment qu'exprimait le regard ardent dont il l'enveloppait, ces mains tremblantes qui cherchaient la rondeur de la taille, la gorge offerte.

Son regard, à elle, était lumineux et gai, mais d'une douceur qui dissimulait la domination, une douceur que Catherine jugea dangereuse.

Peut-être la bienséance eût-elle voulu que la dame de Montsalvy se retirât sur la pointe des pieds, car Charles maintenant avait pris Agnès dans ses bras et l'embrassait longuement. Mais elle comprit que, si elle partait, elle ne pourrait plus obtenir une nouvelle audience. Aussi attendit-elle que le baiser eût pris fin pour murmurer respectueusement, mais fermement :

— Sire ! Ne me donnerez-vous point cette lettre que j'implore ?

Charles tressaillit comme un homme que l'on réveille. Il lâcha sa belle amie et tourna vers Catherine un visage mécontent.

— Vous êtes encore là, Madame de Montsalvy ? Je croyais vous avoir fait entendre ma volonté ? Voyez Richemont ! Mais je ne peux rien !

— Sire ! Par pitié...

— Non. J'ai dit non et ce sera non ! Je commence à être las de faire grâce à votre époux, Madame ! Souvenez-vous qu'ici même, dans cette salle, j'ai fait brûler par la main du bourreau l'édit qui le condamnait jadis. Il aurait dû s'en souvenir avant de commettre de nouvelles sottises. Il est de ceux qui se croient tout permis et j'entends, moi, qu'il apprenne à obéir. Vous entendez, Madame ? À obéir !... Je vous salue, Madame...

Et, saisissant sa belle amie par la taille, Charles VII s'éloigna à grands pas vers la porte qui conduisait au verger du château.

Catherine, à peine cette porte franchie, les entendit rire et cela lui fit mal. C'était comme s'ils se moquaient d'elle ! Tirant son mouchoir de sa manche, elle essuya ses yeux, se moucha et, lentement, se dirigea vers la grande porte, celle qui menait directement à la cour.

Cette salle énorme, avec ses murs de six mètres de haut, tendus d'immenses tapisseries, sa cheminée monumentale où, pour le moment, s'entassaient des genêts fleuris, lui fit l'effet d'un décor de cauchemar. Elle ressemblait, dans son immensité, à ces chemins interminables qui, dans les rêves, s'ouvrent devant vous, ces chemins qui s'allongent à mesure que l'on marche et qui n'aboutissent jamais nulle part qu'à un douloureux réveil.

Celui-là s'achevait par une double porte de chêne et de bronze gardée par deux statues de fer, impassibles et comme désincarnées qui, d'un geste machinal, ouvrirent les deux battants lorsque Catherine approcha.

La cour ensoleillée du château de Chinon apparut au bas des larges degrés d'un grand perron. Comme autrefois, les archers écossais veillaient aux portes et aux créneaux, avec les plumes de héron de leurs bonnets qui bougeaient doucement au vent du soir. Tout aurait pu être comme jadis, comme ce jour où Catherine avait gravi ce même perron, annoncée par les longues trompettes d'argent pour recevoir de ce même roi, dans cette même salle, l'annulation d'une injuste condamnation.

Les murs étaient les mêmes, le temps était le même, l'air était le même et le soleil aussi, mais ce jour-là Tristan l'Hermite escortait Catherine et, en haut de ces marches, la reine Yolande l'attendait pour la mener elle-même, à travers toute la Cour assemblée et respectueuse, vers le trône royal. Ce jour-là, Catherine avait triomphé alors qu'aujourd'hui elle allait quitter ce château seule et désemparée, ne sachant plus que faire ni où aller...

Au bas des marches, elle retrouva Gauthier et Bérenger qui l'attendaient avec, en main, les brides des chevaux. Leurs regards interrogateurs l'avaient saisie dès qu'elle était apparue et ne la quittaient plus. Pourtant, son visage défait leur avait déjà répondu.

— Alors ? demanda Gauthier à sa manière brusque. Il refuse ?

Malgré sa peine, Catherine, machinalement, reprit le garçon :

— Le Roi refuse ! Oui, Gauthier... c'est ainsi ! Il dit qu'il ne se reconnaît pas le droit de faire grâce quand le Connétable juge ! Que Monseigneur de Richemont est seul maître de ses soldats et de ses capitaines. Il dit... oh ! est-ce que je sais seulement ce qu'il dit ? Une chose encore est certaine : je n'ai rien à attendre du Roi. Je dois retourner à Paris, supplier encore le Connétable... à moins qu'il ne soit déjà trop tard.

— Retourner à Paris ? s'écria Gauthier. Se moque-t-il ? Et est-ce ainsi qu'un roi doit traiter une noble dame dans la douleur ? Mort-Dieu, quel roi est-ce là ? Son conseil est celui d'un fou... non d'un homme sensé ! Pense-t-il que vous allez passer votre vie à galoper sur les grands chemins entre Paris et ici ?

La colère de son écuyer amena un pâle sourire aux lèvres de Catherine, car elle y trouvait un réconfort. Mais elle lui fit baisser le ton de crainte d'attirer l'attention des gardes.

Ce fut alors Bérenger qui prit la parole :

— Ne retournons pas à Paris, Dame Catherine ! Pour quoi faire ? Messire Arnaud n'y sera pas revenu. Mes frères l'auront retrouvé, délivré, ramené à Montsalvy. Pourquoi aller encore vous humilier, supplier en vain ? Ces gens-là se moquent de nous. Rentrons chez nous ! Allons retrouver messire Arnaud, le petit Michel et le bébé Isabelle... et, dans nos montagnes, attendons que le Roi veuille bien nous faire justice. Et s'il refuse, nous saurons bien lui tenir tête.

Gauthier regarda son jeune compagnon avec admiration.

— Mais c'est qu'il parle comme un livre ! Tu as raison, garçon, rentrons dans ton pays. Je ne le connais pas, mais je ne demande qu'à faire connaissance. Quelque chose me dit que j'y serai heureux. En tout cas, nous n'avons pas eu raison de venir ici.

C'était vrai et Catherine s'en voulait de n'avoir pas obéi au conseil de Tristan qui lui avait recommandé de se rendre à Tours et d'y attendre le Roi pour profiter des fêtes du mariage.

Mais, quand elle était arrivée dans la grande ville des bords de Loire, quinze jours plus tôt, le Roi n'y était pas et nul ne savait quand il arriverait. Il était à Chinon, sa ville de prédilection, et il n'en viendrait peut-être que juste à temps pour accueillir la princesse d'Écosse.

La reine Yolande était en Provence et l'on ignorait même si elle viendrait. Quant à Jacques Cœur, sur qui Catherine avait compté pour l'accueillir et qui possédait maintenant des maisons et des comptoirs dans la plupart des villes royales, il n'était pas non plus dans ses magasins de Tours. Ses commis l'attendaient, mais il était sans doute encore à Montpellier.

Catherine, alors, avait attendu, mais le temps passait et au bout de dix jours de désœuvrement, n'ayant reçu non plus aucune nouvelle de Paris et de Tristan, elle s'était décidée à partir pour Chinon, afin d'y voir le Roi plus vite.

Le résultat ayant été ce que l'on sait, elle comprenait maintenant que sa hâte l'avait perdue, qu'elle aurait dû patienter, afin de pouvoir se présenter avec un solide appui devant Charles VII. Maintenant, il était trop tard... Pourtant, elle avait été bien près de réussir. Sans cette fille qui semblait mener le Roi en laisse...

— Rentrons-nous maintenant ? demanda Bérenger. Le soleil baisse déjà à l'horizon et vous avez besoin de repos, Dame Catherine.

— Un moment encore ! Je voudrais entrer là une minute...

Elle désignait, serrée contre l'énorme donjon du Coudray, la petite chapelle Saint-Martin où, bien souvent, elle avait entendu la messe et prié lorsqu'elle habitait le château après l'écrasement de La Trémoille. Elle aimait ce petit sanctuaire intime et charmant où Jeanne d'Arc, jadis, avait prié, elle aussi, comme elle seule savait le faire. La prière, pour Jeanne, c'était un bain d'énergie et de foi, l'antidote souverain contre le découragement et la douleur. Elle en ressortait toujours plus forte, plus joyeuse et plus sereine. Et Catherine, au bord du désespoir, pensa que Dieu, peut-être, l'écouterait mieux si elle s'adressait à lui au lieu même où celle qu'Il avait envoyée lui parlait autrefois.

L'ombre fraîche de la chapelle lui fit du bien. Le soleil mourant transperçait la rose du portail et criblait la belle voûte angevine de taches rutilantes ou azurées. Le petit autel de pierre et son retable doré en prenaient un éclat nouveau.

On avait, dans cette petite église au format réduit, l'impression d'être au cœur d'un reliquaire. Mais la beauté, si elle avait toujours agi comme un baume sur Catherine, était impuissante ce jour-là à guérir son cœur ulcéré et à adoucir sa déception. Elle avait mis tant d'espoir en ce Roi qui, jusqu'à présent, lui avait toujours montré intérêt et bonté. Elle l'avait servi de toute son âme. Mais il avait toujours été le jouet de favoris plus ou moins avouables. Maintenant, c'était une favorite, qui serait sans doute aussi néfaste que ses devanciers, Giac ou La Trémoille.

En arrivant au château, Catherine avait pensé entrer dans la chapelle Saint-Martin, après l'audience royale, pour y rendre grâces... mais c'était en désespérée qu'elle y pénétrait pour y choisir, dans le silence, entre un retour aléatoire vers Paris ou bien le départ pour l'Auvergne où elle pourrait rejoindre Arnaud dans sa rébellion.

Choisir, d'ailleurs... était-ce bien sûr ? Elle savait déjà qu'elle n'avait plus de courage pour de nouvelles supplications, ni pour d'autres humiliations... Agenouillée au pied d'un pilier, le front sur la pierre de la table de communion, elle pleurait sur ses mains jointes, aveugle et sourde à ce qui pouvait se passer autour d'elle, quand une main se posa sur son épaule, tandis qu'une voix nette articulait :

— C'est bien de prier... mais pourquoi tant pleurer ?

Vivement redressée, avec l'inconscient battement de cœur de ceux que l'on prend en flagrant délit, elle dévisagea l'adolescent qui se tenait debout auprès d'elle. Il avait un peu changé, depuis leur dernière rencontre, quatre ans plus tôt, mais pas au point qu'elle ne pût reconnaître le dauphin Louis.

Le prince devait être âgé de quatorze ans, maintenant. Il avait grandi. Mais il avait toujours la même silhouette maigre, précocement voûtée, les mêmes épaules osseuses et fortes, la même peau d'ivoire jaunissant, les mêmes cheveux noirs et raides. Simplement, les traits de son visage s'étaient affirmés, durs et sans grâce autour du grand nez agressif et des yeux noirs, profondément enfoncés et pétillants d'intelligence. Il était laid, mais d'une laideur qui avait sa puissance et il se dégageait de ce garçon dépourvu de beauté une singulière et subtile majesté, un charme bizarre qui venait peut-être de son regard pénétrant.

Malgré son costume de chasse en gros drap de Flandre usagé et râpé, le sang royal se devinait à la hauteur du ton et à l'expression impérieuse du visage. Et son langage était celui d'un homme.

Catherine s'abîma dans une profonde révérence, à la fois surprise et gênée de cette rencontre inattendue.

— Dites-moi pourquoi vous pleurez, insista le Dauphin en considérant avec attention le visage désolé de la jeune femme. Personne, que je sache, ne vous veut de mal ici. Vous êtes la dame de Montsalvy, n'est-ce pas ? Vous étiez des dames de parage de Madame la Reine, ma mère ?

— Votre Altesse m'a reconnue ?

— Votre visage n'est pas de ceux qu'on oublie facilement, Dame... Catherine, il me semble ? Je ne vois guère de différence aux figures des femmes qui m'entourent. La plupart sont sottes ou impudentes... ou les deux. Vous étiez différente... vous l'êtes toujours.

— Merci, Monseigneur.

— Alors, maintenant, parlez ! Je veux savoir la raison de vos larmes.

Il était impossible de résister à cet ordre, car c'en était un. À regret, Catherine fit le récit des derniers événements, non sans ressentir un peu plus d'angoisse en voyant se froncer le sourcil de Louis quand elle évoqua le meurtre de Legoix et, surtout, l'évasion d'Arnaud.

— Ces féodaux ne changeront donc jamais ! grommela-t-il. Tant qu'ils n'auront pas compris qui est le maître, ils continueront à n'en faire qu'à leur tête. Eh bien, ces têtes, on les fera tomber.

— Le maître est le Roi, notre sire et votre père, Monseigneur, et nul ne songe à le contester, protesta Catherine terrifiée.

Puis, comme elle n'avait vraiment plus rien à perdre, elle osa ajouter :

— ...Pourquoi, hélas, faut-il que d'autres, qui n'y ont aucun droit n'étant pas de rang royal, règnent à travers lui...

— Que voulez-vous dire ?

— Rien d'autre que ce que je viens de voir et d'endurer à mes dépens, Monseigneur.

Et Catherine raconta son entrevue avec Charles VII, l'espoir qui, un instant, l'avait effleurée, vite chassé par l'intervention de la belle inconnue que le Roi nommait Agnès. Mais à peine eut-elle prononcé ce nom, qu'une expression de fureur envahit le jeune visage de son interlocuteur, tandis que, sur les gants de cheval, son poing maigre se crispait.

— Cette putain ! gronda-t-il sans se soucier du lieu où il se trouvait.

Mais cet éclat fit sortir de l'ombre un homme grave et barbu qui, sans un mot, de la main, lui indiqua l'autel. Louis rougit, se signa dévotement et s'agenouilla à même les dalles pour une rapide prière. Mais cette expéditive marque de regret ne lui avait pas fait perdre le fil de son sujet. Se relevant, il revint à Catherine qui, interdite, attendait.

— Je n'aurais pas dû employer ce mot dans une église, expliqua-t-il, mais le fait demeure le même. Je déteste cette créature dont mon père s'est assotté.

— Qui est-elle ? demanda-t-elle.

— La fille d'un certain Jean Soreau, écuyer, seigneur de Coudun et de Saint-Gérant. Sa mère se nomme Catherine de Maignelais. Elle est de bonne maison, quoique de peu d'illustration. Voici un an, ma tante, Madame Isabelle de Lorraine, nous est venue visiter avant de se rendre à Naples où l'appelaient les affaires de son époux, le duc René, retenu en laide prison par Philippe de Bourgogne. La donzelle était de ses filles d'honneur. Dès que le Roi l'eut vue, il s'en est épris follement, comme un homme qui a perdu le sens...

À nouveau, Jean Majoris, l'homme à la barbe, qui était le précepteur du prince, intervint :

— Monseigneur ! Vous parlez du Roi !

— Que ne le sait-il autant que moi ! coupa durement le Dauphin. Je dis ce qui est, sans plus : le Roi est fou de cette fille et, par malheur, Madame ma Grand'Mère la soutient et protège...

Catherine ouvrit des yeux énormes :

— Qui ? La reine Yolande ?

— Eh oui ! Madame Yolande s'est entichée, elle aussi, d'Agnès Sorel [1], sinon dites-moi comment elle-ci eût pu devenir fille d'honneur de ma mère ? Madame Isabelle, bien sûr, ne souhaitait pas emmener tout son monde outre-mer, mais cela ne suffit pas à expliquer le fait que l'on nous ait laissé cette fille.

— La duchesse de Lorraine partait pour longtemps ?

— Je ne sais. Plusieurs années sans doute, puis-

1. À cette époque on appliquait parfois le féminin des noms propres masculins. Ainsi, la fille de Jean Soreau fut-elle Agnès Sorelle ou Sorel.

qu'elle s'en allait coiffer la couronne de Naples... et le Roi n'a pas pu supporter l'idée d'être si longtemps séparé de sa belle. Elle règne sur lui, comme vous l'avez dit, et vous avez vu à vos dépens ce qu'il en est. Quant à moi, je la hais à cause du déplaisir qu'elle ne peut que causer à ma bonne mère.

— Alors, soupira Catherine, nous sommes perdus. Il ne me reste plus qu'à rentrer chez moi pour y attendre que de nouveaux coups frappent ma maison...

— Un instant ! Tout n'est peut-être pas dit. Dans quelques jours, vous le savez, le Roi, les Reines et toute la Cour seront à Tours où l'on me marie à Madame d'Écosse.

L'idée de se marier ne devait guère être de son goût car, en articulant ces mots, il fit une affreuse grimace, comme si, en franchissant sa bouche, ils y avaient laissé un goût amer. Mais il n'en poursuivit pas moins :

— Le mariage est fixé au 2 juin. Madame Marguerite est déjà en France depuis plusieurs semaines, car elle a débarqué fin avril à La Rochelle, mais on lui fait si grand accueil qu'elle n'avance pas vite. À cette heure, elle doit être à Poitiers... bien près de nous déjà !

Ce fut lui cette fois qui soupira. S'autorisant de ce soupir, Catherine murmura :

— Votre Altesse ne paraît pas heureuse de ce mariage ?

— Ce mariage-là ne me déplaît pas plus qu'un autre. Je n'ai jamais vu Marguerite d'Écosse. C'est l'idée de mariage qui m'ennuie. J'ai mieux à faire qu'à m'occuper d'une femme ! Mais laissons cela ! Votre chance, à vous, est justement dans ce mariage : le jour des noces, soyez à la cathédrale, sur le chemin du cortège. C'est à moi que vous demanderez la grâce du comte de Montsalvy. Dans de telles circonstances, le Roi ne pourra pas me la refuser, à moi ! Même si la Sorel n'est pas d'accord.

Envahie de reconnaissance, Catherine plia le genou, prit la main du prince et voulut y poser ses lèvres, mais il la retira vivement, comme s'il craignait qu'elle ne le mordît.

— Ne me remerciez pas. Je ne fais pas cela pour vous et moins encore pour sauver votre trublion de mari qui devra, à l'avenir, ne plus faire parler de lui autrement que sur les champs de bataille... surtout lorsque je serai roi. Car, je vous en donne ma parole, je saurai mater ma noblesse.

— Alors, Monseigneur, pourquoi le faites-vous ? Pour battre en brèche cette Agnès ? demanda Catherine audacieusement.

Louis eut un sourire qui lui rendit son âge. C'était celui, espiègle et joyeux, d'un gamin qui s'apprête à jouer un tour à une grande personne.

— Il n'y a aucun doute là-dessus, fit-il avec bonne humeur. Je serai enchanté de montrer publiquement à cette péronnelle qu'elle n'est pas seule maîtresse en ce royaume. Mais ce n'est pas l'unique raison. Voyez-vous, le conseil de venir au Roi vous a été donné par un homme qui me plaît. Messire Tristan l'Hermite est du bois dont on fait les grands serviteurs. Il est sévère, rude et de juste conseil. Quand l'heure en sera venue, je souhaite l'attacher à ma fortune... C'est à lui, qui est votre ami, que je désire faire plaisir. Je ne veux pas qu'il vous ait engagée, à tort, à venir jusqu'ici. Venez, maintenant, je dois rentrer et vous devez quitter le château dont le pont-levis va bientôt être relevé.

Côte à côte, la dame de Montsalvy et le dauphin Louis quittèrent la chapelle. Puis le prince salua courtoisement sa compagne qui revint vers son page et son écuyer.

— Qui est ce garçon mal vêtu ? demanda Bérenger. Il m'a paru laid !

— C'est votre futur souverain. Si Dieu lui prête vie, il sera un jour le roi Louis XI...

— Eh bien, commenta Gauthier, on ne peut pas dire qu'il fera un beau roi.

— Non, mais il fera sans doute un grand roi. En tout cas, j'aurai peut-être par lui la grâce que le Roi m'a refusée. Rentrons à l'auberge, jeunes gens ! Je vous dirai tout à l'heure ce qui s'est passé.

— Est-ce que... nous repartons pour Montsalvy ? demanda Bérenger, une lueur d'espoir dans le regard.

— Non. Ni à Montsalvy, ni à Paris. Nous revenons à Tours où nous allons attendre le jour du mariage, comme nous aurions dû faire si je n'avais été si pressée...

On redescendit la rampe rapide qui, de la forteresse autrefois bâtie par les Plantagenêts, ramenait au cœur de la ville, au Grand Carroi, où l'auberge de la Croix du Grand Saint-Mexme accueillait toujours les voyageurs et où le gigantesque maître Agnelet et sa sémillante épouse Pernelle, deux vieilles connaissances de Catherine, régnaient sur un univers de servantes, de marmitons et de casseroles reluisantes.

Chemin faisant, la jeune femme rêvait, laissant la bride sur le cou de son cheval qui se dirigeait tout seul. Le crépuscule était si beau, ce soir, l'air si léger et si pur...

La fraîcheur montait de la rivière et un léger nuage de brume en indiquait les méandres. La surface ridée de l'eau prenait une teinte olive, tandis que le haut des saules était encore doré par le soleil. Les toits d'ardoises et les antiques murailles de la ville, allongée sur la rive de l'Indre, prenaient les teintes adoucies d'une ancienne peinture.

Tout à coup, deux cygnes débouchèrent d'un nid de saules le long de la rivière et gagnèrent le large. Ils nageaient de conserve, les ailes bien repliées, le cou ployé, dédaigneux du courant qu'ils remontaient et qui, au centre de la rivière, se faisait plus fort.

Catherine, un moment, suivit des yeux leur avance gracieuse mais irrésistible et y vit un présage heureux. Ils étaient deux, un couple, sans doute, et parce qu'ils nageaient ensemble, ils étaient plus forts, mieux dépouillés de toute crainte.

Il fallait qu'elle, Catherine, entendît la leçon, qu'elle rejoignît Arnaud, qu'elle ne le quittât plus jamais, où qu'il lui plût d'aller. À ce seul prix, ils deviendraient indestructibles. La solitude n'était bonne ni pour l'un, ni pour l'autre.

Un martin-pêcheur plongea dans l'eau sombre avec un cri de victoire. Sans doute en ramena-t-il un poisson, mais les trois cavaliers atteignaient les maisons et s'enfoncèrent dans leur ombre.

Catherine ne vit plus la rivière.

CHAPITRE X

« LE CŒUR, D'AMOUR ÉPRIS... »

À Tours, la maison de Jacques Cœur et ses entrepôts s'étendaient le long de la Loire, près de la barbacane du Grand Pont, juste derrière la muraille qui défendait la ville aussi bien contre d'éventuelles agressions que contre les dangereuses crues du fleuve. Ses voisins immédiats étaient le grand couvent des Jacobins et les grosses tours du château royal que venaient lécher les grèves de Saint-Libart.

Le pelletier de Bourges, l'homme qui s'était juré de rendre au royaume santé financière et prospérité et qui, pour le moment, se contentait d'être le plus puissant et le plus imaginatif de ses négociants, possédait là, comme en d'autres villes importantes, une maison et des magasins où tant que durait le jour s'affairaient commis et portefaix.

Lui-même vivait continuellement à cheval, galopant sans cesse d'un comptoir à l'autre, de Bourges à Montpellier, où était la majeure partie de son commerce, de Montpellier à Narbonne, à Marseille, dont le port l'intéressait, à Lyon où il avait noué de puissantes amitiés, à Clermont ou bien à Tours et Angers.

À trente-six ans, Maître Jacques Cœur était un homme

mince et élégant, mais d'une exceptionnelle vigueur et qui paraissait doué d'un si grand don d'ubiquité que ses ennemis – il en avait déjà – chuchotaient qu'il avait dû faire un pacte avec le Diable.

En revenant de Chinon, après sa décevante audience, Catherine eut la joie de le trouver à son comptoir de Tours qui, du fait de sa présence, avait pris une activité dévorante.

Naturellement, Jacques n'avait pas permis que son amie retournât dans une auberge. Il avait exigé qu'elle s'installât chez lui avec ses deux compagnons et l'avait confiée aux soins de Dame Rigoberte, la vigoureuse gouvernante qui tenait sa demeure tourangelle continuellement prête à le recevoir.

Les deux amis s'étaient retrouvés avec une joie profonde. La vieille complicité qui les liait tirait ses racines du cœur lui-même, de l'estime mutuelle et d'une certaine tendresse. C'était un sentiment complexe fait à la fois d'amitié amoureuse, car Catherine n'avait jamais ignoré le désir qu'elle inspirait à Jacques et qui, d'ailleurs, ne la choquait pas, mais tissé aussi de cette qualité forte et joyeuse dont sont faites les amitiés d'hommes.

Jacques Cœur avait recueilli Catherine, Sara et Arnaud, quand ils étaient poursuivis par la haine du tout-puissant La Trémoille. Il leur avait permis de fuir et de regagner leurs terres d'Auvergne. Mais d'autre part, quand Jacques s'était trouvé démuni de tout, après le naufrage de la galée de Narbonne qui le ramenait d'Orient, c'était Catherine qui, en lui confiant le plus beau de ses joyaux, le diamant noir hérité de son défunt époux, Garin de Brazey, lui avait permis de prendre un nouveau départ et de hisser son négoce là où il était parvenu.

Enfin, c'était sur l'un des navires de Jacques Cœur que les Montsalvy avaient pu quitter le royaume maure de Grenade et regagner la France.

C'est dire que les trois premiers soirs du séjour de Catherine avaient été amplement occupés par l'évocation de leurs souvenirs communs et par le plaisir de se redécouvrir après plus d'une année.

Jacques s'émerveillait de retrouver son amie inchangée, toujours aussi belle, bien sûr, mais aussi toujours habitée par la même ardeur de vivre et le même courage en face d'événements capables d'abattre un homme moins brave.

— Si je n'avais Macée et les enfants, lui dit-il un soir, et si vous n'étiez vous aussi mère et épouse, je crois que je vous aurais enlevée, séquestrée, faite mienne par tous les moyens, si haute dame que vous soyez, car les sommets où vous vivez ne me font pas peur et je sais qu'avant peu j'arriverai à vous rejoindre.

— Vous nous dépasserez tous, Jacques. Vous serez l'homme le plus puissant de France, l'un des plus riches d'Europe, sinon le plus riche. Vos projets... ces ports, ces mines que vous ouvrez, ces émissaires que vous envoyez aux quatre coins de l'horizon... tout cela donne le vertige.

— Ce n'est rien encore. Vous verrez dans quelques années... Je bâtirai un palais... que malheureusement je ne pourrai vous offrir... Mais, ajouta-t-il gaiement, ce que je peux toujours vous offrir maintenant, ce sont quelques sacs de beaux saluts d'or [1] sonnants et trébuchants, qui représentent vos revenus... et autre chose encore.

Il se levait, quittait la table où tous deux finissaient de souper. La fenêtre de la pièce ouvrait sur un petit jardin intérieur. Des herbes aromatiques y poussaient, mais aussi le chèvrefeuille et le jasmin, dont la senteur faisait oublier l'odeur des rues, avec leurs ruisseaux charriant des immondices, et celle de la vase du fleuve, où s'attardaient des relents de poisson.

Demeurée seule, Catherine se laissa aller contre le dossier de son siège garni de coussins pour respirer ce

1. Les « saluts » d'or portaient, ciselés, la salutation de l'Ange à la Vierge lors de l'Annonciation.

parfum qui entrait avec l'air du soir et le tintement d'une cloche lointaine.

Elle goûtait profondément cet instant de paix. Depuis son arrivée, elle avait laissé ses nerfs se détendre et son corps, moulu par tant de chevauchées, se reposer, dormant interminablement au cœur de cette ruche bourdonnante où elle se retrouvait comme chez elle.

Pas une seule fois, elle n'avait mis le pied hors de la maison, se contentant parfois de s'accouder à une fenêtre pour observer le mouvement de la rue et les allées et venues des commis qui, la plume d'oie à l'oreille et des rouleaux de parchemin entre les doigts, galopaient journellement entre l'entrepôt et le quai hors des murs où accostaient les barges venues de l'amont et les nefs remontées de l'aval.

Elle était seule la plupart du temps. Bérenger et Gauthier, n'éprouvant ni l'un ni l'autre le besoin de tant dormir, couraient la ville et le port durant tout le jour. Ils s'intéressaient aux mouvements du comptoir où les préparatifs du mariage royal entassaient denrées et marchandises destinées aux festins aussi bien qu'aux atours des dames.

Gauthier, qui possédait une belle écriture, avait même apporté à Jacques Cœur un concours aussi inattendu qu'apprécié. Mais, en général, les deux garçons prenaient le large, allaient se baigner dans la Loire ou bien, armés de gaules et de filets, s'en allaient pêcher sur l'une des îles sableuses et chevelues d'herbes folles, à moins qu'au mépris du danger d'enlisement ils n'allassent s'installer sur quelque varenne.

Ils rentraient le soir à moitié morts de fatigue et si repus de grand air qu'ils avalaient comme des somnambules le copieux souper que Dame Rigoberte leur servait dans sa cuisine puis regagnaient leurs soupentes où ils dormaient jusqu'au lever du jour, comme des loirs.

Mais Catherine savait que ces instants de rémission, ces vacances, ne dureraient guère. Dans quelques jours, la ville encore paisible s'emplirait de vacarme et de tout le tohu-bohu d'une cour en déplacement. Les invités et les curieux accouraient déjà du fond des provinces. Le château encore silencieux se couvrirait de bannières et brûlerait dans la nuit comme une colonie de lucioles, tandis que violes et rebecs feraient rage.

Dans quelques jours, peut-être, elle aurait les nouvelles que Tristan l'Hermite lui avait promises au cas où Rostrenen aurait ramené Arnaud, ce qu'elle ne souhaitait pas.

Dans quelques jours enfin viendrait le temps d'aller s'agenouiller sur le passage d'un couple adolescent en face d'une assemblée brillante où elle aurait dû tenir sa place. Ce serait encore une humiliation, mais le salut, elle le savait bien, était à ce prix. Encore devait-elle remercier le Ciel de cette ultime chance qui lui était offerte.

— Mais ce sera la dernière fois, se promettait-elle. La toute dernière ! Jamais plus je ne m'agenouillerai pour prier un être de chair et de sang ; seulement devant Dieu...

De toutes ses forces, pour préserver la douceur de ce soir de mai finissant, elle repoussa l'image d'une Catherine vêtue de noir et à genoux sur les pavés d'un parvis de cathédrale. Jacques, d'ailleurs, revenait. Il quittait l'ombre pour entrer dans la lumière jaune que dispensait le flambeau posé sur la table.

— Regardez ! dit-il.

Catherine crut voir un tour de jongleur. Le négociant avait approché ses mains fermées des chandelles allumées. Puis il les écarta lentement et, dans l'espace qui s'élargissait, la jeune femme vit s'étirer doucement une rangée de perles, les plus belles, les plus pures et les mieux appareillées qu'elle eût jamais vues. Bien rondes, toutes semblables dans leur perfection et d'une délicate teinte rosée, elles offraient à la lumière leur chatoiement irisé. Aucune monture ne brisait leurs petits globes parfaits. Un simple fil de soie les reliait les unes aux autres en les traversant et l'effet, ainsi, en était beaucoup plus séduisant que si elles eussent été, comme d'habitude, serties dans de lourds motifs d'or ou bien unies à quelques gemmes précieuses dont l'éclat, plus brutal, détournait l'œil de leur miroitement plus discret.

C'était, entre les mains de Jacques, comme un lien de douce clarté, un fragment de Voie lactée, un rayon de lune rose.

Le souffle coupé, Catherine regardait les doigts de son ami jouer avec ces joyaux qu'il s'amusait à faire luire dans la lumière.

— Qu'est-ce donc ? chuchota-t-elle comme s'il s'agissait d'un miracle.

— Vous le voyez : un collier de perles.

— Un collier de perles ? Mais je n'en ai encore jamais vu !

— Bien sûr ! Jusqu'à présent personne n'a encore eu cette idée... charmante, ni d'ailleurs, il faut bien le dire, de grandes possibilités d'appareiller ainsi des perles de même teinte. Il faut, pour cela, vivre auprès d'eaux plus chaudes que celles de nos côtes. Ceci m'a été envoyé récemment par le soudan d'Égypte.

— Le soudan d'Égypte ? Vous entretenez des relations avec lui ? Avec un Infidèle ?

— Fructueuses comme vous pouvez voir. Vous ne devriez pas être si étonnée de me voir commercer avec les Infidèles... Souvenez-vous de notre rencontre à Almeria. Quant au soudan, je lui procure une matière qui lui fait grand défaut : l'argent. J'entends : le minerai.

— Voilà donc la raison pour laquelle vous rouvrez ces vieilles mines romaines dont vous m'avez parlé... près de Lyon ?

— Saint-Pierre-la-Pallu et Jos-sur-Tarare ? En effet ! On y trouve du fer, du kis, des pyrites et un peu d'argent, dans la première tout au moins. Quant à la seconde, elle contient de l'argent... et même un peu d'or, mais tellement difficile à exploiter que je préfère y renoncer. D'ailleurs, l'argent seul m'intéresse vraiment pour mes échanges. Mais revenons à ce collier. Il vous plaît ? Catherine se mit à rire.

— Quelle question ! Connaissez-vous une seule femme qui vous dirait qu'il ne lui plaît pas ?

— Alors, il est à vous. Votre visite m'évite de le faire porter à Montsalvy... et m'offre le plaisir inattendu de le voir sur vous.

Avant que Catherine ait pu s'en défendre, Jacques, d'un nouveau geste de prestidigitateur, avait passé le collier autour de son cou et en fermait, sur sa nuque, le simple crochet.

— Le soudan a envoyé le collier mais n'a pas pris la peine de le faire monter convenablement. Je vous ferai mettre une agrafe digne de cette rareté.

Sur sa gorge, Catherine n'avait senti qu'une fugitive fraîcheur. Déjà les perles avaient pris la température de sa peau. C'était une sensation nouvelle, comme si tout à coup les perles s'intégraient à elle.

Amusé par sa mine de fillette émerveillée, Jacques lui tendit un miroir :

— Elles sont faites pour vous, remarqua-t-il. Ou plutôt vous êtes faite pour elles.

Du bout des doigts, presque timidement, elle toucha les globes fragiles, doux comme une peau de bébé. On aurait dit qu'elle cherchait à s'assurer de leur réalité. Quelle merveille !... Jacques avait raison : son visage, reposé, prenait à ce voisinage une lumière nouvelle, tandis qu'au contact de sa chair, si délicatement dorée, les perles avaient l'air de vivre...

Mais, brusquement, Catherine reposa le miroir, se détourna.

— Merci, mon ami. Mais je ne veux pas de ces perles, dit-elle fermement.

Tout de suite cabré, Jacques Cœur s'insurgea :

— Et pourquoi donc pas ? Elles sont pour vous et pour aucune autre. Je vous l'ai dit : elles représentent une partie de vos revenus. Ce n'est pas un cadeau.

— Justement. La dame de Montsalvy n'a que faire d'une parure nouvelle quand ses gens et ses paysans sont dans le besoin. Je vous ai dit les ravages de ce printemps chez nous. Ils sont tels que, cette année, je comptais vous demander de payer en nature nos revenus : en grains, semences, toiles, laines, cuirs, fourrage, bref en tout ce qui risque de nous manquer le prochain hiver.

Le regard du négociant, sombre et mécontent l'instant précédent, se chargea de tendresse.

— Vous aurez tout cela de surcroît, Catherine ! Me croyez-vous assez sot pour vous laisser endurer la faim et les rigueurs d'un hiver montagnard avec une poignée d'or et un rang de perles pour tout viatique ? Depuis que vous m'avez dit vos besoins, l'autre jour, j'ai déjà pris quelques dispositions. Votre fortune, vous n'avez pas l'air de vous en douter, augmente avec la mienne. Vous êtes ma principale actionnaire et j'emploie chaque année une part de ce qui vous revient. Vous l'ignorez, bien sûr, mais vous avez désormais des intérêts dans plusieurs maisons de banque : chez Cosme de Médicis, à Florence, à Augsbourg, chez Jacob Fugger et, depuis la paix d'Arras, à Bruges même chez Hildebrand Veckinghusen, de la Hanse de Lübeck, chez qui j'achète du blé prussien, des fourrures, des graisses et du miel de Russie, de la poix et du poisson salé. Bientôt, vous en aurez ici même, à Tours, où je m'occupe de fonder des ateliers de tissage de drap qui, je l'espère, pourront concurrencer les draps de Flandre et, surtout, les draps anglais.

Il était parti, maintenant. Rien ne passionnait davantage Jacques Cœur que ses affaires commerciales et ses immenses projets. Catherine savait que, si elle le laissait aller, il pourrait continuer ainsi jusqu'au lever du soleil.

Déjà attirée par les éclats de sa voix, Dame Rigobert passait à l'embrasure de la porte sa figure mécontente et curieuse. Il était tard. Mieux valait couper court à l'éloquence de son ami, car dans une minute il deviendrait lyrique.

— Jacques ! fit-elle en riant. Vous êtes un ami comme on n'en trouve pas. Et je vous soupçonne d'en faire, pour moi, infiniment plus que n'en méritait le prêt que je vous ai fait.

Redescendu brusquement des hauteurs où il planait, Jacques Cœur eut un soupir découragé.

— Je crains que vous n'ayez jamais une idée bien exacte de la valeur de l'argent... ni des choses. Votre diamant valait la rançon d'un roi. J'en ai eu la rançon d'un roi, ou sa valeur. Les intérêts sont en proportion. D'ici quelques années vous serez sans doute la femme la plus riche de France.

— À condition que le Roi nous laisse nos biens.

— Ce qui est placé chez moi n'a rien à voir avec le Roi. À moins qu'il ne m'arrête moi-même et ne saisisse mes propres biens. Voilà, justement, à quoi est bon le commerçant que dédaigne tellement la noblesse : n'auriez-vous plus une seule acre de terre, plus un seul paysan, que vous seriez encore riche. C'est ça, le crédit ! Maintenant, mettez ces perles dans ce petit sac de peau et rangez-les dans votre aumônière.

Il essayait de les lui mettre de force dans la main, mais elle refusa encore. Du coup, la colère fit gonfler les veines aux tempes du négociant.

— Mais enfin pourquoi ? Vous m'offensez, Catherine.

— Ne le prenez pas ainsi. Je pense seulement que vos perles seront mieux employées ailleurs... et même me seront plus utiles !

— Ailleurs ? Où donc ?

— Au cou de cette jolie fille que le Roi aime... de cette Agnès Soreau... ou Sorel dont vous m'avez dit qu'elle était de vos amies.

En effet, lorsque Catherine avait rapporté à Jacques son entrevue avec Charles VII et la façon dont elle s'était terminée, le négociant s'était contenté de rire. Puis il avait dit :

— Vous vous trompez sur elle, Catherine. C'est une bonne fille. Elle fait seulement un peu trop de zèle !

Blessée de constater cette indulgence chez un homme en qui elle espérait trouver le reflet exact de ses sentiments, Catherine n'avait pas insisté, pensant à part elle, non sans un peu de peine, que Jacques peut-être, comme le roi Charles, s'était laissé prendre à ce charme nouveau. Jamais depuis ce moment elle n'avait prononcé de nouveau le nom de la favorite.

Cette fois, elle le fit intentionnellement et, fermant à demi les paupières, elle en observa l'effet sur Jacques. Mais il ne parut ni gêné, ni même mal à l'aise. Simplement, il n'eut pas l'air de comprendre. Et d'ailleurs, il le dit :

— Qu'est-ce qui vous prend ? Je n'ai pas eu l'impression, l'autre jour, que vous portiez Agnès dans votre cœur. Et voilà que, maintenant, vous voulez que je lui donne vos perles ? J'avoue que cela me dépasse.

— C'est simple, pourtant. Vous dites vrai quand vous affirmez que je ne l'aime pas. Mais je pense qu'étant donné l'influence qu'elle a sur le Roi un présent de cette valeur pourrait l'inciter à...

— ...plaider la cause de votre époux et vous obtenir ces lettres de rémission qui vous tiennent si fort à cœur ?

— Avec quelque raison, il me semble ! s'écria Catherine avec une involontaire hauteur.

— Ne montez pas sur vos grands chevaux. C'est bien cela, n'est-ce pas ?

— C'est bien cela ! Donnez-lui ces perles... et faites-lui savoir quel prix j'y attache... nous y attachons veux-je dire, puisque, encore une fois, elle est votre amie et pas la mienne.

Jacques ouvrit la bouche pour riposter, mais se ravisa. Se contentant de sourire, il prit Catherine par la main, la mena vers une bancelle garnie de coussins rouges disposés auprès de la fenêtre ouverte, l'y fit asseoir puis, revenant vers la table, remplit deux gobelets de vin de Malvoisie, en offrit un à la jeune femme qui le regardait faire, un peu interdite, puis, tirant à lui un tabouret, il s'installa en face d'elle, de façon à pouvoir la tenir sous son regard souriant.

— Tirons au clair une bonne fois pour toutes l'affaire Agnès ! Vous n'y comprenez rien. Vous pataugez là-dedans comme dans un marais sans fin.

— Y a-t-il quelque chose à comprendre en dehors de la passion soudaine du Roi pour cette jouvencelle ?

— Il y a beaucoup à comprendre. L'autre jour, vous m'avez mentionné avec quelque dépit, vous l'admettrez, les paroles du Dauphin faisant grief à sa grand-mère de s'être « entichée »... c'est bien le mot ?... d'Agnès Sorel. De même vous avez paru surprise, plutôt désagréablement, de constater que j'entretenais avec cette femme des relations amicales, sans plus, d'ailleurs. Mais ce que ni vous, ni le Dauphin qui est jeune pour ces subtilités, ne pouvez comprendre, c'est qu'Agnès, comme moi-même, comme le Connétable et comme jadis la sainte fille de Lorraine, nous ne sommes que des pièces sur l'échiquier de la reine Yolande. Elle nous a pris dans sa main et nous permet d'accomplir notre mission parce qu'elle nous croit utiles pour le royaume.

— Comment osez-vous comparer Jeanne et Richemont... et vous-même à cette fille qui n'a d'autre peine qu'à sourire, et ouvrir son lit au Roi ? D'ailleurs, Jeanne n'est venue de personne... que de Dieu !

— Certes ! Et je serai le dernier à le contester. Mais, Catherine, avez-vous jamais réfléchi à cette étrange venue jusqu'au Roi d'une simple fille de paysan ? Pourquoi, au lieu de la renvoyer à ses moutons avec un seau d'eau sur la tête pour la calmer, Robert de Baudricourt lui a-t-il donné... après bien des hésitations, il est vrai, un cheval, une escorte ?... Aucun capitaine n'aurait à ce point pris le risque du ridicule s'il n'en avait reçu l'ordre supérieur. Eh bien, l'ordre est venu de Yolande ! C'est elle qui, sentant l'aide immense que pouvait lui amener cette fille, peut-être inspirée, a aplani le chemin qui, des confins de la Lorraine, menait jusqu'à Chinon, jusqu'au Roi, certes, mais aussi jusqu'à elle, Yolande, qui voulait juger en connaissance de cause. Vous savez la suite... Le Roi, ma chère, comme tous les mal-aimés, a toujours eu besoin de favoris. On les lui a tués les uns après les autres, avec raison car ils étaient plus néfastes les uns que les autres. Seul La Trémoille, qu'il regrettait toujours amèrement, vit encore. La reine Yolande était inquiète, elle ne savait plus comment arracher Charles à ses regrets quand, l'an passé, la duchesse de Lorraine est venue à la Cour avec sa suite, dont était Agnès.

» L'effet véritablement foudroyant que cette enfant a produit sur le Roi a été pour Yolande une révélation et un trait de lumière : une favorite, surtout génératrice d'un grand amour, pouvait arracher le Roi à ses regrets et, peut-être, à sa mollesse. Mais il fallait que cette favorite fût sa créature, à elle, Yolande. Alors, elle a pris cette petite fille, l'a gardée auprès d'elle quand Madame Isabelle est partie pour Naples. Elle connaissait de longue date sa famille et son caractère. Elle l'a vêtue, parée, endoctrinée. Agnès est douce, point sotte, douée d'un heureux caractère et elle s'est mise à adorer sa protectrice qui n'a eu aucune peine à la façonner avant de mettre enfin, dans les bras de son gendre, un être parfaitement au point qui, tout en dispensant à Charles les délices d'un corps parfait, lui souffle, entre deux baisers, les idées et les conseils de la Reine. Vous avez trouvé Charles changé, n'est-ce pas ?

— Je l'avoue. Au point de m'être demandé, un moment, si c'était là le même homme...

— C'est l'œuvre d'Agnès et de la reine Yolande. Et il a suffi de bien peu de chose, figurez-vous, pour obtenir ce résultat incroyable. Un soir, Agnès, en badinant, a dit qu'une devineresse lui avait prédit l'amour du plus grand roi du monde. “Il faudra, a-t-elle dit alors, que j'aille en Angleterre et me fasse présenter au Roi. Car le plus grand roi du monde ne peut être vous, Sire, qui restez à ne rien faire, tandis que l'Anglais vous arrache votre héritage !”

» Cette toute petite phrase a fait sur Charles l'effet d'un révulsif. Le résultat, vous l'avez vu ; et maintenant, je ne crois pas exagérer en affirmant qu'Agnès s'apprête à continuer, à sa manière et avec ses armes à elle, le miracle de Jeanne. Elle fait du Roi un autre homme et c'est tout ce que voulait Yolande.

— Soit ! soupira Catherine. C'est d'une moralité un peu étrange, cette histoire, car Madame Yolande me paraît faire vraiment bon marché de sa fille, la reine Marie...

— Allons ! Vous savez bien que, ce miracle, la reine Marie ne le pouvait accomplir. Le Roi l'aime bien. Il lui fait un enfant régulièrement, mais en dehors de cela, je suppose que vous vous souvenez de sa figure ? Je ne sais plus quel ambassadeur a dit, après l'avoir vue : "Madame la Reine a figure à faire peur aux Anglais eux-mêmes !" L'amour maternel est une chose et la résurrection d'un pays une autre.

» Cessez d'en vouloir à cette pauvre Agnès. Je me charge de lui faire savoir qu'elle a commis une sottise. D'ailleurs, la reine Yolande, qui nous arrive prochainement, s'en chargera. Et maintenant, voulez-vous, oui ou non, garder ces perles ? »

Catherine vida son gobelet, le reposa sur la table et se mit à rire.

— Vous êtes plus têtu que vos mules, Jacques !

— C'est comme cela que l'on réussit. Les voulez-vous ?... ou dois-je les jeter dans la Loire ? Car, sur ma vie, aucune autre femme que vous ne les portera ! J'ajoute que je m'arrangerai pour procurer un autre collier... à votre amie Agnès, puisque vous semblez tellement y tenir !

Pour toute réponse, Catherine tendit la main pour qu'il y déposât la petite bourse de daim.

Content d'avoir vaincu et joyeux de son innocente vengeance, Jacques Cœur embrassa son amie sur le front et lui souhaita la bonne nuit.

— Nous sommes le 30 mai, fit-il. Dans trois jours le mariage. Vous n'aurez plus longtemps à supporter mes caprices.

Mais, deux jours après, lorsque Catherine revint d'une promenade à travers les rues de la ville pour admirer les préparatifs que l'on faisait pour la joyeuse entrée de la Dauphine et pour la cérémonie, elle trouva Jacques au fond du magasin, dans le réduit où il empilait ses gros registres reliés de parchemin. Il était sombre.

— Le mariage est retardé, Catherine !

— Comment ? Mais... pourquoi ?

— Le dernier des enfants royaux, le petit prince Philippe qui nous est né en février, est en train de mourir. Le Roi, la Reine et la Cour sont retenus à Chinon.

— Mais la princesse d'Écosse ?

— Est arrivée à Chinon où elle attendra, comme les autres. Avec un enfant agonisant, il est impossible de quitter le château.

— Mon Dieu, gémit Catherine, il ne manquait plus que cela. Et... si le mariage allait se célébrer là-bas ?

Jacques, qui bousculait les papiers épars sur son pupitre, se tourna si brusquement vers Catherine qu'il en jeta la moitié par terre.

— Où ? À Chinon ? Pour cela, rien à craindre. Le Roi ne ferait pas un coup pareil à ses bons sujets de Tours, ni à moi-même qui me tourne les sangs depuis un mois à tout préparer ici ! Et puis, que diable, c'est une princesse étrangère qui nous arrive : on ne marie pas la fille du roi d'Écosse à la sauvette comme une gardeuse de dindons. Cessez de vous tourmenter à ce sujet. Dès que ce pauvre enfant sera mort, ce qui ne saurait tarder, la nouvelle date du mariage sera choisie et nous en serons les premiers informés. Aycelin !... hurla le négociant à l'adresse de l'un de ses commis qui traversait la cour en courant, Aycelin ! Arrive ici !... Enlève-moi cette pièce de drap jaune de Brabant qui m'encombre et va la ranger. Puis galope au port pour voir si la barge de Saumur est arrivée...

Comprenant qu'elle était de trop, Catherine quitta discrètement le réduit et s'en alla errer mélancoliquement sur les grèves de la Loire pour y remâcher sa déconvenue.

L'attente, qu'elle avait crue terminée, s'allongeait. Mais pour combien de temps ? C'était pécher, bien sûr, qu'espérer la mort d'un petit enfant pour que les choses reprissent leur train. Mais, puisqu'il n'y avait rien à faire pour le sauver, n'était-il pas plus chrétien de prier afin que Dieu abrégeât ses souffrances ?

Mécontente de tout et d'elle-même, Catherine traversa le pont, gagna l'île Aucard et alla s'asseoir dans l'herbe au pied d'un saule pour y tuer le temps en regardant barboter une famille de canards. La vue du grand fleuve paresseux qu'elle connaissait depuis longtemps, et où même, par une aube de désespoir et de honte, elle avait voulu mourir, lui apportait toujours, sinon le réconfort, du moins un certain apaisement. Elle s'y absorba. Il n'y avait plus qu'à attendre que la Loire lui produisît son petit miracle habituel...

Le prince Philippe mourut le lendemain, 2 juin. On apprit peu après que le Roi avait, pour laisser tout de même un peu de délai entre les funérailles et les festivités, fixé au 24 la date du mariage.

— Cela vous fait trois semaines à rester ma prisonnière, Catherine, commenta Jacques Cœur joyeusement, quand ils se retrouvèrent, le soir venu. Mais si vous craignez de vous ennuyer, voulez-vous que je vous mène passer quelques jours à Bourges ? Macée serait heureuse de vous avoir un peu.

— Et vous seriez débarrassé de moi. J'ai peur de vous gêner, mon ami. Après tout, malgré la présence de Dame Rigoberte, il est peut-être peu convenable que j'habite chez vous. Les mauvaises langues...

— Trouvent toujours de quoi s'agiter, même dans le désert. Quant à me gêner...

Son ton, léger jusque-là, changea brusquement, se fit plus grave, tandis qu'il baissait la voix et murmurait :

— Comme si vous ne saviez pas quel bonheur j'éprouve à vous avoir ici, près de moi... un peu à moi... Ah ! non, je n'ai pas envie de vous voir partir... et pas davantage de vous conduire à Bourges, si vous voulez le savoir, parce que je n'ai pas envie de vous partager. Ces soirées que nous passons ensemble, en tête-à-tête... elles sont devenues pour moi une douce... une chère habitude. Et votre départ, Catherine, me laissera lourd de regrets.

Chaque soir, en effet, le temps étant devenu très beau, ils se retrouvaient, après souper, sur le banc du petit jardin pour y respirer la fraîcheur du soir et regarder la nuit envahir peu à peu toutes choses.

En général, ils ne se parlaient guère, préférant respirer, dans le silence habité seulement par le clapotis du fleuve et le cri des oiseaux nocturnes, le parfum du chèvrefeuille, en regardant les étoiles s'allumer une à une.

Mais, ce soir-là, Jacques n'avait pas envie de se taire. Lui, si sérieux d'habitude, montrait tout à coup la gaieté d'un enfant. L'idée du départ prochain de sa belle visiteuse lui était peu à peu devenue insupportable et cette prolongation inespérée le comblait d'une joie qu'il ne parvenait pas à cacher. S'il avait parlé de mener Catherine à Bourges, il s'avouait tout bas que c'était pure hypocrisie et simple désir de l'entendre dire qu'elle ne souhaitait pas bouger. Si elle avait accepté, il aurait trouvé mille choses à faire pour ne pas quitter Tours.

Il la regardait avec délices, assise auprès de lui sur le banc de pierre. À cause de la chaleur venue d'un seul coup, elle avait acheté, chez maître Jean Beaujeu, tailleur de la Reine, une robe de léger cendal mauve à ramages blancs qui lui seyait à ravir et lui donnait l'air d'une toute jeune fille. Avec le voile blanc, simplement posé sur ses cheveux massés sur la nuque en lourdes torsades, et le fameux collier de perles qui luisait doucement sur sa gorge, elle ressemblait à une apparition venue d'un autre monde. Mais le parfum qui se dégageait de son corps, une coûteuse essence de roses venue de Perse, dont il lui avait fait présent, montait insidieusement à la tête de Jacques et rendait à la jeune femme toute sa présence terrestre.

Elle n'avait pas répondu tout à l'heure quand, presque malgré lui, ses paroles avaient quitté le ton léger de la plaisanterie pour se charger d'une passion mal contenue. Elle s'était contentée de détourner la tête, ne lui offrant plus, sous le brouillard léger du voile, qu'un profil perdu. Mais, sur la clarté de la robe, il pouvait distinguer la tache plus pâle de ses mains et il crut voir que ces mains tremblaient.

Poussé par une impulsion plus forte que sa volonté,

il les emprisonna dans les siennes. Elles étaient froides et, instinctivement, cherchèrent à se dégager.

— Catherine !... fit-il tout bas, vous ne me répondez pas. Est-ce que je vous ai déplu ?

Il semblait si inquiet, tout à coup, qu'elle ne put s'empêcher de lui sourire.

— Non, Jacques. Vous ne m'avez rien dit qui puisse me déplaire. Il est toujours doux, pour une femme, de laisser des regrets, mais n'en dites pas davantage.

— Pourtant...

Vivement, elle dégagea sa main et la lui posa sur les lèvres.

— Non. Taisez-vous ! Nous sommes des amis... de vieux amis. Nous devons le rester.

Il baisa avec emportement les doigts si imprudemment mis à portée de ses lèvres.

— C'est une duperie, Catherine ! Cette vieille amitié n'est qu'un leurre et vous le savez bien. Voilà des années que je vous aime sans oser le dire...

— Pourtant, vous venez de le dire... malgré ma défense.

— Votre défense ! Savez-vous que, toutes ces années, j'ai vécu du seul souvenir d'un baiser... celui que nous avons échangé à Bourges, dans mon cabinet, quand vous aviez fui Champtocé et les griffes de Gilles de Rais. Je n'ai jamais réussi à l'oublier.

— Moi non plus, répondit Catherine froidement, mais c'est parce que j'en ai eu des remords, car j'ai toujours été persuadée que Macée nous avait surpris.

— Pourtant... vous ne m'aviez pas repoussé. J'ai même cru un instant...

— Que j'y prenais plaisir ? C'est vrai ! Mais, maintenant, je vous en prie, Jacques, brisons là ! Sinon je ne pourrai pas demeurer plus longtemps auprès de vous...

— Non ! Ne partez pas... j'en aurais trop de peine...

— Je resterai si vous me promettez de ne pas recommencer. Vous n'êtes pas vous-même, ce soir. C'est ce jardin, sans doute, ces parfums... la douceur d'une nuit trop belle. Moi aussi cela me trouble.

Elle s'était levée, nerveuse tout à coup, pressée de quitter ce lieu plein d'embûches.

Jacques eut un sourire navré où, cependant, perçait une pointe d'ironie tendre.

— Voilà que vous essayez encore de nous leurrer. Ce n'est pas la nuit, c'est vous, Catherine... et rien d'autre. Dans une masure écroulée, près d'un tas de fumier et sous une pluie battante, vous réussiriez encore à me faire perdre la tête ! C'est ça, je crois, que l'on appelle l'amour... Mais, si vous préférez l'oublier, je tâcherai de ne plus vous ennuyer ! Dormez bien !

Elle avait déjà quitté le banc et traversait le jardin à pas rapides, comme si elle avait peur de ce qu'elle laissait derrière elle, mais les mots lui parvenaient encore nettement, peut-être parce qu'elle les écoutait toujours.

Elle ralentit au moment de disparaître derrière un rosier, étonnée de se découvrir si vulnérable à cette voix qui résonnait en elle, éveillant des échos inconnus et une sorte de joie. On aurait dit qu'en secret son cœur s'attendait depuis longtemps à entendre ces mots-là, qu'il s'y était préparé et n'en était pas surpris.

En franchissant le seuil de la maison, elle dut se faire violence pour ne pas se retourner et le revoir encore, avec son visage volontaire tendu par la passion et cette drôle de crispation qu'il avait au coin de la bouche qui lui donnait toujours l'air de se moquer de lui-même. Mais si elle s'abandonnait ainsi à son impulsion, le Diable seul pouvait dire comment s'achèverait cette nuit.

N'importe quelle femme, même la plus altière, pouvait se laisser séduire par l'amour d'un tel homme ! Le génie et la puissance intellectuelle étaient, chez lui, presque palpables, comme chez d'autres la sottise et la vanité. C'était un homme de fer aux yeux de visionnaire et, malgré sa roture, au cœur de chevalier de légende. Et c'était un piège si doux, pour un cœur solitaire aux prises avec des épreuves pénibles qu'un amour qui ne déplaît pas !...

Étouffant un soupir où entrait plus de regret qu'elle

ne l'admettait, Catherine se dirigea lentement vers sa chambre.

Tout à coup, au tournant de l'escalier, elle se trouva nez à nez avec Gauthier et Bérenger qui, leurs souliers à la main, descendaient sur leurs chausses avec mille précautions. La rencontre leur arracha une exclamation désolée. Visiblement, Catherine était la dernière personne qu'ils souhaitaient rencontrer.

— Eh bien ! fit-elle, mais où allez-vous comme cela ?

L'escalier était mal éclairé, par une torche fichée dans un anneau de fer, mais il l'était assez pour qu'elle pût constater que les deux garçons étaient rouges jusqu'à la racine des cheveux. Même le jeune Chazay semblait avoir perdu de son habituelle assurance.

— Alors ? Vous avez perdu votre langue ? Où allez-vous ?

Ce fut Bérenger qui se dévoua et prit la parole :

— Nous allions... euh... faire un tour dehors. Il fait si chaud, là-haut, que nous n'arrivons pas à dormir...

— C'est vrai, appuya Gauthier, il fait terriblement chaud.

— Tant que cela ? Je n'avais pas remarqué. La journée, en effet, a été assez chaude, mais ce soir il fait presque frais...

— Pas là-haut ! fit Gauthier d'un ton pénétré. Le soleil a tapé toute la journée et le toit a gardé la chaleur. On pourrait même croire qu'il va faire de l'orage.

Mais ces considérations barométriques et thermométriques paraissaient peu claires à Catherine. Elles n'expliquaient pas la rougeur des deux compères, à moins qu'il ne fît vraiment, là-haut, une chaleur de four, ce qui n'était sûrement pas le cas.

Elle se souvint, tout à coup, des protestations indignées de Dame Rigoberte, le matin même, à cause de certain voisinage qu'elle jugeait désobligeant pour une honnête femme : celui d'un cabaret ouvert depuis peu, près de la porte du Grand-Pont, presque en face de la maison, et qui drainait sans peine la clientèle des mariniers et de tous les garçons du comptoir commercial. La femme de charge avait ajouté que le tavernier, un certain Courtot, s'était assuré les services de « trois filles follieuses » qui remportaient le plus vif succès auprès des clients.

Catherine dévisagea l'un après l'autre les deux garçons, insistant plus particulièrement sur Gauthier.

— Vous n'auriez pas plutôt l'idée d'allez vous... rafraîchir au cabaret de Courtot ? Il n'est pas besoin de tant de précautions pour aller simplement prendre l'air...

Bérenger s'apprêtait déjà à nier, mais son compagnon lui imposa silence :

— Je n'aime pas mentir, affirma-t-il avec une certaine hauteur. C'est vrai, nous allons chez Courtot. Je ne vous ai jamais caché que j'aime les filles, Dame Catherine. Je vais peut-être vous faire horreur... mais je suis de ceux qui ne peuvent s'en passer. Alors, je vais à la taverne...

La brutale franchise du jeune homme ne choqua pas Catherine, justement parce qu'elle y voyait avant tout de la franchise. Aussi ne fit-elle aucun commentaire se contentant de désigner le page :

— Bérenger n'a pas votre âge... ni vos besoins.

— Je sais. Et je ne voulais pas l'emmener...

— Mais je l'ai menacé de faire tant de bruit qu'il ne pourrait pas sortir, coupa Bérenger sans s'émouvoir. Je n'ai peut-être pas son âge, mais, moi aussi, je suis un homme, Dame Catherine, et à ne rien vous cacher...

— Si vous faites allusion à vos... parties de pêche du côté de Montarnal, Bérenger, j'aime autant vous dire tout de suite que vous ne m'apprenez rien. Mais, entre cela et aller vous encanailler dans une gargote avec des filles faciles, il y a un monde. Je croyais que vous aimiez... votre... compagne de pêche ?

Le page baissa la tête.

— C'est vrai, Dame ! Je l'aime et cela n'a rien à voir. Mais je ne sais quand je la reverrai et il n'y a aucune raison pour que je ne m'amuse pas, moi aussi. Je suis un homme, que Diable !

— Laissez le Diable où il est. Vous n'en avez que faire ! Et répondez-moi plutôt, bien franchement, à une seule question.

— Laquelle ?

— Ces filles du cabaret de Courtot... Avez-vous vraiment envie de les approcher ?

Le jeune garçon jeta à son aîné un regard qui appelait au secours, si ingénument angoissé que l'étudiant se mit à rire. D'un revers de main, il ébouriffa la tignasse du page et se chargea de répondre pour lui.

— Bien sûr que non ! Mais c'est bon, hein, mon gars, quand on n'a pas encore de barbe au menton de s'imaginer qu'on est grand ? Allez, viens te coucher !

— Non ! Je veux aller avec toi...

— Alors, justement, viens !... je vais me coucher. Comme ça, tu seras bien sûr d'avoir vraiment agi en homme.

Après un salut gauche à l'adresse de leur maîtresse, ils remontèrent l'escalier.

La jeune femme les suivit des yeux tant qu'ils furent visibles avec un soulagement profond. Elle était reconnaissante à Gauthier de ce sacrifice fraternel. Il donnait la mesure de la qualité du garçon : violent, courageux, volontiers grossier et hâbleur, le jeune Chazay découvrait parfois, au hasard d'un geste ou d'une parole, un coin d'âme demeuré résolument juvénile.

Avec Catherine, il lui arrivait d'être d'une hardiesse qui frisait l'insolence et, parfois, il avait une façon de la regarder qui lui faisait penser qu'aux yeux de ce garçon elle était beaucoup plus une femme qu'une maîtresse.

Mais, avec Bérenger, qu'il rudoyait souvent, il avait des gestes pleins de délicatesse, comme si lui et le page eussent été frères. Des gestes que, certainement, les aînés Roquemaurel n'auraient pas eus...

Néanmoins, en rentrant chez elle, Catherine était soucieuse. Ces jours qui restaient à vivre avant le mariage royal l'inquiétaient. La chaleur de cette fin de printemps semblait faire éclore les appétits secrets encore beaucoup plus vite que les églantines sur les buissons des chemins. L'inaction ne valait rien à personne. Si elle n'y veillait de près, les deux garçons pourraient bien faire quelque sottise...

Quant à Jacques, malgré son labeur de la journée, réussirait-il à tenir la promesse qu'il venait de lui faire, et, encouragé par cette intimité dans laquelle ils vivaient, saurait-il retenir les mots qui, ce soir, lui étaient montés si facilement aux lèvres ?

Et puis, il y avait elle-même. Tout à l'heure, elle avait bien failli se laisser surprendre et il lui avait fallu faire appel à toute son honnêteté, ainsi qu'au souvenir des siens, pour ne pas écouter d'une oreille complaisante une musique somme toute bien agréable. Qui pouvait dire si la tentation ne se ferait pas plus forte ? Depuis le jour de l'Aigle d'Or, où, le vin aux herbes aidant, elle s'était carrément offerte à Tristan, Catherine avait appris à se méfier d'elle-même.

Elle se déshabilla, brossa ses cheveux longuement, opération qui, sans l'aide de Sara, se révélait singulièrement fatigante, les tressa pour la nuit, puis s'agenouilla au pied de son lit afin de dire sa prière du soir.

Elle y puisait, en général, un certain réconfort. Ses résolutions en sortaient mieux trempées. Mais ce soir-là – était-ce après tout la chaleur ? – elle ne parvint même pas à fixer son esprit sur les paroles qu'elle murmurait. Elle défilait les oraisons l'une après l'autre comme une mécanique, sans que son esprit y prît la moindre part. Tant et si bien même qu'elle se trompa, s'embrouilla, voulut recommencer, se trompa encore et, finalement, découragée, souffla sa chandelle et se glissa dans son lit.

Là, étendue sur le dos, les mains croisées sur sa poitrine, elle ferma les yeux et s'efforça de trouver le sommeil sans y parvenir.

De l'autre côté de la cloison où s'appuyait la tête de son lit, quelqu'un marchait en s'efforçant d'assourdir le bruit de ses pas et ce quelqu'un, elle savait parfaitement que c'était Jacques. Il arpentait sa chambre lentement, régulièrement, faisant craquer toujours la même lame du plancher sous le tapis qui le couvrait.

Catherine, la gorge sèche, écoutait, suspendue à cette cadence qui traduisait si bien l'agitation intérieure de son ami. Ce plancher craquait au rythme d'un désir qui se faisait entendre ainsi beaucoup mieux que par des paroles et, derrière le voile de ses paupières closes, Catherine suivait, comme si elle eût été dans la chambre, la marche automatique de Jacques.

Il s'arrêta un instant et elle entendit couler de l'eau. Sans doute cherchait-il à se rafraîchir ou buvait-il quelque chose... Puis la marche reprit, interminable, hallucinante...

Le corps trempé de sueur, Catherine, à coups de pied impatients, rejeta draps et couvertures afin que le vent léger de la nuit vînt la rafraîchir.

Elle avait envie de crier, de frapper, de se déchirer elle-même pour éteindre ce feu qu'elle sentait monter de ses entrailles. Rageusement, elle bourra son oreiller de coups de poing, y enfouit sa tête et serra ses mains sur ses oreilles pour ne plus entendre, appelant de toutes ses forces à son secours le souvenir d'Arnaud, son mari, l'homme qu'elle aimait... le seul !

Comment Jacques osait-il seulement la tenter ? Une femme dont l'époux en fuite, proscrit, risquait sa tête ne devait pas, ne pouvait pas se laisser seulement effleurer par l'amour d'un autre. Mais, cet autre, c'était Jacques et Catherine était bien forcée de comprendre enfin qu'il était plus près de son cœur qu'elle ne l'avait imaginé.

— Qu'il s'arrête ! Mon Dieu, faites qu'il s'arrête ! gémit-elle dans l'épaisseur des plumes. Est-ce qu'il ne comprend pas qu'il me rend folle ?... Oh ! Je le hais... je le hais. Arnaud !... C'est toi que j'aime... c'est toi, rien que toi ! Mon amour ! Mon unique amour...

Mais son esprit, rebelle, refusait de s'attacher à l'image familière. Dieu était sourd et le Diable au travail ! Alors qu'elle cherchait, de toutes ses forces, à retrouver ses heures d'amour avec son époux, sa mémoire, sur le rythme de ce pas inlassable, ne lui restituait qu'une sensation : la chaleur de la main de Jacques, tout à l'heure, sur la sienne.

Incapable de demeurer plus longtemps sur ce lit qui lui semblait brûlant et où elle se retournait comme saint Laurent sur son gril, Catherine se leva et regarda la porte close. Elle était si proche... et si proche aussi la chambre où l'homme tournait comme un fauve en cage...

Quelques pas et la porte s'ouvrirait, encore quelques pas... et une autre porte serait sous sa main. Et ensuite ?...

Le sang battait comme une cloche aux tempes de Catherine. Cette porte l'hypnotisait. Elle fit un pas vers elle, puis un second... et un autre encore. Le vantail de bois sculpté se dressa devant elle. Sa main se posa sur le loquet forgé...

Mais, dans la chambre voisine, le pas si lent venait de se précipiter. La porte s'ouvrit, claqua sans que l'on prît aucune précaution pour en amortir le bruit. Puis ce fut, dans le couloir, une course, dans l'escalier, une dégringolade et, au bout d'un temps très court, la porte de la rue retombant lourdement.

Incapable de se maîtriser, Jacques venait de fuir la tentation.

Quelque chose craqua en Catherine. Elle se laissa glisser à genoux et appuya sa tête contre le bois de la porte. Elle se sentait vidée de ses forces, mais délivrée, tandis que regrets et reconnaissance se partageaient son esprit.

— Sauvée ! balbutia-t-elle, sauvée pour cette fois ! Mais il était temps !...

Il était aussi dommage qu'à ce sauvetage inattendu elle trouvât si peu de charme... et même un assez désagréable goût de cendre...

CHAPITRE XI

UN MESSAGE DE BOURGOGNE

Catherine finit par s'endormir, d'un mauvais sommeil qui la laissa les yeux cernés et la figure pâle. Elle se sentait si lasse et si défaite, au matin, qu'en baignant son visage dans une cuvette d'eau fraîche elle comprit que cet état de choses ne pouvait durer.

L'assaut subi la veille l'avait épuisée plus qu'une longue chevauchée. De plus, elle en sortait découragée, le cœur triste, avec ce goût de cendre dans la bouche...

Il était impossible de vivre encore près de trois semaines en équilibre instable entre l'amour de Jacques et sa volonté propre de demeurer fidèle à son époux.

« Je vais prier Jacques de garder Bérenger et Gauthier, se dit-elle. Moi, je vais aller attendre les noces au couvent de Sainte-Radegonde, de l'autre côté de la Loire. Le danger est trop grand. Il faut au moins un fleuve et les murailles d'un monastère pour m'en protéger. Et puis, ce sera plus convenable. Il normal qu'une femme dans ma situation fasse retraite. »

Mais quand, forte de cette belle résolution, elle descendit à la cuisine pour s'enquérir du maître de maison, Dame Rigoberte ne lui en laissa même pas le temps.

Avec une petite révérence, elle lui apprit que « Maître

Jacques » avait été obligé de partir pour Bourges dès l'aube, appelé par ses affaires.

— Il vous prie, gracieuse Dame, ajouta la gouvernante, de vous considérer maîtresse de cette maison où tous nous avons reçu ordre de vous obéir en toutes choses. Il espère que vous vous y trouverez bien et il s'est permis d'emmener avec lui, en échange, vos deux jeunes serviteurs.

— C'est une excellente idée ! Les deux garçons tournaient en rond ici, ne sachant trop que faire. L'exercice des grands chemins leur fera tous les biens du monde !

Dame Rigoberte eut un sourire aimable qui révéla des manques fâcheux dans sa dentition.

— N'est-ce pas ? C'était aussi l'avis du maître. D'ailleurs, voilà une lettre qu'il a laissée pour Madame.

Tout en dévorant les tartines de miel trempées dans du lait chaud que lui avait servi la gouvernante, Catherine ouvrit le pli qu'on lui avait remis. Il contenait bien peu de choses mais, dans sa brièveté, il était très explicite.

« *C'est moi qui pars, Catherine. Je suis incapable de tenir la promesse que je vous ai faite. Pardonnez-moi ! La maison est à vous. J'y reviendrai à temps pour les noces. Et pour une fois, mon amour... laisse-moi te dire que je t'adore...* »

Émue, Catherine relut ce billet une seconde, puis une troisième fois. Enfin, le repliant sous son coude, elle acheva son déjeuner en silence.

Autour d'elle, Dame Rigoberte allait et venait, les ailes de sa cornette blanche battant comme celles d'une mouette, se préparant à se rendre aux halles pour y faire le marché.

Quand elle eut disparu, Catherine se leva, prit la lettre, la relut encore puis, après une toute légère hésitation, elle s'approcha de la cheminée et la jeta au feu.

Le fragment de parchemin noircit, se tordit et flamba en dégageant une odeur de peau brûlée. Bientôt, il n'y eut plus rien, qu'un peu de cendre sur la plus grosse bûche.

Catherine, alors, se détourna et, à pas lents, gagna le banc du jardin où Jacques ne reviendrait pas et où elle serait seule désormais à regarder tomber la nuit. Elle n'osait pas se demander tout à coup pourquoi elle avait envie de pleurer.

La ville, à mesure que les jours passaient, gonflait comme une rivière qui reçoit une grosse pluie d'orage. Le retard apporté aux fêtes du mariage en était la cause, car ceux qui étaient venus pour le 2 juin étaient restés et ceux qui n'avaient pu venir pour cette date accouraient maintenant, ravis de l'aubaine.

Les auberges, déjà pleines, essayaient de refuser le moins de monde possible. On aménageait des granges. Les hôtelleries des couvents, comme les demeures des particuliers, débordaient. Des marchands arrivaient en foule, par le fleuve ou par les chemins, ainsi que toute la noblesse d'Anjou et de Touraine, encouragée par le temps radieux. On avait même sorti les grandes tentes de campagne et toutes les prairies autour de la ville fleurissaient d'énormes bourgeons pourpres, safran, outremer ou noirs, tandis que des forêts de bannières multicolores poussaient un peu partout.

Il y avait aussi les baladins, danseurs, chanteurs, funambules de plein vent, montreurs d'ours et de chiens savants, jongleurs habiles à lancer des feux follets dans un ciel noir. Ils s'installaient où ils pouvaient, dans un champ ou sous la vieille charpente des halles qui, du moins, leur offrait un toit pour la nuit.

Et, dans les tavernes du port, les ribaudes se multipliaient. On pouvait les voir, à l'heure où le crépuscule verdissait l'eau du fleuve, s'adosser aux portes des tripots, nues sous une robe lâche qu'elles écartaient d'un geste rapide à l'approche des hommes, montrant un éclair de chair pâle. Leurs voix aiguës emplissaient la rue, au grand scandale de Dame Rigoberte qui, dès le coucher du soleil, faisait mettre les volets au magasin et bouclait toutes les portes, comme si elle craignait de les voir s'installer chez elle.

Enfin vinrent les malades. En mémoire de l'enfant qui venait de mourir et peut-être aussi pour consoler ses bons sujets de Tours de la longue attente qu'il leur avait infligée, le Roi avait fait annoncer qu'après la cérémonie du mariage, il se rendrait à l'abbaye Saint-Martin pour y toucher les écrouelles [1]. Et cette grande nouvelle avait fait le tour du pays à la vitesse d'une traînée de poudre. Car le fait était rare.

Depuis, il en arrivait de partout. Non seulement des scrofuleux, mais aussi des stropiats, des cagots, des éclopés, des galeux, toute une humanité terrible et pitoyable, en haillons sanieux que les chemins déversèrent sur la ville.

Ils venaient par bandes, par paquets, par grappes loqueteuses, accrochés les uns aux autres, clamant un espoir effrayant. Si grande, en effet, était la foi dans le mystérieux pouvoir du roi-guérisseur que ces malheureux ne s'attardaient pas à considérer que seuls les scrofuleux pouvaient bénéficier de ce pouvoir. On lui croyait la faculté de guérir tous les maux, comme si l'oint du Seigneur eût été Jésus lui-même. Aussi, voyait-on accourir même ceux qui, à la guerre, avaient perdu un bras, une jambe ou un œil.

Bientôt l'hospice et les granges vides des couvents furent envahis. Il fallut établir un contrôle sévère aux portes de la ville, car les lépreux, eux-mêmes, quittaient leurs maladreries et accouraient.

À l'abbaye de Saint-Martin, les moines, débordés mais assistés des médecins de la ville, commencèrent à faire un tri sévère et manquèrent déchaîner une révolution. Il fallut appeler le guet, les échevins de la ville eux-mêmes, pour protéger les moines et le sang coula.

Et Tours, qui se parait de banderoles, de guirlandes,

1. L'onction du sacre conférait au roi de France un pouvoir guérisseur miraculeux : celui de guérir les scrofuleux qu'il touchait en disant : « Le Roi te touche, Dieu te guérit ! »

de reposoirs et d'estrades fleuries pour les tableaux vivants sans lesquels il n'était pas de joyeuse entrée, se mit à ressembler de plus en plus à un carnaval délirant, à quelque grimaçante danse macabre où la pire misère entraînait le luxe et la splendeur.

Catherine, pour sa part, ne sortait plus, sinon pour se rendre au point du jour, et flanquée de Dame Rigoberte, à la chapelle des Jacobins voisine, afin d'y entendre la messe. Cloîtrée dans la maison de Jacques Cœur, se contentant du petit jardin pour prendre l'air et le soleil, elle craignait autant les foules misérables qui traînaient les rues et réclamaient inlassablement une charité souvent menaçante que les visages connus qu'elle eût pu voir paraître.

Elle se considérait comme exclue de la Cour et ne souhaitait pas frayer avec ses pairs, même ceux qui étaient de chers amis, comme la comtesse de Pardiac, Éléonore de Bourbon, l'épouse de Cadet Bernard qui, à Carlat, donnait asile à ses enfants. Ce n'était pas, de sa part, ingratitude ou indifférence, mais simple désir de ne compromettre personne. Tant que le Roi n'aurait pas pardonné, elle ne pourrait être assurée de l'avenir et, si l'absolution ne venait pas, ceux qui auraient soutenu Montsalvy ou sa femme pouvaient être englobés dans la même réprobation et encourir la colère du Roi.

« Si veut le Roi, si veut la loi... » le vieil adage était toujours valable et Catherine, hors la loi, ne voulait pas y entraîner ses amis. Seul Jacques faisait exception, mais il l'aimait et elle pouvait réclamer son aide aussi hautement que celle d'un frère. D'ailleurs, il n'aurait pas admis qu'il en fût autrement. Et la seule aide que Catherine eût souhaitée n'arrivait pas.

Chaque matin, en se levant, elle courait à la fenêtre pour interroger la maîtresse tour du château, espérant toujours y voir flotter la grande bannière bleue, pourpre, blanche et or, portant les croix de Jérusalem, le lambel de Sicile, les lys d'Anjou et les pals d'Aragon, la bannière de Yolande, sa protectrice.

Mais, battant mollement sur la lente promenade des

sentinelles armées de guisarmes ou de vouges, c'étaient toujours l'étamine rouge et les trois fermaux d'or du sire de Graville, grand maître des arbalétriers de France et gouverneur provisoire du château, qui paraissaient.

Et Catherine, enfermée dans l'espace restreint du comptoir en la seule compagnie d'une vieille femme, se sentait plus retranchée du monde et plus isolée que dans le couvent où elle avait souhaité se retirer. Le temps lui-même semblait s'être arrêté...

Et puis, d'un seul coup, tout se remit en marche. Deux jours avant le mariage, le 22 juin, Jacques reparut à la tête d'une troupe chargée de ballots odorants : les épices indispensables à tout festin digne de ce nom. En même temps, par le cours du Cher, des barges chargées de gibier et d'anguilles arrivaient des forêts et des étangs de Sologne.

En revoyant son ami, Catherine eut un coup au cœur. Ses traits tirés, sa pâleur parlaient pour lui d'un labeur incessant et de nuits sans sommeil. Il lui sourit et l'embrassa, mais son sourire était plus triste que les larmes et ses lèvres froides quand elles se posèrent sur la joue de la jeune femme. Avec lui reparaissaient Bérenger et Gauthier, mais ceux-là n'inspiraient guère la pitié. Manifestement ravis de leur voyage, ils offraient des mines réjouies et des yeux brillants que Catherine, peut-être, eût jugés quelque peu choquants si le page, avec la fougue de son âge, ne s'était précipité vers elle à peine descendu de cheval, bousculant Jacques Cœur sans la moindre vergogne.

— Dame Catherine ! s'écria-t-il. Nous apportons des nouvelles ! Montsalvy est libéré ! Bérault d'Apchier et ses fils ont été chassés !

La châtelaine eut un cri de joie et saisit l'adolescent aux épaules.

— Dis-tu vrai ? Bien vrai ? Mon Dieu ? C'est presque trop beau. Mais comment avez-vous su ?

Elle secouait Bérenger comme si elle cherchait à en faire tomber les nouvelles, comme on fait tomber les prunes d'un prunier. Mais Jacques s'interposa.

— Un instant ! fit-il sévèrement. Ce n'est pas si simple et vous avez tort, Bérenger, de présenter les choses de cette façon ! Oui, Montsalvy est libre, mais tout n'est pas aussi parfait que vous essayez de le faire croire à votre maîtresse.

— Tout n'est pas non plus aussi sombre que vous le pensez, maître Cœur ! protesta Gauthier qui était presque aussi excité que son camarade. C'est bonne chose, pour Dame Catherine, de savoir tout de suite que les routiers ont lâché prise et que sa ville se remet de ses blessures.

— C'est bonne chose, en effet, mais il n'empêche que vous parlez trop, garçons, et trop vite. La joie n'est vraiment bonne que lorsqu'elle est totale.

— Pour l'amour du Ciel ! s'écria Catherine, cessez de discourir et de vous disputer. Je ne veux pas attendre une seconde de plus pour savoir ce que vous avez appris. Et d'abord, qui vous a renseignés ?

— Un messager arrivé à Bourges, il y a trois jours. Il était à demi mort car il était tombé sur un parti de batteurs d'estrade de Villa-Andrado. Blessé à l'épaule, il a réussi à s'enfuir et à se cacher dans les bois pendant deux nuits avant de reprendre son chemin. Il avait perdu beaucoup de sang, mais la chance a voulu qu'il vînt tomber pratiquement devant la porte de mon beau-père, Lambert de Léodepart. Avant de s'évanouir, il a prononcé le nom de Montsalvy, et Lambert, sachant les liens qui nous unissent, m'a fait prévenir sur l'heure. Grâce à Dieu, l'homme n'était pas mortellement atteint. Nous avons pu le ranimer, le réconforter...

— Qui l'envoyait ? Mon époux ? L'abbé Bernard de Calmont ?

— Ni l'un ni l'autre. Le messager venait de Bourgogne. C'est votre amie, la comtesse de Châteauvillain, qui l'envoyait, avec une lettre que, d'ailleurs, je vous apporte.

— Je ne comprends rien à ce que vous dites, Jacques. Comment un messager d'Ermengarde viendrait-il de Montsalvy ?

— Si vous aviez un peu plus de patience ? L'homme a été envoyé, tout naturellement, à Montsalvy par la comtesse. Il ne vous a pas trouvée, mais l'abbé Bernard et le frère de ce garçon, le sire de Roquemaurel, lui ont dit que vous deviez être actuellement à Tours. Comme son message était urgent, il est reparti.

Machinalement, Catherine prit le pli que Jacques lui tendait, mais le garda dans ses mains sans l'ouvrir. Pour l'instant, ce n'était pas la prose d'Ermengarde qui l'intéressait le plus, même urgente, c'était ce qu'impliquaient les dernières paroles de Jacques.

— L'abbé Bernard, dites-vous, et le sire de Roquemaurel ? Mais où est mon époux ? Où est Arnaud ?

— On ne sait pas ! fit doucement Bérenger. Il y a une autre lettre et c'est l'abbé qui l'a écrite, parce que ni Amaury, ni Renaud ne savent seulement tenir une plume. Cette lettre, nous l'avons lue et...

— Mais tenez donc votre langue, Bérenger ! La voici, Catherine. Comme le dit cet enfant, je l'ai lue parce que je craignais qu'elle ne vous apportât de nouvelles peines. Des peines que j'aurais voulu vous éviter. Mais c'est impossible. Il faut que vous sachiez tout...

Les jambes coupées, Catherine s'était laissée tomber sur le banc de la cour.

— On ne sait pas où est Arnaud ? répéta-t-elle d'une voix blanche. Alors... il est mort ! Gonnet d'Apchier a accompli son crime : il l'a tué.

— Peut-être pas... Catherine, essayez de m'écouter un peu calmement. Il faut réfléchir, raisonner... Vous ne pouvez pas conclure de but en blanc à la mort de votre mari, simplement parce que les Roquemaurel ne l'ont pas retrouvé sur leur route...

Il s'était accroupi devant la jeune femme et avait saisi ses deux mains pour mieux essayer de faire pénétrer en elle sa conviction.

— Laissez-moi vous lire la lettre de l'abbé...

Lâchant la jeune femme qui se laissait aller contre le mur de la maison, les yeux à demi fermés et des larmes perlant déjà à ses cils, il déroula le parchemin.

« À notre bien-aimée fille en Jésus-Christ, Catherine, comtesse de Montsalvy, dame de... etc. bénédiction et salut ! Les chevaliers qui étaient partis pour Paris avec votre seigneur et notre ami sont revenus, par la grâce insigne de Dieu, Tout-Puissant, juste à temps pour libérer notre chère cité parvenue au dernier degré de ses forces et prête à se rendre. Bérault d'Apchier, ses fils et sa troupe sont repartis en Gévaudan et nous avons pu, avec nos frères retrouvés, remercier Dieu en toute humilité et reconnaissance d'avoir permis que vous réussissiez dans votre quête de secours. Mais nous n'avons pas chanté de Te Deum, *car messire Arnaud n'est point revenu avec eux..*

Messire Renaud de Roquemaurel nous a fait part des événements qui se sont déroulés à Paris. Il nous a dit comment il s'était lancé à la poursuite de son ami et de son dangereux guide, sans jamais parvenir à les rejoindre. Bien avant d'avoir atteint Orléans, il a rencontré le seigneur de Rostrenen, envoyé du Connétable, et ses hommes, qui revenaient sans avoir vu âme qui vive. Et tout le long de la route, il a interrogé ceux que lui et ses compagnons rencontraient. Personne n'a vu ceux que l'on recherchait et aucune trace de leur passage n'a pu être relevée. L'opinion générale est que, peut-être, l'on a fait erreur en imaginant que, dès sa sortie de la Bastille, messire Arnaud se dirigerait droit sur l'Auvergne et chercherait avant tout à rentrer chez lui. Sans doute a-t-il choisi de se cacher, dans quelque lieu secret, en attendant que les poursuites cessent. Et je crois très sincèrement, ma fille, qu'il vous faut vous armer de patience jusqu'au jour où votre époux pensera pouvoir, sans courir lui-même ou nous faire courir de nouveaux dangers, revenir auprès de vous ! Pour ma part, je prie Dieu de toute mon âme pour qu'il en soit ainsi... »

— Vous voyez, s'écria Jacques en cessant sa lecture et en soulignant, de l'ongle, le passage important, l'abbé pense qu'il se cache. Au fond, Catherine, c'est la simple logique : un homme qui s'enfuit ne se précipite pas tout de suite là où l'on viendra immanquablement le chercher : c'est-à-dire chez lui.

Mais Catherine secoua la tête tristement.

— Non, Jacques ! Votre raisonnement serait valable si nous habitions quelque château d'accès facile, en quelque plaine des alentours de Paris. Mais Arnaud sait bien que nulle part mieux que dans ses montagnes il ne sera mieux caché, mieux gardé ! Le Roi et le Connétable hésiteraient, croyez-moi, à engager des troupes dans nos défilés, dans nos gorges ou sur les mauvais chemins de nos volcans ! Et s'il avait préféré ne pas rentrer à Montsalvy même, mon époux sait mille cachettes aux alentours où il pourrait vivre des années, sans que le bailli des Montagnes, lui-même, l'apprît ! Car il n'est homme ni femme de nos terres qui ne se fasse volontairement son complice, à commencer par l'abbé Bernard...

— Pourtant, celui-ci vous dit lui-même...

— Il n'en pense pas un mot ! Il essaie seulement de préserver en moi un peu de courage, mais il connaît Arnaud aussi bien que moi. Je suis certaine qu'en son âme et conscience il le croit mort.

— Mais c'est de la folie. Pourquoi tenez-vous tellement à ce qu'il ne soit plus ?

Elle eut un petit sourire amer

— Je n'y tiens pas, mon ami... mais j'en ai peur. Avez-vous oublié qui est l'homme avec lequel il s'est enfui ? Avez-vous oublié que le but de Gonnet d'Achpier était de tuer Arnaud après l'avoir déshonoré si cela se pouvait ? Soyez sans crainte : ce démon a réussi, pleinement réussi. Il a tué un proscrit, un prisonnier évadé... et demain, peut-être, il viendra réclamer hautement au Roi les biens de l'homme abattu, les biens de mes enfants !...

Elle avait caché sa figure dans ses mains et pleurait doucement. Les trois hommes, interdits, la regardaient, malheureux de se sentir si maladroits et si impuissants en face de cette douleur. Doucement, à l'aide d'un mouchoir, Jacques essuyait les larmes qui coulaient à travers les doigts de la jeune femme.

— Ne restez pas ici, Catherine, chuchota-t-il agacé de voir ses commis qui allaient et venaient en lui jetant des regards pleins de curiosité. Laissez-moi au moins vous conduire dans la salle... Dame Rigoberte ! Dame Rigoberte, venez ici !...

La vieille gouvernante surgit de la maison en essuyant ses mains à son tablier. Au même instant, une fanfare de trompettes éclata du côté de l'abbaye Saint-Martin, immédiatement suivie de cris de joie, de vivats et du vacarme de centaines de pieds qui se mettaient à courir.

Machinalement, Jacques leva les yeux vers les tours du château qui s'étaient couronnées d'hommes d'armes dont les lances brillaient dans le soleil. Une immense bannière montait lentement à la hampe fixée au sommet du donjon. Elle était bleue, blanche, rouge et or et de quadruples armoiries s'y déployaient dans l'azur du ciel... Jacques Cœur tressaillit.

— La Reine !... La reine Yolande ! Regardez, Catherine, c'est elle qui arrive ! Ce sont ses trompettes que l'on entend.

Des créneaux, d'autres trompettes répondaient maintenant et, dans tous les clochers de la ville, les cloches s'ébranlaient pour souhaiter la bienvenue à la reine des Quatre Royaumes, suzeraine de ce duché de Touraine. Les acclamations enflèrent et Tours parut éclater en ovations frénétiques. Mais Catherine leva vers le château un regard brouillé par les larmes.

— Il est trop tard... Elle ne peut plus rien pour moi...

Jacques saisit Catherine par les bras et la remit debout, presque de force.

— Vous n'en savez rien. Vous êtes là à pleurer, à vous désespérer alors que personne ne vous a dit que vous étiez veuve. Que diable ! Ce n'est pas parce que le sire de Montsalvy n'est pas rentré chez lui qu'il est mort. Et quand bien même cela serait ? Ces lettres de rémission, il vous les faut, vous entendez ! Il vous les faut pour vos enfants, pour votre fils surtout ! Alors, ce soir même, vous allez m'accompagner au château. Je sais comment me rendre auprès de la Reine sans attirer l'attention...

— C'est inutile, Jacques. Laissez la Reine tranquille ! Rien ne presse tellement, maintenant, pourquoi voulez-vous que j'aille importuner Madame Yolande quand le Dauphin m'a promis son aide ? Il a été bon pour moi et je ne veux pas le désobliger en paraissant faire fi de sa protection. Vous qui pensez à mon fils, ajouta-t-elle avec un pâle sourire, songez que ce jeune Louis sera un jour son roi et n'en faites pas dès à présent un ennemi de notre maison. Et puis, voici un mois que j'attends ici... je peux encore attendre jusqu'à après-demain...

— Non, Catherine, vous ne pouvez pas attendre. Demain il faut que vous partiez... pour la Bourgogne !

Il tendit la main vers Gauthier, prit la lettre d'Ermengarde que Catherine avait laissée glisser de ses genoux et que le jeune écuyer avait ramassée. Il la mit dans la main de son amie.

— Vous oubliez ce message, Catherine. Il a cependant son importance car, pour vous le délivrer, un homme a failli mourir !

Tout en parlant, il l'entraînait doucement vers la maison. Dame Rigoberte avait pris l'autre bras de la jeune femme comme si elle était quelque grande malade incapable de se soutenir. Avec mille précautions, ils la firent asseoir près de la cheminée, sur un banc bien garni de coussins. Et leurs soins se montraient si attentifs qu'ils frappèrent Catherine.

— Mon Dieu ! fit-elle, vous me traitez comme si j'étais tout à coup devenue très fragile. Et cependant, vous me dites que, dès demain, je dois aller en Bourgogne ? C'est bien cela ?... Je vous avoue que cela me paraît insensé. Que voulez-vous que j'aille faire en Bourgogne ?

— Lisez ! Si nous prenons tant de soin de vous, c'est parce que cette lettre, elle aussi, contient une mauvaise nouvelle.

— Une mauvaise nouvelle ?... Ermengarde ! Mon Dieu ! Elle n'est pas...

— Non, puisque c'est elle qui vous écrit ; il ne s'agit pas d'elle... mais de votre mère.

Rapidement, Catherine ouvrit le mince rouleau sur lequel du premier coup d'œil elle reconnut l'écriture extravagante de sa vieille amie et son orthographe plus que fantaisiste. En vraie grande dame, Ermengarde de Châteauvillain dédaignait les « délicatesses de gratte-papier ». Mais, en bon ou mauvais français, la comtesse disait des choses surprenantes. Catherine apprit ainsi que sa mère s'était brouillée avec son frère Mathieu. Le drapier dijonnais, se sentant vieillir, avait, tout à coup, découvert en lui la nostalgie du mariage, aidé d'ailleurs dans cette découverte par une certaine Amandine La Verne, marchande à la toilette, mieux pourvue d'appas que d'écus. « Une grande gaupe sans religion », décrétait vertement Ermengarde, dont il avait fait sa maîtresse et qu'il avait amenée dans sa maison de la rue du Griffon. La cohabitation entre cette femme et Jaquette Legoix s'étant très vite révélée impossible, la mère de Catherine avait quitté une demeure où elle se sentait maintenant étrangère. Elle avait pensé, un instant, se réfugier au couvent des Bénédictines de Tart, dont sa fille aînée, Loyse, était prieure, mais elle se sentait peu de goût pour le cloître.

« *Elle aurait bien voulu aller vous rejoindre, ma chère Catherine, car, au fond, elle ne restait auprès de son frère que pour l'aider et tenir sa maison. Combien elle aurait préféré vivre doucement auprès de vous et regarder grandir ses petits-enfants ! Mais la route est longue de Dijon à vos montagnes et sa santé ne lui permettait pas un si long voyage. Alors, elle a accepté l'hospitalité que je lui offrais dans mon vieux Châteauvillain que vous connaissez bien. Je lui ai donné votre chambre, et le soir, à la veillée, nous radotions toutes deux, comme de vieilles bêtes que nous sommes, sur vous, sur les petits et sur votre insupportable époux.*

Nous avons passé de bien bons moments. C'est une si bonne femme que votre mère...

Mais, ce Carême, elle a pris un mauvais froid et depuis je la vois décliner... Et j'ai peur, car elle est chaque jour un peu plus faible. Alors, je vous écris pour vous demander de venir. Vous êtes jeune, vous êtes forte et les chemins ne vous font pas peur. Vous pouvez faire ce voyage qu'elle ne fera plus jamais. Et si vous voulez l'embrasser encore une fois, je crois que vous le pouvez si vous ne perdez pas trop de temps ! Venez, Catherine ! C'est moi qui vous le demande car elle n'oserait jamais le faire et elle vous aime tant... »

Le parchemin glissa des doigts de Catherine, se roula tout seul et tomba sur le sol. Le visage de la jeune femme était inondé de larmes, mais elle ne fit aucun commentaire. Elle ne gémit pas, ne poussa aucune plainte. Simplement, elle se baissa pour ramasser le rouleau puis, relevant sur Jacques un regard noyé de pleurs, mais déterminé :

— La lettre est datée du troisième jour de ce mois, dit-elle d'une voix nette. Vous avez raison, Jacques, il faut que je parte dès demain ! Je voudrais tellement, tellement... ne pas arriver trop tard. Ma pauvre maman ! Je la croyais heureuse, paisible, je l'ai beaucoup négligée.

— Vous ne pouviez pas deviner...

— Quoi ? Qu'en vieillissant, mon oncle Mathieu allait se muer en un vieux fou bêtifiant devant une commère plus rusée que les autres ? Comment ne voit-il pas que cette femme n'en veut qu'à ses écus ? Et il a osé laisser partir ma pauvre maman, la jeter à la rue comme une mendiante. Sa sœur ! Sa propre sœur !

— Calmez-vous, Catherine ! Je sais que la meilleure façon de vous faire oublier vos chagrins c'est encore de vous fournir une bonne occasion de vous mettre en colère. Mais, pour le moment, il vous faut songer à votre départ... et à ce qui vous reste à faire avant. Pour ma part, je vais tout préparer pour vous. Mais, ce soir...

— Oui. J'irai avec vous au château ! C'est la dernière chose que je pourrai faire avant longtemps pour mon époux, s'il vit toujours, et pour mes enfants, s'il n'est plus. Car, ensuite, il me faudra un moment les écarter de ma pensée pour ne songer qu'à celle qui m'appelle et qui a tellement besoin de moi.

Tard, dans la soirée, bien après la tombée du jour, Catherine et Jacques Cœur gravirent la légère pente qui menait au château. Une poterne s'ouvrit devant eux, dès que Jacques eut montré une large médaille qu'il portait à son cou. Puis, dans la cour où régnait une intense activité, ce fut une petite porte rouge donnant accès à une étroite et sombre vis de pierre à peine éclairée, de loin en loin, par une torche.

Enfin, les deux visiteurs se retrouvèrent dans un petit oratoire tendu de velours violet à crépines d'or, sans que personne se fût avisé de leur demander où ils allaient.

— Vous étiez annoncée ! expliqua simplement Jacques, et le chemin m'est familier. Nous avons souvent, la Reine et moi, des conférences secrètes. Elle s'intéresse beaucoup à mes affaires où elle entrevoit déjà la prospérité du royaume ! D'ailleurs, la voici !

Un instant plus tard, Catherine s'agenouillait pour baiser la main que lui tendait une grande femme maigre et blême, dont les voiles noirs étaient retenus par une haute couronne d'or. Sa récente maladie avait laissé des traces profondes sur le visage de Yolande d'Aragon. Ses épais cheveux, jadis si noirs, étaient maintenant blancs comme neige et mettaient une douceur autour de ce visage encore énergique et beau, mais ravagé par la souffrance. Cependant, les yeux noirs gardaient toute leur vivacité.

Sans un mot, elle releva Catherine et l'embrassa avec une chaude affection. Ensuite, elle la dévisagea attentivement.

— Pauvre enfant ! dit-elle. Quand donc le destin se lassera-t-il de vous accabler ? Je ne connais cependant personne qui, plus que vous, mérite de vivre heureux et en paix !

— Je n'ai pas le droit de me plaindre, Madame. Le destin, en effet, m'a envoyé bien des épreuves, mais il m'a également donné des protections aussi puissantes que généreuses.

— Disons qu'il vous a donné les amis que vous méritez. Pour cette fois, je veux que vous quittiez cette ville en paix sur ce qui concerne votre époux ! Le Roi pardonnera.

— Votre Majesté... sait donc ? s'étonna Catherine.

La Reine eut un sourire et jeta du côté de Jacques Cœur un coup d'œil ironique.

— J'ai lu, ce soir, la plus longue lettre que Maître Jacques Cœur m'ait jamais adressée. Et croyez-moi, il n'a rien laissé dans l'ombre. Oui, je sais tout. Je sais que votre Arnaud a encore fait des siennes. Et, sincèrement, Catherine, il y a des moments, tel celui-ci, où je regrette que vous n'ayez pu épouser Pierre de Brézé. Celui-là vous aurait donné une existence digne de vous. Le comte de Montsalvy est insupportable.

— Madame ! protesta Catherine scandalisée, songez qu'à cette heure il est probablement mort.

— Lui ? Mort ? Allons donc ! Vous n'en croyez pas un mot, ni moi non plus. Quand cet homme mourra, il se passera sûrement quelque chose : inondation ou tremblement de terre, je ne sais, mais il y aura quelque événement inouï qui en avisera l'univers. Ne me regardez pas ainsi, Catherine ! Vous savez très bien que j'ai raison : cette race d'homme est comme la mauvaise herbe : impossible à détruire. Sur les champs de bataille, ce sont des héros, mais ils sont indomptables et, dans la vie quotidienne, ils sont impossibles, car il leur faut le bruit et la fureur pour se sentir à l'aise. Et une discipline est la dernière chose qu'ils acceptent.

— Mais alors, où est-il ?

— Cela, je l'ignore. Mais un homme qui a subi ce qu'il a subi sans y laisser la vie, jusques et y compris un séjour dans une léproserie et une captivité chez les Sarrasins, ne va pas se laisser assassiner bêtement au coin d'un bois par un boucher de village. Croyez-moi,

Catherine, votre Arnaud est toujours vivant. Ceux qui me connaissent bien prétendent que j'ai le pouvoir d'interroger l'avenir, que ses brumes parfois se déchirent devant moi. Ce n'est pas vrai... ou pas tout à fait vrai. Pourtant, je vous dis : partez sans vous tourmenter, allez vers votre mère qui, plus que tout autre, a besoin de vous.

Si puissante était la volonté de cette femme, si grand son ascendant, que Catherine laissa la confiance et l'espoir l'envahir de nouveau.

Yolande d'Aragon, à sa connaissance tout au moins, ne se trompait jamais. Il y avait tant d'années qu'avec une sûreté de visionnaire elle arrachait lentement la France à la profonde ornière où elle s'enlisait ! Jamais elle n'hésitait sur le choix d'un instrument, d'un serviteur et jamais, non plus, les événements ne s'étaient avisés de lui donner tort...

— Alors, demanda-t-elle timidement, je peux espérer recevoir du Roi les lettres de rémission ?

Yolande se mit à rire :

— Les recevoir ? Que non pas, ma belle ! Il est bon que messire Arnaud soit un peu à la peine, lui aussi, et qu'il ne laisse pas tout reposer sur votre pauvre dos. Quand vous l'aurez retrouvé, ou quand vous saurez où il se trouve, faites-lui parvenir ce sauf-conduit et envoyez-le-moi. Je m'en charge et c'est lui-même qui ira demander sa grâce au roi Charles. Soyez tranquille : cette grâce il l'aura sans peine. Il lui suffira de plier le genou. Enfin, en ce qui concerne mon petit-fils, ne vous mettez pas non plus en peine. Je dirai au Dauphin la douleur qui vous frappe et vous oblige à partir. Je lui dirai aussi toute ma satisfaction pour l'accueil qu'il vous a fait... et je lui expliquerai certaines choses qu'il est temps de lui apprendre. C'est un garçon remarquable et je fonde sur lui les plus grands espoirs, mais ceux qui voudront l'atteindre devront s'adresser beaucoup plus à son intelligence, qui est grande, qu'à son cœur, qui est... secret.

Catherine, de nouveau, s'agenouilla :

— Madame et ma Reine, dit-elle émue, n'ai-je aucun moyen de vous prouver ma reconnaissance ?

La Reine ébaucha un geste de dénégation mais, se ravisant, elle considéra un instant Catherine d'un air songeur.

— Vers quelle partie de Bourgogne vous dirigez-vous ? Est-ce Dijon ?

— Non, Madame. C'est Châteauvillain où la comtesse Ermengarde a recueilli ma mère malade, mais ce n'est pas très loin de Dijon et, d'ailleurs, j'ai l'intention de m'y rendre. J'ai, en effet, un compte à régler avec mon oncle.

— Vraiment ? Vous irez ?

— Sans aucun doute... et le plus tôt possible. Je n'aime pas laisser traîner mes affaires et je veux que ce vieil homme égaré entende la voix de la raison.

— Alors...

La Reine hésita encore un instant. Une lumière soudaine s'était allumée dans ses yeux et un peu de rose montait à ses pommettes. Une idée lui était venue, une idée qui lui souriait...

— Mon fils, René, dit-elle enfin, duc de Lorraine et roi de Naples, est, vous le savez sans doute, toujours retenu en prison par le duc Philippe. Il se trouve à Dijon, dans l'une des tours du palais ducal.

— En effet, dit Jacques Cœur. Mais je sais aussi qu'à l'heure présente le Connétable de Richemont a dû rejoindre, à Saint-Omer, son beau-frère de Bourgogne [1] pour discuter avec lui des modalités de la libération du prince.

Yolande hocha la tête d'un air plein de doute.

— Vous êtes toujours l'homme le mieux informé de France, Maître Cœur ! Vos renseignements sont bons. En effet, le Roi et moi-même avons prié Arthur de Richemont de s'entremettre mais, à vous dire le fond de ma pensée, je ne crois pas qu'il obtienne dès maintenant

1. La femme du Connétable était sœur du duc.

satisfaction. Le duc n'est même pas sensible à l'idée d'une forte rançon.

— Il doit pourtant avoir besoin d'argent. Ne s'apprête-t-il pas à attaquer Calais révoltée ?

— En effet. Mais il a tout l'argent qu'il veut. Les bourgeois de Gand ont ouvert largement leur bourse et fourbissent leurs armes pour l'aider dans son entreprise. Je sais que le Connétable fera de son mieux, mais je ne « sens » pas encore venir la liberté de mon fils. Alors, Catherine, si vous allez à Dijon, vous donneriez une grande joie à mon cœur de mère en acceptant de lui porter une lettre. Vous avez gardé, à la Cour de Bourgogne, un grand crédit... même si vous ne vous en servez pas. À tout le moins, on vous laissera approcher le prisonnier et lui remettre ma lettre.

Catherine tendit la main.

— Donnez la lettre, Madame, je vous jure qu'elle parviendra à son destinataire !

Yolande s'approcha de la jeune femme, prit son visage entre ses mains et l'embrassa sur le front.

— Merci, mon enfant. Vous m'aurez rendu au centuple le peu que je fais pour vous ! Soyez sans crainte, je tirerai votre Arnaud de ce mauvais pas et il n'aura même pas à venir jusqu'ici. Il se peut qu'il puisse faire sa paix avec le Roi sans presque sortir de chez lui.

— Comment cela ?

— Le Roi va bientôt quitter ce pays pour un voyage en Guyenne, en Languedoc et en Provence. Il se fait tirer l'oreille car il n'aime guère les grandes routes mais... on l'y pousse activement. Et, d'ailleurs, la mort du comte de Foix, qui a rendu son âme à Dieu le 4 mai dernier, rend ce voyage indispensable et urgent, car il faut régler la succession. Et puis, le Languedoc a besoin de secours car les écorcheurs et les routiers de tout plumage le ravagent à l'envi... Le Roi doit aller là-bas pour châtier et ramener la paix. Il traversera l'Auvergne. La suite me paraît claire. Allez, maintenant... conclut-elle en tendant sa main à Catherine qui plongeait déjà dans sa révérence, je vais écrire cette lettre et la ferai porter dans la nuit chez Maître Cœur ! Je vous verrai demain, mon ami, fit-elle à l'adresse du négociant. Nous ferons ensemble le compte de ces fêtes...

Catherine et son guide repartirent aussi rapidement qu'ils étaient venus. Chemin faisant, Jacques accablait sa compagne de recommandations : il allait la munir de son mieux pour le voyage, mais elle devrait se garder continuellement. Le pays qu'elle allait traverser était dangereux, plein d'embûches, car les écorcheurs ne ravageaient pas seulement le midi de la France.

— Vous aurez des armes et les deux garçons aussi. Mais j'ai grande envie de vous donner une escorte...

Elle tressaillit, le regarda comme si elle sortait d'un rêve. En fait, elle n'écoutait pas, mais ce mot d'escorte l'avait frappée.

— Une escorte ? Non pas ! Il est plus facile de passer inaperçu à trois qu'à dix.

— Mais vous n'aurez avec vous qu'un gamin et un garçon courageux certes, mais totalement dépourvu d'expérience des armes !

— Je n'ai nullement l'intention de livrer bataille. Je sais comment on voyage dans ces régions. Je l'ai déjà fait en venant d'Auvergne et, même, j'ai déjà fait la route de Châteauvillain à Orléans, pendant le siège. Ne craignez rien : je saurai me garder...

Elle se tut, n'ayant plus envie de parler. Dans sa main, elle serrait très fort le sauf-conduit que Yolande lui avait remis pour Arnaud. C'était ça l'important ! C'était ça qu'elle était venue chercher. Elle pouvait maintenant courir auprès de sa mère d'un cœur allégé et tout disposé à ne s'occuper que d'elle. La confiance de Yolande avait pris possession de son cœur et, maintenant, elle croyait de toutes ses forces que son époux vivait encore.

Jacques, lui non plus, ne disait plus rien. Mécontent, jaloux de sentir qu'elle lui échappait de nouveau, qu'Arnaud de Montsalvy triomphait encore, il la regardait à la dérobée avec un sourd désespoir. Ses yeux brillaient comme des étoiles, simplement parce qu'elle avait sauvé la tête d'un homme dont, pour le moment, elle ignorait même où il se trouvait, d'un homme qui n'hésiterait jamais à mettre sa femme et sa famille dans les pires embarras ! Et demain, elle allait partir, traverser un pays pavé de dangers, dans le seul espoir d'embrasser sa mère une dernière fois, au risque d'arriver trop tard et d'avoir joué sa vie pour rien.

Mais elle était ainsi : pour ceux qu'elle aimait, rien n'était jamais trop pénible ou trop difficile.

« Si seulement un jour... un seul jour, elle pouvait m'aimer de cette façon-là ! Je serais l'homme le plus riche et le plus heureux du monde ! Mais c'est un autre qu'elle aime et, cet autre, je l'envie, je le déteste... je voudrais le voir mort ! »

Abrité par la nuit qui les enveloppait, Jacques Cœur haussa les épaules et offrit au ciel étoilé un sourire plein d'amertume. C'était vrai, il haïssait Arnaud de Montsalvy... mais dès demain il lancerait les nombreux agents qu'il possédait par tout le royaume dans le but de le retrouver. Simplement, pour ne plus voir pleurer Catherine...

QUATRIÈME PARTIE

LES ÉCORCHEURS

CHAPITRE XII

LA HACHE ET LA TORCHE

Une partie de la forêt flambait sur la voûte noire et opaque du ciel, une nuée rouge montait, zébrée de longues flammes éclatantes. Une épaisse fumée roulait sur les cimes encore intactes, rabattue par le vent d'est qui venait de se lever.

C'était une nuit faite pour le Diable ! L'air chargé de flammèches était étouffant, avec une odeur âcre où le bois brûlé se mêlait à la chair calcinée.

Là-bas, vers le cœur brûlant de l'incendie, les cris se faisaient encore entendre, mais plus faibles et plus déchirants. Ce n'étaient plus les hurlements de tout à l'heure, où la peur se mêlait à la douleur. C'étaient de longues plaintes haletantes, d'affreux gémissements arrachés à des corps repus de souffrance qui n'avaient plus la force de crier vraiment. De loin en loin, un grondement de tonnerre se faisait entendre, menaçant comme un avertissement céleste, mais il ne couvrait qu'un instant les bruits affreux du village saccagé...

Tapis dans un fourré épais, Catherine et ses jeunes compagnons n'osaient bouger, retenant même leur souffle comme si les bandits au travail avaient pu les entendre. La jeune femme fermait les yeux et appuyait ses mains sur ses oreilles de toutes ses forces pour ne plus voir, ne plus entendre, recrue à la fois d'horreur et de fatigue. Jamais elle n'avait imaginé que ce voyage haletant se muerait en une descente aux Enfers, une effroyable chute au fond de l'horreur qui durerait des jours...

Le cauchemar avait commencé dès que l'on eut passé la Loire, à Gien. Jusque-là, à travers les sables et les plates forêts solognots, il n'avait été que monotone. Mais après... Terres désolées s'étendant à perte de vue, villages réduits à des carcasses noircies et désertes, récoltes brûlées, ruines calcinées, cadavres à demi décomposés pourrissant à la face du Ciel sans que personne songeât seulement à leur donner une sépulture, moutiers croulants sur l'herbe séchée des cimetières, châteaux rasés quand leurs murailles n'étaient pas assez fortes pour résister à la horde, puits souillés, gonflés de cadavres entassés, tout cela, ces misères, cette horreur, c'étaient les traces laissées par ceux que l'on nommait, avec épouvante, les Écorcheurs.

Plus féroces peut-être que n'avaient été jadis les Grandes Compagnies, ils étaient apparus quelques semaines, à peine, après la signature du traité d'Arras qui avait mis fin à la guerre entre France et Bourgogne.

Jusque-là gens de guerre au service de l'un ou l'autre chef, la paix pour eux signifiait une tranquillité et une vie rangée dont ils ne voulaient pas. Le goût de l'aventure, l'impossibilité de trouver d'autres moyens d'existence, l'habitude aussi de vivre sur le pays en rançonnant, pillant et détroussant indifféremment amis ou ennemis, transformèrent les troupes mercenaires en routiers, brigands, impitoyables bandits qui à leurs victimes laissaient à peine la peau sur le dos, en Écorcheurs enfin !

Ils étaient français, allemands, espagnols, flamands ou écossais, mais tous se lançaient à la curée et le royaume, qui avait déjà tant souffert de la guerre, allait souffrir plus encore de la paix.

Le traité d'Arras, pour ces gens, n'était qu'un chiffon déshonorant et ce fut avec un appétit aiguisé qu'ils se jetèrent sur les terres bourguignonnes en clamant, pour se donner meilleure conscience, qu'en cette affaire d'Arras, le Roi avait été volé. Et puis, meilleur prétexte encore, l'Anglais tenait toujours certaines bastilles et, en allant les attaquer, on ravageait d'un cœur joyeux le pays traversé.

Mais le parti Bourgogne avait aussi ses Écorcheurs, seulement ceux-là étaient installés depuis longtemps. Ils se nommaient Perrinet Gressart, qui depuis des années tenait La Charité-sur-Loire, François de Surienne, dit l'Aragonais, maître de Montargis et toujours solidement accroché, Jacques de Plailly, dit Fortépice, une vieille connaissance de Catherine, dont les griffes rapaces écorchaient toujours les alentours du château de Coulanges-la-Vineuse, d'où, jadis, Catherine et Sara s'étaient tirées avec tant de peine.

Instruite par l'expérience, la jeune femme avait évité de son mieux ces points dangereux qu'elle connaissait bien. Hormis quelques haltes dans de grandes abbayes ou des villes fortes comme Auxerre, Tonnerre ou Châtillon, elle avait choisi les routes écartées, les chemins creux à l'abri des guetteurs, ou encore les grands espaces redevenus sauvages où plus rien ne pouvait tenter le plus acharné rapace. Les provisions dont Jacques les avait munis tous trois leur permettaient de ne chercher nulle part leur nourriture.

Le plus dangereux peut-être, c'étaient les forêts. Les malheureux paysans chassés de leurs maisons brûlées, privés de tout moyen d'existence y cherchaient refuge. Ils menaient là une vie sauvage, devenus loups plus encore que ceux auxquels ils disputaient leurs pâtures.

Deux fois, Catherine et ses compagnons avaient dû la vie à la rapidité de leurs montures. La troisième fois, c'était Gauthier qui avait sauvé la situation en laissant tomber derrière lui le sac qui contenait ses propres provisions dans les jambes d'une troupe de spectres humains barbus et haillonneux qui s'étaient lancés à leur poursuite.

— C'était cela ou tirer l'épée, expliqua-t-il à Catherine. Et j'ai vu des enfants parmi ces pauvres gens...

Plus de dix fois, depuis qu'ils avaient atteint ces terres de misère, le jeune homme avait supplié Catherine de rebrousser chemin, de renoncer à avancer davantage à travers un pays où il n'y avait plus que bourreaux et victimes, les unes aussi dangereuses que les autres.

— Nous arriverons trop tard ! disait-il. Une femme sur le point de mourir ne peut attendre si longtemps ! Et c'est péché, de la part de votre amie, que vous faire traverser de tels dangers.

— Vous avez peur, messire le futur capitaine ?

— Pas pour moi, vous le savez bien, Madame, mais pour vous. Combien avons-nous vu de femmes violées, éventrées et abandonnées au bord des chemins ?

— Je sais, Gauthier. Mais n'aurais-je qu'une chance même très faible de revoir ma mère que je la saisirais. Et je crois que je la reverrai. Elle m'attendra.

Et l'on continuait, Catherine les dents serrées, s'efforçant de voir le moins possible, le cœur ravagé de pitié et de dégoût, Bérenger muet d'horreur, Gauthier ronchonnant sans arrêt.

À voir ce qu'enduraient les confins du duché de Bourgogne, ses sentiments pro-bourguignons se réveillaient. La fréquentation de Jacques Cœur les avait assoupis, mais devant ces ravages qui constituaient une violation flagrante du fameux traité, il jetait feu et flamme à longueur de route, vouant le Roi, ses ministres et ses capitaines à toutes les chaudières du Diable, tant et si bien que Catherine, exaspérée, avait fini par lui poser un ultimatum :

— Ou bien vous vous tairez, Gauthier de Chazay, ou bien je vous renvoie. Vous pouvez repartir, aller où vous voulez, je ne vous retiens pas. À Paris, quand vous m'avez demandé de vous emmener, vous m'avez juré fidélité, à moi, malgré ce que je vous ai dit de mon époux. Retenez bien ceci : proscrits ou non, les Montsalvy servent le roi Charles, l'ont toujours servi et le serviront toujours ! Si vous préférez le duc Philippe, personne ne vous retient. Entrez dans la prochaine ville, allez trouver le gouverneur et proposez-lui vos services. Il vous félicitera, vous offrira un superbe tabard vert orné d'une croix de Saint-André blanche... et vous pourrez oublier que vous êtes né à l'ombre de la cathédrale de Chartres et tirer allégrement l'épée contre votre suzerain légitime...

Cette algarade fut efficace. Douché, Gauthier gardait, depuis, un silence aussi profond mais moins terrifié que celui de Bérenger. Et ainsi, disputant, se cachant, fuyant ou cherchant quelques heures de sécurité derrière les murs d'une ville pleine à craquer, on avait usé le chemin, atteint l'immense forêt de Châtillon. Il ne restait plus qu'à peine trois lieues à couvrir avant de voir paraître l'éperon rocheux et les tours de Châteauvillain, quand le drame avait éclaté.

Les trois voyageurs suivaient, à travers la forêt, le cours d'une petite rivière que Catherine connaissait bien. C'était l'Aujon dont les eaux emplissaient les douves du château d'Ermengarde. La nuit commençait à tomber, mais on avait décidé que, ce soir-là, on ne s'arrêterait qu'au but.

— Nous sommes si près maintenant que ce serait dommage de faire halte ! Nous coucherons au château...

— Nous sommes près, mais le temps se gâte, fit Gauthier. Voilà deux fois qu'au loin j'entends le tonnerre et il me semble bien voir, là-bas, un nuage fort sombre.

Toute la journée il avait fait une chaleur de four. Plusieurs fois, on s'était arrêté au bord des ruisseaux rencontrés pour se rafraîchir, du moins quand ils n'étaient pas à sec. L'air brûlant était chargé d'électricité. Catherine haussa les épaules :

— L'orage est inévitable, Gauthier, mais, pour ma part, je le souhaiterais. Il me semble qu'une bonne averse nous ferait le plus grand bien. Et puis... je veux arriver ce soir, même si cela vous demande un effort, à l'un et à l'autre.

— Moi, je ne demande pas mieux, fit Bérenger. Je serai heureux d'arriver et je suis d'accord pour l'averse.

— Va pour l'averse ! conclut Gauthier avec bonne humeur. Je me sens si sec que je pourrais prendre feu si l'on approchait une torche à un pied de moi.

C'est alors qu'ils avaient vu, dans l'eau limpide de la rivière, la sinistre traînée rouge et, mêlée aux longues feuilles pâles des roseaux, l'empennage d'une flèche qui dépassait, une flèche qui, pour se tenir aussi droite, devait être plantée dans de la chair humaine.

Peut-être, habitués qu'ils étaient à de tels spectacles, auraient-ils poursuivi leur chemin si, tout près d'eux, un gémissement ne s'était fait entendre et, à quelque distance, le vacarme de ce qui semblait être une bataille.

Vivement Gauthier retint son cheval, sauta à terre, descendit au bord de l'eau et se baissa parmi les roseaux.

— Viens m'aider ! jeta-t-il à Bérenger. Il y a là un homme et il n'est pas mort.

Tandis que Catherine, inquiète, rassemblait les brides des chevaux et faisait entrer les animaux sous le couvert de la forêt pour les attacher à un arbre, Bérenger courut rejoindre son ami.

À eux deux, ils parvinrent à tirer sur la berge un homme de grande taille, vêtu d'un sarrau et de braies de grosse toile, dont l'eau dégouttait comme d'une fontaine. La flèche était plantée dans sa poitrine et son visage, barbu et blême, était un masque de souffrance. Une mousse rosâtre se gonflait à ses lèvres décolorées qui, maintenant, faisaient entendre un petit gémissement continu.

Catherine vint s'agenouiller auprès d'eux et, avec son mouchoir, essuya les lèvres du blessé.

— Va-t-il mourir ?

— Sûrement ! fit Gauthier qui examinait la blessure, la flèche est trop profondément enfoncée pour que je puisse l'arracher. S'il y avait une chance, je couperais l'empennage et je la pousserais à fond, pour la faire ressortir par le dos. Mais la mort fait déjà son œuvre...

Le visage de l'homme, en effet, se plombait. Vivement, Catherine fouilla dans l'aumônière pendue à sa ceinture, en sortit un petit flacon qu'elle approcha des lèvres du mourant. C'était un mélange de vin de Chypre où avaient macéré des aromates et d'une faible partie de la fameuse « eau ardente de maître Arnaud », un cordial quasi miraculeux dont Jacques Cœur l'avait munie parmi bien d'autres choses.

La liqueur chaleureuse s'insinua entre les lèvres du blessé. Un frisson le secoua et il ouvrit les yeux. Son regard brun semblait noyé de brume. Il tourna un instant, comme égaré, puis se posa sur le visage de la jeune femme et s'agrandit. Ses mains battirent l'air comme s'il cherchait quelque chose où s'accrocher, puis ses lèvres s'agitèrent, mais sans résultat.

— On dirait qu'il veut parler ! souffla Bérenger.

Catherine lui donna encore une goutte de cordial. Alors le blessé balbutia :

— Fuyez... Le village... Ne pas.... y aller ! Les... les É... corcheurs !

— Encore, gronda Gauthier. Qui est-ce, cette fois ?

L'homme tourna vers lui son regard plein d'ombre.

— Je... ne sais pas ! Un... inconnu ! On l'appelle... capitaine... La Foudre... Un... lieutenant du... Damoiseau de Commercy... Allez... vous-en ! Vite... Vite !

Il eut un hoquet, se renversa en arrière dans un dernier spasme, tandis qu'un flot de sang jaillissait de sa bouche, et il ne bougea plus.

— Il est mort, fit Bérenger d'une voix blanche en laissant reposer à terre la tête hirsute dont Catherine, pieusement, fermait les yeux.

Gauthier déjà s'était relevé et considérait le grand cadavre avec un mélange de colère et de pitié.

— La Foudre ! grogna-t-il. Le Damoiseau de Commercy ! Qui sont encore ces bandits ?

— La Foudre, je ne sais pas, dit Catherine. Mais je peux vous dire qui est le Damoiseau. Il est beau comme une femme, noble comme un prince, vaillant comme César, jeune... comme vous Gauthier car il doit avoir votre âge, et cruel comme un bourreau mongol ! Il s'appelle Robert de Sarrebruck, comte de Commercy, un archange aux yeux de jouvencelle et à l'âme de démon. Par lui vous pouvez juger de son lieutenant ! D'ailleurs, regardez... écoutez...

Il faisait nuit, maintenant, sous les arbres et, dans les profondeurs de la forêt, des hurlements éclataient, tandis que les premières lueurs de l'incendie rougeoyaient au coude de la rivière.

— Nous ne pourrons pas passer, décida Gauthier entraînant Catherine vers l'endroit où elle avait attaché les chevaux. Il faut cacher les bêtes, nous cacher nous-mêmes, attendre. Quand ils auront tout brûlé... ils s'en iront sans doute. Le tout est de savoir si ce village est important. En avez-vous une idée, Dame Catherine ?

La jeune femme fronça les sourcils, rassemblant ses souvenirs.

— Ce doit être Coupray... ou Montribourg.

— De gros villages ?

— Encore assez ! Deux cents âmes, peut-être.

— Hum ! Ça peut être long. De toute façon, il faut attendre, rien que pour voir de quel côté se dirigera l'incendie, car il n'y a pas que le village. La forêt elle aussi brûle...

Les chevaux dissimulés dans un fourré, ils s'étaient eux-mêmes cachés dans le taillis voisin et depuis ils attendaient, le cœur serré, l'âme au supplice, que ce village ait fini de mourir...

L'orage se rapprochait mais n'éclatait pas vraiment. De grands éclairs livides balayaient le ciel qui grondait presque sans interruption, mais il ne tombait pas une seule goutte d'eau.

— Si seulement il pleuvait ! marmonna Gauthier. On aurait une chance de voir s'éteindre ce feu. Le vent le pousse juste dans la mauvaise direction. Il nous barre déjà la route qui nous permettrait de contourner le village. De l'autre côté, il y a la rivière et elle semble rapide, dangereuse.

— Mieux vaut risquer la noyade que tomber aux mains de ces gens-là, protesta Bérenger.

Catherine ne disait rien. À travers les arbres, elle

regardait s'agiter des lueurs inquiétantes, tandis que les cris et les jurons se rapprochaient.

— Quelqu'un a dû s'enfuir, souffla-t-elle. Écoutez ! On le poursuit... Mon Dieu ! Ils viennent par ici !...

— À cheval ! décida Gauthier. Nous ne pouvons plus rester là et le choix est tout fait : il faut traverser !

— Cela ne sera pas facile. On voit la berge de l'autre côté. Elle est presque abrupte.

— Nous traverserons en diagonale. Regardez là-bas, Un peu avant le coude de la rivière, il y a une petite grève.

En effet, au ras de l'eau éclairée par les reflets des brasiers, un mince croissant pâle se dessinait au bas d'une pente herbeuse. Catherine, cependant, le considéra avec méfiance.

— Ne croyez-vous pas qu'en abordant là-bas nous serons en vue du village ?

— Peut-être, mais il n'est pas certain tout de même que l'on nous voie. Et puis, pour nous atteindre, ces bandits devront eux aussi traverser : pendant ce temps nous prendrons le large. Évidemment... nous avons encore la ressource de revenir sur nos pas...

Il se retourna et eut une exclamation de rage :

— Par tous les diables de l'enfer !... Non, nous ne pouvons plus retourner... Par là aussi, ça flambe.

En effet, droit dans la direction d'où ils étaient venus, un nouvel incendie allumait une autre aurore infernale.

— Il faut y aller, dit Catherine. Sinon nous allons être encerclés ! À la grâce de Dieu !

Silencieusement, ils reprirent leurs montures. En passant auprès du cadavre que les garçons avaient hâtivement recouvert de branchages, la jeune femme se signa et retint un frisson. Puis, avec précaution, les trois voyageurs firent descendre leurs chevaux dans la rivière. Les courageuses bêtes se mirent à nager vigoureusement pour lutter contre le courant et le remonter, tandis que leurs cavaliers veillaient à leur tenir la tête hors de l'eau.

Les coups de tonnerre qui se succédaient et le

vacarme du village investi couvraient amplement le bruit qu'ils faisaient en nageant.

La petite grève approchait. Déjà, les sabots des chevaux quittant l'eau profonde râpaient le lit de la rivière.

— Nous avons réussi à nous maintenir hors des traînées lumineuses, fit Gauthier avec satisfaction. C'est une chance et...

Il n'acheva pas sa phrase. D'un seul coup, la prairie qui dominait la grève et les taillis qui l'entouraient parurent s'enflammer. Une troupe d'hommes dont certains portaient des torches déboucha d'une futaie, se dirigeant vers une ferme fortifiée qui couronnait le coteau et que Catherine vit trop tard. Mais, en un instant, les voyageurs se trouvèrent dans la lumière.

— Hé ! cria l'un des routiers. Voyez un peu ce qu'il y a dans la rivière !

En poussant des hurlements sauvages, ils dévalèrent la petite prairie.

— Nous sommes perdus ! gémit Catherine.

— Si ces gens-là sont au roi Charles, nous avons peut-être une chance, cracha Gauthier avec mépris. Les loups ne se mangent pas entre eux !

— Jeune imbécile ! Les Écorcheurs ne sont à personne qu'à eux-mêmes.

Tout en parlant, ils avaient essayé de faire tourner leurs montures et de les diriger de nouveau dans le lit de la rivière pour les lancer dans le courant, mais il était déjà trop tard.

Sans cesser de hurler, une dizaine de soudards étaient entrés dans l'eau et maîtrisaient les chevaux. Désespérément, les deux garçons tirèrent leurs armes et tentèrent de s'en servir, mais leurs efforts furent vains. En un clin d'œil, tous trois se retrouvèrent jetés sur le sable de la petite grève aux mains de démons aux faces noircies, qui entreprirent de les ficeler avec une habileté dénotant une longue pratique, tandis que deux d'entre eux ramenaient les chevaux par la bride.

Bérenger, assommé, avait perdu bienheureusement conscience.

— Bonne prise ! s'écria l'un des assaillants. De belles bêtes et peut-être des gens riches ! Des marchands sans doute...

— Des marchands ! gronda Gauthier qui se débattait comme un diable. Est-ce que nous avons l'air de marchands ? Nous sommes gentilshommes, racaille, et notre compagnon...

Il s'interrompit. Celui qui paraissait le chef s'était agenouillé auprès de Catherine dont la tête avait heurté une souche quand on l'avait jetée à terre et qui en était restée un peu étourdie. Brutalement, il arracha le camail noir qui enveloppait la tête de la jeune femme et qui avait glissé à moitié. L'épaisse chevelure dorée apparut, presque rousse dans la lumière des torches.

— Tiens ! tiens !... fit-il. On dirait que nous avons là une agréable visite...

Pour s'en assurer, il tira sa dague et, d'un coup rapide, sectionna les lacets qui fermaient le justaucorps de la jeune femme. Les bandes de toile dont elle se serrait la poitrine quand elle s'habillait en garçon apparurent. Le fil de la dague les coupa en une seconde et les preuves formelles de la féminité de la prisonnière s'épanouirent sous les yeux des pillards.

Le chef eut un sifflement admiratif.

— Une très... très agréable visite ! Achevons d'éplucher cette savoureuse amande. C'est bien une femme, garçons. Et des plus réussies...

— Bandits ! Sauvages ! hurla Gauthier qui s'étranglait à moitié. Ce n'est pas une femme, c'est une dame ! Une haute dame et si vous osez seulement y toucher...

Pourpre d'impuissante fureur, il se tordait dans ses liens et s'étranglait. Le chef, qui cependant avait suspendu le geste ébauché de dépouiller Catherine, eut un haussement d'épaules ennuyé.

— Faites-moi taire ce braillard ! Il m'empêche de réfléchir... Dites donc, garçons, si j'ai bonne mémoire, personne jusqu'ici ne nous a défendu les nobles dames, que je sache ? Le tout est de savoir d'où elles viennent. Allons, poulette ! Réveillons-nous !

Tandis que, de son poing ferré, l'un des soudards étourdissait Gauthier, un autre lançait au visage de Catherine le contenu d'un casque plein d'eau. Elle sursauta, ouvrit les yeux, se redressa d'un mouvement nerveux en sentant des mains rudes qui caressaient sa poitrine et cracha comme un chat en colère.

Repoussant de toutes ses forces l'homme qui, déséquilibré, tomba les quatre fers en l'air, elle sauta sur ses pieds, tira la dague de sa ceinture et la tint serrée dans son poing fermé, la pointe en avant :

— Bande de truands ! J'éventre le premier qui approche !

Un énorme éclat de rire salua cette menace. Le chef se relevait, torchant sa figure noire de poussière et de suie à sa manche de cuir.

— Ça va, fit-il, on va causer ! Mais uniquement parce qu'on nous a dit que tu étais une « noble dame », sinon faut pas t'imaginer que c'est ta quenouille qui nous empêcherait de faire de toi ce qu'on veut ! Qui es-tu ? D'où viens-tu ?

— De Tours où voici dix jours j'étais au mariage de Monseigneur le Dauphin ! Je suis dame de parage de la Reine !

— Dis donc, le Boiteux ! Ça a l'air sérieux ! Faudrait peut-être mener tout ça au Capitaine ?

— Quand j'aurai besoin de ton avis, je te le demanderai ! aboya l'autre.

Puis, revenant à Catherine :

— Comment que tu t'appelles, belle dame ?

— Je suis la comtesse de Montsalvy. Mon époux est célèbre parmi les capitaines du roi Charles !

Le Boiteux garda le silence, fourragea un instant parmi sa tignasse hirsute, remit son casque puis se détourna en haussant les épaules.

— Ça va ! Menez tout ça au Capitaine La Foudre ! Moi j'aime autant ne pas avoir d'ennuis avec lui... Mais, tu sais, la belle, si tu m'en as conté, il le saura parce qu'il les connaît, les dames de la Cour. De toute façon, comme tu es belle fille, tu as une chance de n'être pendue qu'après un sursis. Les belles filles, il les aime, La Foudre. Allez, vous autres, on continue ! Toi, Cornisse, tu vas me hisser ces deux jouvenceaux sur les chevaux, tu attaches tout de même les mains de la dame, parce qu'elle joue un peu facilement du couteau, et tu conduis tout ça au village. Je m'en lave les mains.

Tandis que Cornisse attachait Gauthier et Bérenger toujours évanouis, chacun sur un cheval, puis liait les mains de Catherine, le Boiteux et le reste de sa troupe regrimpaient la pente et reprenaient le chemin de la maison-forte, toujours noire et silencieuse sur son coteau.

Un instant plus tard, armés d'un tronc d'arbre, ils se lançaient à l'assaut de la porte qui se mit à résonner dans la nuit comme une cloche de cathédrale. Puis, Cornisse prit le bout de la corde qui attachait Catherine, pendant qu'un de ses compagnons menait les chevaux par la bride et tout le monde se dirigea vers le village qu'un petit pont de pierre, situé à peu de distance du coude de la rivière, reliait à cette rive.

En resserrant ses bras autant qu'elle le pouvait contre son torse, Catherine s'efforçait de refermer son pourpoint ouvert jusqu'à la taille, mais bientôt elle n'y pensa même plus, fascinée par l'horreur de ce qu'elle voyait.

Hormis deux ou trois maisons, épargnées sans doute parce que plus riches que les autres, tout le village flambait. Certaines chaumières n'étaient déjà plus qu'un tas de braises rougeoyantes d'où surgissaient encore quelques madriers noircis. D'autres brûlaient comme des torches, en grandes flammes claires que le vent rabattait. Même les tas de fumier brûlaient, dégageant une fumée étouffante et une odeur atroce.

Mais le pire, c'étaient les cadavres qui gisaient un peu partout. Elle vit des femmes aux jupes rabattues sur la tête qui achevaient de mourir dans une mare de sang et d'immondices, le ventre ouvert, un vieillard qui agonisait en se traînant sur ses coudes, le sang jaillissant par saccades de ses poignets tranchés, des pendus aux faces violettes, d'autres qui, accrochés la tête en bas au-dessus d'un feu mourant, n'avaient plus pour visage que d'énormes charbons noircis...

L'unique rue du village était transformée en charnier. Attachés aux troncs des arbres, des hommes achevaient de mourir, hérissés de flèches. Devant la porte d'une grange sur laquelle un paysan était cloué, les bras en croix, comme une chouette, un routier forçait une jeune femme qui hurlait, tandis qu'un autre assommait, d'un coup de masse d'armes, deux enfants qui s'accrochaient à leur mère...

Catherine ferma les yeux pour ne plus voir, trébucha et tomba sur les genoux.

— Faut regarder où vous mettez les pieds, M'dame ! lui dit Cornisse. C'est pas la Cour, ici.

— Regarder ? Pour voir ça ? Mais qu'est-ce que vous êtes donc ? Des bêtes ?... Non, vous êtes pires que des bêtes car, jamais, même les plus sauvages n'ont eu votre cruauté. Vous êtes des brutes, des démons à face humaine...

L'autre haussa les épaules, habitué.

— Bah ! c'est la guerre !

— La guerre ? Vous appelez ça la guerre ? Ces meurtres, ces tortures, ces pillages, ces incendies...

Cornisse leva un doigt en l'air d'un air doctoral qui contrastait avec sa figure plate et camuse.

— "Guerre sans feu ne vaut rien, non plus qu'andouille sans moutarde !..." C'est un roi d'Angleterre qui a dit ça !... Un qui s'y connaissait !

Malade de dégoût, Catherine préféra ne rien répondre. On se dirigea vers l'église. Sa porte pendait arrachée et, de l'intérieur éclairé, partaient des mugissements et des cris d'animaux.

Cornisse s'approcha avec ses prisonniers. Catherine vit que l'intérieur était plein de vaches, de veaux, de bœufs, de moutons et de chèvres qu'un routier, portant cuirasse sur un froc de moine, recensait à l'aide d'un gros livre posé sur le lutrin. Des balles de fourrage s'empilaient dans les bas-côtés et, dans une petite chapelle, des hommes entassaient les provisions saisies dans toutes les maisons.

Devant l'autel, trois jeunes filles entièrement nues dansaient sous la menace des épées d'une douzaine de soudards qui riaient à gorge déployée et rejetaient avec de grandes claques les longs cheveux dont elles essayaient de se cacher.

Cornisse jeta un coup d'œil sur tout cela, puis interpella le moine-scribe.

— Hé ! le Recteur ! Tu sais où est le Capitaine ?

Sans quitter ses écritures et sans lever les yeux, le scribe indiqua le fond de l'église.

— La maison qui est là, derrière ! C'est celle du bailli. Il y est...

— Bon ! On y va, soupira le routier en tirant sur la corde qui le reliait à Catherine.

Celle-ci plongea dans le regard terne du soudard le sien qui brûlait de fureur et d'indignation.

— Maudits ! Vous serez tous maudits ! Si les hommes ne vous punissent pas, Dieu s'en chargera ! Vous pourrirez dans des prisons ou au bout des potences en attendant de brûler en enfer pour l'éternité.

À la grande stupeur de la jeune femme, l'homme se signa avec une terreur visible puis lui intima, avec humeur, l'ordre de se taire si elle ne voulait pas être bâillonnée.

Haussant les épaules, elle lui tourna le dos avec mépris et sortit de l'église profanée la première et la tête haute. Mais, comme elle mettait le pied hors du portail, un violent éclair illumina tout le village et, d'un seul coup, l'orage creva. Des trombes d'eau s'abattirent avec la violence de cataractes, tombant d'un ciel noir d'où partaient des grondements d'Apocalypse, couchant les flammes, douchant les brasiers qui se mirent à fumer comme des chaudières.

Cornisse regarda Catherine avec épouvante et dirigea vers elle deux doigts en cornes.

— Sorcière !... Tu es une sorcière ! Une fille du Diable ! Grande dame ou pas, je vais dire au Capitaine qu'il te fasse brûler !

La jeune femme eut un rire sec.

— Sorcière ? Parce que l'orage éclate ? C'est Dieu qui gronde au-dessus de vos têtes, bandits ! C'est lui qui confirme mes paroles, pas le Diable, votre maître.

Pour toute réponse, il l'entraîna en courant le long des contreforts trapus, à travers les flaques d'eau qui déjà se formaient. La pluie cinglait leurs visages et inondait la poitrine de la jeune femme qui ne s'en défendait pas.

L'un tirant l'autre, ils s'engouffrèrent sous le porche d'une maison d'assez belle apparence dont les fenêtres éclairées étaient même garnies de carreaux. D'affreux hurlements en sortaient.

Laissant les chevaux sous le porche avec leurs charges et leurs gardiens, Cornisse entraîna Catherine vers une porte basse qu'il ouvrit d'un coup de pied.

— Capitaine ! cria-t-il, voilà du gibier que je vous amène...

Mais ses paroles se perdirent dans les cris qui emplissaient la pièce et il s'arrêta au seuil vivement intéressé, tandis que Catherine étouffait un cri d'épouvante. Cette fois, elle devait avoir franchi le seuil de l'enfer !

La pièce où elle se trouvait était une salle de belles dimensions, dont le principal ornement était une large cheminée de pierre surmontée d'une statue de la Vierge, mais c'était de cette cheminée que partaient les hurlements. Un homme barbu, dans la force de l'âge, était lié sur une planche posée sur deux escabeaux et ses jambes disparaissaient jusqu'aux genoux dans les flammes. Convulsé dans ses liens, maintenu par quatre hommes, il ouvrait une bouche énorme d'où s'échappait un interminable cri d'agonie.

Les écorcheurs le retiraient un instant, lui posaient une question, toujours la même :

— Où est le magot ?

Mais il trouvait encore la force de secouer sa tête où roulaient des yeux révulsés, écarlate et suante, avec de grosses veines violettes qui, sur les tempes, semblaient prêtes à éclater. Et le supplice recommençait.

En contrepoint, les cris et les supplications d'une femme se faisaient entendre. Ils venaient du fond de la pièce où se trouvait un grand lit à courtines rouges qui craquait sous les secousses que lui imprimaient deux corps emmêlés. Dans l'ombre des rideaux, Catherine aperçut une jambe et un bras nus, une tête aux longs cheveux clairs qui roulait en tous sens, une femme enfin qui pleurait et gémissait sous le poids de l'homme qui la possédait avec une violence barbare...

De l'homme, on ne voyait pas grand-chose, sinon un grand corps vêtu de mailles d'acier qui ajoutaient une torture à la plainte de la malheureuse.

— Dis-leur, Guillaume !... dis-leur ! gémissait-elle, te laisse pas tuer !

Fascinée, les yeux agrandis d'épouvante, Catherine regardait tour à tour le supplicié et la femme sans réussir à fermer les yeux ou à détourner son regard, parvenue à un tel degré d'horreur que ses réflexes s'en trouvaient anéantis.

Comme du fond d'un cauchemar, elle vit un poing s'abattre sur la bouche de la femme qui, perdant enfin connaissance, se tut, tandis qu'avec un râle court, son bourreau allait au bout de son plaisir.

Cependant, les cris de l'homme torturé cessèrent d'un seul coup, tandis que sa tête retombait en arrière, inerte. Les routiers le retirèrent du feu.

— Capitaine ! appela l'un d'eux, il est évanoui...

— Ou il est mort ! fit un autre qui venait d'appuyer son oreille sur la poitrine de l'homme. Je n'entends plus rien là-dedans...

Un grognement de colère partit du fond de l'alcôve, tandis qu'une longue forme grise se dressait avec un bruit métallique.

— Bande de maladroits et d'abrutis ! gronda une voix qui fit sursauter Catherine.

Ses prunelles dilatées devinrent immenses. Le capitaine La Foudre sortit de l'ombre en rajustant son baudrier de cuir brodé. Il était tête nue, ses courts cheveux noirs en désordre et son visage basané crispé par la fureur, tandis que, le poing levé, il se ruait sur ses hommes pour les châtier.

— Capitaine ! reprit alors Cornisse après s'être raclé la gorge. Je vous amène un gibier de choix.

Le poing levé se baissa. Sous l'armure d'acier, l'homme haussa les épaules et décocha un coup de pied au corps insensible de l'homme supplicié.

— Jetez-moi cette charogne sur le fumier... s'il en reste ! ordonna-t-il.

Puis, saisissant une chandelle sur la table, il s'approcha du petit groupe resté près de la porte.

— Du gibier de choix ? ricana-t-il. Voyons cela.

Il leva la chandelle. La dame de Montsalvy redressa la tête. Son regard violet, brûlant d'indignation, et le regard noir du capitaine La Foudre, empli d'une immense stupeur, se croisèrent. La chandelle roula sur les dalles.

— Bonsoir, Arnaud ! dit Catherine.

CHAPITRE XIII

LE DAMOISEAU

Le déluge ! Elle était au cœur même du déluge universel ! La colère de Dieu s'abattait sur la terre coupable en longues rafales mugissantes qui bombardaient le toit de chaume, brisaient les branches, abattaient les arbres, ravinaient la glèbe nourrie de sang.

Face à face, dans cette grange où il l'avait traînée sans lui laisser le temps d'articuler une parole de plus, Catherine et son époux se regardaient. Ils avaient l'air de prendre la mesure l'un de l'autre comme, avant la bataille, font les ennemis...

Sur le visage d'Arnaud, une rage presque démente avait remplacé la stupeur de tout à l'heure. Il avait réalisé que la mince forme noire soudain dressée devant lui comme l'ange du châtiment n'était pas un fantôme inexplicablement surgi des fumées âcres de l'incendie ou des phantasmes d'une nuit démoniaque.

C'était bien une créature vivante, c'était sa femme... C'était Catherine elle-même et tout son être n'était qu'un cri d'indignation. Jamais il n'aurait imaginé, même durant ces interminables heures nocturnes où elle avait impitoyablement chassé son sommeil et hanté ses quelques rêves, jamais il n'aurait imaginé qu'il pouvait la détester à ce point.

Brutalement, comme on rejette un fardeau insupportable, il l'avait envoyée rouler dans un coin de la grange, dont la terre battue se couvrait heureusement à cet endroit d'un peu de paille, mais elle ne s'en écorcha pas moins aux pointes d'une fourche qui dégringola avec elle.

Et, tout de suite, il cracha sur elle sa fureur en un chapelet d'insultes variées mais dont le sens était rigoureusement le même :

— Catin ! Ribaude !... Putain !... Traînée !... Ils t'ont donc chassée ! Ou bien c'est lui, ce chien galeux qui en a eu assez de toi et qui t'a jetée sur les routes quand il s'est aperçu que la moitié de ses hommes t'avaient passé dessus ?

Avec une souplesse de chat, elle se relevait déjà, serrant dans sa paume son poignet blessé, plus étourdie par ce flot d'injures que par le choc reçu, mais tout de suite parvenue au même diapason de fureur.

— Qui m'a chassée ? De quoi parles-tu ? Parce que je t'ai pris en flagrant délit, comme un vaurien, parce que je viens de voir qui tu es en vérité, tu préfères m'attaquer, me couvrir d'insultes insensées ! C'est tellement plus pratique !

Machinalement, elle refermait son pourpoint à l'aide des fragments de ses lacets.

— Je parle de mes vassaux, je parle des gens de Montsalvy qui, sans doute las de te voir te vautrer dans le lit des trois Apchier, t'ont jetée hors de leurs murs et renvoyée sur les grands chemins pour y reprendre ton métier.

— Tes vassaux ? Ah, j'aimerais qu'ils puissent te voir en cette minute ! Toi, leur seigneur... presque leur Dieu ! couvert de sang, brûlant, pillant, torturant des innocents, tout chaud encore du lit où tu as forcé une malheureuse ! Ah ! ils seraient fiers de toi ! Malandrin ! Coupe-jarret ! Écorcheur ! Voilà les nouveaux titres du seigneur de Montsalvy ! Ah ! non, j'oubliais : le capitaine La Foudre, un valet de Robert de Sarrebruck ! Voilà ce que tu es devenu !

Il bondit sur elle, le poing levé, prêt à frapper comme tout à l'heure, mais elle ne recula pas. Au contraire, elle se raidit et fit front audacieusement.

— Vas-y ! gronda-t-elle entre ses dents serrées. Cogne ! Fais ton métier jusqu'au bout ! Je vois que l'homme qui t'a aidé à quitter la Bastille, qui t'a si bien déshonoré, je vois que Gonnet d'Apchier a bien fait son travail.

Arnaud retint sa main qui allait s'abattre.

— Comment sais-tu tout cela ?

— J'en sais plus encore que tu ne l'imagines. Je sais que Bérault d'Apchier, qui assiégeait Montsalvy, avait des intelligences dans la place. Il s'est fait remettre par celle qui nous trahissait... par Azalaïs la dentellière, une de mes chemises dont elle devait réparer la dentelle et un morceau de lettre où elle avait imité mon écriture. Ça, c'était pour toi... pour te convaincre que j'avais été assez ignoble pour livrer Montsalvy à ces pourceaux. C'est bien ça, n'est-ce pas ? Mais si tu veux que je le lui dise en face et que je fasse cracher son venin au bâtard, va donc le chercher ! Où est Gonnet d'Apchier ? Comment se fait-il que je ne l'aie pas vu à la fête de ce soir ? Cela doit lui plaire cependant !

— Il est mort ! fit Arnaud d'un ton rogue. Je l'ai tué... quand il m'a donné ceci.

D'un geste machinal, il tirait de sous son haubert de mailles un chiffon blanc froissé et taché de sang, un fragment de parchemin qu'il laissa tomber aux pieds de sa femme.

— Il m'avait tiré de la Bastille. Il m'avait sauvé la vie et cependant je l'ai tué. À cause de toi... et parce qu'il a osé me dire... toute la vérité sur toi. Il a été honnête, fraternel pour moi... et cependant je l'ai tué.

— Honnête ? Fraternel ? C'est à Gonnet d'Apchier que tu appliques ces lauriers ? Honnête, l'homme qui t'a abreuvé de mensonges éhontés ? Fraternel, le bon garçon qui portait sur lui le poison, à lui donné par la

Ratapennade, ta sorcière locale, qui devait t'envoyer de vie à trépas ? As-tu donc perdu le sens, Arnaud de Montsalvy ?

Il explosa de nouveau mais maintenant l'incertitude, le doute se glissaient dans les vagues de sa colère.

— Pourquoi te croirais-je plus que lui ? Qui m'assure que tu dis vrai ? Il est normal que tu accuses pour te défendre et maintenant que j'ai eu la sottise de te dire qu'il est mort !

— Tu ne me crois pas ? dit-elle froidement. Et l'abbé Bernard, le croirais-tu ?

— L'abbé Bernard est loin et ça aussi, tu le sais !

— Beaucoup moins que tu n'imagines. Lis ça !

De son aumônière, elle tirait la lettre reçue à Tours. Le cuir épais et solide l'avait protégée de l'eau et elle n'était même pas humide. D'un geste net, elle la mit sous le nez de son mari.

— Je pense que tu connais l'écriture ? Crois-tu donc que Bernard de Calmont d'Olt nommerait sa bien-aimée fille en Jésus-Christ une ribaude chassée à coups de fouet par ses serviteurs ?

Il lui jeta un regard où l'incertitude se teintait maintenant d'angoisse, puis, s'écartant vers la chandelle qu'il avait posée sur une poutre, il se mit à lire lentement à mi-voix, s'arrêtant sur certains mots comme s'il cherchait à en apprécier tout le poids.

Catherine, retenant sa respiration, le regardait avec désespoir. Elle regardait ce visage viril dont les traits énergiques semblaient s'être épaissis, alourdis d'une brutalité qu'elle ne connaissait pas et que la lumière pauvre de la chandelle accusait encore. Une barbe de quatre ou cinq jours le mangeait, en détruisant toute beauté sous un chaume sale tandis que des poches dues aux excès se gonflaient sous les yeux.

Avec douleur, derrière ce soudard vêtu de fer qui dans sa mémoire s'érigeait, sauvage et menaçant sur le fond brûlant d'un village incendié, elle voyait se lever l'image familière qui s'était découpée une dernière fois, si fière et si joyeuse sous le frissonnement coloré des bannières de soie sur le fond immaculé d'un haut plateau couvert de neige !

Il n'y avait pas six mois de cela... et celui qu'elle aimait plus que tout au monde était devenu cet homme-là ! Si lourde était sa peine qu'elle ne fit rien pour la contenir. Des larmes emplirent ses yeux et, silencieusement, sans un sanglot, glissèrent lentement vers les coins de sa bouche.

Arnaud, cependant, avait fini de lire. L'œil atone, il contemplait la lettre qu'il avait laissée tomber à ses pieds, comme s'il cherchait à en étudier la forme. D'une main machinale, il ôta ses épaulières et son plastron d'acier, dégrafa le haubert de mailles, dégageant son cou puissant à la manière d'un homme qui étouffe.

Brusquement, il arracha la hachette plantée dans un billot à fendre les bûches, la lança au loin et s'assit, les coudes aux genoux et la tête dans ses mains.

— Je ne comprends pas... Je n'arrive pas... Je ne peux pas comprendre. Il me semble que je deviens fou...

— Veux-tu me laisser t'expliquer ? murmura Catherine après un instant de silence, je crois qu'ensuite tu comprendras tout.

— Explique ! concéda-t-il de mauvaise grâce, avec un reste de rancune renforcée par la pénible sensation d'être dans son tort sur toute la ligne.

— D'abord, une question : pourquoi, en quittant la Bastille, n'es-tu pas revenu droit à Montsalvy ?

— L'abbé l'a bien compris, lui ! Pourquoi donc pas toi ? C'est facile, cependant. Quand on se sauve, on ne rentre pas chez soi tout droit.

— Tu pouvais au moins revenir dans la région. Les cachettes ne manquent pas, sans compter les forteresses de ceux qui auraient accepté joyeusement de subir pour toi combats et sièges !

— Je sais, s'écria-t-il avec colère. Mais ce maudit bâtard, que Dieu damne, m'avait dit que j'étais condamné à mort, que j'allais être exécuté le soir même. D'ailleurs, il était venu sous l'habit du moine qui devait me préparer. Quand nous nous sommes enfuis, je voulais regagner l'Auvergne. Je ne voulais même que ça mais il m'a dit que le Roi, déjà, envoyait des troupes pour investir ma ville et se saisir de mes biens. Et puis ensuite... quand il m'a appris.. ce que tu sais, je n'ai plus eu envie de rien... sinon de passer ma fureur sur tout ce qui me tomberait sous la main ! À quoi bon retourner là-bas ? Je n'aurais même pas eu la joie d'étriper Bérault d'Apchier, puisque les gens du Roi avaient déjà dû prendre possession. Alors, j'ai rejoint Robert. Je savais qu'il avait réussi à s'échapper de la prison où les gens de René de Lorraine le retenaient. Je le connaissais depuis longtemps. En outre, il était maintenant comme moi : un prisonnier évadé, un proscrit... mais puissant et à la tête d'une forte troupe. Je l'ai rejoint. Et son amitié à lui ne m'a pas fait défaut. Le Damoiseau m'a accueilli les bras ouverts.

— ...et a fait de toi ce bandit, masqué d'un pseudonyme trop explicite ! Tu me pardonneras de ne pas lui en être reconnaissante. Maintenant, si tu veux, je vais tout te dire...

Elle s'accroupit à terre auprès de lui et commença de parler.

Aussi clairement, aussi calmement qu'il lui était possible, Catherine fit le récit de l'odyssée qui, des souterrains de Montsalvy, l'avait menée jusqu'à ce village du haut pays de Marne. Elle dit sa rencontre avec Richemont, son audience chez le Roi, l'entretien qu'elle avait eu avec le Dauphin, l'aide de Jacques Cœur et, finalement, la visite qu'au château de Tours elle avait rendue à la reine de Sicile.

Il l'écoutait, sans mot dire, les mains nouées entre ses genoux, grattant parfois la terre de son soleret de fer à la manière d'un cheval impatient.

Finalement, elle se releva, fouilla de nouveau son aumônière et en tira le sauf-conduit.

— Tiens ! fit-elle. Voilà ce que la Reine m'a donné pour toi. Rentre à Montsalvy ! Le Roi, avec les Reines et le Dauphin, va bientôt se diriger sur les pays du Sud pour y régler la succession du comte de Foix et y...

Elle hésita imperceptiblement, puis se décida, articulant même clairement pour mieux frapper :

— ...et y réprimer les excès des Écorcheurs...

Il tressaillit, l'enveloppa d'un regard noir. Elle attendait qu'il réagît et il n'y manqua pas.

— Je te fais horreur, n'est-ce pas ?

— Oui ! tu me fais horreur ! fit-elle nettement. Ou, plutôt, j'ai horreur de l'homme qui est devant moi, car je refuse de croire que ce soit vraiment toi.

— Et qui d'autre ? Je fais la guerre, Catherine, et la guerre c'est ça ! Ce n'est que ça, même si cela te gêne de le croire. Je ne fais rien d'autre que ce que j'ai toujours fait, ce que font tous ceux que tu aimes tant : La Hire, Xaintrailles... et les autres. Que crois-tu qu'ils fassent à Gisors en ce moment, ces deux-là ?

— Ils combattent l'Anglais ! Ils combattent l'ennemi...

— Moi aussi ! L'Anglais ? Où est-il selon toi ? Aux frontières du royaume ? Non pas : il est à dix lieues d'ici, à Montigny-le-Roy où ton duc Philippe le laisse bien tranquille mais où, à l'heure qu'il est, le seigneur de La Suze, René de Rais, l'assiège.

— René de Rais ? Le frère de...

— De Gilles, oui, du monstre à la barbe bleue. Mais René est bon chevalier et mon frère d'armes, même s'il emploie des méthodes qui ne te plairaient pas plus que les miennes. Quant à moi, je combats Bourgogne... car c'est lui le pire de tous nos ennemis !

— Des ennemis, dis-tu ? Mais de qui ? De quoi ?

— Du Roi... et de la France ! As-tu aimé, approuvé le traité d'Arras, cet humiliant torchon qui oblige le Roi à demander pardon à Philippe, qui délie le duc même du devoir d'hommage ? Aucun de nous ne l'a accepté ni ne l'acceptera jamais. La paix à ce prix, nous n'en voulons pas. Et ici, c'est la Bourgogne ?

— La Bourgogne ? Oui, sans doute, mais je n'ai guère vu de murailles, d'hommes d'armes, de machines de guerre ! Je n'ai vu que des vieillards, des femmes, des enfants assassinés, des hommes qui n'avaient pas d'armes et que l'on torturait pour leur faire cracher leur argent.

— La guerre n'a ni âge, ni sexe. Et l'ennemi est un tout ! En abattant ceux qui nourrissent les gens d'armes, on les détruit aussi bien qu'en leur tapant dessus à coups de hache !

La querelle repartait, violente, nourrie de leurs rancœurs et de leurs convictions. En face du féodal impitoyable, habitué à mépriser, presque universellement, toutes ces fourmis de la terre et des bourgades, Catherine se retrouvait solidaire de ce peuple martyrisé, pressuré, saigné à blanc, l'une des siennes et non des moins maltraitées.

— Allons donc ! Ce n'est pas la première fois que je vois la guerre, puisque tu dis que c'en est une. Je sais qu'elle est affreuse. Mais à ce point-là ! Qui t'a changé ainsi, Arnaud ? Tu étais vaillant, dur, sans pitié parfois, mais tu n'étais pas aussi bassement cruel ! Souviens-toi de ce que tu étais... de ce que vous étiez tous quand vous suiviez Jeanne la Pucelle.

À ce nom, brusquement, il eut une expression de joie, presque de délivrance.

— Jeanne ? Mais je la suis toujours ! Je la sers même mieux que je n'ai jamais fait, car je l'ai revue... et elle m'a donné sa bénédiction...

Abasourdie, Catherine ouvrit de grands yeux.

— Que dis-tu ?... Jeanne, tu as revu Jeanne ?

— Oui, vivante ! Et belle, et joyeuse et plus forte que jamais ! Je l'ai vue, te dis-je ! Je l'ai vue lorsque j'ai rejoint Robert à Neufchâteau. Elle venait d'arriver à la Grange-aux-Hornes, près de Saint-Privey. Deux hommes l'accompagnaient et tous les seigneurs de la région accouraient pour la voir !

Catherine haussa les épaules avec irritation. Que son époux fût devenu une bête sauvage était déjà bien assez cruel, sans qu'il y ajoutât l'imbécillité !

— Je commence à croire que tu as raison. Tu deviens fou. Jeanne vivante ! Comme si cela avait quelque sens !

— Je te dis que je l'ai vue, s'entêta-t-il.

— Tu l'as vue ? Et sur le bûcher de Rouen, quand le bourreau a écarté le feu pour que tout le monde puisse s'assurer que c'était bien elle, tu ne l'as pas vue, peut-être ? Moi, c'est une vision que je n'oublierai jamais. Ce pauvre corps dénudé par la flamme, rouge et sanglant ! Et ce visage aux yeux clos, déjà inerte... mais encore intact ! Ce n'était pas elle, peut-être ?

— C'était une autre ! Une fille qui lui ressemblait. On l'a fait fuir.

— Par où ? Par le souterrain où tu l'attendais à Saint-Maclou ou par je ne sais quel trou dans la prison où les Anglais la gardaient à vue ? Si quelqu'un avait dû faire fuir Jeanne, cela aurait été nous, nous qui étions sur place et qui avions toute l'aide qu'il était possible d'avoir ! C'est toi, Arnaud, qui es victime d'une ressemblance...

— Ce n'est pas vrai ! Les frères de Jeanne, les seigneurs du Lys, l'ont reconnue eux aussi !

— Ceux-là ! fit Catherine avec mépris. Ils reconnaîtraient n'importe qui pour que la manne qui est tombée sur eux du fait de leur sœur continue de pleuvoir. On les a décrassés, ces vilains, enrichis, anoblis, tandis que la malheureuse Jeanne périssait dans les flammes. Pourquoi donc n'étaient-ils pas à Rouen, avec nous, pour essayer de la tirer de là ?... Je ne crois pas à ces reconnaissances-là ! Quant à toi, tu es comme bien d'autres : tu souhaites tellement la revoir, que tu te laisses prendre à une ressemblance vague..

— C'est elle trait pour trait. Je la connaissais bien.

— Moi aussi je la connaissais bien. Et je monterais à l'échafaud s'il le fallait, en jurant que j'ai vu, de mes yeux vu, Jeanne d'Arc mourir sur le bûcher. D'ailleurs, ajouta-t-elle en se rappelant tout à coup les paroles d'Arnaud tout à l'heure, que m'as-tu dit, il y a un instant ? Tu la sers, dis-tu ? Et mieux que jamais ? Elle t'a béni ?... C'est avec sa bénédiction alors que tu pilles, que tu brûles, que tu supplicies, que tu transformes la maison de Dieu en étable et en bordel ? Et tu oses me dire que cette aventurière est Jeanne ?

— Nous la vengeons ! Bourgogne l'a livrée, Bourgogne doit payer !

— Pauvre imbécile ! cria Catherine hors d'elle. Tu as déjà vu Jeanne réclamer vengeance ? Pousser les hommes d'armes à tuer les petites gens ? Et si vous tenez tellement à la venger, que n'allez-vous attaquer Jean de Luxembourg ? C'est lui qui l'a livrée et il a même refusé de signer le traité d'Arras. Voilà un ennemi, un vrai ! Mais il est coriace, Luxembourg ! Il est puissant. Il a de grosses villes fortes, des soldats qui savent se battre. C'est moins facile que de massacrer de pauvres paysans sans défense. Ah ! elle est jolie, votre Pucelle de carrefour ! Et vous, les héros, vous avez bonne mine !

— Quand tu la verras, tu changeras d'avis ! Mais... au fait...

Et Arnaud tourna vers sa femme un regard où le reflet d'une idée venait de passer. Une idée bien simple et bien naturelle cependant, mais qui, chose étrange, ne lui était pas encore venue, pris qu'il était par l'ardeur de leur dispute.

— Au fait, quoi ?

— Voudrais-tu me faire la grâce de me dire ce que tu fais par ici ? Où vas-tu ?

La voix d'Arnaud s'était chargée d'une inquiétante douceur, mais Catherine n'y prit pas garde.

— Je te l'ai dit : au chevet de ma mère mourante !

— À... Dijon, alors ?

— Mais non. Elle n'y est pas ! Mon oncle a pris pour femme une gourgandine et ma mère a été obligée de quitter la maison. Ermengarde lui a offert l'hospitalité. Je croyais, d'ailleurs, te l'avoir dit : elle est à Châteauvillain !

— À Châteauvillain ? Vraiment ?... Eh bien, vois-tu, ma chère, je l'aurais juré !

Les yeux rétrécis, il avait l'air de la guetter comme un chat en face de la souris qu'il va croquer. Dans son visage mal rasé, sa bouche avait un sourire à babines retroussées qui lui donnait l'air féroce.

N'y comprenant rien, Catherine le regarda avec stupeur :

— Tu l'aurais juré ?...

Brusquement, il se détendit comme un ressort, bondit sur elle et la saisit à la gorge.

— Oui, je l'aurais juré ! Et je sais maintenant que tu n'es qu'une garce ! Et la pire de toutes. Tu crois que je ne sais pas qui t'attend à Châteauvillain, qui tu vas rejoindre ? Hein ?...

— Lâche-moi ! hoqueta la jeune femme à demi étranglée. Tu... me fais mal ! J'étouffe...

— Tu ne m'auras pas, cette fois, maudite femelle ! Quand je pense que j'ai failli me laisser prendre à tes raisons, à tes larmes, quand je pense que je me faisais des reproches... que j'avais honte, oui, honte. Et, pendant ce temps, tu pérorais, tu m'accablais de ton mépris avec, derrière ton sale petit front têtu, l'idée de me berner pour pouvoir rejoindre ton amant !...

— Mon a...mant ? râla Catherine, mais... quel...

— Le seul, le vrai, l'unique : le duc Philippe que l'on a vu arriver en cachette avec une petite escorte, voici cinq jours, chez cette maquerelle d'Ermengarde que le Diable crève ! Hein ? Qu'est-ce que tu dis de ça ?... Moi aussi je sais des choses, tu vois ?

Inerte, à demi inconsciente et cherchant désespérément l'air qui lui échappait, Catherine s'abandonnait aux mains qui la maltraitaient sans plus opposer de défense qu'une poupée de son. Ce fut une petite voix, tremblante mais claire, qui se fit entendre derrière le dos de Montsalvy et qui lui répondit :

— Je dis que vous avez menti, messire Arnaud, que le duc de Bourgogne n'est point ici... et que vous êtes en train d'étrangler votre bonne épouse !

Les mains d'Arnaud s'ouvrirent machinalement, lâchant Catherine qui glissa sur la terre humide. Se retournant, il regarda le groupe qui venait d'apparaître à la porte de la grange : Bérenger et un garçon roux, ficelés et trempés comme des soupes, que quatre de ses hommes maintenaient entre eux.

C'était le page qui avait parlé, poussé par une indignation plus forte que la terreur que, toujours, son seigneur lui avait inspirée.

Arnaud croisa les bras et considéra le groupe avec un étonnement qu'il ne cherchait pas à dissimuler.

— Le petit Roquemaurel ! Mais qu'est-ce que tu fais là, morveux ?

L'adolescent redressa la tête et, fièrement, déclara :

— Quand vous êtes parti, seigneur comte, j'étais déjà le page de Dame Catherine. Je le suis toujours et je l'ai suivie partout où elle a été, pour l'aider et la servir de mon mieux ! Mais vous, messire... êtes-vous toujours celui qu'elle aimait tant ?

Sous le regard clair de l'enfant, Arnaud rougit et détourna les yeux. Ce gamin avait le pouvoir de le mettre mal à l'aise et le reproche, la déception, qu'il pouvait lire aisément sur cette jeune figure fatiguée le gênaient.

— Mêle-toi de ce qui te regarde ! grogna-t-il. Les affaires des grandes personnes ne sont pas faites pour les moutards. Et celui-là, ajouta-t-il en désignant Gauthier, muet jusqu'à présent, qui est-il ?

L'étudiant se redressa et, un pli dédaigneux à la bouche, il lança, défiant le capitaine du regard :

— Gauthier de Chazay, écuyer au service de Madame la comtesse de Montsalvy, que Dieu veuille garder de tout mal et délivrer des lâches qui osent la maltraiter !

La main d'Arnaud s'abattit sur la joue du jeune homme qui vacilla sous le choc.

— Tiens ta langue, si tu veux vivre, mon garçon. Si tu es à son service, tu es d'abord au mien. Je suis le comte de Montsalvy et j'ai le droit de battre ma femme.

— Vous... son époux ?

Incrédule, il se tournait vers Bérenger qui maintenant pleurait de chagrin, de rage et d'impuissance en constatant que Catherine ne se relevait pas. Le page eut un sanglot désespéré.

— C'est vrai... C'est malheureusement vrai. Et maintenant... il l'a tuée ! Ma pauvre maîtresse... si bonne... si douce... si belle.

— En voilà assez, hurla Arnaud qui, cependant, venait de s'agenouiller auprès de sa femme et l'examinait avec plus d'inquiétude qu'il ne voulait en montrer. Elle n'est pas morte. Elle respire encore... Apportez-moi de l'eau !

— Déliez-moi ! fit Gauthier. Je la ranimerai.

Du geste, Montsalvy ordonna de couper les liens des deux garçons et Gauthier vint s'agenouiller auprès de la jeune femme évanouie, dont il examina le cou froissé et bleuissant.

— Il était temps ! Une seconde de plus et elle expirait.

Il touchait doucement les chairs meurtries, s'assurait d'une main légère que, dans ce cou mince, rien n'était brisé. Puis, fouillant l'aumônière de Catherine, il en tira le petit flacon de cristal qu'il déboucha.

Arnaud le regardait faire avec intérêt :

— Tu fais un drôle d'écuyer ! Tu es médecin, l'ami ?

— J'étais étudiant quand Dame Catherine m'a tiré d'un mauvais pas et pris à son service. La médecine m'intéressait plus que le reste, ce qui ne veut pas dire qu'elle me passionnait... Tenez, elle revient à elle !

Catherine, en effet, ouvrait les yeux. La vue de la figure sombre de son mari, penchée sur elle, lui arracha un gémissement effrayé et un mouvement de recul. Tout de suite, il fut debout et la colère, la rancune se marquèrent de nouveau sur son visage.

Mais la jeune femme, elle aussi, se redressait et la conscience de sa volonté lui revint en même temps que ses forces.

— Ma mère se meurt, articula-t-elle non sans peine, je dois aller à Châteauvillain.

Elle avait une bizarre voix enrouée, pénible, qui ne résonnait que douloureusement sur ses cordes vocales froissées, et au prix d'un pénible effort.

Arnaud serra les poings.

— Non. Tu n'iras pas retrouver le duc Philippe ! Je

saurai t'en empêcher ! La Châteauvillain t'a tendu un piège... en admettant que tu ne sois pas d'accord avec elle...

— Le duc... n'est pas là ! Je le sais ! Il est à Saint-Omer où le Connétable... doit le joindre à cette heure !

— Mensonge ! Il est là. On l'a vu...

— On s'est trompé ! Il s'apprête à assiéger Calais. Que ferait-il par ici ?

— Il t'attend ! La Châteauvillain, qui me hait, a dû arranger cela pour rentrer en grâce. Ses affaires vont mal depuis que son fils sert le duc de Bourbon. Et ça lui ressemble tellement !...

Catherine eut une grimace de douleur. Elle s'agrippa aux bras de Gauthier et de Bérenger qui la soutenaient et s'efforça de se relever puis, plantant son regard dans celui de son époux :

— Quoi que tu puisses dire, j'irai, affirma-t-elle et, de nouveau, elle répéta : « Ma mère se meurt ! Souviens-toi de la tienne !... »

Incapable de supporter plus longtemps la vue de cette femme défaite, vacillante, qui revendiquait d'une si terrible voix le droit de rejoindre sa mère, de cette femme dont chaque regard était un reproche et une accusation, Arnaud de Montsalvy s'enfuit en courant.

Par la porte grande ouverte de la grange, une bourrasque de vent et de pluie s'engouffra, soulevant les brins de paille qui se mirent à voltiger. Mais l'orage reculait déjà et fuyait par-dessus les toits effondrés et les ruines encore fumantes de ce qui avait été naguère un village...

Le petit matin vint comme un voleur, insinuant ses mains grises à travers les planches mal jointes de la grange.

Catherine se redressa sur la paille où elle avait dormi quelques heures comme une bête harassée. Tout son corps lui faisait mal et la peau de son visage, où les larmes avaient séché, la tirait. Elle se sentait faible et vulnérable mais c'était seulement son corps qui avait souffert car son âme, soulevée hors de ses limites rassurantes par l'effroi de ces dernières heures et par l'immense déception qu'elle venait de subir, était déjà prête pour de nouveaux combats.

Dût-elle en mourir, elle ne céderait pas aux exigences et aux soupçons injustes d'un homme qu'elle avait aimé au-delà du possible et en qui, à cette heure, elle découvrait un tyran, une brute capable de donner libre cours aux pires instincts ! Même si Arnaud devait la tuer, elle revendiquerait jusqu'au dernier moment le droit de remplir envers celle qui lui avait donné le jour son dernier devoir d'amour...

La lumière s'accentua et, dans le fond de la grange, elle distingua les corps de Gauthier et de Bérenger qui dormaient pelotonnés l'un contre l'autre pour avoir moins froid. La joue de l'aîné était marquée d'une trace sanglante, souvenir de la gifle que lui avait assenée Arnaud, mais, à cela près, les deux visages avaient, dans le sommeil, la même jeunesse et la même fragilité. Pourtant, n'étaient-ils pas, pour elle, les meilleurs et les plus fidèles compagnons ?

Au-dehors, la corne d'un guetteur mugit. Il devait encore pleuvoir car des filets d'eau serpentaient sous les planches de la grange, avec le clapotis d'une gouttière qui se déversait.

Catherine se leva, secoua de son mieux ses vêtements, alla tremper son mouchoir dans une flaque en prenant soin de ne pas racler le fond boueux et se le passa sur la figure. Puis elle arrangea ses cheveux, les tressa de son mieux et fourra le tout sous le camail de soie.

Elle avait soif et faim, mais l'impression d'abandon était pire que tout. Elle se sentait seule, malgré ces deux garçons qui dormaient là, seule alors que son époux, l'homme qui lui avait juré protection, amour et fidélité, se trouvait à quelques pas d'elle. Mais un abîme les séparait désormais, un gouffre qu'elle osait à peine regarder parce que sa profondeur lui donnait le vertige.

On marchait au-dehors. Le bruit de souliers ferrés se faisait entendre, raclant la terre. Puis il y eut des appels, des rires et le hennissement des chevaux. Enfin des hommes entrèrent, le dos rond sous la pluie. Catherine reconnut le Boiteux et Cornisse.

— Ah ! vous êtes réveillée ! fit le premier en lui tendant une cruche et un morceau de pain, tandis que son compagnon allait secouer les garçons avec des rations analogues.

— Tenez, buvez ça ! Quant au pain, fourrez-le dans votre poche et suivez-moi. Vous mangerez en route !

Elle prit le pain, but un grand coup de l'eau qui était fraîche et d'un goût agréable. Puis jetant un coup d'œil à ses jeunes compagnons qui titubaient sur leurs jambes, les yeux encore gros de sommeil, elle dit, s'adressant à l'écorcheur :

— Où allons-nous ? Où est... le Capitaine ?

— Il attend au-dehors ! Alors dépêchez-vous car il n'est pas patient !

— Je sais ! Mais vous ne m'avez pas répondu : où allons-nous ?

— On rentre ! Je veux dire : on retourne à Châteauvillain. On n'est venu ici que pour fourrager ! Le Damoiseau nous attend !

Bérenger s'approcha, mordant déjà dans son pain, un espoir au fond des yeux.

— À Châteauvillain ? Messire Arnaud veut bien que nous y allions ?

— Il n'a pas le choix ! répondit Catherine sèchement. Il obéit. Ça lui arrive, à ce que l'on dirait...

Il y avait un monde de dédain, de colère et d'humiliation dans ces quelques mots. Ramassant son manteau de cheval, elle le jeta sur ses épaules.

— Je suis prête ! fit-elle.

— Alors, venez ! Vos chevaux sont devant la porte.

On quitta la grange. La pluie, en effet, tombait toujours. Dans l'unique rue du village, ou dans ce qu'il en restait, la longue file de la compagnie d'écorcheurs s'étirait comme un serpent aux écailles de fer encore assoupi. Ils attendaient...

Le Boiteux offrit sa main, gauchement, pour aider Catherine à se mettre en selle, mais elle dédaigna son aide. Posant légèrement le bout de sa botte sur l'étrier, elle s'enleva avec souplesse. Elle saisit les rênes d'une main ferme, se tourna vers Gauthier et Bérenger, pour voir où ils en étaient. Mais eux aussi attendaient déjà, immobiles sur leurs montures, les yeux curieusement vides.

— Je vous suis ! Marchez ! dit Catherine au Boiteux.

Ils remontèrent la colonne. Très droite, la tête haute et la lèvre dédaigneuse, Catherine n'offrit à tous ces hommes qu'un profil impassible. Elle refusait de voir les pauvres vestiges qui se montraient derrière la troupe. Elle refusait de voir les faces féroces des soudards et les dépouilles qui traînaient encore un peu partout. Elle refusait de voir le tas de cadavres que l'on avait sommairement empilés près du calvaire et qui allaient pourrir là, engendrant peut-être la peste ou quelque autre fléau dès que la chaleur reviendrait. Elle refusait aussi de voir le troupeau parqué à l'entrée d'un champ et où, parmi les bêtes de somme, quelques hommes enchaînés se tenaient, tête basse, misérable bétail humain que l'on enrôlerait de force et qui devraient se faire plus loups que les loups s'ils ne voulaient être dévorés.

Tout au bout, prêt à prendre la tête de la colonne, Arnaud attendait lui aussi. Armé de pied en cap, immobile sur son destrier noir, hautain et silencieux, il ne montrait de lui-même que les deux tiers de son visage, sous le ventaille relevé du casque sans cimier.

Lorsque Catherine arriva à sa hauteur, ils échangèrent un regard, mais aucune parole. Ce regard avait cependant permis à la jeune femme de constater que son époux était blême, avec de grands cernes noirs autour des yeux... mais qu'il s'était rasé. Peut-être avec des moyens de fortune car des estafilades encore saignantes marquaient ses joues.

On se mit en marche vers le nord-ouest par un chemin étroit où l'orage avait creusé des fondrières. Sous le ciel gris, la campagne dégouttait d'eau. Pourtant, elle paraissait morte. Nulle part ne se voyait, filant d'une cheminée, la mince colonne de fumée qui traduisait la vie. Nulle part ne s'entendait même le chant d'un oiseau ou le coassement d'une grenouille. Tout se taisait. Seuls les pas des chevaux, ceux des fantassins, lourds et ferrés, se faisaient entendre. Repus et encore ivres de la tuerie de la veille, les Écorcheurs traînaient la patte.

On chevaucha longtemps et en silence. À cause du bétail qui ne pouvait galoper, on allait au pas. Le temps était lourd, tiède et moite... On y respirait mal, car le grand vent de cette nuit était tombé. C'était comme si on avait cheminé à travers une éponge gorgée d'eau. Bientôt, on plongea dans la forêt et l'atmosphère se fit plus pesante encore.

Catherine se sentait le corps las et l'âme malade. Elle regardait le chemin, droit devant elle, sans jamais tourner les yeux vers Arnaud. Parfois, en baissant les paupières, elle apercevait son genou et sa cuisse habillés de fer, mais ils étaient aussi rigides, aussi vides en apparence que les armures dans la salle d'armes de Montsalvy... C'était comme un mauvais rêve qui lui collait à la peau et dont elle ne parvenait pas à se démêler...

L'homme qui l'escortait comme une ombre pouvait-il vraiment être le même que celui dont, depuis si longtemps, elle avait fait son unique raison de vivre ? Était-ce le même qui l'avait tenue dans ses bras, qui avait déliré d'amour contre son corps, qui lui avait donné ses deux petits ?

Il était là, tout près, et cependant bien plus séparé d'elle que lorsqu'une longue distance et les murs de la Bastille se dressaient entre eux car, alors, Catherine était en droit de croire que leurs cœurs battaient à l'unisson. Que s'était-il donc passé ? Il y avait là une énigme que son esprit, fatigué du voyage, ne parvenait pas à résoudre. Un homme ne change pas à ce point, et surtout en si peu de temps, sans qu'un facteur quelconque, événement ou être vivant, ait opéré la transformation.

Évidemment, l'affreuse nuit qui venait de se dissiper lui avait fait comprendre qu'elle ne le connaissait pas, ou plutôt qu'elle connaissait mal ce monde des hommes de guerre.

Malgré les épreuves subies, elle ignorait bien des choses sur le compte de ces capitaines, superbes et vaillants dans les batailles, qui, depuis son enfance, passaient devant ses yeux admiratifs comme une fresque haute en couleur. Maintenant, elle savait qu'ils étaient capables du meilleur et du pire, qu'ils étaient bien rarement les défenseurs de la veuve et de l'orphelin, à moins qu'ils ne fussent de leur caste et qu'entre eux et le petit peuple, le peuple immense cependant, les rapports existants étaient à peu près les mêmes qu'à Rome, jadis, entre les patriciens et leurs esclaves. Elle entendait encore, dans cette grange mal éclairée, la voix d'Arnaud qui protestait : « Et les autres, que crois-tu qu'ils fassent à cette minute ?... »

Il fallait vivre, à n'importe quel prix, et bien vivre si possible, nourrir les hommes, payer les soldes et laisser s'assouvir les instincts sans se soucier surtout de ce que cela pouvait coûter de misères et de souffrances. Et pourtant, pour ceux de sa terre, à lui, pour les gens de Montsalvy, Arnaud était prêt à verser jusqu'à la dernière goutte de son sang. Seulement, c'étaient « les siens... ».

Alors ? Comment en était-il arrivé là ? Ce n'était pas, ce ne pouvait pas être les conséquences de son arrestation à la suite du meurtre de Legoix, même si les mensonges de Gonnet lui avaient laissé croire qu'il allait être exécuté ?...

Jadis, quand la puissance des Montsalvy avait été abattue par ordre du Roi, sur l'instigation de La Trémoille, Arnaud n'avait pas réagi en se faisant routier... Était-ce donc cette femme, cette aventurière, qui osait, sans doute aidée par une ressemblance, se faire passer pour Jeanne d'Arc ? Quand il en parlait, c'était avec une espèce de foi fanatique et, dans les yeux, une lumière qui ressemblait à l'amour. Oui, c'était cela : de l'amour ! Il avait suffi, apparemment, à cette créature de paraître pour attirer à elle le cœur d'Arnaud de Montsalvy et en faire un autre homme, une espèce de brute sanguinaire.

« C'est une sorcière ! rageait silencieusement Catherine. Ce ne peut être qu'une sorcière et elle ne mérite rien d'autre qu'une pile de rondins et quelques fagots sur une place de village !... »

Bien sûr, il y avait aussi la jalousie. La brutalité d'Arnaud quand il s'était retrouvé inopinément en face de sa femme n'avait laissé à celle-ci aucun doute sur sa réalité. Il aurait pu la tuer parce qu'il la croyait coupable et ce n'était guère à l'honneur de la confiance qu'il lui portait. Or, juste au moment où elle était parvenue à le convaincre de son innocence, il avait fallu que se greffât cette histoire insensée du duc Philippe. Y avait-il vraiment quelque probabilité pour qu'il se trouvât à Châteauvillain, quand de si importantes affaires devaient, normalement, le retenir dans le Nord ? Si l'on s'en tenait à la seule psychologie d'Ermengarde, la chose était possible : elle n'avait jamais aimé Arnaud et elle avait toujours fait tout ce qui était humainement possible pour ramener Catherine dans les bras de Philippe. L'aventure de l'hospice de Roncevaux n'était pas encore effacée de l'esprit de Catherine. Ermengarde était entêtée et capable de bien des choses pour faire prévaloir sa façon de voir, mais pas au point, tout de même, de se servir d'un événement aussi navrant que la mort d'une mère pour attirer Catherine dans un piège. À moins que tout ne fût vrai.

Tandis que la jeune femme tournait et retournait ses pensées dans son esprit, le chemin s'achevait. Néanmoins, il était près de midi quand, à un tournant, les tours de Châteauvillain surgirent des brouillards de la rivière, érigées sur leur motte seigneuriale auprès de laquelle se blottissait le village. Une boucle de l'Aujon séparait le château du petit bourg, défendu par des murailles assez basses et qui, en cas d'attaque, devaient être d'un secours infiniment moindre que les formidables courtines de la forteresse seigneuriale.

Catherine reconnut les murailles grises, les hourds de bois noir et les hautes poivrières d'ardoises bleues que la pluie cirait. Tout était comme autrefois et, là-haut, sur le donjon, la bannière rouge des Châteauvillain pendait alourdie d'eau. Mais ce n'était qu'une apparence, car le long de la rivière, près du petit pont romain, un camp avait poussé, avec ses trefs déteints et ses feux de cuisine, un camp qui ressemblait comme à un frère à celui que les Achpier avaient planté devant Montsalvy, à la bannière près.

Ici c'était un lion d'argent couronné d'or, rampant sur champ d'azur parmi des croisettes fichées d'or : les armes des Sarrebruck que Catherine salua d'un sourire méprisant car, si les couleurs différaient, les cœurs des hommes se rejoignaient curieusement. Si toutefois l'on pouvait parler de cœur en telles circonstances.

Le village, à première vue, n'avait pas souffert des Écorcheurs. Toutes ses maisons étaient debout, intactes, mais, en approchant, Catherine s'aperçut que les habitants avaient disparu. Ceux que l'entrée du détachement faisaient apparaître au seuil des maisons étaient tous des soldats, qui, d'ailleurs, avaient l'air d'être là comme chez eux.

Les gens de Châteauvillain avaient dû fuir à temps, car nulle part ne se voyait le moindre cadavre et les arbres n'avaient que des feuilles, sans que s'y mêlât aucun fruit sinistre. Sans doute, chassés par l'arrivée des soudards, se terraient-ils dans les bois, à moins qu'ils n'aient pris refuge – et c'était là le plus vraisemblable – au château dont la masse formidable dressée sur son éperon rocheux semblait narguer la tribu de fourmis malfaisantes qui grouillait à ses pieds.

L'arrivée de la troupe déchaîna l'enthousiasme des routiers à cause du butin qu'elle ramenait. Les hommes du Damoiseau accouraient, beuglant une bienvenue truffée de jurons et d'obscénités à laquelle les arrivants répondaient avec ardeur. Ceux-ci, d'ailleurs, à peine franchi le rempart, se débandaient et, retrouvant les camarades, se lançaient déjà dans le récit de leurs affreux exploits à grands coups de gueule vantards, grands rires hennissants et grosses bourrades triomphantes, ne s'interrompant que pour réclamer à boire.

Cependant, leur chef n'avait même pas paru s'apercevoir que l'on était arrivé. Taciturne, l'œil fixé entre les deux oreilles de sa monture, il continuait d'avancer au pas régulier du cheval, indifférent à cette agitation qui saluait son retour, muré dans son silence distant.

Seuls quelques-uns des cavaliers, copiant leur attitude sur la sienne, le suivaient, cernant étroitement, comme pour les empêcher de fuir, les montures de Catherine, de Gauthier et de Bérenger.

On parvint ainsi au pont dont l'arche moussue enjambait le flot rapide de la rivière où les herbes s'étendaient comme de grandes chevelures vertes. Le château se dressa au-dessus d'eux, comme une falaise. Il ne laissait paraître aucun signe de vie. Muet, sombre et clos, ainsi qu'un tombeau sous l'énorme sceau en cœur de chêne de son grand pont relevé, il avait la majesté redoutable d'un dieu endormi.

Alors, Arnaud, qui durant tout le trajet n'avait pas desserré les dents, s'approcha de Catherine. Il était encore plus pâle qu'au départ et, sous l'ombre du casque, son visage était celui, grisâtre, d'un spectre. De son gantelet, il montra le château silencieux.

— Voilà le but de ton voyage, fit-il d'une voix morne. C'est là que l'on t'attend ! Et c'est là que nous nous séparons...

Saisie, elle tourna brusquement la tête vers lui. Mais il ne la regardait pas et elle ne vit de lui qu'un profil buté, des traits durcis, le pli amer de sa bouche si serrée qu'elle ne formait plus qu'une ligne mince.

— Que veux-tu dire ? demanda-t-elle sourdement.

— Que l'heure est venue, pour toi, de choisir...

— De choisir ?

— Oui : entre ta vie passée et ta vie actuelle. Ou bien

tu renonces à entrer dans ce château, ou bien tu renonces à ta place auprès de moi... pour toujours !

Elle s'affola, épouvantée par la perspective qui s'ouvrait si brutalement devant elle, par ce choix que rien ne justifiait à ses yeux.

— Tu es fou ! s'écria-t-elle. Tu ne peux exiger cela de moi. Tu n'en as pas le droit.

— J'ai tous les droits sur toi. Jusqu'à présent, tu es ma femme.

— Tu n'as pas celui de m'empêcher de voir une dernière fois ma mère mourante, de la rejoindre pour lui rendre les derniers devoirs.

— En effet, mais à condition qu'il s'agisse bien de ta mère. Or, je sais qu'il n'en est rien. Ce n'est pas elle qui t'attend : c'est ton amant.

— C'est faux ! Je te jure que c'est faux ! Mon Dieu !... Comment te faire comprendre... te convaincre ? Écoute : laisse-moi entrer, seulement entrer, l'embrasser une dernière fois... Ensuite, je te le jure sur mes enfants, je ressortirai.

Pour la première fois, il tourna les yeux vers elle, la regarda un instant et Catherine fut effrayée par ce regard tragiquement vide. Il haussa les épaules, avec lassitude.

— Tu es peut-être sincère. Mais je sais que si tu entres là, tu n'en ressortiras pas. On s'est donné trop de mal pour te faire venir jusqu'ici. On ne te lâchera pas.

— Alors, viens avec moi. Après tout, cette mourante, tu es devenu son fils, même si tu n'en es pas très fier. Tu as été bon avec elle, jadis, courtois et même affectueux. Elle serait doublement heureuse de nous voir ensemble. Pourquoi ne lui dirais-tu pas un dernier adieu, toi aussi ?

Elle s'animait à cette idée. Un peu de rose montait à ses joues pâles et ses yeux brillaient d'espoir. Mais Arnaud se mit à rire et c'était bien le rire le plus dur, le plus sec et le plus tragique qui se pût entendre.

— Allons, Catherine, raisonne ! Où est ton intelligence ? Que j'entre avec toi, alors que depuis trois jours nous assiégeons ce château pour prendre le renard au piège ? Tu veux rire ? Je n'en sortirais pas vivant. Aussi, l'occasion serait trop belle pour Philippe : tenir la femme et se débarrasser du mari.

— Tu es fou ! gémit-elle. Je te jure que tu es fou ! Le duc Philippe n'est pas là, j'en suis certaine ! Il ne peut pas être là...

— Et cependant, il y est, affirma tranquillement la voix douce d'un cavalier qui venait d'apparaître auprès d'Arnaud.

À son aspect plus encore qu'à la cotte d'armes armoriée qu'il portait sur son armure, Catherine reconnut le Damoiseau de Commercy.

Montant un grand étalon rouan, il ne portait pas de casque et montrait nue sa belle tête fine couronnée de cheveux aussi doux et aussi dorés que ceux de Catherine elle-même. Il avait de grands yeux bleus ombragés de cils invraisemblables, une bouche sinueuse et tendre qui s'entrouvrait sur des dents très blanches et un sourire enjôleur que démentait la dureté calculatrice du regard. Toute sa personne élégante dégageait un léger parfum de musc et contrastait violemment avec le sévère équipement guerrier du seigneur de Montsalvy qui, auprès du beau Robert, paraissait plus rude que jamais et ressemblait assez à quelque reître parfumé à la graisse d'armes et au crottin de cheval.

Cependant, des deux, c'était le jouvenceau à la beauté presque féminine qui était le plus redoutable et le plus dangereux. Mâchant négligemment des clous de girofle, ainsi qu'il en avait l'habitude, pour se parfumer l'haleine, le Damoiseau désigna Catherine du bout de sa houssine dorée :

— Ravissante ! apprécia-t-il. Sale à faire peur, mais ravissante !... Qui est-ce ?

— Ma femme ! riposta Arnaud d'un ton abrupt qui ne pouvait en rien prétendre tenir lieu de présentation.

Les grands yeux de Robert s'ouvrirent, démesurément.

— Allons donc ! La rencontre est plaisante. Et... que

vient faire dans ce trou boueux une si belle et si noble dame ?

Malgré son charme et son élégance, le Damoiseau n'inspirait aucune sympathie à Catherine. Au contraire, elle éprouvait pour lui une espèce de répulsion à laquelle se mêlait de la rancune. Sans lui, Arnaud aurait sans doute cherché refuge vers Montsalvy et elle-même ne se débattrait pas au milieu de cet affreux gâchis. D'un ton raide, elle répliqua :

— Ma mère se meurt en ce château dont on prétend m'interdire l'accès et que vous-même prétendez assiéger au mépris de tout droit !

— Assiéger ? Et où prenez-vous que nous assiégions, gracieuse Dame ? Voyez-vous ici quelques machines de guerre, des ingénieurs au travail, des échelles, des armes brandies ? Je n'ai même pas de casque. Non, nous... séjournons au bord de cette charmante rivière et nous attendons.

— Quoi ?

— Que le duc Philippe se décide à sortir, tout simplement car, pour en revenir à ce que je vous disais lorsque je me suis permis d'intervenir dans votre conversation, le duc est là, j'en suis certain.

Catherine haussa les épaules et plissa la bouche dédaigneusement.

— Vous rêvez les yeux ouverts, seigneur comte ! Mais en admettant même qu'il soit venu, ce que moi je me refuse à croire, vous devez bien comprendre qu'en constatant votre... séjour ici, il ne vous aura pas attendu. Châteauvillain possède un souterrain de dégagement, comme beaucoup de ses pareils et, à cette heure, le duc est loin.

— Ce château possède même deux souterrains, belle Dame, fit Sarrebruck imperturbable ; par bonheur, nous en connaissons les issues et nous les gardons, comme il se doit.

— Comment les connaîtriez-vous ?

Le Damoiseau sourit et caressa l'encolure de son destrier. Sa voix se fit plus douce encore, si la chose était possible.

— Vous n'avez aucune idée de l'efficacité d'un feu bien flambant... ou d'un peu de plomb fondu judicieusement réparti. Avec cela, on obtient tous les renseignements que l'on veut.

Un frisson de dégoût courut le long du dos de la jeune femme. Le feu ! Encore... L'image atroce de la nuit précédente était trop présente à sa mémoire pour que ce rappel ne lui fût pas pénible. Serrant les dents pour ne pas hurler son horreur à ce garçon trop beau et qui, cependant, la révulsait comme s'il eût été le plus hideux des serpents, elle regarda tour à tour les deux hommes :

— Vous êtes des monstres ! De vous, seigneur comte, cela ne m'étonne pas car vos tristes exploits sont célèbres, mais mon époux...

— En voilà assez ! coupa brutalement Arnaud qui avait paru, jusque-là, se désintéresser de cette passe d'armes entre sa femme et son associé, nous n'allons pas recommencer. Tu as entendu ce que l'on t'a dit, Catherine : le duc est là ! Que décides-tu ?

Elle garda le silence un instant, cherchant désespérément le défaut de l'armure, la mince fissure par laquelle, peut-être, il pourrait être possible d'atteindre ce cœur si étrangement refermé. Mais il était comme un mur, en face d'elle, enclos dans son amère jalousie et sa rancune plus hermétiquement encore que dans son armure.

Avec un soupir douloureux, elle murmura :

— Je t'en supplie !... Laisse-moi y entrer, ne fût-ce que dix minutes ! Sur le salut de mon âme et sur la vie de nos enfants, je fais serment de ne pas rester plus longtemps. Dix minutes, Arnaud, pas une de plus... et je ne les demande que parce qu'il s'agit de ma mère. Ensuite, je tournerai le dos pour toujours à ce pays de Bourgogne et nous rentrerons ensemble chez nous.

Mais il détournait les yeux, refusant de voir ce beau regard implorant qui, peut-être, gardait plus d'empire sur lui qu'il ne voulait l'admettre.

— Je ne retourne pas à Montsalvy maintenant. J'ai à faire ici où l'on a besoin de moi. La Pucelle...

— Au Diable cette sorcière et ta folie ! cria Catherine que la colère reprenait. Tu vas tout perdre, ton rang, ton honneur, ta vie peut-être et jusqu'à ton âme pour suivre une aventurière que le bourreau flétrira un jour. Je t'en conjure, reviens à toi ! Tu as un sauf-conduit : va rejoindre la Reine...

— C'est la tête de Philippe de Bourgogne qui me servira de sauf-conduit quand je retournerai vers le Roi. Quant à toi...

Il n'acheva pas. D'un seul coup, le château muet venait de ressusciter. En un clin d'œil, les tours se couronnèrent d'archers et d'arbalétriers, tandis qu'avec un grondement d'apocalypse le grand pont s'abattait.

Surgis des profondeurs de la forteresse, une cinquantaine de cavaliers déferlèrent, la torche au poing.

— À moi ! Sarrebruck ! hurla le Damoiseau en tirant sa longue épée, tandis qu'Arnaud de Montsalvy, détachant la masse d'armes qui pendait à sa selle, fondait déjà sur les assaillants, suivi de ses cavaliers.

Catherine et les deux garçons se trouvèrent refoulés contre un mur. Bérenger se pendit à la main de sa maîtresse :

— Fuyons, Dame Catherine, je vous en prie, allons-nous-en ! Messire Arnaud est devenu fou sans doute, mais il ne vous permettra jamais d'entrer dans ce château. Venez ! Il faut songer aux petits, à Michel, à Isabelle... Ils ont besoin de vous.

— Et puis, ajouta Gauthier, vous vous battez peut-être pour rien, ma Dame. Votre pauvre mère est peut-être déjà en terre. En ce cas, elle vous voit du haut du Ciel et vous tiendra compte de l'intention. Bérenger a raison : il ne faut pas rester là.

Mais Catherine était incapable de bouger. Le combat qui se déroulait à quelques pas d'elle la fascinait. Enveloppé par quatre agresseurs, Arnaud se battait comme un démon. Un terrible coup de masse avait fait sauter son heaume et il combattait maintenant tête nue, lui aussi, rendu furieux par la douleur du choc.

C'était la première fois, en dehors du combat soutenu contre les brigands de la sierra, en fuyant Grenade, qu'elle le voyait dans une bataille et un peu de l'ancienne admiration lui revenait. La vaillance de l'homme ne faisait aucun doute. Loin de fuir l'engagement ou de chercher le coup subtil et en marge des lois chevaleresques, il se ruait franchement sur l'ennemi. Sa masse tournoyait autour de lui, abattant les fantômes vêtus d'acier ; mais si, dans le combat, l'un de ses adversaires venait à lui tourner le dos, il ne frappait pas.

Le Damoiseau, lui aussi, se battait bien. Il jetait de temps à autre des regards inquiets à son camp dont une partie flambait, incendié par les torches jetées par les hommes du château, mais il n'en frappait pas moins à coups redoublés de sa hache d'armes. D'ailleurs, la bataille, très inégale au début, s'équilibrait. Les cris du Damoiseau avaient alerté ses hommes au repos et ils accouraient maintenant vers le pont, leur troupe grossissant à vue d'œil.

Comprenant qu'ils allaient avoir affaire à trop forte partie, les chevaliers de Châteauvillain refluèrent en bon ordre et regrimpèrent le sentier, emportés par les jarrets puissants de leurs chevaux et protégés de toute poursuite par les soldats qui veillaient aux créneaux.

— Ça suffit ! cria le Damoiseau ! Replions-nous. Il faut éteindre le feu...

Mais soit qu'Arnaud n'eût pas entendu, soit qu'il se refusât à s'en tenir là, il se jeta à la poursuite des fuyards, franchit le pont au galop et s'élança sur la pente, fasciné par cette haute porte qui s'ouvrait, là-haut, sur les profondeurs d'un repaire où se cachait son ennemi.

Dans sa tête enfiévrée ne subsistait qu'une seule idée, folle et tenace : atteindre par tous les moyens le Bourguignon exécré. Sa haine avait le goût amer d'un breuvage ranci ou d'un mauvais alcool. Elle ne pouvait s'apaiser que dans le sang de l'un ou de l'autre...

— Sors, Philippe de Bourgogne ! hurlait-il. Sors que

je puisse enfin croiser le fer avec toi, traître, paillard, suborneur...

La rage qui le portait n'avait plus de limites. Pour lui la présence du duc derrière ces murailles ne faisait plus aucun doute car, parmi ceux qui venaient de les attaquer, la plupart portaient sur leurs cottes d'armes l'écusson écartelé, très reconnaissable, du prince bourguignon.

Catherine, elle aussi, avait reconnu les armes de Philippe et le doute était entré en elle. Se pouvait-il que ces hommes eussent raison ? Qu'Ermengarde lui eût tendu ce piège déshonorant ? Tout ce qu'elle savait de sa vieille amie, de son agressif sens de l'honneur, s'élevait contre cette pensée mais, d'autre part, la comtesse de Châteauvillain avait toujours tellement souhaité rendre sa jeune amie à l'amour d'un prince qu'elle aimait comme son propre fils !

Abritée derrière l'épais contrefort d'une petite chapelle, résistant machinalement à ses deux jeunes compagnons qui s'efforçaient de l'entraîner, elle suivait avec angoisse la chevauchée insensée d'Arnaud. Elle vit son cheval, affolé par la morsure de l'éperon, se cabrer, manquer de rouler avec lui sur la pente et ne reprendre son équilibre que grâce à la force et à l'habileté du cavalier. Elle l'entendait hurler, mais le vent était contraire et elle ne pouvait comprendre ce qu'il disait.

— Il est fou ! fit auprès d'elle la voix haletante du Damoiseau encore tout fumant de la bataille. Il va se faire tuer !

Elle s'agrippa instinctivement à son bras :

— Ne le laissez pas seul ! Envoyez à son aide... sinon il va...

Le mot s'acheva en un cri d'horreur. Là-haut, sur l'une des tours d'angle, les arbalétriers tiraient pour arrêter la poursuite frénétique de cet insensé. Catherine vit son époux basculer lentement, s'abattre comme une masse. Le cheval tomba lui aussi mais se releva aussitôt et reprit, au galop, le chemin du village traînant après lui le corps inerte d'Arnaud dont l'une des poulaines d'acier était demeurée prisonnière de l'étrier.

Catherine voulut s'élancer, mais le Damoiseau la retint. Elle cria :

— Arrêtez ce cheval ! Il va le tuer...

— Il est sûrement déjà mort ! Et, là-haut, les autres peuvent encore tirer.

Folle de colère, elle lui martela la poitrine de ses deux poings serrés sans qu'il fît rien pour se défendre.

— Lâche ! Vous n'êtes qu'un lâche !

— J'y vais, moi ! fit auprès d'elle une voix résolue.

Avant qu'elle ait pu s'y opposer, Gauthier de Chazay s'était élancé. Elle le vit courir vers le pont que le cheval fou abordait. D'un bond souple de chat, il sauta à la tête de l'animal, parvint à saisir la bride, freina de toutes ses forces. Le destrier essaya de se défendre, traîna le long de la berge le jeune homme qui pesait de tout son poids sur la courroie de cuir et, gêné par lui, ralentit son allure.

Deux hommes alors s'élancèrent et l'immobilisèrent, écumant, les yeux exorbités. Sur les tours, les hommes d'armes avaient cessé de tirer et suivaient le spectacle avec intérêt.

Mais Gauthier déjà se relevait, essuyait à sa manche son front trempé de sueur et aussitôt se précipitait vers Arnaud dont l'un des soldats venait de dégager la jambe. Brisée, elle formait un angle bizarre.

Catherine, qui était demeurée un instant figée, la respiration coupée, s'élançait elle aussi et, avec une plainte déchirante, s'abattit à genoux dans la poussière auprès de son époux, luttant contre le vertige qui lui venait devant le spectacle effrayant qui s'offrait à elle.

— Éloignez-vous, Dame Catherine ! s'écria l'étudiant. Ne regardez pas...

Mais il lui était impossible de ne pas regarder ce corps brisé, ce visage couvert de sang et ces terribles blessures. Deux carreaux d'arbalète avaient atteint Arnaud. L'un s'enfonçait sous l'aisselle droite, au défaut de la buffe, et avait percé la cotte de mailles. L'autre avait atteint le Capitaine en pleine figure, sous la pommette gauche, causant une large blessure d'où son empennage surgissait dramatiquement.

— Il est mort ! gémit Catherine qui, n'osant toucher le corps meurtri, se plia en deux et enfouit son visage dans ses mains.

— Pas encore, fit Gauthier, mais il n'en vaut guère mieux !...

Il avait vivement détaché l'une des cubitières et la plaçait devant la bouche entrouverte du blessé. Un peu de buée apparut sur l'acier poli.

Le jeune homme contempla un instant le corps sanglant avec une moue pessimiste et hocha la tête tandis que son regard glissait, empli de pitié, sur la femme qui sanglotait auprès de lui, presque prosternée dans la poussière.

— Il faudrait un prêtre, murmura-t-il. Mais en reste-t-il seulement un seul dans ce pays de malheur ?

— Il y a un moutier, pas loin d'ici, grogna le Damoiseau qui s'approchait. Mais avant qu'on ait pu en tirer l'un des rats tremblants qui s'y terrent, Montsalvy aura trépassé ! Tout ce qu'on peut faire, c'est le porter dans l'église. Il pourra au moins mourir sur les marches de l'autel... Holà ! Quatre hommes, un brancard, n'importe quoi !

Mourir ! Trépassé ! Les mots comme autant de coups de couteau percèrent le néant de souffrance où Catherine s'ensevelissait. Elle réagit, relevant brusquement un visage qui n'était plus qu'un masque douloureux, s'accrochant à Gauthier qui essayait de la relever.

— Je ne veux pas qu'il meure ! Je ne veux pas ! Ce n'est pas possible... Cela ne peut pas finir là, nous deux, dans la colère et dans l'horreur. Dieu ne peut pas me faire ça !... Il est à moi !... À moi toute seule ! J'ai usé ma vie pour lui, pour son amour. On n'a pas le droit... Sauve-le ! Je t'en supplie... sauve-le ! C'est moi qui suis en train de mourir.

Gauthier, incrédule, la regardait. Jamais encore il n'avait vu désespoir aussi nu, aussi déchirant. Il savait bien peu de choses de la vie de ces deux êtres, sinon que cet homme qui agonisait là avait fait endurer à cette femme tout ce qu'il était possible d'endurer sur cette terre et, dans les dernières heures, plus encore que jamais.

Pourtant, elle semblait avoir tout oublié : l'impitoyable mépris, les injures, la cruauté. Elle était là, à ses genoux à lui, Gauthier, convulsée de douleur et prête à blasphémer dans le paroxysme de son affolement. Était-ce donc cela l'amour, cette torture, cette folie, cette fièvre ?

— Dame, murmura-t-il en se penchant vers elle, l'aimez-vous donc encore après... ce qu'il vous a fait ?

Elle le regarda d'un air égaré, comme s'il parlait une langue inconnue.

— L'aimer ?... Je ne sais pas... mais je sais que mon corps est brisé, que mon épaule brûle... que ma tête est en enfer... qu'il n'est pas une fibre de moi qui ne saigne... Je sais que je meurs.

Elle était livide et son souffle était si court que le jeune homme crut qu'en effet elle allait mourir là, à ses pieds, à la minute même où celui qu'elle aimait au-delà de toute raison, au-delà du possible, aurait cessé de vivre.

Au moyen de deux longs écus, les soldats avaient improvisé une civière sur laquelle ils plaçaient le corps inerte. Déjà ils l'emportaient.

Avec un cri de bête blessée, Catherine, oubliant de se relever, se traînant sur les genoux, voulut se lancer à sa suite.

— Arnaud ! Attends-moi...

Furieux tout à coup, Gauthier la prit sous les bras et la remit de force sur ses pieds, puis courut après Robert de Sarrebruck.

— Ne le portez pas à l'église, dit-il. Mettez-le dans une maison, la meilleure possible... là où l'on pourra le soigner.

Le Damoiseau haussa les sourcils :

— Le soigner ? Tu divagues, l'ami. Il est mourant...

— Je sais, mais je veux tout de même essayer de lutter jusqu'au bout... pour elle.

— À quoi bon ? Il est déjà inconscient. Le soigner, c'est le torturer. Laissez-le au moins mourir en paix.

— Mais il n'a pas mérité de mourir en paix, hurla Gauthier. Il a mérité de souffrir mille morts et il les souffrira s'il y a seulement une chance, une seule, de le rendre à cette pauvre femme.

Le Damoiseau haussa les épaules, mais n'en ordonna pas moins à ses hommes de porter le blessé dans la maison où lui et Montsalvy avaient établi leur cantonnement. Il le fit de mauvaise grâce et il avait été sur le point de refuser, car il était de ces hommes qui ne voient aucune raison d'entraver le chemin de la mort. Soigner un homme aussi gravement blessé était du temps perdu et presque un péché, une offense au Ciel qui avait décidé que son heure était venue. Mais la femme arrogante de tout à l'heure s'était transformée sous ses yeux en une image pitoyable de la Vierge des Douleurs et son visage de suppliciée l'impressionnait... En outre, elle lui donnait une idée à laquelle il avait besoin de réfléchir.

Quand on arriva dans la maison dont les deux chefs avaient fait leur logis et qui, naturellement, était la plus belle du pays, celle qu'avait occupée jadis un notaire ducal, Arnaud respirait encore.

Les soldats le déposèrent sur la grande table de la cuisine. Catherine avait suivi un peu comme une automate, ranimée seulement par la promesse que lui avait faite Gauthier de tout tenter pour essayer d'arracher son époux à la mort. Elle se mit tout naturellement aux ordres de son écuyer pour l'aider de son mieux.

Tandis qu'avec le secours du Boiteux, qui s'était proposé spontanément, Gauthier débouclait les différentes pièces de l'armure et, avec mille précautions, ôtait la cotte de mailles en essayant de ne pas ébranler le carreau qui l'avait trouée, Catherine alla tirer de l'eau au puits et en mit chauffer une grande marmite sur le feu qui, dans la cheminée, flambait haut et clair. Puis avec du linge tiré d'un coffre et qui avait été naguère l'orgueil de la notairesse, elle fit de la charpie, chercha, comme le médecin improvisé lui en donnait l'ordre, du vin et de l'huile. Ses mains s'activaient et elle éprouvait un peu de soulagement à cette activité qui la rendait au monde des vivants, mais ses yeux inquiets revenaient sans cesse à la grande table où Gauthier maintenant palpait doucement la tête du blessé, cherchant si des fractures ne s'étaient pas produites quand il avait été traîné par son cheval.

— C'est assez incroyable, dit-il au bout d'un moment, mais on dirait qu'il n'y en a pas. Il a le crâne dur.

— Le plus dur que je connaisse, assura le Boiteux. Moi, qui te parle, gamin, je l'ai vu se jeter sur une porte en chêne et la traverser sans même une égratignure. C'est un Auvergnat. Comme moi.

Catherine regarda avec étonnement cet homme qui, la veille, l'avait tellement terrifiée. Elle n'imaginait pas que ces affreux soudards puissent être seulement nés en pays chrétien, qu'ils eussent un terroir, un village, une maison natale. Ils étaient si effrayants que seul l'Enfer pouvait leur avoir donné le jour et celui-là, avec son faciès de brute, son nez cassé et sa mâchoire carnassière, avait véritablement la tête qui convenait à son état.

Presque inconsciemment, elle demanda :

— Vous êtes d'Auvergne ? De quel pays ?

— De Saint-Flour ! Mais il y a longtemps que j'ai pas revu le pays. J'avais seize ans quand je me suis tiré pour échapper à ce failli chien d'évêque qui voulait m'accrocher à la potence parce que j'avais tué un chevreuil sur ses terres. Dis donc, garçon ! faudrait voir à lui retirer ces saletés de carreaux... ajouta-t-il, devenu tout à coup presque amical pour celui qui savait soigner.

— Je ne sais même pas s'il pourra supporter l'extraction. Il est si faible...

Tout en parlant, il nettoyait les plaies avec un peu de vin. Celle de l'épaule n'était pas inquiétante et, en touchant doucement le trait, le jeune homme sentit qu'il n'aurait pas beaucoup de mal à l'enlever. Mais la terrible blessure du visage l'épouvantait, car le carreau y était fiché aussi solidement que dans une pierre. Le sang ne coulait plus, cependant la peau, nettoyée, se révélait livide. Gauthier releva un regard plein d'angoisse :

— Je ne peux pas l'enlever, balbutia-t-il. Le trait doit être fiché dans un os.

— Si tu ne peux pas l'enlever, fit le Damoiseau qui, un pied sur un escabeau et les bras croisés, regardait, la mine sombre, il sera mort avant une heure. Personne ne peut vivre avec un carreau d'arbalète dans la figure et c'est déjà un miracle qu'il respire encore. Ne tente pas Dieu !

— Que savez-vous de Dieu ? gronda Catherine. Et comment osez-vous seulement prononcer son nom ? Gauthier, je vous en prie, essayez...

— J'ai peu de prise pour le saisir... et j'ignore si en l'arrachant je ne vais pas hâter la mort.

— De toute façon, il mourra. Essayez...

Le jeune homme se signa puis, entourant l'empennage d'un linge, empoigna le carreau et tira, doucement d'abord, puis plus fort. Mais rien ne bougea sinon le blessé qui eut un long gémissement.

La sueur coulait en grosses gouttes le long des joues maigres du garçon.

— Je ne peux pas, se lamenta-t-il. Je ne peux pas... Il me faudrait...

Brusquement, il abandonna le blessé, se tourna vers le Damoiseau :

— Vous avez bien une forge ici ! Faites-moi chercher des tenailles, les plus longues que l'on trouvera.

— Des tenailles ? fit le Boiteux.

— Oui. Aussi longues que possible. Fais vite !

Mais l'homme était déjà parti. Il revint quelques instants plus tard armé d'une paire de tenailles qui avaient bien trois pieds de long. Gauthier les regarda d'un air approbateur, les nettoya avec un linge trempé dans l'eau chaude, puis avec de l'huile pour en ôter les parcelles de limaille ou les poussières qui s'y collaient encore. Ensuite, il revint vers le blessé et le prit aux épaules.

— Aide-moi ! ordonna-t-il au Boiteux. Il faut le coucher par terre.

Sans protester, l'écorcheur s'exécuta. À eux deux, ils soulevèrent Arnaud et le déposèrent devant le feu, là où la pierre était chaude. Le grand corps à moitié nu paraissait vidé de son sang, déjà semblable à ces transis de pierre que la piété des hommes sculpte sur les tombeaux.

Gauthier se baissa et, doucement, tourna la tête de manière qu'elle reposât sur la joue intacte.

— Tu veux que je le tienne ? proposa le Boiteux.

— Non. Il faut que j'aie toute la force possible. Retournez-vous, Dame Catherine : ce que je vais faire ne vous plaira pas !

— Rien de ce que vous pourrez faire ne peut me déplaire, puisque c'est pour le sauver. Oubliez que je suis ici !

Il n'insista pas, saisit les tenailles d'une main ferme puis, avec décision, appuya son pied sur la mâchoire du blessé.

Catherine, qui ne s'attendait pas à cela, étouffa une exclamation sous son poing fermé qu'elle mordit. Les tenailles crissèrent sur la ferraille du carreau.

— Priez ! souffla Gauthier. Je tire...

Le temps parut s'arrêter. Catherine s'était laissée tomber à genoux devant les pieds de son époux et chuchotait des supplications sans suite. Les autres retenaient leur souffle. L'effort gonflait les veines aux tempes du jeune homme.

— Ça bouge ! haleta Gauthier.

L'arme meurtrière vint d'un seul coup, avec un filet de sang et, en même temps, toutes les poitrines se dégonflèrent. Mais déjà Gauthier se jetait à genoux pour écouter les battements du cœur.

— Il est lent et faible, fit-il en relevant un visage irradié de joie, mais il bat toujours.

— Tu fais un habile chirurgien, l'ami, apprécia le Damoiseau. Tu seras désormais à mon service.

— Je suis à celui de la dame de Montsalvy !

Le beau Robert eut l'un de ses lents sourires qui le faisaient paraître plus redoutable que dans la colère.

— Tu n'auras pas le choix. Et, dans un moment, la dame n'aura plus besoin de toi !

— Que voulez-vous dire ?

— Rien d'important ! Continue. Tu vas cautériser, j'imagine ?

— Non. Il ne pourrait supporter la brûlure. J'ai fait tout ce qu'il était possible de faire pour l'empêcher de mourir, mais sa vie ne tient tout de même qu'à un fil. Je vais seulement lui faire un pansement avec de l'huile de millepertuis dont Dame Catherine a une fiole dans ses bagages puis je mettrai des attelles à sa jambe brisée... ensuite, il nous faudra prier, de toutes nos forces, pour retenir sa vie. Si Dieu le veut, il sera sauvé... mais seulement si Dieu le veut !

Au son de sa voix, Catherine comprit qu'il ne comptait guère sur la mansuétude divine envers un homme qui venait de l'offenser si gravement et qu'il ne croyait pas à la guérison d'Arnaud, malgré toute la peine qu'il s'était donnée.

On avait reporté le blessé sur la table où l'étudiant se mit à faire les pansements qu'il avait annoncés. Ses mains habiles voltigeaient, légères et douces, autour de cette chair torturée d'où la conscience avait fui et où ne demeurait qu'un souffle presque inaudible qui pouvait s'arrêter d'un instant à l'autre.

Catherine s'assit au bout d'un banc, près de la tête inerte de son époux et, doucement, avec une infinie tendresse, elle caressa les courtes mèches noires qui dépassaient la bande de toile blanche.

Depuis qu'il était parti si loin, presque de l'autre côté du miroir, elle ne se souvenait plus que de son amour. Elle ne voulait plus se souvenir que de lui ! Elle avait tout pardonné, tout oublié, même l'affreuse image qu'il lui avait offerte hier. Il glissait de ses doigts, de ses bras comme un rêve trop doux qu'au matin l'on essaie vainement de retenir. N'était-il donc qu'un mirage qui se dissipait dès qu'elle l'atteignait ? Pourtant, avant ce jour de colère et de malheur, il y avait eu tant de doux moments, tant de belles nuits ! Elle n'imaginait pas, elle ne pouvait pas seulement imaginer une existence où il ne serait plus... L'ombre de la mort ensevelissait les tragiques souvenirs et l'horreur de la veille...

Elle avait failli mourir de douleur quand on le lui avait arraché pour le conduire à la maladrerie de Calves, mais elle avait pu réagir à temps parce que, malgré tout, il était encore vivant. Malade, mais vivant ! Et c'était ça toute la différence. Car si, dans une heure ou dans la nuit, il s'éteignait il n'y aurait plus d'autres recours, plus rien à quoi se raccrocher, aux heures de découragement, qu'un peu de terre soulevée dans l'herbe d'un cimetière, ou bien une dalle gravée dans quelque chapelle, et une croix, symbole d'une éternité à laquelle, dans son désarroi, Catherine ne parvenait plus à croire. Qu'importait la vie de l'au-delà, si, sur cette terre, elle ne pouvait plus le tenir dans ses bras ! Les promesses des prêtres semblaient tout à coup vides et creuses.

Le bonheur, pour Catherine, s'incarnait dans l'image d'un homme en pleine force, les cheveux au vent d'un matin de soleil, riant du haut de son grand cheval moreau, des efforts maladroits d'un petit Michel au nez froncé d'application pour enfourcher un petit âne gris qui broutait placidement des pâquerettes dans le verger du château. Et voilà que cette douce vision s'achevait là, sur cette table souillée de sang où le même homme épuisait le peu de vie qui lui restait.

Comment croire que le ciel de Montsalvy serait encore si bleu, le printemps si triomphant, lorsque son maître ne serait plus qu'une ombre, un casque et des gantelets vides, des éperons d'or sur un coussin noir et une grande épée pendue à jamais au mur de la salle d'armes auprès de celle du défunt seigneur Amaury ?

Avec un soupir, Gauthier achevait son patient travail. Par-dessus le corps inerte, où l'odeur pénétrante des huiles aromatiques chassait celle du sang, fade et écœurante, il essaya de sourire à Catherine, mais ne put y parvenir. La vue de cette mince figure tragique, où les yeux formaient de grands lacs d'ombre, l'étranglait.

Essuyant ses mains à un morceau de linge, il rejeta

d'un geste machinal les mèches rousses qui pendaient devant ses yeux, humides de sueur. Il s'aperçut alors que ses mains tremblaient maintenant que la terrible tension nerveuse qu'il leur avait imposée se relâchait.

Il était à la fois content de son travail et furieux de son impuissance, car il aurait voulu à cette minute posséder toute la science du monde afin d'arracher à Dieu le secret de la vie et de la mort. Bien sûr, il avait fait pour cet homme, qu'il avait détesté à première vue, tout ce qu'il pouvait, mais, pour cette femme accablée, dont la douleur muette était celle d'une douce bête des bois auprès du mâle frappé à mort, quel remède pouvait-on appliquer, quel miracle espérer ?

— Emportez-le ! soupira-t-il de nouveau en se reculant. Mettez-le dans son lit s'il en a un. Il y sera toujours mieux.

Puis, plus bas, il demanda que l'on allât jusqu'à ce moutier voisin pour essayer d'en ramener un prêtre. Il guettait sur le visage de Catherine l'effet de ses paroles, mais elle ne tressaillit même pas. Sa main caressait toujours les cheveux de son mari.

Quand le Boiteux et les deux autres soudards soulevèrent le blessé pour le monter dans sa chambre, elle se leva, tout naturellement, pour le suivre. Mais le Damoiseau s'y opposa.

— Restez, Dame ! Nous avons à parler.

Les yeux de Catherine tournèrent lentement dans son visage figé. Ils étaient durs comme de la glace.

— Je n'ai rien à vous dire et je veux rester jusqu'au bout auprès de mon seigneur.

— Il n'a pas besoin de vous. On va lui ramener un quelconque enfroqué, de gré ou de force, et, pour le reste, ce garçon qui a essayé de le réparer suffira à le veiller. De toute façon, il ne passera pas la nuit.

— Justement ! Je veux être là...

Il lui barrait le passage. Elle essaya de s'échapper, mais ceux de ses hommes qui étaient venus voir Gauthier opérer étaient encore là. Elle se vit au centre d'un cercle morne d'automates aux yeux vides qui se refermerait sur elle au moindre geste de défense.

Elle entendit, au-dehors, craquer l'escalier sous le poids des porteurs et du corps, mais elle comprit aussi qu'elle ne pouvait lutter et se rassit, résignée en apparence.

— Que voulez-vous ?

— Simplement vous rappeler que ce drame vous en a fait oublier un autre. Où est donc cette grande hâte que vous aviez de rejoindre votre mère mourante ?

Catherine ne répondit pas tout de suite. Elle prit un peu d'eau avec un tampon de charpie et le passa sur son visage brûlant. Cet homme disait vrai ; la vue de son seigneur mourant lui avait fait oublier sa pauvre mère, mais déjà elle avait d'elle-même renoncé à franchir les portes de Châteauvillain quand les tabards de Bourgogne étaient apparus.

— Je ne peux y aller, dit-elle enfin. Arnaud avait raison, et vous aussi, seigneur comte : il se peut qu'en effet le duc Philippe soit ici. Cela suffit pour que je renonce à ensevelir ma mère. Je ferai dire pour elle de nombreuses messes dans notre abbaye de Montsalvy.

Il hocha la tête et Catherine crut qu'il approuvait. Il s'éloigna un instant, revint avec un morceau de parchemin, une plume et de l'encre qu'il posa sur la table devant la jeune femme :

— Écrivez ! dit-il en lissant la feuille du plat de la main.

— Que j'écrive ? Mais à qui ?

— À votre amie, la dame de Châteauvillain. Vous lui direz que vous venez d'arriver dans son village et que vous avez été surprise de l'accueil qui vous a été fait lorsque vous vous êtes dirigée vers le château. Dites encore que vous voyagez avec votre écuyer et votre chapelain... et que vous désirez que l'on vous ouvre une porte...

— Je vous ai dit que je ne voulais plus y aller ! Qu'est-ce que cette histoire ? Mon écuyer, mon chapelain ? Vous n'imaginez pas tout de même que je...

Elle s'arrêta brusquement. Ce que souhaitait ce démon, elle venait de le comprendre le temps d'un éclair : cet écuyer, ce chapelain seraient des hommes à lui qu'il introduirait ainsi dans la place avec elle.

Il confirma d'ailleurs avec un sourire moqueur :

— Mais si, fit-il doucement. J'imagine très bien. Quand le Diable pose devant moi une clef de ce château, vous ne voudriez pas que je la rejette ? Écrivez, belle Dame, ensuite nous verrons à faire parvenir votre message.

— Jamais !

Elle s'était levée si brusquement que, derrière elle, le banc s'abattit. De la main, elle repoussait le parchemin, mais le Damoiseau saisit cette main et la maintint contre la table. Ses doigts minces étaient devenus tout à coup aussi durs que l'acier.

— J'ai dit : écrivez !

— Et moi j'ai dit : jamais ! Espèce de truand sans honneur ! Croyez-vous que je sois faite du même bois pourri que vous-même ? Vous voulez que je vous livre la maison de mon amie, l'endroit où m'a mère se meurt ? Vous avez réussi à faire tomber mon seigneur à votre niveau, mais jamais il ne se serait servi d'un moyen aussi lâche et aussi vil pour atteindre un ennemi.

— C'est possible et même certain ! Montsalvy avait parfois de ridicules délicatesses que je n'ai jamais comprises. Mais il n'a plus voix au chapitre et votre abbé pourra bientôt chanter pour lui toutes les messes qu'il voudra. Alors, laissons-le de côté ! Vous, vous êtes bien vivante, vous êtes là et vous m'apportez le moyen d'entrer là-haut. Ce moyen, je le prends.

— Vous le prenez ? Vraiment ? J'ai autant de volonté que vous et vous ne me forcerez pas à écrire ce que je ne veux pas écrire.

— Vous en êtes certaine ?

— Tout à fait certaine !

— Bien !... Mais je crois, moi, que vous allez changer d'avis !

Il claqua des doigts pour appeler auprès de lui l'un de ses hommes qui se tenait près de la porte.

— Va me chercher le page ! ordonna-t-il sans élever la voix.

Catherine s'aperçut alors que Bérenger, en effet, n'était pas dans la salle et même qu'elle ne l'avait pas aperçu depuis que l'on avait ramassé Arnaud le long de la rivière, mais, toute à son angoisse, elle ne s'en était pas autrement souciée.

Le page, d'ailleurs, semblait avoir la faculté d'apparaître ou de disparaître à la manière des elfes et sans faire plus de bruit qu'eux. Mais, quand elle le vit revenir, entre deux soudards, les mains liées derrière le dos, elle comprit qu'un grand malheur les menaçait tous deux.

Le garçon était blême, bien qu'il s'efforçât de faire bonne figure, serrant ses lèvres au point de les faire blanchir pour que l'on ne les vît pas trembler.

— Pourquoi l'avez-vous attaché ? fit Catherine d'une voix étranglée. Qu'allez-vous lui faire ?

Le Damoiseau s'approcha du feu, prit une longue tige de fer pour le tisonner, rajouta deux ou trois bûches et une brassée de fagots qui crépitèrent aussitôt. De grandes flammes jaunes s'élancèrent vers les hauteurs noires de la cheminée. Puis, secouant sa cotte de soie où s'attachaient des brindilles, il sourit aimablement :

— Mais rien !... Rien du tout si vous vous montrez raisonnable !

La gorge de Catherine sécha d'un seul coup et son cœur manqua un battement. En voyant apparaître l'enfant, elle avait senti qu'on allait la soumettre à un affreux chantage mais, malgré la réputation détestable du Damoiseau, elle se refusait encore à croire qu'un homme portant les éperons d'or pût se déshonorer ainsi.

— Sinon ?... demanda-t-elle d'une voix étranglée.

— Eh bien mais... nous allons remplacer cette grosse marmite par cette grille qui est posée là et nous y étendrons ce jouvenceau après l'avoir préalablement enduit d'huile pour qu'il rôtisse convenablement !

L'exclamation horrifiée de Catherine se perdit dans le hurlement d'épouvante du malheureux Bérenger. Fou de terreur, le page se débattait et se tordait comme un ver entre ses deux gardiens.

— Vous ne ferez pas ça ! N'avez-vous donc aucune crainte de Dieu ?

— Dieu est loin et le château tout près ! Je m'arrangerai avec le Seigneur, quand le moment sera venu. Quelques statues, un ou deux arpents de bonne terre données à une abbaye et je serai aussi pur et aussi immaculé qu'un enfant nouveau-né pour pénétrer dans le royaume des Cieux. Quant à mes menaces, sachez que je ne les formule jamais en vain ! Déshabillez ce garçon et enduisez-le-moi d'huile !

L'un des écorcheurs étouffait sous sa main les cris de Bérenger, mais les yeux du pauvre enfant roulaient affolés, dans leurs orbites.

Catherine ne put supporter l'idée de ce qui allait suivre, si elle ne s'exécutait pas. Le page n'avait à attendre ni merci, ni pitié de ces misérables vomis par l'Enfer. Elle refusa de prolonger son agonie.

— Libérez-le ! dit-elle. Je vais écrire.

Et elle s'assit devant l'écritoire improvisée, tandis que l'on emportait Bérenger évanoui de terreur.

CHAPITRE XIV

L'HOMME DE DIEU

Le message venait de partir. La façon dont on l'avait fait parvenir à destination était simple : un appel de trompe qui fit paraître un guetteur aux créneaux de la porterie, un linge blanc, agité au bout d'une lance pour faire entendre que l'on désirait causer, puis le meilleur archer de la troupe avait placé sur son arc une flèche autour de laquelle la lettre était roulée aussi serrée que possible et liée d'un mince fil de chanvre.

L'homme était habile, son arme puissante. La flèche avait franchi aisément le créneau pour aller retomber sur le chemin de ronde. Depuis, les hommes du Damoiseau, ainsi envoyés en ambassade, attendaient, au-delà du pont, que le château répondît.

Catherine avait été autorisée à rejoindre le chevet de son époux. Ayant obtenu d'elle ce qu'il désirait, le chef des Écorcheurs n'avait plus aucune raison de l'en empêcher.

— Cela vous permettra de lui faire vos adieux et de prier un moment pour le repos de son âme ! lui dit-il en manière de consolation, avec un salut d'un respect exagéré.

Elle ne lui répondit pas. Les nerfs encore secoués par

la scène odieuse qu'il venait de lui imposer, elle avait monté l'étroit escalier, traversé une chambre qui ressemblait à la resserre d'un marchand tant on y avait entreposé de butin, franchi le seuil d'une autre chambre assez nue, dont l'ameublement se limitait à un châlit suffisamment vaste pour quatre personnes, un coffre et trois escabeaux.

Les carreaux de parchemin huilé ne laissaient passer qu'une lumière pauvre et une chandelle brûlait sur l'un des escabeaux à la tête du lit où reposait Arnaud.

Mais la première chose que vit la jeune femme fut Gauthier agenouillé sur les petits carreaux rouges du sol et occupé à ranimer Bérenger que l'on avait déposé là sans cérémonie après l'avoir délié. Le mince visage du garçon était d'une pâleur de cire et il semblait avoir du mal à respirer. Quand la porte grinça, sous la poussée de Catherine, l'étudiant se retourna :

— Passez-moi votre fiole de cordial ! dit-il. Je n'arrive pas à le ranimer. Que lui a-t-on fait ?

Elle le lui dit en tendant le flacon dont Gauthier se saisit avec colère.

— S'il y a une justice au monde, ce misérable devrait mourir dans les pires tortures, mais je n'en connais pas qui soient suffisantes pour lui faire payer ses forfaits. Ce Damoiseau n'a rien d'humain. Oser vous contraindre à trahir vos amis, se servir ignoblement de vous tandis que votre époux est en train de mourir ! Votre époux qui est son frère d'armes !

— Ces gens-là n'ont pas de frère, d'aucune sorte. Le Damoiseau écorcherait sa propre mère s'il y avait un quelconque intérêt.

Elle parlait calmement, d'une voix unie qui paraissait venir de très loin. Elle venait de plonger si profondément dans l'horreur et la souffrance qu'elle n'avait plus tout à fait l'impression de vivre. Les sensations lui parvenaient comme à travers une épaisseur de tissu et son cerveau les enregistrait mal. Il réagissait à retardement. Elle restait debout au milieu de la chambre, les yeux fixés sur le châlit où son époux était étendu, à même une mauvaise paillasse, mais recouvert d'une courtepointe de soie brodée, provenant sans doute du butin des Écorcheurs et dont le rose agressif jurait avec le décor lugubre, comme un travesti sur un cadavre. La tête enveloppée de linges déjà tachés de sang, Arnaud reposait dans une immobilité si absolue que Catherine le crut mort. Même les ondes douloureuses qui crispaient son menton, tout à l'heure, avaient disparu.

Elle tourna vers Gauthier un regard effrayé, mais il secoua la tête.

— Non. Il n'est pas encore mort. Sa respiration est à peine sensible, mais il vit encore. Je pense qu'il est entré dans cet état d'insensibilité que les Grecs appelaient *koma*.

Le page, cependant, revenait à la conscience. En reconnaissant Gauthier penché sur lui, son regard vague se fit plus net et il ébaucha un sourire. Mais le souvenir de ce qui s'était passé lui revint d'un seul coup et, avec un gémissement, il se jeta contre la poitrine de son ami et se mit à sangloter spasmodiquement.

L'aîné ne tenta même pas de le calmer. Il savait qu'il est bon parfois de laisser crever les digues après une insupportable tension. Il se contenta de rendre à Catherine le flacon de cordial tout en caressant d'une main affectueuse la tête hirsute de l'enfant.

— Buvez-en un peu vous-même ! conseilla-t-il. Vous en avez grand besoin.

Elle obéit machinalement, porta la fiole à ses lèvres. Le liquide, très fort, lui arracha un frisson et la fit tousser, tandis qu'un ruisseau brûlant descendait à travers son corps. Mais elle se sentit plus vivante et l'esprit plus clair.

— Qu'allez-vous faire ? demanda Gauthier quand les sanglots du page diminuèrent d'intensité.

Elle haussa les épaules :

— Que puis-je faire ?

La porte s'ouvrit à cet instant et le Damoiseau entra dans la chambre. La satisfaction était peinte sur son visage d'archange aux yeux de renard.

— Demain, au lever du soleil, vous pourrez monter au château, Dame ! Vous y serez attendue ! annonça-t-il.

— Demain ?

— Oui. Le jour est gris. La nuit tombera plus tôt que de coutume et, apparemment, vos amis entendent ne courir aucun risque. Ils veulent vous voir approcher en pleine lumière. Je vous souhaite la bonne nuit. On vous apportera de quoi manger tout à l'heure...

Puis, désignant la longue forme immobile sous l'absurde courtepointe rose :

— Quand tout sera fini, avertissez l'un des hommes qui vont passer la nuit à votre porte, afin que je puisse lui rendre mes derniers devoirs. J'occupe la chambre voisine. Ah ! j'allais oublier...

Il rouvrit la porte. Sur le seuil apparut le fantôme noir d'un moine bénédictin, en habit et scapulaire funèbres, le capuchon baissé sur le visage, les mains au fond de ses larges manches. Tout ce qui en lui paraissait humain et terrestre, c'étaient deux grands pieds nus, gris de poussière, qui reposaient entre les courroies de cuir brut de ses sandales.

— Voici le prieur des Bons Hommes de la forêt. Leur ermitage est à moins d'une lieue d'ici. Il a... bien voulu accepter d'aider notre ami à franchir le dernier passage ! Je vous laisse...

Le moine s'avança et, sans regarder personne, se dirigea vers le lit. Avec cette cagoule baissée qui ne laissait rien voir de ses traits, il était assez effrayant et Catherine péniblement impressionnée se signa en reculant dans l'ombre des rideaux. Il lui semblait voir l'ombre de la mort elle-même s'approcher d'Arnaud pour l'emporter.

Arrivé au pied du lit, le bénédictin regarda un instant le mourant, puis se tourna vers Gauthier qui, après avoir installé Bérenger sur un tabouret, s'approchait de lui.

— Voulez-vous bien tirer ce coffre près du lit ? demanda-t-il à voix basse. J'ai apporté ce qu'il faut pour les derniers sacrements.

Tout en parlant, il rabattait son capuchon, découvrant

des traits rudes, sans beauté, qui lui composaient une figure énergique et gaie. La grande bouche aux coins relevés, le nez légèrement retroussé, dénonçaient une nature faite pour la joie malgré la maigreur ascétique du visage. La large tonsure lui faisait une couronne de mèches folles, dont le brun foncé grisonnait. Mais, quand il apparut dans la lumière de la chandelle, en se penchant au-dessus de la tête du mourant, Catherine, avec une exclamation de surprise, quitta l'abri des rideaux gris où elle s'était réfugiée. Elle n'en croyait pas ses yeux.

— Landry ! murmura-t-elle. Toi, ici ?

Il se redressa, la regarda sans étonnement, mais avec une joie qui fit briller ses yeux bruns où elle retrouvait tout à coup, intacte, la vivacité de son ami d'enfance.

Debout de l'autre côté du lit, elle le dévisageait bouche bée, comme s'il était véritablement le fantôme qu'elle avait cru, tout à l'heure, voir entrer dans la chambre. Et sa stupeur était si manifeste que, malgré la gravité de l'heure, il lui sourit.

— Mais oui, Catherine... c'est bien moi ! Comme tu as tardé !

— Tardé ? Veux-tu dire... que tu m'attendais ?

— Nous t'attendions ! La comtesse de Châteauvillain, qui est la générosité même, nous a fait don, à mes frères et à moi, leur chef indigne, d'une parcelle de forêt pour y installer notre prieuré. Elle est notre bienfaitrice. En retour, nous assurons, au château, le service de Dieu. Et naturellement, elle m'a dit qu'elle t'avait appelée. Voilà pourquoi nous t'attendions...

Tout en parlant, il disposait sur le coffre que Gauthier, aidé de Bérenger, venait de porter auprès du lit, un crucifix, deux petits cierges, un brin de buis, deux petits flacons dont l'un contenait l'huile sainte et l'autre de l'eau bénite. Il demanda de l'eau dans un bassin et un peu de linge.

Catherine, cependant, s'agenouillait contre le lit. Elle chercha le regard de Landry qu'elle ne quittait pas des yeux, comme si elle craignait de le voir disparaître dans un nuage de fumée. C'était tellement extraordinaire, quoi qu'il en dise, de retrouver ici Landry Pigasse, le gamin du Pont-au-Change, qu'elle avait laissé, jadis, à l'abbaye de Saint-Seine. Il est vrai qu'en réfléchissant ladite abbaye n'était pas si loin...

— Ma mère ? souffla-t-elle.

— Elle n'a pas pu t'attendre, Catherine ! Voici une semaine qu'elle s'est endormie, saintement, dans le Seigneur ! Sois tranquille, ajouta-t-il en voyant se crisper les traits de la jeune femme, elle est morte sans souffrir, parlant jusqu'au bout de toi et de ses petits-enfants. Mais je crois qu'elle était heureuse de rejoindre enfin ton père. Elle ne regrettait pas la vie...

— Je crois, moi, qu'elle ne s'est jamais remise de sa mort, murmura Catherine. Pendant bien longtemps, je ne m'en suis pas rendu compte, car on ne pense jamais à ces choses quand il s'agit de ses parents... On voit en eux des êtres à part, un peu déshumanisés... mais je crois qu'ils se sont beaucoup aimés.

— N'en doute pas ! C'était un amour sans histoire et sans bruit, tout simple et qui, sans ce drame que nous avons déchaîné, aurait duré longtemps.

Les yeux de Catherine s'emplirent de larmes. Elle n'avait jamais imaginé ses parents comme des amoureux. Elle les avait connus calmes, paisibles, vivant l'un auprès de l'autre presque sans paroles, peut-être parce qu'ils n'en avaient pas besoin pour s'entendre. Un amour sage, mais vrai, mais vécu jusqu'au bout car, si la vie de Gaucher s'était brisée d'un seul coup dans le bruit et la fureur d'une foule déchaînée, celle de Jaquette n'avait fait, ensuite, que s'étirer quotidienne et silencieuse, résignée, jusqu'à ce jour où enfin elle avait pu à son tour prendre ce grand départ que durant tant d'années elle avait préparé. Un jour qui avait dû être réellement le bienvenu...

Le front contre la courtepointe de satin, Catherine se mit à prier à la fois pour celle qui n'était plus et pour celui qui, bientôt, allait prendre le même chemin obscur. Leur amour, à eux, avait été tissé de contrastes : drame et bonheur, violence et douceur, joie et souffrance, mais la dame de Montsalvy savait déjà que lorsque son seigneur ne serait plus, sa vie à elle deviendrait semblable à celle de sa mère, à celle d'Isabelle de Montsalvy, sa belle-mère, et à celle de toutes les femmes qu'un époux bien-aimé abandonne sur la terre : une longue attente, une lente usure, un cheminement continu vers la porte noire qui, cependant, ouvre une éternité de lumière...

Landry, tandis qu'elle priait, avait achevé ses préparatifs, passé l'étole de soie sur la bure de sa robe. Il considérait le moribond.

— Qui est cet homme ? demanda-t-il doucement.

Catherine tressaillit, réalisant seulement qu'il ne pouvait pas savoir car, si Ermengarde lui avait dit attendre Catherine, elle n'avait pu imaginer ni prévoir ce qui venait de se passer. Et les soudards qui étaient allés chercher le moine n'avaient pas dû prendre la peine de mentionner son nom. L'eussent-ils fait, d'ailleurs, que celui du capitaine La Foudre n'eût pas beaucoup éclairé Landry.

Elle prit sur la courtepointe la grande main, s'étonna de la trouver si chaude, alors qu'elle s'attendait à toucher une chair déjà froide. Mais elle brûlait de fièvre.

— C'est mon seigneur, soupira-t-elle. Le comte de Montsalvy...

Elle sentit que Landry ne comprenait pas, et cependant il ne posa pas d'autre question. Mais son regard débordait de pitié en se posant tour à tour sur la tête blonde et sur cette autre qui reposait, à demi cachée sous ses linges sanglants.

— Tu me diras plus tard ! chuchota-t-il. Nous aurons tout le temps.

Puis, trempant dans l'eau bénite le brin de buis qu'il avait apporté avec lui, il aspergea la chambre, tandis que tous s'agenouillaient.

— *Pax huic domui !* fit-il d'une voix forte. *Adjutorinum nostrum in nomine Domini...*

Le rituel de l'extrême-onction, apaisant et simple, ronronna dans la chambre sur la musique douce du latin.

Se penchant sur le corps d'Arnaud, Landry prit un peu d'huile sainte et, du pouce, fit une onction sur chacun des sens du blessé, sur les yeux, les oreilles et les lèvres, autant que le pansement le permettait, sur les mains ouvertes et sur les pieds, tandis que Gauthier et Bérenger, se souvenant tous deux de leur formation. religieuse, donnaient les répons et entamaient la litanie des agonisants.

Quand le dernier « Amen » se fut éteint, Landry se lava les mains, les essuya d'un linge que lui tendait Bérenger, ôta son étole, éteignit les petits cierges et rangea les objets dont il s'était servi dans le sac qu'il portait attaché à la corde de sa ceinture. Enfin, il se tourna vers Catherine qui était allée ouvrir l'étroite fenêtre. La nuit était complète maintenant, mais il régnait dans cette chambre une chaleur de four. Les vêtements collaient à la peau et la sueur coulait en traînées brillantes sur tous les visages.

Le bruit de la petite place entra dans la pièce. Un bruit faible d'ailleurs : quelques soldats se promenaient, allant des maisons à ce qui restait du camp et vice versa. À certaines fenêtres brillaient de rares lumières donnant l'impression que rien n'était changé dans ce village, et, sur les tours du château, les pots de feu brûlaient, éclairant les chemins de ronde sans laisser aucune place d'ombre qui eût pu permettre une surprise. C'était, là-haut dans le ciel, comme une couronne de flammes...

— Dis-moi tout, maintenant, murmura Landry. Je t'écoute...

— Que veux-tu savoir ?

— Ce qui m'échappe. Pourquoi tu as tant tardé à répondre à l'appel de Dame Ermengarde et aussi pourquoi est-ce que je trouve ici, avec toi, ton mari gravement blessé ? Avez-vous été attaqués par ces malandrins ? On m'avait parlé d'un blessé appelé... le Tonnerre... ou l'Éclair ?

— La Foudre ! Tu as raison. Il faut que tu saches. En vérité, si je n'avais vécu tout cela, je crois que j'aurais peine à y croire moi-même. Mais nous sommes dans une époque terrible...

Le récit de ce qui s'était passé à Montsalvy, puis à Paris, à Chinon et à Tours fut rapide, aisé. Catherine commençait à en prendre l'habitude. Tout ce qui, dans la vie de la jeune femme, avait précédé le siège, Landry l'avait appris d'Ermengarde. Mais ce fut plus pénible quand on en vint à la soirée précédente. Pour évoquer le village supplicié, la jeune femme avait du mal à trouver les mots et il lui était dur de les prononcer car chacun d'eux évoquait une image affreuse.

— Je sais comment cela se passe, coupa le moine. Ce n'est malheureusement pas pour moi un spectacle nouveau et plusieurs fois, déjà, j'ai failli périr dans des aventures analogues.

— Plusieurs fois ?

Il eut un haussement d'épaules désabusé. Sa bouche se plissa tristement.

— Mais oui. Il paraît que c'est ça la guerre ! Continue, je t'en prie...

— Continuer ? Le plus difficile reste à dire, mon ami...

Sans oser le regarder, elle évoqua, presque bas, la maison envahie, l'homme torturé, la femme violée puis, cachant brusquement son visage dans ses mains :

— C'est alors que j'ai vu celui qui commandait... Le capitaine La Foudre... mon époux ! Arnaud !... Lui !...

Un silence s'établit. Landry ne disait rien. Gauthier et Bérenger s'étaient retirés par discrétion à l'autre bout de la pièce, presque cachés par les rideaux du lit, et ils s'efforçaient même de retenir leur souffle.

Au bout d'un moment, le moine se pencha, toucha du doigt le genou de son amie d'enfance.

— Qu'as-tu éprouvé, alors, Catherine ?

Elle écarta ses mains, lui livrant un regard malheureux.

— Je ne sais pas... Je ne sais plus très bien. De l'horreur, oui, et puis une déception... Oh ! Ce n'est pas le mot et je ne peux pas traduire. C'était atroce, tu comprends... Un peu comme le soir où Caboche a tué Michel devant chez nous. As-tu vu ce que la foule en avait fait quand Legoix a donné le coup de grâce ? Quelque chose qui n'avait plus de nom, une bouillie sanglante dont la vue est entrée dans ma tête comme une flèche. Eh bien, quand j'ai trouvé Arnaud hier, j'ai ressenti quelque chose de semblable. Il était là, devant moi, tout semblable à l'image familière et cependant il me semblait que cette image, elle aussi, on l'avait massacrée. Je crois que j'ai eu mal, mais je n'ai pas eu beaucoup de temps pour m'appesantir sur ce mal car, tout de suite, cela a été la bataille. Nous nous sommes disputés, déchirés, comme si nous étions des étrangers, des ennemis. J'ai essayé de lui faire comprendre ce que j'éprouvais, mais il était au-delà de tout raisonnement, presque au-delà de toute évidence ! On aurait dit qu'une puissance inconnue l'habitait, une espèce de force hostile. À travers elle, j'ai compris aussi qu'Arnaud n'avait aucune espèce de confiance en moi...

— Tu as compris, dis-tu ? Es-tu certaine de ne pas l'avoir su depuis longtemps ?

Elle réfléchit un instant puis, honnêtement, elle approuva :

— Tu as raison. Depuis toujours, je crois bien, il se méfie de moi. J'ai d'abord été pour lui une fille Legoix et cela suffisait pour que je lui fisse horreur. Ensuite il y a eu mes... relations avec le duc Philippe qu'il a toujours considéré comme son ennemi majeur.

— Tous ceux qui servent le roi Charles avec quelque fidélité pensent ainsi, remarqua Landry. Seulement, chez ton époux, la haine politique se double d'une haine particulière, une haine d'homme. Cette force mauvaise dont tu parlais à l'instant, ne crois-tu pas qu'elle s'appelle d'abord jalousie ?

— C'est par jalousie qu'il a incendié un village, violé une femme, torturé un homme ? Lorsque j'évoque cela, je sens revenir la rancune.

— Parce que toi aussi tu es jalouse. Ce que tu lui pardonnes le moins, n'est-ce pas, c'est son admiration insolite pour l'aventurière de Saint-Privey... la fille qui se fait passer pour la Pucelle, et... le viol de la femme ! Une femme qui était blonde comme toi, m'as-tu dit ?

Landry tourna les yeux vers le gisant du lit et le considéra un instant avec attention.

— J'aurais aimé qu'il ne fût pas au-delà de la confession, soupira-t-il. Les âmes de cette trempe, où l'orgueil règne plus que Dieu, ont des replis étranges, obscurs comme tous les replis. Une jalousie forcenée, un profond dégoût de l'homme... ou de la femme, quand on l'a quelque peu idéalisée, peuvent les mener aux pires excès dont le besoin de détruire n'est qu'une réaction, celui de faire souffrir un apaisement ! Je sais des exemples... Mais, dis-moi, Catherine, avant le combat de tout à l'heure, qu'avais-tu décidé de faire ?

Elle n'eut pas une seconde d'hésitation.

— Je voulais voir ma mère. Aucune force humaine n'aurait pu m'en empêcher parce que c'était tout naturel et que c'était mon droit absolu. J'avais fait tout ce chemin uniquement dans ce but. En outre, l'ultimatum d'Arnaud était inique, odieux...

— Pas à son point de vue ! Lui, je crois, n'avait devant les yeux qu'une image, insupportable : toi, sa femme, franchissant l'enceinte du château et retrouvant derrière, les bras tendus, l'homme qu'il exècre le plus au monde : ton ancien amant. Il ne voyait que ça. Rien d'autre ! Et il le voyait encore lorsqu'il s'est jeté si follement au-devant de la mort...

— Veux-tu dire... qu'il l'a cherchée ?

— Non pas ! Il était, comme tu dis, au-delà de tout raisonnement. Vois-tu, j'essaie de t'aider, d'expliquer. Ne va pas croire que j'excuse ou que j'admets les excès de ces hommes élevés avec le goût du sang, mais à force de fouiller les âmes, j'ai appris bien des choses contradictoires. Quant à celui-ci, en lui donnant l'absolution *ira articulo mortis*, je lui ai pardonné au nom du Seigneur ! Et d'ailleurs, c'est toi qui m'intéresses et que je veux comprendre. Qu'en est-il de toi, Catherine ? La pensée de trouver là-haut Philippe de Bourgogne était-elle pour quelque chose dans ton irréductible désir d'entrer à Châteauvillain, même au risque de te couper à jamais de ton foyer ?

Une lente rougeur envahit les joues et le cou de la jeune femme, tandis qu'elle réalisait la signification exacte des paroles de Landry. Mais elle ne détourna pas les yeux.

— Tu veux savoir si j'éprouvais... une joie quelconque à l'idée de revoir le duc ? Non, Landry, aucune ! Sur mon salut éternel, je te le jure ! Je n'ai jamais eu pour lui de véritable amour. Je voulais seulement embrasser ma mère... et protester contre la violence qui m'était faite. Je hais les contraintes et Arnaud n'avait aucun droit de...

— Si ! Il les avait tous ! dit fermement Landry. Et tu le sais parfaitement ! Même celui de t'interdire purement et simplement l'entrée du château, même celui d'employer la force pour t'obliger à obéir. Il est ton époux devant Dieu et devant les hommes d'où viennent toutes lois.

— Je sais tout cela, fit Catherine amèrement. Les hommes ont tous les droits et ne nous en laissent qu'un seul : celui d'obéissance inconditionnelle. Et tant pis pour nous s'ils en abusent ! C'est ce qu'a fait Arnaud et c'est ce que je ne lui pardonnais pas !

— Et maintenant ?

— Maintenant ?

Les yeux de Catherine s'emplirent de larmes lourdes qui débordèrent en même temps que sa douleur.

— Il n'y a plus de maintenant pour moi. Comment pourrais-je ne pas lui pardonner à l'heure où je vais le perdre pour toujours ? C'est moi, peut-être, qui aurai besoin de pardon si ma révolte a causé sa mort... Je l'aime, Landry, je l'aime toujours autant, même si maintenant j'en ai peur, et cet amour, c'est toute ma vie. On n'arrache pas sa vie quand un rêve s'achève...

Le moine se leva, alla jusqu'au lit, se pencha sur le blessé, prit sa main et le considéra longuement, sourcils froncés, cherchant apparemment quelque chose qu'il ne trouvait pas. Puis, il hocha la tête.

— Il est aux portes de la mort, dit-il, mais... s'il en revenait ?

— Que dis-tu ?

— Rien ! Ce n'est qu'une hypothèse pour t'obliger à descendre jusqu'au fond de toi-même. Cet homme, ce mourant auquel tu pardonnes à son heure dernière, lui pardonnerais-tu encore si Dieu décidait que cette heure, justement, n'est pas la dernière ?

Elle se laissa tomber à genoux, les mains tendues vers le moine en qui, à cette minute, elle ne voyait plus que l'homme de Dieu, celui dont les prières, peut-être, avaient assez de pouvoir pour arracher la clémence divine.

— Pour le savoir vivant, je pourrais accepter n'importe quoi... même la séparation, même l'obéissance muette.

— Tu l'aimes à ce point ?

— Je n'ai jamais aimé que lui, affirma-t-elle d'un ton presque sauvage. Je t'en conjure, s'il y a un espoir, une chance, même toute petite, même une chance sur un million, que Dieu me le laisse, dis-le-moi !

Le moine eut un sourire plein de tristesse et de pitié.

— Tu parles comme si tu voyais en moi une espèce d'ambassadeur ou d'intermédiaire capable de négocier avec le Tout-Puissant ?

— Tu viens de le dire : Il est le Tout-Puissant et tu es son prêtre.

— Mais je ne fais pas de miracles. Ne rêve pas, Catherine. Certes, j'ai vu, un jour, lorsque j'étais à l'abbaye de Saint-Seine, un homme survivre à une blessure dans le genre de celle-ci : c'était une lance qui l'avait causée et l'homme, comme celui-ci, était solide. Mais le mire était habile... et nous n'avons ici, dans notre pauvre prieuré, qu'un petit frère un peu innocent qui se passionne pour les herbes et les simples.

— Qu'importe ! s'écria Catherine reprise par un espoir qu'elle ne parvenait pas à retenir. Il faut courir chercher ce petit frère... ou mieux, il faut emmener mon époux à Saint-Seine ! Ce n'est pas si loin et, s'il supportait le voyage...

— Du calme ! Je te le répète, je n'ai émis cette hypothèse que pour sonder ton cœur. Nous n'avons aucun moyen de quitter cette maison avant demain ! Et demain... Le Damoiseau est l'un de ces molosses qui ne lâchent pas l'os qu'ils tiennent. As-tu oublié ce qui t'attend demain ? Ne dois-tu pas, sous peine de voir torturer à mort un enfant, pénétrer au château escortée de deux hommes ? Deux hommes qui ne seront ni ton véritable écuyer, ni le chapelain que tu n'as pas, mais deux malandrins dont la mission sera, certainement, d'ouvrir les portes à leurs amis...

Catherine passa sa main sur son front d'un air égaré. Landry la ramenait brutalement à la réalité alors qu'elle enfourchait déjà l'indomptable cavale de l'espérance... Elle n'avait aucune possibilité de choix, aucun moyen pour tenter de sauver son époux... en admettant qu'il y eût une chance. Elle devait attendre là qu'on lui permît de monter vers ce château quelle allait trahir par force. Elle interrogea. Landry du regard, mendiant un secours, même illusoire :

— Ils ne pourront sûrement pas y parvenir, murmura-t-elle à elle-même. Quand le duc est là, les gardes...

— Le duc n'est pas là, coupa avec impatience Landry. Celui qui est arrivé c'est le seigneur de Vandenesse avec un détachement de la garde ducale. Les Écorcheurs ont été trompés, comme les gens de la région, d'ailleurs, par une ressemblance. Châteauvillain est l'une des places fortes les plus importantes des marches de Bourgogne et la comtesse n'avait guère de troupes. La proximité des dernières bastilles anglaises et les troupes qui déferlent depuis le traité d'Arras l'ont inquiétée. Elle a demandé un renfort. Rien de plus !

Un soupir de soulagement dégonfla la poitrine de la jeune femme.. Elle éprouvait un peu de joie à effacer du compte d'Ermengarde l'accusation de lui avoir tendu un piège. Sa mère était morte, Philippe n'était pas là. Qu'avait-elle à faire, en ce cas, dans la forteresse ?

Sa décision fut prise immédiatement. Se levant soudain, elle marcha vers la porte.

— Il faut dire cela au Damoiseau ! Le lui dire tout de suite ! Il te croira parce que tu es l'homme de Dieu. Dis-lui ce que tu sais et surtout que le duc n'est pas là. Je vais l'appeler...

Mais il lui barra le passage.

— Folle que tu es ! Je t'ai dit que Châteauvillain est l'une des clefs de Bourgogne. Que le duc y soit ou n'y soit pas, qu'importe à Robert de Sarrebruck ! Ce qu'il veut, ce qu'il attend de toi, c'est que tu l'aides à emporter la place où, sans trahison, il ne peut pénétrer ! Quoi que nous lui disions, demain au lever du soleil tu devras monter au château, leur faciliter la besogne. Ce qu'il s'ensuivra, tu le devines...

Un frisson courut le long de l'échine de la jeune femme qui ferma les yeux. Oui, elle savait ce qui se passerait ensuite : la demeure d'Ermengarde deviendrait un champ de mort, puis le Damoiseau s'y établirait solidement et, abrité derrière ces puissantes murailles, il pourrait narguer le Connétable en personne... Sa vieille amie serait assassinée, tous ses gens avec elle !... Pareille idée se pouvait-elle soutenir ? Mais celle du pauvre petit Bérenger, agonisant atrocement, n'était pas plus tolérable.

Elle rouvrit les yeux, rencontra ceux du moine qui l'observait intensément :

— Que puis-je faire ?

— Fuir !

— Si vous croyez qu'on n'y a pas pensé ! fit amèrement Gauthier qui jugeait le moment venu de se mêler de nouveau au débat. Mais fuir comment ? La chambre voisine est pleine de soudards et cette chambre n'a d'autre issue que cette petite fenêtre par laquelle même Bérenger ne pourrait passer. D'ailleurs, nous tomberions sur les gardes de la place. Alors, mon Père, faites un peu attention à ce que vous. dites ! conclut-il avec humeur.

— Si je dis qu'il faut fuir, riposta Landry, c'est que j'en connais le moyen, blanc-bec ! Regardez plutôt...

Il alla vers le mur qui faisait face à la fenêtre. Une petite porte s'y découpait, donnant sur un étroit réduit qui servait de débarras.

— Ce trou ? fit Gauthier dédaigneusement. Nous l'avons exploré tout à l'heure. Il ne contient que des pots de confitures vides, des vieilles hardes, une provision de chanvre à filer et plusieurs quenouilles...

— Vous avez mal regardé ! Apportez la chandelle.

Landry prit un escabeau, entra dans le réduit et monta sur l'escabeau en se courbant un peu pour ne pas se cogner la tête au plafond bas.

— Regardez, chuchota-t-il en appuyant des deux mains sur ledit plafond, cela se soulève quand on enlève les deux chevilles de fer que voici.

— Une trappe ? souffla Bérenger. Mais qui donne où ?

— Dans le grenier, bien sûr, juste sous la pente du toit. Maître Gondebaud, le propriétaire de cette maison, est un homme d'organisation, malheureusement pourvu d'une épouse acariâtre et affreusement jalouse. Elle le faisait coucher dans cette chambre dont on ne peut sortir qu'en passant par la sienne. Tout au moins, elle imaginait qu'il ne pouvait en sortir. Mais aussi industrieux que madré, le notaire ducal, qui court le jupon plus facilement que le lapin, avait, de ses mains, aménagé cette trappe qui lui permettait de gagner le grenier. Tout au bout, il y a l'ouverture par laquelle on rentre les foins. Elle donne sur le verger qui descend à la rivière. J'ignore si l'échelle y est toujours, mais vous êtes jeunes, tous les trois, et l'herbe est haute. Vous sauterez sans trop de mal.

— Ensuite ? souffla Gauthier qui écoutait passionnément. Comment trouver des chevaux, franchir les portes ?

— Ne le cherchez même pas, vous vous feriez reprendre. Traversez la rivière à la nage et escaladez la butte du château. Près de la barbacane, il y a un fourré épais. Vous pourrez vous y cacher pour attendre le jour et, quand le pont-levis se baissera...

— Vous voulez que nous cherchions refuge au château ? fit Bérenger abasourdi. Mais ne vaudrait-il pas mieux prendre le large ?

— Par quel moyen ? Vous seriez repris avant le milieu du jour et je ne sais trop ce qu'il adviendrait de vous. Croyez-moi, le château est votre seule chance. Là, vous serez à l'abri et vous pourrez attendre que les Écorcheurs se lassent ou bien qu'un secours arrive.

Devant cette perspective, les deux garçons eurent grand-peine à faire taire leur joie et leur enthousiasme, mais Catherine, elle, ne disait rien. Elle avait suivi silencieusement les explications de Landry, jeté un coup d'œil au réduit, puis elle était déjà revenue vers le lit et entourait de ses mains l'une des colonnes, comme si elle voulait s'y accrocher.

— Je ne peux pas ! Je ne peux pas partir, balbutia-t-elle. Ne comprenez-vous pas que je veuille demeurer avec lui jusqu'au bout ? Partez, vous, les garçons ! C'est Bérenger qui est en danger. Une fois qu'il ne l'aura plus sous la main, le Damoiseau ne pourra plus me contraindre.

— Crois-tu ? fit Landry durement. Tu veux, dis-tu, rester jusqu'au bout ? Jusqu'au bout de quoi ?

— Mais... de sa vie ?

— Il n'est pas encore mort et peut-être ne le sera-t-il pas demain. Comment crois-tu que réagira le Damoiseau quand il s'apercevra de la fuite des garçons ? Il te fera mettre à la torture ?... Non pas ! Le démon est plus malin que ça ! C'est ton époux, tout blessé qu'il est, qui remplacera Bérenger ! Te sens-tu le cœur de le voir étendu sur un gril ?

Le cri jaillit qu'elle ne put retenir :

— Non !...

Puis, plus bas :

— ...Il n'oserait pas. C'est son frère d'armes !

— Pauvre idiote ! Tu n'as encore rien appris ! Entre cette vue de l'esprit et le gros château de Dame Ermengarde, ce genre d'homme n'hésite pas. Je ne suis pas certain qu'il y ait un seul sentiment humain dans ce beau démon ! Mais si tu te sens le courage de courir le risque...

Catherine baissa la tête et lâcha la colonne. Elle n'avait pas la force de répondre et se contenta de faire signe que non. Elle était vaincue. Landry avait raison : il lui fallait partir avec les autres, laissant derrière elle celui qu'elle aimait sans même la possibilité de savoir ce qu'il adviendrait de lui. Ce n'était pas elle qui recueillerait son dernier soupir ou, si Dieu accordait l'improbable grâce, qui recueillerait son premier regard...

Si lourde était sa peine, si pesant son cœur douloureux, qu'elle ne put s'empêcher de tenter un ultime effort.

— Qui m'assure qu'ils ne le tueront pas quand nous serons partis ? Je ne peux pas le laisser seul, Landry... je ne peux pas l'abandonner sans défense aux mains de ces brutes !

— Il ne sera pas seul : je reste, moi.

— Tu es fou. Ils te massacreront.

— Je ne crois pas ! Ce garçon qui a la langue si bien pendue va me bâillonner et me ficeler convenablement avec des liens qu'il obtiendra en déchirant les rideaux. Et même, il m'assommera un peu pour que cela fasse plus vrai. La suite me regarde.

Déjà Gauthier et Bérenger, pressés de passer à l'action, décrochaient deux rideaux, les déchiraient en longues bandes qu'ils tordirent comme des torons de chanvre. En un rien de temps, le moine fut convenablement ligoté, tandis que Catherine éperdue regardait sans pouvoir se résigner à leur apporter la plus petite aide.

Elle avait pris la main de son époux et la serrait contre sa poitrine. Elle était brûlante, cette main, mais elle vivait toujours et c'était le sang de l'homme qu'elle aimait qui y battait lourdement. Elle s'agenouilla, y posa sa joue humide, puis ses lèvres qui tremblaient. Elle savait que dans un moment elle ne le verrait plus, qu'il ne lui était plus possible de s'opposer à la marche inexorable du destin... que ce regard, cette caresse étaient les derniers...

— Mon amour... chuchota-t-elle... Je voudrais tant rester, rester toujours avec toi... jusque dans le tombeau. Je voudrais tant mourir aussi ! Mais il y a les petits, nos petits... Ils ont besoin de moi, tu sais. Il faut que je retourne là-bas... chez nous... pour eux. Il faut que je m'en aille... que je te laisse, mon amour...

Elle enfouit sa tête contre cette main, souhaitant éperdument mourir là, à cette seconde, ne plus se relever jamais.

— Dame Catherine, fit la voix rauque de Gauthier, il faut partir, nous sommes prêts.

Elle les regarda. Il y avait des larmes dans leurs yeux, mais aussi une résolution farouche.

Landry, ficelé étroitement, était toujours debout et sa bouche était encore libre.

— Je veux te dire au revoir avant que l'on me bâillonne, fit-il doucement. Aie confiance, Catherine ! Va sans crainte dans le chemin qui t'attend. Tu sais bien que je suis ton frère et que je t'ai toujours aimée tendrement.

Alors, elle se jeta au cou du moine, l'étreignit farouchement et l'embrassa plusieurs fois.

— Veille sur toi, mon Landry, hoqueta-t-elle. Veille aussi sur lui et prie Dieu qu'il ait pitié de nous...

— Vite ! s'impatienta Landry qui ne voulait pas se laisser gagner par l'émotion. Il ne faut plus perdre de temps. Le bâillon, maintenant... puis un coup d'escabeau. Mais tâche de ne pas me tuer, garçon ! Je prierai pour vous tous. Adieu, Catherine...

Un instant plus tard, le moine qui s'était appelé Landry Pigasse gisait sur le dallage, proprement assommé par Gauthier. Un peu de sang perlait sur la peau brune de son crâne tonsuré.

— Il aura une bosse énorme, constata le jeune

homme, mais il respire normalement et j'ai fait de mon mieux. Filons, maintenant.

Arrachant Catherine presque de force du corps inerte de son mari où elle était revenue irrésistiblement, il la traîna vers le réduit.

La dernière vision qu'elle eut d'Arnaud fut, dans la lumière jaune d'une chandelle, un profil qui lui parut figé pour l'éternité sous des linges ensanglantés...

La longue nuit s'acheva. Quand le jour se leva sur les grandes forêts d'alentour, à l'appel de quelques coqs enroués, le ciel, où s'attardaient des étoiles brillantes, devint gris-bleu, puis mauve... puis rose. L'aurore éclata, triomphante, annonçant une très belle journée, et les trois fugitifs, tapis sous les ronces et les cornouillers, regardèrent grandir la lumière...

Ils étaient las, transis de froid dans leurs vêtements mouillés que la fraîcheur du petit matin avait glacés. La traversée de la rivière avait été dure, à cause du flot rapide, et l'escalade de la motte féodale, à travers fourrés et éboulis, ne l'avait pas été moins. En arrivant au pied des formidables murailles, ils s'étaient jetés sous les buissons comme dans un havre. Ils y étaient invisibles, presque en sûreté. Pourtant, ils attendaient avec impatience que le château, enfin, s'ouvrît pour eux.

Le village, en bas, paraissait tout petit, privé d'importance et cependant, parmi tous ces toits couleur de terre, Catherine parvenait à en distinguer un : celui sous lequel reposait l'époux qu'elle avait dû abandonner.

Respirait-il encore ou bien la mort, si habile à se glisser dans les corps épuisés des malades, aux heures noires du petit matin, avait-elle fait son œuvre ? Landry était-il revenu de son évanouissement ? Avait-on découvert leur fuite ?

Le village était tranquille, presque trop. Sur la place, quelques soldats à moitié nus se dirigeaient vers la fontaine pour y effacer les brumes de la nuit, tandis que d'autres s'en allaient, en armes, relever les sentinelles. Un peu de fumée voltigeait à la cheminée de la maison du notaire...

Contre sa joue, Catherine sentit le souffle de Bérenger et vit que le page, lui aussi, regardait le village et qu'il avait les larmes aux yeux.

Émue, elle demanda :

— Vous pleurez, Bérenger ?

Il tourna vers elle sa petite figure fatiguée où la lassitude et l'angoisse ramenaient l'enfance. Mais la tristesse des yeux bruns était celle d'un homme. En quelques jours, Bérenger avait vieilli, même s'il n'avait toujours que quatorze ans.

— Messire Arnaud..., murmura-t-il... Le reverrons-nous un jour ? Dieu nous fera-t-il miséricorde ?

— Nous ? Souhaitez-vous donc le servir encore... après ce que vous avez vu ?

— Oui ! À cause de vous, Dame Catherine. Vous l'aimez tant. Et cependant, pour moi, vous avez consenti à le quitter, sans même savoir s'il vivrait.

— Ce n'est pas à cause de vous, Bérenger. Le Damoiseau aurait trouvé un autre moyen de me contraindre.

— Vous dites ça pour que j'aie moins de peine, mais je suis coupable, moi aussi, car il est mon seigneur et je l'ai abandonné. S'il meurt... je retournerai chez les chanoines de Saint-Projet et je me ferai moine.

Le chagrin de l'enfant, ce besoin de sacrifice et aussi cette espèce de marché qu'il voulait passer avec Dieu, touchèrent Catherine au plus profond. Doucement, elle tourna la tête et posa ses lèvres sur la joue mouillée du page.

— Ne dites pas de sottises, Bérenger ! Vous n'êtes pas fait pour le cloître...

Mais quelque chose se serra dans son cœur. Landry, lui non plus, ne paraissait pas fait pour le couvent lorsqu'il avait l'âge de Bérenger... L'appel du ciel emprunte parfois d'étranges chemins... Cependant, elle savait que Bérenger ne l'avait pas entendu. Il voulait seulement payer ce qu'il estimait être sa dette : entrer en religion pour expier la mort solitaire de son seigneur...

Elle regarda le ciel comme pour lui demander un signe. Il était beau et pur, si serein qu'il semblait ne pouvoir couvrir que le calme et le bonheur. Ce n'était pas du tout un ciel de désespoir mais, dans la chaude teinte dorée qui commençait d'envelopper la nature, Catherine croyait lire une sorte de promesse.

Elle crut entendre, par-delà l'espace, la voix de Sara qui, pleine de conviction, lui avait dit au premier soir du siège :

— Messire Arnaud reviendra à Montsalvy !

Hélas, elle n'avait pas précisé sous quelle forme et sa prédiction s'était bornée à lui affirmer qu'elle aurait encore à souffrir de lui...

La cloche de la chapelle sonna prime et le cœur engourdi du château, lentement, se remit à battre. Les cris des guetteurs se répondirent d'une tour à l'autre, tandis qu'une corne mugissait quelque part pour appeler les hommes à leur tâche quotidienne.

Gauthier, qui avait fini par s'endormir, s'étira et bâilla :

— Est-ce l'heure ? demanda-t-il.

Pour toute réponse, Catherine lui montra le soleil qui bondissait au-dessus de la grande mer verte des arbres. L'heure était venue, en effet ! La première d'une longue suite inconnue...

Quel avenir annonçait-il, ce soleil, pour la dame de Montsalvy ? Celui de l'amour retrouvé, revécu, rénové, à l'abri d'une poitrine d'homme... ou bien celui, austère, d'une femme en noir, isolée sur sa montagne suzeraine, à mi-chemin du ciel devenu le dernier espoir et de la terre où s'élèverait l'héritier et où le petit peuple chaleureux, tenace et fier continuerait d'écrire avec sa sueur et son sang la belle histoire du pays arverne ?

La réponse n'appartenait pas à Catherine mais, cette fois, elle n'essaya pas de forcer le destin par de nouvelles supplications. Le temps en était révolu. Avec simplicité, avec humilité aussi, elle s'en remit enfin à plus puissant qu'elle :

— Que Ta Volonté soit faite, Seigneur..., murmura-t-elle.

Et, courageusement, elle détourna les yeux de la maison du notaire, tandis qu'avec un grondement de tonnerre descendait le grand pont-levis...

TABLE DES MATIÈRES

PREMIÈRE PARTIE
LA VILLE ASSIÉGÉE

DEUXIÈME PARTIE
LE PRISONNIER DE LA BASTILLE

TROISIÈME PARTIE
CŒUR À PRENDRE

QUATRIÈME PARTIE
LES ÉCORCHEURS

DU MÊME AUTEUR
CHEZ *POCKET*

La Florentine

1. FIORA ET LE MAGNIFIQUE
2. FIORA ET LE TÉMÉRAIRE
3. FIORA ET LE PAPE
4. FIORA ET LE ROI DE FRANCE

Les dames du Méditerranée-Express

1. LA JEUNE MARIÉE
2. LA FIÈRE AMÉRICAINE
3. LA PRINCESSE MANDCHOUE

DANS LE LIT DES ROIS
DANS LE LIT DES REINES

LE ROMAN DES CHÂTEAUX DE FRANCE t. 1 et 2

UN AUSSI LONG CHEMIN

DE DEUX ROSES L'UNE

Imprimé en France sur Presse Offset par

BRODARD & TAUPIN

GROUPE CPI

13396 – La Flèche (Sarthe), le 19-06-2002
Dépôt légal : juillet 2002

POCKET – 12, avenue d'Italie - 75627 Paris cedex 13
Tél. : 01.44.16.05.00